国家社科基金
后期资助项目
GUOJIA SHEKE JIJIN HOUQI ZIZHU XIANGMU

清初小说与
士人文化心态

The Novels and the Cultural Mentalities of
the Intellectuals in the Early Qing Dynasty

杨　琳　著

社会科学文献出版社
SOCIAL SCIENCES ACADEMIC PRESS (CHINA)

国家社科基金后期资助项目
出版说明

  后期资助项目是国家社科基金设立的一类重要项目，旨在鼓励广大社科研究者潜心治学，支持基础研究多出优秀成果。它是经过严格评审，从接近完成的科研成果中遴选立项的。为扩大后期资助项目的影响，更好地推动学术发展，促进成果转化，全国哲学社会科学规划办公室按照"统一设计、统一标识、统一版式、形成系列"的总体要求，组织出版国家社科基金后期资助项目成果。

全国哲学社会科学规划办公室

内容提要

　　本书首先综述清初小说的创作概况和文化生态，接着以清初小说创作中的故国情结为切入点，通过对代表性小说作家与小说流派的个案分析，点面结合，研究清初小说创作以及易代之际的士人心态。

　　清初指清军入京定鼎即顺治元年（1644）至收复台湾，全国归于一统的康熙二十二年（1683）。这是既不同于故明时期，亦不同于全国统一以后的清时期。这个时期，清朝统治者的主要精力放在用军事统一全国上，在政治上则对汉族知识分子软硬兼施，以笼络为主来构建自己的统治基础，因此在思想政治方面的管制相对宽松。

　　在此背景下，清初小说创作繁荣并具独特特征。短短约40年的清初，小说刊刻近200部，是现存的整个明代小说数量的总和。小说形式亦是丰富多彩，白话、文言小说都很兴盛。文言小说中志人、志怪、琐语、箴规各种文体全备；白话小说里既有话本小说又有章回小说。小说流派纷呈，时事小说、神魔小说、世情小说、艳情小说都呈现创作生机，英雄传奇、历史演义小说也多次重版，且产生了清初独有的现象——公案小说的消亡与代之而起的才子佳人小说的勃兴和时事小说的繁荣。

　　清初小说创作的地域特征十分明显，其现存作品80%以上都与苏浙相关。作者成分的文人比例高是清初小说的又一大特征。白话小说的作者，最初只是书会才人、书商或者书商雇用的写手，明代中叶以后，文人方频繁参与创作，晚明则出现了冯梦龙、凌濛初这样的知名作家。清初小说作者不仅文人多，而且政治身份也比较多样，如有遗民、逸民，还有贰臣及清初新一代官吏，当时几乎各类人参与了小说的创作与传播。清初小说还具有鲜明的谋利倾向，这和明清易代有着密不可分的关系。王朝易鼎使明代大批的读书人或因战乱失去了科考机会，或忠于旧朝主动放弃科举，传统的学而优则仕道路走不通了。为谋生，不少人成为职业作家、出版人。清初很多书都是改头换面，粗制滥造的抄袭、改编之作，射利倾向明显，在江南甚至出现了专门出版通俗小说的著名书坊啸花轩和专业订书人步月主人。蕴含深沉的故国情感是清初各阶层怀着各种目的所著小说的共通特征。这个时期的小说作家都是由明入清的文人，这个小说作家群经历明清鼎革，其创作有着显著的时代特征。他们身跨明清两代，对已被推翻了的明朝，或多或少都怀有故国情结。在表现形式上，有的坚决反抗，有的逃避现实，有的虽认可新朝但在心中不断自我开解。这些情结也渗透在他们的小说作品中。

与之前和之后的小说相比，清初小说有着自己鲜明的特征，这和当时的文化生态密切相关。清初故国情结蔓延：思想界，经世致用的反思学风盛行。史学界，修史之风兴起。文学界，文学作品则与现实相连，反映时代风气：清初诗歌注重以诗纪事的诗史作用，注重诗歌对诗人身世和时代风气的反映。散文领域，清初传记文盛行，这批传记文或记录鼎革之际的忠臣志士的情状，或记录人民流离失所的情形，深具易代之际的特征；清初的小品文在对绝小物事的描绘中饱含对晚明精致生活的回忆，在其中寄寓故国之思、遗民情怀。戏剧领域，清初戏剧中尤其是杂剧里故国之思和感伤情调成为主要基调；故国情结影响下的清初小说更是呈现与明末小说不同的新局面。就小说流派而言，曾在明末喧闹一时的公案小说，在清初销声匿迹，代之而起的是才子佳人小说。才子佳人小说将故事背景定在风光绮丽的江南，但事实上，清初的江南经过清兵铁骑的残暴践踏后，已是一片狼藉，小说中的江南是士人心中的江南，是故明的江南，而对江南生活的描绘和怀恋也是对故国的怀恋。在话本小说上，与明末话本注重道德劝惩和期望补天来挽救颓败世风相比，清初的话本小说更注重全面地批判和总结明亡教训。清初的时事小说也与明末不同，明末的时事小说多关注魏阉专权、辽东战事、农民起义等具体事件，并且很多带有将小说作为政治攻击工具的倾向。而清初的时事小说在论述当时的事件时，掌握的材料更全面，态度更客观，其目的也多在于反思历史，寻找明亡原因。且时事小说仅存于清初特定的时间段，之后随着文字狱繁兴，政府对思想控制的加强，为规避文祸，不少人钻进故纸堆，将自己一生的聪明才智耗费在烦琐的考据上，畏谈时事与国事，时事小说也随之消亡。从小说创作手法来看，与明末小说多编创相比，清初小说的独创性更强。清初有更多的文人致力于小说的创作、评点、出版、传播，这使清初小说有着更鲜明的文人特色，但又因这些文人多将编创小说作为谋生的手段，所以清初小说又有着很强的商业性。清初故国情结蔓延，政治环境相对宽松，江南文化发达，出版业繁荣，文人结社活跃，以及易代造成的创作者和读者群体的扩大，都为清初小说的繁荣提供了有利的条件。

本书将清初小说作家的个案分析和清初小说创作流派的分析相结合，探讨不同地域、不同情境下的士人心态。在具体做法上，本书选择了丁耀亢、陈忱、李渔、烟水散人为清初小说家的代表。小说流派的代表是才子佳人小说和时事小说。丁耀亢、陈忱、李渔三人处于不同的环境，面对王朝易鼎做出了不同的人生选择，代表了清初三种不同的士人心态。才子佳人小说的崛起和时事小说的繁荣是清初小说流派的重要特征。

丁耀亢生在山东，丁氏家族是当地的名门望族，堪称世代官宦。明末的北方备受李自成农民起义军的影响，北方士人对李自成农民起义军恨之入骨，盼望过太平生活。清军打着为明朝复君仇的口号入关，入关后，很快剿灭李自成农民起义军，使北方结束了兵荒马乱的日子，恢复了正常生活。因此，以丁耀亢为代表的北方士人对清朝并没有太多的仇恨和反抗，他们把亡国之恨归结于李自成领导的农民起义，感激清军剿灭"亡国之贼"即农民起义军，感激世界重现太平。他们更关注的是如何能重新找回和保护自己在战乱中失去的财产，如何能够重振家业。所以，与南方士人相比，清初北方士人更愿意与新朝合作，也更能得到清朝统治者的信任和倚重。

南方情况则与北方恰恰相反。农民起义军的侵扰很少触及长江以南区域。江南历来富庶，一直过着歌舞升平、诗酒流连的幸福生活。直到清军南下的铁蹄打破了这份宁静。剃发易服的文化征服和"扬州十日""嘉定三屠"的血腥杀戮都激起了江南人的激烈反抗和对清朝的极度仇恨。多个南明小王朝的相继成立也吸引反清复明爱国遗民的纷纷南下,盼能成就兴国大业,一时南方反清复明的遗民情绪蔓延。与北方相比,南方士人的反抗性更强,对清朝的仇恨更深,不合作的态度更坚决。所以清朝建立之后,对南方士人一直严加防范,不敢信任,并由此引发清初轰动一时的江南科考案、通海案、奏销案、哭庙案,其实质就是给南方士人以威慑。

在这样的环境下,与北方相比,南方士人对新朝的反抗和不合作的情绪更浓。他们或者结社集会,力图成为反清复明的遗民;或者不参加新朝的科举考试,拒绝入仕,拒绝为新朝效力,成为疏离政权的逸民。陈忱就是南方遗民作家的代表,他加入惊隐诗社,积极从事反清复明活动,所写《水浒后传》一书亦是忠贞爱国之作。李渔与烟水散人则是南方逸民作家的代表。他们本有济世之才,却因山河失色的王朝易鼎改变了人生方向。自古"学而优则仕"是读书人的最佳选择,拒绝出仕就意味着失去了晋身之阶,甚至失去了生活的来源与依靠。为糊口谋生,李渔选择了带着家庭戏班编演戏曲,以在达官贵人之门打秋风为生;烟水散人则为书坊编历史演义、才子佳人甚至色情小说来砚田糊口。

就小说流派而言,才子佳人小说的崛起和时事小说流派的繁荣是清初小说流派的重要特征。才子佳人小说指的是清初出现的一批在内容上以描述才人佳人遇合、恋爱故事为主题的单独成书的白话章回体小说,它是清初重要的小说流派。长期以来,其陈词滥调的思想、千篇一律的情节、近乎白日梦似的逃避现实的故事,以及预设背景的江南模式都是学界竞相批评的对象。事实上,才子佳人小说的江南模式、对亡国的批判与反思、对贞节观念的强调及弥漫全书的隐逸情结都委婉曲折地表达了故国之思,深具时代特点。江南背景一直是才子佳人小说遭到诟病的主要模式化表现之一,它指的是才子佳人小说整体体现的鲜明的江南特色,才子佳人小说作者或修订者多是江南人,故事背景普遍设在江南,主人公主要活动地点在江南,文中充满了对江南的依恋和热爱:令人陶醉的美景,热闹的集会,充满乡土和人情味的民风民俗。这也是引发学界对才子佳人小说批判的重要原因。不少学者认为，在国鼎两易、山河改色的清初，才子佳人小说以流派的形式出现，其作者不顾清初现实，将背景设在千里温柔乡、一片繁华地的江南，是落寞文人逃避现实的表现，是失意之人借乌有之邦做黄粱美梦。事实上，清初的江南已经是一片狼藉。由于多尔衮对江南强制推行剃发、易服、圈地、投充、逃人、重赋等多项高压政策，激化了民族矛盾，激起了江南人的反抗。为一统全国，清朝还对江南实施了强硬的征剿方针，继定国大将军豫亲王多铎之后，又先后派出亲王、贝勒及亲信重臣等担任各种名号的大将军，轮番率兵对江南各省以及四川各地进行征剿，烧杀抢掠，无所不为。除著名的"扬州十日""嘉定三屠"外，江南各地大多遭到屠城。细思历史，与现实相对应，就会发现，才子佳人小说里的美好江南，只是作者心中的江南、梦中的江南，是作者对自己年少时在承平故明的美好时光的回忆。小说的作者是用怀念回忆的方式在作品中构建一个自己梦想中的故国江南。除江南模式外，才子佳人小说中隐含着对亡国的批判和对现实的思考，十分强调贞节观念，文中多隐逸结局，这与清初的明遗民思潮一致。经历过国破家亡的伤痛，明遗民痛定思痛地反思亡国之因，这些反思在才子佳人小说中都有反映。

时事小说的繁荣也是清初值得注意的一个现象，明末巨大的危机感和明亡之后的切肤之痛，使作家从崇尚空谈的狂热中清醒过来，他们开始转向正视现实，提倡反映现实、经实致用的文学，表现鲜明的忧患意识和批判精神以及忠诚的伦理救世的思想。这种文学思潮反映在诗歌领域是"诗史"论，反映在词领域是"词史"论，反映在小说领域是时事小说的兴起。清初时事小说的作家在小说中或保存史实——存史以存故国；或反思明亡教训；或辨别是非，建白朝政；或批判权奸，褒奖忠烈，表现鲜明的时代特点，并蕴含着深沉的故国情结。

综上，整个清初的小说创作反映了明清变迁之际的文人心态，深深地打着故国情结的烙印。

目　　录

绪　论 ……………………………………………………………………… 001

第一章　清初小说创作概况与文化生态 ………………………………… 010
　第一节　清初小说的文化生态 …………………………………………… 012
　第二节　清初小说的文献考察 …………………………………………… 030
　第三节　清初小说的地域分布 …………………………………………… 050

第二章　清初代表小说家类型与士人文化心态 ………………………… 057
　第一节　北方地主文人代表丁耀亢与《续金瓶梅》 ………………… 059
　第二节　南方遗民代表陈忱与《水浒后传》 ………………………… 092
　第三节　南方逸民作家代表李渔与烟水散人 ………………………… 116

第三章　清初主要小说流派中蕴含的士人心态 ………………………… 168
　第一节　意念中的江南梦：才子佳人小说的崛起 …………………… 171
　第二节　乱世中的故国情：清初时事小说创作 ……………………… 216

结　语 ……………………………………………………………………… 323

主要参考文献 ……………………………………………………………… 327

索　引 ……………………………………………………………………… 340

后　记 ……………………………………………………………………… 345

绪　论

明末清初小说研究的高潮随着 1981 年春风文艺出版社整理出版大连图书馆一批罕见的明末清初小说而到来。先是林辰出版专著《明末清初小说述录》，对明末清初小说做了大致的介绍。接着学界创办《明清小说论丛》作为明末清初小说研究的阵地，专门刊发相关研究文章，不少重要的单篇论文就发表于此。学界向来对明末清初这一时段政治、经济、文化等方面研究比较重视，20 世纪 90 年代以后，出版或再版了赵园的一系列著作，如《明清之际士大夫研究》（北京大学出版社，1999）、《明清之际思想与言说》（复旦大学出版社，2010）、《易堂寻踪：关于明清之际一个士人群体的叙述》（北京师范大学出版社，2013）、《明清之际士大夫研究：士风与士论》（北京师范大学出版社，2014）、《明清之际士大夫研究：作为一种现象的遗民》（北京师范大学出版社，2014）、《想象与叙述》（北京师范大学出版社，2015）、《制度·言论·心态——〈明清之际士大夫研究〉续编》（北京大学出版社，2015），以及谢国桢的《明末清初的学风》（上海书店出版社，2006）、《明清之际党社运动考》（上海书店出版社，2004），高彦颐《闺塾师——明末清初江南才女文化》（江苏人民出版社，2005），何宗美《明末清初文人结社研究》（南开大学出版社，2003），李玫《明清之际苏州作家群研究》（中国社会科学出版社，2000），等等；这一批学术著作，引起学界反响。

与此同时，上海古籍出版社《古本小说集成》（1991～1994）、中华书局《古本小说丛刊》（1991）等有关古代小说稀见文本资料也相继出版。在各方面因素相互作用下，明末清初小说研究取得了新的进展，除少数专著如刘鹤岩《明清小说与党争》（辽宁大学出版社，2013）、朱萍《明清之际小说作家研究》（中国传媒大学出版社，2009）、朱海燕《明清易代与话本小说的变迁》（华中科技大学出版社，2007）、莎日娜《明清之际章回小说研究》（北京师范大学出版社，2004）外，还有一部分以学位论文的形式出现，如张展《明末清初几种话本小说集的价值新探》（南京大学，2002）、金孝真《明末清初话本小说中的江南社会》（北京师范大学，2000）等。由此可见，将明末与清初相连并作为一个时间段来研究此时期的小说，是当时学界一种普遍分类方法。

另有学者将这一时期小说统称为17世纪小说，如许振东《十七世纪白话小说的创作与传播：以苏州地区为中心的研究》（中国社会科学出版社，2005）、《十七世纪小说编年叙录》（中国文联出版社，2003），李忠明《十七世纪中国通俗小说编年史》（安徽大学出版社，2003）等。这种分段方式有一定道理。首先，一种文体的发展本身就有一定的连续性，不可截然分开；其次，将小说研究的范围划为明末清初或17世纪，由于时间分段的模糊性与延展性，可以减少对作品年代进行考证的麻烦，在使用上有方便之处。但这种分段的明显缺陷在于模糊了因改朝换代所产生的文学作品的不同属性，正如我们不能把五四前后的文学作品混为一谈一样。

20世纪80年代以来，文学史的研究和编撰不断对以王朝起讫来划分文学史段落的模式提出质疑，不少研究者以阶段性研究替代朝代研究，提出17世纪文学、20世纪文学等跨朝代的文学研究，明末清初文学也应运而生。事实上依附于朝代的文学分期自有道理。正如蒋寅先生在《清初诗坛对明代诗学的反思》（《文学遗产》2006年第2期）一文中所讲的那样："改朝换代从来就不是一个简单的年代学问题，它往往伴随着复杂的文化认同、转型以及人们相应的政治立场与价值观的变迁。不难想见，在这场变迁中，文学作为记录和表达人们心灵活动的意识形态，是必定要产生全面的、不同层次的变革的。不同的是，明清易代带给世人的精神冲击比历史上任何一次改朝换代都要剧烈，所以明清之际的文学变革也比文学史上任何一次王朝更替所造成的文学变革更加猛烈而深刻。亡国亡天下的悲哀激发了文化上兴灭继绝的紧迫感，也激发了思想上无比痛苦的历史反思。"因此，历经易鼎之后的清初文学与明末文学在面貌上有很大不同，具有独立存在的价值与意义。由此看来，将明末清初或明清之际或 17 世纪作为一个时段整体来进行研究，是欠妥的。

近年来，学界对将清初应视为与明末不同的独立时段来分开研究的观念基本达成共识，并在对清初思想、文化研究上有一些重要成果发表，如专著有刘敬《清初士林逃禅现象及其文学影响研究》（人民出版社，2017），赖玉芹《博学鸿儒与清初学术转变》（中国社会科学出版社，2010），梅尔清、谢美娥《明臣仕清及其对清初建国的影响》（台北，花木兰文化出版社，2009），孔定芳《清初遗民社会》（湖北人民出版社，2009），陈祖武《清初学术思辨录》（中国社会科学出版社，1992），戴健《清初至中叶扬州娱乐文化与文学》（社会科学文献出版社，2008），阚红柳《清初私家修史研究》（人民出版社，2008），梅尔清《清初扬州文化》（复旦大学出版社，2004），汪学群《清初易学》（商务印书馆，2004），等等。这些成果对清初的社会、学术、文化做了深入的探索，为清初文学的研究开拓了视域，打下了根基。

目前，学界对清初文学的研究成果日趋繁荣，但主要集中在诗词和戏曲领域，对小说的研究颇为匮乏。清初诗歌研究的专著有冉耀斌《清初关中诗人群体研究》（中国社会科学出版社，2017），刘丽《清初两大诗人群体研究》（海南出版社，2011），潘承玉《清初诗坛：卓尔堪与〈明遗民诗〉研究》（中华书局，2004），黄河《王士禛与清初诗歌思想》（天津人民出版社，2002），谢正光《清初诗文与士人交游考》（南京大学出版社，2001）、《清初人选清初诗汇考》（南京大学出版社，1998），赵永济《清初诗歌》（光明日报出版社，1993），等等。论述清初诗歌的重要论文有乔敏《试论清初诗人颜光敏的遗民思想》（《山西师大学报》2011 年第 4 期）、刘丽《重新评价清初京师贰臣诗人的文学史地位》（《河北学刊》2010 年第 2 期）、李彩霞《诗歌视野下的清初文人心态转变》（《时代文学》2010 年第 5 期）、范建华《清初山东的遗民诗人》（《南通大学学报》2007 年第 7 期）、蒋寅《清初诗坛对明代诗学的反思》（《文学遗产》2006 年第 2 期）、张兵《论清初遗民诗群创作的主题取向》（《西北师大学报》2000 年第 2 期）等。就词而言，研究清初词的专著有周焕卿《清初遗民词人群体研究》（上海古籍出版社，2008）等；重要的论文有葛恒刚《纳兰词论与清初词坛》（《南京师大学报》2010 年第 3 期）、《清初词学演变综论》（《名作欣赏》2009 年第 29 期），曹秀兰《清初"贰臣"词人心态探微》（《山西师大学报》2008 年第 2 期）、《论清初"贰臣"词人心态及对深化词境的意义》（《南阳师范学院学报》2008 年第 2 期），等等。散文研究专著有张修龄《清初散文论稿》（复旦大学出版社，2010）等；论文有曹虹《清初遗民散文的文体创造》（《厦门教育学院学报》2010 年第 1 期）等。戏剧方面重要专著有杜桂萍《清初杂剧研究》（人民文学出版社，2005）、陈芳《清初杂剧研究》（学海出版社，1991）等；论文有党月异《清初戏剧与道教思想》（《学术论坛》2010 年第 10 期），张宇《清初遗民戏曲文学研究》（《文化艺术研究》2010 年第 3 期），范秀君《离合之情相近，兴亡之感不同——清初文人传奇主题的嬗变》（《戏剧文学》2010 年第 3 期），陆林《清初戏曲家龙燮生平、剧作文献新考》（《文献》2010 年第 2 期），颜建真《清初传奇〈双星图〉的本事考证》[《戏剧》（《中央戏剧学院学报》）2010 年第 2 期]，李克《"故国"意象·寓言·女性关照——论清初遗民戏曲的书写策略》（《贵州师范大学学报》2009 年第 5 期）、《论"清初江南遗民曲家群"》（《宜宾学院学报》2008 年第 2 期），程芸《清初曲家南山逸史"遗民"身份考辨》（《文艺研究》2007 年第 11 期），杜桂萍《遗民心态与遗民杂剧创作》（《文学遗产》2006 年第 3 期）、《清初遗民杂剧的主题建构与叙事策略》（《社会科学战线》2005 年第 2 期），等等。这些论文对清初的戏曲做了全方位的研究，除杜桂萍著作与论文深入探讨了杂剧与遗民的心态外，大部分仍停留在文献与本事考证阶段，深入剖析清初戏曲与时代关系的文章不多。

小说研究方面，明末清初或明清之际或易代之际小说研究成果较多，就笔者目力所及，对清初小说做专门研究的专著和论文有如下几种。专著有邱江宁《清初才子佳人小说叙事模式研究》（上海三联书店，2005）、徐志平《清初前期话本小说之研究》（台湾学生书局，1998）等。论文有薛英杰《文人权力与男风想象：清初小说中的王紫稼故事》（《安徽大学学报》2017 年第 5 期）、文革红《从清初通俗小说的标识性语句看古代读者的小说观念》（《江西青年职业学院学报》2005 年第 4 期）、李鸿渊

《清初才子佳人小说结局文本浅析》（《江南大学学报》2004 年第 1 期）、雷勇《清初白话小说的嬗变》（《明清小说研究》2003 年第 2 期）、陈洪《折射士林心态的一面偏光镜——清初小说的文化心理分析》（《明清小说研究》1998 年第 4 期）、刘勇强《文人精神的世俗载体——清初白话短篇小说的新发展》（《文学遗产》1998 年第 6 期）、欧阳代发《清初拟话本的新特色》（《明清小说研究》1996 年第 4 期）、林辰《清初小说论略》（《社会科学辑刊》1985 年第 2 期）等。学位论文有文革红《从传播学的角度考察清初通俗小说的发展——以小说出版为中心》（博士学位论文，复旦大学，2006）。近年来，学界开始关注清初小说中的遗民情结与文人心态，有以下论文发表：韩春平《论清初通俗小说"四大奇书"评点本刊刻的意义》（《海南大学学报》2010 年第 1 期），王言锋《谈清初拟话本对明亡的反思》（《黑龙江史志》2009 年第 22 期）、《遗民心理对清初白话短篇小说题材的影响》（《广西社会科学》2008 年第 9 期）、《清初避祸心理与白话短篇小说创作主旨的曲折表达》（《江汉论坛》2008 年第 4 期），居鲲《清初遗民情结小说初探》（《明清小说研究》2008 年第 3 期），等等。除以上把清初小说作为整体来做专门研究的论著和论文外，对清初小说的研究还散见于各种小说史，以及对明末清初小说做阶段性研究或对单个作品或作者进行研究的专著和论文中。

综上所述可以看出，学界对清初文学的研究经历了从不承认清初文学独立地位，到将明末清初或者 17 世纪文学一起进行整体研究，再到认可清初文学的独立性并进行专题研究的过程。在专题研究上，学界从对基础文献的梳理考证逐渐发展到对社会变迁、士人心态进行究。但是这种通过清初文学尤其是清初小说来反映清初社会变迁与士人心态的研究还处于散论阶段，鲜见宏观系统的论述。本书着力于这个薄弱领域，希望能抛砖引玉，引发学界的关注，以待方家。

从小说入手来观察时代情状，深入探究创作者和读者的心态在以前是很少有人尝试的。就探索清初各事件的本来面貌而言，研究当时事件的历史著作在事件归纳方面会更加全面；如果想知道清初思想界状况，研究当时著名思想家的论著则对其分析会更加深刻；就算是研究作家的心态，中国历来有"诗言志"之说，诗歌一直被看作正统的表达思想和情感的文体，不少作家真实的心声会在他们的诗歌中表现出来，若想分析他们的创作心态及其变化，研究诗歌应该更为合适。而小说，尤其是面向市场以谋利为目的的小说，作家的创作首先考虑的是市场和读者的需求，而不是如何表达自己的情感，在言志言情上是逊于诗歌的。这些似乎都表明通过小说来研究士人心态是缘木求鱼。但是事实上，与史书、诗歌相比，通过小说来研究时代情状和士人心态是具有优势的。

首先，所有作品都带有作者自己生活的印记，尤其是记录生活的叙事体小说，更是深受时代氛围和作者自身经历的影响。小说篇幅远长于散文和诗歌，篇幅长的特点决定了它在反映时代、剖析情感上比诗歌、散文更为全面，更为深刻，这些特点决定了它比其他文体更能真实地体现时代情状和士人心态，尽管这种体现可能是隐曲而不是显豁的，是需要细细体会的。

其次，古代小说一直被认为是登不上大雅之堂的小道，在文网森严的封建社会，这种卑微的地位反而起到了保护作用，使小说比其他文体更能逃避审查，从而保持了相对完整的面貌。研究历史，从占有资料上讲，官修史书是十分重要的，但是正如鲁迅先生指出，中国的正史大多是为帝王将相做家谱，这种史书经过最高统治者在意识形态上的选取、过滤和曲解后，很难讲还能保存几分真实，尤其是在易鼎之际政治十分敏感的情况下所修的史书则更是如此。因而完全凭据正史来探寻易代后士人的真实心态和情感是不准确的。野史、诗歌以及思想家著作都是传统的表达思想情感的文体，这种文体自然也引起了统治者的注意和重视，成为被严厉监察和禁毁的对象，无数次文字狱都是由此引起。这些书籍经过一次次的销毁、删除甚至是改写之后，在多大成分上能保持原貌都是个未知数。小说正因是小道，不受重视，在这方面反而幸运些，言论相对自由得多。再加上作者在小说中的情感表露多是隐曲的，这种隐曲也能保护它免于遭到被销毁的厄运，事实上，这种潜意识和隐曲表达也许更能表现作者内心深处最真实的想法。

再次，与其他文体相比，小说更为普及，更为畅销，也更能表现生活的方方面面。无论正史还是野史，其记录的大多是有头有脸的人物，诗歌更是只为少数人垄断和掌握的高雅文学形式，思想家的著作固然在反映思想方面更为深刻，但那毕竟是社会精英层的思想，其所反映的并不代表当时普通民众的思想状态。与此相较，小说的内容多是记录寻常平民百姓的生活情状，而其传播圈子也是遍及社会各个阶层，贩夫走卒、三教九流莫不读小说，这使其在反映清初社会上具有更全面、更具体、更真实的优势。

最后，虽然清初很多小说创作是面向市场的，作者首先考虑的是市场需求，很难判断作品中的情感倾向是作者本人的还是为了迎合市场而做的姿态，但是有一点是很清楚的：即使作品中表现的思想情感是作者为了迎合市场而做出的，也起码说明有大批的读者有这方面的情感需求，这又从一个侧面反映清初人们的情感倾向，与本书的论题并不矛盾。所以选择以清初小说创作的情况来反映与观察清初社会的各种面貌以及士人文化心态是十分恰当的。

本书将以清初小说主要是白话小说中的故国情结为切入点，通过对有代表性的小说家与小说流派的个案分析，点面结合地着眼于山河改色对士人心态的影响，并兼关照清初小说创作特点。当然，概括都是以对细节的舍弃为代价的，生活永远是具体而纷繁复杂的，现实中任何的情感和创作都不可能以一种概念的形式划定，更多情况是多种情感相互纠结地存在于一个人或一件事上，难以区分，但这并不能取消概括的价值和意义，毕竟有主要倾向存在，毕竟遗弃琐碎的细节，做总体的概括性关照，可以使当时的情景和轮廓呈现得更为清晰。

本书之所以选取三大小说家丁耀亢、陈忱、李渔，是因为他们的世界观和人生选择都有其代表性。丁耀亢出身于北方地主家族，明末时备受农民军之苦，他痛恨农民起义军推翻皇权，给人民带来灾难。清军入关，给他带来了相对安定的生活。加上清政权取自农民军而非明朝，所以他恨李自成而真诚地认可新政权，积极谋求出仕新朝。过去，学界通常把他看作有着浓厚遗民意识的人，其著作《续金瓶梅》也被当成反清复明之作，这种观点值得商榷。事实上，丁耀亢并没有太多民族观念和爱国情感，他顺应天命，以保命治生为上，积极谋取自己的利益。他对故国的怀念也主要是怀念在明朝生活的青少年时光，不具太多政治意味。《续金瓶梅》是一部劝世述事之书，不是有浓厚遗民意识的小说。明末南方人民一直生活得相对安逸，清军南下打碎了平静的生活，激起了他们的反抗情绪，南明王朝的成立和北方大批反清复明人士的到来，加重了这种情感。与北方士人相比，南方士人反抗性更强，更难和新朝合作，陈忱和李渔是其中的代表。陈忱做了身名俱隐的遗民，他的《水浒后传》是具有浓厚故国情结的忠君爱国之作。李渔既不愿出仕新朝，又忍受不了孤单清贫的遗民生活，选择了卖文及在权贵之门打秋风为生的第三条道路，但其内心难忘故国，作品中频频以"原心不原迹"做自我开解。

就小说流派而言，本文着重论述了清初白话小说中两大主要流派，即才子佳人小说和时事小说。才子佳人小说是清初新崛起的一个小说流派，其模式化的情节和江南背景在学界颇受诟病，不少学者认为才子佳人小说缺乏真正的情感，是落寞文人逃避现实的表现，是失意之人借乌有之邦做黄粱美梦。笔者认为，事实上，才子佳人小说流派的出现本身就是易代的产物，并非学界所批评的逃避现实、毫无可取之处的小说种类，而是从整体上委婉曲折地表达了文人的故国之思的作品形态，深具时代特点。本书还专门对才子佳人小说流派的代表作家烟水散人做了生平和著作的考论。通过对烟水散人生平和创作情况的勾勒，我们可以看出，即使是在创作看似与现实无关的才子佳人和艳情小说的作家身上，也有着浓厚的故国情结。这种对现实的逃避与对风花雪月的沉溺本身就是故国情结的一种隐曲表现。

时事小说的繁荣也是清初白话小说中值得注意的一个现象，明末巨大的危机感和明亡之后的切肤之痛使作家从崇尚空谈的狂热中清醒过来，他们开始转向正视现实，提倡反映现实、经世致用的文学，表现鲜明的忧患意识、批判精神以及忠诚的伦理救世的思想。这种文学思潮反映在诗歌领域是"诗史"论，反映在词领域是"词史"论，反映在小说领域是时事小说的兴起。清初时事小说的作家在小说中或保存史实——存史以存故国；或反思明亡教训；或辨别是非，建白朝政；或批判权奸，褒奖忠烈，等等，表现鲜明的时代特点，蕴含着深沉的故国情结。

学界多将明末清初或明清之际的时事小说连在一起研究，但将清初时事小说专门单列，作为一个群体进行研究的情况则很少。事实上，晚明与清初的时事小说，其产生时间的前后跨度不过几十年，但明显有着不同风格。明末时事小说的故事内容大概有以下四个方面：（1）歌颂与呼唤勇于抗击奸佞的贤臣和保家卫国的英雄；（2）褒扬忠孝节义，表达伦理救世的思想；（3）斥责扰乱朝纲与天下的乱臣贼子；（4）利用时事小说进行政治攻击。无论是对贤臣英雄的歌颂，对伦理道德的呼唤，还是对乱臣贼子的斥责，甚至利用小说进行政治攻击，表现的都是作者积极的入世精神。在这里，作者心中有自己的国家，有补天救世的激情，有对当时的外敌后金入侵中原的深恶痛绝。

甲申之变之后，清初的时事小说则是另外的格调。在内容上，清初的时事小说主要有以下内容：（1）写甲申之变并攻击农民起义；（2）直接或间接反映江南人民的抗清斗争；（3）比较全面地反映明末政治局势和社会变革；（4）明遗民不忘亡国之耻，继续编写小说寄托情感。这些作品成书于入清之后，和直斥清朝为"奴虏"的明末时事小说不同，书中对于关涉清朝的字句如履薄冰，谨慎处置。书中绝无"奴""虏"等字样出现，多用其他词代替，如"彼众""东兵""东骑""北兵"之类。大多数时事小说对以清代明表达了顺从的态度，《定鼎奇闻》《铁冠图》更是对清廷阿谀奉承。与明末时事小说相比，清初小说少了积极入世的激情，多了无可奈何的认命观。

整个清初小说的创作反映了明清变迁之际的文人心态，深深地打上故国情结的烙印。另顺便说明一下，本书中的清初小说主要指清初白话小说。

第一章

清初小说创作概况与文化生态

　　将从清军入京定鼎即顺治元年（1644），至收复台湾，全国归于一统的康熙二十二年（1683），约 40 年的时间，视为清初。约 40 年的清初，时间短短，小说刊刻却近 200 部，是现存的整个明代小说数量的总和，堪称繁荣。小说形式多种多样，文言、白话都很兴盛。文言小说中志人、志怪、琐语、箴规各种文体全备，白话小说按形式分既有话本小说，又有章回小说。按流派分则既有时事小说、神魔小说，又有世情小说、艳情小说，且都呈现创作的生机。另外，英雄传奇、历史演义小说也多次重版，产生了清初独有的现象：公案小说的消亡与才子佳人小说的勃兴以及时事小说的繁荣。

　　清初小说创作的地域特征十分明显，这是清初小说的一大特点。据统计，在创作地或刊刻地可考的 89 部小说中，有 74 部与苏浙相关，约占 83%；其中，与浙江相关的小说就有 53 部，约占 60%。在浙江省内部，小说创作集中于杭州与嘉兴两地，与两地相关小说有 49 部，占浙江省创作小说的 90% 以上，约占创作地或刊刻地可考小说的 55%。与江苏省相关的小说共有 21 部，约占创作地或刊刻地可考小说的 24%。在江苏省内部，小说创作集中于苏州与南京两地，与两地相关的小说共有 11 部，约占江苏省创作小说的 52%。①

　　作者身份中，文人比例大，这是清初小说的又一大特点。白话小说的作者，最初只有书会才人、书商或者书商雇用的写手，直到明代中叶以

---

　　① 参见本章第三节。

后，文人方频繁地参与创作，晚明时则出现了冯梦龙、凌濛初这样的知名作家，清初时则有大量文人参与小说创作。清初小说作者不仅文人多而且政治身份也比较多样，如有遗民、逸民、贰臣以及清初新一代官吏，基本上当时各类人都参与了小说的创作与传播。在小说作家中，遗民小说作家有华阳散人、陈忱、黄周星、余怀、李清等，形成了遗民创作群；逸民小说作家则更多，如天花藏主人、烟水散人、李渔等；贰臣小说作家有周亮工、梁维枢、陆圻、龚鼎孳等；清初新一代官吏小说作家有黎士宏等。不同身份、地位、背景的人参与小说创作，在其中或直接或隐曲地表达自己的情感，即便是贰臣，他们创作的作品也蕴含着故明之思与亡国之痛，这是这一时期小说创作的重要特点。如周亮工《书影》中的《书戚三郎事》，描叙清兵屠戮江阴后，戚三郎与其妻于氏的悲欢离合的遭遇，抨击清兵的杀戮暴行，隐含亡国之痛。龚鼎孳的《圣后艰贞记》记叙明末懿安皇后的不幸遭遇，她先是遭客魏离间，后又逢李自成陷北京，终殉节自缢，年仅 38 岁；此书亦是怀故国之痛，表彰忠贞之作。通过对小说的分析，我们能更全面地了解清初社会各阶层人的情况。

清初小说还具有鲜明的谋利倾向，这和明清易代有着密不可分的关系。王朝易鼎使明代大批的读书人或因战乱失去了科考机会，或忠于旧朝主动放弃科举，传统的学而优则仕的道路走不通了。为谋生，不少人成为职业的作家、出版人，如李渔、烟水散人和天花藏主人。[①] 不少遗民在清初也以此为生。[②] 清初很多书都是改头换面、粗制滥造地抄袭、改编之作，射利倾向明显，在江南甚至出现了专门出版通俗小说的著名书坊——啸花轩和专业订书人——步月主人。[③]

蕴含深沉的故国情感，是清初各阶层怀有各种目的之人所写小说中具有的共通特征。如石昌渝先生在《中国小说源流论》中所讲："明末的小

---

① 清初烟水散人编《桃花影跋》云："今岁仲夏，友人有以魏、卞事债（倩）予作传，予亦在贫苦无聊之极，遂坐洙水钓矶，雨窗十日而草创编就其事。友人必欲授之梨枣。"由此处可知，作者给书坊编书是为了糊口。
② 吕留良《东庄诗存》中《寄黄九烟》诗首句云："闻道新修谐俗书，文章买卖价何如？"自注云："时在杭，为坊人著稗官书。"此处提到著名遗民黄周星在杭州作小说来谋生的事。见俞国林《吕留良诗笺释》，中华书局，2015，第 268 页。
③ 见第一章第三节第二部分"江南啸花轩与步月主人"。

说和清初的小说之间虽然仅仅以 1644 年这个年代为界，但因为社会、政治发生了巨大变化，1644 年前后的小说在题材和思想上是有明显不同的。明末的小说，只要是稍微严肃一点的文人作品都表现出忧患意识，而清初的小说，也只要稍微严肃一点的文人作品都表现出黍离之悲。"① 清初的小说家都是由明入清的文人，这个小说作家群经历明清鼎革，其创作有着显著的时代特征。在创作内容上，他们身跨明清两代，对已被推翻了的明朝或多或少地怀有内涵可能有很大差异的故国情结，如有的是乡恋般的精神寄托，有的是缅怀自己的青少年时光。在表现形式上，有的坚定反抗，有的逃避现实，还有的虽认可新朝但在心中不断自我开解。这些情结渗透在他们的小说作品中。存史以存故国，反思明亡之因，表彰忠贞、鞭挞变节，是清初小说中反复表现的内容。

第一节　清初小说的文化生态

丹纳《艺术哲学》说："要了解一件艺术品、一个艺术家、一群艺术家，必须正确的设想他们所属的时代的精神和风俗概况。这是艺术品最后的解释，也是决定一切的基本原因。"② 他一再强调"作品的产生取决于时代精神和周围的风俗"。③ 此理论同样适用于清初小说，要想掌握清初小说创作的实际情况，充分理解清初小说独具的时代特征，就必须全面了解清初小说创作时的文化生态。

一　纠结于心的死生之辨

明末清初是变故迭起、天崩地裂的时代。先是自然灾害频仍："不是亢阳几载，便是霪雨连年，冰雹飞蝗，疾风妖雾，更相迭至。弄个江北地方，赤地千里；江南庶众，饿殍盈途。""大江以北，自连年荒旱，寸草不生，米粒如珠，柴薪似桂。"④ 除风不调雨不顺外，还有地震频发。"万

---

① 石昌渝：《中国小说源流论》三联书店，1994，第 372 页。
② 〔法〕丹纳：《艺术哲学》，傅雷译，人民文学出版社，1988，第 7 页。
③ 〔法〕丹纳：《艺术哲学》，傅雷译，第 32 页。
④ 黄秀娴校点《铁冠图忠烈全传》，宝文堂书店，1990，第 233 页。

历四十八年中，京师及郡国地震者二百五十有九"，然崇祯朝"自元年至十年四月，相当之"①。后是人祸相连：朝廷内部是阉党专权，党争酷烈；外部是后金成立，屡有进犯，辽东战事危急。内忧外患侵扰着本已腐败不堪的明季政权。展开明代的大事纪年表，我们就能清晰地看到晚明一连串的内忧外患的情景。1616 年，努尔哈赤建立后金；1618 年，后金陷抚顺；1619 年，明、后金萨尔浒之战；1622 年，明、后金广宁之战；1629 年，清军从喜峰口入关；1636 年，皇太极称帝；1637 年，明清松锦之战，洪承畴降清；1643 年，福临继位。几乎与此同时，关内农民起义风起云涌。1628 年，高迎祥等起义；1636 年，李自成称闯王；1643 年，李自成破西安，张献忠破武昌称大西王。这一切最终发展到顶点：1644 年，李自成在西安建立大顺政权，三月十九日进京，崇祯自缢，明朝灭亡。就在大顺政权尚在庆祝之际，1644 年四月，吴三桂引清军入关，败李自成于一片石；五月，明臣迎清入京，清廷下薙发令，马士英等拥福王朱由崧于南京即位，改元弘光。1645 年五月，清兵攻占南京，福王政权瓦解，六月清廷再度下诏薙发，各地抗清运动蜂起。1659 年，郑成功、张煌言进军长江，发动对清廷的战争，江南震动，形势一度对南明军队极为有利，最后却功败垂成。1661 年，张煌言逃到临门。1662 年四月，桂王朱由榔被吴三桂缢杀，桂王政权瓦解；同年，鲁王死在金门，南明两王覆灭，李定国、张煌言相继战死。1663 年，清军消灭李自成余部李来亨、郝摇旗等领导的夔东十三家农民军，广大江南地区已全部纳入清朝统治，只有台湾郑氏还是继续抗清。1684 年，清朝统一台湾，四月设立台湾府。至此，清朝才统一全国，巩固政权，进入了相对稳定时期。

李自成起义，北都沦陷，清兵入关、南下，南都沦陷，由明入清之人就这样一次次被历史推到了最残酷的风口浪尖上，一次次面临着生死的考验和抉择，② 其中有被动的死：死于流寇，死于清军，或死于南明乱军，

---

① 吴伟业：《绥寇纪略》，上海古籍出版社，1992，第 342 页。《绥寇纪略》中有"大雨雹""雷震""旱蝗""火灾""水灾"等节详细记载了明末的自然灾害情况，可以参考。

② 戴名世曾讲："杜子美诗曰：'丧乱'死多门。明之士民死于饥馑，死于盗贼，死于水火，后又死于恢复，几无孑遗者，又多以不薙发死，此亦自古所未有也。"《戴名世集》，中华书局，1986，第 211 页。

可称为遇难,这是无法选择的;也有主动的死,这种死则较为艰难和复杂:殉国或殉节。中国自古以来就有"主忧臣劳,主辱臣死"①之说,主受辱臣应死,更何况君主已自缢呢?

殉国,听起来很壮烈,一死了之,既可以了却万事,又可以保存名节,受后世敬仰;但毕竟是对生命的舍弃,而人的生命只有一次,选择起来还是很难的。虽然明季殉国人数堪称历朝之冠,但是从明季殉国士大夫人数与当时整个士大夫阶层人数的比例来看,还是相当少的。计六奇曾在《明季北略》中指出在六垣任职的几十人情况:"余览甲申春仕籍,时六垣计数十人,惟公(吴甘来——笔者注)一人死节,余或逃,或遭刑辱,或污伪命,视公贤不肖何如也!语曰'主辱臣死。'未闻主死而臣犹可以生者,况于反面事贼,恬不知耻,纲常名教,至申酉之际扫地尽矣,哀哉!"②在记殉国御史陈纯德时,又以同科第召对的官员为参照,通过对比来表现当时殉国人数之少:"其同以进士召对者,特旨除词林五人,科、道各五人,共计十五人,而死者唯公(陈纯德——笔者注)一人。"③数十名官员仅有一人殉节,可见虽然节烈观念强大而根深蒂固,但毕竟"千古艰难惟一死,伤心岂独息夫人",④生的渴望还是强烈的,出仕之人殉国的比例尚且如此之低,普通细民百姓就更可想见。描绘明清易代之际情状的书中可屡见关于普通百姓甚至倡优、乞丐殉国的记载,就因为此类殉国人数少,才引起人们的关注、表彰。魏禧在《杂说》中讨论殉节与守节的问题时,就将国民划分为布衣和缙绅两类,他认为在"变革之际,舍生取义者,布衣难于缙绅;隐居不出者,缙绅难于布衣"。布衣"舍生所以难",是因为"人止一死,无分贵贱,贪生则同",而"布衣无恩荣,无官守",故难殉节;而缙绅"隐居所以难",是因为"布衣毁节趋时,未必富贵,闭户自守,亦无祸患",而"缙绅则出处一殊,

---

① 司马迁:《史记》,中华书局,1959,第1752页。
② 详见计六奇撰、魏得良等点校《明季北略》卷二十一,中华书局,1984,第535页。
③ 详见计六奇撰、魏得良等点校《明季北略》卷二十一,第540页。
④ "息夫人"是春秋息侯的夫人。楚文王吞并息国时,把息夫人作为战利品而将之占有。但息夫人在楚国很长时间从不说话。楚文王问她原因,她说:"吾妇人而事二夫,纵不能死,而又奚言?"见《左传·庄公十四年》。

贵贱贫富立判，安危顿易，事在反掌"，① 故难守节。这种观点是很有见地的。

不管怎样，大部分人还是在每个生死关头选择了生存。这部分人是幸运的，又是不幸的。毕竟生命是可贵的，能在明清易鼎如此乱世之中保全性命是需要运气和生存哲学的；但是生存下来的人又是不幸的，在故明生活过的那段时光是生命中永远难以舍弃的印记，更何况那是一个人最美好的青少年时代。再加上忠君思想、华夷之辨的熏陶，使有幸存活下来的人在余生很难摆脱故国情感的纠葛和背叛君国的心理阴影，无法面对殉国殉节的昔日同僚友朋。这种情结使他们在新的王朝里始终活在内心惊忧愧惧的忐忑不安中。为获得心理平衡，减轻愧疚，这批人屡次展开关于生死的大讨论。讨论什么人应该殉国，什么人不必殉国的问题，并提出各种无须殉国的理由：不出仕者可以不死；出仕者非封疆大吏可不死；退休官员可不死；有父母在堂者亦可不死；明朝不出仕且父母在者犹可不死。② 甚至有存活下来的人对死节的人大加鞭挞，陈确讲"今人动称末后一着，遂使奸佞同登节义，浊乱无纪，死节一案真可痛也"；③ 毛奇龄则直斥无官位而死的人为"惑者"；全祖望也批评布衣殉国，认为"以环诸书生，未受国家恩命，而必弃亲从君，斯亦不无小过也"；④ 唐甄甚至认为"君子有三死：身死而大乱定，则死之；身死而国存，则死之；身死而君安，则死之"。⑤ 他们几乎认为当时之人皆不必死，而死节者均属死而无当。有些人则更进一步地提出"死易生难"的命题，认为死节是"塞责"，是"好名"，而直面困难，扛起反清复明的责任或者顶住新朝压力，拒绝诱惑，保存遗民身份以身存故国才是更为艰巨的任务和责任。张岱就批评大臣以死"塞责"："吾观死事诸君子之材略，皆有大智慧、大经济、大学问，使其当闯贼未入都之前同心勠力，如拯溺救焚，则吾高皇帝二百八十二年金瓯无缺之天下，岂遂败坏至此。而无奈居官者，一当职守，便如燕

① 魏禧：《魏叔子日录》第二卷，《魏叔子文集》，中华书局，2003，第1125页。
② 具体参照何冠彪《生与死·明清士大夫的抉择》，第五章"明清之际士大夫对须否殉国的争论"，台北，联经出版事业公司，1997。
③ 邓之诚：《清初纪事初编》，香港中华书局，1976，第238页。
④ 全祖望：《鲒埼亭集外编》卷33，台北，文海出版社，1988，第20～21页。
⑤ 唐甄：《潜书》，中华书局，1963，第191页。

人之视越，遍地烽烟，皆谓不干己事，及至火燎其室，玉石俱焚，扑灯之蛾，与处堂之燕，皆成灰烬。则烈皇帝殉难诸臣，以区区一死，遂可以塞责乎哉?"① 他认为由于诸大臣没有勠力同心以抗国难的勇气，才会以死塞责，掩盖自己失职的错误，从而觉得忍死偷生以求有待比速死更有意义，且经历的考验更为严峻。由此看来，不死节不但不是怯懦，而且是勇敢的表现。"隐忍苟活"不是可耻，而是难能可贵的。甚至当时会有人理直气壮地认为殉死是好名的表现。陈确便以妇女守节作比，认为守节难于殉节，而殉节者多为"好名"："使烈妇忍死立孤，穷饿无以自存，人岂有周之者? 白首而死，岂有醵葬之而碑之，传记之，诗歌之者? 夫速死之于忍死，其是非难易皆什佰，而士往往舍此而予彼……烈妇亦从一而终足矣，何必殉死? 然不殉死，天下繇知烈妇? 语云：'三代以下，唯恐不好名。'悲夫!"② 但无论讨论者从何种角度出发，都难以掩饰的一个事实就是参与讨论的人都是没有殉国者，而死节还是很难的。明末社会的各个阶层都有死节之人，言论界甚至有全天下人都应殉国的论调。《皇朝四明成仁录》卷七载含山生员张秉纯绝食而死之前曾说："今日率天下之人，无贵无贱，无老无小，皆宜为君父而死者也。"在这个氛围里，存活者展开关于生死的讨论和对死节之士进行攻击，越发显出生者的心虚与不安，而这种讨论的执着和热烈也表现了士人对故国情感的纠结。

易代之际的士人看似面对四种选择——殉国、抗清、隐逸和出仕，事实上只有三种，抗清失败后仍要面对是隐逸还是出仕的问题。殉国者自不待言，抗清者有复国的重任在，两者都容易取得自我和周围的人的认可，且具有一样的荣耀。③ 而隐逸和出仕的人都面临着寻找生存下来的理由，使自我生存正当化的问题。隐逸者亦可分为两种：一种是由明入清，因易代而甘作遗民之人；另一种则是在明即为逸民，本性无意仕进的人。他们混迹市井或隐居深山，在不参与新朝社会公共事务的前提下，或冷静思考

---

① 张岱：《石匮书后集》卷20《甲申死难列传》，台北，明文书局，1991，第134页。
② 《陈确集》上册，中华书局，1979，第395~396页。
③ 祁彪佳明确提出："委质为人臣，之死谊无二。光复或有时，图功审机势。图功为其难，殉节为其易。我为其易者，聊尽洁身志。难者待后贤，忠义应不异。"(《祁彪佳集·遗言》卷9，中华书局，1960，第222页）他认为抗清是比殉节更难做到的英勇行为，两者都是忠义之举。

明亡教训，记述易代之际的历史，对故国持反思的态度；或干脆沉醉于山山水水、声色犬马之中，用麻醉的方式逃避异族统治的现实。遗逸民们虽在面对持节的古人或想及殉节的亲朋时会流露内疚的情绪，但毕竟于心无大愧。而出仕的贰臣则一生多活在忧惧愧疚中，不停地寻找活下去的理由，寻找自身生存的价值，以达到心理平衡，使自我行为正当化。综上可以看出，清初的社会普遍笼罩着怀恋故国的情绪，无论是激昂地抗清、沉醉地逃避，还是冷静地反思，抑或是自我开解，其最终原因都在于难以摆脱深埋于心的故国情结。

二　蔓延全国的故国情结

清初统治者因政权还未巩固，全国各地武装起义不断，故对汉族知识分子施行恩威并施的政策，多加安抚。为缓解整个社会的紧张局势，疏通遗民情感郁结，稳定社会，清初统治者对故国情结的流露多采取宽容的态度。顺治帝亲政后，虽有科考案和奏销案等，但他主要是针对醉心入仕新朝的汉族知识分子以及江浙一带的绅衿地主，而不是针对坚持民族气节的明朝遗民。康熙在文化控制方面也是采用怀柔、宽容的方针。康熙十七年（1678）、十八年（1679）召开博学鸿儒科，"自古一代之典，必有博学鸿儒，振起文运，阐发经史，以备顾问著作之选"。[1] 征天下学行兼优、文辞卓越之士，并应内阁学士徐元文"纂修《明史》，宜举遗献"[2] 之请，于十八年五月开明史馆，任徐元文为总裁官。康熙还为修《明史》事特作文一篇，晓谕诸臣："《明史》关系极大，必使后人心服乃佳……有明以来，二百余年，流风善政，岂能枚举。……《明史》不可不成，公论不可不采，是非不可不明，人心不可不服。"[3] 康熙二十年（1681）十二月朝廷还借给太皇太后、皇太后加徽号之机会，恩召特举山林隐逸。康熙在其统治期间的二十三（1684）、二十八（1689）、三十八（1699）、四十四年（1705）四次南巡，亲至明遗民的精神归依之所——南京明太祖孝陵致祭。这些都是康熙帝采用的积极笼络政策。与此同时，对当时书籍的

---

① 《清实录·圣祖仁皇帝实录》第四册第七十一卷，中华书局，1985，第910页。
② 《清实录·圣祖仁皇帝实录》第四册第八十八卷，第1116页。
③ 《清实录·圣祖仁皇帝实录》第六册第二一八卷，第1206页。

出版，康熙帝明确规定了刊刻政策："凡旧刻文卷，有国讳勿禁；其清、明、夷、虏等字，则在史馆奉上谕，无避忌者。"① 对明末遗民的作品任其刊刻，哪怕一些极力鼓吹华夷之辨、几乎敌视"满清"或前已缘此肇祸者，也多不予理会。计六奇的《明季南略》《明季北略》就成书于康熙十年（1671）。同时朝廷对像顾炎武、黄宗羲、李颙、傅山等不与清廷合作的大儒也不治罪。虽然康熙元年发生了震惊全国的庄氏《明史》案，但此案发生在四大臣辅政时期，当时康熙年仅 8 岁，不应由他负责。正因清初顺治、康熙两位君主在政策上有以安抚为主的认知，他们才能容忍和理解遗民们的眷怀故明之举，但对故国情结的宽容又有意无意地促成了故国情结的弥漫。

1. 经世致用的反思学风

明朝虽在晚期一直面临着内忧外患，但不管怎样仍算得上是地大物博、人口众多、享国久远。如此的泱泱大国竟在很短的时间里国鼎两易，近 300 年之金瓯毁于一旦，这样天翻地覆的陵谷变迁促使每一位有责任感的存活者思考明亡的原因。明末"平日袖手谈心性，临难一死报君王"的空疏与不讲实务的学风就成了众矢之的。顾炎武就明确地把神州陆沉的原因归结为阳明心学的清谈："刘、石乱华，本于清谈之流祸，人人知之，孰知今日之清谈，有甚于前代者。昔之清谈，谈老庄，今之清谈，谈孔孟，未得其精而已遗其粗，未究其本而先辞其末，不习六艺之文，不考百王之典，不综当代之务，举夫子论学论政之大端一切不问，而曰'一贯'，曰'无言'，以明心见性之空言，代修己治人之实学，股肱惰而万事荒，爪牙亡而四国乱，神州荡覆，宗社丘墟。"② 与此相应，他提出经世致用的观点，"凡文之不关于六经之旨，当世之务者，一切不为"。③ 这个观点影响了整个清初的方方面面。经世致用不仅是一种学术观点，而且是一种人生观和价值观。具体就封建士大夫而言，所谓"经世"，是指治国理民；所谓"致用"，是指对朝廷有用。所以服务于封建帝王，致力于

---

① 徐珂编《何之杰诗狱》，《清稗类钞》第三册《狱讼类》，中华书局，1984，第 1026 页。
② 顾炎武：《夫子之言性与天道》，顾炎武撰、黄汝成集释《日知录集释》卷七，上海古籍出版社，2006，第 402 页。
③ 顾炎武：《与人书三》，《顾亭林诗文集·亭林文集》卷四，中华书局，1959，第 91 页。

现实社会，是经世致用的具体特征。但是，易鼎之后，这些"亡国士大夫"的遗民们面临报国无门的尴尬，他们没有办法像传统士大夫那样致力于"治财赋""留心政事"等经世实践，为国家"建功立业"，而不得不以讲学著书为"应世之务"，反思明亡教训。所以清初的作品明显地表现与时代相关联的特色：史学界，编修明史兴盛；文学界，反思思潮盛行；诗歌界，遗民诗成为中坚；戏剧界，反映故国情结和感伤情绪的遗民杂剧盛行。如当时的散文则出现不少或记录忠臣志士行状或表现人民流离失所之痛的传记文，描写具体事物的小品文也盛行一时，它们通过小而微的描绘反映陵谷改色的巨大变迁和沧海桑田的心灵变化；小说更是或直接或隐曲地与时代相联系，在一定程度上反映和反思历史，宣泄与表达作者和阅读者的故国情结。

2. 修史之风盛行

修明史总结亡国教训，一方面具有无可替代的经世致用功能，另一方面也是很多后亡人作为自己存活的重要精神慰藉之一。所以，清初既有遗民学者借修史以存故国，又有贰臣借修史抒发故国情怀，缓解内心歉疚与不安，同时还有清朝的官修明史以示正统与裁定史实。据粗略统计，顺治、康熙两朝维护明王朝的私家修史群体约133人，分布于全国各地，其中以江苏省最多，为43人；浙江省次之，为20人；其余依次分布于安徽、上海、福建、广东、湖南、江西、北京、山东、湖北、河北、山西、广西、云南等地。所修史书有的完整记述明代历史，如谈迁《国榷》、查继佐《罪惟录》、张岱《石匮书》；有的记述南明政权历史，如李清《南渡录》《永历实录》等；有的记述明末党社活动，如《复社纪略》《东林本末》《东林列传》等；有的记述明末农民起义，如《怀陵流寇始终录》《荒书》等；有的记述明清鼎革之际的历史，如《甲申传信录》《国变录》《甲申核真略》等；另外还有记载抗清义师活动的史书和记载清初文字狱的史书。这些史书或为明朝死节之士立传，使之不朽；或总结明及南明相继灭亡的教训；或感叹世事，叙述史家自身在战乱环境中的惨痛经历；或征实纠误，还原历史的真实；或激励仁人志士为复国而奋斗。① 私

---

① 具体参考阚红柳《清初私家修史研究》，人民出版社，2008。

家修史的盛行对清初小说创作有很大影响。一方面，修史时需要搜集大量的资料甚至是异闻传说，而那些在史书中无法或没有用上的资料恰好是小说创作的绝佳素材；另一方面，小说本身就和历史有很大联系，不少小说亦以补史自居，修史盛行和小说盛行特别是时事小说盛行，是清初并行不悖的趋势。清初不少私家修史的作者和小说的创作或评点有着直接的关联，如吴肃公曾编写《皇明通识》，后来就把《皇明通识》里没有用上的材料写成《明语林》；李清曾著史书《南渡录》，同时又有文言小说《女世说》《鬼母传》《外史新奇》；查继佐既有《罪惟录》《鲁春秋》《国寿录》《东山国语》等多种史书，又以"湖上钓叟"的名号评点《金瓶梅》；陈鼎既有史书《东林外传》《明季诸大臣殉难录》，又有《毛女传》《爱铁道人传》《彭望祖传》等十几篇文言小说选入《虞初新志》；而顾炎武除了《圣安本纪》《天下郡国利病书》《日知录》多种史书外，还有《陈小怜传》等小说。

不仅遗民重视修史以存故国，贰臣亦关注并参与修明史，同时这种共同的目标也使遗民与贰臣的联系得以加强。如遗民史家张岱在修《石匮书后集》时，得知降清为官的谷应泰欲作明史纪事本末，广收十七年邸报，且材料汗牛充栋时，便投身其幕下，浏览崇祯十七年间的邸报，终成此书。谈迁为完善《国榷》书稿，广搜史料，于顺治十年（1653）入弘文院编修朱之锡之幕府，其间他还拜谒吴伟业、曹溶、霍达等贰臣，其他既往公侯门客、降臣、宦官、皇亲等亦多所寻访。① 不少贰臣也视修史为自己的事业，如曹溶就以修明代史书自期，这在罢官之后表现得尤为强烈。曹溶曾有诗赠顾炎武"亭成野史空留约"，用元好问晚年在家筑野史亭以修金史的典故自期，可见两人曾有修明史的约定。曹溶晚年还和浙东的黄宗羲就修史一事互通声气。

除私人修史外，每一个继起的王朝都会修前代史来标示它的合法性。清廷在入关的第二年就宣布撰修《明史》，以示正统。当时明遗民还大多满怀恢复前朝的期望，致力于抗清斗争，无意参与修史。康熙十七年（1678），清征举博学鸿儒科；十八年（1679）开明史馆后，将所征 50 人

① 陈祖武：《清初学术思辨录》，中国社会科学出版社，1992，第 219 页。

悉数纳入馆修史。这个时候清朝统治已逐渐稳固，明遗民鉴于恢复前朝无望，对清廷的态度逐渐改变。遗民社会发生严重分化，一部分遗民应征博学鸿儒科，受职入馆，参修《明史》；一部分遗民坚辞征聘，但对修史很配合并多所襄助。黄宗羲拒应博学鸿儒科，亦不应修史之征，但朝廷聘其门生万斯同及其子"入馆备顾问"征其意见时，黄宗羲的回答是"国可亡，史不可亡"，支持后辈"以布衣参史事"。黄宗羲曾对其应征入馆修史的弟子万斯同说："一代是非，能定自吾辈之手，勿使淆乱，白衣从事，亦所以报故国也。"① 万斯同秉承其师之规诫，不食朝廷俸禄以布衣入馆修史，曾云："吾所以辞史局而就馆总裁者，惟恐众人分操割裂，使一代治乱奸贤之迹，暗昧而不明耳！"② 除支持弟子参修《明史》外，黄宗羲在馆外对修史亦多所助益，不仅将《大事记》《三史钞》呈送史馆供以采择，而且"虽未预修史，而史局遇有大事疑事，必咨之"。③ 顾炎武也是如此，他本人虽然拒绝了征聘，但并不阻止其外甥监修明史，且常被史局咨之，写有《与史馆诸君书》。④

3. 文学与现实相连，反映时代风气

经世致用的思想在史学上促使修明史和总结故明教训盛行，在文学上也有很大的影响。与学术上所提倡的实学相对应，顾炎武有名的文学主张是"文须有益于天下"。他说："文之不可绝于天地之间者，曰明道也，纪政事也，察民隐也，乐道人之善也。若此者，有益于天下，有益于将来，多一篇多一篇之益矣。若夫怪力乱神之事，无稽之言，剽袭之说，谀佞之文，若此者有损于己，无益于人，多一篇多一篇之损矣。"⑤ 他强调文学的有用性，反对明末与清谈相对应的所谓抒发心性的小品文。与此同时，黄宗羲也认为文学须与同时代紧密相连，强调文学补史之阙的功能。

① 黄嗣艾：《万石园先生》，《南雷学案》第七卷，《清代传记丛刊》，台北，明文书局，1985，第462页。
② 钱大昕：《万先生斯同传》，《潜研堂文集》第三十卷，上海古籍出版社，1989，第681页。
③ 江潘：《黄宗羲》，《国朝汉学师承记》第八卷，中华书局，1983，第128页。
④ 张穆：《清顾亭林先生炎武年谱》第四卷，台湾商务印书馆，1980，第81页。
⑤ 顾炎武：《文须有益于天下》，顾炎武撰、黄汝成集释《日知录集释》卷十九，第1079页。

黄宗羲说："是故汉之后，魏、晋为盛；唐自天宝而后，李杜始出；宋之亡也，其诗又盛。无他；时为之也。"① 他指出文学作品可以补史之阙，谓："是故景炎、祥兴，《宋史》且不为之立本纪，非《指南》、集杜，何由知闽广之兴废？非水云之诗（汪元量《水云集》——笔者注），何由知亡国之惨？"② 从而认定文学与时代关系密切。

因此在诗歌方面，清初注重以诗纪事的诗史作用，注重诗歌对诗人身世和时代风气的反映。钱谦益在《胡致果诗序》中曾说："三代以降，史自史，诗自诗，而诗之义不能不本于史。曹之《赠白马》、阮之《咏怀》、刘之《扶风》、张之《七哀》，千古之兴亡升降，感叹悲愤，皆于诗发之。驯至少陵，诗中之史大备，天下称之曰'诗史'。唐之诗，入宋而衰，宋之亡也，其诗称盛。皋羽之恸《西台》，玉泉之悲《竺国》，水云之《苔歌》，谷音之《越吟》……古今之诗莫变于此时，亦莫盛于此时。"③ 他提出"寓史于诗"的"诗史"论。在以诗纪史的观点指导下，清初每逢大的时局动荡，都会产生一批诗对此进行记载。如郑成功长江战役失败，就有钱牧斋《后秋兴》组诗、钱曾《海上》、王时敏《亥秋书事》四首、程正揆《己亥江行》、许旭《秋日感兴》、王昊《兵船行》、邵长衡《守城行》、冷士嵋《海天别》、纪映钟《地震》、傅山《朝沐篇》等歌咏其事。瞿式耜守桂林，城破而死，归庄作长律三十韵吊之，复作组诗八首；钱谦益则有《哭稼轩留守相公一百十韵》；陈璧有《挽留守相公稼翁夫子七十韵》；钱曾亦有《哭留守相公诗一百韵》；王夫之作《桂山哀雨》四首；等等。邓之诚先生从"证史"的角度将清初的诗选了2000多首，编为《清初纪事初编》，其中所选的诗都是纪事诗，可谓蔚为大观。这些诗不仅可以证史，而且可以补史之阙。屈大均曾云："士君子生当乱世，有志纂修，当先纪亡而后纪存，不能以《春秋》纪之，当以《诗》纪之。"④ 他将诗提高到纪亡存故国的高度。

在散文领域，清初传记文盛行，这批传记文或记录鼎革之际的忠臣志

---

① 黄宗羲：《黄宗羲全集》第十册，浙江古籍出版社，2012，第46页。
② 黄宗羲：《黄宗羲全集》第十册，第49页。
③ 钱谦益：《胡致果诗序》，《牧斋有学集》，上海古籍出版社，1996，第800～801页。
④ 屈大均：《东莞诗集序》，《翁山文钞》卷一，清康熙年间刻本。

士的情状，或记录人民流离失所的情形，深具易代之际的特征。而清初的小品文则在对绝小物事的描绘中饱含对晚明精致生活的回忆，在其中寄寓故国之思、遗民情怀。如张岱的《陶庵梦忆》《西湖梦寻》① 就是以描绘风物和山川来怀恋故国的。

在戏剧领域，清初戏剧尤其是杂剧中，故国之思和感伤情调是其主要基调。清初不少身份地位较高的博学文士参与创作杂剧。据统计，清初杂剧作家约有 78 人，其中进士出身者计有 16 人，举人出身者计有 3 人，而具诸生身份者计有 15 人，另可确知为文士者计有 21 人，女剧作家 1 人，另 22 人身份不详。其中八卿级者计 15 人，督抚级者计 8 人，佐幕者计 2人，凡 25 人。可见清初杂剧的作家多为学养丰厚的博学之士：有的是经师大儒，如王夫子、傅山、查继佐等；有的是文坛名士，如吴伟业、毛奇龄、尤侗等；有的是怀才不遇的文士或者不屑于科考的文人，如廖燕等。② 这与明清鼎革不少文人投身于通俗文学的大背景密切相关，且在这部分作家中至少有 17 位是遗民或可被视为遗民之人。可肯定为遗民的 14位有：傅山、王夫之、陆世廉、查继佐、邹式金、李式玉、土室道民、郑瑜、徐石麒、余怀、黄周星、张怡、三余子、马万。另还有 3 位即吴伟业、南山逸史、金堡虽不能算作纯粹的遗民，但其作品都蕴含深刻的遗民意识。正如曾永义先生所云："像吴伟业等人历经鼎革，亲见铜驼荆棘，残山梦幻，剩水难续，自然流露出无限的麦秀黍离之悲。这样的内容和情感是清初杂剧的主要特色，在元明杂剧中是无从寻觅的。"③ 如吴伟业《通天台》中的《沈炯传》，其正目是"沈左丞醉哭通天台，汉武帝梦指函关远"，一共有两折。第一折写梁尚书左丞沈炯在梁亡后流寓长安，郁郁寡欢。一日郊游，偶然路过汉武帝的富有台，乃登台痛哭。第二折写沈炯让书童沽酒，草表奉于武帝之灵。醉卧间，梦见武帝召宴，并想起用他，炯坚辞不就，汉武帝就送他出函谷关。沈炯醒来发现自己在富有

---

① 据考证，张岱的绝大部分小品文作于清初而非晚明，属于清初小品文，他在其中表现的怀念应是对故国的怀恋。参见潘承玉《别一时代与文体视野中的张岱小品》，《文学遗产》2006 年第 1 期。

② 陈芳：《清初杂剧研究》，台北，学海出版社，1991，第 56 页。

③ 参见杜桂萍《遗民心态与遗民杂剧创作》，《文学遗产》2006 年第 3 期。

台下一酒店中。从沈炯对故国的痛哭中，我们能深切地感受到吴伟业的亡国之痛。正如郑振铎的跋所指出的："或谓炯即作者自况。故炯之痛哭，即为作者之痛哭。吴伟业身经亡国之痛，无所泄其幽愤，不得已乃借古人之酒杯，浇自己之块垒，其用心苦矣。"① 吴梅村亦云："其词幽怨慷慨，纯为故阙之思，较之'我本淮王旧鸡犬，不随仙去落人间'句，尤为深沉。"②

故国情结影响下的清初小说更是呈现与明末小说不同的新气象。就小说流派而言，曾在明末喧闹一时的公案小说，在清初销声匿迹，代之而起的是才子佳人小说。才子佳人小说将故事背景定在风光绮丽的江南，但事实上，清初的江南经过残暴的践踏后，已是一片狼藉，小说中的江南是士人心中的江南，是故明的江南，而对江南生活的描绘和怀恋也是对故国的怀恋。在话本小说上，与明末话本注重道德劝惩，期望补天来挽救颓败世风相比，清初的话本小说更注重全面地批判和总结明亡教训。清初的时事小说也与明末不同，明末的时事小说多关注魏阉专权、辽东战事、农民起义等具体的事件，并且大多此类小说带有政治攻击工具的色彩。与明末相较，清初的时事小说在论述当时的事件时，掌握的材料更全面，态度更客观，其目的也多在于反思历史，寻找明亡原因；且时事小说仅存于清初特定的时间段，之后随着文字狱的繁兴，政府对思想控制的加强，为规避文祸，不少人钻进故纸堆，将自己一生的聪明才智耗费在烦琐的考据上，畏谈时事与国事，时事小说因此随之消亡。就小说创作手法来看，与明末小说多编创相比，清初小说的独创性更强。清初有更多的文人致力于小说的创作、评点、出版、传播，这使清初小说有着更鲜明的文人特色，但因这些文人多将编创小说作为谋生的手段，所以清初小说又有着很强的商业性。这种商业性要求无论是书坊主还是小说作者，在创作或编选小说的时候，都必须考虑到受众的口味。正如法国文学理论家罗贝尔·埃斯卡皮在《文学社会学》中所说的："（出版商）在呈交到他面前的大量作品中挑选出最符合这些读者大众的消费需求的作品。这种想像带有双重的，也是矛

---

① 郑振铎编《清人杂剧》，香港，龙门书店，1969，第40页。
② 《吴梅村戏曲论文集》，中国戏剧出版社，1983，第170页。

盾的特征：它一方面包括对可能存在的读者大众想看的书和将要购买的书做出事实性判断，另一方面也包括对可能成为读者大众欣赏趣味的东西做出价值判断，这种趣味的形成是人类群体的美学－道德体系所决定的。"① 所以在故国情结弥漫的清初，一方面，大批的小说作者自身就对故国怀有深厚的感情，在创作小说时不自觉地潜藏了他们情感的投影；另一方面，为迎合当时大批有故国情结的读者的阅读趣味，书坊主和他们手下的文人也多编撰怀恋故国、总结亡国教训的书籍，这种书籍在当时更畅销、更有市场。

三　相对宽松的政治环境

除故国情结弥漫外，较为宽松的政治环境也是清初小说创作的重要背景，为清初小说创作与出版的繁荣提供了契机。1683 年以前，清政府忙于巩固统治、统一国家，文网控制相对松弛。清初朝廷共下三次禁书令。顺治九年（1652）："坊间书贾，止许刊行理学政治有益文业诸书；其他琐语淫词，及一切滥刻窗艺社稿，通行严禁，违者从重究治。"② 顺治十六年（1659）："凡为邪言秽语，不得在书肆任意刊刻，并通谕告示。凡有崇信异端言语者，令加严参问罪。若有私行刊刻者，永行严禁。"③ 康熙二年（1663）：朝廷重申严禁 "琐语淫词"："嗣后如有私刻琐语淫词，有乖风化者，内则科道，外而督抚，访实何书系何人编造，指名题参，交与该部议罪。"④ 但这几次禁令都主要针对结社和宗教的异端邪言或者淫词秽语，与故国情结无涉。

事实上，清朝虽文网密集，但顺康期间相对平静，就文字狱发生的频率来看，根据现在掌握的材料，雍正（1723～1735 年）一朝 13 年大约发生了 20 件，平均每年约发生 1.5 件，乾隆（1736～1795 年）一朝 60 年发生了大约 130 件，平均每年约发生 2.2 件，而顺康两朝 79 年大约发生了 15 件，平均每 5 年多才发生 1 件，与雍正朝、乾隆朝文字狱发生的频

---

① 〔法〕罗贝尔·埃斯卡皮：《文学社会学》，于沛译，浙江人民出版社，1987，第 43 页。
② 《书坊禁例》，魏晋锡纂修《学政全书》卷七，清乾隆年间礼部刻本。
③ 安双成编译《顺康年间〈续金瓶梅〉作者受审案》，《历史档案》2000 年第 2 期。
④ 《书坊禁例》，魏晋锡纂修《学政全书》卷七，清乾隆年间礼部刻本。

率之比大约是 1∶8∶12，而且文字狱的发生大部分是针对诗文。在古代"诗言志"，诗文才是文学的正统，小说作为"小道"是不受重视的，朝廷也不屑同稗官之谈较真。清初与小说相关的著名文字狱有两个：一个是《无声戏》（二集）案，另一个是《续金瓶梅》案。但这两个案件的当事之人都有惊无险（详见后章论述）。前案是《无声戏》（二集）被利用作为政治攻击的工具，涉案人张缙彦受到处理，被流放至宁古塔，而作者李渔并未受到任何处置，只是书被禁毁，但禁毁并不严格，后来又抽取其中违禁情节重新编成《连城璧》，改头换面再次出版。后案是小人敲诈不成，愤而上告的结果。《续金瓶梅》作者丁耀亢曾因此短期入狱。当时庄氏《明史》案发生不久，全国上下风声鹤唳，政治环境恐怖，而龚鼎孳还敢大力营救，并最终使丁获大赦，可见此案不是太严重。两次文字狱都不是针对小说本身，而且涉案人员都有惊无险，可见小说并不是当时朝廷文化控制的重点对象。康熙二十二年（1683），清收复台湾，统一全国之后，政权稳定，风气也为之一变。乾隆朝重政治忠诚，文网渐密，加大对政治违碍作品的查禁力度，小说亦成为禁毁的重要目标。不少在清初能够出版的小说，乾隆时期成了禁毁的作品。

四　发达的江南文化

江浙一带一直都是人文渊薮。据统计，明代自洪武四年（1371）到万历四十四年（1616）245 年间，每科状元、榜眼、探花和会元共 244 人，江南籍为 215 人，约占 88%。清乾隆元年（1736）诏举博学鸿儒，先后被选荐者共 267 人，南方为 201 人，约占 75%，而江浙两省为 146 人，超过全国的半数。① 沈道初也进行过统计：有明一代，共 89 科会试，苏州被取为进士者有 1075 人，约占进士总数 24866 人的 4.32%。清代自顺治三年（1646）开科至光绪三十年（1904）废止，正恩会试 114 个状元，苏州一府就占去 26 个。此外，苏州府还考取 13 个会元，6 个榜眼，12 个探花，658 个进士，为全国之冠。② 从藏书家的分布上，也可看出江

---

① 吉少甫：《中国出版简史》，学林出版社，1991，第 10 页。
② 沈道初：《略论吴地状元的特色》，徐采石主编《吴文化论坛（1999 卷）》，中央民族大学出版社，1999。

浙的人文风气之盛。近人叶昌炽著述《藏书纪事诗》记录了起于北宋迄于清末的藏书家共 1100 人。吴晗在《江浙藏书家史略》中指出：浙江藏书家 399 人，江苏藏书家 491 人，共 890 人。浙江藏书家中，明代有 80 人，清代有 267 人，约占浙江从北宋到清末全部人数的 87%。可见"江浙人文渊薮"绝非虚夸。如此多的文人为日后小说创作既准备好了作者队伍又准备好了读者群体。

除是文人渊薮外，明清时期的江浙还有一个重要特点就是经济发达、赋税严重，被称为"东南财赋地"。顾炎武《日知录》中"苏松二府田赋之重"条说："韩愈谓'赋出天下，而江南居十九'。以今观之，浙东西又居江南十九，而苏、松、常、嘉、湖五府又居两浙十九也。"① 谢肇淛在《五杂俎》中也描述了明代江浙赋税严重的问题："三吴赋税之重甲于天下，一县可敌江北一大郡，破家亡身者往往有之。"② 如此重的赋税，使很多原本依赖土地生存的人不得不转向依赖其他的方式谋取生存和致富之道。很多人便选择了读书，期望借科举来荣身致富。但是从明初的 14 世纪到清中期的 18 世纪，人口增长了好几倍，而举人、进士的名额并未增加，科举考试的竞争日益激烈，考上的概率很小。明代中期以后，城市化程度加深，商品经济迅速发展，这些都促使很多江南人弃田经商或投笔经商来谋生或致富，商人的地位也因此有很大的提高。当时就有人指出"士而成功也十之一，贾而成功也十之九"。从商的士人愈来愈多，士商之间的联系日益紧密，以致儒学界也公然承认商人的地位等同于士子。③ 江南商人地位的提高和社会对士人从商的认同，给清初文人从事小说创作与出版谋利扫除了心理障碍，扩大了小说创作者的队

① 顾炎武撰、黄汝成集释《日知录集释》卷十，"苏松二府田赋之重"条，第 593 页。
② 谢肇淛：《五杂俎》第三卷，《续修四库全书》第 1130 册，上海古籍出版社，2002，第 388 页。
③ 王阳明赞同方麟的观点，他说："古者四民异业而同道，其尽心焉，一也。"可见商人的价值被儒学界明确承认。王阳明的朋友李梦阳也认为"夫商与士，异术而同心"（《空同先生集》卷四十四）。汪道昆在谈到他的故乡安徽新安时说："大江以南，新安以文物著。其俗不儒则贾，相代若践更。要之，量贾何负闳儒？"汪道昆本人也曾为通俗小说《忠义水浒传》作序，参与过通俗小说出版传播的事业。（《太函集》卷五十五《诰赠奉直大夫户部员外郎程公暨赠宜人闵氏合葬墓志铭》）详见余英时《中国历史转型时期的知识分子》，台北，联经出版事业公司，1992，第 37 页。

伍。同时江南在城市化进程中产生了大量的市民，商品经济的发达又繁盛了商人阶层，这批市民和商人既有一定的资金又有一定的余闲，他们构成了新的小说的读者群。如《笔梨园》第一回写到贩盐发财的商人江干城避乱山居时"买了几部小说，不时观看，故此聪明开豁"。① 读者群的扩大进一步刺激书坊主找人编印或者自己刻印小说，况且自古以来就有"苏州人惯作小说"② 的说法，在新的条件下发扬传统出版业应该不是件困难的事。

五 繁荣的江南出版业

明末清初江南出版业的发达，给清初小说创作提供了条件。谢肇淛在《五杂俎》中云："宋时刻本以杭州为上，蜀本次之，福建最下。今杭刻不足称矣。金陵、新安、吴兴三地，刓劂之精者，不下宋版。"③ 明胡应麟在《少室山房笔丛》中谓："余所见当今刻本，苏常为上，金陵次之，杭又次之，近湖刻、歙刻骤精，遂与苏常争价。"④ 叶德辉在《书林清话》中说："近则金陵、苏、杭书坊刻板盛行，建本不复过岭。蜀更兵燹，城郭邱墟，都无刊书之事，京师亦鲜佳手。"⑤ 以上都描述了江南特别是江浙地区刻书业兴盛的情形。当时不少小说篇首明确标注是受书坊主的邀请而创作的，有的甚至是书坊主自己操觚而作的。创作小说的目的显然是营利，这种趋势自明末到清初始终没有中断。

六 活跃的清初文人结社

万历以后，文社开始兴盛。目前可知最早的文社始于科场状元顾鼎臣组织的邑社。⑥ 科甲较盛的江浙一带一直是文社活跃的地方。明末最著名

① 潇湘迷津渡者：《笔梨园》，《古本小说集成》第三辑，"第一回 假风流幸逅真风流"，上海古籍出版社，1991 年影印清刊残本，第 16 页；此书以下各辑均于 1991 年出版。
② 顾应祥：《杂论三》，《四库全书存目丛书》子部第 84 册《静虚斋惜阴录》第十二卷，齐鲁书社，1997，第 198 页。
③ 谢肇淛：《五杂俎》第十三卷，上海书店出版社，2001，第 608 页。
④ 胡应麟：《少室山房笔丛》第四卷，"经籍会通四"，扫叶山房，1923 年石印本。
⑤ 叶德辉：《书林清话》第九卷，复旦大学出版社，2008，第 220 页。
⑥ 何宗美：《明末清初文人结社研究》，南开大学出版社，2003，第 134 页。

的文社复社主要活动地点也在江浙一带。复社在明末至清初影响都很大，堪称"声气遍天下"；成员有数千之众，且集社次数多、规模大。复社发展过程中的几次重要集社都发生在江浙一带，如崇祯二年（1629）的尹山大会，崇祯三年（1630）的金陵大会，崇祯六年（1633）的虎丘大会和南京的国门雅集，崇祯十五年（1642）的虎丘大会，崇祯十七年（1644）南都新立时的金陵大会，这些集社都使复社的影响必然波及江浙一带。复社对小说创作的风格和小说评点活动都有重要影响。大规模的复社集社使大量文人聚集在江浙一带，影响了当地社会风气。复社在学术上提倡"务为有用"的实用之学，要求作品联系实际，反映时代要求；在思想上则大力弘扬忠臣义士、忠孝节义的气概，要求尽忠于国，关心民瘼。这些都对江南文人及文风产生了很大的影响。复社对忠孝节义概念的强调使忠义观念浸润江南，这也是江南在清初形成大批不仕新朝的遗民和逸民的重要原因之一。一方面，由于复社影响的范围广泛，风格不同于复社的作品很难被创作出来，即使创作出来也因缺乏市场难以传播；另一方面，复社本身就是文社，文人聚在一起诗酒流连，切磋举业，甚至互评作品，这些都有利于小说、杂剧的创作，特别是对明末清初兴起的小说、戏曲的评点有重大影响，当时文社评点的内容不限于八股文，举凡古文、经史、诗歌、杂剧、传奇、小说皆在评点之列。据周亮工《书影》卷一载，叶昼在中州与侯汝瑊曾"倡为海金社，合八郡知名之士，人各镌一集以行"，[①] 而叶昼本身又是著名的小说评点家，如对《水浒传》《琵琶记》《拜月亭》等诸评皆出其手。这说明文社不仅品评时文，还评点小说。

七　易代造成清初小说创作者与读者群体扩大

易代造成小说作者和读者队伍的扩大是小说创作繁荣最重要的原因。虽然小说是面对普通大众的通俗文学作品，但小说的创作者和消费者起码应是识文断字的读书人。明末，读书士人的数量大大增加，据有关数据，明代生员数量在宣德年间有 3 万人，而到明末则增至 50 万人，[②] 这些人

---

① 周亮工：《书影》，上海古籍出版社，1981，第 8 页。
② 顾炎武：《生员论上》，《顾亭林诗文集·亭林文集》卷一，第 22 页。

中大批的读书人因易代失去了仕进的机会：或是动荡的生活影响了科考，或是不愿叛负故国出仕新朝而自动放弃科考。总之"学而优则仕"的传统谋生之路已很难通行。为了生存，他们中的不少人为书坊编创小说，一方面可以赚取生活费；另一方面能借他人酒杯浇自己块垒，宣泄心中的牢骚和不满。出仕新朝的贰臣们也创作小说进行生活消遣，并做自我开解。清初还有一批人宁可沉醉在自我世界里，通过游山玩水、声色犬马、阅读小说来麻醉自己，暂时忘却国破家亡的苦和身世飘零的痛，也不肯面对陵谷变迁的社会现实。所以易代后的清初出现了大量不愿参与社会公共生活的人，他们既构成了小说的作者又构成了小说的读者。小说作者和读者队伍的扩大刺激了市场的繁荣，市场的繁荣反馈到书坊主那里又刺激了小说的创作，两者交相作用，促成了清初小说创作的繁荣局面。

第二节　清初小说的文献考察 *

据统计，目前能基本确认作于清初的小说为 81 部，其中烟水散人和天花藏主人是清初才子佳人小说流派的主要代表人物，与他们相关的 30 部小说被认定为清初小说，其中署名为"烟水散人编次，李卓吾批评"的《三国志传》已佚，具体创作年代无法考证，不予置论。另有无法确认的疑似清初小说 23 部，共计 104 部。其中 28 部小说佚失或残缺，14 部小说为遗民小说，此处遗民小说指遗民创作的有故国情结的小说，具体统计如下。

---

* 所有统计主要依据石昌渝主编《中国古代小说总目》（山西教育出版社，2004），刘世德《中国古代小说百科全书》（中国大百科全书出版社，1993），孙楷第《中国通俗小说书目》（人民文学出版社，1982），〔日〕大冢秀高《增补中国通俗小说书目》（东京，汲古书院，1987），谭正璧《日本所藏中国佚本小说述考》（知行编译社，1945）、《古本稀见小说汇考》（浙江文艺出版社，1984），江苏社会科学院明清小说研究中心文学所合编《中国通俗小说书目提要》（中国文联出版公司，1990），孙楷第《日本东京所见小说书目》（人民文学出版社，1981），柳存仁《伦敦所见中国小说书目》（书目文献出版社，1982），姚觐元《清代禁毁书目》（商务印书馆，1957），李梦生《中国禁毁小说百话》（上海古籍出版社，1994），萧相恺《稗海访书录》（中州古籍出版社，1992），阿英《小说三谈》（上海古籍出版社，1979），胡士莹《话本小说概论》（中华书局，1980），徐志平《清初前期话本小说之研究》（台湾学生书局，1998），等等。著录包括在清初选编上代旧作刊作的作品。

一　作于清初的小说

《清夜钟》，薇园主人。此书写成于顺治初年，刊刻不晚于顺治七年（1650）。该书有的章回写于明末，如第十二回称"我朝太祖高皇帝"，显系明人语气；有的章回写于清初，如第十四、第十五回称明朝为"先朝"，第十二回还提到甲申、乙酉"国变"，故全书付刻当在清初。第四回图右上有小字"启先刻"，"启先"本名黄应开，生于万历二十二年（1594），卒于顺治七年（1650），所以此书刊于顺治七年前。

《无声戏》（一集）、《连城璧》、《十二楼》，李渔。《无声戏》刊于顺治十二年（1655），《十二楼》成于顺治十五年（1658）。现存《无声戏》即为顺治十二年刊行的《无声戏》（一集）。《十二楼》中的杜濬序末有"顺治戊戌中秋日钟离浚水题"，顺治戊戌即顺治十五年，故《十二楼》应成于顺治十五年。

《跨天虹》，鹫林斗山学者初编，圣水艾衲老人漫订。顺治到康熙年间成书。圣水艾衲老人还有作品《豆棚闲话》作于康熙十五年（1676）之前。《跨天虹》书中不避"玄"字，由此可推出《跨天虹》也大致成于顺康之间。

《豆棚闲话》，圣水艾衲居士（即圣水艾衲老人）编，鸳湖紫髯狂客评。康熙十五年（1676）之前刊出，因本书第九则出现"顺天府遵化县"一句，而康熙十五年，遵化县改为遵化州。另有旁证，在此书第十一则有对袁崇焕的评价，认为袁崇焕误国，这是清初士大夫的评价，而到康熙十八年（1679）修《明史》时才为其辨冤，谓"帝误杀崇焕"，由此可见《豆棚闲话》作于康熙十五年之前。

《照世杯》，酌玄亭主人编次。书初刻于康熙帝即位以前，但刻成时已经改元。第一回出现的"酌元亭主人"，其中"元"字较其他字更细，第四回署名为"亭主人"，明显经过剜改。本书扉页题"谐道人批评第二种快书"，谐道人批评的另一种快书即《闪电窗》，上题"酌玄亭主人编次"，可知作者为酌玄亭主人，为避讳，匆忙剜改为"酌元亭主人"。

《觉世棒》（被离析为《鸳鸯针》《一枕奇》《双剑雪》），华阳散人编辑，蚓天居士批阅。此书大致成于顺治至康熙初年。《双剑雪》卷一提到弘光登极南京，又云"我朝王弇州、陈眉公"，由此可见作者是由明入清之人。独醒道人为《鸳鸯针》所作的序中，"玄"字不避讳，可见此书大致作于顺治康熙间。

《五更风》，五一居士编，霾湖梦史校。此书作于顺治至康熙初年。所存四篇都写明代故事，称"明天启年间"，显系清人口吻，故本书是入清以后才成书刊出的。书中对明末政治多有批评，特别是对启祯两朝宦官的祸国殃民更是三致其意，但"玄"字不避讳。由此推论，本书作于清初。

《锦绣衣》，潇湘迷津渡者编，西陵醉花逸史、吴山热肠樵叟评。此书作于顺治初年至康熙初年。潇湘迷津渡者编的小说还有《都是幻》和《笔梨园》，在这两本小说中，作者称明代为"先朝"，显系清人口气。《锦绣衣》在康熙中期就被选入《纸上春台》传到日本，其刊行时间当在更早时期。《锦绣衣》中"天地玄黄"不避"玄"字。

《都是幻》，潇湘迷津渡者编。此书成于顺治至康熙初年。日本元禄年（1688～1703）间《舶载书目》著录了这部书，如同《锦绣衣》一样，这本书也刊于康熙中期之前。此书中的一篇《梅魂幻》提到"因鼎革以来，无人守陵"，另一篇《写真幻》提到"先朝正德年间"，可知本书作于入清后。而《梅魂幻》中有"青龙白虎，朱雀玄武"之句，不避"玄"字。审其纸质版式，各家著录都说刊于清初。

《今古传奇》，梦闲子。此书作于康熙十四年（1675）。因其卷首《古今传奇序》中称时为"岁次乙卯春月"，胡士莹《话本小说概论》判"乙卯"为康熙乙卯，即康熙十四年（1675）。

《笔梨园》，潇湘迷津渡者编。此书作于顺治至康熙初年。书中称主角为"明朝嘉靖时人"，可见作于清代，和作者所编的《锦绣衣》《都是幻》二书互证，大约都成书于顺康之际。

《飞英声》，古吴憨憨生。此书作于康熙二年（1663）前后。该书卷四《三义庐》叙述一个讲义气的乞丐，说："这乞儿在于何时，在顺治年间湖广衡州府城中，姓王唤作王二。"此句足证此书作于顺治之后。卷三《破胡琴》一文中多次出现"玄"字，无一避讳，既然成书于顺治之后，就必在康熙初年。另有两点可以参考：一是日本大谷大学藏本与东京大学藏本为同一版本。二是马廉旧藏可语堂刊本，仅存《闹青楼》一篇。可语堂还刊有小说《巧联珠》，署时为"癸卯"，即康熙二年（1663）。故可推断可语堂本《飞英声》的刊刻时间应当也在康熙二年前后。

《一片情》，创作于顺治年间。此书中第十二回的故事发生在"弘光南都御极"之时，且说"今此案未结"，可知作者为当时人；因第三回提到"明太祖亦云"，为清人口气，可证此书作于入清之后。双红堂藏本扉页有原收藏者长泽规矩也的日文题记（《古本小说集成》附于书后），认为本书是顺治年间的刊本。

《风流悟》，坐花散人编辑，雪窗主人评。此书创作于顺治三年（1646）后、康熙十二年（1673）前。此书第二回提到"话说清朝初年"，可知此书作于入清之后无疑。第二回又提到征南大将军提兵躬讨福建，即指顺治三年讨福建唐王事，由此可知此书作于顺治三年之后。《西湖佳话》卷十一录自《风流悟》，《西湖佳话》中有康熙十二年的"叙"文，则《风流悟》当作于康熙十二年之前。

《云仙笑》，天花主人编次。此书也作于顺治三年后、康熙十二年前。据此书第三册写唐王在福建被杀，称吴三桂为吴平西，可断为创作于顺治三年之后、康熙十二年之前。因唐王被杀在顺治三年，而吴三桂在康熙十二年造反之后，不得再被称为吴平西。

《警悟钟》，云阳嗤嗤道人。此书作于康熙十年（1671）前后。其卷四叙述海烈妇事，并提到时间是康熙六年（1667），并注明"现在不远的事"，故知本书当作于康熙初年到中期之间。又，万卷楼本标明"戊午重订新编"，"戊午"很可能是康熙十七年（1678），由此推测，本书写作时间很可能是康熙十年前后。

《十二笑》，墨憨斋主人。此书亦创作于康熙十年前后。本书提及"明末"，必作于入清之后。而《百炼真海烈妇传》中有"亦卧庐主人漫题"的《叙言》，《叙言》后有"墨憨"之印，可知《十二笑》所署的"墨憨斋主人"应该就是"亦卧庐主人"。《百炼真海烈妇传》是一部时事小说，写康熙六年发生的海烈妇拒奸被杀之事，《叙言》中有："近者海氏一案，以巾帼女子能媲美于烈丈夫。"既然说是近事，以时事小说的惯例推测，此事距写作时间就应不超过十年，可知此文应该是康熙十年前后的作品，《十二笑》也大概是这段时间写成的。

《二刻醒世恒言》，心远主人。此书写于康熙初年。心远主人有《十二峰》作于康熙七年（1668），则可知心远主人当是顺康年间人。《二刻醒世恒言》中称明代为先朝（上函第三回，下函第二回、第五回），似可推断此书当是康熙初年的作品。

《西湖佳话》，古吴墨浪子编。此书刊于康熙十二年（1673）。陵王衙刊本有墨浪子的序，题序的时间为"康熙岁在昭阳赤奋若孟春陬月望日"，序中说明编辑此书的动机和经过。"昭阳"是"癸"的"岁阳"之名，"赤奋若"为"丑"的"太岁年"之名，癸丑年即康熙十二年；"孟春陬月"为"正月"，"望日"即"十五日"；故知本书刊于康熙十二年正月十五日。

《生绡剪》，不同篇回作于不同时间，此书大致作于明末到清初时期。其第十七回两次提到篇中人物官保被人两次捉住辫子，而汉族男人留辫子是入清之后的事情。该回故事发生地点在浙江，故事提到"这几日捉船上紧，要装载兵丁，就是农庄船，也捉去剥马料"；又说"这是今年六月初三的事"。康熙十二年，吴三桂反清；十三年（1674）三月，耿精忠在福建起兵响应吴三桂；十三年六月康熙以康亲王杰书为奉命大将军，由浙江起兵讨伐福建。此处提到的应该是这个时候的事。本回写作于康熙十三年。第十一回提到"朝廷史书未纂，诏下各省，搜求遗书。兼召山林隐逸，博学宏词之才，不拘资格，竟充史官"。康熙十八年（1679）三月，试博学鸿儒，命纂修《明史》。此回中记录此事，故此回写作时间当在康熙十八年之后。

《觉世雅言》，创作于清初。此书收藏于法国巴黎国家图书馆，书首有"绿天馆主人题"序，但仅存后三页。残存的三页中，有二页是借用明天启兼善堂刊《警世通言》"叙"之第三、四页，而残存的末页，则是借用明天启天许斋刊《古今小说》"叙"之末页。正文所存残本之卷三借用的是《今古奇观》的版片，其余四卷均直接采用"三言"原版版片。既用《今古奇观》版片，则编辑刷印当在崇祯年间成书的《今古奇观》之后，"其时当明季兵燹之余，'三言'版片，零落殆尽"，坊贾"即将

'三言'原有的残片来印刷，仅将卷数剜改而已"①，由此可知该书刊行当在清初。

《最娱情》，来凤馆主人著。此书成于顺治四年（1647）。来凤馆主人为之作序时署时为"丁亥"。以"丁亥"纪年者，明嘉靖至清康熙有明嘉靖六年（1527）、万历十五年（1587）、清顺治四年（1647）、康熙四十六年（1707）。《最娱情》第二集下册选入阮大铖《燕子矶》，而《燕子矶》作于明末，韦佩居士序中有崇祯十五年（1642）事，由此可知《最娱情》之"丁亥"不可能是万历十五年（1587）；又，书中不讳"玄"字，"丁亥"不可能是康熙四十六年（1707），所以来凤馆主人序当写于顺治四年。

《剿闯小说》（又名《剿闯通俗小说》），西吴懒道人口授。此书创作于顺治初年，所叙之事为从李自成攻入北京，崇祯皇帝自缢起，到南明弘光王朝建立，赐封吴三桂为蓟国公为止这三个月发生的重大变故。作者搜集当时邸报、诗文、传闻，稍加编排便草草成书，因为该书提及吴三桂"新封蓟国公"，此为弘光朝廷所封，时在崇祯十七年（1644），即顺治元年十一月，由此可知该书成书不会早于顺治元年十一月，又因这些所叙之事是当时的时事，所以成书当在顺治初年。

《海角遗编》，佚名撰。此书创作于顺治五年（1648）。书首有《海角遗编序》，末署"时大清顺治戊子（1648）夏五月"。序文说此书所记是顺治二年清军攻占常熟、福山的实事。

《樵史通俗演义》，江左樵子。此书成于顺治九至十年（1652～1653）。此书回末评语提到《剿闯小说》《新世鸿勋》。其中《新世鸿勋》刊于顺治八年（1651），则本书写作年代不会早于顺治八年，计六奇《明季北略》称顺治十一年（1654）已见过《樵史通俗演义》，由此可知，此书刊行不会晚于顺治十一年。

《新世鸿勋》，蓬蒿子。此书刊于顺治八年，脱胎于《剿闯小说》。今存庆云楼藏本，书首有"小引"，末署"顺治辛卯天中令节蓬蒿子书于耨云斋中"；《樵史通俗演义》提及此书，而计六奇《明季北略》称顺治十

---

① 胡士莹：《话本小说概论》，第146页。

一年（1654）已见过《樵史通俗演义》，此能证明庆云楼藏本中蓬蒿子"小引"署时"顺治辛卯"为顺治八年属实。

《枕上晨钟》，鸳水独醒道人撰。此书创作于清康熙十三年之前，今存孤本是凌云轩刊本，此本不是原刊本，其卷首《枕上晨钟叙》末署"甲寅之春三月既望不睡居士书于口尺轩"，其中的"甲寅"二字，显系剜改，目录和正文的字体是写刻的复刻，复刻粗糙，多用简笔，此复本的底本当是更早的清初写刻本。"不睡居士"与"独醒道人"同义，当为一人。考"甲寅"年有万历四十二年（1614），康熙十三年（1674）和雍正十二年（1734），因书中径称"明朝"故不可能是万历四十二年，据书的版式可断此书也不可能成书于雍正十二年，故"甲寅"在此当指康熙十三年，因此，《枕上晨钟》成书于清康熙十三年之前。

《肉蒲团》，李渔。此书成于康熙二十年（1681）前。作者李渔卒于1680年。

《续金瓶梅》，丁耀亢。此书创作于顺治十七年（1660）。该书前面有西湖钓叟（即查继佐，字伊璜）所作的《续金瓶梅集序》，署时为"顺治庚子（十七年，1660）季夏"。

《醒世姻缘传》，西周生。此书成于顺治十八年（1661）。《醒世姻缘传》"弁语"后署时为"辛丑"，据考证，此"辛丑"当为顺治十八年。考证请参见《中国古代小说总目（白话卷）》（山西教育出版社，2004）"醒世姻缘传"条。

《春柳莺》，南北鹖冠史者。成于康熙元年。书首有《春柳莺序》，其末署"康熙壬寅秋八月拼饮潜夫题"。

《巧联珠》，烟霞逸士。该书创作于康熙二年（1663）。书中"玄"字皆不缺笔，且书首序末署"癸卯（1663）槐夏西湖云水道人题"。清初的癸卯当是康熙二年。

《水浒后传》，陈忱。此书创作于康熙三年（1664）前后。该书有康熙三年刊刻的八卷四十回。内封题"元人遗本"，并缀"识语"云："宋遗民不知何许人，大约与施、罗同时，特姓名弗传，故其书亦湮没不彰耳。"署时为"康熙甲辰（三年，1664）仲秋镌"。

《十二峰》，心远主人。康熙七年或之前成书。日本《舶载书目》中"元禄年（1688～1703）间目"有所著录，书首有"戊申巧夕西湖寒士序"。此书在元禄年间已流通，可知"戊申"当指康熙七年（1668），由此推断此书成于康熙七年戊申或之前。

《吕祖全传》，汪象旭。成书于康熙元年。该书有康熙元年汪氏刊本，《憺漪子自纪小引》署"康熙元年（1662）初夏西陵奉道弟子汪象旭右子氏书于蜎寄"，且书中多不讳"玄"字。

《影梅庵忆语》，冒襄。成书于顺治八年（1651）。参见《中国古代小说总目（文言卷）》（山西教育出版社，2004）"影梅庵忆语"条。

《玉剑尊闻》，梁维枢。成书于顺治十一年（1654），有顺治十一年赐麟堂刻本。

《说铃》，汪琬。成书于顺治十六年（1659）。参见《中国古代小说总目（文言卷）》"说铃"条。

《书影》，周亮工。成书于顺治十六年（1659）。原刻本是康熙六年（1667）赖古堂刻本。

《麈馀》，曹宗璠。作者于明代入复社，清初因抗清入狱。《麈馀》一书有强烈的反清复明民族情绪，是清初遗民小说的代表。

《板桥杂记》，余怀。成书于顺治十六年（1659）前。有《说铃》丛书本，因《说铃》成书于顺治十六年，故本书也成于顺治十六年前。

《妇人集》，陈维崧。成书于康熙二十一年（1682）前，因陈维崧卒于康熙二十一年。

《南吴旧话录》，李延罡。成书于顺治初年。参见《中国古代小说总目（文言卷）》"南吴旧话录"条。

《明语林》，吴肃公。创作于康熙元年（1662）。据书前凡例和作者自序，本书初稿写于康熙元年，后刊刻于康熙二十年（1681）。

《诸皋广志》，徐芳。创作于康熙二十二年（1683）前。徐芳于崇祯十三年（1640）中进士。以 30 岁中进士来计算，徐芳在康熙二十二年时，已经 73 岁了，73 岁之后创作《诸皋广志》的可能性不大，故而《诸皋广志》应作于康熙二十二年前。

《女世说》，李清。成书于康熙二十二年前，因李清卒于康熙二十二年前。

《补张灵崔莹合传》，黄周星著。创作于康熙十九年（1680）前，因黄周星卒于康熙十九年。

《谲觚》，顾炎武。成书于康熙二十一年（1682）前，因顾炎武卒于康熙二十一年。

《冥报录》，陆圻。成书于顺治十六年前。有《说铃》本，因为《说铃》成书于顺治十六年，故而本书成书应在顺治十六年前。

《圣后艰贞记》，龚鼎孳。此书创作于顺康年间。因作者卒于1673年，即康熙十二年，因此此书当作于清初顺康年间。

烟水散人和天花藏主人是才子佳人流派的代表作家，他们主要活动时间是清初。他们的小说归为清初小说。

与烟水散人相关的小说有 12 种：

（1）《合浦珠》四卷十六回，题"檇李烟水散人编次"；

（2）《珍珠舶》六卷十八回，题"鸳湖烟水散人著，东里幻庵居士批"；

（3）《鸳鸯配》四卷十二回，题"檇李烟火（水）散人编次"；

（4）《女才子书》十二卷，题"鸳湖烟水散人著"；

（5）《赛花铃》十六回，题"吴白云道人编本，南湖烟水散人校阅"，该书今存本衙藏版康熙元年（1662）序刊本，书首有烟水散人所作《赛花铃·题辞》，该文末署时"康熙壬寅岁中秋前一日"；该"题辞"所云"壬寅"，当为康熙元年（1662），而非康熙六十一年（1722）；

（6）《桃花影》四卷十二回，题"檇李烟水散人编次"；

（7）"《桃花影》二编"即《春灯闹》，十二回，题"檇李烟水散人戏述，东海幻庵居士批评"；

（8）《灯月缘》十二回，题"檇李烟水散人戏述，东海幻庵居士批评"；

（9）《梦月楼情史》十六回，题"檇李烟水散人编次"；

（10）《后七国乐田演义》四卷十八回，题"古吴烟水散人演辑，茂苑游方外客校阅"；

（11）《三国志传》二十卷二百四十则，题"烟水散人编次，李卓吾

批评";

（12）《玉支矶小传》，巴黎国家图书馆藏醉花楼刊本，题"天花藏主人述，烟水散人编次"。

与天花藏主人相关的小说有 18 种：

（1）《定情人》，序末有"素政堂主人题于天花藏"；

（2）《飞花咏》，序末有"天花藏主人题于素政堂"；

（3）《凤箫媒》，据《舶载书目》载，有素政堂本。

（4）《古今烈女传演义》，有素政堂印。

（5）《后水浒传》，"彩虹桥上客题于天花藏"，钤"素政堂""天花藏"印；

（6）《画图缘》，"天花藏主人题于素政堂"，有"天花藏""素政堂"印；

（7）《幻中真》，序末有"天花藏主人题于素政堂"；

（8）《金云翘传》，序末有"天花藏主人偶题"；

（9）《锦疑团》，序末有"康熙十一年天花藏主人漫书"；

（10）《梁武帝西来演义》，序末有"康熙癸丑（十二年）天花藏主人题于素政堂"；

（11）《两交婚小传》，序末有"天花藏主人题于素政堂"；

（12）《麟儿报》，天花藏主人作；

（13）《平山冷燕》，天花藏主人作；

（14）《人间乐》，序末有"锡山老叟题于天花藏"；

（15）《赛红丝》，序末有"天花藏主人题于素政堂"；

（16）《玉娇梨》，天花藏主人著，荑秋散人编次，书首有素政堂主人的序；

（17）《玉支矶》，正文前题"天花藏主人述"；

（18）《醉菩提》，天花藏主人作。

二　不可确定的疑似清初小说

《莽男儿》：古吴逸叟。清初章回小说。书版式、字体、纸张皆有典型的清初写刻本特征，文内不避"玄"字，刊刻时间当在避讳不严的康熙早期甚至顺治时期。①

《人中画》，佚名。成于避讳不严的清初。本书《自作孽》篇提到："宗师岁考徽州，各县童生具廪生保结，方许赴考。"文中提到的"童生具廪生保结"，这是清代才有的规矩。

《再团圆》，步月主人编。《再团圆》是从《古今奇观》别本中选出，重印，另立书名而刊行。步月主人是活跃在清初的小说编订人。

《五色石》，题"笔炼阁编述"，自序署"笔炼阁主人题于白云深处"。创作于康熙初年以前。《五色石》以"五色石"三字为卷名，卷下又有回目概括故事大纲，这种方式为清初话本小说的风格，如《清夜钟》《照世杯》等。《八洞天》补《五色石》之未备，《五色石》则当早于《八洞天》。

《八洞天》，笔炼阁主人撰。创作于清初顺治到康熙中期。其中有四篇提到明朝的年号，可以证明是清人的作品。而篇中不避"玄"字，应编于清初顺治到康熙中期之间。

《金粉惜》，梵香阁逸史。所写皆明代故事，从卷题、回目、体制、作品内容、版刻风格上来看该书当是清初产物。

《笔花闹》，佚名。成于清初。藏者路工在《明清平话小说选·前言》中云："清初传抄本，拟话本。"

《警世选言》，佚名。篇中"玄"字不缺笔，当刊刻于顺治年间或康熙初年。

《续英烈传》，空谷老人。本书演述明初建文、永乐"靖康之变"。该书卷首有秦淮墨客所作"叙"，该"叙"称"不幸而伏处山林，沉观世故"，"识破千古，论明朝是非"，可见作者当为由明而入清的士人，该书亦约成于顺康年间。

《鸥鹭记》，成书于清初。孙楷第在《中国通俗小说书目》卷二中有所著录，谓："此小说似当成于清初，亦明遗民所为也。"②

《幻影》《三刻拍案惊奇》，明梦觉道人撰，西湖浪子辑。大约成书于

① 参见潘建国《新见清初章回小说〈莽男儿〉考论》，《文学遗产》2017 年第 1 期。
② 孙楷第：《中国通俗小说书目》第二卷，人民文学出版社，1982，第 81 页。

顺治十二年（1652）。《幻影》仅存有七回，每回卷端题"梦觉道人撰"，此梦觉道人为李文烛，字晦卿，江苏丹徒人。庄一拂《古典戏曲存目汇考》卷十对此有所著录，称李文烛"著有《黄白镜》、《幻影》等小说"。孙楷第《中国通俗小说书目》卷三著录："黄文旸《曲海总目》有《鸳鸯簪合》传奇，撰者梦觉道人，明祁彪佳《远山堂曲品》'能品'有《鸳鸯簪》，撰者王国柱。如是一本，则梦觉道人乃王国柱也。"此亦是推测，因卷端题"明梦觉道人撰，西湖浪子辑"，故石昌渝先生《中国古代小说总目（白话卷）》将其归入明代小说。《幻影》和《三刻拍案惊奇》内容行款相同，只是版心、版框和每回首页的版式稍有差别。《三刻拍案惊奇》正文前有梦觉道人作的序，写序时间署为"□未仲夏"。郑振铎先生在评《幻影》时提到："则此书之作，当在崇祯辛未（1631），或崇祯癸未（1643），或顺治乙未（1655）中三个未年中的一个……马隅卿先生在给我的信里说起这事，他认为这个'未'，似当为'顺治乙未'，就题名为《拍案惊奇三刻》的这一点看来，他的意见是很有可能性的，但此书实名为《幻影》，后乃改题《惊奇三刻》，且就序中：'方今四海多故，非若旱涝，即罹干戈'云云，似以指其作于'崇祯辛未'（即崇祯十六年）更为妥当些。"① 可见郑振铎认为《幻影》当作于崇祯十六年（1643）。孙楷第先生《中国通俗小说书目》、胡士莹《话本小说概论》、大冢秀高《增补中国通俗小说书目》也持此观点，认为《幻影》作于崇祯十六年。陈庆浩先生经对比发现《幻影》和《三刻拍案惊奇》都是剽窃《型世言》，而《型世言》刊于崇祯辛未前后，而梦觉道人的《三刻拍案惊奇序》不可能写于崇祯辛未，也不可能写于崇祯癸未，因为崇祯年间陆云龙相当活跃，梦觉道人还不敢明目张胆地作假，所以陈庆浩先生在《〈型世言〉导言》中认为，"估计《幻影》及《三刻拍案惊奇》之出现，应在改朝换代之大混乱之后"，而书的作者写"明梦觉道人、西湖浪子"的原因是："此两名上署'明'，书中又削去《型世言》中抨击满清入关前活动的回次，或正透露翻刻于'清'的讯息"，"因据明版翻刻，称'明朝'为'我朝'，明代帝王称谓前均空格，估计应成于清初文网未密之

---

① 郑振铎：《中国文学研究》，作家出版社，1957，第 475 页。

前。康熙以后，禁书其严，出版此类书，风险太大了"。① 据陈庆浩先生推测，梦觉道人序中的"□未仲夏"，当为顺治十二年（1655）乙未。因众说纷纭，难有定论，故此列为疑似清初小说。

《别本二刻拍案惊奇》，成书于清定鼎以后。本书亦名《二刻拍案惊奇》，但是大部分内容与凌濛初的《二刻拍案惊奇》不相同，本书前十卷采自凌濛初《二刻拍案惊奇》，后二十四卷采自陆人龙的《型世言》，并且将原书中"鞑子"尽数改为"贼子""倭子"等，显然是避清朝统治者的讳，可见本书刊于清定鼎之后。但具体时间难以确定。

《幻影奇遇小说》，撮合生。约成书于清初。十二卷十二回，均选自《明末话本小说集》。所收《贪欣误》一书已写到崇祯十三年（1640）之事，则本书很可能作于定鼎之后的清初，但缺乏确证。

《警世奇观》，古闽龙钟道人汇辑，豫金呵呵道人校阅点评，成书于康熙十二年（1673）后。出自清代编刊《话本小说选集》。《警世奇观》第十四帙选自《西湖佳话》，而《西湖佳话》刊于康熙十二年（1673），此书当刊于康熙十二年后，但晚至什么时间，没有确论。

《四巧说》，吴中梅庵道人编辑。成书于康熙前期。出自清代编刊的《话本小说选集》。卷中的"玄"字或缺末笔，或不缺。

《逢人笑》，看松老人。成书于清初。清初传奇《双锤记》署"看松老人作"，其自序云："本小说《逢人笑》，演博浪沙力士，误中副车，以双锤投海中，为流球国女主姊妹，各得其一，后招以为婿，故名。"《双锤记》本自《逢人笑》改编，《逢人笑》当为清初小说。

《八段锦》（全称《新镌小说八段锦》），醒世居士编辑，樵叟参订。成书于顺治年间。本书是抄录旧作重新编选的选本，其中第二、四、五、八段分别录自《一片情》的第十一、二、四、九回。因《一片情》作于入清以后，《八段锦》当刊于《一片情》之后。因为《八段锦》所收《一片情》的四篇相当淫秽，有明末遗风，则刊行年代不会太迟，约在顺治年间。

---

① 陈庆浩：《〈型世言〉导言》，陆人龙编撰、陆云龙点评《型世言》，陈庆浩点校，江苏古籍出版社，1993。

《闹花丛》，痴情士。成书于顺康年间。该书开头即谓"明朝弘治年间"，显然是清人口吻。该书中又两次提及主角庞文英典试盛京，亦是清朝才可能有的事。该书姑苏痴情士的序刊本"玄""弘""历"字皆不避讳，可知为顺治年间或康熙初年刊本。

《快士传》，五色石主人。成书于康熙二十年（1681）到康熙中期。林辰根据《快士传》第一回中的"说平话的，要使听者快心，虽允平话，却是平常不得，若说佳人才子，已成俗套"一句判定《快士传》成书之时，作者已经对才子佳人小说感到厌烦了，则可知此书应成于才子佳人小说处于消亡的阶段，即康熙末年和雍正初年。① 徐志平先生在《清初前期话本小说之研究》中认为，书中不避"玄"字，不会刊于康熙中期以后；又，卷十六提到"天子有诏访求山林隐逸之士"，显然借用了康熙二十年诏举"山林隐逸"的时事，因此《快士传》应作于康熙十二年到康熙中期之间。不可确指，列为疑似小说。

《说梦》，曹家驹。成书于清初。文言小说。书中记录明代东南及松江一带传闻。顺治四年（1647）曹家驹曾因吴胜兆事牵连被捕，从时间上推测，此书大概成于清初。

《云间杂记》，佚名。成于清初。书中主要记录明代松江一带的故事。下卷记顾氏东、北二园事，云"后遭鼎革，二园皆为蓁莽"，可知已在入清以后，但无确切时间可考。

《甲申痛史》，黄人的《小说小话》中著录，据其内容判断应作于故国情结浓郁的清初。

清初还有很多小说或仅存书目，或被抽毁成为残本。这些佚失本或残本，一方面反映了清初小说创作时文网相对松弛，容允这么多触犯时忌的书被创作出来，之后随着文网渐密，这些书逐渐不被统治者所容，以致成为残本；另一方面也可以反映当时小说创作的实际数量要比我们今天所能见到的要多得多。据当时人的论述可以一瞥清初小说创作的繁荣情状。烟水散人在作于顺治十五年（1658）的《女才子书凡例四则》中说："稗史

---

① 林辰：《明末清初小说述录》，春风文艺出版社，1988，第 154 页。

至今日，滥觞已极。"① 西湖钓史在顺治十七年（1660）为《续金瓶梅》作序云："今天下小说如林。"② 康熙元年刊行的《春柳莺·凡例八则》也提到："小说，今日滥觞极矣！"③ 这比我们现在见到的现存清初作品更能说明问题。

三　佚失或残本清初小说

《笔花闹》，残存抄本一回。

《跨天虹》，鹭林斗山学者，残三卷。

《觉世棒》，华阳散人。原书卷数不详，现存离析之后的《鸳鸯针》《一枕奇》《双剑雪》都不是原版的重印，而是挖改或复刻。

《十二峰》，心远主人，本书在中国已失传。

《觉世雅言》，今有残本五卷。

《无声戏》（合集），李渔，仅存三回。

《连城璧》（全集），李渔。《连城璧》（全集）挖补痕迹十分明显。原浙江布政使张缙彦资助刊刻《无声戏》（二集）获罪。《无声戏》（一、二集）二十四篇小说中仅有一篇的内容与张缙彦有关。在文禁尚不严酷的康熙初年，便有人将与张缙彦无关以及与当时政治关系不大的作品，改头换面再印出版，于是《无声戏》（合集）变成《连城璧》（全集）。为了避祸，再印时在序文中做了手脚，隐去李笠翁之名，第十一回回末的"评"中有关于夷狄的讨论，再版时也被删削。

《梦月楼情史》，烟水散人，残前三回。

《三国志传》，题"烟水散人编次，李卓吾批评"，二十卷二百四十回，已佚。《日本松泽老泉汇刻书目外集》中有所记载。

《清夜钟》，薇园主人。现存两个残本，一个为路工所藏，残存七回；另一个藏在安徽省博物馆。

《闪电窗》，酌玄亭主人，存六回。

《五更风》，五一居主人。清初话本小说集，残存四卷。

① 烟水散人：《女才子凡例四则》，《女才子书》，春风文艺出版社，1983，第 6 页。
② 西湖钓叟：《续金瓶梅序》，《金瓶梅续书三种》，齐鲁书社，1988，第 3 页。
③ 南北鹖冠史者：《〈春柳莺〉凡例》，《春柳莺》，春风文艺出版社，1983，第 1 页。

《凤箫媒》，鹤市散人。日本宝历早戌《舶载书目》载有《凤箫媒》（"隺市散人编次"），这可能就是《醒风流》中曾经预告的"将出之二集"的书。此书已佚。《醒风流》的序中有明显表现故国情思和民族意识的话语，由此可以推断《凤箫媒》失传是有原因的。

《锦绣衣》，潇湘迷津渡者。此书原本佚失，但据中国社会科学院文学研究所所藏《换嫁衣》中记载"纸上春台第三戏新小说锦绣衣第一戏"，知该书的存在。

《飞英声》，四卷八篇，清初短篇小说集。有日本东京大学藏本，全书残存七篇。另有日本大谷大学藏本，与日本东京大学藏本为同一版本，不仅版式相同，缺损之处亦同。胡士莹《话本小说概论》认为，《飞英声》选自《锦绣衣》之《移绣谱》中的第二回，只有《闹情楼》作《闹青楼》这么一点不同。因此断定《飞英声》在《锦绣衣》之后，且是一个话本小说的选集。《锦绣衣》中的《移绣谱》有两个藏本，一个是无穷会藏本，另一个是1954年张慧剑买到的清人话本。两个藏本完全不同，无穷会藏本的《移绣谱》共六回，而张慧剑的《移绣谱》则为四回，而且回目与无穷会藏本也不同。四回本《移绣谱》的篇幅只有《飞英声》的一半，特别值得注意的是未刊入四回本《移绣谱》的另外四篇中有两篇都触犯了清朝的忌讳，可见是有意删削的。

《续金瓶梅》，丁耀亢。《续金瓶梅》曾遭禁毁，作者丁耀亢也因此入狱。后来此书删改成《隔帘花影》出版。《续金瓶梅》有六十四回而《隔帘花影》只有四十八回。删去的十六回主要是对金人入侵中原的描写，如"陷中原徽钦北狩""宋道君隔帐琵琶""张邦昌御床半臂""宋宗泽单骑收东京""韩世忠伏兵走兀术""梁夫人击鼓战金山"等。凡对金兵烧杀掳掠的描写和发泄黍离之悲的议论，均被删掉。《隔帘花影》还改变了小说人物的姓名，以掩盖它是《续金瓶梅》删节本的真面目。

《锦疑团》，天花藏主人。此本今残存前八回，藏芜湖市图书馆。

《新世鸿勋》（《定鼎奇闻》《新史奇观》《顺治过江全传》），蓬蒿子。本书脱胎于《剿闯小说》，但在篇幅结构上做了调整，增补首尾并删去原版本中犯清朝忌讳的"虏"字，书成于顺治八年（1651）。乾隆四十三年（1778），江宁布政使司所刊《违碍书籍目录》云："查《定鼎奇闻》，不署撰人，乃通俗小说。本属诞妄，且书作于本朝，而封面题'大明崇祯传'，书中又称'大明神宗皇帝'，殊为悖谬，应请销毁。"①

《照世杯》，酌玄亭主人。存四回，今存版本不仅是经过挖改后的重印本，而且是一个残本。

《真英烈传》，据黄人《小说小话》载，此书似为反对《英烈传》而作，可以推知它可能是《英烈传》的一部续书，已佚。

《后精忠传》，据黄人《小说小话》载，明末清初还有一部《精忠传》的续书《后精忠传》，内容"以孟琪为主人翁，程度与《岳传》相似，而稍有新意"。《说岳全传》有近二十回的篇幅叙述岳飞死后，岳飞子孙继承其业，终于取得抗金胜利的故事。《说岳全传》因具有较强的民族色彩而被清统治者列入禁书。此《后精忠传》很可能是明末或清初时期出现的一部以岳飞保宋抗金事来影射反清复明思想的《精忠传》续书；已失传。

《外史新奇》，李清。《钦定续通考》子部小说家类著录，署名李清著，未见传本。李清是明遗民，曾有《女世说》等著作，表现了强烈的故国之思和遗民情绪，《外史新奇》可能也因此被禁而失传。

《陆沉纪事》，黄人《小说小话》云："自萨尔浒之战起至睿忠亲王入关止。其事皆魏源《开国龙兴纪》所不及者。虽多道路流传语，而作者见闻较近，且无忌讳，亦不能尽指为齐东语也。书中于辽东李氏佟氏逸事，特多铺张；而九连菩萨会文殊一回，稽之礼亲王《啸亭杂录》，亦非全出附会也。"② 可见本书描写的是鼎革之变的事，佚失。

《江阴城守记》，写顺治二年（1645）清兵南下，江阴人民英勇抗清之事。佚失。

《甲申痛史》，《中国古代小说百科全书》中"甲申痛史"条说：此书作者不仅采取了仇视"流寇"的立场，其笔锋所向，虽朱元璋、朱棣父子亦不免，盖以甲申亡国之祸为国初乱政所致。③ 小说极可能是明遗民

---

① 姚觌元：《清代禁毁书目（补遗）》，商务印书馆，1957，第250页。
② 黄人：《小说小话》，《晚清文学丛钞·小说戏曲研究卷》，中华书局，1960，第369页。
③ 刘世德主编《中国古代小说百科全书》（修订本），中国大百科全书出版社，1998，第208页。

作。佚失。

《铁冠图分龙会》，据阿英《小说三谈》记载："书前叙文二，其一为康熙三年（1664）余生子作。其二为康熙六年（1667）遗民外史作，刻于何时，则无可踪迹。……此书仅叙至崇祯帝煤山殉社稷为止。作者似为遗民，无可奈何，只得把一切委于因果报应，以杀其哀思。"① 共十二回，仅存"一个整回，两个半回"。现存第一回全目，第七回和第十回残目的内容皆可见于《铁冠图全传》。

《鲸鲵录》，据黄人《小说小话》，此书写的是顺治二年（1645）鲁王朱以海在绍兴即位，顺治八年（1651）退走厦门依附郑成功之事，作者可能是明遗民。已佚失。

《鸥鹭记》，此书叙事从朱高煦起兵至靖江王为止。孙楷第《中国通俗小说书目》称："明靖江王亨嘉于隆武时称监国，为总督丁魁楚巡抚瞿式耜所杀，此书似当成于清初，亦明遗民所作也。"②

四 遗民小说

《觉世棒》，华阳散人编辑，蚓天居士批阅。《觉世棒》被离析为《鸳鸯针》《一枕奇》《双剑雪》。《双剑雪》卷一提到弘光登极南京，又云"我朝王弇州、陈眉公"，可见作者是由明入清之人。独醒道人为《鸳鸯针》作的序中，"玄"字都不避讳，该书当作于顺治年至康熙初年间。明末清初号"华阳散人"的为江苏丹徒吴拱宸，《明遗民诗》收有他的两首诗歌，下附小传："字襄宗，号华阳散人，丹徒孝廉，肆志山水，终于茅山。"③

《水浒后传》，陈忱撰。陈忱，约1615年生，1664年后卒，字遐心，号"雁宕山樵"，浙江乌程（今湖州）人。该书有康熙三年（1664）刊本，八卷四十回。内封题"元人遗本"，并缀"识语"云："宋遗民不知何许人，大约与施、罗同时，特姓名弗传，故其书亦湮没不彰耳。"署时为"康熙甲辰（三年，1664）仲秋镌"。

---

① 阿英：《小说三谈》，第 46 页。
② 孙楷第：《中国通俗小说书目》第二卷，第 81 页。
③ 卓尔堪：《明遗民诗》，中华书局，1961，第 608 页。

《西游证道书》，汪象旭、黄太鸿编、评。黄太鸿（1611～1680年），本名周星，字九烟，号乌狗斋、汰沃主人、而菴、笑苍道人、天榆生等，江苏上元县人，明末崇祯十三年（1640）进士，官至户部主事。明亡后为道士，隐于湖州，卒于康熙十九年（1680）。该书卷首图像绘画者"念翼"乃胡念翌（翼），他也曾为顺治后期的《续金瓶梅》和《无声戏》（合集）等书绘画。该书在日本内阁文库及日本京都大学人文科学研究所各藏一部。正文卷首题"镌像古本西游证道书，西陵残梦道人汪憺漪笺评，钟山半非居士黄笑苍印正"，章回题目后附有"憺漪子"的长篇评语。版心镌"证道书""古本西游记""蜩寄"等。据美国魏爱莲的研究，本书刊行于康熙二年（1663），刊行者"蜩寄"即汪象旭。汪氏刊《西游证道书》之后，出现了题名为《西游证道奇书》《西游证道大奇书》等刊本。

《板桥杂记》，余怀（1616～1696年）。余怀，字淡心，号漫翁、曼持老人，莆田（今属福建）人，明末曾为幕僚，亡国后不仕，流寓金陵、苏州等地。本书多记金陵的艳闻逸事，以个人纤微情事展现整个亡国的悲凉，识见、笔力均不凡，有《说铃》丛书本。《说铃》成书于顺治十六年（1659），故本书也成于顺治十六年前。

《南吴旧话录》，李延罡（1627～1697年）。李延罡，初名彦贞，字我生，亦字期叔。后改为延罡，字辰山，号寒村。年轻时曾为永历朝某官，后为道士隐居于平湖，以行医资购书。《南吴旧话录》仿《世说新语》，是清初专记某一地区人物事迹的志人小说。书中全记明代松江一带的文人逸事，上起洪武下至崇祯，网罗了当地值得夸耀的文人、淑女，书中多为宣扬封建礼教观念的说教故事，但同时又客观揭露了礼教的残酷，还有不少故事表现了人民强烈的爱国精神、民族观念和传统美德。据书中内容和有关材料推断，书最后由李延罡整理定稿，成于顺治初年。

《诺皋广志》，徐芳。徐芳，字仲光，号拙庵、愚山子，江西南城人。崇祯十三年（1640）进士。书中奇闻逸事，多有寓意。有的故事直指社会政治与世态人心，有振聋发聩之响；有的故事具有反清复明的倾向，号召人民团结反清；还有的写"义犬"，借义犬为主复仇之事，并引历史上若干救亡复仇故事，大发亡国之慨与忠义之志，可见强烈的民族情绪。徐芳为崇祯十三年（1640）进士，以 30 岁中进士算，则徐芳在康熙二十二年（1683）时，已经 73 岁了，73 岁之后再创作《诺皋广志》的可能性不大，故而《诺皋广志》应作于康熙二十二年前。

《明语林》，吴肃公。吴肃公，安徽宣城人，字雨若，号晴岩，亦号逸鸿，又号街南。诸生，入清后不喜进取，以卖字画为生，与黄宗羲、王猷定、李杲堂交往颇密。据书前凡例和作者自序，本书初稿作于康熙元年（1662），刊刻于康熙二十年（1681）。书仿《世说新语》体例，记明代士大夫逸闻旧事，通过追念明代人物事迹，抑此扬彼，间接表达对清政府的消极态度，具有遗民倾向。

《阐义》，吴肃公。书中取前人记载中各种义气事迹，按人物类型分类，其中很多故事反映明末战乱中各色人等的义烈之举，与作者遗民意识有关。

《女世说》，李清（1602～1683 年）。李清，字心水，号映碧，晚年号天一居士，江苏兴化人。崇祯辛未（1631）进士，入清后著书自娱。《女世说》仿《世说新语》体例，取材为历代正史烈女传和各种野史笔记，书中借扬古贬今来表现对清王朝的敌对情绪，有遗民思想。

《补张灵崔莹合传》，黄周星（1611～1680 年）。黄周星，字九烟，号而庵，上元（今江苏南京）人，崇祯十三年（1640）进士，曾任户部主事，明亡遁迹湖州，变名黄人，自沉于水。该故事借张灵、崔莹的情感悲剧反映了明代遗民在政治落魄后的悲凉情绪和失落之感。

《谲觚》，顾炎武（1613～1682 年）。顾炎武，字宁人，号亭林，江苏昆山人，清初著名遗民思想家，该书皆为考证之语。《谲觚》在《清史稿艺文志》小说类中有所著录。

《陈小怜传》，杜濬（1611～1687 年）。杜濬，湖北黄冈人，晚年避地金陵，明遗民。他与清初著名小说家李渔关系甚好，为李渔多篇作品作评作传。《陈小怜传》描述兵乱中的爱情悲剧，表现不忘故旧、崇尚气节的民族精神，显示杜濬的铮铮骨气。

《鸥鹅记》，孙楷第《中国通俗小说书目》卷二著录，谓"此小说似当成于清初，亦明遗民所为也"。

《麈馀》，曹宗璠。曹宗璠，字汝珍，金坛（今属江苏）人。明末曾入复社，并出仕南明弘光朝，明亡后因抗清而下狱，后幸免于难，事迹见姚文田《金坛十生事略》。《麈馀》借古事生发情绪，曲折表达作者反清复明的思想，有隐喻象征意味，是遗民小说的代表作。

第三节 清初小说的地域分布

清初小说有着鲜明的地域特色，据统计，在创作地或刊刻地可考的89 部小说中，有 74 部与江浙相关，约占 83%；其中，仅与浙江相关的小说有 53 部，约占 60%。在浙江省内部，小说创作集中于杭州与嘉兴两地，与两地相关小说有 49 部，约占浙江省小说创作的 92%，约占创作地或刊刻地可考小说的 55%。与江苏省相关的小说共有 21 部，约占创作地或刊刻地可考小说的 24%。在江苏省内部，小说创作集中于苏州与南京两地，与两地相关的小说共有 11 部，约占江苏省小说创作的 52%。江南还出现了专门以营利为目的的书坊和为书坊写作的作家以及订书人。代表性书坊如啸花轩，目前可考的有 19 部作品都与啸花轩有关，代表性作家如天花藏主人、烟水散人都是江浙一带的文人。清初的江南书坊中还有专门的订书人如步月主人，目前可知至少有 9 种书由步月主人编订。

一 清初小说的主要地域分布

1. 浙江

《清夜钟》，陆云龙。路工在《访书见闻录》中谈到《清夜钟》时指出："作者，号于鳞，别号'江南不易客'，又号'吴越草莽臣'，又号'薇园主人'，浙江钱塘人，是明末一位重要的作家。"① 作者是杭州人。

《生绡剪》，部分插图、刻工与《清夜钟》同为黄子和手迹，前既推定《清夜钟》刊于杭州，则此大约为杭州刊本。

《无声戏》、《无声戏》（二集）、《连城璧》、《十二楼》、《肉蒲团》，李渔，这些书作于顺治十二年（1655）到顺治十七年（1660）之间，此时李渔居杭州。

《跨天虹》，鸳林斗山学者初编，圣水艾衲老人漫订。"鸳林"为杭州

---

① 路工：《访书见闻录》，上海古籍出版社，1985，第 152 页。

西湖西北灵隐寺前的灵鹫峰，又名飞来峰；"圣水"指西湖。

《豆棚闲话》，圣水艾衲居士编，鸳湖紫髯狂客评。圣水指西湖。

《照世杯》，酌玄亭主人。前有谐野道人的序文，作序的地点在西湖。序文提到，当年冬天曾与紫阳道人（丁耀亢）、睡乡祭酒（杜濬）在西湖聚会，由此可知本书编刊于杭州。

《一片情》，目次前有序文，署"沛国檗仙题于西湖舟次"。

《幻影》《三刻拍案惊奇》，西湖浪子。作者题名为"西湖浪子"，当与杭州相关。

《幻影奇遇小说》，撮合生辑。"叙"末署"撮合生题于西湖小舫"，与浙江杭州有关。

《警世奇观》，古闽龙钟道人汇辑，豫金呵呵道人校阅评点。现有西湖藏版的残本。

《续金瓶梅》，丁耀亢。该书前有西湖钓叟（即查继佐）所作《续金瓶梅集序》，署时"顺治庚子（十七年，1660）季夏"。此书写于丁耀亢顺治十七年旅居西湖时。

《巧联珠》，烟霞逸士撰。书首有"序"，末署"癸卯（1663）槐夏西湖云水道人题"。

《冥报录》，陆圻。作者是杭州人。

《合浦珠》，烟水散人。题"檇李烟水散人编次"。檇李在嘉兴。

《珍珠舶》，烟水散人。题"鸳湖烟水散人著，东里幻庵居士批"。鸳湖在嘉兴。

《鸳鸯配》，烟水散人。题"檇李烟火（水）散人编次"。檇李在嘉兴。

《女才子书》，烟水散人。题"鸳湖烟水散人著"。鸳湖在嘉兴。

《赛花铃》，烟水散人。题"吴白云道人编本，南湖烟水散人校阅"。南湖在嘉兴。

《桃花影》，烟水散人。题"檇李烟水散人编次"。檇李在嘉兴。

《春灯闹》（《桃花影》二编），烟水散人。题"檇李烟水散人戏述，东海幻庵居士批评"。檇李在嘉兴。

《灯月缘》，烟水散人。题"檇李烟水散人戏述，东海幻庵居士批评"。檇李在嘉兴。

《梦月楼情史》，烟水散人。题"檇李烟水散人编次"。檇李在嘉兴。

《后七国乐田演义》，烟水散人。题"古吴烟水散人演辑，茂苑游方外客校阅"。作者为嘉兴人。

《三国志传》，烟水散人。作者为嘉兴人。

《玉支矶小传》，巴黎国家图书馆藏醉花楼刊本，题"天花藏主人述，烟水散人编次"。作者为嘉兴人。

《定情人》，序署"素政堂主人题于天花藏"。素政堂主人是嘉兴人。

《飞花咏》，序末署"天花藏主人题于素政堂"。天花藏主人是嘉兴人。

《凤箫媒》，鹤市道人编，潭水渔仙点阅。据《舶载书目》载，此书有素政堂本。素政堂和嘉兴相关。

《古今烈女传演义》，东海犹龙子著，西湖赣眉客评。古吴三多斋本，有素政堂印，和嘉兴相关。

《后水浒传》，青莲室主人。序末署"彩虹桥上客题于天花藏"，钤"素政堂""天花藏"印，题中有天花藏，和嘉兴相关。

《画图缘》，序末"天花藏主人题于素政堂"，有"天花藏""素政堂"印，和嘉兴相关。

《幻中真》，烟霞散人编次。序末有"天花藏主人题于素政堂"，和嘉兴相关。

《金云翘传》，青心才子编次。序末署"天花藏主人偶题"。啸花轩刊本，与嘉兴相关。

《锦疑团》，天花藏主人。和嘉兴相关。

《梁武帝西来演义》，序末署"康熙癸丑（十二年）天花藏主人题于素政堂"，和嘉兴相关。

《两交婚小传》，序末署"天花藏主人题于素政堂"，和嘉兴相关。

《麟儿报》，天花藏主人。作者为嘉兴人。

《平山冷燕》，天花藏主人。和嘉兴相关。

《人间乐》，天花藏主人。序末署"锡山老叟题于天花藏"，和嘉兴相关。

《赛红丝》，天花藏主人。序末署"天花藏主人题于素政堂"，和嘉兴相关。

《玉娇梨》，天花藏主人著，荑秋散人编次。书首有素政堂主人的序，和嘉兴相关。

《玉支玑》，正文前题"天花藏主人述"，和嘉兴相关。

《醉菩提》，天花藏主人。和嘉兴相关。

《枕上晨钟》，鸳水独醒道人撰。鸳湖在嘉兴。

《剿闯小说》，西吴懒道人口授。西吴即浙江湖州。

《水浒后传》，陈忱。陈忱是浙江乌程（湖州）人。

《吕祖全传》，汪象旭。汪象旭曾自署"西陵汪象旭憺漪子"，西陵湖在浙江萧山。

《西游证道书》，汪象旭、黄太鸿编、评。此书的编评者之一为汪象旭，自然与萧山有关。

2. 江苏

《飞英声》，古吴憨憨生。古吴，江苏苏州。

《云仙啸》《惊梦啼》，天花主人编。《惊梦啼》一书中，"竹溪啸隐"在序文中说："惊梦啼一说其名久已脍炙吴门，乙卯秋其集始成，因属余为序。"吴门指苏州，看来天花主人若非苏州人，就是当时身在苏州，取当地流传故事撰写小说，据此将《云仙啸》《惊梦啼》的刊行地断为苏州。

《十二笑》，墨憨斋主人笑引，回前署"亦卧庐生评，天许闲人校"。苏州本的编者为"子犹后人"，子犹即冯梦龙，而冯为苏州人，其后人自然也是苏州人。

《金粉惜》，梵香阁逸史搜集，湖上客蠡庵评润。古吴梵香阁刊本，古吴指苏州。

《西湖佳话》，古吴墨浪子搜辑。古吴指苏州。

《四巧说》，吴中梅庵道人编辑。吴中即今江苏吴县，属于苏州。

《说铃》，汪琬。汪琬是长洲（今江苏苏州）人。

《蝴蝶媒》，南岳道人编辑，青溪醉客评点。青溪，水名，发源于江苏南京，入秦淮。

《板桥杂记》，余怀。本书多记金陵即南京的艳闻逸事，以个人纤微情事展现整个亡国的悲凉。

《补张灵崔莹合传》，黄周星。作者是上元（今江苏南京）人。

《陈小怜传》，杜濬。杜濬晚年避地金陵。

《谲觚》，顾炎武。顾炎武是江苏昆山人。

《海角遗编》，佚名。书首有《海角遗编序》："此编止记常熟、福山自四月至九月半载实事，皆据见闻最著者敷衍成回，其余邻县并各乡镇异变颇多，然止得之传闻者，仅仅记述，不敢多赘。"由此可见作者是江苏常熟福山人。

《虞山妖乱志》，冯舒。冯舒是常熟人。

《觉世棒》，华阳散人编辑，蚓天居士批阅。明末清初号华阳散人的为江苏丹徒吴拱宸。《明遗民诗》收有他的两首诗歌，下附小传："字襄宗，号华阳散人，丹徒孝廉，肆志山水，终于茅山。"

《警悟钟》，云阳嗤嗤道人。云阳指江苏丹徒。

《麈馀》，曹宗璠。作者是江苏金坛人。

《影梅庵忆语》，冒襄。作者是江苏如皋人。

《妇人集》，陈维崧。作者是江苏宜兴人。

《女世说》，李清。作者是江苏兴化人。

3. 山东

《醉醒石》，东鲁古狂生。作者署名东鲁，指山东。

《醒世姻缘传》，西周生。西周生，山东章丘附近人，作品亦是描写此地附近风俗。

《五更风》，五一居士编，霤湖梦史校。"霤湖"指山东东昌。

4. 湖南

《锦绣衣》《笔梨园》《都是幻》，潇湘迷津渡者编，西陵醉花逸史、吴山热肠樵叟评。潇湘指湖南的零陵。

《仁恕堂笔记》，黎士宏。作者湖南长沙人。

5. 上海

《说梦》，曹家驹。曹家驹号千里，云间（今上海松江）人。

《云间杂记》（《云间杂志》），华亭阙名。书中记明代松江逸事。

《广陵香影录》，徐凤采。徐凤采是华亭人，华亭是上海旧称。

《南吴旧话录》，李延罡。《南吴旧话录》仿《世说新语》为清初专记某一地区人物事迹的志人小说，书中全记明代松江一带的文人逸事，作者应在松江生活过较长时间，对此地较熟。

6. 江西

《诺皋广志》，徐芳。作者江西南城人。

7. 河北

《玉剑尊闻》，梁维枢。作者河北正定人。

8. 河南

《书影》，周亮工。作者河南开封人。

9. 安徽

《明语林》，吴肃公。作者安徽宣城人。

二　江南啸花轩与步月主人

1. 啸花轩出版的图书

（1）《一片情》，艳情小说，刊刻多误。

（2）《玉楼春》，艳情小说。

（3）《梧桐影》，艳情小说，第一回全抄《觉后禅》。

（4）《灯月缘》，艳情小说。

（5）《杏花天》，艳情小说。

（6）《巫山艳史》，艳情小说，情节雷同《桃花影》。

（7）《浪史》，艳情小说，翻刻明刊本，错字多。

（8）《巫梦缘》，艳情小说。

（9）《醉春风》，艳情小说。

（10）《情梦柝》，才子佳人小说，有删节。

（11）《浓情快史》，艳情小说，本有六卷本，但啸花轩是四卷本。

（12）《幻中春》，蹈袭才子佳人小说，改自《飞花艳想》。

（13）《戏中戏》，据李渔戏曲《比目鱼》改编。

（14）《比目鱼》，李渔的小说。

（15）《前后七国志》，历史演义小说。

（16）《好逑传》，才子佳人小说，翻刻当时的流行本。

（17）《麟儿报》，才子佳人小说。

（18）《人中画》，清初话本小说。

（19）《金云翘传》，世情小说，别的版本半页八行，一行二十字，啸花轩本半页十行，一行二十五字。

2. 与步月主人相关的书

（1）《两交婚小传》，原题"天花藏主人题于素政堂"，枕松堂版本改题为"步月主人订"。

（2）《凤箫媒》，鹤市散人编次，潭水渔仙点阅，别题"步月主人订"。

（3）《情梦柝》，六卷二十回本，题"步月主人订"。

（4）《五凤吟》，凤吟楼本，题"步月主人订"。

（5）《玉支矶》，华文堂本题"天花藏主人述，步月主人订"。

（6）《画图缘》，益智堂版和积经堂版题"步月主人订"。

（7）《终须梦》，弥坚堂本题"步月主人订"。

（8）《蝴蝶媒》，积经堂本题"步月主人订"。

（9）《再团圆》，尚志堂本题"步月主人编"。

第二章

清初代表小说家类型与士人文化心态

　　清初小说虽数量众多，是明代小说数量的总和，但多以流派取胜，单篇确实缺少扛鼎之作。小说文体在古代本受轻视，清初小说又有着明显谋利性质，在此社会文化背景下，署名作小说并不光荣，因此清初小说作者多不署真名，难以确切考证。目前学界比较公认的清初小说三大家是丁耀亢、陈忱与李渔。他们三人处于不同的环境，面对王朝易鼎做出了不同的人生选择，代表了清初三种不同的士人心态。

　　丁耀亢生在山东，丁氏家族是当地的名门望族，堪称世代官宦。明末的北方备受李自成农民起义军的"扫荡"与摧残，北方士人对李自成农民起义军恨之入骨，盼望过太平生活。清军打着为明朝复君仇的口号入关，入关后，很快剿灭李自成农民起义军，使北方结束了兵荒马乱的日子，恢复了正常生活。因此，以丁耀亢为代表的北方士人对清朝并没有太多的仇恨和反抗，他们把亡国之恨归于李自成的农民起义，感激清军剿灭"亡国之贼"农民起义军，感激世界重现太平。他们关注的是如何能找回自己在战乱中失去的财产，如何能保护、重振家业。所以，与南方士人相比，清初北方士人更愿意与新朝合作，也更能得到清朝统治者的信任和倚重。[1]

　　南方情况则与北方恰恰相反。农民起义军的侵扰很少触及长江以南区域。江南历来富庶，一直过着歌舞升平、诗酒流连的幸福生活。直到清军

---

　　[1]　据统计，1644 年投降的贰臣中，有四分之一来自山东（〔美〕魏斐德：《洪业——清朝开国史》，陈苏镇等译，江苏人民出版社，1992，第 403 页）。除了降清官员外，顺治二年（1645）的乡试以及京兆试，山东共中试 95 人，三年会试中试者 400 名，山东人占 99 名（阮葵生：《茶余客话》第二卷上册，中华书局，1959，第 56 页）。

南下的铁蹄打破了这份宁静。剃发易服的文化征服和"扬州十日""嘉定三屠"的血腥杀戮激起了江南人的激烈反抗和对清朝的极度仇恨。多个南明小王朝的相继成立也吸引反清复明的爱国遗民纷纷南下，盼能成就兴国大业，一时南方反清复明的遗民情绪蔓延。与北方相比，南方士人的反抗性更强，对清朝的仇恨更深，不合作的态度也更坚决。所以清朝建立之后，对南方士人一直严加防范，不敢信任，并由此引发轰动一时的"江南科考案"①"通海案"②"奏销案"③"哭庙案"④，其实质就是给南方士人以威慑。

在这样的环境下，与北方相比，南方士人对新朝的反抗和不合作的情绪更浓。他们或者结社集会，成为力图反清复明的遗民；或者不参加新朝的科举考试，拒绝入仕，拒绝为新朝效力，成为疏离政权的逸民。陈忱就是南方遗民作家的代表，他加入惊隐诗社，积极从事反清复明活动，所写《水浒后传》一书亦是忠贞爱国之作。李渔与烟水散人则是南方逸民作家的代表。他们本有济世之才，却因山河失色、国朝易鼎而改变了人生方向。自古"学而优则仕"是读书人的最佳选择，拒绝出仕就意味着失去了晋身之阶，甚至失去了生活的来源与依靠。为糊口谋生，李渔带着家庭

---

① "江南科考案"，顺治十四年（1657），顺天、江南、河南、山东、山西五闱弊案，最后以江南闱十六房主考全部斩立决，数十人被判死或贬徙尚阳堡、宁古塔为结。其间，数百名举人在清兵押解下赴北京重考。

② "通海案"，顺治十六年（1659），郑成功由崇明进入长江，与南明兵部侍郎张煌言会师，六月八日至丹徒，十三日至焦山，直捣瓜州，一时间东南震动。明室遗民暗中接应，准备恢复明室。金坛县令任维坤谎称金坛士民造反纳降，溧阳抚臣信以为真。七月二十四日郑成功兵败镇江、瓜州，乘船远去台湾。后清廷以"通海"论处，下令追查，株连甚广。顺治十八年七月十三日庚申（1661年8月7日），金坛县判定"通海"罪犯有王明试、冯征元、李铭常等65人，后与吴县"哭庙案"，大乘、园果"诸教案"等囚犯共计121人一起处死。计六奇《明季南略》载："金坛因海寇一案，屠戮灭门，流徙遣戍，不止千余人。"

③ "奏销案"是发生于清朝初年的一场大案。清初，江南赋税甚重，以苏州府、松江府等府为最。顺治十六年（1659）清廷定条例，凡江南绅衿拖欠钱粮者，必予以惩罚，但江南士绅仍拒缴如故。顺治十八年（1661）巡抚朱国治刚愎自用，造欠册清查，六月初三日，仅苏州府、松江府、常州府、镇江府四府的进士、举人、贡监生员就有13517人，朱以"抗粮"的罪名将其全部黜革，鞭扑纷纷，衣冠扫地。

④ "哭庙案"本是吴县诸生为声讨吴县县令任维初的贪酷而组织的一次地方性请愿活动。秀才们无力造反，只能到文庙中的先圣牌位面前痛哭流涕，发泄自己的怨恨与牢骚。然而，刚坐江山的清朝统治者不能容忍这种行为，金圣叹与诸生因此被捕，罪名是"纠党千人，倡乱惊告，拟不分首从斩决"。

戏班编演戏曲，在达官贵人之门打秋风；烟水散人则为书坊编历史演义、才子佳人小说甚至色情小说来砚田糊口。

第一节　北方地主文人代表丁耀亢与《续金瓶梅》

丁耀亢（1599～1669 年）字西生，号野鹤，又号紫阳道人、木鸡道人，明末清初著名诗人、剧作家、小说家，时人将其与李渔并称为"南李北丁"，对他的文学成就评价很高。清代文士王复振在《家政须知·序》中称："野鹤先生，旷世逸才，于书无所不窥，著作甚富。其大者，论断古史，法戒昭乘；次而主盟词坛，古体、近体、歌行、赋记、赞颂，一切俱臻绝顶；兼及传奇、小说。遗稿诸书，流传海内者非一日。"① 王肇晋《秋声集·丁野鹤耀亢》诗中亦称："先生旷世才，目光如曙星。一官不屑意，长揖傲公卿。下笔走风雨，险语天为惊。神龙不见尾，笙鹤遥空声。"② 王道堉赞其"文章惊骇俗，动笔领诗坛"③。除友人对其持好评外，官方文献对丁耀亢的才能也很认可。乾隆《诸城县志·文苑》就称丁耀亢"负奇才"，"为诚厉风发"，"开一邑风雅之始"。由于易代战争和政治禁毁，丁耀亢大部分作品散佚，他的光芒在很长一段时间内也被埋没。顺治时，其作品《天史》被诏命"焚于南都（北京）"，《续金瓶梅》也是"帝命焚书未可存，堂前一炬代招魂"，④ 《丁野鹤全集》和《丁野鹤遗稿》全被禁毁，堪称"国门一炬墨烟青，海内焚书禁识丁"。⑤ 除明令禁毁外，丁耀亢还有部分著作因担心触动时禁，秘不示人，最终亡逸。丁耀亢的作品散失和禁毁严重，以致清乾隆年间编《四库全书》时，仅在"集部·存目九"著录《丁野鹤诗钞》十卷一种，世人很难读到他的著作，对他的研究也长期处于尘封状态。

20 世纪 90 年代以来，随着《丁耀亢全集》（上、中、下册，中州

---

① 王复振：《家政须知序》，《丁耀亢全集》（下），中州古籍出版社，1999，第 247 页。
② 张清吉主编《丁耀亢年谱》，南京大学出版社，1996，第 160 页。
③ 张清吉主编《丁耀亢年谱》，第 161 页。
④ 丁耀亢：《焚书》，《丁耀亢全集》（上），第 502 页。
⑤ 丁耀亢：《广文康孝廉代淄川高少宰索诗刻》，《丁耀亢全集》（上），第 533 页。

古籍出版社，1991）的出版，学界对丁耀亢及其小说《续金瓶梅》的研究日渐升温，出现了三部专著——张清吉《〈醒世姻缘传〉新考》（中州古籍出版社，1991）、《丁耀亢年谱》（南京大学出版社，1996）和李增坡主编《丁耀亢研究——海峡两岸丁耀亢学术研讨会论文集》（中州古籍出版社，1998）；三篇学位论文——陈小林《〈续金瓶梅〉研究》（湖南师范大学，2005）、张振国《〈伤时劝世，生新续奇〉——〈续金瓶梅〉价值重估》（山东师范大学，2003）、王瑾《丁耀亢研究》（中山大学，2002）和数十篇论文。此外还有三篇研究综述发表：张振国《〈金瓶梅〉续书研究世纪回眸》（《徐州师范大学学报》2004 年第 9 期）、张兵《丁耀亢研究的回顾与思考》（《中国文学研究》1997 年第 4 期）和朱萍《丁耀亢研究小史述略》（《江淮论坛》2001 年第 1 期）。在这些研究中，大部分学者认为丁耀亢具有强烈的民族意识，他"虽然在清初生活了二十多年，却是位至死不忘朱明王朝的遗老"。① 由此出发认为"作为明代遗民，丁耀亢自然会对朱明王朝充满眷恋之情，对满清政权含有切齿憎恨，从而在作品中流露出强烈的'民族意识'"，② 他的作品里体现了遗民人格，闪烁着爱国主义的光芒，"堪称清朝前期遗民人格的又一种类型"。③ 郝诗仙、郭英德在《丁耀亢生平及其剧作》一文中认为，"作为遗民作家，集中表现在《西湖扇》里的是丁氏遗民人格"。④ 事实真的如此吗？感谢《丁耀亢全集》的整理出版，我们才得以读到他的全部作品，⑤ 对他

---

① 孙言诚：《论〈续金瓶梅〉的思想内容及其认识价值》，《吉林大学学报》1991 年第 6 期。
② 罗德荣：《〈续金瓶梅〉主旨索解》，《明清小说研究》2002 年第 1 期。
③ 郭英德：《明清传奇史》，江苏古籍出版社，2001，第 427 页。
④ 郝诗仙、郭英德：《丁耀亢生平及其剧作》，《齐鲁学刊》1989 年第 6 期。
⑤ 主要作品有：（1）《天史》十卷；（2）《漆园草》一卷；（3）《陆舫诗草》五卷；（4）《椒丘诗》二卷；（5）《江干草》一卷；（6）《逍遥游》二卷；（7）《归山草》一卷；（8）《听山亭草》一卷；（9）《出劫纪略》一卷；（10）《家政须知》一卷；（11）《乐府》二卷；（12）《问天》一卷；（13）《落叶》一卷；（14）《管见》一卷；（15）《放言》一卷；（16）《西湖扇词曲》二卷；（17）《蚺蛇胆》（即《表忠记传奇》）二卷；（18）《化人游传奇》一卷；（19）《赤松游传奇》二卷；（20）《非非梦传奇》一卷；（21）《星汉槎传奇》一卷；（22）《仙人游词曲》一卷；（23）《续金瓶梅》十二卷。
　　版本有：（1）《丁野鹤集》（十种），康熙重刻本，国家图书馆特藏部收藏。（2）《出劫纪略》一卷，顺治刻本，国家图书馆行藏部藏。（3）《续金瓶梅》十二卷六十四回，顺治原刻本，傅惜华藏。（4）《西湖扇传奇》，康熙重刻本，中国社会科学院文学研究所藏。

本人也能了解得更为全面和深入。通过阅读与体察他的全部作品，笔者认为丁耀亢是一个以保命和治生为主的文人，在他身上并没有太多的反清复明、民族仇恨之类的政治倾向，不应过度拔高。

一　尚命治生

仔细阅读丁耀亢记载自己战乱经历的《出劫纪略》就可看出，在明末清初的战争中，他既没有保卫社稷的打算，也没有抗清的行为，而是将逃亡保命作为人生第一要事。崇祯十二年（1639），清军攻破济南城，丁耀亢想迁往金陵，因母亲不愿离开家乡，没能迁成。崇祯十五年（1642），他感到居住之城不可守，偕妻子逃到南山，"明崇祯己卯，东兵破济南。后欲卜居金陵，重土不能往"，"诸邑城大而人情乘离，久知不可守。十一月二十日，予携家出城，止于南山旧庐"。① 逃亡途中遇寇，情势危急，丁耀亢竟埋怨母亲的重土不能迁家以致遭到危险。"老母以九弟妇新丧，所产儿保未弥月，不果行"，"居民逃去，不可留。乃呼天曰：'嗟乎！吾非老母，南去千里矣，何至坐守死？'"② 逃命之时，连新产的弟妇及老母都顾不上，可见他性命至上的理念。逃到海上后，他感到孤岛安全，就想隐居于此，全然不顾家国正在面临的异族侵略与威胁。"明日，抵海州清风岛。风涛接天，芥浮星驶，一宿行殆四百里。时日初出，遥见海如翠鉴，中出群峰，晓暾斜照，楼观翚飞，与半山松竹相掩映。予惊以为世有此岛，何异十洲，乃恋一城而为浮芥蚁乎！意欲留此"。③ 此时他的兄丁耀斗、弟丁耀心、侄丁大谷正在奋力抗清守城，最终为国捐躯。乾隆《诸城县志》载："壬午十五年冬，十有二月己卯，大清兵略地至县，城破"，"丁大谷，字如云，举于乡，以孝闻……十五年（1642）之变，大谷出资纠乡兵防守城，将溃，遗其子王旋归侍老母，曰：'吾不返矣'，遂死开东门后。志载守城殉难者又有耀心，陈司铎，鉴桂三人，皆举人，耀心字见复，大谷从父司铎，字子晓，桂字秋芳"。④《乱后忍侮

① 丁耀亢：《航海出劫始末》，《丁耀亢全集》（下），第 277 页。
② 丁耀亢：《航海出劫始末》，《丁耀亢全集》（下），第 277 页。
③ 丁耀亢：《航海出劫始末》，《丁耀亢全集》（下），第 278 页。
④ 张清吉主编《丁耀亢年谱》，第 42 页。

叹》：“壬午东兵破城，胞弟举人耀心、侄举人大谷皆殉难，长兄虹野父
子皆被创。"① 丁耀亢知道他们抵抗清兵侵略以身殉国的消息后，没有丝
毫敬佩之意，反认为他们是不听劝告才招致亡身之祸的，庆幸自己的明
智，早日出避，得以保全性命，可见他并无抗清之心。“呜呼！使前此听
吾卜居于南，可无失家之祸；即今听吾出避于外，可无亡身之祸。人耶，
数耶？"② 三月，听说清兵撤退后，丁耀亢才从海岛返回家乡。“三月初
旬，东兵去，乃出海归，计海中盖百日云"。③ 战后的诸城凄凉破败，很
多亲友都因奋力抗敌或伤或亡，丁耀亢却出逃在外，全家免于祸。这种临
难脱逃、明哲保身的做法，遭到周围人的讥讽。“予以壬午十二月入海，
癸未渡海归。虽经劫掠，家口幸全，犹有驴马衣履可备出入。彼受祸之
家，以予局外独全，每揶揄之"。④ 崇祯十七年（1644），李自成起义军打
到诸城，丁耀亢再次带领全家逃到海中，甚至决定隐居于此，不再离岛。
六月，弘光在南京继位，成立南明，这时，北方不少爱国恋明之士纷纷追
随弘光帝迁往江南，等待时机，希望能为反清复明的统一大业尽上一分力
量。此时的丁耀亢却远避风波，忙着回家清点产业。“至六月，清朝定
鼎，明藩改元'弘光'，诸宦室随迁而南，予止海中。知南风不竞，四镇
终不掉也。微行返里，经营田业"。⑤ 可见丁耀亢并不是很多学者认为的
忠诚的明遗民，在战争中，他并没有保卫国家、抵抗异族侵略的打算，而
是性命至上，逃亡第一。保命是他人生哲学中的第一要事，诚所谓的
“留得青山在，不怕没柴烧"。保命后所做的重要事情则是治生，即最大
限度地积累和保卫财富，这是有产者的本性，丁耀亢善于治生的特长和他
家族有关。丁氏家族是诸城五大姓（臧、王、刘、李、丁）之一，堪称仕
宦巨族。“远祖丁普郎，以军功从洪武，封于武昌，其子孙以百户世荫食，
屯于淮之海州卫"。⑥ 从明初至明末，丁家“登国册者十余人"，⑦ “宗枝

---

① 丁耀亢：《乱后忍侮叹》，《丁耀亢全集》（下），第 282 页。
② 丁耀亢：《航海出劫始末》，《丁耀亢全集》（下），第 278 页。
③ 丁耀亢：《航海出劫始末》，《丁耀亢全集》（下），第 278 页。
④ 丁耀亢：《乱后忍侮叹》，《丁耀亢全集》（下），第 282 页。
⑤ 丁耀亢：《航海出劫始末》，《丁耀亢全集》（下），第 279 页。
⑥ 丁耀亢：《述先德谱叙》，《丁耀亢全集》（下），第 290 页。
⑦ 丁耀亢：《族谱叙》，《丁耀亢全集》（下），第 288 页。

千余丁，科第二百春"（《逍遥游》）。除出仕者众多外，丁家还以善治生著称，据载"琅邪丁氏，世居诸城东海上藏马山之阳，瓜瓞繁衍，墟落冢墓，相望无别姓，盘亘六十余里。登国册者十余人。其人以渔盐耕读为业，其性多豪侠，尚气节，挥霍有智，善谈说，能富饶治生。其布衣赢余者，有高堂大宅，车马仆从，烹羔系鲜之乐；其贫者，亦能网鱼虾蚌蜊以自给"。①

就丁耀亢而言，他的祖父丁纯，字质夫，号海滨先生，以岁贡授巨鹿训导，升大名府长垣教谕。父亲丁惟宁，明嘉靖四十四年（1565）进士，授保定清苑县知县，后官泰州兵宪、湖广参政。② 丁惟宁一生为官清廉，并未积下多少家资。"先大夫性刚直激烈，不避强御，三任清要，每回籍图书衣被而已，外无长物"。"生六子，长兄耀斗，诸兄弟分析无余财。易箦时，独输五百金于官，倡义辅助筑城之费。熔带饰不足，假贷以完，故亢、心二子幼孤贫无所资"。③ "先柱史五十后倦勤，止留薄田六顷养老，故予兄弟遗产独薄"，"先大夫内外官无十年，清白传家，皆石田，收租自奉，清俭如寒素士。易箦之日，家无余财"。④ 在这种情况下，丁耀亢发挥善于治生的特长，很快就在薄弱的基础上建起大片的家业。"念余童年失父，十六持家，今年古稀有一，所置田宅十倍于昔"⑤，"予居山十年，家颇裕，亦得薄产二十余顷，较之初析倍蓰矣。崇祯壬午避乱时，积谷约合千余石"。⑥ 即使逃亡期间，他也能迅速调整心态，在孤岛上赁田耕种，建屋居住。"知将大乱，欲买田岛中为久居，有丁给谏海内田四百亩，号'朱寒村'，依山临湖，水秧旱种，岁可得租百余石，因赁之。筑舍开圃，欣然若将终焉"。⑦ 丁耀亢杰出的治生才能赢得了他儿子的赞赏，丁慎行在《家政须知·跋》中写道："先太父柱史公，遗产不及中人，先大人胸有成画，造无米之釜炊，成空中之楼阁，皆能以无生有，以少胜多，自童年以至古稀，未尝沦踬窘乏，非承基之有余，殆创业之无不

① 丁耀亢：《族谱叙》，《丁耀亢全集》（下），第 291 页。
② 丁耀亢：《述先德谱叙》，《丁耀亢全集》（下），第 288 页。
③ 丁耀亢：《述先德谱叙》，《丁耀亢全集》（下），第 289 页。
④ 丁耀亢：《保全残业示后人存记》，《丁耀亢全集》（下），第 286 页。
⑤ 丁耀亢：《家政须知·自序》，《丁耀亢全集》（下），第 248 页。
⑥ 丁耀亢：《保全残业示后人存记》，《丁耀亢全集》（下），第 287 页。
⑦ 丁耀亢：《航海出劫始末》，《丁耀亢全集》（下），第 279 页。

足也，虽謷逢阳九，蠧鱼生灾，而门户犹瓦全无恙者，亦以此耳。"①

　　士人治生还有一种特殊而重要的方式就是出仕。作为世代官宦家族中的一员，丁耀亢对此尤为热衷。新朝刚定鼎，他就急匆匆赶到京城求官，因清廷忙于用兵，此事未果，怅惘而归。"大清顺治乙酉，出海归里。八月入都，以旧廪例贡于乡"。②顺治五年（1648），丁耀亢再次赴京求仕，因他曾任"伪官"——南明水师纪监司理，被胡司成取消了应试资格，不得不托关系改籍顺天府参加考试，得中贡生，这也是丁耀亢一生中的最高功名。"戊子七月，由历下至利津入海，得长风，越津门而东三河、宝坻间，有数侠客送予至都门。见刘君宪石、京兆张君天石二先生，得假榻，以诗酒相朝夕焉。时大司成胡君，不允入试，遂困居于都。谒前司成薛君竹屋先生，因知旗下教习，以贡例可假一枝以安。乃由顺天籍府庠得试于京兆张君，司成高君，入礼曹拔送太学，隶镶白旗官学焉。先是辽之教习官子弟，皆由此入内院，有至外督抚，辽左人素重其选。今取之顺天庠，则已轻且滥矣"。③顺治六年（1649）乙丑，50岁的丁耀亢充任镶白旗教司，顺治八年（1651）辛卯复入北京，由镶白旗教司充镶红旗教习，三年教习考满得授容城教谕。"辛卯二月，复入都，改镶白而入镶红旗……三年考满，已得售，当选有司，后改广文，授容城谕，因知有定数云"。④顺治十年（1653），祝、梁两侍郎上书荐丁耀亢，顺治十六年（1659）己亥，60岁的丁耀亢，授福建惠安令。十月赴任，由海入淮泛运河南下，岁暮达苏州。顺治十七年（1660），丁耀亢从苏州继续进发惠安，羁留杭州作《续金瓶梅》，岁暮辞官。⑤至此，他的仕宦生涯结束。

　　学界对丁耀亢最终辞官的原因在政治上有过高评价，如欧阳健先生认为："故丁耀亢虽升迁惠安知县，却以疾抽簪引退，就是为让个人的历史

---

① 丁慎行：《家政须知·跋》，《丁耀亢全集》（下），第258页。
② 丁耀亢：《避风漫游》，《丁耀亢全集》（下），第283页。
③ 丁耀亢：《皂帽传经笑》，《丁耀亢全集》（下），第284页。
④ 丁耀亢：《皂帽传经笑》，《丁耀亢全集》（下），第284页。
⑤ 《吏部尚书伊图等为请将逾期不接任知县丁耀亢革职事题本》载："臣等议得，福建巡抚徐永祯题疏内开，惠安知县丁耀亢早已抵浙，假借患病，并不到任。等语。查十六年七月间，经题补丁耀亢为惠安知县，其领凭内限定于十七年正月二十日到任。该员已逾限期半年多，尚未接任。因此之故，拟以照例革职。"中国第一历史档案馆：《顺康年间〈续金瓶梅〉作者丁耀亢受审案》，《历史档案》2000年第2期。

仅止于'以圣教行于蛮夷'的广文耳。"① 欧阳健先生将丁耀亢视为遗民，把他辞官的行为提升到爱国和具有民族意识的高度。事实上，仔细梳理和思考丁耀亢出仕的过程，便可知此言不符合事实。新朝刚定鼎，他就迫不及待地为求官奔走，不惜贪缘冒籍出仕，从政之心的强烈不言自明。他不做惠安县令真是为了不仕清朝，使个人历史仅止于"以圣教行于蛮夷"吗？最初他得知升惠安县令的消息时，是欣喜万分的，写《晚坐宋家亭子闻祝梁两侍郎有荐疏》一诗表达对两侍郎的感激："千年一华表，旧识在辽东。雪羽或殊众，鸡群未许同。不逢龙背叟，谁识橘皮翁？愿作丹丘侣，高抟向碧空。"② 并在《自述年谱以代挽歌》中记载此事："（甲午之春）祝公梁公，赈饥于容（城），怜余落魄，设醴分荣，载以后车，一郡皆惊。连章四荐，帝悯其穷；去此匏系，遂得花封。"③ "花封"即指顺治十六年迁惠安令。就在准备赴任时，突然传来郑成功围攻金陵的消息，南北交通阻绝，赴任受阻，迁延到九月，令他十分烦恼。当听到郑成功兵败后，他欢呼雀跃，把立功的梁化凤看成救命恩人，写《赠梁大将军建邺解围破寇歌为杜杜若征诗》表达自己的喜悦之情："南服海沸妖星重，瓯闽十年走枭獍……赤眉黄巾时假汉，招号顽民思倡乱。坐困经旬建业急，天子宵旰忧南京。将军孤勇横长戈，却骑天驷超星河。却马步战气无敌，身先三军如箭疾。万橹千艘一炬空，贼奔殿后不居功。庙谋幸借神明算，不掩将军大树风。"④ 他将郑成功领导的反清复明的军队称为倡乱的顽民，认为他们是妖星，称赞孤勇的清朝将军，对新朝打败反清复明军队表示由衷的高兴，并担心现在的天子忧心时局，忧君忧之忧。诗里面哪有一点对故国的怀恋？哪有一点对新朝的不满？他关心的是时局快安定下来，天下快太平，自己也好早早上路。

黄霖先生称丁耀亢辞官是因为"他不愿从政"。⑤ 丁耀亢不是不想从政，他渴望出仕清朝，最好能做大官，越大越好。他是嫌弃教谕官职太卑

---

① 欧阳健：《陈忱丁耀亢合论》，《贵州大学学报》2004 年第 3 期。
② 丁耀亢：《晚坐宋家亭子闻祝梁两侍郎有荐疏》，《丁耀亢全集》（上），第 251 页。
③ 丁耀亢：《自述年谱以代挽歌》，《丁耀亢全集》（上），第 427 页。
④ 丁耀亢：《赠梁大将军建邺解围破寇歌为杜杜若征诗》，《丁耀亢全集》（上），第 375 页。
⑤ 黄霖：《丁耀亢及其〈续金瓶梅〉》，《复旦学报》1988 年第 4 期。

微，为此屡生埋怨，视之为食之无味、弃之可惜的鸡肋。"四十年穷经东省，卒无一就，乃由别径而入北籍，止传一毡，犹羁鸡肋不已，亦大可哀矣"。① 丁耀亢屡有诗文表达自己官职太小，感叹自己怀才不遇。如《自述年谱以代挽歌》："至癸巳冬，仅博青毡，振铎容城。"② 《李琳枝巡江南被逮狱中同饮》："官轻如传舍，宠辱自无惊。"③ 《入都辞官不果》："匏落何时了，微官岁月迁。"④ 这些诗句埋怨的都是官小。"青蓑未破江湖梦，皂帽空怀辽海心"⑤，"诗老关河终有泪，剑藏雷雨文无声"，⑥ 则认为自己怀才不遇。所以当听说两侍郎荐举他做官时，丁耀亢感激万分，以致"长鸣因顾盼，双泪落盐车"。⑦

那么丁耀亢辞官的真正原因是什么？历史上有两种说法。一种是丁耀亢自称年迈多病，如"衰病日增，宦情焉强？庚子四月，决心抽簪"，⑧ "多病肯容投簪去，名山看遍早归休"。⑨ 康熙《青州府志》也载："以疾告归。"另一种是因母老不去赴官，乾隆《诸城县志》记载丁耀亢"母老不赴"。丁耀亢任惠安县令时已经 60 岁了，自 60 岁始，他的眼睛就有疾病。丁耀亢的母亲不到 30 岁就守寡，抚育他成人，他对母亲的感情很深。"母老不赴"和"以疾告归"两方面原因可能都有。此外，还有一个重要原因就是他觉得惠安不安全，有兵患之忧。惠安是郑成功的明军与清军交战的地方。前不久，海门一仗，郑成功杀得清军"横尸浮海"，大获全胜，接着就要攻打乌龙江和惠安。就像以前每次遇到不管是农民起义军还是清军他都是逃离一样，这次他还是像往常一样选择避开。在友人崔山涛劝他到惠安赴任时，他写诗作答说："如此风涛不可行，感君为唱棹歌声。千重闽海潮方急，七里严滩月正明。"⑩ 他关注的只是自己的家业、

---

① 丁耀亢：《皂帽传经笑》，《丁耀亢全集》（下），第 285 页。
② 丁耀亢：《自述年谱以代挽歌》，《丁耀亢全集》（上），第 427 页。
③ 丁耀亢：《李琳枝巡江南被逮狱中同饮》，《丁耀亢全集》（上），第 337 页。
④ 丁耀亢：《入都辞官不果》，《丁耀亢全集》（上），第 342 页。
⑤ 丁耀亢：《长安秋兴八首》，《丁耀亢全集》（上），第 37 页。
⑥ 丁耀亢：《送别张幼量耿隐之二首》，《丁耀亢全集》（上），第 48 页。
⑦ 丁耀亢：《晚坐宋家亭子闻祝梁两侍郎有荐疏》，《丁耀亢全集》（上），第 251 页。
⑧ 丁耀亢：《自述年谱以代挽歌》，《丁耀亢全集》（上），第 427 页。
⑨ 丁耀亢：《途次遏陈阶六宪台》，《丁耀亢全集》（上），第 387 页。
⑩ 丁耀亢：《答崔山涛别驾劝赴惠安诗》，《丁耀亢全集》（上），第 388 页。

性命，而非哪个执政、哪个为王。

值得注意的是，丁耀亢曾主动放弃过一次出仕新朝的机会。顺治二年（1645），清兵渡江，弘光投降，刘泽清也投降，王遵坦想和丁耀亢一起迎接豫王多铎，以求封赏，丁耀亢借口回乡探母没有同去，此事《航海出劫始末》中有记载："五月，清兵渡江，弘光降，四镇解甲。刘泽清庸懦无策，欲航海不果，遂降。王将遣散屯兵，约予往淮迎豫王，以册列名，冀叙功求用。是夜，假以归省老母，乘风泛舟而东。"① 也许此时的丁耀亢不想过早陷入政治纠纷，也许他对新朝对待降将的政策还有疑虑，总之，他没有立即投降清朝，而是忙着回家准备上京赴试和收复田产。1645 年八月，刚刚恢复科举，他就以旧廪例贡于乡："大清顺治乙酉，出海归里。八月入都，以旧廪例贡于乡。"② 1645 年到 1646 年的两年间，他忙着收租，并为争田产在新朝打官司，"自甲申三月入海，至乙酉六月东归，营产作官，定业为南籍，诸之族邻臧获，各私所有。闻归来惊惧，咸不安。明日，集众慰劳之，焚其册券，请自今日始。时入秋，收其租之半。盖由此空拳更创一业云"③ "族人穷悍者，据产为业，主率强邻，逐散佃户，分吾积聚。孤之遗产，处处如此。时县无印官，不能理，因诉之郡，诉之青莱宪司，日日奔走道路间。自乙酉至丙戌，诉方结，而疆久失无可稽矣"④ "时方授官于南，故产分据不退，不得已理之于县。不服，又理之于郡，理之于按察。以亡弟各产文契俱焚，故最易混占。奔走于青、莱二府之间者将二年，而产业始明，至今犹占种也"⑤ 而此时很多明遗民都在追随弘光前往南京，投身中兴大业。

治生，最大限度地积累财富是有产者的本性。除善于治生，尽可能使财富增值外，还竭尽所能地保卫来之不易的财富也是他重要的人生目标。丁耀亢就曾多次主张地主阶层联合起来共同抵抗农民起义军和清军，这也常被学者征引作为丁耀亢爱国的证据，但这种抵抗并不具有多少政治意

---

① 丁耀亢：《航海出劫始末》，《丁耀亢全集》（下），第 280 页。
② 丁耀亢：《避风漫游》，《丁耀亢全集》（下），第 283 页。
③ 丁耀亢：《从军录事》，《丁耀亢全集》（下），第 282 页。
④ 丁耀亢：《乱后忍侮叹》，《丁耀亢全集》（下），第 283 页。
⑤ 丁耀亢：《保全残业示后人存记》，《丁耀亢全集》（下），第 287 页。

味，主要是保卫他的家园和田产。明末农民起义军实施劫富济贫、分富户田庄给贫民的政策，这种政策严重触动了地主的利益。丁耀亢家本是富饶的大姓巨族，在农民起义中受损惨重，钱粮被抢，田宅被占，故而对农民军尤为痛恨。"至甲申入海，而闯官莅任，则土贼豪恶，投为胥役，虎借豺蓘，鹰假鹞翼，以割富济贫之说。明示通衢，产不论久近，许业主认耕。故有百年之宅，千金之产，忽有一二穷棍认为祖产者；亦有强邻业主，明知不能久占而掠取资物者；有伐树抢粮得财物而去者。"① "一邑纷如鼎沸，大家茫无恒业。时亡弟在坰，予远逃海中，巨宅膏田，一无主人，任其侵占而谁何！故前此所积，不可问矣。于是，有楼子庄之占，草桥庄之占，草泊庄之占，东潘旺之占，石埠庄之占，北解留与石桥、后瞳、齐沟之占。其不为占据者，唯有焚掠后荒田耳。亡弟之家产既广，不能不为代理。大乱后市无行人，二麦熟不能获而臭烂于野"。② 他确实多次主张地主武装联合起来抵抗农民起义军。"至日照，遇王将军遵坦于西岭。方雨后蠟（蜡）甲，率精骑二百余。时刘泽清开镇于淮，遣之东行，以哨进取。王将素名家，弃儒而将，与予善，因止予宿。予曰：'子有骑无步，行则前后绝。贼知无兵，是以马贳盗也。今大姓多拥兵自卫，方苦无名，如能以虚札委之，使彼从军，不一日可得数千人。步在中而马分两翼，前后不见尾，称大军，贼必走矣。'王将如所言，明日各以书招授札。至诸邑，得兵五千余，百里中牛酒迎劳不绝。至渠邱，遇大盗连营十万余，围城不解，焚郭外灰焰涨天。遇前哨疑为大军，披靡走。是日斩级千余"。③ 《航海出劫始末》还记录了丁耀亢说服"土寇"停止攻杀一事，保全了百姓的生命和财产，也算是功德无量。"贼方围潍县、即墨，闻大兵至散，遂南旋入海，过涛雒。有莒贼庄姓，与土寇结援，将攻屠报仇。素识庄，往说解之。明日，贼去，涛雒、安东得无恐"。④ 《从军录事》中记载此事更详："因有前苏侍御约，攻杀土贼。今莒州帅庄调之者来报仇，已屯村口，去屯二里许。明旦恐焚掠叵测也。予素不识庄，知其

---

① 丁耀亢：《乱后忍侮叹》，《丁耀亢全集》（下），第 287 页。
② 丁耀亢：《从军录事》，《丁耀亢全集》（下），第 282 页。
③ 丁耀亢：《从军录事》，《丁耀亢全集》（下），第 280 页。
④ 丁耀亢：《航海出劫始末》，《丁耀亢全集》（下），第 279 页。

人宦族、好侠，素耳予名。时天已暮，月出如昼，急索饭食之，投箸策马去。先使一人投刺入其军。庄寇素豪侠，见予喜甚，命酒，问以所来。曰：'过此闻君兴大义，欲见无由，今相贺也。以足下大义，恐为人误，则成败在此一举，故来相告。且足下一呼数万，皆义气所激。今天下大乱，为王侯皆君辈，一误为贼，则大事去矣！吾所深惜之，故冒险而来。且知足下为豪杰，必不杀我也。'庄言：'苏丁二宦，攻杀在先，今特应之。'予曰：'二官素宦不同，且闻兵而避，所存村农数十户，杀之如戮猪犬，何足为威？徒损望耳。'庄感服，问以方略。予曰：'借南兵以勤王为名，不杀不掳，此明太祖所以定天下也。足下勉之！吾安老亲于东海，当出而从子。'因痛饮高歌，与盟而散。"① 从叙述中可以看出，地主武装联合起来抵抗农民起义军并不是为了保卫国家，而是为了保护本阶层的田产、家园及利益；"借南兵以勤王"仅仅是个借口而已。丁耀亢不仅联合地主武装攻伐"土寇"，他还主张地主武装联合起来共同抗清。"欲援东之大姓，结连诸盗，各自为守，使藩篱外固，为淮上声援，徐观进取"。② 但这种抗清不是为了恢复明政权，而是保卫家产。正如张维华所指出的："李自成义军进入北京后，不久吴三桂就勾结清兵入关，在这个时候，山东也出现了另一个局面，其中有各地地主武装的出现和各地先后爆发的农民军的出现，这是两股互相角逐的重大力量。山东各地的地主武装，早在崇祯末清兵入犯时就出现了，当时的大姓著族多者拥有数千人，少者也拥有数百人，这是为了保卫自己的财产免受清兵劫掠形成的。等到李自成进入北京，农民起义军的势力伸展到山东各地时，这些大地主们，尤其是一些官僚地主们，为了保卫自身的利益，就各自纠合一些家丁壮士，形成更大规模的地主武装力量。这就是丁耀亢劝刘泽清及其部将王遵坦所要联合的那部分力量，其实这些地主武装，包括丁耀亢自身在内，其主要目的，在于对抗李自成派入山东各地的义军，以及各地新起的农民军，他们没有抗清的意思，丁耀亢的建议，也是别有打算，所以等到清兵正式进入山东之后，他们都纷纷投降了，这

---

① 丁耀亢：《从军录事》，《丁耀亢全集》（下），第281页。
② 丁耀亢：《从军录事》，《丁耀亢全集》（下），第281页。

就证明了当时地主阶级在抗清斗争上究竟起着什么样的作用。"① 张先生的观点一针见血，是很有说服力的。

综上可见，无论是在明清战争中还是明亡清立后，丁耀亢的人生主旨应都是尚命治生而非保家卫国。

二 劝世述事之书

大致梳理完丁耀亢的人生观、价值观之后，我们再来看他的著名作品《续金瓶梅》。对《续金瓶梅》的成书年代，学界有几种不同意见。鲁迅先生的《中国小说史略》指出：紫阳道人即丁耀亢，《续金瓶梅》成书于清初。② 黄霖先生在《金瓶梅续书三种·前言》中认为，《续金瓶梅》是"丁耀亢在顺治十八年（1661）六十三岁时所作。"根据是："此书卷首《太上感应篇阴阳无字解序》称'今见圣天子钦颁《感应篇》，自制御序，谕戒臣工，……亢不敏，病卧西湖，……以不解解之。'"③ 由此可知此书当作于丁耀亢在杭州之时。石玲先生《〈续金瓶梅〉的作期及其他》则根据丁耀亢长子丁慎行《乞言小引》所云"由容城广文除惠安令，旋以疾致仕，历闽越诸名胜，纵笔成野史，聊消旅况，又从触群宵系狱"，认为丁耀亢是在由容城教谕迁惠安知县的赴任途中，游历闽越诸名胜期间，"纵笔成野史"创作了《续金瓶梅》。将《续金瓶梅》创作时间定于顺治十七年（1660）赴惠安任途中。④ 1996 年，孙玉明在《社会科学辑刊》第 5 期上发表了题为《〈续金瓶梅〉成书年代考》一文，提出《续金瓶梅》的绝大部分内容创作于丁耀亢赴惠安任途中，即顺治十六年初春至夏秋之交滞留杭州期间。2000 年中国第一历史档案馆披露了康熙四年（1665）八月二十四日山东按察使王廷谏审讯丁耀亢的记录："讯丁耀亢：《续金瓶梅》一书是否尔一人撰写？或者尚有何人？供称：此《续金瓶梅》十三卷书，乃为小的一人撰写，小的于顺治十七年独自撰写，并无

① 张维华：《跋丁耀亢的〈出劫纪略〉和〈问天亭放言〉》，《山东大学学报》1962 年第 3 期。
② 鲁迅：《明之人情小说（上）》，《中国小说史略》，上海古籍出版社，1998，第 129 页。
③ 黄霖：《金瓶梅续书三种·前言》，《金瓶梅续书三种》，齐鲁书社，1988，第 5 页。
④ 石玲：《〈续金瓶梅〉的作期及其他》，吉林大学中国文化研究所编《金瓶梅艺术世界》，吉林大学出版社，1991，第 333 页。

他人。等语。讯丁耀亢：此书内有紫阳道人之名字，而尔供称独自一人撰写，此事怎讲？供称：紫阳道人者，乃小的表字，并非他人之名。"① 自此《续金瓶梅》成书于顺治十七年几成定论，关于此书成书时间的争论告一段落，此后鲜有不同意见。②

早在同治时，平步青就在《霞外捃屑》卷九中指出：《续金瓶梅》的主旨是"刺新朝而泄黍离之恨"。近年来学界大都从丁耀亢本人是"至死不忘朱明王朝的遗老"③ 的观点出发，将《续金瓶梅》视作充满爱国激情和民族意识的反清之作。罗德荣在《〈续金瓶梅〉主旨索解》中认为："《续金瓶梅》的主旨除了鲁迅等先哲评价的'说报应'之外，那就是对满清王朝的彻底否定和批判"，"丁耀亢生当明清易代之际，清人入侵，使之家破人亡。作为明代遗民，丁耀亢自然会对朱明王朝充满眷恋之情，对满清政权含有切齿憎恨，从而在作品中流露出强烈的'民族意识'"。④ 周钧韬、于润琦《丁耀亢与〈续金瓶梅〉》指出：丁耀亢把宋事以写清，表现了强烈的爱国主义思想和民族感情，具有鲜明的反清倾向。⑤ 时宝吉在《〈续金瓶梅〉所表现的爱国主义精华》一文里，更是激情澎湃地写道："丁耀亢写《续金瓶梅》的真实动机，是在他亲历了明清战乱的动荡岁月之后，感时抚事，抒发亡国之痛，对明朝覆亡经验教训的深刻总结。他追昔抚今，寄托遥思，痛斥昏君、佞臣断国，谴责、诅咒权奸卖国通敌，赞颂、讴歌义胆包天、忠肝盖地的爱国英烈，借此唤起九歌忠愤，拂拭三闾文字，激扬人民的爱国热情。另一方面，他又企图借宋金战争的历史背景，猛烈攻击、影射满清贵族统治集团入侵中原对汉族人民的血腥屠杀、掳掠、奴役的滔天罪恶，反映了汉族人民在侵略者铁蹄下惨遭蹂躏和压迫的沉重苦难，表现了反抗强暴入侵的强烈民族自尊感，

① 中国第一历史档案馆：《顺康年间〈续金瓶梅〉作者丁耀亢受审案》，《历史档案》2000年第2期。
② 2004年欧阳健先生撰文称《续金瓶梅》是丁耀亢于顺治五年至十一年（1648～1654）在北京任旗官学时构思动笔，在容城任教谕时撰写完成。欧阳健：《〈续金瓶梅〉的成书年代》，《齐鲁学刊》2004年第5期。
③ 孙言诚：《论〈续金瓶梅〉的思想内容及其认识价值》，《吉林大学学报》1991年第6期。
④ 罗德荣：《〈续金瓶梅〉主旨索解》，《明清小说研究》2002年第1期。
⑤ 周钧韬、于润琦：《丁耀亢与〈续金瓶梅〉》，《明清小说研究》1992年第1期。

体现出作者追求民族自由坚强不屈的民族气节和高昂的爱国主义情操!"
"总的看来,丁耀亢的《续金瓶梅》站在爱国的立场上,表现了强烈的
民族思想和民主思想,他从反对清王朝的统治出发,进而总结明王朝灭
国的教训,把批判的矛头指向了腐朽的封建专制制度。他从维护民族尊
严和民族自由的立场出发,高举爱国爱民的旗帜,用小说作武器,猛烈
攻击清统治者对汉族人民的残酷屠戮政策,沉痛悲悼故国覆灭的悲剧,
表现了崇高的民族节操和强烈的爱国热情。"① 此外,还有不少学者的观
点亦是如此。②

　　事实是如此吗?《续金瓶梅》的主旨真的是为了表达对故国的怀恋和
对新朝的不满与反抗吗?通过上文"尚命治生"的分析,我们可以看出
大地主出身的丁耀亢并没有多少民族意识、政治操守及故国情感。一个拥
有很多财富的人,很难像一个一无所有的受压迫者那样有着很强的反抗精
神,他们关注的是生活,是过日子,而不是谁掌握政权,如何夺得政权或
推翻政权,丁耀亢亦是如此。"尚命治生"是他人生的第一要义,他关注
的是自身利益,渴望的是和平,努力的方向是更多地积累田产,保卫自己
的财产不受侵犯,并且希望能有所仕进。从他的诗中可以看出他厌恶
"腊残小市无鱼米,乱后名城有甲兵"③ 和"乱后有田不得种,蚕后有丝
不及用。官家令严催军需,杂差十倍官粮重。县官皂隶猛如虎,荒田不售
鬻儿女。门前空有十行桑,老牛牵车运军粮,何时望得大麦黄"④ 的战乱
生活,希望能尽快结束兵荒马乱的岁月,恢复宁静,可以"望得大麦
黄",但他并不关心战争的最后赢家是谁。清朝建立后,丁耀亢庆幸和欣
慰的是天下终于又现太平,他才不会像那些愚忠明朝的人那样跟随弘光去
南京,他认为更重要的是和新政权合作以维护自己的利益。定鼎后,丁耀

---

① 时宝吉:《〈续金瓶梅〉所表现的爱国主义精华》,《殷都学刊》1991 年第 2 期。
② 黄霖先生在《金瓶梅续书三种·前言》中指出:"《续金瓶梅》……沉痛总结了明亡的
　　历史经验,愤怒地控诉了满清贵族的残暴统治,自始至终洋溢着爱国爱民的激情。"吉
　　林大学的王汝梅教授在《丁耀亢的〈续金瓶梅〉创作及其小说观念》中认为,《续金瓶
　　梅》以宋金战争为背景,用金兵影射八旗军,反映的是明末清初的战乱和人民苦难,作
　　者对抗金将领的歌颂,表达了作者拥明抗清的民族思想(李增波主编《丁耀亢研
　　究——海峡两岸丁耀亢学术研讨会》,中州古籍出版社,1998,第 157 页)。
③ 丁耀亢:《夜入姑苏晓达枫桥》,《丁耀亢全集》(上),第 364 页。
④ 丁耀亢:《田家二首》,《丁耀亢全集》(上),第 88 页。

亢四处奔波忙于应试和收回田产，对新政权虔诚拥护。他的诗文里，"圣朝""圣主"的字眼屡见，如"圣朝崇遗贤，重道尊师保。遂使补天功，众星复皎皎"，① "圣主当阳万物春，九州霖雨起元臣"。② 歌功颂德的篇章更是比比皆是。③ 丁耀亢《新编杨椒山表忠蚺蛇胆》（又名《表忠记传奇》）集中表达了他对顺治帝的赤胆忠心，如"祝顺治，祝顺治，民歌击壤，颂清朝，颂清朝，圣寿无疆"，"国运天心原不爽，御序颁行卿相，因此代表忠臣颂圣皇"，"青史徒传烈骨香，未闻天笔赞曹郎。当年疏草留忠恳，隔代褒封赖圣王"，"一统王基归顺治，万年天运状清朝。今当顺治十四年，大清国圣明天子御笔亲题表忠御序，颁行天下，上帝大喜。从此风调雨顺，国泰民安，享国太平，万年福寿"。④ 《表忠记传奇》写于顺治十六年，和《续金瓶梅》写成的时间相近，一个人在同一时间里对新朝的情感的差异不会那么大，他不大可能一边在诗文、传奇中表达自己对新朝的忠诚，一边又在小说里对新朝进行愤恨和诋毁。

事实上，在《续金瓶梅》创作的当时，无论作者还是作序者，都反复强调此书是迎合顺治帝颁布的《太上感应篇》而作，不仅没有抗清的民族意识，而且有献媚新朝的意味⑤。丁耀亢在《太上感应篇阴阳无字解序》中自述作此书的目的和原因："今见圣天子钦颁《感应篇》，自制御

---

① 丁耀亢：《呈刘相国忆昔行》，《丁耀亢全集》（上），第 347 页。
② 丁耀亢：《喜傅司空初度病起寄谢四首》，《丁耀亢全集》（上），第 488 页。
③ 如"喜得圣朝宽大政，太平犹可恋韶华。"[《仲茜叔芬季实招开芍药因忆故园》，《丁耀亢全集》（上），第 453 页]"贪为辞官累，愁仍对客豪。莫言巢许隐，盛世颂唐尧。"[《次孟二青原韵并问孙钟元先生二首》，《丁耀亢全集》（上），第 456 页]"圣朝喜有新恩日，老友犹期会面时。"[《过新乡怀友人寄道子二首》，《丁耀亢全集》（上），第 461 页]"圣朝草木皆王气，玉井千年咏瑞荷。"[《和卢亭一学士咏内苑黄莲花》，《丁耀亢全集》（上），第 491 页]"圣朝似惜支离叟，尚许儿孙负杖藜。"[《九日同慎行慎谋侨孙登东山顶》，《丁耀亢全集》（上），第 503 页]"圣主尚怜归命叟，儿童偏苍古交亲。"[《语少年二首》，《丁耀亢全集》（上），第 513 页]"眼昏禁足知天意，老倦藏头感圣朝。"[《山中怀古田舍四首》，《丁耀亢全集》（上），第 522 页]"闻道圣朝多善政，野人伏枕劝加餐。"[《七十老人自寿排律》，《丁耀亢全集》（上），第 567 页]类似诗文还有很多，这些都足以表明丁耀亢对新朝的忠贞和诚诚。
④ 丁耀亢：《新编杨椒山表忠蚺蛇胆》，《丁耀亢全集》（上），第 1006 页。
⑤ 《续金瓶梅后集凡例》一再郑重地说："兹刻首列《感应篇》并刻万岁龙碑者，因奉旨颁行劝善等书，借以敷演，他日流传宫禁，不为妄作。"[《丁耀亢全集》（中），第 5 页]有的学者认为这是为自我保护而做的假象。联系到丁耀亢诗文中对"圣朝""圣上"的虔诚，笔者认为这应该是丁耀亢的真心。

序，谕戒臣工，可谓皇皇天命矣。海内从风，遂有广其笺注，汇集征验，以坚人之信从者。上行下效，何其盛欤！亢不敏，病卧西湖，既不克上膺简命，而效职于民社，谨取御序颁行《感应篇》而重锓之。欲附以言，而笺者已详之矣。吾闻天道至秘，以言解之而反浅；人心惟微，以法绳之而愈遁。不如以不解解之。"① 他将《续金瓶梅》作《太上感应篇》的注解，以便使愚夫愚妇都能了然于心。"兹刻以因果为正论，借《金瓶梅》为戏谈，恐正论而不入，就淫说则乐观"。② 全书由说教议论和敷衍故事两部分构成，说教议论部分为正论，征引《太上感应篇》置于回前，作为故事开展的引起和依据，故事则是正论的注解，两者结合，构成每回书的主要内容，照应本书的创作目的。"于每回起首，先将《感应篇》铺叙评说，方入本传。客多主少，别具一格"。③ 在书的结尾，作者再次点题，与全书内容相照应："且说一个典故……白公请问佛法，师曰：'诸恶莫作，众善奉行。'白公大笑说：'这两句话，三岁孩儿也道得出来，有甚么高处？'师曰：'三岁孩儿也道得，八十老翁还行不得。'白公乃为之作礼。我今讲一部《续金瓶梅》，也外不过此八个字，以凭世人参解，才了得今上圣明，颁行《感应篇》劝善录的教化，才消了前部《金瓶梅》乱世的淫心。"④ 此处呼应全篇，说明整部《续金瓶梅》是《太上感应篇》的注解，二者结合才为整体。与丁耀亢同时的人在为《续金瓶梅》作序时，也完全认可这种观点。西湖钓史《续金瓶梅集序》云："《续金瓶梅》者，惩述者不达作者之意，遵今上圣明，颁行《太上感应篇》，以《金瓶梅》为之注脚，本阴阳鬼神以为经，取声色货利以为纬，大而君臣家国，细而闺壸婢仆，兵火之离合，桑海之变迁，生死起灭，幻入风云，因果禅宗，寓言亵昵，于是乎，谐言而非蔓，理言而非腐，而其旨，一归之劝世。此夫为隐言、显言、放言、正言，而以夸以刺，无不备焉者也。以之翼圣也可，以之赞经也可。"⑤ 隐道人《续金瓶梅序》称，作者曰"……

① 丁耀亢：《太上感应篇阴阳无字解序》，《金瓶梅续书三种》，第 10 页。
② 丁耀亢：《续金瓶梅后集凡例》，《金瓶梅续书三种》，第 5 页。
③ 丁耀亢：《续金瓶梅后集凡例》，《金瓶梅续书三种》，第 5 页。
④ 丁耀亢：《续金瓶梅》，《金瓶梅续书三种》，第 656 页。
⑤ 西湖钓史：《续金瓶梅集序》，《金瓶梅续书三种》，第 3~4 页。

我将借小说作《感应篇》注，执贽于菩提王焉，知我者，其惟《春秋》乎！"① 鲁迅先生在《中国小说史略》中也认为它"主意殊单简……顾什九以《感应篇》为归宿"。②

笔者认为《续金瓶梅》的主旨是以因果报应劝世，为《太上感应篇》作注解，并把因果报观念发展到"空"的境界，提出"廉净寡欲"的救世药方。因果报应是丁耀亢一贯持有的思想。早在崇祯五年（1632），丁耀亢就翻检史书，写成《天史》，其中集中体现了他天人感应、因果报应的思想。"风雪穷庐，偶检先大夫手遗廿一史而涉猎之。喟然而悲，愀然而恐，因见夫天道人事之表里，强弱盛衰之报复，与夫乱臣贼子、幽恶大憝之所危亡，雄威巨焰、金玉楼台之所消歇，盖莫不有天焉"，③ 丁守存在《表忠记传奇》书后评价《天史》道："历采史乘所载，因果实事，卷帙浩繁，以彰天道，励人心。"④ 它汇集正史中"明白感应者"为十案，计有大逆、淫、残、阴谋、负心、贪、奢、骄、党、左道名目以警世，"专尊圣经，借演因果，皆有据之感应，非无影之轮回，内典外道，杜绝不入"⑤，其用意就是"劝善惩恶"却"独取夫恶者惩之"。⑥ 可见因果报应、惩恶扬善是丁耀亢一贯的思想，《续金瓶梅》也是以此为主线的。

作者自述作《续金瓶梅》的目的为："我今为众生说法，因这佛经上说的因果轮回，遵着当今圣上颁行的《劝善录》、《感应篇》，都是戒人为恶，劝人为善，就是这部《金瓶梅》讲出阴曹报应、现世轮回。紧接这一百回编起，使这看书的人知道阳有王法，阴有鬼神，这西门大官人不是好学的，杀一命还一命，淫一色报一色，骗一债还一债。受用不多，苦恼悔恨，几世的日子冤报不了。又说些阴阳治乱，俱是众生造来大劫，忠臣

---

① 隐道人：《续金瓶梅序》，《金瓶梅续书三种》，第 1 页。也有现代学者认为《太上感应篇》仅仅是丁耀亢掩饰自己的一种手段。"至于小说中处处以《太上感应篇》立论，鼓吹因果报应，虽不能排除因作者思想局限而留下的糟粕，但确实也有拉清王朝'钦颁'的《太上感应篇》掩饰自己写作的目的。"刘三金：《〈中国古代小说史〉上的连体儿——浅谈〈金瓶梅续书三种〉的成因及其它》，《聊城师范学院学报》1995 年第 2 期。

② 鲁迅：《中国小说史略》，第 130 页。

③ 丁耀亢：《天史·自序》，《丁耀亢全集》（上），第 7 页。

④ 丁守存：《〈表忠记传奇〉书后评》，《丁耀亢全集》（上），第 1007 页。

⑤ 丁耀亢：《天史·凡例》，《丁耀亢全集》（上），第 8 页。

⑥ 钟羽正：《天史·序》，《丁耀亢全集》（上），第 3 页。

义士，财色不迷的好人，天曹降福，使人好学。借此引人献出良心，把那淫胆贪谋一场冰冷，使他如雪入洪炉，不点自化。岂不是讲道学的机锋，说佛法的喝棒，讲《感应篇》的注解？"① 遵循因果报应的原则，作者在第七回就已安排了续书中人物的命运和结局：西门庆死后，阴魂问成泥犁，到第七层地狱，阳魂一转托生在东京沈越家为子，作失明乞丐，再转作内监，三转作一犬善终，三案方结。潘金莲阴魂问成刀山第九层地狱，阳魂一转，托生黎家为女，名唤金桂，终自无配偶，闭阴而死。春梅阴魂问成屎臭第六层地狱，阳魂托生京北孔家为女，嫁与宦门为妾而亡，再转一女，生丑疾，终身不嫁而死。王婆阴魂变狗，三世入阿鼻狱中。陈经济变乞丐饿死，一案即结。李瓶儿在续集中托生在袁指挥家为女，取名常姐，后被京师名妓李师师收去做妓女，改名为银瓶。原书中的花子虚托生为帮闲人物郑玉卿，翟员外托他到李师师家提亲，郑玉卿乘机与银瓶偷情，事情败露后盗财双双出逃至扬州，盐商苗青见银瓶貌美，用一千两银子并新买的妓女董玉娇换了银瓶，银瓶见郑玉卿贪财负心，上吊而亡，这样就偿还了前世欠花子虚的情债。郑玉卿被骗身无分文，寄住在表兄徐守备家，因与徐守备大儿媳妇通奸出逃，被捉住乱棍打死，以明小人淫报。

除前后世的因果报应外，作者还安排了现世报。负义背恩、贪财好利者不得善终，弄权卖国者下场可耻，有仁有义、品德高尚的人都得到了好报。来安谋财欺主，张小桥父子因财害命，吴典恩负义忘恩，最后俱不得好死。应伯爵昧心欺骗寡妇财，掠卖孝哥，到勾栏骗饭吃，可谓坏事干尽，结果落得"一筐骨头喂了狼，狗也不吃嫌他恶"的下场。童贯、蔡京、蔡攸、高俅、杨戬、王黼卖国六贼的处置是："童贯杀人太多，阴魂问成阿鼻十八层地狱，一世变马，二世变牛，三世变犬，四世变鸡，俱以杀债报，散入化生，不得人道。蔡京父子、高俅、杨戬、王黼等，通奸误国，阴魂问成饿鬼地狱，三世俱托生阵亡兵卒，罪完方许托生。张邦昌、刘豫、蒋竹山、苗青等汉奸之流，也落了个可耻的下场。李师师狐媚误国，狡兔三窟，最后嫁给一个金朝养马的老兵。义仆玳安一直追随月娘母子出生入死，患难相扶，后来他随了西门的姓，起家十万，人称小西门员

---

① 丁耀亢：《续金瓶梅》，《金瓶梅续书三种》，第5页。

外，生子二人，世享富厚，夫妇偕老，八十而终。这是天报正义，一家正果处"。①

《金瓶梅》的题旨是借因果报应劝善惩恶，《续金瓶梅》继承之并进一步发展了这个主题。"一部《金瓶梅》说了一个'色'字，一部《续金瓶梅》，说了个'空'字。从色还空，即空是色，乃因果报转入佛法，是做书的本意"。② 如果说《金瓶梅》倡导的因果报应还只是狭隘的小乘佛法，需要外界力量的劝惩，人心才能做到向善避恶，那么《续金瓶梅》则是由"色"到"空"，要求人彻底明白因果，回归本心，这方是大乘佛法，又高于因果一层。丁耀亢在书中屡次重申这个观点。"这一部《续金瓶梅》替世人说法，做《太上感应篇》的注脚，就如点水蜻蜓，却不在蜻蜓上。又如庄子濠梁上观鱼，却意不在鱼。才说因果，要看到大乘佛法，并因果亦作下乘，才说感应，要看到上圣修行，并感应也是妄想，才是百尺竿头进一步的道理"。③ "三教讲了一个空字，并因果感应包藏在内，才知忠臣孝子、烈士贞女，当他一心成仁取义，原没个想到报应轮回上才去行善的，那些贼子奸臣忘了君父，淫夫贪吏不怕鬼神，当他行恶之时，定没有个怕那因果轮回，猛然退步的。总是因果二字为下根人说法"。④ "讲佛宗的，从上根人便讲了个空，从下根人须讲个果，到了正果，自然能空，不落禅家套棒"。⑤ 作者认为，"因果"二字，只是为下根人说法，不过是让那些蒙昧愚蠢之人，因惧怕恶报而弃恶从善，这只能算是治表而非治里、治末而非治本，由色悟空，修成正果，才是人生根本的解脱。

色、空是佛教的概念。色，指世界上一切有形或无形的现象；空即自性，是产生上述现象的多种因素和缘由。空即是色，色即是空，指世间的一切都是瞬息变幻永无定局的，贫贱可成富贵，沧海可变桑田，任何对欲望的执着都是无意义的。"世间繁华富贵，转眼间即成幻境"。⑥ "富贵无

---

① 丁耀亢：《续金瓶梅》，《金瓶梅续书三种》，第 647 页。
② 丁耀亢：《续金瓶梅》，《金瓶梅续书三种》，第 412 页。
③ 丁耀亢：《续金瓶梅》，《金瓶梅续书三种》，第 650 页。
④ 丁耀亢：《续金瓶梅》，《金瓶梅续书三种》，第 655 页。
⑤ 丁耀亢：《续金瓶梅》，《金瓶梅续书三种》，第 656 页。
⑥ 丁耀亢：《续金瓶梅》，《金瓶梅续书三种》，第 277 页。

常，沧桑多变。麋鹿苏台，尚作馆娃之梦；杜鹃蜀道，空闻望帝之呼。虎头健儿，化为鸡皮老翁；邯郸才人，嫁作厮养卒妇。况夫改朝换代，剩水残山，魏国江山，半是衰草夕阳；汉家宫阙，但见荒烟流水"。① 易代之际动荡不定的生活加剧了丁耀亢人生无常的幻灭感，"人生无常，繁华难久。三九大老，貂冠紫绶，几年间一梦黄粱；二八佳人，花面蛾眉，顷刻时一堆白骨"。② 他对末世之人开出的救世良方是廉净寡欲。"《金瓶梅》讲了六十四回，从色字入门，就是太极图中一点阴精。犯了贪淫盗杀，就是个死机，到了廉净寡欲，就是个生路"。③ 由色悟空，认识到现象世界瞬息万变永无定局的道理，就自然会舍弃物欲、淫欲、金钱欲、权势欲而转向廉净寡欲。在作者看来，那些把世间万物看作固定不移、永存不变的人，必然执着于种种欲望，从而在欲望诱惑下贪淫盗杀，走向作恶之途，故曰"犯了贪淫盗杀，就是个死机"；反之，如果看透人生，以空为本，便自然会放弃种种欲望而廉净寡欲，一心行仁取义，从而走向为善之路，故又曰"到了廉净寡欲，就是个生路"。回顾书中所写，世间但凡贪图荣华富贵、执着金钱权势之人，终究竹篮打水一场空，枉自送了性命，如张邦昌与秦桧、蒋竹山与苗青、吴典恩与应伯爵、来安与张小桥父子等。贪一时之欢，执着淫欲的郑玉卿和银瓶、金桂与梅玉等也得到了相应的报应。凡事都有因果，善恶会有报应，万般皆空，唯有廉净寡欲才能修成正果，这是整部小说的骨干和灵魂。

《续金瓶梅》通过"述往事"来验证它的主旨，除立言劝世外，"述往事"是此书的另一个重要内容。黄霖先生在《金瓶梅续书三种·前言》中指出："作者之所以要选择《金瓶梅》来作续书，根本不是由于《金瓶梅》是一部有名的'淫书'可以招徕读者，而是由于《金瓶梅》的续书可以顺理成章地以宋金征战的历史背景，来影射现实的明清易代。"④ 黄霖先生指出《续金瓶梅》是以宋金征战的背景来影射明清易代的，确是灼见，但他认为"作者对于故国沉痛思念的同时，对于清初野蛮统治表

① 丁耀亢：《续金瓶梅》，《金瓶梅续书三种》，第 322 页。
② 丁耀亢：《续金瓶梅》，《金瓶梅续书三种》，第 30 页。
③ 丁耀亢：《续金瓶梅》，《金瓶梅续书三种》，第 650 页。
④ 黄霖：《金瓶梅续书三种·前言》，《金瓶梅续书三种》，第 10 页。

现了强烈的仇恨"，① 这一观点值得商榷。宋金征战在《续金瓶梅》中仅是背景而已，丁耀亢选择宋金征战作背景也不是为了要表现对故国的思念和对异族统治者的仇恨，而是在此背景下展开对他所经历往事的描绘。

《续金瓶梅》一书大历史背景是兵荒马乱的宋金征战，作者借宋金征战影射明清易代，通过对战争的描写，渲染了凄凉的气氛和悲天悯人的情怀。小说第一回就对金兵屠城场面做了一次鸟瞰式的描写："真是杀的这百姓尸山血海，倒街卧巷，不计其数。大凡行兵的法，杀的人多了，俘掳（虏）不尽，将这死人堆垛在一处，如山一般，谓之'京观'，夸他用兵有威震敌国之胆。这金兵不知杀了几十万人民，筑成京观十余座而去。"② 第五十八回描绘了中原人民被残酷虐待的悲惨情景："那些北方鞑子……将我中国掳的男女，买去做牲口使用。怕逃走了，俱用一根皮条穿透拴在胸前琵琶骨上。白日替他喂马打柴，到夜里锁在屋里。买的妇人，却用一根皮条使铁钉穿透脚面，拖着一根木板，如人家养鸡怕飞的一般。"③ 这两段文字常被学者引用，用来证明丁耀亢对清军残暴的强烈反抗，但仔细阅读文字，在描绘中我们看到更多的是血淋淋的残忍，更多的是对生命遭到践踏的震怖和悲悯，读出的是作者心怀大众的慈悲心，是对伤痛往事的缅怀和回忆，但不一定是对现存政权的讽刺和反抗。就像郑振铎先生在《文学大纲》中所指出的："（《续金瓶梅》）叙金人南下的行动与汉人受苦之状，颇似作者正在描写他自己亲身的经历。"④ 书中确有不少情节就是丁耀亢亲见亲闻的实事，如义军扮作清兵屠杀百姓事。《从军录事》记载："乙酉正月，往淮谒刘镇返。时东之渠寇，为清兵败散，投淮上，皆委用于海中。狼心鹰眼，时诱王师以劫掠青口之民，冀得利以报功。已得岸口渔船数十，冀登岸大肆荼毒，掳其子女。"⑤ 《续金瓶梅》对此情景就有相应的描绘。第十五回"应伯爵掠卖孝哥　吴月娘穷逢秋菊"中有："只见村里喊杀连天，火把乱明，把河里苇柴烧着，男妇们怕火烧，都走

① 黄霖：《金瓶梅续书三种·前言》，《金瓶梅续书三种》，第13页。
② 丁耀亢：《续金瓶梅》，《金瓶梅续书三种》，第4页。
③ 丁耀亢：《续金瓶梅》，《金瓶梅续书三种》，第584页。
④ 郑振铎：《文学大纲》，《郑振铎全集》，花山文艺出版社，1998，第267页。
⑤ 丁耀亢：《从军录事》，《丁耀亢全集》（下），第281页。

出来，被这土贼抢衣裳的、掳妇女的，把玳安也上了绳。拴着些人们，到了一个大空寺里，坐着十数个贼头，一个假妆成鞑子，也有带皮帽子、穿皮囤子的，又没有弓箭马匹，都是些庄家枪棒。"① 还有不少细节也是如此，第三十五回就写道："军民无一日之安，或是朝属宋朝，暮又属了金国，不是征兵，就是加饷。"② 这些都是丁耀亢自己的真实经历。丁耀亢的家乡先为大顺军占领，五月大顺军撤走之后，便被清廷接管，可谓"朝属大顺暮属清"。

由此可见，《续金瓶梅》是在征战大背景下，以大户人家吴月娘一家战乱的遭遇为线索，描述丁耀亢亲历亲见的往事，既述"离乱零落如风絮，儿女飘落似水鸥"的骨肉离散之苦，又画"附势趋炎自世情，山川瞬息路难平"的小人负心之状，并最终惩恶扬善，一一给予报应。明清易代时，有很多大户富族遭抢掠、剥夺，沦为乞丐。归庄在《王奉常烟客先生七十寿序》中指出："自陵谷变迁以来，世家巨族，破者十六七。"③ 张履祥也说："予淮丧乱以来，远近士大夫家，栋宇崇深，墉垣窅邃，昔为歌舞燕乐夸耀里间之观者，概已废为荒榛野砾，间有存者，姓已一易再易，子孙多不可问。"④《续金瓶梅》整部书就以乱世大户飘零为故事主线，正文开端第二回就描绘了吴月娘投寺避兵，兵退回家发现房屋被烧毁的情景。"月娘进得城来，四下观看，见那城郭非故，瓦砾堆满，道旁死尸半掩半露。到了自家门首，狮子街开当店的门面全不认的了：大门烧了，直至厅前；厦檐榻了，剩下些破椅折床，俱是烧去半截。又走到仪门里，上房门外虽没烧坏，门窗尽行拆去，厨房前马粪有半尺余深。"⑤ 后，金兵进城又把她全家冲散，吴月娘不得不千里寻儿，历尽颠沛流离之苦。在战乱中，还有很多原本富贵之家备受摧残，贵为一品夫人的蔡太师的母亲竟以乞食为生。"到了东京大变，这些权臣家贬杀抄没，人口俱亡，只有蔡太师之母封一品太夫人李氏，年过八旬以外，得因老年免罪，

① 丁耀亢：《续金瓶梅》，《金瓶梅续书三种》，第 140 页。
② 丁耀亢：《续金瓶梅》，《金瓶梅续书三种》，第 323 页。
③ 归庄：《王奉常烟客先生七十寿序》，《归庄集》卷 3，中华书局，1961，第 251 页。
④ 转引自赵园《明清之际士大夫研究》，北京大学出版社，1999，第 116 页。
⑤ 丁耀亢：《续金瓶梅》，《金瓶梅续书三种》，第 11 页。

发在养济院支月米三斗。……这些富民乞食为生，何况贫人？这老夫人左手执一棍拄杖，右手提一个荆篮，向人门首讨些米来度日。"① 还有不少富户"先被搜括，已是家业磬净，也还有身上藏些金银的……到了金兵一抢，俱是非刑吊铐，把这富户死的死，伤的伤，妇女掳了去，吊下一身，人人乞丐为生，也顾不得羞耻。"② "这叫街的花子都是京城的大人家，彼此一样，无可奈何，也就随缘度日，连呼'老爷奶奶'不绝"。曾经的巨富沈三也在街头乞讨，"街上人都感叹：这等一家米烂陈仓、财高北斗的人家，如今乞食为生，无有立锥之地"。③ 这些沧桑巨变使作者不由感叹："单说这古今盛衰之感，人世死生之叹：才是繁华，就成了衰落，才离去了苦海，又堕了火池。生生死死，变变化化，谁识是前身，谁识是后世？昨日富翁，今日乞儿，现世就有轮回。"④

丁耀亢在书中倾情描绘大户飘零的情形和他自身经历相关，是"述往事"的一部分。丁耀亢本人就因清军破城或土寇围城而多次举家迁徙，其间备尝骨肉离散乃至丧生的苦痛。《航海出劫始末》记载："十一月二十日，予携家出城，止于南山旧庐。是日，老母以九弟妇新丧，所产儿保未弥月，不果行。后警渐急，愈疑信。弟且急续弦，终无去志"，"又数日，知老母携亡弟之婴儿已出城入山得免。又数日，知九弟殉难，长兄得全。婴儿，即前所产一线也"，"时家口二十余，衣囊劫尽，煮麦粥以食。率稚子三四人，人各负薪。至癸未二月，饥愈甚"，"甲申春，土寇复炽，再移于城。至三月闻闯信，知不可支，系舟海畔，恐蹈前辙。老母挟孤侄居海上，以待非复前此之仓皇也。三月十六日，以子女登舟，载粮而南，以老母畏海，同孤侄陆行"。⑤ "壬午东兵破城，胞弟举人耀心、侄举人大谷皆殉难，长兄虹野父子皆被创，居宅焚毁，赤贫徒步，奴仆死散殆尽，苟活而已"。⑥ 除亲人罹难、骨肉失散外，丁耀亢在战乱中还丧失了大量

① 丁耀亢：《续金瓶梅》，《金瓶梅续书三种》，第 154 页。
② 丁耀亢：《续金瓶梅》，《金瓶梅续书三种》，第 142 页。
③ 丁耀亢：《续金瓶梅》，《金瓶梅续书三种》，第 143 页。
④ 丁耀亢：《续金瓶梅》，《金瓶梅续书三种》，第 109 页。
⑤ 丁耀亢：《航海出劫始末》，《丁耀亢全集》（下），第 277～279 页。
⑥ 丁耀亢：《从军录事》，《丁耀亢全集》（下），第 282 页。

的家产，以致有"朝为千金子，暮为娄食翁"①之叹。《保全残业示后人存记》载："予居山十年，家颇裕，亦得薄产二十余顷，较之初析倍蓰矣。崇祯壬午避乱时，积谷约合千余石。乱后焚毁如洗，粮犹半存。"②"至甲申入海，而闽官莅任，则土贼豪恶，投为胥役，虎借貔貅，鹰假鹯翼，以割富济贫之说。明示通衢，产不论久近，许业主认耕。故有百年之宅，千金之产，忽有一二穷棍认为祖产者；亦有强邻业主，明知不能久占而掠取资物者；有伐树抢粮得财物而去者。"③"自甲申三月入海，至乙酉六月东归，营产作官，定业为南籍，诸之族邻臧获，各私所有。闻归来惊惧，咸不安。明日，集众慰劳之，焚其册券，请自今日始。时入秋，收其租之半。盖由此空拳更创一业云。"④"时海舟、子女、辎重及载岛中所得租百余石，借为归资，而家粮千余石已乌有矣。"⑤这些都是丁耀亢亲历的往事，与书中描绘的吴月娘等大户人家的遭遇十分相似，是他创作的蓝本。

乱世中丁耀亢不仅身家飘零、财产散佚外，还颇受贪官酷吏和叛奴恶仆之累，所以揭露贪官酷吏之恶、鞭挞叛奴恶仆、表彰忠仆也是书中的重点。《续金瓶梅》一开场便叙述了一场官司，西门庆家仆人来安勾结歹徒张小桥，抢劫了吴月娘的财物，张小桥为独吞财宝，杀死了来安，来安之妻向官府出首，并带领捕役搜出赃物。面对这批贼赃，各级官吏的真实面目都显露出来了。第一个接触案件的是县官吴典恩，那吴典恩看见赃物"真是眼里出火，口内垂涎，看一会，喜一会：'这岂不是天送来的富贵！''这物件不是我小吴的，还是谁哩？'"吴典恩的贪婪激怒了县学生员，生员们联名告到刑厅刘推官处，吴典恩见势不妙，连夜送去"赤艳艳的黄金和两个大元宝"，不料，"肉投狗口翻招事，鼠到鸱前更起贪"，那刘推官不觉"喜从心上起，又恶向胆边生"，想道："这厮可恶！……有这五百两金子，如何只送一锭与我？难道你分这点水头给我吃了，你倒

---

① 丁耀亢：《十七日被东兵围尽走入海港寄商船得脱》，《丁耀亢全集》（上），第649页。
② 丁耀亢：《保全残业示后人存记》，《丁耀亢全集》（下），第287页。
③ 丁耀亢：《乱后忍悔叹》，《丁耀亢全集》（下），第287页。
④ 丁耀亢：《从军录事》，《丁耀亢全集》（下），第282页。
⑤ 丁耀亢：《从军录事》，《丁耀亢全集》（下），第282页。

吃这整份，我就是这样贱卖了法罢！"刘推官因为榨不出更多油水，一怒之下，把案件"一封筒申报按院"，"那按院见许多赃物，未免动了个隔壁闻香、鼻尖舔蜜之意，也就要一口全吞，不许零抽半点"。一批贼赃，苦主吴月娘不仅不能领取，反被关入监狱，而县官、刑厅、按院，一个个贪相毕露，为杀人灭口，吴典恩串通禁子害死张小桥，张小桥之子和吴典恩被非刑夹打，死在监中，"一股无义之财，倾了四条性命"。作者在文中感叹道："原来这官清也是难事。士大夫读了圣贤书，受了朝廷爵禄，难道都是害民贪利的？那铁面冰心好官也是有的。如今末世，多有直道难行，只得随时活动，遇着这等不公道的容易钱，也略取些来为上下使费，也是今日仕途常事，只不做出吴典恩的事来，就算好官了，哪有辞夜金的杨四知，告天地的赵清献？"① 吴典恩本来是西门庆的奴仆，凭着主人的关系捞得一官半职，却贪财叛主，拷掠主母，最后人财两空，死于非命。

丁耀亢在《乱后忍侮叹》中曾记录亲身经历的叛奴勾结大姓进行欺诈一事，与此很相似。"先是叛仆乘乱为贼者，予归理之官。邑大姓阴为之主，使其反噬，或使人诬讼于郡。以谋叛谋杀人命等事，冀以试吾之强弱。又使亡命无赖者，率众登门讴骂，观吾动静。予皆不较，复诱恶仆某跳梁，率众劫粮畜以去。明为之主，冀予忿恨，假逆仆甘心焉"。② 还有知县仗势贪酷，拷掠乡绅的描绘，堪称吴典恩、刘推官等人的原型。"时残破之余，劫杀相习。乱民经闯宦纵恶之势，藏身衙胥，以巨室寒士为奇货，草野之间，动相杀害，县令倪君者，辽伍卒也，严刑暴鸷，如苍鹰乳虎，择人而食。邑宦甲科某，以人命事辄械送狱，不二日笞杀数十人。凡生儒入县，皆以铁锁系颈于庭，方候理。或无事拿入狱禁，与死囚同桎梏死，出入无时，以鹰犬甲马前驱，一邑无人声，不寒而栗。其时士宦等威尽矣"。③

正因受恶奴之害，丁耀亢在《家政新书》中谆谆告诫子孙后代不能用"黠奴""悍奴""盗奴""诈奴"，还专门强调要注意"恶仆""悍仆"。《续金瓶梅》中叛主的奴仆都不得好死，如苗青伙了水贼，劫杀主

① 丁耀亢：《续金瓶梅》，《金瓶梅续书三种》，第103页。
② 丁耀亢：《乱后忍侮叹》，《丁耀亢全集》（下），第282页。
③ 丁耀亢：《避风漫游》，《丁耀亢全集》（下），第283页。

人苗曾，成了巨富，最后落得开肠破肚、零刀碎剐的下场；而忠义之仆都得到好报，如第五十回"湖心寺月娘祝发　伽蓝殿孝子迷途"就先后讲了三个义仆的故事。第一个是东汉义仆李善，他主人夫妇遭天灾而死，当他得知众人欲谋害小主人以分家私时，便救出此儿，替他开垦庄田，治万金之富，死时自己的财产只有几件破旧衣服。第二个是阿寄，他替主母母子赎回祖业，得万金之富，自己却无私毫积蓄。第三个义仆是吴四，他放弃富贵，千里取回主人灵柩，后来大富。在三个义仆故事之后，丁耀亢大发议论："今日玳安同孝哥远访主母，后来玳安随了西门的姓，起家十万，人称小西门员外，岂不是天报好人！因乱世小人负义，把主仆二字看轻了，多有忘恩害主的，所以把这好人提醒他，休学那来安、来保负心丧命，有甚好处？也要使主人知道，奴仆中有做出忠孝事来的，不可十分轻贱他。"①

综上，丁耀亢创作《续金瓶梅》的主要原因是立言，即用述事来劝世。立言是丁耀亢的人生志向，丁耀亢的生平挚友龚鼎孳在《江干草·序》中就说，"野鹤曰：'人贵立言，知本者尚之，是余生平志耳！'"②此外还有一个原因是营利以养家糊口。在闯兵乱华、清军入关时，丁耀亢家族的产业或被焚毁，或被强占，他已有"窭食翁"之叹。入清后，虽参加了几次考试，但终未实现飞黄腾达的梦想，此时他生活困窘，不得不卖文为生。袁世硕先生在《古本小说集成》本之《续金瓶梅·前言》中写道："顺治十七年九月丁耀亢离杭入闽，暮冬解官，返至杭州，诗中便屡言鬻书事。如《岁穷行李将尽鬻书就道》云：'虞卿自卖穷愁赋，谁赠扬州十万钱？'（《江干草》）过苏州又有《姑苏别陈孝宽、曾淡公、郑三山，时寄书板虎丘铁佛房》诗，此所鬻之书、寄存之书板，当为《续金瓶梅》。"③《续金瓶梅》以劝世为主题，但有不少淫秽笔墨，如第二十回"李银瓶梅花三弄　郑玉卿一箭双雕"，第三十二回"拉枯桩双姬夹攻扮新郎二女交美"等，这种描写应当与迎合市场需求、欲求速售有关。

总之，把"尚命治生"作为人生第一要义的丁耀亢在创作《续金瓶

① 丁耀亢：《续金瓶梅》，《金瓶梅续书三种》，第490页。
② 龚鼎孳：《江干草·序》，《丁耀亢全集》（上），第353页。
③ 袁世硕：《续金瓶梅·前言》，《古本小说集成》第一辑《续金瓶梅》，第1页。

梅》时并没有多少的民族意识和政治观念，那么为什么《续金瓶梅》最终被焚毁了呢？其主要原因在于小人敲诈不成而诬告。"十月，我县人张达入旗。因未迎合其要挟之意，即借书以诬告于我"。《刑部尚书龚鼎孳等为审讯丁耀亢事题本》详细记载了这一案件："首告张达供称，有诸城县捕役张铨来与小的言称，迁丁耀亢为惠安知县后，借以眼疾而不赴任，竟至杭州西湖撰写小说《续金瓶梅》一书，并到处售卖。该书内写到，徽宗帝为满洲掠去，而满洲猎获飞禽走兽之后，不论生熟皆食，徽宗帝被逼无奈，亦同满洲食生熟，不时仰天而叹。又，徽宗帝躺卧于有驼、马、羊粪之地，身披羊皮袄，头戴狗皮帽，不避腥臭，与狗同卧。看得，人寡而狗多。等语。张铨将写有此等内容之卷本留给小的之后，又声称，该书内写有一名叫作洪皓之人，伊至满洲地方后，教授过满洲子弟，而丁耀亢亦曾职任教习，教授过辽东人，借此加以比喻。等语。据礼部题称，查丁耀亢所撰《续金瓶梅》十三卷书，虽为前金、宋二朝之事，但系为违禁撰写，且于书中又有宁古塔、鱼皮国等言辞。据此，拟交刑部严审议罪。等语。"①

　　本案中张达告发丁耀亢的理由是书中出现了徽宗在满洲"躺卧于有驼、马、羊粪之地，身披羊皮袄，头戴狗皮帽，不避腥臭，与狗同卧"之语，满洲是清朝的发祥地，如此描写确是有损新朝威严。龚鼎孳在上书中称："经查阅该书，虽写有金、宋二朝之事，但书内之言辞中仍我大清国之地名，讽喻为宁古塔、鱼皮国等。据此，理应绞决丁耀亢。"可见龚鼎孳认为绞决丁耀亢的原因也只是"仍我大清国之地名，讽喻为宁古塔、鱼皮国等"，属于有损大国威严的范围。最终丁耀亢被免罪，免罪的原因是"但有司所查送之文内则称，丁耀亢自首属实。又于康熙四年三月初五日所颁恩赦内一款曰，凡查拿之重犯，若有自首者，可着免罪。故此，议免丁耀亢之罪"。② 此案最终仅因丁耀亢曾自首而被免罪，整个《续金瓶梅》禁书案不了了之，其中龚鼎孳鼎力相助、从中运作之功不可没。丁耀亢临死前仍对此事非常感激，称："生平知己，屈指数人，惟龚大宗

---

① 以上均见中国第一历史档案馆《刑部尚书龚鼎孳等为审讯丁耀亢事题本》,《顺康年间〈续金瓶梅〉作者丁耀亢受审案》,《历史档案》2000 年第 2 期。

② 中国第一历史档案馆:《刑部尚书龚鼎孳等为审讯丁耀亢事题本》,《顺康年间〈续金瓶梅〉作者丁耀亢受审案》,《历史档案》2000 年第 2 期。

伯，傅大司空诸名公，脱骖患难，耿耿在怀。"① 在当时，《明史》案刚结，全国上下风声鹤唳，老于世故的龚鼎孳敢于助丁耀亢脱难，可见《续金瓶梅》所犯问题并不大，而且无论告发者张达，还是整个事件的参与者，上至皇帝下到大臣，都仅仅是看到了不敬之词，丁耀亢的获罪也因不敬之词，无人指出书中有多少抗清恋明的情结，事隔几百年后的今天，又何必过度阐释而去寻找反清的证据呢？

丁耀亢本人对《续金瓶梅》遭禁毁也感到十分不解和委屈。他觉得"著书因劝世，天心本自公"，认为朝廷禁毁《续金瓶梅》莫名其妙，甚至是可笑的，"著书招谤真堪笑，归去还拟作解嘲"②。因为想不通，所以只能将自己遭祸的原因归之于好名与多言："著书取谤身自灾，天子赦之焚其稿，吁嗟二戒分莫好名，李杜鲍庾皆虚声"，"若说多言能取祸，如何哑雁也遭烹"，"人间腹笥多藏草，隔代安知悔立言"③。

三　至人顺天命

崇祯十二年（1639），清军破济南城，"明崇祯己卯，东兵破济南"；十五年（1642），占领丁耀亢的家乡，"又三年壬午，……及十二月初旬，有青州进士冯端明者，遇东兵掠不能进，过门言兵信甚确"；十六年（1643）三月初旬清军才撤去，"至癸未二月，饥愈甚。……三月初旬，东兵去，乃出海归，计海中盖百日云"；紧接着崇祯十七年（1644），李自成占领诸城，并推翻明朝统治，"甲申春，土寇复炽，再移于城。至三月闻闯信，知不可支，系舟海畔，恐蹈前辙……三月终，冠盖云集，入海者众，乃知有闯逆之变"。但转眼之间，政权又为清军所夺。1644 年六月，清朝定鼎。"至六月，清朝定鼎，明藩改元'弘光'，诸宫室随迁而南，予止海中"④。短短三个月间，国鼎两易，直让人有世事无常、沧海

---

① 丁慎行在《听山亭草·乞言小引》中云："乙酉，年七十一，召余曹曰：'将逝矣！生平知己，屈指数人，惟龚大宗伯，傅大司空诸名公，脱骖患难，耿耿在怀。'"《丁耀亢全集》（上），第 507 页。
② 丁耀亢：《至孟邑得赦诏闻家信志喜六首》，《丁耀亢全集》（上），第 447 页。
③ 丁耀亢：《感西京玉祖台讳孙蔚都门寄书相问时转楚中宪司王公史字公仪讳麟与予同盟》，《丁耀亢全集》（上），第 500 页。
④ 以上引文均见丁耀亢《航海出劫始末》，《丁耀亢全集》（下），第 277～279 页。

桑田之感。

清朝入关本来就打着为明朝复君仇的幌子，从而在心理上易被士大夫接受，并没有招来多少反抗。《海角遗编》的开端《吊金陵》引用清摄政王遣副将唐起龙给扬州史阁部的信："君父之仇，不共戴天。闯贼手毒君亲。中国臣民不闻加以一矢。朝廷念凤好，弃小嫌，严整貔貅，驱除枭獍。首崇怀宗帝后谥号，卜葬山陵，悉加典礼。又曰：'国家之定燕都，乃得之闯贼，非得之于明朝也。贼毁明朝庙主，辱及先王。国家代为雪耻，仁人君子，何以报德'。"① 在丁耀亢的家乡，新朝政权是从李自成手里接管的，并不是夺自明朝，士大夫亡国的愤恨也多是仇闯而非仇清，丁耀亢的《赤松游》就鲜明地代表了这种倾向。他在《作赤松游本末》中叙述创作原委："昔吾友王子房，慕汉留侯之为人，因自号子房。既通朝籍，见逆闯起于秦，乃抱椎秦之志，明癸未清兵灭闯，而及于难。余悲子房之亡，欲作《赤松游》以伸其志。"可见《赤松游》表达的情感是痛恨暴秦，赞崇王子房的"义不帝秦""既扶新主，不忘旧恩"②。这里的"秦"指闯王政权，而"新主"则是清朝，也就是说他赞同出仕新朝而不忘故国的情感。正如郑骞在《善本传奇十种提要》中所指出的："《赤松游》以秦喻李闯，韩喻明，汉喻清，张子房喻王子房，兼以自喻，托古寄慨，纪念故友，且以抒发故国之思。"可见丁耀亢痛恨的是李自成的农民起义军，他将亡国的仇恨都加在闯王身上，甚至把清军入关看成"扫除秦寇真有汉高入关之遗风"③ 的义举。有的学者认为："《赤松游》是丁耀亢借其好友王子房慕汉留侯之为人，写张良椎秦、辅汉、归山三个部分。通过椎秦揭露秦始皇暴政喻指清兵入关之残酷；张良辅汉是借刘邦之力量，推翻秦王朝，以报秦亡故国（韩）之仇，喻明推翻清。张良归隐，丁耀亢非常推崇，实际上是作者思想的反映。丁耀亢生不逢时，有志而不得施展，表白他实为明而非为清。"④ 这种观点是有问题的，丁耀亢原不

① 据《海角遗编》，清初抄本，藏于北京师范大学图书馆。
② 丁耀亢：《赤松游》，《丁耀亢全集》（上），第 885 页。
③ 郑骞：《善本传奇十种提要》，《燕京学报》1938 年第 24 期。
④ 赵新：《野火烧不尽，春风吹又生——简论〈丁耀亢全集〉出版发行》，《文教资料》1999 年第 3 期。

抗清，他对新朝并无恶感，甚至把清军入关看作"扫除秦寇"的义举，这也是当时北方士大夫的普遍态度。

短短三个月的时间，国鼎两次易主，迫使丁耀亢思考陵谷变迁的原因，他将这一切都归结为天运和因果报应。"原来天运一南一北，一治一乱，俱是自北魏至五代、六朝、唐、辽、金、元，更迭承统。好似一件衣服，这个穿破了，那一个又来缝补拆洗一番，才去这些灰尘虱蚁；又似一件窑器，这个使污了，那一个又来洗濯磨刷一番，才去了那些腥荤泥垢；……又似一个破铜铁器，这个使的漏了，那个又来毁了，另下炉锤打，造的有长的、短的、方的、圆的，还有造的两件的、三件的，也有还成一件的，随各家款制不同，终是这一块铜铁，尽他支炉改灶；又像一盘棋子，这一盘输了的，那一盘又下，有高的、低的、占了腹的、占了边的，或是角活两持，或是杀个磬净，才完了这场，你争我斗，各费心机。这等看起，一部纲目，把这天地运数只当作一个大裁缝、大烧窑匠、大铜铁炉道人、极大的一个棋盘，岂不勾消了一部二十一史？"① 在丁耀亢的心中，由明到大顺，再由大顺到清是天意，是应尽的劫数和轮回，这是人力所不能更改的。"只因元会轮回大册，千年一大轮，五百年一小轮，系历代治乱劫数"。② 产生这些大劫且最终推动运数发展的，是因果报应。他持"善恶报应"说，并借宋的灭亡来解释明亡的原因，将明亡纳入"善恶之报，如影相随"的全书整体框架中。

丁耀亢在《太上感应篇阴阳无字解序》中说："天下有道，听治于人；天下无道，听治于神。"③ 这里的"天下无道"并不像有的学者认为的那样是谴责清朝的天下无道；相反，丁耀亢认为明末社会是天下无道的，须听治于神。因其无道，神生出劫运，故清兴明灭是顺应天道的。所以明不亡于清，实亡于明，正如北宋不亡于金，而亡于北宋一样。丁耀亢在《续金瓶梅》第十三回中指出，末世风气奢靡，暴殄天物是天下无道的表现。"如今末运不止，缙绅富室，彻底小衣都是绫锦，随意剪裁，才一着身，即赏与仆役。甚至贱人下妓，俱要依样学着奢侈，或是倡优后

---

① 丁耀亢：《续金瓶梅》，《金瓶梅续书三种》，第 135 页。
② 丁耀亢：《续金瓶梅》，《金瓶梅续书三种》，第 634 页。
③ 丁耀亢：《续金瓶梅》，《金瓶梅续书三种》，第 10 页。

饰、市侩官服，只不敢带珠冠，獭品绣，其余珠玉云锦，一切僭用。京城
地方淫奢更甚，妇人将白绫缠脚，软纱拭秽，无所不至。既然贵贱不分，
风俗奢靡，因此天地生的物力不够，这众生作践的必要报应他。"这种奢
靡是天下无道，"因上帝恨这人人暴殄，就地狱轮回也没处报这些人，以
此酿成个劫运，刀兵、水火、盗贼、焚烧，把这人一扫而尽，才完了个大
报应。这些众生遇此大劫，说是天运，不知平日作业（孽）太重，大家
凑将来的"。① 整部小说就借北宋讲明末如何天下无道以致引发劫运，把
天下轻轻送与大清。其中既有皇帝的庸暗无识，又有大臣的党争为祸，还
有权贵阶层奢靡成风。这些全部被纳入丁耀亢的因果报应体系中。所以对
于明亡原因的探求和解释并不是该书的重点，它只是用来证明该书总体观
点的一个证据。丁耀亢对明亡的剖析是冷静的、客观的、承认现实的，他
已把明朝灭亡作为一个过去史实来分析，并没有深怀亡国之痛，也没有抗
清思想。

　　不可否认，作为世代为官的家族中的一员且祖上曾受皇恩的丁耀亢，
入清后出任异族新朝教谕，是有内疚不安的心理压力的，他需要自我开解
方能获得心理平衡，这种不安与压力是难于摆脱故国情结的一种表现，由
此产生了《续金瓶梅》中洪皓这一人物形象。《续金瓶梅》第五十八回写
洪皓因出使被拘，递解到冷山地方，教授辽东子弟。洪皓曾作北曲："天
惠生民，应运为君，外不过爱物推恩，布黔黎功满乾坤。舜日尧年，禹俭
汤仁，太古里尊贤明训，不嗜杀为邦之本。息干戈，洽臣邻，动天心，悦
鬼神，雨顺风均。瑞凤祥麟，八方来觐。全不用观兵开衅，跃马河津，噩
噩浑浑。这的是羲皇泰运。""应运为君"可见洪皓已经承认了异族的统
治。"今日向穹庐帐说义谈仁，还强如李太白吓蛮书信"，"圣贤书，南北
本无分，向辽阳开辟了荆榛，打辣酥吃不尽烧羊嫩，若比着皂帽投辽还快
活得紧"。② 他觉得自己是在用仁义教化异邦，说"圣贤书，南北本无
分"，并不认为这样做会有失气节或有愧于心。丁耀亢在文中非常感慨地
说："（洪皓）共在辽东一十三年，须发皓然，比苏子卿节毛尽落只少了

---

① 丁耀亢：《续金瓶梅》，《金瓶梅续书三种》，第 119 页。
② 丁耀亢：《续金瓶梅》，《金瓶梅续书三种》，第 585～586 页。

六年，岂不是一条硬汉，完了自己的气节！那时公卿大臣，受朝廷的恩荣爵禄，每日列鼎而食，享那妻妾之奉，不知多少，那显这一个洪皓，做出千古的名节来。就是高宗心上，也看洪皓如九牛一毛，不甚轻重，那知他有十三年不夺之节，教授辽东，还以圣教行于蛮貊。"① 丁耀亢认为洪皓是保全了自己的气节的，可见在他心中，任教于异邦不算玷污节操，而是为天下传教，是保存天下斯文一脉的行为。这和当时流行的亡国、亡天下的论调相照应。顾炎武《日知录》卷十三"正始"条有亡国亡天下之辨："有亡国，有亡天下。亡国与亡天下奚辨？曰易姓改号，谓之亡国。仁义充塞而至于率兽食人，人将相食，谓之亡天下。……是故知保天下，然后知保其国。保国者，其君其臣，肉食者谋之；保天下者，匹夫之贱与有责焉耳矣。"② 丁耀亢也曾做过清朝的镶白旗教习、容城教谕。"予自春徂秋，跨塞投旗，风沙积面，冒雨街泥，以训习之语汇曰《雪毡录》，教以慈善，化其贪贽，为他日牧民地耳"。③ 我们可以看出丁耀亢也是以"圣教于蛮貊"自诩的。丁耀亢认为自己任容城教谕和洪皓一样是存天下的行为，不算背叛故国，这是他为自己出仕新朝在良心上做的自我开解与平衡，从中可以感到当时整个时代风潮的压力。但是观之时人对元大儒许衡传道统的评价，就可知丁耀亢的自我开解是多么的苍白无力，并不能取得自我良知和世人的谅解。大儒许衡传教于元，继承道统，有很大贡献，被称为"开有元一代之运，纲维世道，羽翼圣教"，即便如此，在清初他也难逃士人的鞭挞和讽刺。如王夫子曰："许衡欲行道于积阴刚驵之日，得免于凶，固无丈夫之气也。"曰："姚枢、许衡讲性学非其时，受熏而为道之贼。"④ 由此可见，丁耀亢以系斯文一脉自命，也仅仅是自我安慰罢了。

除了在出仕上心里略感不好意思外，丁耀亢还对亡明有所怀念，但他所怀念的更多的是曾在明朝度过的富贵殷实的美好的青少年时光。他曾回忆："神宗在位多丰岁，斗粟文钱物不贵。门少催科人昼眠，四十八载人

① 丁耀亢：《续金瓶梅》，《金瓶梅续书三种》，第 586 页。
② 顾炎武著、黄汝成集释《日知录集释》卷十三，"正始"条，第 756～757 页。
③ 丁耀亢：《皂帽传经笑》，《丁耀亢全集》（下），第 284 页。
④ 转引自赵园《明清之际士大夫研究》，北京大学出版社，1999，第 279 页。

如醉。"① "忆昔神宗静穆年，四十八载惟高眠。风雨耕畇歌帝力，边庭远
近绝烽烟。辕门大袖酣歌舞，海内文人耻言武。马政屯田久废弛，禁兵糜
粟空充伍。物力太厚天时丰，十钱斗粟羞为农。健牛肥马村巷满，鸣鸡吠
狗桑麻通。"② 这俨然是画出了一幅国家安定、人民富足的盛世图景。但
事实上明朝到万历时已十分腐败了，正日趋没落，并没有如此的美好，
丁耀亢与其说是怀念晚明，不如说是怀念在晚明生活的那段富贵繁华的
日子。如他在《山中怀古田舍四首》中所写："神宗属明季，我年未弱
冠。斗米十余钱，尺布不及半。牛马以斗粮，蔬肉如土贱。老人经百
岁，自言未到县。及今六十年，中值荒与乱。物力渐渐空，天道时时
变。说与众少年，反以为妄诞。"③ 毕竟一切已经过去，他清醒地承认现
实，在作品中也表现了对新朝的完全认可。从《续金瓶梅》的描写中可
以看出，当时无论社会上的普通百姓还是丁耀亢本人，在内心中都已承
认了清朝的统治。"伪官"蒋竹山在扬州选美女时，不少人乐意应征，
她们"喜喜欢欢先换了金朝服色，窄袖戎妆，平头盘髻，也十分好
看"。④ 孙媒婆给梅玉说媒时说："你不知如今天下都属了金朝，还要南
征，取了江南就是一统。……如今这年小的太太们偏不喜的南妆，都学着
打连垂盘平头，穿着小小红缎子靴儿，到地的蟒袍子，窄窄袖儿，十分中
看。你老人家改不了老古把，有些板腔。"⑤ 可见当时人完全认可了满
装，异族服饰已深入人心。秀才们也是忙着打点行装，参加新朝考试，
愿意为新政权效力。"忽然见了金朝开科的告示，秀才们人人嗟叹，各
整旧业，以备科举"，⑥ 能中新朝的科举是积德得善之报。《续金瓶梅》
里的严秀才世积阴德，所得善报是中了新朝解元。一念不欺的古君子刘
学官，他的儿子在金朝中了进士。《西湖扇》中也有类似的情节，顾史
中了金朝探花，奉金主之命与两位佳人完婚，这也是对他一生行善的报
答。丁耀亢本人也在忙于出仕，忙于在新朝维护自己的利益，对他来

---

① 丁耀亢：《古井白歌》，《丁耀亢全集》（上），第 89 页。
② 丁耀亢：《长安秋月夜》，《丁耀亢全集》（上），第 40 页。
③ 丁耀亢：《山中怀古田舍四首》，《丁耀亢全集》（上），第 520 页。
④ 丁耀亢：《续金瓶梅》，《金瓶梅续书三种》，第 530 页。
⑤ 丁耀亢：《续金瓶梅》，《金瓶梅续书三种》，第 385 页。
⑥ 丁耀亢：《续金瓶梅》，《金瓶梅续书三种》，第 446 页。

讲，以清代明是天命，而"至人顺天命"，过去的一切只是"付之浊酒杯"① 而已。

第二节 南方遗民代表陈忱与《水浒后传》

17世纪40年代的中国北方，农民军、明军、清军交相作战，国家政权两次易手，人民饱受战争之苦，只盼望和平生活早日到来。清军入关，赶走农民军，统一北方，才给了他们真正的安定。所以对北方知识分子来讲，对清军的感激大于仇恨，他们甚至将清军看作扫贼寇、复君仇的义军。又因清政权夺自农民军，短时间内国鼎两易，他们更愿意接受天命，顺从天命，如丁耀亢般和统治者合作，维护自己的利益。江南却并非如此，清军南下之前，农民军的烽火并未波及江南，南方人民生活相对平静。随着清军南下，铁蹄踏碎了江南梦，薙发案、通海案、文字狱等种种残暴的政策引起了南方士人的激烈反抗。与北方相比，南方士人对新政权的仇恨更深，而清政权对南方士人也不如对北方士人那般信任。与丁耀亢代表的北方士人顺从天命和与新政权合作不同，南方士人的反抗性更强。他们自命为"亡国孤臣"，为故国销魂，甚至不惜冒着生命危险从事反清斗争，这类士人的代表就是陈忱。

陈忱，祖籍浙江南浔，字遐心，号雁宕山樵，又号默容居士②，生于1615年，卒于1664年后。关于陈忱的生卒年，学界有多种意见。中国社会科学院文学研究所编写的《中国文学史》认定陈忱卒年为"1650?"至"1670?"；北京大学中文系编写的《中国小说史》认为陈忱"大约生活在明末到康熙初年"。胡适在《〈水浒续集两种〉序》中假定他"生于万历

---

① 丁耀亢：《天运》，《丁耀亢全集》（上），第496页。
② 《东池初集叙》署名"默容居士陈忱题"，陈忱又字"默容居士"。学界曾认为陈忱还有一字，为敬夫，后经过讨论得知敬夫是吴楚的字，而非陈忱的字，详细情况可参考胡适《〈水浒续集两种〉序》（《中国章回小说考证》，上海书店，1980），谭正璧《中国文学家大辞典》（上海光明书局，1934）和《中国小说发达史》（上海辞书出版社，2012），赵景深《中国小说丛考》（齐鲁书社，1983），冯保善《陈忱字敬夫吗？》（《明清小说研究》1999年第4期），杨志平《陈忱生平交游考》（《明清小说研究》2005年第1期）。

中叶，约当 1590 年"。① 谭正璧《中国文学家大辞典》认为，陈忱"约明思宗崇祯三年前后在世，年约 80 岁"。崇祯三年为 1630 年，据此陈忱生于 1550 年左右。徐扶明在《〈水浒后传〉作者陈忱的爱国思想》（《光明日报·文学遗产》第 111 期，1956）中认为，陈忱生于 1608 年。魏德曼（Widmer Euen）在他的英文专著 The Margins of Utopia 中考证出陈忱出生在 1614 年。目前学界不少学者认为陈忱出生于 1613 年，如熊德基《陈忱与〈水浒后传〉》（《文学遗产增刊》1959 年第 7 辑），凌培《陈忱及其〈水浒后传〉述评》（《湖州师专学报》1985 年第 4 期）、《〈水浒后传〉出版说明》（上海古籍出版社，1981），《中国古代小说总目（白话卷）》"水浒后传"条（山西教育出版社，2004）。具体根据是陈忱曾作《九歌》一诗，诗有"我生万历时"及"我潦倒垂半百"之句，此诗作于"壬寅初夏"，壬寅是康熙元年即 1662 年，由此上推约 50 年（指虚岁，即 49年），当为万历四十一年（1613）。但"垂"非"整"，只是"接近"的意思，所以这种推论的准确性还是有待商榷的。郑公盾先生《关于陈忱和〈水浒后传〉》② 和袁世硕先生在《古本小说集成》之《水浒后传·前言》③ 都指出陈忱出生于 1615 年。华东师范大学杨志平 2005 年硕士学位论文《陈忱研究》和陈会明《陈忱生平事迹及有关问题的辨正》④ 也认同此观点。他们的主要根据是《东池初集叙》中有"崇祯甲戌，予年甫二十"。"崇祯甲戌"为崇祯七年，即 1634 年，这时陈忱"年甫二十"（应指虚岁）即刚 20 岁。上推 19 年，他的生年应当是 1615 年。若陈忱生于 1615 年，则在壬寅年即康熙元年（1662）时，他 48 岁，和诗中的"垂半百"更相合，笔者采用此说法。关于陈忱的卒年，从康熙甲辰陈氏原刻本《水浒后传》考察，陈忱在为此书付梓前还作了序，这时他还活着。康熙甲辰年为 1664 年，陈忱当卒于 1664 年后。

　　和陈忱时代相仿，同名同姓者还有两人。一是湖州陈忱，字克诚，号醉月，著《瓦缶集》《觅胜纪游集》《宿松县志》《见湖录》，诗选有《游

---

① 胡适：《〈水浒续集两种〉序》，《中国章回小说考证》，上海书店，1980，第 163 页。
② 郑公盾：《〈水浒传〉研究论文集》，宁夏人民出版社，1983，第 318 页。
③ 袁世硕：《水浒后传·前言》，《古本小说集成》第四辑《水浒后传》，第 2 页。
④ 陈会明：《陈忱生平事迹及有关问题的辨正》，《明清小说研究》2005 年第 2 期。

东林山》。二是顺治秀水陈忱,字用亶,著有《诚斋诗集》《不出户庭录》《读史随笔》《东宁纪年》,此陈忱和作《水浒后传》的陈忱生活时间十分相近,其中《四库全书》就将两人弄混。关于三个陈忱的辨析详见鲁迅 1923 年 12 月 28 日致胡适的信(《鲁迅研究月刊》1990 年第 12 期),顾农《乌程陈忱与秀水陈忱》(《鲁迅研究月刊》1998 年第 5 期)以及杨志平的硕士学位论文《陈忱研究》。

陈忱博通经史,15 岁前就开始学习《易经》。《南浔镇志》对其有所记载:"按杨铎,字教言,又号闻道子……此《易数》一书,仍先生从原书去其俚板,留其精华,几经删改而成者……余与先生善,偿过其庐,讨论易理。承先生之指正,获益非浅。今先生之归道山已十载,于兹忽于坊间得此先生手录《易数》,如获至宝,屡占数课,无不灵验异常,恩感先生之术神矣,夫崇祯十三年岁次庚辰秋八月存,居士陈忱识于乌程县之南浔。"崇祯十三年(1640)时,杨铎已去世 10 年,那么至晚在崇祯三年(1630)时,陈忱就开始学习《易经》,那时他还不到 15 岁。崇祯七年(1634),近 20 岁的陈忱就潜居在南浔野寺专心读书,因觉地处荒僻,孤陋寡闻,3 年后,他开始跋涉大江南北,遍游全国,这种游历生活持续 4 年。后因时事艰难,农民起义兴起,国家面临内忧外患,再加上 1644 年甲申之变,国鼎两易,陈忱决定隐居,甘受贫苦。他在《东池初集叙》中对这段生活有如下记载:"崇祯甲戌,予年甫二十,潜居南垌野寺,寺面平林,枕古墓,萧条旷莽。篝灯夜读,情与境会,辄动吟机。眠餐不废者三年,茫然无得也。因自念曰荒僻寡闻,而徒面壁无益,遂决策浪游。历豫章,经八闽,穷东卤两粤,复假道于楚,探三湘九泽,涉大江而归。凡四易星霜,跋涉数千里。而其间逢名山大川,不无少有感发。至于结纳邂逅以诗自名其家者不可更仆。究其源委,不无甚异也,为之抚然。适膺时难,闭门扫轨者垂二纪,竟成幡幡贫叟,又苦病耳聋,须画字,欲焚笔砚,举世弃绝。"① 从这段文字中可知,陈忱是在"膺时难"即明清易鼎后"焚笔砚""举世弃绝",决定摒弃世事,隐居于山。

明清之际隐居者虽多,并非都是真正的遗民,不少人是将隐居作为终

---

① 根据国家图书馆善本室藏抄本,载体为缩微胶卷。

南捷径，以耸动流俗，盼可引起统治者的注意和重视来谋取更大的利益，可谓待价而沽。如魏禧在《送孙无言归黄山序》中称："休宁孙无言将自广陵归隐乎黄山，十年而未行，四方之士各为文以送之，诗歌之属凡千，文若序凡百数十。"孙无言隐居黄山后再来广陵时："则无言已新易居，其言归黄山如旧时，作诗文送者日益多。"孙无言自称归隐，却做出这么大的动静，归来后又重新翻改房子，客人盈庭，不免有沽名钓誉之嫌。难怪王岩对其进行规劝"古之隐者入山惟恐不深，其声影幽墨，惟恐人知，即其托迹所在，未尝使人识而名之，……吾愿孙子息交游，远名誉，勿复征送行之作，而果于归去，使人莫测其归也，孙子乃庶乎真隐矣。"① 陈忱则与孙无言不同，他是入山惟恐不深，身与名俱隐，是真正的隐士。同治《湖州府志》转引了韩纯玉在《诗兼》小序中的一段记载："忱字遏心，号雁宕，乌程人。诗人隐逸者，唐如张志和、陆鸿渐，宋如林君复、魏仲光，明如孙太初、吴孺子辈。身虽隐而名愈彰；唯有身名俱隐如吾乡陈君雁宕者。雁宕与予同处城埋间，相去止里许，生平未识其面，并不闻其名，没后始见其诗及杂著小说家言，驱策史册典故，若数家珍，而郁郁肮脏不平之气，时复盘旋于楮墨之上。亟觅其全集，已零落不能多得矣。夫以同为遁世之人，同居桑梓之地，尚不能一接其音容言笑，则其埋名匿影于古诗人之隐者何如也！"②

　　隐居深山的陈忱生活非常穷苦，《水浒后传序》记载了"古宋遗民"创作此书时的生活和思想状况："必其垂老奇穷，颠连痼疾，孤茕绝后，而短褐不完，藜藿不继，屡憎于人，思沉湘蹈海而死，必非纡青拖紫，策坚乘肥，左蛾右绿，阿堵堆塞，饱厌酒肉之徒，能措一辞也。"③ 这可看作陈忱的夫子自道。光绪《乌程县志》载陈忱"居贫，卖卜自给。究心经史，稗编野乘，无不贯穿。乡荐绅咸推重之，身名俱隐，穷饿以终"。④可见陈忱晚年疾病缠身，穷困潦倒，孤苦伶仃，独自一人以卖卜为生，身名俱隐，度过残年。虽然生活如此艰难；虽然他究心经史，稗编野乘，无

---

①　以上均转引自赵园《明清之际士大夫研究》，第 321 页。
②　（同治）《湖州府志》卷五十九《文艺略》。
③　雁宕山樵：《水浒后传序》，《古本小说集成》第四辑《水浒后传》，第 3～4 页。
④　（光绪）《乌程县志》卷十六。

不贯穿，好作诗文，驱策典故，若数家珍，满腹经纶；虽然他完全可以像丁耀亢一样应试新朝，或如李渔般出山打秋风赚钱，但他选择终身贫困自处，完成了一个遗民的全节，为国守贞直至生命的最后一刻。

一 秉志忠贞

《水浒后传序》云："我知古宋遗民之心矣。……肝肠如雪，意气如云，秉志忠贞，不甘阿附。"① 这也是陈忱自我品格的写照。陈忱一生中有两件大事，即参加惊隐诗社②和东池诗社。惊隐诗社又称逃之盟，"惊隐"的"隐"即"隐居不仕"之意，而逃之盟的"逃"，则为"逃禄"之称。惊隐诗社是清初重要的遗民诗社，当时不少文献对此都有记载。倪师孟、沈彤撰《震泽县志》卷三十八《杂录二（旧事二）》云："迹其（惊隐诗社——笔者注）始起，盖在顺治庚寅，诸君以故国遗民，绝意仕进，松舆遁迹林泉，优游文酒，甬中六袍，时往来于五湖三泖之间，其后史案株连，同社有罹法者，社集遂辍。"③ 这些记载中以杨凤苞《秋室集》卷一《书南山草堂遗集后》为最详细："明社即屋，士之憔悴失职，高蹈而能文者，相率结为诗社，以抒写其旧国旧君之感。大江以南，无地无之。其最盛者，东越则甬上，三吴则松陵，然甬上僻处海滨，多其乡之遗老，闲参一二寓公，松陵为东南舟车之都会，四方雄俊君子之走集，故尤盛于越中，而惊隐诗社又为吴社之冠，汾湖叶桓奏社中之领袖也，家居湖北渚之古风庄，有烟火竹木之胜，岁于五月五日祀三闾大夫，九月九日祀陶征士，同社麇至，咸纪以诗。"④

可以看出民族主义和爱国主义是惊隐诗社的两大主题，诗社的常规社

---

① 雁宕山樵：《水浒后传序》，《古本小说集成》第四辑《水浒后传》，第 2 页。

② 陈志和修，倪师孟、沈彤纂（乾隆）《震泽县志》（光绪十九年刻本）里有惊隐诗社名单，其中就有陈忱："国初吾邑之高蹈而能文者，相率为惊隐诗社。四方同志咸集。今见于叶桓奏《诗麇》与其他，可考者苕风仁（梅隐）、沈祖孝（雪樵）、金某（完成）、陈忱（雁宕）、禾中颜俊彦（雪曜）、朱临（载扬）……钟嵌（立宾）、王金城，及继武（桓奏），于时已定乱四五年。"

③ 陈志和修，倪师孟、沈彤纂（乾隆）《震泽县志》卷三十八《杂录二（旧事二）》，光绪十九年刻本。

④ 杨凤苞：《秋室集》第一卷，《续修四库全书》第 1476 册，上海古籍出版社，2002，第 10~11 页。

集活动是"岁于五月五日祀三闾大夫，九月九日祀陶征士"。三闾大夫屈原是为祖国九死而不悔的爱国志士，而陶渊明则是"不为五斗米折腰"的节操高洁的隐士。惊隐诗社的主持者吴宗潜、吴振远兄弟两人都参加过南明抗清斗争，著名遗民顾炎武、归庄、朱鹤龄等都是该社的成员，其中顾炎武也曾多次组织和参加抗清斗争。康熙二年（1663）庄廷鑨"《明史》案"发，吴炎等株连受戮，惊隐诗社由此解散。这些都可见出惊隐诗社爱国抗清的性质。①

除惊隐诗社外，陈忱还参加了东池诗社的活动。"汤子海林不摈斥，时得泛游，汤子至性过人，读书学道，负经世之才，而不遵养时晦，日事吟咏，筑堂池上，以纳遥山之翠，非其徒侣莫得窥其藩篱，庚子上巳后五日，木芍药盛开池畔，遂集西溪幻公诸子晏笑终日，各赋近体以纪清游，予始悟诗之不可无胜情也，向之屏居索处与夫游览泛爱皆无逗于机而移我情。今草堂非甲于天下名区，而潇洒足以寤歌，二三子岂过于四方贤豪？而无黄茅白苇习俗可蹈，故古人之盛事不乏，而兰亭竹林风流蕴藉之可传者，不复寥寥。予安得复如曩时摘词拾句，日从诸君子后，虑未竟之志，而回首三十年，茫茫隔世也。虽然世有汤子，地有草堂，所谓出门无挚友，动即到君家矣。默容居士陈忱题。"② 此处写的就是参加东池诗社的事，东池诗社的参与者大多同陈忱一样是身名俱隐的人。主事人汤海林"筑堂池上，以纳遥山之翠，非其徒侣莫得窥其藩篱"，可见也是"至性过人，读书学道，负经世之才，而不遵养时晦，日事吟咏"的遗民。

陈忱在惊隐诗社里并没有参加多少重要活动，他只是普通的参与者，现在仅能从惊隐诗社的名单中知道他曾参加此社。而东池诗社则不同，陈忱应是东池诗社的重要人物，甚至是组织者之一。陈忱诗作《壬寅初秋重集东池》记述了他与东池诗社的情谊："东池莲叶尚田田，酒载残阳烟水边。期若不来应有故，隔无几日便如年。登堂谁读三千卷，结社唯知十

---

① 有关惊隐诗社的研究可以参看谢国桢《明清之际党社运动考》（上海书店出版社，2004）、《明末清初的学风》（上海辞书出版社，2004），何宗美《明末清初文人结社研究》（南开大学出版社，2003）和周于飞《惊隐诗社研究》（博士学位论文，浙江大学，2012）。

② 《东池诗集》，清手抄本，中国国家图书馆善本室藏，载体是缩微胶卷。

八贤。岂为好奇频集此,不禁慷慨溅陂前。"① 东池诗社的主要活动集中载于《东池诗集》,该诗集共五集,记录了他们从 1660 年到 1662 年两年多的时间里的五次聚会,每一集里都录有陈忱的诗,说明陈忱每次都参加。他还为初集作"叙",为第四集作"小引",由此推知他应是东池诗社的重要组织者之一。

从《东池诗集》中可以看出,东池诗社的东道主是汤海林,他的诗在每一集中都置于最后,东池诗社的另外几个重要参与者也是著名遗民,如张隽。陈志和修,倪师孟、沈彤纂(乾隆)《震泽县志》卷二十《隐逸》与潘柽章《松陵文献》卷十《人物志·隐逸传》中都对张隽有所记载:"张隽,字文通,少有学行,倪元珙督学南畿拔第一,益立志圣贤之学,操行方严,绳趋矩步,学者翕然宗之。"② 近人周庆云辑《浔溪文征》卷十五中载:"张隽,字非仲,一字文通,号西庐。吴江诸生,吴溇人。于经史百家无不得其旨趣,又深于廉洛之学,曾寓居浔上,为庄氏所聘,作有明理学诸人传,名曰《与斯集》,祸将发(清初庄廷鑨"《明史》案"——笔者注),逃于僧舍,年已七十余,就逮时谈笑自若,与潘(柽章)吴(楚)诸人同死于法。"③ 从上述二则材料可知张隽的才学与品行。

与李渔、丁耀亢交游广泛且多与清朝新贵甚至贰臣交游不同,陈忱身边的朋友多是抗清志士或不仕新朝的遗民。陈忱的朋友主要有三种:惊隐诗社社员、东池诗社社员和其他志同道合者。惊隐诗社的主事者吴宗潜、吴振远兄弟是陈忱的好友,他们两人都参加过南明的复国运动,一人死于清初文字狱,另一人因抗清而亡。

潘柽章《松陵文献》卷十《人物志·隐逸传》为吴宗潜做了一个略传:"宗潜,字东篱,昆仑山人王叔承,其外祖也。兄弟七人,及从子炎,并有隽才,而宗潜尤雄肆。为诸生,试冠其曹,意不屑也。雅负经世之学,申酉间奋身许国,与弟宗汉、宗泌往来兵间,数蹈危难,兄振远死

① 《东池诗集》,清手抄本,中国国家图书馆善本室藏,载体是缩微胶卷。
② 潘柽章:《人物志·隐逸传》,《松陵文献》卷十,《续修四库全书》第 541 册,第 487 页。
③ 周庆云辑《浔溪文征》卷十五,民国时期吴兴周氏梦坡室刻本。

之。即乃归隐严墓村，与吴兴沈祖孝、范凤仁，嘉禾金瓯、朱临，同邑叶继武、吴珂等结惊隐诗社，士子高蹈而能文者胥集焉。岁以五日祭屈原，九日祀陶元亮，而宗潜尝为之祭酒。已而文字之狱屡起，宗潜遂隐于医。"①

杨凤苞《秋室集》卷五"吴氏四子纪略"条云："宗潜，字东篱（一作里）。振远弟兄七人皆有才藻，而宗潜与宗汉、宗泌尤知名。宗潜负经世之学，丙戌（1646 年）间往来南都东浙，数蹈危险。振远之执，宗潜时在鲁王所，既而知事无成，幅巾归隐，遂与同邑文士而高蹈者结惊隐诗社……宗潜尝为祭酒，后十余年以序人选诗触忌讳，遂与同事者系狱。时相唱和，有《圜扉鼓吹编》。久之得释，遂隐于医者。"②

同条目下又有："吴振远，字日千，一字石仙，号武夷，吴江人。为诸生时即以经济自许。鲁藩过吴，问吴中豪杰，或以振远对，乃命指挥张某求之。振远往谒舟中，语悦授予职，振远固辞不允，以母病乞归。吴易孙兆奎之举兵也，振远亦部署里中子弟为一军。鲁王擢为监军、金事，晋职方郎中……大兵踪迹之事连振远，乃遣兵即其家，缚之去至苏州，大帅欲降之，不屈死。"③ 此外，还不少有文献涉及两人事迹。④ 从上述记载中可以看出吴宗潜兄弟是有着坚定抗清意志的遗民，由他们主持结成的惊隐诗社也以"怀恋故国，反清复明"作为集社的主导思想和灵魂。作为诗社领袖，他们的思想对社员陈忱等人思想的影响自不待言。

顾茂伦也是陈忱的好友，他和陈忱一样都是惊隐诗社的成员，陈忱有《访顾茂伦不值》诗，写他拜访顾茂伦事："刻舠（船）经雪后，邓尉看梅来。庭肃著书后，童闲放鹤回。孤城门早闭，深巷月光皑。不稳垂虹泊，长嘶征马哀。"⑤ 顾茂伦就是一位坚贞的遗民，孙静庵《明遗民录》

① 潘柽章：《人物志·隐逸传》，《松陵文献》卷十，《续修四库全书》第 541 册，第 487 页。

② 杨凤苞：《秋室集》第一卷，《续修四库全书》第 1476 册，第 70 页。

③ 杨凤苞：《秋室集》第一卷，《续修四库全书》第 1476 册，第 70 页。

④ 殷增：《松陵诗征前编》（清嘉庆二十一年刻本）卷七上有所记载："宗潜字宗轮，秀水籍诸生，卒后门人私谥贞毅先生，有《东篱草》。朱竹垞曰：宗轮兄弟九人，兵后，存者弃诸生，不就试，邻壤诸君子相与往还酬和，篇章甚富。于是宗轮其诗为《惊隐篇》，弟九晚辑其诗为《岁寒集》，是亦月泉吟社，玉山雅集之流也。"

⑤ 本文所选陈忱诗歌除专门标注外均引自杨志平《附录二·陈忱诗存》，《陈忱研究》，硕士学位论文，华东师范大学，2005。

卷四有传:"顾有孝,字茂伦,吴人。生而长身玉立,秀出人表,自少游于陈大樽之门,为诸生有声。明亡乃焚弃儒衣冠,与山陬海澨之客相往来,思欲有所为,而意气甚豪,樗蒲博塞,穷日夜不休,用是业益困,而茂伦固夷然不屑也。"① 可见他也是义薄云天、决意守节、有志复国之士。

除惊隐诗社的朋友外,陈忱和东池诗社社友的交往也很密切。东池诗社的吴楚不仅是陈忱的同乡,还是来往密切的好朋友。吴楚是东池诗社的重要参与者,在《东池诗集》里,他不仅留下了多首诗歌,还为《东池诗集》(三集)作了"小叙"。② 陈忱与吴楚的交往十分密切,他们一起参加了1660~1662年东池诗人的聚会和唱和,一起拜访香谷上人,写下《香谷上人投诗敬夫清新可读因同过访》,在吴楚移居西村时,陈忱还写了《敬夫移居西村》二首以做纪念。两人关系之密切以致后来的很多学者将吴楚的字"敬夫",当作陈忱的字。吴楚也是一位坚定的遗民,《秋室集》卷二中有关于他的记载:"吴楚,字敬夫,西林村人,乌程诸生。耽吟咏,好钟谭,董说称之。偿偕闵声选唐诗《岭云集》,吴江吴宗潜序之,行于世。及楚预史祸,声、宗、潜悉下狱。时以史案系累者多文士,诸人银铛狴犴。慷慨赋诗,互相酬答,皆无困苦乞怜语,后各免归,声合诸家诗抄,为《圜扉鼓吹编》云。"③ 从记载中可知,吴楚曾与别人一起选编过一部唐诗,取名为《岭云集》,并因此下过监狱。但是在狱中他"慷慨赋诗,互相酬答,皆无困苦乞怜语",豪迈不屈的神情可见。

除隐居外,明代遗民还有一种不与清统治者合作的方式就是出家当和尚,如香谷上人。汪曰桢撰《南浔镇志》卷十五《方外》中有这样一条:"萌在,字香谷,一字颠桂,号桤庵。吴江皇甫氏子,顺治丁亥,年十一为僧于叶港妙华寺,丙申米浔,住明义庵,从张隽游……乙巳,随南潜作楚游。卒于妙华,年三十八。"这个香谷上人是东池诗人之一,陈忱的朋

---

① 孙静庵:《明遗民录》,浙江古籍出版社,1985,第30页。
② 《东池三集小叙》:"兰亭修契,千古美谈,彼时晋室虽微,犹得祸安江左,似觞咏娱情亦人世所恒有事,而癸丑以后迄不再见,岂非良辰易迈,胜友难逢,天不靳以富贵呼庸愚,至于烟霞泉石之乐,虽贤达亦不轻予之,东池初集在庚子春仲,暮今日一而再再而三矣。当此多全,而吾党数人独得以啸傲咏歌为日用尝行之事,虽欲自逊于古人而不得也。后之览者以余言为何如。西溪吴楚题。"国家图书馆善本室藏抄本,缩微胶卷。
③ 杨凤苞:《记吴楚》,《秋室集》第二卷,《续修四库全书》第1476册,第63页。

友。他诗歌写得很好，陈忱与吴楚一起去拜访过他，并写下《香谷上人投诗敬夫清新可读因同过访》赞赏他的诗歌："异哉西溪翁，穷年被诗崇。闲将岭上云，引人发精粹。破壁逗奇光，直纂画公位。三日不能去，遥思亦无为。坦步饮湖光，双峰十里翠。野烟深闭门，叩门更何忌。动止肃古仪，声闻两无愧。不知天地间，正始尚全备。误讨三十年，往日轻骂詈。墙阴吹冷香，一喜堕老泪。袖得新云归，周郑且交质。"

由此可见，陈忱参加的两个诗社惊隐诗社和东池诗社，都是遗民聚集的场所，他们在这里怀恋逝去的岁月，互相慰藉故国情怀，甚至倡议反清复明，陈忱在诗社中所交的朋友也多是志在反清之士。除与诗社中人交往外，陈忱还有一些非诗社的朋友，他们也都是忠贞爱国、坚守节操之辈，如著名抗清志士魏耕。魏耕因是清初"通海案"的主要涉案者而为人所知，全祖望《雪窦山人坟版文》对其记述最详："雪窦山人魏耕者，原名璧，字楚白，甲申后改名，又别名苏，慈溪人也。世胄，顾少失业，学为衣工于苕上，然能读书。有富家奇其才，客之，寻以赘婿居焉，因成诸生。国亡，弃去……先生又遣死士致书延平，谓海道甚易，南风三日可直抵京口。己亥（1659年）延平如其言，几下金陵，已而退军。先生复遮道留张尚书（煌言）请入焦湖，以图再举，不克。是役也，江南半壁震动。既而闻其谋出于先生，于是逻者益急……先生方馆于祁氏，逻者猝至，被执至钱塘，与缵曾俱不屈以死，妻子尽没，班孙亦以是遣戍……"[1] 可见魏耕深富才学，行为放荡不羁，但家国观念和民族气节十分强烈，且直接参与南明抗清斗争。陈忱重其品行，故与其知交甚坚，陈忱有诗《寄怀魏雪窦》："君怀诚磊落，我意却凄清。慷慨三年别，风烟万里生。采茶经顾渚，耽酒寄乌程。近迹有如此，无由知远情。"对此，袁世硕先生《稗边琐记四则》认为："前两联表明魏耕是那次战事的有力响应者，后两联写的是失败后作者自己的惶恐不安心情。当是作于魏耕逃亡浙东尚未被逮就刑时。"[2]

此山和尚是明遗民，他也是陈忱交游的朋友之一。陈忱诗作中有

---

① 全祖望：《雪窦山人坟版文》，《魏耕诗集》，浙江古籍出版社，1985，第196页。
② 袁世硕：《稗边琐记四则》，《中国古典小说研究动向》，日本中国古典小说动态刊行会，1994。

《过长生塔庵访沈雪樵徐松之兼呈此山师》，就涉及他和此山和尚的交往："寺门松影动离离，纵目西郊欲雪时。故国栖迟遗老在，新亭慷慨几人知。悉深失计三年别，乱极犹谈一日诗。虽是支公超物外，岁寒堂里亦低眉。""故国栖迟遗老在，新亭慷慨几人知"，这4人自称明遗老，借用"新亭慷慨"的典故怀念故国。《晋书·王导传》云："过江人士，每至暇日，相要（邀）出新亭饮宴。周𫖮中坐而叹曰：'风景不殊，举目有河山之异！'皆相视流涕，惟导愀然变色曰，'当共戮力王室，克复神州，何至做楚囚相对泣邪'。"① 这首诗用这个典故表达了明遗民反抗异族、恢复故国的慷慨心情，而在怀恋故国之时，即使已做方外之人的此山和尚也会低眉动容。

据汪曰桢《南浔镇志》卷十五记载，此山和尚亦为明遗老，本姓周，字淡城。他明亡之前是秀才，之后为僧，张隽与其亦有往来，并为其诗集作序，即《岁交诗序》，载于张隽《西庐文集》中。"予得交此翁因渔庵……此翁两节母尚无恙，每炷香沦茗，先共（供）二母，次以及客。指之曰：吴中诩二石像，此乃吾维卫迦叶也。既此翁以孝动天子，两节母死生得褒扬，至显荣矣……《岁交诗》者，此翁自谱其流离废兴之迹，因日月之终始，而为之永（咏）言寱叹也。"② 由此可知，此山和尚本是事母至孝之人，明亡后，为国守节，选择逃禅。此山和尚与陈忱的好友吴楚、李云门皆有来往，吴楚《西溪诗集》中的《新晴过塔院访此山师》及李云门《云门诗集》中的《和此山和尚枯木吟》都记载了他们和此山和尚的友谊，这也可视为陈忱与其交好的旁证。

除同遗民及抗清之士交游外，陈忱自己的诗歌也能直接反映他忠贞爱国的思想。陈忱诗歌主要表达了四个主题。一是感念故国，抒发黍离之悲，以及对遗民身份的自我认同。如《秋霖》："浮云终日蔽，何处望长安。禾黍千家哭，衣裳一叶寒。子卿唯汉节，渭叟待鱼竿。吴楚风烟合，难言寱寐宽。"他以长安比喻明朝的汉家政权，"浮云终日蔽，何处望长安"，形容自己对故国的思念。而"禾黍千家哭"的"禾黍"之悲正是故

---

① 房玄龄等：《晋书》第六十五卷，中华书局，1974，第1747页。
② 张隽：《西庐文集》第一卷，《清代诗文集汇编》第十九册，上海古籍出版社，2010年影印，第16~17页。

国之思的象征。"子卿唯汉节，渭叟待鱼竿"是自己为国守节、隐居不仕的写照。陈忱诗歌中，最常见的词是"遗民""故国""前朝"，而非丁耀亢或李渔诗中的"圣朝""圣恩""圣天子"，这鲜明地体现三人不同的政治观念和情感倾向。《立春前一日病中乐长文见过》中的"秦时行汉腊，兀兀古遗民。天地纵横泪，干戈老病身"刻画了一心系故国，为国守节的明遗民形象。《九歌》（壬寅初夏作，其一）云："呜呼我生万历时，深恩厚泽人岂知。野户不闭日饱饭，远行安用寸铁持。兵端起自三大征，长天见扫蚩尤旗。即今万历叹迟暮，故国遗民泪偷坠。"《东池三集诗》："山中人往呼裴迪，渡口风回载郑樵。遗老自知耽酒癖，斜阳遮莫话前朝。"《南城晚眺》："故国愁仍在，登临暮角哀。千家闻野哭，百里见高台。乱水浮天过，群峰夕照开。兴亡回首尽，脉脉付深怀。"《秋夜宿莲花庄》："水向月湖入，莲花故国秋。无端深夜雨，忽动一声愁。柿叶红书屋，山岚湿画楼。鸣笳激情泪，宿怕近城头。"《壬寅初春偶成》："故国山川千里梦，一天风雨百家贫。虽然念乱无长策，莫待临危忆故人。"从这些诗句中可以见出陈忱的心里、梦里、话题里都是故国前朝，诉不尽对明朝的无限哀婉和思念。陈忱还有不少诗充满了亡国破家的悲凉和对故国的思念。如《仲春二十四日为四十九岁初度》："闭门卧风雨，只此远危机。事去不须问，家亡何所依。平生无一是，今日更知非。春色未成半，临园花尽飞。"《升山》："黄叶飘零如白发，清流断送痛明时。右军啸咏登临日，回首中原何所思。"《夜过吴东篱西山话旧》："薜萝影里怜华发，鸿雁声中共酒樽。追忆十年成底事，镫横榻坐待黄昏。"《题白雀寺画壁歌》："石门山人眼光健，誓扫名山在古殿。画苑首推隆万时，盘礴山灵咸捧砚。"

　　不管如何的不舍，故国毕竟只能梦回。摆在面前的是不得不面对的新朝生活。因为天崩地坼的变化，过去在故国的安全感和上升阶梯已经荡然无存，坚守道义、誓不出仕的决心使他在新朝的前途渺茫、步履维艰。这些情绪和感受在以下诗中有集中反映。《沈章叔凌友一松陵旧访》："道丧身宜贱，时危梦自尊。"《杂感五首》："所忧非一事，初不念饥寒。慷慨真无谓，悲凉实有端。烟云终未幻，天地几曾宽。客到需藏草，诗多《行路难》。"《九月前一日重集东池》："东野旷无事，吾生幸不才。好秋难闭户，多难莫登台。白发伤心客，黄花明日杯。只因高处险，仍到水边来。"《茗城早发》："时危忧道路，老去惜诗篇。历历群峰山，孤帆向日边。"《孤雁》："此去将安托，与今孰可群。江湖虽自适，争戈恐纷纭。"在忧愁自身际遇的同时，陈忱对清朝对遗民的网罗和暴政充满不满。《咏史》（其八）："造字无端弊日兴，夜中闻哭鬼收憎。秦皇纵使多贪暴，未必当时焚结绳。"《禽言》（其一）："行不得哥哥，南山结网，北山张罗。天地晦冥日月磨，黄陵庙里愁云多。我宁三日不得食，肯吓腐鼠随枭过。荆莽阻塞道路滑，行不得可奈何。"这些诗歌集中表达了陈忱对清初社会黑暗、文字狱频繁，以及动辄得咎的政治环境的极端愤怒与不满。

二是决心坚守节操，保存心灵的净土。《九歌》（壬寅初夏作，其八）："丈夫生死安足计，但求一寸干净地。"《烹鱼歌》："安知不自龙门归，过河徒泣非明哲。我虽怜才欲纵汝，千汊万罟哪能脱。不如且就五鼎烹，莫向庖丁复求活。"此诗以鱼自喻，宁愿烹于五鼎，也不愿向庖丁求活，可见陈忱宁为玉碎不为瓦全的性格，表达了自己宁死不屈服于新朝的个性。《雪中喜俞山人过宿》："扰扰二十年，岂复成乾坤。君虽袖鱼肠，未可明仇恩。万里尽晦阴，暂且栖心魂。跬步即遭蹶，我宁闭我门。"他对清初动辄得咎的政治环境极为不满，宁可闭门不与外界交流，也不和社会污浊同流。陈忱在保持节操的同时，对当时的变节者极尽嘲讽，如《过报国寺》："所报是何国，令人心惘然。平桥压新水，古殿闭朝烟。老去逢多难，诗成绝可怜。偶闻知感激，又听去年蝉。"《金谷谚》（其六）："堂中客，大唱喏，小拜揖。长向阶前候颜色，敢望酹恩涂厕流，反有从旁求下石。"此诗刻画了变节者屈膝事贼、摇尾乞怜的可鄙嘴脸。陈忱还有一首《阎罗隐诗》云："余杭山水役精魂，末世才人眼界昏。憔悴感恩依尚父，可怜尚父事朱温！"此诗对事朱温的钱镠极尽讥诮，意在讥讽事清廷的"末世才人"。

三是"志存反清"。此一主题，陈忱情感表现得最为激烈。《拟杜少陵收京》即模拟杜甫的《闻官兵收河南河北》，写出了陈忱对统一祖国热烈期望的喜悦心情。"渤澥风云合，楼船蔽远天。樯移扬子树，旗拂秣陵烟。诸将横戈进，羁臣藉草眠。遥瞻双阙外，正与楚烽连。"1659年，郑成功、张煌言联合率军北伐，郑张联军直捣长江，攻崇明，占瓜州，夺镇江，抵南京城下，沿江数十府县闻风归附，清廷为之震动，这是所有北伐中声势最浩大的一次，也是南明复国希望最大的一次。这首诗就描绘了郑张联军北伐时的浩大声势和雄伟气概，同时指出他们的战斗并不孤立，有川楚义军和广大人民的支持。此外，他还有诗歌号召遗民不可逃避在佛禅中，要起来反抗，推翻异族统治。《咏史》（其四）："舍身同泰口谈空，荷荷台城萧老公。从此不须深辟佛，能倾敌国算元功。"他诅咒新政权不能长久，复国早晚会成功。《咏史》（其三）："汉鼎何尝一日迁，南阳发迹便相传。义师四集登台际，新莽空称十八年。"他企盼草泽中能出像荆轲一样的英雄，如《九歌》（其七）云："荆卿入秦何足多，遂令白虹能贯日。抱膝长吟环堵中，草泽自有真英雄。""草泽自有真英雄"和《水浒后传》"草野全忠"的总体思路一致。《寄怀魏雪窦》一诗则表达了作者对抗清志士的崇敬："君怀诚磊落，我意却凄清。慷慨三年别，风烟万里生。采茶经顾渚，耽酒寄乌程。近迹有如此，无由知远情。"他自己也有报国之心，如《倭刀》中云："十年沦落卧江皋，镫下偷看日本刀。欲拟报恩何处去，西风吼地雪花高。"

四是"怒其不争"。陈忱一方面把自己反抗清朝、恢复故国的愿望寄托于南明王朝；另一方面又因南明小朝廷腐败不堪，无力担当复国重任，而对其充满了"怒其不争"的愤恨。《九歌》（其三）："金陵王气犹苍葱，五马渡江一化龙。中兴父老尽拭泪，会有贼臣贪天功。淮扬三月染血遍，六朝佳丽随复空。孝陵鸦集啼白昼，行人回首歌麦秀。"《九歌》（其四）："江南半壁已崩裂，处小朝廷尚求活。钱塘不至三日潮，仙霞岭上烽烟澈。抛戈解甲谁适谋，南人颈试北人铁。青苔白骨没野蒿，槛猿笼鸟何所逃。"《九歌》（其五）："南巡万里苍梧野，一丝九鼎乱戎马。负荆谁似廉将军，两虎相争不相下。三军恸哭王业销，万事忽然如瓦解。点苍山前蛮烟愁，玉蕊吹随西风秋。"他讽刺南明小朝廷不能勠力同心共赴国难，而是自相残杀、相互倾轧以致最终"王业销"，"万事忽然如瓦解"，国鼎倾覆。尽管如此，陈忱在《康王寺》一诗中还是表达了他对南明王朝的渺茫期望："南渡銮舆驻跸多，只今疏磬出烟萝。遗民不识中兴主，犹唤康王是九歌。"

综上可见，陈忱在明亡之后，隐居不仕，为国守节，终身穷苦。他平时参加爱国诗社，在其中抒发对故国的怀恋和对新朝的不满。陈忱生平交游尽是爱国遗民或者抗清志士，他的诗歌也多是怀恋故国、秉持节操、讽刺变节、号召反清之作，这些都充分反映了陈忱是位忠贞为国的坚定遗民。

二 忠君爱国之作

刘廷玑《在园杂志》卷三曾对"续书"有这样的评论："近来词客稗官家，每见前人有书盛行于世，即袭其名，著为后书副之，取其易行，竟成习套。有后以续前者，有后以证前者，甚有后与前续不相类者，亦有狗尾续貂者。'四大奇书'如《三国演义》名《三国志》，窃取陈寿史书之名。《东西晋演义》亦名《续三国志》，更有《后三国志》与前绝不相侔。如《西游记》乃有《后西游记》、《续西游记》，《后西游》虽不能媲美于前，然嬉笑怒骂，皆成文章，若《续西游》则诚狗尾矣。更有《东游记》、《南游记》、《北游记》，真堪喷饭耳。如前《水浒》一书，《后水浒》则二书：一为李俊立国海岛，花荣、徐宁之子共佐成业，应高宗'却上金鳌背上行'之谶，犹不失忠君爱国之旨；一为宋江转世杨幺，卢俊义转世王魔，一片邪污之谈，文词乖谬，尚狗尾之不若也。"① 这是现存清代文献中对"续书"最早的评论。前一部《后水浒》指的就是陈忱的《水浒后传》，刘廷玑认为《水浒后传》"犹不失忠君爱国之旨"，可谓陈忱的知音。

陈忱在《水浒后传论略》中称作者为"古宋遗民"，假称书成于去施罗之世不远的元代。"至遗民不知何许人，以时考之，当去施罗之世未远，或与之同时，不相为下，亦未可知。元人以填词小说为事，当时风气如此"。同时他又对这么多年无人知道此书的原因做了解释。"文人著述，固有幸不幸焉。《前传》脍炙海内，虽至屠沽负贩，无不矢口成诵。而此稿近三百年无一知者。闻向藏括苍民家，又遭伧父改窜，几不可句读。余悬重价，久而得之，细加紬绎，汇订成编。倘遇有心人，剞劂传世，定勿使施、罗专美于前也"。② 陈忱不仅在署名时托名"古宋遗民"，还在时

① 刘廷玑：《续书》，刘廷玑撰、张守谦点校《在园杂志》第三卷，中华书局，2005，第124～125页。
② 陈忱：《水浒后传论略》，《古本小说集成》第四辑《水浒后传》，第28～29页。

间的题署上做了手脚。《〈水浒后传〉序》题"万历戊申秋杪雁宕山樵撰","万历戊申"指万历三十六年，即 1608 年，而陈忱出生于 1615 年，题署的时间故意定在陈忱出生前 7 年。"古宋遗民"，托言古宋，却意在传达他作为明朝遗民的心境。雁宕山樵则强调国亡后遁迹山林的隐逸心态。这两个别号恰当地表达了陈忱怀恋故国的隐士情怀。清初是文字狱盛行的时期，种种的托古和造假显然出于避祸心理，这也从另外一个方面透露作者已经意识到此书的意旨是不为当朝所容的。

《水浒后传》究竟成书于哪一年呢？据柳存仁《伦敦所见中国小说书目提要》载，《水浒后传》现存最早刻本是康熙甲辰（1664 年）刻本①，联系陈忱在《〈水浒后传〉序》中对作者自述性描写"古宋遗民……必其垂老奇穷，颠连痼疾，孤茕绝后"，以及陈忱《白发孤灯续残编》一诗，不少学者推论《水浒后传》成书于陈忱 50 岁前后。袁行霈先生认为，《水浒后传》是陈忱在顺治十六年（1659）清廷大兴"通海案"后，为避祸四处藏身期间所写成②。欧阳健先生认为，"从《水浒后传》透露的乐观心境看，此书的构思，应在顺治二年（1645）闰六月张国维、钱肃乐拥立鲁王朱以海监国于绍兴的一二年中"③。何宗美先生通过将《水浒后传》与陈忱其他作品相比较以及对其思想倾向进行分析后指出，《水浒后传》的基本构思形成于南都陷后不久，创作时间当在康熙元年（1662）郑成功去世之前。④ 笔者赞同何先生的观点。

怀恋故国、反抗异族、忠贞爱国是此书的第一件大事。《水浒后传论略》中提到《水浒后传》的五个重要主题：一是救驾立功、开基创业；二是诛戮误国六贼；三是表草野孤臣；四是倾倒宦囊，倍偿民利；五是惩释道的淫奢诳诞。⑤ 其中，救驾立功、开基创业放在首位。救驾立功表明

---

① 柳存仁：《伦敦所见中国小说书目提要》，书目文献出版社，1982，第 170～172 页。
② 袁行霈主编《中国文学史》，高等教育出版社，1999，第 297 页。
③ 欧阳健：《陈忱丁耀亢小说合论》，《贵州大学学报》（社会科学版）2004 年第 3 期。
④ 何宗美：《明末清初文人结社研究》，南开大学出版社，2003，第 335 页。
⑤ 《水浒后传》为泄愤之书："愤宋江之忠义，而见鸩于奸党，故复聚余人，而救驾立功，开基创业；愤六贼之误国，而加之以流贬诛戮；愤诸贵幸之全身远害，而特表草野孤臣，重围冒险；愤宦官之嚼民饱鳖，而故使其倾倒宦囊，倍偿民利；愤释道之淫奢诳诞，而有万庆寺之烧，还道村之斩也。"见陈忱《水浒后传论略》，《古本小说集成》第四辑《水浒后传》，第 1～2 页。

对汉政权的忠心耿耿，而开基创业则是对异族新政权的不认可和彻底抗拒。《水浒后传》在第三十七回"牡蛎滩忠臣救驾"中写道："次日，正打点开船回国，只见探事船来报说：'牡蛎滩上有宋朝皇帝，被金国大将阿黑麻赶来，围困甚急。'柴进、燕青道：'我等原以忠义为心，亲见中原陆沉，二帝蒙尘，只为越在草莽，不操兵权，无可奈何。今康王中兴，又一旦颠蹶，到了这里，岂可坐视不救！现有兵将，虽寡不敌众，然金兵长于骑射，不习水战，我们倘得一战成功，送圣驾回朝，真是千载奇功，名标青史，岂不美哉！'李俊愤然道：'我李俊一介细微，蒙弟兄相助，成此事业，若坐视君父之难而不救援，是豺狼也。虽肝脑涂地，亦所甘心，望众弟兄奋勇同心，共建大义！'"① 这一番话表达了众英雄对汉主的耿耿忠心。在救驾之后，燕青献言："微臣有刍荛之言，望陛下采纳。二帝蒙尘，中原陆沉，此千古创变也！陛下天与人归，继续大统，海内父老，皆拭目以望中兴。陛下当枕戈达旦，以报父兄之仇，不可听信庸人，狃于和议。和议之计，金人以此愚人，奈何我以自愚也！宗泽愤死，张所掣回，神京复失，两淮不守，致陛下为蹈险之行，幸天地祖宗之灵，得以万全。陛下还朝，宜远斥和议之臣，亟拔忠贞之士，则二圣可还，海宇可复。"② 坚持不可和议，要抗战到底，统一全国的决心昭然可见。李俊海外立国为王后，立下规矩："原奉宋朝正朔，一切文移俱用绍兴年号……于北门外造朝京楼三层，每年元旦，往北朝拜……祭享朝会、聘问嫁娶、礼仪衣冠制度，悉照宋朝，尽改暹罗蛮俗。"③ 以此可看出，承继汉统，否认异族风俗，是立国的主旨和灵魂。

为避嫌疑，陈忱有意将海外开创基业写成对虬髯公故事的简单模仿。在《水浒后传》最后，在众人庆祝立国时，梨园子弟呈上院本。"柴进与李俊翻了几页，原要点一本《邯郸梦传》，却见戏目上有个《定海记》，问是什么故事。那副末禀道：'此是虬髯公下海在扶余国封王故事，是周美成学士填词。'国主道：'我们所做的事，正有些与虬髯公相似，就演他罢。'优人开了场，演出虬髯公路见不平，救了被难的父女两个，李俊

---

① 陈忱：《水浒后传》第三十七回，上海古籍出版社，1981，第336页。
② 陈忱：《水浒后传》第三十七回，第338页。
③ 陈忱：《水浒后传》第三十八回，第353页。

道：'这虬髯公便是与我们一般的义气，只是出身却比我们正气些。'又演到宇文智及设计陷害，李俊道：'这奸贼便是与高俅、黄文炳一般的。'演到虬髯公越狱逃走，路上遇见尉迟南、尉迟北落草，请上山去结为兄弟，李俊道：'这便与宋公明在江州，与李户部在济州一样的事。'演到李靖在华山大王庙一出，柴进道：'这李靖敢是国主的一族，不然如何这等英雄气概！'演到李靖见杨素，红拂妓夜奔，乐和道：'这杨素比蔡京还好些，只是国主却没有遇见这红拂妓。'国主笑道：'若是我，决不收留他。'大家笑了。演到虬髯公遇见徐神客，燕青道：'这道士好像公孙先生，也姓徐，莫非就是前日的徐神翁么？'大家又笑。演到刘文静下基，虬髯公会小秦王，燕青道：'前日牡蛎滩救驾，也是遇着真命天子了。'演到尉迟弟兄两个在罗艺标下为官，虬髯公招他二人同往登、莱泛海，李应道：'也是从登、莱泛海，好奇怪！'燕青道：'罗艺是幽州总管，从幽州到登、莱是便路，自然该是从这里来。'演到扶余国大将弑主自立，裴宣道：'这便与共涛一类，只是没有萨头陀。'演到虬髯公兵伐扶余国，杀贼为王，李俊道：'这却比我们直捷许多，不像我们费了许多周折。'众大人笑。团过圆，国主道：'这一本戏竟像是与我们写照一般，如何这等相像得紧！也是奇事！'"① 陈忱以虬髯客海外立国的《定海记》作结尾，既重现并照应了全篇的内容，又造成一个假象，似乎《水浒后传》只是对《定海记》的简单模仿，并没有多少深意。但事实上，虬髯客立国海外塑造了一个坚定的遗民形象。明清易代后，不少人为做"不食周粟"的遗民，或像徐孚远似的死在清朝权力尚未及的台湾，或如朱之瑜（舜水）、诸士奇般地流亡日本，或"避地入朝鲜"。总之，要活在清朝权力之外。病骥老人序孙静庵《明遗民录》说："弘光、永历间，明之宗室遗臣，渡鹿耳依延平者，凡八百余人，南洋群岛中，明之遗民，涉海栖苏门答腊者，凡二千余人。"② 《水浒后传》立国海外的构想或亦与此相关。不践清土，不食清禄，不认异族王应是一种坚定的遗民态度，而重立政权则是对新朝鲜明的反抗了。

---

① 陈忱：《水浒后传》第四十回，第 369 页。
② 病骥老人：《序》，孙静庵《明遗民录》，第 372 页。

《水浒后传》的第二件大事是诛戮误国六贼，而且将六贼与民族情感相连，显示抵抗异族政权之意。这不仅是泄心头之恨，而且是抒发忠君爱国之情。《水浒传》反映了官逼民反的主题，主要是阶级矛盾引发了人民起义，《水浒后传》的英雄重新聚义则因"奸""霸"欺压良民，但这些"奸""霸"与朝廷贼人紧密相连，如张干办是蔡京的亲信；毛豸是杨戬的僚属，杨戬又是杨戫的兄弟；冯舍人是冯彪的儿子，冯彪又是童贯的心腹；王宣尉是王黼的大公子；巴山蛇曾拜在蔡京门下。六贼则勾结金兵，卖国图利：童贯和李良嗣相勾结，献了个"通连金国，夹击辽国"的"远交近攻"之计，养虎自卫，以致强邻生衅。汪豹投身在蔡京名下，才做了御营指挥使，他在金人进攻的关键时候，献出了黄河刘杨渡口，引十万金兵渡河。王黼、杨戬、梁师成三人则密谋卖国求荣。"王笑道：'实不瞒二位先生说，我已使小儿王朝恩到金营与元帅粘没喝说了，道不日攻破汴京，掳二帝北去，立异姓之人为中国之主。'捻着白须，笑吟吟地道：'安知我三人不在议立之中？不消几日便有好音。'杨戬、梁师成听了，喜动颜色，称赞道：'王老先生真有旋乾转坤手段！若然事成，我二人当尽心辅佐。'王黼道：'富贵共之，不必多言，恐有泄漏。'于是开怀畅饮"。① 《水浒后传》全书中阶级矛盾与民族矛盾相互纠葛，虽然朝廷有不诛戮大臣的规定，陈忱仍安排了王铁仗刺杀王黼、杨戬、梁师成，李应、燕青用鸩酒药死蔡京、童贯、蔡攸，六贼皆不得好死，足见作者对他们的切齿痛恨。

表草野孤臣是《水浒后传》的第三件大事，这在第二十四回"献青子草野全忠"中体现得最为明显。燕青冒死去金营探视徽宗："转过几个大营盘，中央一座帐房，内有二三百雄兵把手，摆列明晃晃刀枪。只见太上教主道君皇帝头戴一顶黑纱软翅唐巾，身穿暗绿团花九龙环绕的袍子，系一条伽南香嵌就碧玉带，著着一双挽云镶锦早朝鞋，一片红毡铺着，坐在上面，眉头不展，面带忧容。燕青走进帐房，端端正正朝上拜了三拜，叩三个头，跪着奏道：'草野微臣燕青，向蒙万岁赦免罪犯，天高地厚之德，粉身难报！一向流落江湖，今闻北狩，冒死一觐龙颜。'道君皇帝一

---

① 陈忱：《水浒后传》第二十二回，第202页。

时想不起，问：'卿现居何职？'燕青道：'臣是草野布衣……'道君皇帝道：'原来卿是宋江部下，可惜宋江忠义之士，多建功劳，朕一时不明，为奸臣蒙蔽，致令沉郁而亡。朕甚悼惜！若得还宫，说与当今皇上知道，重加褒封立庙，子孙世袭显爵。'燕青谢恩，唤杨林捧过盒盘，又奏道：'微臣仰观圣颜，无可表敬。谨献上青子百枚，黄柑十颗，取苦尽甘来的佳谶，少展一点芹曝之意。'齐眉举上。上皇身边只有一个老内监，接来启了封盖。道君皇帝便取一枚青子纳在口中，说道：'连日朕心绪不宁，口内甚苦，得此佳品，可以解烦。'叹口气道：'朝内文武官僚，世受国恩，拖金曳紫，一朝变起，尽皆保惜性命，眷恋妻子，谁肯来这里省视！不料卿这般忠义！可见天下贤才杰士，原不在近臣勋戚中。朕失于简用，以致如此。远来安慰，实感朕心。'"①胡适评道："这一大段文章，真当得'哀艳'二字的评语，古来多少历史小说，无此好文章，古来写亡国之痛的，无此好文章，古来写皇帝末路的，无此好文章。"②《水浒后传》文章的"哀艳"，恰在于托古事而改之，以浇自己的块垒，传达了遗民忠君爱国之意。当"钱塘江上潮不来，朝臣尽立降旗下"时，唯独"草野布衣"燕青，冒着天大危险前来探视，激起徽宗的倾吐衷肠。回评云："燕青之忠君念旧不由勉强，随他做不来。寻不到处，必要婉转成就，完其本愿。世徒赏其灵变机警，非知小乙哥之深者。其知可及也，其愚不可及也。"③"亡国孤臣空饮恨，读残青史暗销魂"，此段文字虽寄寓着对明亡教训的总结，但实乃"其愚不可及"之纯遗民陈忱的心声。《水浒后传》中救驾立功、诛戮国贼、表草野孤臣等几大主旨都鲜明地显现了遗民小说中忠于故明、怀恋故国的特征。

宋金之际与明清易代的背景很相似，清初出现了三部以宋金交战为背景的重要小说，这三部小说都与《水浒传》相关，其中两部是《水浒传》的续书，即青莲室主人的《后水浒传》和陈忱的《水浒后传》；还有一部丁耀亢的《续金瓶梅》。此书之所以也与《水浒传》相关，是因为《金瓶梅》本身是从《水浒传》的一章中衍发而来的，它的背景也是宋金交战。

---

① 陈忱：《水浒后传》第二十四回，第214页。
② 胡适：《中国章回小说考证》，第174页。
③ 陈忱：《水浒后传》第二十四回，第214页。

将《水浒传》《后水浒传》《水浒后传》《续金瓶梅》四部书的主旨相互比较，就可鲜明地看出《水浒后传》忠贞爱国的遗民小说的本质。

《水浒传》历来被称为《忠义水浒传》，它昌明的宗旨是"只反贪官，不反皇帝"，一心一意争取和接受招安。《后水浒传》则反对这种做法。《后水浒传》第二十七回写道："只见王摩忽立起身，向杨幺问道：'方才哥哥说出梁山泊好汉劫救宋江。只这宋江，哥哥可学他么？可说俺兄弟晓得。'杨幺也立起身说道：'宋江的仗义疏财，结识弟兄，便可学得；宋江的懦弱没主见，带累弟兄遭人谋害，便不可学他。'"①杨幺也忠君，但他不是"愚忠"，而是有条件的。在对宋徽钦二宗彻底失望后，杨幺曾到临安见高宗皇帝，他分析完形势后表明，"君能悔过，远谗去佞，近贤用能，挽回宋室。幺即归湖作名正言顺之事"②。态度鲜明地提出效忠宋室的两个条件：一是要远谗去佞；二是要挽回宋室。否则他将会接受众弟兄的建议，图王霸之业。陈忱的《水浒后传》更是完全否定招安，选择立国海外，坚决不与新政权合作。并对《水浒传》中接受招安的行为表示反悔。"当日不受招安，弟兄们同心合胆，打破东京，杀尽了那些蔽贤嫉能这班奸贼，与天下百姓伸冤岂不畅快！"③

《水浒传》《后水浒传》《水浒后传》三部书里起义者对朝廷不同的态度，是由它们成书时间和时代背景不同所决定的。《水浒传》成书于明嘉靖年间，它反映的是正德年间因宦官刘瑾专权、政治黑暗而导致刘六、刘七农民起义一事，④而刘六、刘七起义的口号就是"只反贪官，不反皇帝"。他们承认现有政权，只想通过努力，使现在的朝廷更完善，并没有推翻现在皇帝统治之意。所以《水浒传》被称为《忠义水浒传》，对朝廷的忠义是此书的灵魂，这也符合明前期文坛的思想潮流。明代是汉族打败异族统治夺取的政权，深得民心，所以对弃暗投明、为新朝建功立业的宣扬是明前期思想的主流。如杂剧《梁山七虎闹铜台》中就有"有一日圣

---

① 青莲室主人：《后水浒传》，春风文艺出版社，1981，第 237 页。
② 青莲室主人：《后水浒传》，第 415 页。
③ 陈忱：《水浒后传》第一回，第 2 页。
④ 详见石昌渝《从朴刀杆棒到子母炮》（《文学遗产》1999 年第 2 期）、《林冲与高俅》（《文学评论》2003 年第 4 期）、《〈水浒传〉成书于嘉靖初年续考》（《文学遗产》2005 年第 1 期）。

明主招安去，扫蛮夷，辅圣朝，麒麟阁都把名标"的思想。而《水浒后传》和《后水浒传》两书作于阶级矛盾与民族矛盾相互纠缠的明末清初，两书作者都深深地对明末朝廷感到失望，愤恨贪官权贵亡国，不承认新朝异族的统治，但是面向未来时又找不到方向。青莲室主人《后水浒传》的结局是让众人跳入轩辕井——桃源般仙界，借助超自然的力量结束全文。这是对现实的一种回避态度，是一种不太明显的故国情结，很显然作者认为那个时代已属过去，而再次中兴的希望很渺茫。《水浒后传》的结尾则安排李俊海外立国，一方面表现了坚决不妥协的抗清精神，另一方面则对海上复国还抱有乐观的愿望，所以将希望寄托于南明小王朝，盼望它能统一全国，终成中兴大业。

再将陈忱的《水浒后传》和丁耀亢的《续金瓶梅》相比较。《水浒后传》和《续金瓶梅》的背景都是宋金交战，都有拿宋金之际影射明清易代之意，但两书写作的意旨明显不同。《续金瓶梅》将全篇内容都统摄于因果报应之下，把全书作为《太上感应篇》的阴阳无字解注，书里对亡国原因的探讨也是作为因果报应的证据而存在的，不具有多少独立的爱国意义。而《水浒后传》则以忠君爱国为主旨，全书五大主题都为这个主旨服务，处处不忘亡国之痛与故国之思。如在人物刻画上，《续金瓶梅》对人物刻画的着眼点是个人道德批判，并将个人道德修养与轮回报应观念相联系，以劝世人"众善皆举，诸恶莫作"，而《水浒后传》刻画人物则着眼于对叛国丧节权奸的批判和对故国情结的抒发。

就人物形象刻画而言，同是刻画李师师，不同的作品侧重点不同。李师师本是北宋汴京染匠王寅的女儿，四岁时父母俱亡，由娼家李姥收养。长大后，色艺双绝。后经内侍官张迪的引荐，结交了假称大商人赵乙的宋徽宗，前后受赐大量金银、财宝、器皿。徽宗退位后，李师师将其所赐金银献给官府作为抗击金人的军饷，并贿赂张迪，请他求徽宗准许她出家当道姑。不久，金人攻陷汴京，大汉奸张邦昌为讨好主子，把她献给金主帅挞懒。宋代传奇《李师师外传》对此有所记载："金人破汴，主帅挞懒索师师，云：'金主知其名，必欲生得之。'乃索之累日不得，张邦昌等为踪迹之，以献金营。师师骂道：'告以贱妓，蒙皇帝眷，宁一死无他志。若辈高爵厚禄，朝廷何负于汝，乃事事为斩灭宗社计？今又北面事丑虏，冀得一当，为呈身之地。吾岂作若辈羔雁赘耶？'乃脱金簪自刺其喉，不死；折而吞之，乃死。"① 在这里，李师师是一知恩图报、宁死不屈、忠于君主的贞烈形象。

同样的李师师，《续金瓶梅》却将其写成"九尾狐狸三窟兔，七十二变的女妖精"，完全没有忠君爱国的观念和色彩：徽宗被掳之后，她改了一身道装，说是替道君穿孝，自称"坚白子"，誓终身不接客，却又"串通金营将官，把个金桶般家业护的完完全全，不曾耗散一点儿"。② 金人袭取汴梁后，李师师越发装起门面来，大开着巢窝，兀术太子选取宫人，她先与大将军斡离不的太太们密通了线索，收在御乐籍中，不许官差搅扰，"大番字告示门上贴起，谁敢来问他一声儿！"直到翟员外因受了她两次坑骗，吃了一场屈官司，气不过，才写了一张"盗国娼妖，通贼谋叛"的状，说她匿宋朝秘宝，富可敌国，通江南奸细，实为内应，这才把李师师扳倒。李师师的狡诈自私，毫无廉节，最终得到了报应。她被赏给看马有功的70岁的番军为妻，备受大妇凌辱。人人"俱道这李妈妈也因享过了福，经这几番大乱不曾失他一点体面，今日这一件事，毕竟他久有手眼，到底还不相干。也有说这个老狐狸迷惑了朝廷，把宋朝江山都灭了，他还打着旗号养汉，享尽了富贵，今日定是天报他，那有还叫他清净无事的理！"③ 丁耀亢笔下的李师师已没有爱国色彩和忠君观念，而是作为惩恶扬善的观念符号而存在的。

与《续金瓶梅》不同，《水浒后传》则在对李师师的描绘中，处处不忘对现实的批判和对故国的思念。燕青、柴进与乐和在西湖散步赏月，"只见两三个人同一美人席地而坐，旁边安放竹炉茶具，小童蹲着搧（扇）火。听得那美人唱着苏学士'明月几时有，把酒问青天'那套《水调歌头》……燕青近前一看，扯了柴进转身便走……道：'这便是李师师，怕他兜搭。'柴进道：'我看得不仔细，原来就是他。为何在这里？'燕青道：'岂不闻"鹁鸽子旺边飞！"'乐和笑道：'还好，若

① 佚名：《李师师外传》，朱一玄等编《水浒资料汇编》，南开大学出版社，2002，第28页。
② 丁耀亢：《续金瓶梅》，《金瓶梅续书三种》，第336页。
③ 丁耀亢：《续金瓶梅》，《金瓶梅续书三种》，第344页。

飞到北边去，怎处？'……燕青道：'这贱人沐了皇帝恩波，不思量收拾门头，还在这里寻欢卖笑，睬他怎的。'柴进道：'多少巨族世家，受朝廷几多深恩厚泽，一遇变故，便改辕易辙，颂德称功，依然气昂昂为佐命之臣，何况这样烟花贱妇，却要他苦志守节，真是宋头巾！'"①《续金瓶梅》中，李师师仅仅作为惩恶扬善以及因果报应的符号存在，而《水浒后传》中的李师师则是一个引子，引发作者对曾受朝廷深恩厚泽的巨族世家临难变节的愤恨，处处显示作者难以放下的亡国之痛。

通过上述分析可以看出《水浒后传》是以忠君爱国为主旨的遗民小说，刘廷玑看出了这一主旨，蔡元放在《评刻水浒后传序》中更是具体地指出《水浒后传》作书之意："宋自靖康以后，奸佞盈朝，正人退位，以至（致）金人蹂躏，社稷丘墟，生灵涂炭，而此数十人者出，其仁义忠信之天良，英雄豪杰之材力，诛除强暴，芟刈奸回，既足以快人心而符天意，后之身得富贵，安享尊荣，正其材力之所应得。而开基徼外，海国称王，并非有所侵损于宋室，而且救驾铭勋，爱君报国，立德而兼立功，则诚无愧于天上星辰之位。使后之读是书者，无不欢欣鼓舞，赞颂称扬，有廉顽立懦之风，足以开愚蒙而醒流俗，则作者立言之本趣，庶几乎有当于圣贤彰阐劝惩之旨也夫。"②他称赞《水浒后传》中的英雄在国难当头的时候挺身而出，正应着陈忱"愤诸贵幸之全身远害，而特表草野孤臣"的主旨，而李俊率众海外称国仍是继承宋朝的大统，不改宋朝忠臣的本色，并不僭越礼教，"侵损于宋室"。蔡元放在这一点上比陈忱更坚定，他将李俊封赐的众人官爵进行了改动。陈忱原作中小旋风柴进封摄暹罗国丞相事，被蔡改为吏部侍郎摄暹罗国丞相事；原作中李应封度支使，掌管出入钱粮，蔡改为户部侍郎，掌管出入钱粮；原作中燕青封上柱国赞画一应机密，蔡改为兵部侍郎兼赞画一应机密；等等。蔡元放在原作中封赐的官爵前都加了个侍郎，并对为什么这么写做了解释："写李俊建国，虽设六部，却都只是侍郎，所以避天子之尊也。写得有分寸。"③蔡元放的改写使《水浒后传》在忠于故国的主旨上更进一

---

① 陈忱：《水浒后传》第三十八回，第 345 页。
② 蔡元放：《评刻水浒后传序》，朱一玄等编《水浒资料汇编》，第 496 页。
③ 蔡元放：《水浒后传》第三十五回回前评，中国社会科学院文学研究所藏本。

步，可见蔡元放也看出了《水浒后传》这部遗民小说的忠君爱国的本质，而这也是陈忱着力表现的，有如此多的知己，陈忱也不必感慨自己是"空饮恨"的"亡国孤臣"了。

第三节　南方逸民作家代表李渔与烟水散人

清初，面对社会剧变，不同的人纷纷寻找自己的生活方式，其中既有丁耀亢般顺应天命及时进取的士族地主知识分子，也有陈忱般自甘穷苦、为国守节的坚定遗民，还有既不接受出仕也无法忍受穷苦，在权贵之间周旋，以卖文、演戏、打秋风讨生活的逸民，李渔、烟水散人就是他们之中的代表。

一　李渔的故国情结

李渔，原名仙侣，字谪凡（光绪《兰溪志》），号天徒；后更名为李渔，字笠鸿（《风筝误序》），号笠翁，别署随庵主人（《玉搔头序》）、湖上笠翁（寓杭时署名，据《闲情偶寄》）、新亭客樵〔《芥子园画谱》（初集），《〈青在堂画学浅说〉跋》〕、觉道人（杜濬《十二楼序》）、觉世稗官（《十二楼》署名）、伊园主人（《〈伊园十便〉小序》）、笠道人（《闻过楼》第一回）、莫愁钓客（传奇《巧团圆》批评署名）[1]，族人尊称其为"佳九公"（《龙门李氏宗谱》），文友称其为"李十郎"（吴梅村《赠武林李笠翁》）；[2]另外还有回道人、情隐道人、情痴反正道人等称谓。

清代较早的传志各书都没有详细记载李渔的生平事迹。他曾在南京住了20年，晚年终老于杭州，但是康熙五十七年（1718）魏修的《钱塘县志》以及嘉庆《江宁府志·人物传·流寓门》中都没有提到李渔，可见时人对他并不重视。清李桓《国朝耆献类徵初编》卷426中记载了王廷诏作的《李渔传》："李渔字笠翁，钱塘人（原注：一作兰溪），流寓金陵。著《一家言》，能为唐人小说。吴梅村所称精于谱曲，时称'李十

---

[1] 沈新林：《"莫愁钓客"考》，《李渔新论》，苏州大学出版社，1997。
[2] 吴伟业：《吴梅村全集》，上海古籍出版社，1990，第454页。

郎'。有《风筝误》传奇十种，及《芥子园画谱》初二三集行世。"此记载不仅很简短，还把籍贯写错了，将兰溪写作钱塘，可见作传人对他生平史料并不熟悉。清康熙间刘廷玑的《在园杂志》卷一载李笠翁条："李笠翁（渔），一代词客也。著述甚夥：有《传奇十种》、《闲情偶寄》、《无声戏》、《肉蒲团》各书，造意创词皆极尖新。沈宫詹绎先生评曰：聪明过于学问。洵知言也。但所至携红牙一部，尽选秦女吴娃，未免放诞风流。昔寓京师，颜其旅馆之额曰：贱者居。有好事者戏颜其对门曰：良者居。盖笠翁所题本自谦，而谑者则讥其所携也。然所辑诗韵颇佳；其《一家言》所载诗词及史断等类，亦别具手眼。"刘廷玑所记仅仅是札记而非正式的传记材料，所以对他生平记载并不详尽。在存世不多的关于李渔的资料记载中，比较详尽且公允的是光绪《兰溪县志·文学门·李渔传》。

　　李渔字谪凡，邑之下李人。童时以五经受知学使者，补博士弟子员。少壮擅诗古文词，有才子称。好遨游。自白门移居杭州西湖上，自喜结邻山水，因号'湖上笠翁'……性极巧，凡窗牖床榻服饰器具饮食诸制度，悉出新意；人见之莫不喜悦。故倾动一时。所交多名流才望，即妇孺亦皆知有李笠翁。晚年思归，作《归故乡赋》有云：'采兰纫佩兮，观瀫引觞。'盖于此有终焉之志也。生平著述汇为一编，名曰：《一家言》。又辑《资治新书》若干卷，其简首有《慎狱刍言》、《详刑末议》数则，为渔自撰，皆蔼然仁者之言。（原注：近贺长龄为采入《皇朝经世文编》，以渔侨居邗上，故贺作渔为江南人。）作诗文甚敏捷，求之可立待以去，而率臆构思不必尽准于古。最著者词曲；其意中亦无所谓高则诚、王实甫也。有《十种曲》盛行于世。当时李卓吾、陈仲醇名最噪，得笠翁为三矣。论者谓近雅则仲醇庶几，谐俗则笠翁为甚云。昔渔尝于下李村间凿渠引水，环绕里址，至今大得其水利。①

────────────

① 以上传记料均转引自孙楷第《李笠翁与十二楼》，《李渔全集》第二十卷《现代学者论文精选》，浙江古籍出版社，1990，第6~8页。

　　这里很少的几条记载无法得知李渔生平情状，关于他的生平经历还需从宗谱及著作中推知。据《龙门李氏宗谱》载：李渔"万历三十八年庚戌八月初七日降生，公有著作行世，寄寓杭城西湖铁冶岭，康熙十九年庚申正月十三日终。"① 即生于 1610 年，卒于 1680 年。② 他是浙江兰溪人，但出生在江苏如皋。③ 一生大致经历了如皋成长、婺州应举、归农学圃、杭州卖赋四个时期。学界对李渔生平经历论述甚多，可参考孙楷第《李笠翁与十二楼》、袁震宇《李渔生平考略》、赵文卿《李渔生平事迹的新发现》，以上三篇文章均见《李渔全集》（第二十卷）。此外还有著作如黄丽贞《李渔研究》（台北，纯文学出版社，1974）、肖荣《李渔评传》（浙江文艺出版社，1985）、单锦珩《李渔传》（四川文艺出版社，1986）、俞为民《李渔评传》（南京大学出版社，1998）、黄强《李渔研究》（浙江古籍出版社，1996）、徐保卫《李渔传》（百花文艺出版社，2002）、万晴川《风流道学——李渔传》（浙江人民出版社，2005）等，兹不赘述。

　　李渔易鼎后以创作小说、戏剧谋生，常组织家庭戏班到达官贵人处打秋风，奔走于清朝新贵或贰臣之门；再加上他说话直率真诚，很少伪诈，作品为谋生也多浅易媚俗，所以时人对其人品多有微词，评价不高。如清初董含《三冈识略》卷四"李笠翁"条云："李生渔者，自号笠翁，居西子湖。性龌龊，善逢迎，遨游缙绅间，喜作词曲及小说，备极淫亵。常挟小妓三四人，遇贵游子弟，便令隔帘度曲，或使之捧觞行酒，并纵谈房中术，诱赚重价。其行甚秽，真士林所不齿者。予曾一遇，后遂避之。夫古人绮语犹以为戒，今观《笠翁一家言》，大约皆坏人伦、伤风化之语，当堕拔舌地狱无疑。"④《曲海总目提要》卷二十一中的《一种情》在谈及李渔时语气也很刻薄："渔本宦家书史，幼时聪慧，能撰歌词小说，游荡

---

① 转引自赵文卿《李渔生平事迹的新发现》，《李渔全集》第二十卷《现代学者论文精选》，第 422 页。

② 关于李渔的生年还有另外一种说法，据李渔诗《庚子举第一男时予五十初度》推断，李渔当生于万历三十九年辛亥，即 1611 年。

③ 李渔《与李雨商荆州太守》书云："渔虽浙籍，生于雉皋，是同姓而兼桑梓者也。"李渔：《与李雨商荆州太守》，《李渔全集》第一卷《笠翁一家言文集》，第 207 页。

④ 以前学者多误以为此条出自袁于令《娜如山房说尤》。王金花、黄强《董含〈三冈识略〉"李笠翁"条考辨》（《文学遗产》2006 年第 2 期）有详细考证，可参考。

江湖，人以俳优目之。"① 吴梅村曾赠李渔诗云："家近西陵住薜萝，十郎才调岁蹉跎。江湖笑傲夸齐赘，云雨荒唐忆楚娥。海外九州书志怪，坐中三叠舞迴波。前身合是玄真子，一笠沧浪自放歌。"② 此诗语气亦近调侃，轻薄超过赞赏。《花朝生笔记》在评论李渔时认为他"实儇薄无耻，又工揣摩，时以术笼取人资"。③ 这些都代表了时人对他的评价。

事实上，李渔的情感要比评者认为的丰富得多，且以忠贞为主，始终难忘故国，不愿出仕新朝，但为了生存，只能选择卖文演戏为生的这条道路。虽然他没有坚持做隐居避世、足迹不履城市的遗民，且近似俳优乞丐、托钵新贵、贰臣之门的生活方式备受非议，但总强过出仕新朝或作贰臣，更何况他本有治世之才，也有治国之志，却宁肯甘于下流，不应试、不出仕新朝，不能不说他始终怀有对故国的情感。

李渔是一个忠贞观念很强的人，这个观念很显明地体现在他的作品中。"臣子报君，与士报知己，无所逃于天地之间"④ 是他一贯持有的观点。李渔曾在传奇《比目鱼》中，描写一对"秉志忠贞、至死靡他"的情侣。王端淑在《比目鱼序》中指出："有万物然后有男女，此有天地来第一义也。君臣朋友，从夫妇中以续似。笠翁以忠臣信友之志，寄之男女夫妇之间，而更以贞夫烈妇之思，寄之优伶杂伎之流。"⑤ 王指出李渔是以贞夫烈妇的情感比拟忠臣明君的节烈，可见在他心中还是忠贞为上的。抗击金兵、统一祖国的岳飞以及宁死不屈、不仕异族的文天祥，是他心中的民族英雄，也是他笔下常提到和表彰的人物。李渔和西泠社社友曾同游岳王坟。在岳飞像前，李渔即兴写下《谒岳武穆王墓》："忠臣尽瘁矢无他，万死甘心奈屈何。三字狱成千古恨，从来谤语不须多。"⑥ 李渔对岳飞忠而被谤的遭遇感到痛心和愤慨，对他忠贞为国的精神由衷的钦佩。文天祥是与李渔有着渊源的人。据《如皋县志·忠义传》记载：南

① 董康：《曲海总目提要》第二十一卷，人民文学出版社，2014，第995页。
② 吴伟业：《吴梅村全集》，第454页。
③ 蒋瑞藻：《小说考证》第六卷，上海古籍出版社，1984，第167页。
④ 李渔：《祭福建靖难总督范觐公先生文》，《李渔全集》第一卷《笠翁一家言文集》，第66页。
⑤ 王端淑：《比目鱼序》，《李渔全集》第五卷《笠翁传奇十种》（下），第107页。
⑥ 李渔：《谒岳武穆王墓》，《李渔全集》第一卷《笠翁一家言文集》，第346页。

宋末年，文天祥微服赴国难，曾路过如皋。如皋县令欲捉拿文天祥向元朝献宠谋官，这时普通的农民张阿松冒着生命危险护送文天祥从南通逃往海上。文天祥曾有诗《过如皋》记载此事："雄狐假虎之林皋，河水腥风接海涛。行客不知身世险，一窗春梦送轻舟。"① 此事给长在如皋的李渔留下了深刻的印象，也增加了他对文天祥的崇敬。后来他在《古今史略》中写有《论文天祥之全节》一文，以为"至于文丞相之死，不死于八日不食之余，而死于三载尚存之后，真所谓千锤之铁，百炼之钢，较尸浮海上十万余人，犹觉忠纯义至"，② 高度赞扬了文天祥知其不可为而为之，忍辱不死，矢志抗元的行为。这与李渔自身未死国难的行为相似，体现他自我开解的况味。

除崇敬民族英雄外，对当朝的忠烈之士，李渔也发自内心地进行表彰。如《婺城行吊胡仲衍中翰》："婺城攻陷西南角，三日人头如雨落。轻则鸿毛重泰山，志士谁能不沟壑。胡君妻子泣如洗，我独破涕为之喜。既喜君能殉国危，复喜君能死知己。生刍一束人如玉，人百其身不可赎。与子交浅情独深，愿言为之杀青竹。"③ 认为胡仲衍殉国难的忠贞行为实应堪喜。《祭福建靖难巡海道陈大来先生文》记述宁死不叛的陈大来，其言铿锵有声："吾世受国恩，今以死报。我忠于国，而辈当忠于我。"余霁岩在文后评："笠翁树帜文坛三十余载，人但以风流才子目之，不读此文，乌知其为大贤人、真义士哉！人许大来以豪杰，不能尽料其忠贞，亦犹是也。无怪二公有水乳之合。"④ 余称李渔为大贤人、真义士，可谓知李渔者。

李渔在表彰忠烈的同时，对失节仕新朝的人由衷鄙夷，由此也可看出他不仕新朝的原因。李渔曾在《古今史略》中评价魏征事太宗一事："魏征事上，每不存形迹，上让之，征言：'君臣一体，何形迹之可存。'又言：'臣愿为良臣，毋为忠臣。稷、契、皋陶，君臣协心，俱享尊荣，良

---

① 文天祥：《过如皋》，北京大学古文献研究所编《全宋诗》，北京大学出版社，1988，第43016页。
② 李渔：《论文天祥之全节》，《李渔全集》第一卷《笠翁一家言文集》，第496页。
③ 李渔：《婺城行吊胡仲衍中翰》，《李渔全集》第一卷《笠翁一家言文集》，第43页。
④ 李渔：《祭福建靖难巡海道陈大来先生文》，《李渔全集》第一卷《笠翁一家言文集》，第63～65页。

臣也。龙逢、比干，面折廷诤，身诛国亡，忠臣也。'上悦，赐绢五百匹。"李渔评："问：魏征愿为良臣，不愿为忠臣，是欤？"① 这表明李渔不赞同魏征的意见。清初廷臣辩论时，就有人将魏征事太宗视为"良禽择木而栖，良臣择主而侍"，并以此为自己出仕新朝辩护。《清史稿》载，冯铨曾诘龚鼎孳尝降李自成，多尔衮因问："铨语实否？"龚鼎孳竟曰："岂惟鼎孳，魏征亦尝降唐太宗。"② 《清史列传》卷七十九亦云："岂止鼎孳一人，何人不曾归顺？魏征亦曾归顺太宗。"③ 在这样的背景和语境下，李渔在《古今史略》中对魏征的批判态度影射了他对时事的态度。李渔不仅借历史人物隐曲地表达自己观点，还直接嘲笑那些失身新朝的官吏。《论桓玄伪旌隐士》指出："晋风偷薄，凡为士类者，只知得禄之为荣，不念失身之可耻，当（桓）玄受禅之日，蛇行鼠伏于其庭者，不知凡几。"④ 从中可读出李渔对他们强烈的愤恨和厌恶。

一个人的人生观会受其亲密友人的影响，而两人情感之所以亲密也是因为他们在思想上有很多共通之处，有着相似的人生观、价值观，故而考察他身边亲密友人的世界观，可以加深对此人的了解。李渔的亲密友人之一是睡乡祭酒杜濬。杜濬对李渔十分推崇，曾为其短篇小说集《无声戏》《连城璧》《十二楼》及传奇《凰求凤》作序，又为《闲情偶寄》诗文及传奇《玉搔头》《巧团圆》作评。杜濬（1611～1687 年），原名绍先，字西止，又字于皇，号茶村，又号茶皇、蹇翁、村翁、睡乡祭酒等，湖北黄冈人，清初著名遗民，持节甚严。《清史稿·遗逸》有传："（杜濬）明季为诸生，避乱居金陵。少倜傥，尝欲著奇节……其在金陵……金陵冠盖辐辏，诸公贵人求诗者踵至，多谢绝。钱谦益曾造访，至闭门不与通，惟故旧徒步到门，则偶接焉。"⑤ 如此持节甚严的杜濬，与李渔堪称知交密友，可见，李渔的人品也未必太差。

崇祯战乱时，李渔常往来于兰溪与金华之间，偶然结识了当时谪居在

---

① 李渔：《唐高祖起至后周恭帝止》，《李渔全集》第十五卷《古今史略》，第 166 页。
② 赵尔巽等撰《清史稿》第二四五卷，中华书局，1977，第 9631 页。
③ 王钟翰点校《清史列传》第七十九卷，中华书局，1987，第 6594 页。
④ 李渔：《论桓玄伪旌隐士》，《李渔全集》第一卷《笠翁一家言文集》，第 429 页。
⑤ 赵尔巽等撰《清史稿》第五〇一卷，第 13859 页。

金华的明宗室朱梅溪。朱梅溪曾长期担任谏官，以敢言获罪，先是贬往南昌，后又迁官金华。当时李渔在金华已小有文名，代人撰《朱梅溪宗侯谪婺州诗》："宗侯府就幕僚司，不是皇家薄本支。欲使臣邻知有法，暂疏骨肉示无私。"① 此诗既给当事者以安慰，又讨好皇家，让朱梅溪很是感动，从此两人结成忘年之交。在金华的八咏楼上，朱梅溪常与李渔牵手啸咏。李渔在崇祯末年作《朱梅溪先生小像题咏序》曾述及此事："士之获交于王公，殆有天焉；李生于梅溪先生是也。先生为帝室苗裔，生于楚，仕于豫章，与婺州风马牛。使先生以显宦临吾地，冠盖森肃，李生有望尘而走耳。幸其来也以谪，李生以袜线短才，炫弄于先生之前，先生遂谬赏焉。然李生之重先生，不以官故，以才故；先生之怜李生也，不以才故，以落拓故。两人忘形之交，自今日始。今日何日？癸未之阳九也。阳九为数之奇，先生数奇于仕，李生数奇于儒，两奇相遇，而适值斯节，讵非天乎？"② 读这篇咏序可以感知，李渔对结交朱梅溪感到十分荣幸，与明朝皇室成员的交情自然会增加他对明王朝的忠诚。而这种忠诚最终使李渔终身不仕新朝。

1. 终身不仕

李渔年少聪颖，原本是热衷仕途、有志科举之人。"予襁褓识字，总角成篇，于诗书六艺之文虽未精穷其义，然皆浅涉一过"，③ 且自幼便知珍惜光阴，勤奋刻苦。李渔 15 岁时就在亲手种植的梧桐树上刻诗《续刻梧桐树》自戒自勉："小时种梧桐，桐本细如艾。针尖刻小诗，字瘦皮不坏。刹那三五年，桐大字亦大。桐字已如许，人长亦奚怪。好将感叹词，刻向前诗外。新字日相催，旧字不相待。顾此新旧痕，而为悠忽戒。"④ 从小诗中可以看出那时的李渔便知珍惜光阴，奋发努力了，难怪钱谦益很有感慨地称赞："龆龀时便惜分阴，宜其以文章名世也。"⑤

明崇祯八年（1635），李渔 25 岁，赴婺州参加童子试。首次应试就

---

① 李渔：《朱梅溪宗侯谪婺州诗》，《李渔全集》第二卷《笠翁一家言诗词集》，第 149 页。
② 李渔：《朱梅溪先生小像题咏序》，《李渔全集》第一卷《笠翁一家言文集》，第 33 页。
③ 李渔：《音律第三》，《李渔全集》第三卷《闲情偶寄》，第 26 页。
④ 李渔：《〈续刻梧桐诗〉眉批》，《李渔全集》第二卷《笠翁一家言诗词集》，第 5 页。
⑤ 李渔：《〈续刻梧桐诗〉眉批》，《李渔全集》第二卷《笠翁一家言诗词集》，第 5 页。

以优异的成绩考中秀才，当时浙江提学副使许豸看到李渔的试卷时十分赞赏，特地将试卷印成专帙在各州县散发。李渔对此很得意，并一直感激许豸的知遇之恩。① 考取秀才后，崇祯十一年（1638），李渔进入金华府学，攻读举业，准备参加乡试。崇祯十二年（1639）首次赴杭参加乡试，结果名落孙山。下第后，李渔作《榜后柬同时下第者》一诗："才亦犹人命不遭，词场还我旧诗豪。携琴野外投知己，走马街前让俊髦。酒少更宜赊痛饮，愤多姑缓读《离骚》。姓名千古刘蕡在，比拟登科似觉高。"② 刘蕡是唐文宗时人，很有才华，但在廷试时，因揭露和抨击宦官乱政，遭到宦官忌恨而落选。与刘蕡同时应试的李郃以自己才能不如刘蕡反而中选为耻，认为："刘蕡下第，我辈登科，能无厚颜？"主动要求将自己的官位让给刘蕡。李渔用此典故，将自己比作刘蕡，认为"比拟登科似觉高"，在诗中表达了自己的不满与愤慨，将考场的失利归于试官的不公。③ 李渔落第后的第二年，即崇祯十三年（1640），作《凤凰台上忆吹箫》词："昨夜今朝，只争时刻，便将老幼中分。问年华几许？正满三旬。昨岁未离双十，便余九，还算青春。叹今日虽难称老，少亦难云。闰人也添一岁，但神前祝我，早上青云。待花封心急，忘却生辰。听我持杯叹息，屈纤指，不觉眉颦。封侯事，且休提起，共醉斜曛。"④ 这首词写出了他的

---

① 《李渔全集》中《春及堂诗跋》云："盖春及堂主人非他，乃予一生受德最始之一人也。侯官夫子为先朝名宦，向主两浙文衡。予出赴童子试，人有专经，且间有止作书艺而不及经题者。予独以五经见拔。吾夫子奖誉过情，取试卷灾梨，另为一帙。每按一部，辄以示人：'吾于婺州得一五经童子，讵非仅事！'予之得播虚名，由昔徂今，为王公大人所指拂试者，人谓自嘲风啸月之曲艺始，不知实自采芹入泮之初，受知于登高一人之说项始……迨今甲寅岁，其象贤公于王先生乘马踪按浙，予适逢之，先生出此帙示予。"（《李渔全集》第一卷《笠翁一家言文集》，第134页）《与许于王直指》书："某受先夫子特拔之知，四十年来报恩无地。"（《李渔全集》第一卷《笠翁一家言文集》，第210页）这里的先夫子亦指许豸。40年后仍念及当初的恩情，亦可见李渔乃是知感恩之人。
② 李渔：《榜后柬同时下第者》，《李渔全集》第二卷《笠翁一家言文集》，第149页。
③ 落第30年后，李渔在金陵为江苏布政使佟寿民题写江南贡院至公堂对联："圣朝无政不宜公，况此举乎更属抡才大典；天子命名原有意，登斯堂也当兴顾义深思。三载辛勤来此地，人怀必售之心，非秉至公，则举者喜矣，错者不能无怨，怨蓄谤兴；一生期许坐斯堂，务擅空群之识，惟持极慎，则得者快矣，失者也可无惭，惭消誉起。"（《李渔全集》第一卷《笠翁一家言文集》，第244～245页）在这两副对联中，李渔特别强调考官的"空群之识"和取士的大公无私，认为必如此才能为国家选拔到真才，才能使考生心服口服。
④ 李渔：《凤凰台上忆吹箫》，《李渔全集》第二卷《笠翁一家言诗词集》，第477～478页。

妻子祷神盼其能早日登科的急切心情，由此可知出仕一直是他家人对他的期盼。崇祯十五年（1642），明王朝举行最后一次乡试，李渔再次前往杭州应试，但此时局势不安，行到中途，便遇到警报，李渔只好回家，并作《应试中途闻警归》诗："诗书逢丧乱，耕钓俟升平。帆破风无力，船空浪有声。中流徒击楫，何计可澄清？"① 此诗写出了对战乱的忧虑以及想报国但无计可施的心情，只能"耕钓俟升平"，表达想要隐居的志向。自此以后，明王朝再也没有举行乡试，李渔也就再也没能应试，但是在李渔的内心深处，始终有读书为官、荣身荣家的思想，并始终为自己未能实现人生的理想深感难过，对对他寄寓很大希望的母亲深感愧疚。某天夜里，他还梦见母亲责备他荒废举业，醒后作诗《夜梦先慈责予荒废举业醒书自惩》："久失过庭教，重为泣杖人。已孤身后子，未死意中亲。恍惚虽成梦，荒疏却是真。天教临独寐，砺我不才身。"② 第二年给母亲扫墓时，又作《清明扫先慈墓》一诗："高家如山足草莱，松楸虽说几曾载。三迁有教亲何愧，一命无荣子不才。人泪桃花都是血，纸钱心事共成灰。鸡豚未及存时养，此日椎牛亦枉哉"。③ 他仍然觉得自己作为儿子未能登科做官、光宗耀祖十分有愧。

对李渔易代后自愿作逸民、终身不再出仕的原因，学界有不同的观点。大部分学者认为李渔做这个选择主要是受当时风气的影响，是个人生活情趣、生活方式的选择，而非出于一种道德操守、政治态度的特定选择。所以在对李渔的评价上，黄果泉就指出："他的不举不仕，主要出于'自适快乐'的人生选择，与遗民不仕异姓的政治选择不同，后者大多属于被迫的'隐遁'，往往含有不甘、义愤之情。"并且认为李渔"既缺乏达则兼济、穷则独善的儒者精神，也少有浊世独立、高风亮节的士人操守。进一步说，他在淡化政治原则、道德操守的同时，也一定程度上怀疑并调侃人世间的一切崇高品质"。④ 但是笔者认为事实并非如此，这只是

---

① 李渔：《应试中途闻警归》，《李渔全集》第二卷《笠翁一家言诗词集》，第 94 页。
② 李渔：《夜梦先慈责予荒废举业醒书自惩》，《李渔全集》第二卷《笠翁一家言诗词集》，第 92 页。
③ 李渔：《清明扫先慈墓》，《李渔全集》第二卷《笠翁一家言诗词集》，第 158 页。
④ 黄果泉：《雅俗之间——李渔的文化人格与文学思想研究》，中国社会科学出版社，2004，第 158 页。

李渔保护自己的一层迷雾，拨开这层迷雾我们才能看到李渔忠贞爱国的内核。

明清易鼎时，李渔年方 34 岁，正值壮年，在中国古代此时中举仍属年轻之辈。如其前辈凌濛初、冯梦龙均是屡败屡战，年近六旬方得一小功名得以出任知县。为举业功名奋斗终生是古代士子的常态。一贯热衷科举，甚至崇祯十五年（1642）仍参加乡试的李渔却于明清鼎革后断然放弃举业，再也不提应试之事，这不得不让人怀疑他的放弃举业与易代有关。为打消疑虑，表明清白，以避时祸，李渔专门写道："追忆明朝失政以后，大清革命之先，予绝意浮名，不干寸禄，山居避乱，反以无事为荣。"① 将自己有隐逸之志的时间定为清朝革命之前，正如朱东润先生所指出的"笠翁之言，好为吊诡"。② 这种过分强调，反有欲盖弥彰之嫌，更能使人深刻体味他入清后不再应科举的原因。

笔者认为李渔的不再出仕，并不是他生性不喜约束，不喜科举，而是难以摆脱内心对故国的情感。首先李渔是热衷科举而非不屑科举之人。梳理明亡前李渔的经历，我们就能明显地看到他曾多么醉心科举，曾多么希望可以光大门楣，荣耀先祖。他屡次应试，屡败屡战，坚持到明朝最后一科考试，可见出仕的愿望和决心之大。事实上，终其一生，李渔都对科举充满感情。虽然举业不顺，屡屡下第，但他只是怨恨考官的不公正，从未对科举制度本身有所怀疑。在他生活的年代，不少清醒的知识分子都对科举制度进行了尖锐的讽刺和深刻的批判，甚至有人把明朝灭亡的原因归咎于八股取士制。朱舜水谓："明朝之失，非鞑虏能取之也，诸进士驱之也。进士能举天下而倾之者，八股害之也。"③ 但李渔只是批判考官庸暗无识，营私舞弊，对科举制度本身却是很认可、很热衷的，并且希望自己和子孙都能借此荣进，入清后依然如此。李渔第二个儿子将开出生时，他的两个朋友范印心、卢高来访，两人都是进士出身，眼下在官府分任要职，李渔觉得这是一个好兆头，在《辛丑学举第二男诞生之际适范正卢远心二观察过访亲试啼声而去因此双星命名征佳兆也》一诗中写下"全

---

① 朱东润：《李渔戏剧论综述》，《文哲季刊》第 3 卷第 4 号，1943。
② 朱东润：《李渔戏剧论综述》，《文哲季刊》第 3 卷第 4 号，1943。
③ 《朱舜水集》，台北，汉京文化公司，1984，第 390 页。

凭此日轩和冕，逗出他年印与戈"，① 这反映李渔在仕途上的用心和期许。他还在《闲情偶寄》中，用自己的经验教训，为儿孙辈总结出了几条写作八股文的秘诀，其中一条就是教考生如何迎合考官："场中作文，有倒骗主司入彀之法：开卷之初，当以奇句夺目，使之一见而惊，不敢弃去，此一法也；终篇之际，当以媚语摄魂，使之执卷留连，若难遽别，此一法也。"② 他还引用戏剧《西厢记》中崔莺莺初见张生"临去秋波那一转"的表情来说明终篇用"媚语"能起到对考官勾魂的效果。此亦可见他对科举仕进的热衷。

其次，李渔骨子里并不是不问世事的隐逸之人，而是有着治国抱负且有治国才能，并渴望参与国事的人。李渔曾搜集明清官吏的案牍文章汇编成《资治新书》，书分为初集和二集，初集刻于康熙二年（1663），二集成书不迟于康熙六年（1667），共收文1200多篇，分文移、文告、条议、判语四种，下分钱粮、刑名、学政、军政等60余门类。《资治新书》，顾名思义，是为各级官吏治理政事作参考的，如李渔所说："自遵功令，专辑理学政治之书，以学术为治术，使理学、政治合为一编"，于区别论次之间"稍献刍荛，略资采掇"，以"有裨于官常之万一"。③ 此书被称为"宦海津梁"，它的编撰显示了李渔高度的政治热情和高超的治世才能。当时不少人为《资治新书》作序，赞赏和肯定了李渔的治世之才。王曰高在为《资治新书》所作的《叙言》中指出："贾王傅《治安》诸策、马宾王《便宜二十事》、文中子《太平十二策》，上下千载，当不越此而得之矣。笠翁笠翁，假使天老其材，以当大用，将来经世救世诸伟论，一一皆见之设施，所为坐而言，起而见诸行事者，将于他日验之，知不徒贵洛下之纸而增名山之价矣。"④ 王士禄也在《资治新书序》中认为，此书"皆经济实学，兼多近代名公卿治狱之辞。尝闻治狱之道，听在事中，观在事外。今以名公卿所讯议再三、事久论定之案，而又得旁观者为之参决

---

① 李渔：《辛丑学举第二男诞生之际适范正卢远心二观察过访亲试啼声而去因此双星命名征佳兆世》，《李渔全集》第二卷《笠翁一家言诗词集》，第172页。
② 李渔：《词曲部》，《李渔全集》第三卷《闲情偶寄》，第64页。
③ 李渔：《自题词》，《李渔全集》第十六卷《资治新书（初集）》，第6页。
④ 王曰高：《叙言》，《李渔全集》第十六卷《资治新书（初集）》，第2页。

其当否，评论其本末，如烛照，如数计，为治狱者龟鉴，其说近乎智。不惟此也，又有所为《慎狱刍言》、《祥刑末议》者，上至天时之燥湿，下逮舆隶之奸利，无不悉言其隐，听之如春和之扇物，足为治狱者箴砭，其说近乎仁。于《礼》有之：士非明义理，备道德，通经学者，不可居治狱之官。笠翁诚有见于此乎？"他十分称赞李渔治理国事的才能，认为李渔编撰此书可谓是用心良苦。"向使操尺寸之柄，得自展其所为文，必大有足观者。而仅取空言以为世法，其意亦良苦矣！"①王仕云在为《资治新书》作的题词中也指出，"余友李子笠翁慨文日盛，政日衰，取近代名公卿宦牍汇成一书，为宦海津梁，名《资治新书》"，"笠翁之有裨于吏治远矣"。他认为《资治新书》有助于政事。

除《资治新书》外，还可从当时人对他的评价中探知李渔的政治才能。与李渔同时代的了解他的朋友，大多对李渔终生未仕的遭遇深表同情与遗憾。郭传芳在《慎鸾交序》中认为："嗟乎！笠翁不矜报负，惟解怜人，人苟鲜恶而即称为善。斯名士之心乎，抑大吏之心乎？予固谓笠翁为当今良吏，惜乎有蕴莫展，而徒使建帜于风雅之坛。笠翁之以传奇著，犹予小子之以咸丞著耳！"他感叹李渔有做当世良吏的才能却终身不遇（"有蕴莫展"）的遭遇。他还进一步分析了李渔有才不展的原因："笠翁当今良吏也，抱实际而躬虚务，无心当世也明矣。"②他指出李渔"抱实际"即有治国的才干，却"躬虚务"即仅仅做编书著书的这样的事情，并不应举出仕的原因是"无心当世"，可谓一语中的。黄鹤山农在《玉搔头序》中也感慨李渔的有才不用世："嗟乎！笠翁有才若此，岂自知瓠落至今日哉。""瓠落"指有政治才能但最终不得用世。③由此可以看出，在当时人的眼中，李渔是有治世之心与理世之才的，而他之所以没有出仕治世的原因就在于"无心当世"，不想在新朝为官，不愿为新朝效力，而这种不愿效力新朝自然根源于其秉持故国情结的政治操守。从李渔的诗词中也可看出他不出仕的主要原因："我不如人原有命，人能恕我为无

① 王士禄：《资治新书序》，《李渔全集》第十六卷《资治新书（初集）》，第3页。
② 王仕云：《题词》，《李渔全集》第十六卷《资治新书（初集）》，第5页。
③ 黄鹤山农：《玉搔头序》，《李渔全集》第五卷《笠翁传奇十种》（下），第215页。

官。"① 他认为自己一生沦落至此，不是因为自身不努力或不具有才能，而是因为命运。是无法抗拒的命运——明清鼎革——导致自己失去了仕进荣身之路，只能靠创作、出版戏曲、小说与打秋风度日。而这种在新朝游于权贵之门、打秋风的生活方式还能被人谅解，就是因为不出仕新朝，秉有气节。

最后，李渔对儿子游泮和参加科举的态度，也可以反映他当初不出仕的真正原因。康熙十四年（1675），65岁的李渔送长子将舒、次子将开赴严陵应童子试。回杭州时，路过严陵钓台，写下《严陵纪事八首》及《多丽·子陵钓台》词，表达了自己的羞愧之情。《严陵纪事八首》（其七）："未能免俗辍耕锄，身隐重教子读书。山水有灵应笑我，老来颜面厚于初。"② 他认为自己一生不仕，却要教子读书，送子应试，是厚着脸皮才能做到的丑事，应被山水所笑。"老来颜面厚于初"一语则是暗示了李渔当初不出仕的原因。《严陵纪事八首》（其八）："猿鹤相逢虑见猜，却因鄙事挂帆来。子陵不为儿孙计，归去何颜过钓台。"③ 在这里，他将出仕新朝看作"鄙事"，可见他宁可托钵打秋风也不肯作清吏的心理。到了晚年，为儿孙考虑，只有出仕一途，才能彻底解决贫困，所以不得已只能厚着脸皮送儿子应试，但在过严陵钓台时觉得羞惭难当。"过严陵，钓台咫尺难登。为舟师，计程遥发，不容先辈留行。仰高山，形容自愧；俯流水，面目堪憎。同执纶竿，共披蓑笠，君名何重我何轻？不自量，将身高比，才识敬先生。相去远，君辞厚禄，我钓虚名。再批评，一生友道，高卑已隔千层。君全交未攀衮冕，我累友不恕簪缨。终日抽风，只愁戴月，司天谁奏客为星？羡尔足加帝腹，太史受虚惊。知他日，再过此地，有目羞瞠。"④ 这首词表达出的他内心羞愧与真诚忏悔，足以令人感动。

其实在当时，即使是遗民送子侄辈或劝勉子侄辈出仕也是很正常的事，并不觉得有什么可羞愧之处。戴名世说："自明之亡，东南旧臣多义

---

① 李渔：《和诸友称觞悉次来韵》，《李渔全集》第二卷《笠翁一家言诗词集》，第187页。
② 李渔：《严陵纪事八首》（其七），《李渔全集》第二卷《笠翁一家言诗词集》，第371页。
③ 李渔：《严陵纪事八首》（其八），《李渔全集》第二卷《笠翁一家言诗词集》，第371页。
④ 李渔：《多丽·过子陵钓台》，《李渔全集》第二卷《笠翁一家言诗词集》，第494页。

不仕宦，而其家子弟仍习举业取科第，多不以为非。"① 甚至对遗民子弟出仕有"艳称"者，如钱谦益为遗民柯元芳撰墓志铭时就记当其子仕清为枣阳令："君喜曰：'自今可以舒眉坦腹，长为逸民矣。'"② 李渔连教子读书都感到十分羞愧，送儿子应试过严陵钓台时仍觉得羞惭难当，可见李渔在内心深处对政治操守还是要求很严的，不仅自己不出仕新朝，连儿子参加新朝科考都会觉得内心愧疚。这也从另一方面反映李渔壮年放弃科举的主要原因就在于不想为新朝效力。

清朝成立后，顺治元年（1644）就实行科举，朝廷宣布"文武制科，仍于辰戌丑未年举行会试，子午卯酉年举行乡试"。③ 顺治二年（1645）乡试后，顺治三年（1646）又命再行乡试，顺治四年（1647）会试，连岁开科以分化汉族知识分子，吸引他们为新朝服务。当时有不少人应试，甚至很多在明朝簪缨世家、久沐皇恩的人也竞相奔兢在求取官职的道路上。如桐城著名方氏家族，据方文《嵞山集》统计，方氏族人仕清者有7人，其中方文族兄4人，从子3人，而且7人的出仕又都在顺治一朝。参以县志的记载，则可知方氏子弟应试出仕清初者，实有15人。④ 随着时间的流逝，清朝统治日益巩固，复明的希望逐渐渺茫，出仕清朝的诱惑越来越大，以致出现"一队夷齐下首阳"的现象，戴名世曾说："明亡也，诸生自引退，誓不出者多矣，久云，变其初志十七八。"⑤ 顾炎武《广宋遗民录序》云，"岂无一二少知自好之士，然且改行于中道，而失身于暮年"。并说"余尝游览于山之东西，河之南北二十余年，而其人益以不似。及问之大江以南，昔时所称魁梧丈夫者，亦且改形换骨，学为不似之人"。⑥ 又在《与苏易公》中指出："比者人情浮竞，鲜能自坚，不但同志中人多赴金门之召，而敝门人亦遂不能守其初志。"⑦ 但李渔面对令人垂涎的香饵无动于衷，没有像在明朝时那样热衷仕进。据《龙门李氏宗

---

① 戴名世：《戴名世集》，中华书局，1986，第 209 页。
② 钱谦益：《牧斋有学集》，第 1108 页。
③ 赵尔巽等撰《清史稿》第四卷，第 90 页。
④ 谢正光：《清诗文与士人交游考》，南京大学出版社，2001，第 116 页。
⑤ 戴名世：《戴名世集》，第 201 页。
⑥ 顾炎武：《广宋遗民录序》，《顾亭林诗文集·亭林文集》卷二，第 35~36 页。
⑦ 顾炎武：《与苏易公》，《顾亭林诗文集·蒋山佣残稿》卷二，第 213 页。

谱》载，李渔以上祖先九代无一人做过官，因此他不具有为明守节的资格，在这种背景下，未受寸恩的李渔能一生坚守不出仕，并在送子应试之时内心羞惭不安，可见其对故明的情感。有人说李渔自己虽未出仕，但终日托钵游走于新贵与贰臣之门，也属五十步和百步之差，但是五十步终究是五十步，百步终究是百步，还是有区别的。

2. 矢志隐居到卖文为生

李渔自崇祯十五年（1642）参加乡试中途闻警而归后，就陷入了战乱之中。崇祯十六年（1643）他生活的金华地区发生了东阳诸生许都造反事件，这次造反聚众数万，攻陷数县，最后直逼郡城金华，3 个月后始平。崇祯十七年（1644），大顺军攻破北京，崇祯帝朱由检煤山自缢，是为甲申国变。此后吴三桂引清兵入关，五月多尔衮占领北京，十月清帝福临定都北京，改元顺治。战乱也波及兰溪一带，顺治二年（1645），清军占领南京后，南明各镇败将溃兵退到浙东，大肆骚扰侵掠，"兵害甚于贼"。李渔《避兵行》原注说："乙酉岁各镇溃兵骚浙东时作。"描述避难情形为："八幅裙拖改作囊，朝朝暮暮裹餱粮。只待一声鼙鼓近，全家尽陟山之冈。"① 顺治三年（1646），清兵在阮大铖、方国安等明朝降将的带领下，南下攻打金华，金华、兰溪一带又遭兵火蹂躏，几成废墟。李渔作于顺治三年的《婺城行吊胡仲衍中翰》，就描绘了清兵攻破金华城后杀人无数的场景，如"三日人头如雨落"。在此山河沦陷、兵荒马乱的岁月，李渔的房屋毁于战火，携家避难山中。"至于甲申、乙酉之变，予虽避兵山中，然亦有时入郭。其至幸者，才徙家而家焚，甫出城而城陷。其出生与死，皆在斯须倏忽之间"。② 于此之时，李渔不禁发出感叹，认为清初之暴政与祸乱甚于暴秦："始信秦时法网宽，尚有先民容足处。我欲梯云避上天，晴空漠漠迷烽烟。上帝迩来亦好杀，不然见此胡茫然。"③

在李渔因战乱无家可归之时，金华府通判许橄彩邀请他至府中，聘为幕僚。李渔曾在《许青浮（橄彩）像赞》中记述此事："公以吾郡别驾，

---

① 李渔：《避兵行》，《李渔全集》第二卷《笠翁一家言诗词集》，第 42 页。
② 李渔：《饮馔部》，《李渔全集》第三卷《闲情偶寄》，第 255 页。
③ 李渔：《避兵行》，《李渔全集》第二卷《笠翁一家言诗词集》，第 42 页。

即擢吾郡司马，怜人好士，容我于署中者凡二十年。"① 在为许檄彩幕僚时，李渔盼望许檄彩像曾经率军北伐、收复黄河以南地区的东晋名将祖逖一样，能够恢复大明江山。而他自己则愿意为这一事业效一臂之力。"丧家何处避烽烟，一榻劳君谬下贤。只解凌空书咄咄，那能入幕记翩翩。时艰借箸无良策，署冷添人损俸钱。马上助君惟一臂，仅堪旁执祖生鞭。"② 这表达了他恢复故明江山的意愿与决心。

为消除汉族的民族意识，彻底摧垮他们的心理防线，使汉族人民无论在政治还是文化上都完全臣服于清朝统治，清朝在清兵南下之时颁布"薙发令"，要求自布告发出之后，所有汉人全部剃发。《清实录·世祖章皇帝实录》（简称《清世祖实录》）卷十七载："自今布告之后，京城内外限旬日，直隶各省自部文到日，亦限旬日，尽令剃发。遵依者，为我国之民，迟疑者，同逆命之寇，必置重罪。若规避惜发，巧词争辩，决不轻贷。该地方文武各官，皆当严行察验。若有复为此事渎进章奏，欲将朕已定地方人民仍存明制，不随本朝制度者，杀无赦。"③ 这与汉族长期秉承的文化严重抵触，激起人民的强烈反抗。这样一来，江南陷入血雨腥风之中，甚至有"留发不留头，留头不留发"之说。苏州、松江等地组织乌龙会，发起了反对剃发的武装斗争，斗争据城坚持 80 日。城破后，为了报复，清兵屠城三日，杀人 17 万之多。这时李渔对剃发也心怀愤恨，写了好几首诗表达对清兵暴行的不满。在顺治三年（1646）的《丙戌除夜》中，李渔愤慨写道"秃尽狂奴发，来耕墓上田"，④ 表示在此政治形势下，宁可归隐耕田。顺治四年（1647），李渔写下《丁亥守岁》："骨立先成鹤，头髡已类僧。每逢除夕酒，感慨易为增。"⑤ 他还作过两首剃发诗，其一云："一束匀戏几股分，不施膏沐也氤氲。趁伊尚未成霜雪，好去妆台衬绿云。"其二："晓起初闻茉莉香，指拈几朵缀芬芳。遍寻无复簪花

①　李渔：《许青浮（檄彩）像赞》，《李渔全集》第一卷《笠翁一家言文集》，第 104 页。
②　李渔：《乱后无家，暂入许司马幕》，《李渔全集》第二卷《笠翁一家言诗词集》，第 162 页。
③　《清实录·世祖章皇帝实录》第十七卷，第 198 页。
④　李渔：《丙戌除夜》，《李渔全集》第二卷《笠翁一家言诗词集》，第 98 页。
⑤　李渔：《丁亥守岁》，《李渔全集》第二卷《笠翁一家言诗词集》，第 103 页。

处，一笑揉残委道旁。"① 第一首怀恋未剃发前的满头乌云；第二首则是以寻花簪发，但已无处可簪来含蓄地表达对剃发的不满，消解内心的亡国之痛。清朝统治者不能容忍李渔关于剃发的诗句，指出："《一家言》系李渔撰，卷内有《薙发诗》，甚狂悖……应请销毁。"② 这也从反面反映了李渔的诗中确有民族意识在。

于此之时，因战乱、鼎革、剃发等各种原因，李渔最初也想归隐山中，耕田自食，以隐逸终老一生。"自知不是济川材，早弃儒冠辟草莱"，③ 决心"但作人间识字农"④，"归田学圃年"⑤，"秃尽狂奴发，来耕墓上田"⑥，李渔在下李村营造草庐，决心过自耕自食的农民生活。他曾在《拟构伊山别业未遂》一诗中写道："拟向先人墟墓边，构间茅屋住苍烟。门开绿水桥通野，灶近清流竹引泉。糊口尚愁无宿粒，买山那得有余钱。此身不作王摩诘，身后还须葬辋川。"⑦ 后来，在亲友的帮助下，他在伊山宗祠后面买了一块地，顺治五年（1648）筑成了几间十分简陋的茅屋，虽然只是"山麓新开一草堂，容身小屋及肩墙"⑧，他却饶有情趣地称之为"伊山别业""伊园"。隐居于此的这一时期是李渔的一段快乐时光，他先后吟诗填词50余首：五言律诗《山居杂吟》（五首），《我爱江村晚》（七首），五言绝句《伊园杂咏》（七首），七言律诗《伊山别业成，寄同社五首》，七言绝句《伊园十便》《伊园十二宜》《山居漫兴》，等等。这种生活仅持续了三年。一是李渔本非务农之人，而是有情调的文人，即使务农也是做个姿态，他并不能像个真正老农那样受得了稼穑之苦。二是李渔是享乐惯了的人，务农无法维持他妻妾成群的大家族日常享受的生活，

---

① 李渔：《薙发二首》，《李渔全集》第二卷《笠翁一家言诗词集》，第325页。
② 《清实录·世祖章皇帝实录》第十七卷，第198页。
③ 李渔：《六秩自寿四首（其二）》，《李渔全集》第二卷《笠翁一家言诗词集》，第185页。
④ 李渔：《伊川别业成，寄同社五首（其五）》，《李渔全集》第二卷《笠翁一家言诗词集》，第166页。
⑤ 李渔：《山居杂咏（其二）》，《李渔全集》第二卷《笠翁一家言诗词集》，第90页。
⑥ 李渔：《丙戌除夜》，《李渔全集》第二卷《笠翁一家言诗词集》，第98页。
⑦ 李渔：《拟构伊山别业未遂》，《李渔全集》第二卷《笠翁一家言诗词集》，第165页。
⑧ 李渔：《伊川别业成，寄同社五首（一）》，《李渔全集》第二卷《笠翁一家言诗词集》，第165页。

只能想办法出山挣钱。三是李渔本是好热闹之人，耐不得寂寞，长期与世隔绝的山居生活使他心生厌倦，觉得无聊。他在《山居杂咏》中记叙了这种心境："为结山村伴，因疏城市交。田耕新买栈，檐盖旋诛茅。花绕村为县，林遮屋是巢。此身无别往，久系欲成匏。"① 他觉得长期与世隔绝的生活使他变成了中看不中用的匏瓜。他最终决定出山了。顺治十七年（1660），李渔贱价卖掉苦心经营的伊山别业，举家迁往杭州，正式走上了卖文及组织家庭戏班去新贵豪门打秋风的生活道路。

在当时，卖文为生很普遍，很多文人及不食朝廷俸禄的遗民都选择卖文自食的道路，如魏禧"频年客外，卖文以为耕耘"②，戴名世"余之游四方，以卖文为生"，甚至是"非卖文更无生计"。③ 当时有类似做法的人颇多，"里巷穷贱无聊之士，皆学为应酬文，以游诸公贵人之门"。④ 有些遗民甚至明确地提出"卖文为生合理"的主张，如归庄特作《笔耕说》为之张扬，坦言"余亦为沽者之事"。⑤ 可见李渔卖文为生的道路并没有多少可争议之处，时人大多能接受，不能接受的是他逢迎新朝权贵之门，打秋风谋取生活费的行为。不少研究者认为："笠翁的品节甚不足道。他是明朝游过泮之人，当鼎革之际，纵然不能了却秀才事，也尽可如杜濬之安贫自守（杜濬为副贡生）。却为了吃饭和享乐问题，东奔西驰，不顾风节，完全抛掉了书生本色。他虽然没有事新朝，却服侍了无数的新贵，这和他们是一样无耻。无怪当时人对他不敬。"⑥ 这里对李渔品行的批判也是着眼于他游于公卿权贵之门。事实上，我们也要看到李渔的难处，李渔曾多次抱怨卖文所得甚少，不能疗贫："仆无八口应有之田，而张口受餐者五倍其数；即有可卖之文，然今日买文之金，有能奉金百斤，以买《长门》一赋，如陈皇后之于司马相如乎？子必曰无之。然则卖文之钱，亦可指屈数计矣！"了解他的朋友毛先舒曾评此段曰："卖赋多金者，相如以后，如翁者原少。但相如寡累，而翁费不赀；且以不肯题桥，故终年

① 李渔：《山居杂咏（其一）》，《李渔全集》第二卷《笠翁一家言诗词集》，第89页。
② 详见魏禧《魏叔子文集》，第289页。
③ 戴名世：《戴名世集》，第292页。
④ 戴名世：《戴名世集》，第292页。
⑤ 归庄：《笔耕说》，《归庄集》第十卷，上海古籍出版社，1984，第490页。
⑥ 李渔：《李渔全集》第二十卷《现代学者论文精选》，第26页。

处困。"① 不肯"题桥"即不肯应试,不肯出仕新朝。在中国古代,应试出仕大概是文人唯一一条荣身富家之路。在士人纷纷出仕的清初,李渔宁可托钵也不肯"题桥"的行为是有些风骨在的!何况托钵权贵之门并不快乐风光,而是心中满是辛酸。"矧又贱性踽踽,耻为干谒,浪游天下几二十年,未尝敢尽一人之欢。每至一方,必量其地之所入,足供旅人之所出,又可分余惠以及妻孥,斯无内顾而可久。不则入少出多,势必沿门告贷,务尽主人之欢;一尽主人之欢,则有口则留之,心则速之使去者矣"。② 这种反复揣摩主人的心理,投其所好,买其欢好,唯恐招厌的感觉想必也很痛苦,而李渔宁可忍受这种痛苦也不出仕,是需要有不仕新朝的决心的。

3. 原心不原迹

虽然终身不仕,自知"人能恕我为无官",但李渔仍对自己未能像死节的朋友那样殉国而感到不安,为此,他自己建立了一套价值体系,借此进行自我开解,使自我行为正当化。他认为看似卑贱的人物实则高尚,而后死者往往比殉节者需要更多的勇气,忍辱不死是因为有更重要的事情做。在太平之世,看人做事应该秉着"原迹不原心"的原则,而在乱世中的具体行为则不必过于苛责,只看是否尽心,应秉"原心不原迹"标准。这些理论中都有着李渔自况和自我开解的意味。

李渔在作品中多次表彰忠义的下层人——乞丐或奴婢,并将他们与或降或叛的所谓上层做对比,指出忠义原在"草莱",隐含自我彰许的意思。如《连城璧》中《乞儿行好事 皇帝做媒人》就刻画了一个侠义乞儿的形象,李渔在文章的开端大发议论,先有一词:"好汉从来难得饱,穷到乞儿犹未了。得钱依旧济颠危,甘死沟渠成饿莩。叫化铜钱容易讨,乞丐声名难得好。谁教此辈也成名,只为衣冠人物少。"③ 以叫化的成名,拈出对当时所谓衣冠人物的批判,并进一步分析乞丐的可贵之处:"不知讨饭吃的这条道路虽然可耻,也还是英雄失足的退步,好汉落魄的后门,比别的歹事不同。若把世上人的营业从末等数起,倒数转来,也还是第三

---

① 李渔:《与都门故人述旧状书》,《李渔全集》第三卷《闲情偶寄》,第324页。
② 李渔:《复柯岸初掌科书》,《李渔全集》第三卷《闲情偶寄》,第204页。
③ 李渔:《乞儿行好事 皇帝做媒人》,《李渔全集》第八卷《连城璧》,第281页。

种人物。第一种下流之人是强盗穿窬，第二种下流之人是倡优隶卒，第三种下流之人，才算着此辈。些辈的心肠，只因不肯做强盗穿窬，不屑做倡优隶卒，所以慎交择术，才做这件营生。"① 联系到李渔不肯降于异族，不肯出仕新朝，不得不选择卖文为生、托钵行乞新贵之门的第三条道路，就不难理解这段话里自况的意味。李渔接着讲道："世上有钱的人，若遇此辈，都要怜悯他一怜悯，体谅他一体谅。看见懦弱的乞儿，就把第二种下流去比他，心上思量道：'这等人若肯做倡优隶卒，那里寻不得饭吃，讨不得钱用，来做这种苦恼生涯，有所不为之人，一定是可以有为之人，焉知不是吹箫的伍相国，落魄的郑元和？无论多寡，定要周济他几文，切不可欺他没用，把恶毒之言去垢詈他，把嗟蹴之食去侮慢他。'看见凶狠的乞儿，就把第一种下流去比他，心上思量道：'这等人若做了强盗穿窬，黑夜之中走进门来，莫说家中财物任他席卷，连我的性命也悬在他手中，岂止这一文两文之钱，一碗半碗之饭？为什么不施舍他，定要逼人为盗？'"② 李渔在此劝人要多体谅乞丐是有所不为才如此的，对这样的乞丐要多加施舍，可与毛先舒评他"且以不肯题桥，故终年处困"相参看，也可看作希望同侪对自己多理解、多宽容、少鄙夷，呼吁贵人在他托钵上门时要少侮慢、多施舍、多帮助之语。

此语后的议论则可作点题观："陈眉公云：'释教一门，乃朝廷家中绝大之养济院也，使鳏寡孤独之人悉归于此，不致有茕民无告之忧。'我又云：'卑田一院，乃朝廷家中绝大之招安寨也。使游手无赖之人悉归于此，不致有饥寒窃发之虑。'这两种议论都出自己心裁，不是稗官野史上面袭取将来的套话，看小说者，不得竟以小说目之。况且从来乞丐之中，尽有忠臣义士、文人墨客隐在其中，不可草草看过。至于乱离之后，鼎革之初，乞食的这条路数，竟做了忠臣的牧羊国，义士的采薇山，文人墨客的坑儒漏网之处，凡是有家难奔、无国可归的人，都托足于此。有心世道者，竟该用招贤纳士之礼，一食三吐哺，一沐三握发，去延揽他才是，怎么好把残茶剩饭去亵渎他。"③ 他明确提出乱世鼎革之际，乞丐一路是忠

① 李渔：《乞儿行好事 皇帝做媒人》，《李渔全集》第八卷《连城璧》，第281页。
② 李渔：《乞儿行好事 皇帝做媒人》，《李渔全集》第八卷《连城璧》，第281页。
③ 李渔：《乞儿行好事 皇帝做媒人》，《李渔全集》第八卷《连城璧》，第281页。

臣义士的"采薇山"，投奔于此的皆是"有家难奔、无国可归的人"，而且强调这种议论是出自自己的真心，不是小说中的套话，分明将自己视为故明的国民和易鼎后无国可归的人，托钵贵人之门则是不食周粟的"采薇"了。

在这样的一大段议论之后，又用了一个忠义乞丐的故事作了头篇："那个忠臣义士，去今不远，就出在崇祯末年。自从闯贼破了京城，大行皇帝遇变之后，凡是有些血性的男子，除死难之外，都不肯从贼。家亡国破之时，兵荒马乱之际，料想不能丰衣足食，大半都做了乞儿，闻得南京立了弘光，只说是个中兴之主，个个都伸开手掌，沿途抄化而来，指望能辅佐明君，共讨国贼。谁想来到南京，只见弘光贪酒好色，政出多门，知道不能中兴，大失从前之望。到那时节，卑田院中的隐士熬不得饥饿，出来做官的十分之中虽有八、九分，也还有一、二分高人达士，坚持糙碗，硬着衲衣，宁为长久之乞儿，不图须臾之富贵。所以明朝末年的叫化子，都是些有气节、有操守的人。若还没有气节，没有操守，就不能勾（够）做官，也投在流贼之中，抢掳财物去了，那里还来叫化？彼时鱼龙混杂，好歹难分，谁知乞丐之中尽有人物。直到清朝定鼎、大兵南下的时节，文武百官尽皆逃窜，独有叫化子里面死难的最多，可惜不知姓名，难于记载。只有江宁府百川桥下投水自尽的乞儿，做一首靖难的诗，写在桥墩之上，至今脍炙人口，其诗云：'三百余年养士朝，一闻国难尽皆逃。纲常留在卑田院，乞丐羞存命一条。'"① 李渔在这里再一次重申了做叫化的人是有血性的男儿，是不愿在新朝谋高官的有节操之人，讽刺了世受国恩但在国难之时叛逃的达官显贵，认为"纲常留在卑田院"，忠义常留在下层人之中。李渔的叔叔就是开养济院即卑田院的，可见李渔的感慨有很强的自况意味。而且《乞儿行好事　皇帝做媒人》中对乞儿心态的描述也可与李渔自己托钵时的内心体会相参看："（乞讨）若还守定在一处，讨过的人家终日去讨，不但惹人憎嫌，取人唾骂，就是自己心上也觉得不安，不如周游列国，传食四方，使我的教化大行于天下，天下好施喜舍的人，要见我第二面也不能够。"李渔曾在文中多次描述自己打秋风时的心态也

---

① 李渔：《乞儿行好事　皇帝做媒人》，《李渔全集》第八卷《连城璧》，第 288～289 页。

是如此。《乞儿行好事　皇帝做媒人》文后，李渔的好友杜濬作评，指出李渔创作的深意："如今世上人所做之事，大半皆乞丐之事，又大半皆乞丐不为之事，及以'乞丐'二字加之，又必大怒，抑何乞其实而不乞其名耶？"[①] 他指出这篇文章是有寓意的，乞丐实有所指，不可完全落实为真正的乞丐，世上很多人做的反而是乞丐不肯做之事，而李渔以乞丐自寓之意呼之欲出。李渔还将现实中的人与自己做对比，"卑田院中的隐士熬不得饥饿，出来做官的十分之中虽有八、九分"，在这种情况下，"也还有一、二分高人达士"像李渔一样"坚持糙碗，硬着衲衣，宁为长久之乞儿，不图须臾之富贵"。可见熬不得饥饿出来做官，做的就是乞丐不为之事。此处也以此可见李渔的政治操守。

表彰世俗所谓"贱者"的高尚品质，以此作对比来显示所谓"贵者"的无耻与丧节，是李渔小说中的重要主题之一。除《乞儿行好事　皇帝做媒人》外，《无声戏》里《妻妾抱琵琶　梅香守节》也是这样的故事。马麟如有一妻一妾一婢，他在 29 岁那年生了一场大病，以为命不久矣。这时妻妾都争表忠心，声称要做贞节烈妇，决不改嫁，只有婢女碧莲才应该改嫁，碧莲不加辩解。由此，马麟如病好之后愈加爱护妻妾，冷落碧莲。后来马麟如出外行医，家中误传凶信，妻妾不顾幼子，竞相改嫁，只有婢女碧莲立志抚孤，马麟如归来后方知实情。妻妾改嫁后都生活不幸福，一个受后夫凌辱自缢，一个抑郁而亡，而碧莲则举两子，抚育孤儿也知报恩，终享恩报。杜濬在文后作评："碧莲守节，虽是梅香的奇事，尤可敬者，是在丈夫面前以淫污自处，而以贞洁让人。罗、莫再醮，也是妇人的常事，最可恨者，是在丈夫面前以贞洁自处，而以淫污料人。迹此推之，但凡无事之时哓哓然自号于人曰我忠臣、孝子、义夫、节妇其人者，皆有事之乱臣、贼子、奸夫、淫妇之流也。"[②] 与此相应，如李渔辈平常并不以忠臣、节士自许者，反而可能是真正的忠臣、义士。《无声戏》中《儿孙弃骸骨　僮仆奔丧》讲的也是类似的问题。商人单龙溪带儿子单玉、孙子遗生外出经商，不幸病入膏肓，在告知两人家产后，没想到两人

---

① 李渔：《乞儿行好事 皇帝做媒人》，《李渔全集》第八卷《连城璧》，第 315 页。
② 李渔：《妻妾抱琵琶 梅香守节》，《李渔全集》第八卷《无声戏》，第 245 页。

忙着回家取银，弃父（爷）的骸骨不顾。只有有良心的义仆百顺千里奔丧。杜濬文后评曰："看了百顺之事竟不敢骂人奴才，恐有如百顺者在其中也；看了单玉遗生之事，竟不愿多生子孙，恐有如单玉、遗生者在其中也。然而做小说者，非有意重奴仆，轻子孙，益亦犹《春秋》之法，夷狄进于中国，则中国之；中国入于夷狄，则夷狄之。知《春秋》褒夷狄之心，则知稗官重奴仆之意矣。"① 这个评里，不仅指出看似贱者的行为多比看似贵者的高尚的道理，而且将其归咎于夷狄入侵，变我华夏传统文化，才导致了这种现象。此处表达了对新朝异族的不满，是十分可贵和难得的。

除称赞"贱者"的高贵品质，并以此自况外，李渔还多次表达"死易生难"的观点。在《祭福建靖难总督范觐公先生文》中，李渔写道："渔窃以人臣之事君也，为良臣易，为忠臣难，为遄死之忠臣易，为忠臣而不得遄死，天若留之以有待，乃至势穷力竭，究竟无益于国，徒苦其身而后死者，尤难！此忠臣之服上刑，较龙逄、比干而什佰其惨者也。"② 认为后死任国难，勇于面对现实，比即死之忠臣更难能可贵。"至于文丞相之死，不死于八日不食之余，而死于三载尚存之后，真所谓千锤之铁，百炼之钢，较尸浮海上之十万余人，犹觉忠纯而义至，何也？以其身死之难，由于心死之不易也"。③ 李渔借对文天祥的崇敬，再一次明确表达自己的观点，也就是"死易生难"，因为后死者活在新朝的环境里，大多要面对各种诱惑以及生存的压力，这些都是严酷的考验。能够心怀故国忍辱不死是因为还有更重要的事情做。

"死易生难"，难就难在生者有比殉难更重要、更有意义的事情去做。李渔在他的作品中就表达了这种观点。《奉先楼》第一回就是"因逃难姹妇生儿，为全孤劝妻失节"。在乱离之中，舒秀才只有一个独子，眼看难保。此时"舒娘子与舒秀才商量"："还是要我捐生守节，做个冰清玉洁之人，还是要我留命抚孤，做那程婴、杵臼之事？"舒秀才道："两种心

---

① 李渔：《儿孙弃骸骨 僮仆奔丧》，《李渔全集》第八卷《无声戏》，第221页。
② 李渔：《祭福建靖难总督范觐公先生文》，《李渔全集》第一卷《笠翁一家言文集》，第67页。
③ 李渔：《论文天祥之全节》，《李渔全集》第一卷《笠翁一家言文集》，第496页。

肠都有，只是不能勾（够）相兼。万一你母子二人落于贼兵之手，倒不愿你轻生赴难，致使两命俱伤，只求你取重略轻，保我一支不绝。"舒娘子道："这等说起来。只要保全黄口，竟置节义纲常于不论了！做妇人的操修全在'贞节'二字，其余都是小节。一向听你读书，不曾见说'小德不逾闲，大德出入可也！'"舒秀才道："那是处常的道理，如今遇了变局，又当别论。处尧舜之地位，自然该从揖让；际汤武之局面，一定要用征诛。尧舜汤武，易地皆然，只要抚得孤儿长大，保全我百世宗祧，这种功劳也非同小可，与那匹夫匹妇自经（到）于沟渎者，奚啻霄壤之分哉！"舒秀才认为忍辱抚孤的意义远远大于殉节。不仅舒秀才如此认为，而且两人以此事询问族人，族人也大多这样认为。"舒秀才把以前的话遍告族人，询其可否。"族人都说："守节事小，存孤事大。"这与舒秀才的主意相同。之后，李渔又借舒娘子之口将世间后死之人不同的心态分析了一遍。舒娘子道："从来不忠之臣、不节之妇，都假借一个美号，遂其奸淫。或说勉嗣宗祧，或说苟延国脉，都未必出于本心，直等国脉果延，宗祧既嗣之后，方才辨得真假。如今蒙列位苦劝，我欲待依之，只有一句说话，也要预先讲过。初生乍养的孩子，比垂髫总角者不同，痧麻痘疹全然未出，若还托赖祖宗养得成功便好，万一寿算不长，半途而废，孤又不曾抚得成，徒然做了个失节之妇，却怎么好？"众人道："那是命该如此，与你何干？只问你尽心不尽心，不问他有寿没有寿。"① 这里强调了"原心不原迹"的理论，只要能够尽心去做，结果如何就不去管他，也无愧于心。《生我楼》的第一回里，李渔也提出乱世之中论人之法当是"原心不原迹"的观点。"所以论人于丧乱之世，要与寻常的论法不同，略其迹而原其心，苟有寸长可取，留心世教者，就不忍一概置之。古语云：'立法不可不严，行法不可不恕。'古人既有诛心之法，今人就该有原心之条。迹似忠良而心同奸佞，既蒙贬斥于《春秋》；身居异地而心系所天，宜见褒扬于末世。诚以古人所重，在此不在彼也。"② 可见"生难死易""原心不原迹"是李渔价值体系中重要的一部分，也是李渔的自我开解。

---

① 以上引文均出自李渔《奉先楼》，《李渔全集》第九卷《十二楼》，第 238~240 页。
② 李渔：《生我楼》，《李渔全集》第九卷《十二楼》，第 251 页。

易鼎之后的李渔并未选择殉国，而是选择了活下来。怀有故国之心存于异族新朝，生活是十分不易的，既要应对因不肯"题桥"所带来的生存压力，又要抵制各种功名富贵的诱惑，还要想方设法地养活自己，而在选择养活自己的生存道路上仍须面对着世间的种种舆论和不理解。所以李渔只有在生活中深切体悟了"生难"的含义，才能在作品中或直接发抒议论或间接借助形象来表达自己的观点，同时这也是对自己当时未能殉国的内心开解。而他选择生存除了认为生命的重要之外，还有两大任务：一是"存史以存故国"，一是"肖木铎做劝世之书"。

4. 存史以存故国

存史是故国情结中的重要部分，大凡心系故国的人都希望能借助修故国史来保存心中的故国形象，李渔也不例外。李渔曾著《古今史略》，在其中充分表达了他的史学观点。据《古今史略序》文末署"顺治己亥立冬日"，可知此书写于顺治十六年，即 1659 年。全书共 12 卷，从远古的传说时代一直写到明崇祯十七年（1644）清军入关进北京城止。其中宋元以前计 7 卷，有明一代则占 5 卷之多，可见李渔有借通史写《明史》之意。为避嫌疑，他在《古今史略序》中反复重申自己的写作体例："史体尚详乎？曰：弗尚也。详则寡精义，丰溢辞，说铃书肆而已矣……（余）尝日进古今纪载数十种陈于前，澄其神而读之，汰繁芟冗，取其精而有当者，笔为书，命曰'史略'。然略于古不敢略于今，而尤不敢略于熹、怀二庙。盖以历代有史而明无史，怀帝以前，尚有《通纪》可考，而熹庙以后，遂无书可读故也。略所有而详所无，倘亦于见闻有裨邪。凡今之人，有欲考古鉴今而苦厌倦者，请以此药之。"① 他一再解释是试图让读此书的人明白，他详于明史，如此剪裁，纯粹是因为学术写作的需要，而非单单垂青于明。从这种言之凿凿、反复论及，以及他在《曲部誓词》里同样反复发誓说自己文章绝无所指，就可看出他有避祸的苦心，然而此恰恰使人怀疑他作通史的目的就是为了保存明史，在其中表达他对明朝史事的看法。孙楷第先生在《李笠翁与十二楼》一文中提到："《古

---

① 李渔：《古今史略序》，《李渔全集》第十五卷《古今史略》，第 7 页。

今史略》，禁书目应毁书中出此书云'李渔著'，未见。"① 可见尽管他解释再三，仍旧难逃被禁毁的命运，清朝统治者的眼睛是雪亮的，早已看出其中的故国情意。

从篇幅上看，全书以三分之二左右的篇幅着重介绍了明代二百余年的历史，而明代历史的实际长度仅仅约占从夏到明总长度的十四分之一。作眉批时恰恰相反，《古今史略》卷九到卷十二是《明纪》，在长达四卷的篇幅里，除卷九有三篇评论外，别无一字评论。在当时，私人写明史是很触时忌的事，更何况下批断，因此李渔不批明史是很容易理解的。虽未做直接批点，但是他对明朝事的看法很多都隐曲地喻在对前几个朝代的批点中。尤其是《古今史略》中缺南明史，但是《南宋纪》中的《高宗皇帝纪》是所有皇帝本纪中字数最多、评论最密的。高宗皇帝类似南明的弘光帝，统治的都是偏安江左的小王朝。《南宋纪》中仅高宗皇帝一条，李渔就连写了12条评论，可见对此节的重视。我们仔细阅读《南宋纪》中的文字和批评，就可以感知李渔以古拟今，将南宋小王朝比作南明小王朝的深刻用意。如卷七对南宋高宗好读《春秋》批曰："春秋之义莫大复仇，高宗有不共戴天之仇而不知复仇，亦何取读《春秋》哉！"② 李渔在此直把高宗看作弘光，表达了对其不能励志统一江山的不满，也可读出他对异族占领江山的喷薄而出的痛恨情感。李渔是治"五经"的专家，在著述中多用春秋笔法，所以虽不加评论，但字里行间都能读出作者的态度。如表达对推翻明朝统治的农民起义军的憎恨时，他写道："张献忠袭陷蕲州，明令缙绅、孝廉、文学各冠带，自东门入，西门出，尽斩之。遂屠蕲州，留妇女毁城，稍不力，即杀之。"这写出了农民起义军的残忍。有的文字表达了他对南明义军纵掠的不满，如"左良玉避城东下，沿江纵掠。流寇、土贼、降将、叛兵，所在蜂拥，俱冒左兵攻剿，南都大震。留守诸军尽列沿江两岸，不问为兵为贼，进兵击之。良玉列状自白，兵稍，群寇始散"。有的文字表彰忠烈之士，亦可见李渔的忠烈之心，如"庚午，李自成遣贼陷麻城，城空无人。癸未，自成攻陕县，知县李贞率

---

① 孙楷第：《李笠翁与十二楼》，《李渔全集》第二十卷《现代学者论文精选》，第33页。
② 李渔：《南宋纪》，《李渔全集》第十五卷《古今史略》，第241页。

士民坚守，贼一鼓而拔，纵兵大杀。李贞厉声叱曰：'驱百姓死守者知县耳，妄杀何为！'骂贼不已。自成怒，挦其衣，倒悬于树。贞大呼曰：'高皇帝有灵，我必诉上帝以杀贼！'贼断其舌，剐之。母乔氏及其妻俱死"。① 书中对大清军队的不满与谴责虽不敢明言，但在他的记叙中可以感知他的态度，可以看出他对清军暴行的谴责和对死于抗清的忠烈的表彰，如"二月，大清兵薄大同，马莲口有诸生张桂，抗敌死之"；② "己亥，大清兵入喜峰口，巡关御史王肇坤死亡。丁未，大清兵深入略山西，己酉间道过昌平，降丁内应，城陷。总兵巢丕昌降，主事王桂、赵悦、大监王希忠等皆被杀，焚天寿山德陵。丁巳，大清兵攻宝坻，入之，杀知县赵国鼎。癸亥，大清兵入宝兴，杀家居少卿鹿继善。又入房山"。③ 虽并无评论，但看似平静的叙述里尽显清军杀人的残暴和百姓死状的悲惨。此外，《古今史略》里还附有殉难录，表彰忠烈之义，可看出作者有心存史的用意。

除在史学专著《古今史略》中记叙、评论国事外，李渔还在其他作品里探讨了明代灭亡的原因。宦官专权、祸乱朝政一直是晚明的大患。天启朝是魏忠贤掌权的黑暗时期，虽然崇祯帝上台后，首先剪除了魏忠贤党羽，民心为之一振，但朝廷上东林党和内阁之间依然矛盾不断，党争激烈，这种现状使崇祯帝对文武百官失去了信任。1631 年，崇祯帝再次派中宫去国境北部监视军队，表明他认为太监更有用，更值得信任。宦官监军，只为贪军功而不想国家大业，致使明朝在军事上节节败退。李渔在《凰求凤》一剧中，就以正统朝的太监王振所监之军与异族瓦剌作战为背景，描绘了这一情况。剧中王振为立军功，借故杀了瓦剌的遣使，致使瓦剌大兵犯境。在听闻大兵犯境的军报时，王振心中大喜："好了，好了，咱老子的军功建得成了。只是一件，拼了自家的身子，走去立功。做得来便好，万一做不来岂不失了名望。不如把皇上做个孤注，劝他出去亲征；做得成功谁不知道是咱的主意，万一有些不妥，就往他身上一推，说皇上

<hr>

① 以上引文均见李渔《古今史略卷十一》，《李渔全集》第十五卷《古今史略》，第 391 页。
② 李渔：《古今史略卷十》，《李渔全集》第十五卷《古今史略》，第 360 页。
③ 李渔：《古今史略卷十》，《李渔全集》第十五卷《古今史略》，第 363 页。

要亲征与我无涉。就到战败的时节，那瓦剌也先只要寻着对头，就不来追究咱了。这个有吉无凶的计策岂不美哉，岂不妙哉！"① 此处描绘了太监王振只顾自己立功，置国家安危甚至君主性命于不顾的丑恶嘴脸。在《玉搔头》中，李渔也指出因皇帝年轻致使宦官专权的现实。刘瑾说："自从先帝晏驾，今上年纪幼小，内外的事都是咱家执掌。外面有个口号，叫今上是坐的皇帝，叫咱家是站的皇帝。"② 太监敢自称为皇帝，可见其专横与跋扈。李渔还在《十二楼·萃雅楼》中从另一个角度刻画了宦官荒淫无耻、残酷虐民的图景。

宦官能够博得皇帝的信任，得以大权独揽，一个重要的原因就是文武官员的腐败无能。文官的腐败无能主要是科举考试的腐败导致无法荐拔真正有才能的人。《怜香伴》就塑造了靠作弊进科举的如周公梦这一人物的形象。周公梦本来"终日眠花醉柳，喝六呼么"，在岁考时，教官就其品行应评定为劣，但是因送了教官 30 两银子，书办门子各两三银子，就免被定为劣行。不仅如此，他在考场里又收买了一个科举老吏，将别人做的文字割下来，凑在他的卷子上，竟中了举人，可以进京会试。而在会试之前，他又想应该怎样作弊："会试不比乡试，需要另做一番手脚。割卷不可再试，传递难乎其人，我如今用个怀挟的法子，抄了几百卷拟题文字，又录了一卷二三场，任他出去出来不过是这几个题目……只有一件俗语说得好：家家卖酸酒，不犯是高手。全要做得干净。我如今将文字卷做个爆竹的模样，等待临场时节，塞在粪门之中，就是神仙也搜检不出，岂不妙哉！"③ 虽然周公梦想的办法很巧，足以瞒得过众人，但是李渔还是没有让他得逞，而是安排了神仙氤氲使者来揭露他舞弊的事，可见李渔对舞弊现象的痛恨，这种靠舞弊而踏上科举之路的官吏，今后显然无法承担国家的重任，但是李渔只看到科举考场中不公正现象带来的危害，对此加以指责，并没有认识到八股取士制度自身的严重缺陷，这是李渔的局限。

在武将上，问题更多，很多武将都是带不得兵，打不得仗的，这和当时社会现实紧密联系。明末国家粮饷严重不足，号召人民捐饷。捐饷之

---

① 李渔：《凰求凤》，《李渔全集》第四卷《笠翁传奇十种》（上），第 462 页。
② 李渔：《玉搔头》，《李渔全集》第五卷《笠翁传奇十种》（下），第 230 页。
③ 李渔：《怜香伴》，《李渔全集》第四卷《笠翁传奇十种》（上），第 87 页。

后，无论有无将才都授以武职，导致很多武官并无实际的才能。《奈何天》中，阙素封就听了仆人阙忠的话捐银给朝廷作军饷，主仆都得到了封赏，阙忠被封为"军前赞画"，并得到许诺："勉力建功，待边疆宁静之日，连你主人的功绩一同具疏。"① 后来阙忠果然被升为"招讨使"，而他的主人也被封为"尚义君，位列公侯"。两人虽为武将，实际上都不谙军务，若有一天真需领兵打仗，其后果可想而知，所以当时朝廷战斗力很弱。《风筝误》一剧详细描绘了当时朝廷官兵的情况："（众）官将们都是京营小校，因为助饷有功不次升来的。（外）你们这样衰老，又且都是病躯，将来怎么样去杀贼？（众）不敢瞒老爷，将官们原是不曾杀过贼的，闻得人说，这边地方承平，武官好做，故此在兵部乞恩，补了这边的缺……"除将官衰弱外，兵丁也不堪用。"（外）你们这些兵丁，我老爷都还认得，只是为何这等黄瘦了？（众）当初老爷在这边，号令严明，纪纲整肃，军粮按时发给，将领不敢扣除。自从老爷去后，纪律不严，钱粮缺少，卯年支不着寅年的粮，一钱受不得五分的惠，个个都饥饿坏了么"。② 武备松弛、官衰兵弱还只是外在的情况，从官兵内在修养上讲，无论文官武官都缺乏操守，没有责任观念，临战脱逃现象严重，这也是明亡的重要原因。李渔在《奈何天》中借造反的塞北女叛将骂道："咱白天王起兵以来，攻破无限城池，杀伤许多官吏；起先只说南方有人，不可轻敌，到了这边，才知道偌大中原竟没有一个男子。做文官的，但知道赋诗草檄，做武将的只晓得喂马支粮，一到守城上阵的时节，连那赋诗草檄的文官，喂马支粮的武将都不知哪里去了，刚刚剩下些老百姓来祭咱的刀头。"③ 这种文官贪赃枉法、搜刮钱财，武将贪生怕死、只顾争功保命的现象在《蜃中楼》中也有反映，《蜃中楼》描写奸相李义府"威权震主，势焰熏人。笑处藏刀，毒性有如蜂蛋，柔能害物，别名呼作猫儿"。④ 武官鳖将军自称："列位不要见笑，出征的时节，缩进头去；报功的时节，

---

① 李渔：《奈何天》，《李渔全集》第五卷《笠翁传奇十种》（下），第81页。
② 以上引文均见李渔《风筝误》，《李渔全集》第四卷《笠翁传奇十种》（上），第140～141页。
③ 李渔：《奈何天》，《李渔全集》第五卷《笠翁传奇十种》（下），第78页。
④ 李渔：《蜃中楼》，《李渔全集》第四卷《笠翁传奇十种》（上），第258页。

伸出头来，是我们做将官的常事，不足为奇。"虾元帅也谓："列位岂不知道？我外面是个空壳。里面没有一根骨头；若不鞠躬尽礼，怎么挣得这吃来。"① 李渔用鳖将军和虾元帅骂尽了毫无骨气的武将。《风筝误》描写了征蛮军中四员大将，他们分别叫"钱有用""武不消""闻风怕""俞敌跑"，"只知钱有用，都言武不消，今日闻风怕，明日俞敌跑"。剧中还嘲笑官僚士大夫："不会齐家会做官，只因情法有严宽；劝君莫笑乌纱弱，十个公卿九这般。"② 晚清浴血生指出："笠翁殆亦愤世者也，观其书中借题发挥处，层见叠出"，"使持之以示今之披翎挂珠、蹬靴带顶者，定如当头棒击，脑眩欲崩"。③ 他可谓李渔的隔世知音。

朝廷政治腐败、文贪武惰，导致流寇四起，盗贼横行，百姓备受其苦。《意中缘》中的刘香老原是漳州一名海户，开始时只是偶尔于黑夜中在漳州海边图谋不轨，后来则"不上三年聚起数千人马"图进兵建宁谋寻大事。④《巧团圆》也是以李自成军队的横行为背景，描绘出一幅家破户焚、妻离子散的人间惨剧。《比目鱼》里也有"在万山之中招兵买马，积草屯粮驯养二十余年"⑤ 的草寇。这些都是明末现实生活的写照。宦官专权、文贪武惰、盗贼横行、内忧外患交并，最终导致明代的灭亡。李渔就在他的作品中含蓄而又无比痛心地探讨了故国灭亡的原因。所以有的评者认为，"李渔既无吴伟业等剧作家的故国之思，也没有苏州作家的慷慨悲凉"。⑥ 这是被李渔精心构造的表面现象所迷惑，并不是真正理解与懂得李渔之语。

李渔不仅借作品来存史以存故国，还想借里人木铎做劝世书，希望可以于世有所裨益，杜濬为《十二楼》作序时指出："觉道人山居稽古，得楼之事类凡十有二，其说咸可喜。推而广之，于劝惩不无助，于是新编十二楼复裒然成书，手以视余，且属言其端……语云'为善如登'，笠道人

① 李渔：《蜃中楼》，《李渔全集》第四卷《笠翁传奇十种》（上），第 223～224 页。
② 李渔：《风筝误》，《李渔全集》第四卷《笠翁传奇十种》（上），第 125 页。
③ 任讷：《曲海扬波》，中华书局，1940，第 10 页。
④ 李渔：《意中缘》，《李渔全集》第四卷《笠翁传奇十种》（上），第 347 页。
⑤ 李渔：《比目鱼》，《李渔全集》第五卷《笠翁传奇十种》（下），第 129 页。
⑥ 万晴川：《风流道学——李渔传》，浙江人民出版社，2005，第 97 页；虽有如此评语，但通览全书可以看出，万晴川亦认可李渔本人对故明是怀有较深情感的。

将以是编偕一世人结欢喜缘，相与携手，徐步而登此十二楼也，使人忽忽忘为善之难而贺登天之易，厥功伟矣。"① 他指出《十二楼》的宗旨是劝人为善。

《无声戏》刊本的扉页介绍中也用"多寓劝戒之意"来形容此书的主题。而《无声戏序》的作者伪斋主人也认为，《无声戏》的主旨是教人"持盈守正，免于祸患"。② 可见李渔作小说目的是劝善。就像他自己在《闲情偶记》所言："因愚夫愚妇识字知书者少，劝使为善，诫使勿恶，其道无由，故设此种文词，借优人说法与大众齐听，谓善者如此收场，不善者如此结果，使人知所趋避，是药人寿世之方，救苦弭灾之具也。"③

5. 究竟奈何天不得

李渔结交新贵时认识了当时的浙江左布政司张缙彦。据《清史稿》载：张缙彦是明崇祯年间的进士，十年间，其官秩从七品升到了正二品兵部尚书。后来受洪承畴的招降，成了清朝官吏。④ 张缙彦是受过明朝皇恩的人，后来做了贰臣，对故明有着怀念与愧疚纠结的复杂情感。张缙彦很支持李渔写《古今史略》，以保存明代鲜为人知的史实，这也与他自身的故国情感相关。《古今史略》里很多普通百姓难以详悉的史料，很可能就是张缙彦提供的。比方说，李自成攻陷北京时的情况，清兵如何以为崇祯复仇为名占领北京却又不肯还政于明裔的情况，等等。尤其是书中还描写到了张缙彦如何临危不惧，在众叛亲离的情况下指挥士兵防守北京，这些显然都与张缙彦有关。张缙彦虽然心怀故国，但毕竟出仕新朝，做了贰臣，而且他在李自成进军北京时的行为也有很多可疑之处，不少人认为他是首鼠两端之人，这使他既不容于明遗民，又不容于新朝统治者。这一情形令他十分烦恼，时时想为自己开解一番，以平息内心的不安。

关于张缙彦降于李自成之事，社会上流传着不少不同说法。据《明季北略》载，大顺军进攻北京时，张缙彦和太监首领曹化淳开门纳降，

① 杜濬：《十二楼序》，《李渔全集》第九卷《十二楼》，第 7 页。
② 伪斋主人：《无声戏序》，《李渔全集》第八卷《无声戏》，第 1 页。
③ 李渔：《词曲部》，《李渔全集》第三卷《闲情偶寄》，第 5～6 页。
④ 赵尔巽等撰《刘正宗 张缙彦》，《清史稿》第二四五卷，第 9637～9638 页。

迎进了李自成的军队。①《李闯王》里也有一段关于张缙彦在当时行为的描述："贼出示：凡在京大小官员俱于二十一日一概报名汇察，不愿出仕者听回原籍，愿出仕者照前擢用；如抗违不出，罪加大辟，藏匿之家，一并连坐，令人长班内外搜寻，不许人家藏匿，各官有投寺祝发者，有焚缢投井者，更有畏缩不出者。二十三日：百官早朝，仍囚服立于午门外，傍晚不见发落，司礼太监王德化从内哭出，见兵部尚书张缙彦等青衣待罪，叱之曰：'汝辈误国至此，今不急殡先帝，乃拥戴新主耶？'缙彦说：'与我何干？自有主之者。'德化愤极，连批其颊。缙彦大被殴打，鬓发皆光。"② 估计这些传闻并非都是无稽之谈，应该有一定的根据。这些言论给出仕清朝的张缙彦很大压力，使他时时想辩解一番。他和做小说的朋友李渔谈及此事，认为小说流传范围广，更能消弭流言，想让李渔将他的一些经历写进作品里，以挽回自己的声誉。比如，将他在李自成攻城时指挥军民防守的情景，以及城陷后自杀殉国但被人救活的细节都写进小说，这是让大家知道，他也曾决心殉国，只是天意不死，希望以此求得世人的认可，以便可以心安。他愿意资助李渔将此书出版。

　　姑且不论张缙彦在李自成攻陷北京时是否真的"吊死在朝房，为隔壁人救活"，就说他不停地自我辩解至少说明叛国一事给他造成了很大的心理阴影，他始终难以摆脱这种心理压力。在此情况下，他才以自己曾自杀殉国，已经不负国家，后来被人救活亦是天意，两不相欠，作为自我行为正当化的理由，这个观点李渔也很赞同。就是这种赞同，使李渔同意冒险在作品中为张缙彦洗白，以便获得出版资助。李渔曾作《奉先楼》，其中体现的观点就与张缙彦一致。《奉先楼》中的舒娘子为存孤，甘愿受辱，后来将孩子交与父亲后，"就关上舱门，一索吊死"。"将军怜惜不已，叫人解去索子，放下她来，取续命丹一粒，塞入口中，用滚汤灌下，也是他大限未终，不该就死，一连灌上几口，就苏醒转来"。醒后舒娘子道："有话在先，决不做腼颜之事，只求一死，以盖前羞。"将军道："你如今死过一次，也可为不食前言了。"③ 然后将舒娘子还于前夫。这样死

---

①　计六奇撰、魏得良等点校《李自成入北京内城》，《明季北略》卷二十，第 455 页。

②　西吴懒道人：《李闯王》，说文社，1944，第 27 页。

③　李渔：《奉先楼》，《李渔全集》第九卷《十二楼》，第 274～248 页。

过一次，也算尽了节，最后又能与儿子、丈夫团圆，是一个双赢的策略。此事和张缙彦一事很相似，张缙彦大概也欲以"死过一次"已不负故国作为内心的解脱，以摆脱对故国的愧疚。

刚刚易鼎后的清初，存活者为自己生存寻找借口，本是常有之事。不少人以"父母在"等作为理由，龚鼎孳更是以"本欲死，奈何小妾不肯"将责任推给顾眉，为自己开脱。李渔也觉得这样做一方面可以安抚老朋友心中隐痛，另一方面又能找到出版书的资金，何乐而不为，就按张缙彦的意思将此事写到了《无声戏》（二集）里。其实张缙彦在官场中审慎、老练，他在深思熟虑之后，仍敢将此事写入小说，既可见此事给他造成的精神负担之大，又可知当时社会上故国情结之浓郁以及政治文网之松弛。

后来此事为张缙彦的政敌所利用，正当清廷想打击有忠明思想的人之时，张缙彦的政敌以张缙彦刊行《无声戏》（二集）一事攻击其过去的不忠品格，这样的理由既符合伦理、冠冕堂皇，又可以给张缙彦致命一击。而对清廷而言，既可惩治一下他们早已痛恨的有故国情结的故明遗老，又不至于目标太明显，这一攻讦可谓恰到好处。顺治十七年（1660）御史萧震上疏劾张缙彦编刊《无声戏》（二集），自称"不死英雄"惑人心、害风俗。《清世祖实录》记载，萧震疏文曰："原任工部侍郎张缙彦，曾任明季兵部尚书，交通闯贼，开门纳款，士民共为切齿，我皇上定鼎之后，缙彦踉跄投诚，不惟待以不死，且加录用，为缙彦者，正当洗心革面，以图报称，乃守藩浙江，刻有《无声戏二集》一书，诡称不死英雄，以煽惑人心，入为工部侍郎，又复包藏祸心，交结党类，今为刘正宗一案已提至京师，伏乞皇上俯赐乾断，明正典刊，庶人伦正而纪纲张矣。"① 此文还载于《清史列传·贰臣传》之《张缙彦传》中，只是表述略有不同，且比《清世祖实录》中记载的更为详细。此文还专就这一问题质问道："缙彦仕明为尚书，……及闯贼至京，开门纳款，犹曰事在前期，已邀上恩赦宥。乃自归诚之后，仍不知洗心涤虑，官浙江时，编刊《无声戏二集》，自称'不死英雄'有'吊死在朝房，为隔壁人救活'云云，冀以假死涂饰其献城之罪，又以不死神奇其未死之身，臣未闻有身为大臣，

---

① 《清实录·世祖章皇帝实录》第一三九卷，第1073页。

拥戴逆贼、盗窃宗社之英雄，且当时抗贼殉难者有人，阖门俱死者有人，岂以未有隔壁人救活逊彼英雄？虽病狂丧心，亦不敢出此等语，缙彦乃笔之于书，欲使乱臣贼子相慕效乎？"① 萧震在这篇奏折中强调张缙彦本人确实有曾降闯贼且自杀未死之事，以此事来玩弄辞藻，抨击张缙彦，称其"丧心病狂"，这明显是报复、陷害的政治手段，事实上如果张缙彦真的曾经自杀且被隔壁人救活，在小说中赞美一下也未尝不可。这次弹劾最终导致张缙彦流放宁古塔并死在戍所。这是以小说作为政治斗争的工具，算不得真正意义上的文字狱，所以最后获罪的只是资助刊行《无声戏》（二集）的张缙彦，而真正作者李渔则有惊无险，但此后李渔的创作和言行更为谨慎了。

就李渔而言，他主要方面是享受生活，做一个"适世"的人。所以虽然他怀有对故国深沉的情感，虽然这种情感会不时地浮上来，但他会小心翼翼地将它压下去，去做一个在新朝保全性命的"顺民"。所以在心存不满的情况下，他还是剃了发；斩钉截铁地辩解自己的文章都绝无所指，只是为了给圣天子粉饰太平；《无声戏》（二集）惹祸后，他心怀畏惧，认认真真删去所有惹祸的内容，换了一个名字重新出版；时时强调自己不再出仕的念头出现于"大清革命之先"。他很清楚发发牢骚与政治上惹祸的区别，也知道识时务者为俊杰的道理。就像他在《奈何天》开端所写"饶伊百计奈何天，究竟奈何天不得"，② 世事和时代已经变了，他只能偶尔流露一下心底的情感，以"我不如人原有命，人能恕我为无官"作自我开解而已。1659 年，在郑成功进攻南京前，李渔及时地离开南京，返回杭州，他不会让自己涉入真正的政治旋涡，对恢复故明的遗民战争已不感兴趣了。

二　烟水散人生平、著作考述

烟水散人是清初一位较为活跃且重要的小说作家，学界对他的研究最初散见于书目著录、报刊史和小说史之类的著述中，但大多只下判断，缺

---

① 《张缙彦传》，《清史列传》第七十九卷《贰臣传》，中华书局，1987，第 6621 页。
② 李渔：《奈何天》，《李渔全集》第五卷《笠翁传奇十种》（下），第 7 页。

乏具体推理过程。20 世纪 80 年代以后，有关烟水散人的研究取得进展，有数篇重要的论文发表。1980 年戴不凡在《小说见闻录》（浙江人民出版社，1980）中收入《天花藏主人即嘉兴徐震》，认为徐震即烟水散人、天花藏主人、天花主人、天花才子、菇荻散人，与其相关的作品共有 26 部。自 1981 年春风文艺出版社整理出版《明末清初小说选刊》以后，学界对烟水散人的研究也随之推向深入。林辰在《〈女才子书〉后记》中附《释疑与存议》，论证烟水散人非嘉兴徐震，且鸳湖、古吴、槜李之烟水散人或有人托其名号，或三者并非一人。1984 年杨力生在《明清小说论丛》上发表《关于烟水散人、天花藏主人及其他》一文，对此提出异议，指出不同名号的几位烟水散人都应为嘉兴徐震。同期期刊上，针对此质疑，林辰撰《烟水散人及其小说质疑》重申自己观点。同年，《明清小说研究》（第 2 辑）载范志新的《菇荻散人·主人天花藏·徐震》，支持戴不凡的观点。1985 年《文学遗产》第 2 期发表王青平的《关于徐震及其〈女才子书〉的史料》一文，列举两条史料论证烟水散人是嘉兴徐震。为此林辰又写《再议烟水散人及其小说》，收入其《明末清初小说述录》（春风文艺出版社，1988），指出史料只能证明鸳湖烟水散人是徐震，但对其他烟水散人的身份没有证明力。至此对烟水散人的研究告一段落。

1995 年，上海古籍出版社整理出版了一套《古本小说集成》，收入烟水散人作品 7 部。每部作品附有简短前言，均认为烟水散人是嘉兴徐震。1997 年，郭浩帆在《明清小说研究》第 2 期发《烟水散人析议》，总结前人的研究成果，提出署"鸳湖""南湖""槜李"三个名号的烟水散人实为一人，古吴烟水散人身份存疑，并第一次对烟水散人生平做探讨，认为烟水散人约生于 1609 年，是科举失意的读书人，将烟水散人研究由单纯的名号研究推向生平经历研究。2005 年杨昕在《沧州师范专科学校学报》上发《烟水散人考辨》，认为 4 种不同题署的烟水散人都为嘉兴徐震，其生年为 1605 年前后，是怀才不遇的文人。

综上，笔者认为目前学界对烟水散人的研究还不充分，无论其人其作都有争议，对他生平经历的研究尤有进一步深入的必要。本节在前贤研究的基础上，对烟水散人的身份和经历做进一步探讨，认为烟水散人即嘉兴徐震，约生于 1607 年，他不仅是科举失意的文人，而且是不仕新朝、有着浓厚故国情结的人。本节还尝试对烟水散人作品的创作年代进行排序研究，以求为更深入地探讨烟水散人的生平经历提供一种思路和时间坐标。

据各类文献记载，与烟水散人有关的中长篇小说共计 14 种，详见本书第一章第二节。

（1）《合浦珠》四卷十六回本，题"樵李烟水散人编次"；

（2）《鸳鸯配》四卷十二回，题"樵李烟火（水）散人编次"；

（3）《珍珠舶》六卷十八回本，题"鸳湖烟水散人著，东里幻庵居士批"；

（4）《女才子书》十二卷，题"鸳湖烟水散人著"；

（5）《赛花铃》十六回，题"吴白云道人编本，南湖烟水散人校阅"；

（6）《桃花影》四卷十二回，题"樵李烟水散人编次"；

（7）《桃花影》二编，即《春灯闹》，十二回，题"樵李烟水散人戏述，东海幻庵居士批评"；

（8）《灯月缘》①十二回，题"樵李烟水散人戏述，东海幻庵居士批评"；

（9）《梦月楼情史》十六回，题"樵李烟水散人编次"；

（10）《后七国乐田演义》四卷十八回，题"古吴烟水散人演辑，茂苑游方外客校阅"；

（11）《三国志传》二十卷二百四十回，题"烟水散人编次，李卓吾批评"；

（12）《玉支矶小传》巴黎国家图书馆藏醉花楼刊本，题"天花藏主人述，烟水散人编次"；

（13）《清风亭》已佚；

（14）《明月台》十二回，题"烟水散人著"。

《玉支矶小传》各本皆题"天花藏主人述"，据孙楷第《中国通俗小说书目》记载，巴黎国家图书馆醉花楼刊本署"烟水散人编次"，据该书产生年代分析，此烟水散人应是顺康年间的烟水散人，因别无确证，且存

---

① 即《春灯闹》，康熙刊本改名。

疑，此书不论。此外《中国通俗小说书目》还记载，《日本松泽老泉汇刻书目外集》中著录有"烟水散人编次，李卓吾批评《三国志传》二十卷二百四十则"，因无书流传，暂不置论。另《清风亭》与《明月台》明显是咸丰年间翁桂之作，与顺康年间的烟水散人无涉，亦不做论述。

由此学界比较认可的顺康年间的烟水散人作品便有 10 部，里籍地望为古吴、樵李（醉李、醉里）、鸳湖、南湖四种。其中除"古吴烟水散人"外，其他烟水散人显系一人，根据如下：（1）樵李、鸳湖、南湖都是在作者别号前加籍贯，而三地都在秀州，即今浙江嘉兴，可看作嘉兴的代称。南湖即鸳湖，《女才子书·谢彩》中有鸳湖烟水散人语云："（秀州）郡城附郭有一巨浸，名曰南湖，因以两湖相并，亦名鸳鸯湖。"① 可见鸳湖乃鸳鸯湖的简称，即南湖。春秋时，嘉兴一带因产佳李而称樵李、醉李，是吴越两国的交界地。因此樵李、醉李、鸳湖、南湖，均指浙江嘉兴，以此为籍贯，而且创作与活动于同一时间、地区的烟水散人自然是一人。（2）这些烟水散人的作品，大都有幻庵居士的批语或者序文。如《珍珠舶》署"鸳湖烟水散人著，东里幻庵居士批评"，《春灯闹》署"樵李烟水散人戏述，东海幻庵居士批评"；《梦月楼情史》《春灯闹》卷首都有幻庵居士序；《女才子书》中有幻庵居士批语五则。从上述小说的题署、序文及其批语来看，幻庵居士和烟水散人关系相当密切，与幻庵居士密切合作的烟水散人，无论其前冠以"鸳湖"还是"樵李"，都只能是一人。（3）书中多有题名交叉的现象。如《赛花铃》封面题"南湖烟水散人校阅"，卷首题词则署"樵李烟水散人"，而题词后面有一方"烟水散人"的印。署名"鸳湖烟水散人著"的《女才子书》中，作者的《自叙》后部也有"烟水散人"的印。由此可见，南湖、樵李、鸳湖三者为一地，都是烟水散人加在别号前面表明籍贯的题署。②

古吴烟水散人与其他烟水散人的关系争议较大。部分学者认为古吴烟水散人与其他烟水散人并非一人，或尚无确据可证明他们为一人，代表学

---

① 烟水散人：《谢彩》，《女才子书》，春风文艺出版社，1983，第 138 页。
② 具体参见郭浩帆《烟水散人析议》（《明清小说研究》1997 年第 2 期）、杨昕《烟水散人考辨》（《沧州师范专科学校学报》2005 年第 3 期）。

者为林辰和郭浩帆。林辰在《烟水散人及其小说质疑》①中主要谈到两点：一是古吴烟水散人演辑的《后七国乐田演义》连序都不写，完全不像好发议论的鸳湖烟水散人的风格。二是古吴烟水散人只演辑了一部历史演义小说，而那些烟水散人却专门从事才子佳人小说的编述。除此两点外，郭浩帆在《烟水散人析议》中有两点补充：一是古吴指今苏州一带，将古吴烟水散人坐实为秀州人，推测成分居多；二是为《后七国乐田演义》校阅的"茂苑游方外客"是一个生人，而以前经常出现的如幻庵居士等在本书中没有片言只语，这对一个拥有稳定交际圈的作者来说是不合常理的。

学界普遍认可的观点还是古吴烟水散人与其他烟水散人属一人，且为嘉兴徐震。如石昌渝先生主编的《中国古代小说总目》、胡士莹先生的《话本小说概论》、孙楷第先生的《中国通俗小说书目》，戴不凡先生的《小说见闻录》等都持此观点。前述时贤虽据其敏锐洞察力做出判断，但都没有详细论述做判断的过程。杨昕在《烟水散人考辨》中指出，古吴烟水散人与其他烟水散人同为一人的 4 个原因：（1）烟水散人惯爱在题署和别号上玩弄把戏，而古吴烟水散人不过是他在题署时的故技重施。（2）烟水散人喜欢以吴人自居，不论是苏州还是嘉兴都属古吴地，因此喜欢在号前加属地籍的烟水散人自称"古吴烟水散人"是完全合理的。（3）"古吴烟水散人"这个号的出现是有商业背景的，《后七国乐田演义》是烟水散人将已存的明末《后七国乐田演义》十八回本整理为二十回，啸花轩将此与《前七国孙庞演义》合刻为《前后七国志》，题署"古吴烟水散人演辑"。在这里改号为"古吴烟水散人"有暗示读者《后七国乐田演义》与《前七国孙庞演义》的作者"吴门啸客"之间有联系。（4）书坊与烟水散人合作的关系可以证明古吴烟水散人与其他烟水散人应为一人。啸花轩不仅刊刻了古吴烟水散人的《后七国乐田演义》，而且还刊刻了檇李烟水散人的《灯月缘》，同一时期，同一个书坊与两个同地的烟水散人保持合作关系，可能性微乎其微。据此四点，古吴烟水散人与其他烟水散人只能是一人。除此外，笔者还想补充 4 点：（1）烟水散人

---

① 详见《明清小说论丛》第一辑，春风文艺出版社，1984。

无序的作品并非只有《后七国乐田演义》一部。《灯月缘》《鸳鸯配》等小说也无序，且《灯月缘》与《后七国乐田演义》均为啸花轩刊本，啸花轩是清初有名的以营利为目的的刊刻通俗小说的书坊，为降低成本，在刊刻过程中削落序评是很正常的。(2) 古吴烟水散人只编了一部历史演义小说，这个论断未必正确。一是我们所见小说并非烟水散人小说的全部。二是孙楷第《日本松泽老泉汇刻书目外集》中曾著录"烟水散人编次，李卓吾批《三国志传》二十卷二百四十则"，若此著录无误，则烟水散人仅编一部历史演义小说的论断不能成立。烟水散人本属依书坊编书谋生的文人，应书坊之约和因市场需要而编演义完全正常。(3)"茂苑游方外客"与"遁世老人"虽属新名字，但这两个人与烟水散人及其友人的关系并非无迹可寻。仅从名字上看，"游方外客""遁世老人"同"烟水散人""幻庵居士""月邻主人""风月盟主"等都有着相仿的意味，含有明显的不理世务、游于世外的隐逸色彩，趣味志向的相投，也是他们能聚在一起的原因。(4) 啸花轩刊本的《好述传》也是游方外客做的批评，游方外客可能是与啸花轩合作比较密切的文人。综上，笔者认为古吴烟水散人与其他烟水散人为一人的判断大致可成定论。

至此，檇李、古吴、南湖、鸳湖之烟水散人同为一人的问题已经解决，关于他们到底是谁，尚有争议。因《女才子书》评、序中明确提到作者是"徐子秋涛"，烟水散人为徐秋涛已成定论，但徐秋涛是否为徐震有不同看法。过去，学界认为徐秋涛即徐震主要根据是两处印：一是《赛花铃》题词后有"徐震"和"烟水散人"的两方印章。二是《女才子书》《自叙》中有"徐震"和"烟水散人"两方印。林辰先生则认为，烟水散人是徐秋涛，但未必是徐震。他提出依据有三：(1) 绣像的题赞和印鉴有伪托之嫌，徐震之印亦不足信。(2)《女才子书》作者署以别号，无须再露其真实姓名，既然署鸳湖烟水散人，就不可能又署徐震。(3)《赛花铃》卷首烟水散人题词中的"康熙壬寅岁"之"壬寅"当为康熙六十一年（1722）。因此可作推论如下：当《女才子书》于顺治十六年（1659）完稿之时，鸳湖烟水散人已是"二毛种种"，① 若作《赛花

---

① 烟水散人：《女才子叙》，《女才子书》，第1页。

铃》的檇李烟水散人与鸳湖烟水散人为一人，则康熙六十一年时，烟水散人已有一百多岁，不可能校阅《赛花铃》。由此可见檇李烟水散人与鸳湖烟水散人不可能是一人，更不可能是嘉兴徐震。

关于伪托题词的问题，《女才子书》中确有徐渭、冯梦龙、董其昌、汤显祖等人的印章，据年代分析，应属伪托。大概书坊主想托名人自重，以求更高的利润，但并不能说明杂于其中的徐震的印章也是伪托。首先，徐震乃无名小辈，其印章却杂于众多名士中，这恰可从反面证明徐震乃作者，他本人不甘埋没，才将自己的印章印在所作书上。其次，古代小说中既署别号又署真实姓名的不乏其例。万历卧松阁刊本《杨家府世代忠勇演义传》既署"秦淮墨客校阅，烟波钓叟参订"，又有"纪振伦"的钤印，秦淮墨客即纪振伦。最后，康熙壬寅年并非康熙六十一年，而是康熙元年（1662），理由如下：（1）明清文人于纪年时通常用年号加干支或数字两种方法表示，因康熙元年与康熙六十一年均为壬寅，为避免误会，康熙六十一年撰文署"康熙六十一年"或"康熙六十一年壬寅""康熙后壬寅"，而不直接署"康熙壬寅"。（2）此书通篇不避康熙讳，只能产生于避讳较松的康熙前期，不可能产生于避讳很严的康熙后期。（3）此书刻工为黄顺吉，黄顺吉刻丁耀亢《续金瓶梅》时最晚为康熙二年（1663）。以康熙二年，黄顺吉为20岁青年刻工计，则康熙六十一年，黄已为年迈80岁的老人。古代刻书需要很好的体力、目力，一位80岁的老翁不可能刻书，故"康熙壬寅"只可能是康熙元年。

现有新文献可确证徐震即徐秋涛。[①] 清代王晫、张潮校刊的刻于康熙三十四年（1695）前后的《檀几丛书》卷三十《美人谱》（即《女才子书》中首卷的节录）上原题"秀水徐震秋涛著"；清张潮、杨复吉辑，沈懋德重编的《昭代丛书别集》第六册收有《牡丹亭骰谱》，此书原题"秀水徐震秋涛录"，且书首有鸳湖烟水散人"识语"，云："往余曾辑《女才子书》，首列《小青》，只句单辞无不具载，枣梨二十余年矣。"综上所述，我们确切可知活跃在顺康年间的烟水散人为浙江嘉兴徐震，他共有5个题号，至少10部作品存世。

---

① 王青平：《关于徐震及其〈女才子书〉的史料》，《文学遗产》1985年第2期。

2. 烟水散人的故国情结

对烟水散人的生平问题，学界向有争议。孙楷第认为他是"清人"，戴不凡认为"徐震开始写小说确是在明末，但他是由明入清的"。① 郑西谛则根据醉花楼刊本《玉支矶小传》中有"在国初已生了一个刘伯温先生"之语，谓作者为明人；但书中又有"中了明成化间进士"的话，则作者似乎又为清人。胡士莹在《话本小说概论》"徐震"条中认为，"生于顺治、康熙间，到康熙末年还在世"。② 但他在此书"美人书"条中又说："书中'国朝'字屡见，并有'国朝历昌间'字样，知作于未鼎革之前，书中玄字多不缺笔，则刊刻当于清初矣。"③ 著于明、刻于清，则该书之作者徐震自然是由明入清之人，这岂不与胡先生先前认为的徐震大约生于顺康间的话矛盾吗？为何一人的生存年代问题如此复杂，引起如许争议？细读之后发现，其中之关键为学界对书中几个重要的干支纪年有异议。

一是《女才子书》"自记"中"岁在戊戌"④ 的"戊戌"；二是《女才子书》卷首钟斐序中"及己亥春"的"己亥"；三是《赛花铃》卷前徐震题词中的"康熙壬寅"。这三者中最关键的是"康熙壬寅"。若"康熙壬寅"为康熙六十一年，那么"戊戌""己亥"分别为康熙五十七年（1718）、康熙五十八年（1719），徐震只能是清人。若"康熙壬寅"为康熙元年，则"戊戌""己亥"则为顺治十五年（1658）、顺治十六年（1659）。联系到《女才子书》成书于己亥年，且此时作者已是"二毛种种"，⑤ 那么作者应是由明入清之人。关于康熙壬寅乃康熙元年的问题，上文已有详论，毋庸赘言，由此可得出结论，即烟水散人乃由明入清之人。

但《玉支矶小传》中既有"在国初已生了一个刘伯温先生"这种明显的明朝人口气的话语，为何书中同时又出现了"中了明成化间进士"

---

① 戴不凡：《小说见闻录》，第 233 页。
② 胡士莹：《话本小说概论》，中华书局，1980，第 622 页。
③ 胡士莹：《话本小说概论》，第 641 页。
④ 烟水散人：《宋琬》，《女才子书》，第 168 页。
⑤ 烟水散人：《女才子叙》，《女才子书》，第 1 页。

之类的清人的话？胡士莹先生在《话本小说概论》"美人书"条中说："书中'国朝'字屡见，并有'国朝历昌间'字样，知作于未鼎革之前，书中玄字多不缺笔，则刊刻当于清初矣。"但是据《女才子书》分析，其书应作于顺治十六年，并非作于鼎革前，且现存《女才子书》版本中并无"国朝""国朝历昌间"等字样，反而见到"明朝"与"明朝历昌间"之类的字句。如果说胡先生所见版本是初刻本或较早刻本，那么后来的坊刻本均将其削落又意味着什么呢？一本作于顺治十六年的书，为何书中会出现称明朝为"国朝"的字样呢？对这些悬疑，学术界至今尚无令人信服的答复。笔者认为，这恰恰传递了一个十分重要却长期被忽视的信息，那就是徐震不单是由明入清之人，而是忠于明朝、不仕清朝且有着深厚故国情结的人。因不承认清朝的统治，故书中屡见"国朝""国朝历昌间"字样，这在出版印刷史上是有先例的。如元初张存惠刻《本草》时金亡已15年，仍用金泰和纪年；明初刘氏日新堂刻《春秋金钥匙》时已是洪武六年（1373），但他仍奉元为正朔。① 后来的书坊主认识到它的危险性，为避文字狱，才将其削去，故今所见刻板均无此字样。带着这个问题去看烟水散人的小说，其追思亡明的故国情结大有踪迹可循。

先看烟水散人的科举问题。历来研究者多将徐震定位在一个屡试不第的落魄文人身上。这本是历史上尤其是小说作家十分常见的身份，看似无深究的必要。但就徐震而言，其最终放弃科举，并不是制度腐败、自身无法考取科举所致，乃因改朝换代不得不放弃科举，正如他所慨叹的"天之窘我，坎壈何极"，窘其在天，非人力所可为。徐震一生经历过"五夜藜窗，十年芸帙"十分严格的封建教育；也曾有中举的强烈愿望，"回念当时"亦有"激昂青云"，怀着"迈往之志"；而且确有"中举"的才能，"笔尖花足与长安花争丽，紫骝蹀躞，可以一朝看遍"，但最终结果是"岂今二毛种种，犹局促作辕下驹"②。若仅是科举腐败、才人被困的悲剧重演，那么作者对科举弊端必然充满怨愤，如明代的凌濛初或清代的蒲松龄一样，会发议论或借作品中人物对科举的黑暗面进行揭露或讽刺，

---

① 《张秀民印刷史论文集》，机械工业出版社，1988，第164页。
② 以上引文均见烟水散人《女才子叙》，《女才子书》，第1～3页。

以发泄心中的不满，但烟水散人对科举的态度并非如此。综观他的小说，他对科举充满了温情和美好的向往。他笔下的主人公，如《合浦珠》里的钱九畹、《赛花铃》中的红文畹等立志科举的士人，最终都获得了功名，并没有提及科举制度的不公；而且值得注意的是，烟水散人笔下的主人公中举后并没有为朝廷建功的打算，而是选择隐退不为国家出力。如《灯月缘》中的真连城"有出世之想"；《合浦珠》里的钱九畹则自"大行皇帝缢死煤山"后就"隐在乡中"；《赛花铃》中的沈西苓"白云念切"，而红文畹则"徙居村僻，匿隐姓名，只称宝玄居士"。他们读书似乎只为实现及第的理想，一旦理想实现就会选择隐退，这恰恰说明作者没有出仕新朝的愿望。联想到徐震在顺治十六年，方为"二毛种种"，也就约五十岁的年纪，那么十六年前明朝最后一场科举时，徐震仅三四十岁，尚属壮年。一个有意功名，且自负有才的人于此时突然放弃科举，转而成为"烟水散人"，其原因只能是处身环境天翻地覆的突变，那就是改朝换代。这场变故使他不得不放弃理想，发出"天之窘我，坎壈何极"的慨叹！

徐震还有强烈地通过作品存史的欲望，存史正是故国情结的重要组成部分。明亡后，不少明遗民以志在存史作为自己后死之因，一部分明遗民自己著述历史，如查继佐《罪惟录》、王夫之《永历实录》、李清《南渡录》、黄宗羲《弘光实录钞》、屈大均《皇明四朝成仁录》等。黄宗羲在其《弘光实录钞·自序》中讲道："国史既亡，则野史即国史也。"① 还说："尝读姚牧庵、元明善集，宋、元之兴废，有史书所未详者，于此可考见。然牧庵、明善皆在廊庙，所载多战功；余草野穷民，不得名公巨卿之事以述之，所载多亡国之大夫：地位不同耳，其有裨于史氏之缺文一也。"② 黄宗羲对遗民存史的论述与烟水散人志在存史的议论，十分相似。烟水散人在《珍珠舶序》中讲道："乃论者犹谓俚谈琐语，文不雅驯；凿空架奇，事无确据。呜呼！则亦未知斯编实有针世砭俗之意矣……殊不知天下有正史，亦必有野史。正史者，纪千古政治之得失，野史者，述一时

---

① 黄宗羲：《弘光实录钞·自序》，《黄宗羲全集》第二册，第 1 页。
② 黄宗羲：《南雷诗文集》（下），《黄宗羲全集》第十一册，第 85 页。

民风之盛衰。譬之于《诗》，正史为《雅》、《颂》，而野史则《国风》也。"① 以徐震身份地位，较黄宗羲、顾炎武、屈大均远不逮，他自觉地称自己所作小说为野史。在小说中通过对故事背景的描述和人物形象的塑造，"述一时民风之盛衰"，使明末清初的历史更加鲜活。

烟水散人的作品所记之事大多为历史事实，正如作者在《女才子书·自叙》中强调："然则是编者，用续绿窗之史，而不作寻常女传观也。"《女才子书·自叙》末尾有"烟水散人漫题于泖上蜃阁"，卷十后面亦有其自述的"予读书泖上时"，这些都证明徐震曾在泖上读书、生活。徐震的好友月邻主人在《女才子书·张畹香》后有评语："予家泖上，被焚掠殆尽。每夜栖踪露草，莫展一筹。"② 可见《赛花铃》中对泖湖水寇作乱的描述，为实有之事。除形象描述外，书中还屡以点明具体的时间、地点、人物等形式提醒读者，所述之人、事乃历史实有。如《女才子书·张小莲》中有"万历丙辰岁，吴江有张丽贞者"，"自丽贞后十余年，而复有金陵张小莲"，"至五年后，遂有鼎革之变"，其事迹历历如见。

烟水散人视小说为野史，在其中总结明亡原因，批判明末政治。他在假托背景为南宋的《鸳鸯配》中无所顾忌地表达自己的观点，批判君主昏庸与权奸误国，痛惜锦绣中华的丧失，流露了怀恋故国的深沉情绪。"宋高宗南渡偏安，一连把十二金牌，召回武穆，遂致二帝殂于沙漠，那锦绣中原，不能恢复。及传到理宗开庆年间，金国虽衰，元世祖忽必烈方起兵南下，那时在朝专政，又有一个赛秦桧的奸相，叫贾似道。真是权侔人主，势压王侯，在朝文武官员，哪一个不趋迎谄媚，甘为鹰犬。"③《合浦珠》更是以真实的细节再现了明末党派斗争的血腥与残酷。"子文道：'阁老犹同，若近日周老师蓼洲被逮，更觉骇闻。'希云见二子谈起朝政，遂以巨觥罚酒"。④ 文社之中，士子不敢议朝政，怕遭祸端，表现了当时

---

① 烟水散人：《珍珠舶序》，《珍珠舶》第一卷，《古本小说集成》第一辑，第2页。
② 烟水散人：《张畹香》，《女才子书》，《古本小说集成》第一辑，第189页。
③ 烟水散人：《鸳鸯配》，《古本小说集成》第四辑，"第一回 开贤馆二俊下帷"，第2页。
④ 烟水散人：《合浦珠》，刘世德等主编（以下省略）《古本小说丛刊》第十六辑，"第三回 访青楼誓缔鸳鸯"，中华书局，1991，第1086页。

朝政之黑暗与残酷，这些都是明末党争的缩影。

除探讨明亡之因外，他还通过作品表明去就态度。如《鸳鸯配》十二回中写道，在襄阳已破，大宋命运危在旦夕时，荀生道："弟虽酷慕和靖之风，然既食君禄，怎能忍然便去，设或事势必危，当采西山之薇耳。"崔公得知此信后首肯道："老夫世受国恩，当此患难之际，怎敢贪恋性命，做那忘君背国之人。且再匡扶幼主，以待文相国出征消息。"①荀生与崔公都是作者认可的正面人物，作者通过他们的对话表达了受国恩者宁愿采薇隐居也不出仕新朝的态度，而这与烟水散人的所为是正好相符的。

烟水散人还在小说中反思历史教训，隐讳曲折地表现他对历史事件的看法。《女才子书·凡例》中写道："先生以雕虫余技而谱是书，特以寄其牢骚抑郁之概耳。"② 这表明徐震写作是有所寄托的。他以品评书中人物的形式对历史发表议论。如《女才子书·郝湘娥》记郝湘娥生平受窦鸿恩宠，窦鸿后来因不肯将湘娥送给崔平仲，遭崔构陷入狱而死，湘娥亦自缢身随一事。作者在文后"自记"中评论道："或谓余曰：'鸿有姬妾数十，而死节仅一湘娥。若郢雪诸姬，真可痛恨！'余笑曰：'独不思珍珠十斛，亦曾赐及郢雪、李翠否？众人国士之报，不何独闺阃不然，甚而更有生蒙恩宠，死等路人，负心忘义之辈，虽在衣冠中，比比皆是，岂能责备于妇人耶！'"③ 此处明显有议论国政的意思。作者由湘娥一人死节而众姬逍遥联想到甲申国变后，死节大臣寥寥无几，而卖主取荣的贰臣比比皆是。以妇人守节作比士人忠国，这也是遗民世界中十分常见的比喻形式。不仅如此，作者还探讨了这种现象产生的原因，即朝廷对士人刻薄，施恩不厚，导致国士不愿以身报国。

此外，徐震在作品中还表现了对明朝复辟的向往与期盼。《春灯闹》中众人问弘光帝仪态如何。"崔子服道：'雄资伟质，真天人也！'丰儒秀主意遂决，即聚文武大臣商议，择日整銮舆迎接福王到京，立为皇帝，改

---

① 烟水散人：《鸳鸯配》，《古本小说集成》第四辑，"第十二回 上奏疏下诏褒封"，第168～169页。
② 烟水散人：《女才子书·凡例》，《古本小说集成》第一辑，第2页。
③ 烟水散人：《郝湘娥》，《女才子书》，《古本小说集成》第一辑，第310～311页。

年弘光"。① 《合浦珠》中有一类似虬髯客的人物申屠丈，他与其道兄梅
山都有预知未来的能力。申屠丈曾寄书钱生云："天造逢剥，潢池之乱难
弭，而煤山之祸已兆……今有真主已出，太平在迩，予亦自兹栖踪海岛，
非敢效田横自王，聊逞虬髯之故智耳，明年秋杪，吾事方成。"② 此语中
提及田横，且讲明效虬髯客，说明作者有海外之盼，联系到明亡之后海上
郑成功等人反清复明活动日炽，其虬髯之盼的意图愈加明显。如说上文还
只是通过人物形象隐约透露作者有恢复故国的期盼，那么有可能为烟水散
人化名的遁世老人在《后七国乐田演义序》中就说得较为明确。该序说，
写此书为的是"以明古今英雄未尝不及，特赖明眼识之，真心用之，以
成大功"。③ 其成大功之意则是如乐田一样可灭潢池之乱（农民起义），
可使国君免受异国侵略之辱，这几可视为对恢复故国、平定中原的英雄的
呼唤。

　　除深具存史之意外，夷夏之辨甚严也是烟水散人作品的重要特点。明
清易代不仅仅是王朝的更替，还是汉族为异族所征服。严夏夷之辨是遗民
世界的重要特征，烟水散人的思想便表现了这一点。如《鸳鸯配》中的
故事便发生在南宋理宗时期，因元代宋也是异族推翻汉族的统治，所以以
宋比明是明遗民的普遍象喻。陈忱就曾自名为"古宋遗民"。《鸳鸯配》
中直称"南宋"为"南朝"，如"莫怪北边侵犯，南朝自无人物"，④ 多
次称南宋为"小朝廷"，这种称呼是过去极少有的。"南朝""小朝廷"，实
代指南明政权，元兵实代指清兵。作者在书中描写了明末清初清兵入侵、
边疆危急、奸臣当道的事实，并将金朝直称为"金虏"，可见具有强烈的遗
民意识。⑤

---

① 烟水散人：《春灯闹》，《古本小说集成》第一辑，"第七回 戴娇风月下偷郎"，第138
页。
② 烟水散人：《合浦珠》，《古本小说丛刊》第十六辑，"第十六回 春明门挂冠归隐"，第
1533页。
③ 遁世老人：《后七国乐田演义序》，《后七国乐田演义》，《古本小说集成》第二辑，第4
页。
④ 烟水散人：《鸳鸯配》，《古本小说集成》第四辑，"第六回 凤娘妓馆赠金钗"，第85、
91页。此观点亦见文革红《天花藏主人非嘉兴徐震考》，《明清小说研究》2005年第1
期。
⑤ 烟水散人：《鸳鸯配》，《古本小说集成》第四辑，"第一回 开贤馆二俊下帷"，第5页。

综上所述，通过对烟水散人放弃科举之因及其著作的版本和所体现的强烈的存史意识、夷夏之辨的考察，我们可以得出结论，烟水散人是一位忠于故明、不仕新朝、有着深厚的故国情结的由明入清之人。

3. 烟水散人生活经历及创作过程勾勒

梳理烟水散人生平，不可忽视的一部重要作品是《合浦珠》。有证据表明《合浦珠》应是烟水散人存世作品中最早的一部。(1)《合浦珠》早于《赛花铃》。《赛花铃》第一回就引述《合浦珠》的内容作为正文的开头，且字句颇有相似之处。如《合浦珠》中钱九畹问申屠丈的姓名、住址时，申屠道："我浪迹萍踪，何有定处。虽复姓申屠，其实并无名号，江湖上相知者，但呼为申屠丈耳。"① 《赛花铃》第一回引述此事："那人道：'俺隐姓埋名已久，江湖上相识，但呼俺为申屠丈。'"② 可见作者写《赛花铃》时，《合浦珠》已问世。(2) 因《赛花铃·题辞》中提到"予自传《美人书》以后，誓不再拈一字"，③ 即《赛花铃》是自《女才子书》后第一部作品，因《合浦珠》又早于《赛花铃》，则《合浦珠》当早于《女才子书》。(3) 现存顺治年间的刻本《合浦珠》卷首有桃花坞钓叟的题词："烟水散人半生不遇，落魄穷途，今是编一出，吾知斯世必有刮目相看，当无按剑而眄者。"④ 从此句语气可知，桃花坞钓叟当是烟水散人好友；而"是编一出"一句则暗示此乃烟水散人第一部力作。

《合浦珠》是一部具预言性质的小说，它以两异士申屠丈和梅山对天下大事屡作预言，且每每皆中的形式展开对历史事件的叙述。书中的钱九畹很值得注意，笔者认为他是烟水散人的自寓。(1) 钱九畹的生平经历和烟水散人很相似。《合浦珠》第一回对钱九畹的描述是："兰亦天资颖敏，至十岁便能属文，通离骚兼秦汉诸史。及年十七，即以案首入泮。虽先达名流见其诗文，莫不啧啧赞赏，翕然推伏。兰亦自负，谓一第易于指掌。"⑤

① 烟水散人：《合浦珠》，《古本小说丛刊》第十六辑，"第一回 梅花楼酒钱赠侠客"，第1027页。
② 烟水散人：《赛花铃》，《古本小说集成》第一辑，"第一回 护花神阳台窃雨"，第4~5页。
③ 烟水散人：《赛花铃·题辞》，《古本小说集成》第一辑，第6页。
④ 桃花坞钓叟：《合浦珠·题辞》，《古本小说丛刊》第十六辑，第995页。
⑤ 烟水散人：《合浦珠》，《古本小说丛刊》第十六辑，"第一回 梅花楼酒钱赠侠客"，第1018页。

这可与烟水散人的"十年云帙，谓笔尖花足与长安花争丽，紫骝蹀躞，可以一朝看遍"相参看。（2）钱九畹的一生正是烟水散人所追求的。"夫以一介书生，为名进士，官居三品，享福至此，所谓骚坛领袖，风月主管"。① 这也是烟水散人的理想："予乃得为风月主人，烟花总管"。（3）钱生在国变之后选择隐退林下，这和烟水散人是完全相同的。（4）钱九畹是烟水散人书中很少见的年龄交代得十分清楚的人物，而且他的出生时间和烟水散人在作品中透露的自己年龄惊人一致。

　　该书第十六回中，钱九畹接到申屠丈的诗后说，"乃详味书中意思，是言天下大乱，不如归隐。那一年，钱生正三十六岁"，"至明年，甲申三月，果有彰义门之变，大行皇帝缢死煤山。故信申屠丈与梅山之语为不妄矣"。② 据此，则钱生在 1643 年是 36 岁，那么他当出生于万历三十五年即 1607 年前后。用这个出生年份和烟水散人在书中显露的年龄相对照，就会发现二者非常相符。烟水散人作《女才子书》时为顺治十六年（1659），此时钱生应约为 53 岁，和作者在自序中的自我描绘"二毛种种""鬓丝难染"正好相符。《珍珠舶》卷五第二回"贾琼芳燕钗联凤偶"中开篇有首《天仙子》（右调），该词曰："百岁光阴过得易，何必劳劳为久计，关了门焚了香，做首诗，吃个醉，莫问阶前花落未。屈指五旬年又二，渐觉世情无趣味。白发休将青镜看，忍些亏，耐着气，既不沽名还撇利。"③ 这首词与正文内容毫不相干，应是作者有感而发的慨叹。它明确提到作者创作《珍珠舶》时为 52 岁，而《赛花铃·题辞》中已经说"予自传《美人书》以后，誓不再拈一字"，那么《珍珠舶》应作于创作《女才子书》的顺治十六年以前。因 52 岁也已是"二毛种种""鬓丝难染"的年龄，又可断定该书应作于作者以此描绘自己年龄的顺治十六年以前不久，即顺治十四十五年前后。若作于顺治十五年（1658），则钱生的年龄是 52 岁（虚岁），正好与作者在该书中表明的自己的年龄相

---

① 烟水散人：《合浦珠》，《古本小说丛刊》第十六辑，"第十六回 春明门挂冠归隐"，第 1527～1528 页。

② 烟水散人：《合浦珠》，《古本小说丛刊》第十六辑，"第十六回 春明门挂冠归隐"，第 1534 页。

③ 烟水散人：《珍珠舶》第五卷，《古本小说集成》第一辑，"第二回 贾琼芳燕钗联凤偶"，第 361 页。

符。且《珍珠舶》前有作者在虎丘精舍的题词，这又与烟水散人在《女才子书·郝湘娥》中提到"至丙申岁（顺治十三年，1656），余于金阊旅次"即曾游虎丘的经历相对应。又因《珍珠舶》的成书时间紧挨着《女才子书》，中间不可能作《合浦珠》，而《合浦珠》创作又早于《女才子书》，这又恰恰反证《合浦珠》早于《珍珠舶》，是烟水散人存书中最早的一部。诸多的巧合只能说明一点，钱九畹是烟水散人书中具有自传色彩的人物，钱九畹的生年极可能与烟水散人的生年相当，即万历三十五年（1607）前后。

对以上基本事实进行理清以后，我们再来看烟水散人的生平和创作经历。烟水散人即徐震，字秋涛，约生于万历三十五年（1607），他早年家境富裕，在泖上读书，自幼喜爱才子佳人故事即"予自早年，嗜观情史"，① 曾"十年云帔"，受过严格的封建教育，且自负有才，以中举为人生目的。但这种生活很快被水寇和农民起义打乱，徐震不得不"数载以来萍踪流徙"，以致"裘敝黑貂，徒存季子之名，梦虚锦凤，遐辞太乙之藜，而曩时一种风流逸宕之思消磨尽"。② 他曾住过泖上、苕上、虎丘、金阊、钱塘等几处地方，但大致不出松江、湖州、苏州、杭州这些地方。正如他所说："生于吴，长于吴，足迹不越于吴。"③ 飘荡的生活丰富了他的阅历，战乱给他留下深刻的感触与印象，这些都成为他日后创作小说最丰厚的素材。但萍踪浪迹的生活不利于他中举愿望的实现。崇祯十六年（1643），明朝最后一次开科取士，他仍未取得功名，此时他正 37 岁（虚岁）。在中国古代，37 岁仍属于功名不可限量的青壮年，冯梦龙 57 岁方出贡，凌濛初也是 55 岁以优贡授上海县丞。但此后的明清易代，使他所有理想都化作春风一梦。易代后，他没有参加新朝的科举考试，只是借《合浦珠》中的钱生来寄托未了的梦想。他甚至连理直气壮地埋怨科举制度的机会都没有，唯有喟然长叹"天之窘我，坎壈何极"。

明亡后，新朝为笼络人心，顺治二年（1645）就开科取士，徐震却怀故国之恩，如钱九畹一样选择和友人一起林下隐居。熟悉他的朋友拿着

---

① 烟水散人：《合浦珠序》，《合浦珠》，《古本小说丛刊》第十六辑，第 1001 页。
② 烟水散人：《合浦珠序》，《合浦珠》，《古本小说丛刊》第十六辑，第 1002～1003 页。
③ 烟水散人：《郝湘娥》，《女才子书》，《古本小说集成》第一辑，第 273 页。

袁于令作的戏文《合浦珠》请他作小说，他以文笔枯槁为由力辞，但"友人固请不已，予乃草创成帙"。① 此书大概是徐震易代后的第一部作品，他态度十分认真，书中以预言形式叙述历史发展进程，不仅有自寓色彩的钱九畹，还有虬髯客式的人物申屠丈，颇具野史色彩。他取号"烟水散人"，表明自己不与新朝合作的政治态度。其后，徐震走上了创作野史的道路，以存史为己任。他先以南宋、元影射明、清，写了《鸳鸯配》，总结明亡教训，批判帝昏臣奸的明末社会，抒发自己怀恋故国的黍离之悲。

顺治十三年（1656），徐震在金阊即苏州旅居并多次游览虎丘，"搜罗闾巷异闻"，将"一切可惊可愕可欣可怖之事，罔不曲描细叙，点缀成帙"，② 顺治十五年写成《珍珠舶》，并在虎丘精舍题词。这时，他久已思索欲作女史的《女才子书》也大体上构思完毕。顺治十三年"有燕客为余言保定郝湘娥事甚悉"，"及余为美人书，欲足十二媛之数，而缺其一，始慨然而叹曰：''若郝湘娥者，不可谓之美人乎哉？''③ 此时他胸中女子已有 12 人。到顺治十六年即己亥春，徐震请钟斐作序，书全部完成。

徐震从一科举士子变成为时人不屑的小说作家，是经过一番痛苦思索和挣扎的，他在《女才子书·自叙》中就写了自己的心路历程。入清以后，徐震忠于故明，不想在新朝科举入仕，但是作为读书人，学而优则仕似乎是生存的自然选择，不出仕他就面临着生存的困境，难以养家糊口，遭到家人的埋怨，"予一自外入，室人交遍谪我"。且随着清朝开科取士和统治稳定，不少最初坚决作遗民的人就像《豆棚闲话》之"首阳山叔齐变节"中描绘的那样，纷纷参加新朝科举。徐震越发觉得知音难觅，再加上生活困难故而叹曰："弦冷高山，子期未遇，敝裘踽踽，抗尘容于阛阓之中，遂为吴侬面目。其知我者，唯松顶之清风，山间之明月耳。"在这个时候，他认识到自己的处境，"若仍晤对圣贤，

---

① 烟水散人：《合浦珠序》，《合浦珠》，《古本小说丛刊》第十六辑，第 1003～1005 页。
② 烟水散人：《珍珠舶序》，《珍珠舶》第一卷，《古本小说集成》第一辑，第 2 页。
③ 烟水散人：《郝湘娥》，《女才子书》，《古本小说集成》第一辑，第 274 页。此版为庆云楼版，光绪十年刻本。

朝呻夕讽，则已壮心灰冷，谋食方艰"。于是开始创作小说，一则可以谋生，二者可以寄寓情感，实现自己在现实中无法实现的愿望："予乃得为风月主人，烟花总管，检点金钗，品题罗袖。虽无异乎游仙之虚梦，跻显之浮思而已。泼墨成涛，挥毫落锦，飘飘然若置身于凌云台榭，亦可以变啼为笑，破恨成欢矣。"① 就这样徐震在创作小说中找到了生活的依托和人生乐趣。

顺治十六年，《女才子书》成书后，由于不可确知的原因，② 徐震发誓不再拈一字。③ 但他毕竟已有多本书问世，成为在小说圈子里颇有名气的作者。康熙元年，"书林氏以《赛花铃》属予点阅"，徐震此时复国的"梦中之花已去"，喜爱才子佳人的"嗜痂之癖犹存"，④ 他再次提笔对《赛花铃》进行了校补删订，近乎是再创作。这是徐震创作生涯的一个转折点。在顺治十六年以前，徐震虽为生活所迫创作小说，但因理想尚未完全破灭，复国的可能还在，那时他的创作或意在存史，或抒发感慨，态度比较严肃，尚未完全失却一个士子本色。随着清朝统治日益巩固，复国希望愈趋渺茫，再次出山后的徐震开始丧失最初的气节，其创作之作品彻底商业化。他先是根据市场需要，编了《后七国乐田演义》，并将自己的名字改为古吴烟水散人，以暗示和《前七国孙庞演义》的作者吴门啸客的关系，后来又受白云道人之邀，创作艳情小说《桃花影》牟利。他在《桃花影跋》中写道："今岁仲夏，友人以魏、卞事债（倩）予作传，予亦在贫苦无聊之极，遂坐洣水钓矶，雨窗十日而草创编就。"《桃花影跋》末又云："此非予之忆（臆）说，予盖闻之白云坞老人云。"⑤ 《桃花影》所述之事涉淫亵，属纯粹的商业化作品，已完全不同于徐震早期的小说。

创作《桃花影》之后，因"《桃花影》一编，久已脍炙人口"，⑥ 书

---

① 以上所引均见烟水散人《女才子书·自叙》，《女才子书》，《古本小说集成》第一辑，第 1~6 页。
② 顺治十六年（1659），郑成功第三次北伐失败，清朝平定云南，永历帝逃亡缅甸，明复国愿望幻灭。也许徐震发誓不再写作与此相关的作品。
③ 烟水散人：《赛花铃·题辞》，《古本小说集成》第一辑，第 5 页。
④ 烟水散人：《赛花铃·题辞》，《古本小说集成》第一辑，第 6 页。
⑤ 陈庆浩："桃花影十二回"条，石昌渝主编《中国古代小说总目（白话卷）》，第 377 页。
⑥ 李梦生：《灯月缘·前言》，《古本小说集成》第二辑，第 1 页。

林氏再次请徐震复作《桃花影》二编。这就是《春灯闹》，后来又改名为《灯月缘》梓行。除《桃花影》一、二编外，徐震还与书坊合作作《梦月楼情史》，此书"虽以普济禅师宣偈，作全书之结，俾收善书之果，然真为淫秽之作，终不能掩"①。因此书未见存世，笔者没能见到，只能大致推断它的成书时间应与《桃花影》一、二编相去不远，也在康熙年间。随着这批艳情小说的刊行，烟水散人也彻底沦为为牟利而不惜丧失气节的庸俗的书坊写手。

据现存《牡丹亭骹谱》的鸳湖烟水散人的"识语"："往余曾辑《女才子书》，首列《小青》，只句单辞无不俱载，枣梨二十余年矣"②，可知徐震在创作《女才子书》20 余年后还在世，且能写"识语"，此时最早也是康熙二十年（1681），那么徐震至少活了 74 岁，是一个长寿的作家。

徐震一生，可视为明末清初有着故国情结的文人的缩影。他们因忠明而放弃新朝的荣华富贵，经历了从上层仕宦到受压迫和奴役的人生变故，日复一日地忍受国破家亡苦痛的煎熬。为逃避现实和麻痹自己，不少人纵情于山水之间甚至沉湎于声色情欲的自我世界中，这从一个方面刺激了通俗小说的消费，造成了清初通俗小说乃至淫秽小说畅销的局面。巨大的消费市场必然会引起书坊的关注，在谋生的需求、利益的诱惑和书坊主的请求下势必产生一批以此谋生的职业文人，这种交互作用令人心酸地促成了清初小说的繁荣。

---

① 施雨田："梦月楼情史十六回"条，石昌渝主编《中国古代小说总目（白话卷）》，第230 页。
② 徐震：《牡丹亭骹谱》，世揩堂藏本，第 1 页。

第三章

清初主要小说流派中蕴含的士人心态

　　除具体的单部小说作品外，清初小说流派也呈现鲜明的时代特征，具体表现为公案小说的消亡、才子佳人小说的崛起和时事小说的繁荣。

　　公案小说是一个比较混乱的概念。对公案小说的界定，学界通用一种方法是以题材来界定，凡是涉及民事、刑事纠纷题材的小说都看作公案小说。按照这种界定法，公案小说从时间跨度上可从先秦到清末，从体裁上则囊括文言、白话等各种文体。如黄岩柏《中国公案小说史》①、孟梨野《中国公案小说艺术发展史》② 等著作就把凡涉及民事、刑事的散文叙事作品、文言传奇、白话长短篇，甚至杂史、杂传以及笔记作品都纳入论述的范围。这种界定方式是以小说题材为依据，而小说流派划分的依据应是小说类型而非小说题材。如鲁迅先生在分类神魔小说、讲史小说时，不只是依据题材，还包括了主题、文体、时代等因素。美国学者韦勒克·沃伦在《文学理论》中专门论述文学的类型："我们以为文学类型应视为一种对文学作品的分类编组，在理论上，这种编组是建立在两个根据之上的：一个是外在形式（如特殊的格律或结构等），一个是内在形式（如态度、情调、目的）。"③ 以此为据，则公案小说作为一个流派实发轫于晚明万历年间的《包龙图判百家公案》（简称《百家公案》），今存最早刊刻本为万历二十二年（1594）与耕堂本。④ 公案小说自产生后就喧闹一时，从明

---

　　① 黄岩柏：《中国公案小说史》，辽宁人民出版社，1991。
　　② 孟梨野：《中国公案小说艺术发展史》，警官教育出版社，1996。
　　③ 〔美〕韦勒克·沃伦：《文学理论》，刘象愚等译，三联书店，1984，第 263 页。
　　④ 参考石昌渝《明代公案小说：类型与源流》，《文学遗产》2006 年第 3 期。

代万历年间到崇祯年间有《百家公案》《廉明公案》《诸司公案》《新民公案》《海刚峰先生居官公案传》《详刑公案》《法林灼见》《明镜公案》《详情公案》《神明公案》《龙图公案》等十几部小说相继而出，多次再版。出书频率非常快，所以故事杂凑、编写粗糙、抄袭严重，但从坊主参与刊刻的积极性可以看出此类书在明末很受欢迎。

公案小说在晚明畅销的最重要的原因是社会政治的日趋腐败、黑暗。历来治史者都将万历年间看作明代走向没落衰亡的开始，有学者认为"1582 年 7 月 9 日张居正之死结束了一个时代"。① 自此后，宫廷紊乱，党争激烈，政治走向一片混乱。宫廷内部发生了"梃击""红丸""妖书"著名的三大案，而朝野上则纠察与言官纠纷迭起。② 社会的日益腐败使各种诉讼纠纷增多，诉讼程序是怎样的，以及如何写状词和诉词是这一时期民众急切想了解的，晚明的公案小说就承担了这一功能，具有明显的诉讼实用性。大多数公案小说注意采用"以罪统刑"的书写方式，并在叙事中着意引述原告状词、被告诉词和官府判词，这多多少少为百姓提供了实用范文，满足了他们的实际需求。同时社会的腐败加剧了百姓对清官、能吏的渴望，他们承认现存政权，但希望能有贤明官吏为己申冤。公案小说的重点恰恰是赞赏断案官员的精察干练，并不惜损伤事实，将许多精彩折狱故事集中到一个官员身上，塑造神话般的清官形象，炮制出了郭青螺、海瑞、包公这样的清官代言人。③

清初是小说的繁荣期，此时曾经占市场很大份额、风靡一时的公案小说，却骤然销声匿迹，不仅没有新的作品出版，而且旧的作品也不再出版，这不能不说是一个引人注目的值得研究的现象。笔者认为公案小说的消亡是因为改朝换代使它失去了存在的土壤。公案小说描绘的事件都是发生在当时的司法体制之下，而它们塑造的清官、能吏也是它们所承认的政权系统中的治世官员。无论社会是多么腐败，作者和读者是如何不满，他

① 〔美〕牟复礼、〔英〕崔德瑞编《剑桥中国明代史》，张书生等译，中国社会科学出版社，1992，第 57 页。
② 具体内容详见谢国桢《明清之际党社运动考》，上海书店出版社，2004。
③ 除政治腐败外，王阳明心学盛行也造成儒学下移和日用类书的兴起，这都是此时公案小说繁盛的重要背景。详见石昌渝《明代公案小说：类型与源流》，《文学遗产》2006 年第 3 期。

们都没有任何推翻政府的愿望，只是想尽可能多地掌握法律知识保护自己，或者呼唤更多更好的治世官员拯民于水火。这是对政府的一种认可的态度，尽管有不满存在。但清初就不同了，在清初我们能看到拒不合作以致奋起反抗的遗民小说，能看到沉醉风花雪月、逃避现实的才子佳人小说，能看到不断自我开解的世情小说，能看到冷静反思的时事小说，但是呼唤清官的公案小说已失去了存在的土壤。民众在内心深处对异族政权是不认同的，他们不想掌握这个政权的法律知识，不愿接受这个政府体制的统治，无论其官吏是否贤良。再者，改朝换代后，不少规定有了新的变化，过去公案小说所具有的对日常诉讼的指导价值已经消失了。因此，多种因素叠加下的清初已经没有了公案小说的市场，相应的，也不会有新的公案小说创作，在无利可图的情况下，书坊也不会再版旧的公案小说。于是公案小说就在其他小说都很繁荣的清初销声匿迹了。一直到嘉庆年间，清朝定鼎150多年后，社会稳定，人心认同了新的政权，政府也从当初的励精图治逐步走向腐败，公案小说这才以新的面貌重新登上历史舞台，如《施公案》《彭公案》《三侠五义》等相继面世，接应明代，形成一个影响很大的小说流派。

才子佳人小说流派的崛起是清初小说的一个十分重要的现象。在山河失色、国鼎两易的清初，一批文人不管不顾国家危难，躲在梦中的江南的乌托邦里，创作出大量风花雪月、谈情说爱的才子佳人小说，这种行为颇为后人诟病。才子佳人小说的情节模式化、背景雷同，却很畅销，受时人的欢迎。这种现象不得不引起关注。不少人都竞相批判才子佳人小说的避谈故国、脱离现实，但经仔细研究就会发现，在战事频仍、改朝换代之际，大都会出现一系列这样的小说，如宋金之际孟元老的《东京梦华录》，宋元之际周密的《武林旧事》，明清之际张岱的《西湖梦寻》与余怀的《板桥杂记》，以及清末民初的鸳鸯蝴蝶派小说。深入思索后就会明白，才子佳人小说的避谈故国，恰恰是心怀故国；脱离现实，恰恰是曲折地反映了现实。

时事小说的繁荣是清初小说的一个重要现象。明末巨大的危机感和明亡之后的切肤之痛，使作家从崇尚空谈的狂热中清醒过来，他们开始正视现实，提倡反映现实、求实致用的文学，表现鲜明的忧患意识、批判精神以及忠诚的伦理救世的思想。这种文学思潮反映在诗歌领域是"诗史"论，反映在词领域是"词史"论，反映在小说领域是时事小说的兴起。晚明与清初的时事小说，虽时间跨度不过几十年，但有着明显不同。明末时事小说的故事内容大概有以下四个方面：（1）歌颂与呼唤勇于抗击奸佞的贤臣和保家卫国的英雄；（2）褒扬忠孝节义，表达伦理救世的思想；（3）斥责扰乱朝纲与天下的乱臣贼子；（4）利用时事小说进行政治攻击。无论是对贤臣英雄的歌颂，对伦理道德的呼唤，还是对乱臣贼子的斥责，甚至利用小说进行政治攻击，表现的都是作者的积极入世精神。在这里，作者心中有自己的国家，有补天救世的激情，有对当时外敌后金入侵中原的深恶痛绝。

甲申之变后，清初的时事小说则是另外一种格调。清初的时事小说主要有以下内容：（1）写甲申之变并攻击农民起义；（2）直接或间接反映江南人民的抗清斗争；（3）比较全面地反映明末政治局势和社会变革；（4）明遗民不忘亡国之耻，继续编写小说寄托情感。这些小说成于入清之后，由于当时人们已处于清朝统治之下，所以和直斥清朝为"奴虏"的明末时事小说不同，清初的时事小说中对于关涉清朝的字句谨慎处置，如履薄冰。书中鲜有"奴""虏"等字样出现。不得已时，便用其他词代替，如"彼众""东兵""东骑""北兵"之类。大多数时事小说对以清代明表达了顺从的态度，《新世鸿勋》《铁冠图》等更是对清廷进行阿谀奉承。与明末时事小说相比，清初时事小说少了积极入世的激情，多了无可奈何的认命。

第一节　意念中的江南梦：才子佳人小说的崛起

才子佳人小说指的是清初出现的一批以描述才子、佳人遇合、恋爱故事为主题的单独成书的白话章回体小说，它是清初重要的小说流派。

对才子佳人小说认真与系统的研究，开始于 20 世纪二三十年代。鲁迅先生于 1923 年出版了中国第一部小说史《中国小说史略》，其中第二十篇《明之人情小说》专辟一章，集中论述才子佳人小说，以《玉娇梨》《平山冷燕》《好逑传》《铁花仙史》为例，剖析其渊源、大旨、文字、流变。鲁迅先生还在《中国小说的历史的变迁》一文中，对才子佳人小说颇有微词，认为："这类的书名字，仍多袭用《金瓶梅》式，往往摘取书中人物的姓名来做书名；但内容却不是淫夫荡妇，而变了才子佳人了。所谓才子者，大抵能作些诗，才子和佳人之遇合，就每每以题诗为媒介。这似乎是很有悖于'父母之命，媒妁之言'的婚姻，对于旧习惯是有些反对的意思的，但到团圆的时节，又常是奉旨成婚，我们就知道作者是寻到了更大的帽子了。"① 1934 年，郭昌鹤在《文学季刊》创刊号第 2 期发表了《佳人才子小说研究》，在对多达 50 种才子佳人小说进行了分析和观照后，得出如下结论："这些作品无非给男性一些平庸的荣华富贵与卑污的浪漫思想，给女性一些三从四德和辱没人格的一些意识。其流毒至于使全社会腐败，使被宰割者革命性消失，使人类的创造性泪没……它在专制时代出世，它的生命已经与专制政体一同宣布了死刑，它是封建制度的爪牙，它的影响也与封建制度一同走到了末路。现在残留的才子佳人小说已变成仅占中国文学史之一页，而失去其社会地位。"鲁迅和郭昌鹤的研究是学界系统研究才子佳人小说的肇始，他们的严厉批判抹杀了才子佳人小说在文学史上的地位，似乎给才子佳人小说的价值判断定下了基调。自此，才子佳人小说陈词滥调的思想，千篇一律的情节模式，近乎白日梦似的逃避现实的故事描绘，在很长时间里都是学界竞相批评的目标，甚至不少学者总结出才子佳人小说的情节模式特点，如刘大杰先生就在《中国文学发展史》"才子佳人恋爱小说"一节中概括道："《金瓶梅》以外，当时有一种才子佳人恋爱小说，这些书大都是某公子年少貌美，满腹才学，因择配不易，弱冠求娶。某日出游花园或寺庙，遇一少女，年方二八，沉鱼落雁，羞花闭月，多才善感，惊为天人。与之语，佯羞不答，然脉脉有情。于是男女心中，都若有所失，此时必有伶俐之婢女一人出而传书递简，或寄丝帕，或投诗笺，两心相许，私订终身。此女多为父母掌珠，因才貌过人，择婿不易，尚待字闺中，后因某权臣闻女艳名，设法求为子媳，女家不许，于是百般构陷，艰苦备尝，改名换姓，各奔前程。最

---

① 鲁迅：《中国小说的历史的变迁》，《鲁迅全集》第九卷，人民文学出版社，2005，第 341 页。

后总是才子高中状元，挂名金榜，秘情暴露，两性欢腾，男女双双，终成夫妇。所谓才子佳人小说，其内容结构，大都如此。"① 林辰先生也在《明末清初小说述录》"才子佳人小说初探"一节中对才子佳人小说及其特征进行了总结："才子佳人小说在结构上由三个基本情节构成：1. 一见钟情；2. 拨乱离散；3. 终得团圆。"② 这类情节模式的总结多有否定意味。

20 世纪 90 年代之后，学界逐渐肯定了才子佳人小说作为小说流派的地位和价值。石昌渝先生在《中国小说源流论》第六章"章回小说"之第四节"传奇小说与小说的合流——才子佳人小说"中，探讨了才子佳人小说的艺术特点，肯定了它的价值。石先生认为清初才子佳人小说"层出不穷，成为当时小说的一个重要流派，说明它自有它存在的价值"。③ 宁宗一先生主编的《中国小说学通论》第一编"小说观念学"在第五章"才子佳人小说观"中认为："明末清初又出现了一大批被称之为'才子佳人'小说的作品，标志着世情小说的进一步发展……才子佳人小说的出现，其实是整个古代小说发展历史的必然，是这个链条上不可缺少的一环；而且才子佳人小说所表现出来的独特的小说观念，也是我国整个古代小说观念的有机组成部分。"④ 王恒展《中国小说发展史概论》在第七章"中国小说的雅化时期"之第三节"通俗小说雅化的第三个阶段——雅俗合流"中，得出才子佳人小说"是由《金瓶梅》到《红楼梦》之间的过渡和桥梁，是填补《金瓶梅》和《红楼梦》之间小说史空白的重要作品，是中国小说雅化过程中的重要环节"⑤ 的结论。

尽管才子佳人小说作为一个流派在小说史中的地位得到认可，学界还是普遍批判才子佳人小说模式化的情节缺乏真正的情感，认为在国鼎两易、山河改色的清初，才子佳人小说以流派的形式出现，是落寞文人逃避现实的表现，是失意之人借乌有之邦做黄粱美梦。

---

① 刘大杰：《中国文学发展史》（下），复旦大学出版社，2014，第 198 页。
② 林辰：《明末清初小说述录》，春风文艺出版社，1988，第 74～75 页。
③ 石昌渝：《中国小说源流论》，三联书店，2015，第 386 页。
④ 宁宗一：《中国小说学通论》，安徽教育出版社，1995，第 217～218 页。
⑤ 王恒展：《中国小说发展史概论》，山东教育出版社，1999，第 366 页。

事实上，才子佳人小说流派的出现本身就是易代的产物，它不仅不是学界所批评的逃避现实、毫无可取之处，而且是从整体上委婉曲折地表达了文人的故国之思，深具时代特点。如石昌渝先生在《中国小说源流论》中所讲："明末的小说和清初的小说之间虽然仅仅以 1644 年这个年代为界，但因为社会、政治发生了巨大变化，1644 年前后的小说在题材和思想上是有明显不同的。明末的小说，只要是稍微严肃一点的文人作品都表现出忧患意识，而清初的小说，也只要稍微严肃一点的文人作品都表现出黍离之悲。"① 细读才子佳人小说，我们就能更深刻地体会这段话的含义，更深刻地感受到逃避现实其实就是反映现实，作者笔下的江南就是其心中的江南、梦中的江南、故国的江南。

一　江南模式

江南背景一直是才子佳人小说遭受诟病的主要模式化表现之一，它指的是才子佳人小说整体体现的鲜明的江南特色，主要表现为以下五个方面：（1）才子佳人小说的作者和编订者大部分是江南人；（2）小说的出版地在江南；（3）主人公的主要活动地在江南；（4）才子佳人小说中出现了大量的江南名胜；（5）才子佳人小说中有大量的江南风俗场景描绘。

关于江南地域范围，历来众说不一。就地理区域来看，明清两代的江南一般理解成长江中下游一带，泛指现今的浙江、上海、江苏的中部与南部、江西、湖南、湖北的中部与南部、福建北部、安徽大部等。才子佳人小说的作者和编订者多出生在江南，或主要在江南活动，出版地也主要是江南，尤其是江浙一带。如吴中佩蘅子（《吴江雪》），惠水安阳酒民（《情梦柝》），渭滨笠夫、姑苏游客（《孤山再梦》），苏庵主人（《绣屏缘》），西湖云水道人（《巧联珠》）②，古吴娥川主人（《生花梦》），等等，这些人据名号大可推断为易代后和江南颇有渊源的人。

除作者、编订者、出版者多是江南人外，才子佳人小说中的人物亦多与江南有关，爱情故事也发生在江南。以下是对主人公出生在江南，或者

①　石昌渝：《中国小说源流论》，第 372 页。
②　《巧联珠》为烟霞逸士编次，西湖云水道人作序。

虽不在江南出生，但随亲人宦游江南的小说的统计，这些小说同时也是才子佳人小说流派的重要代表作。《玉娇梨》：苏友白（原籍四川眉山，生长于金陵），白红玉（金陵）；《平山冷燕》：燕白颔（松江）、冷绛雪（扬州）；《麟儿报》：廉清（湖广孝感）、幸昭华（孝感）、毛小燕（孝感）；《画图缘》：花栋（温州）；《玉支玑》：长生肖（原籍沧州，长于浙江青田）、管彤秀（青田）、卜红丝（青田）；《醒风流》：梅干（浙江嘉兴）、冯闺英（扬州）；《吴江雪》：江潮（原籍徽州，生长于苏州）、吴媛（苏州）；《春柳莺》：石延川（原籍河南开封，长于苏州）、梅凌春（原籍河南，生长于扬州）、毕临莺（淮安）；《凤凰池》：水湄文、若霞（苏州）；《宛如约》：司空约（浙江丽水）、赵如子（丽水）；《定情人》：双星（四川双流）、江蕊珠（浙江山阴）、彩云（山阴）；《孤山再梦》：钱雨林（原籍徽州，生长于姑苏）、万霄娘（姑苏）、程氏（姑苏）；《两交婚》：甘颐（重庆）、辛发（扬州）、辛古钗（扬州）、黎青（扬州）；《合浦珠》：钱兰（原籍金陵，长于苏州）、范珠娘（金陵）、赵友梅（广陵）；《飞花咏》：昌谷（松江）、端容姑（松江）。

小说中着力描述的主人公主要活动的地点也具有鲜明的江南特色，尤其是扬州、杭州西湖、苏州虎丘是小说中涉及最多的地方。以下是涉及地名的统计。《平山冷燕》：扬州、南京、松江；《金云翘传》：扬州、杭州；《两交婚》：扬州；《飞花咏》：松江；《女才子书》：扬州、杭州、苏州；《宛如约》：浙江丽水、杭州；《巧联珠》：扬州、苏州；《孤山再梦》：扬州、苏州；《画图缘》：温州；《玉支玑》：杭州、青田、钱塘；《女开科传》：苏州；《玉娇梨》：苏州、杭州、金陵；《定情人》：杭州；《春柳莺》：苏州；《吴江雪》：苏州；《合浦珠》：苏州；《蝴蝶媚》：扬州、苏州、杭州。

由上列可知，这些才子佳人大多是江南人士，有的虽不是江南籍贯的人，但他们或随父为官，或投靠亲戚，从小就在江南生活或在江南长期客居。这些小说中充满了对江南风光、名胜、民风民俗的描绘。

扬州、杭州、苏州是才子佳人小说着墨最多的三个地方，也是作者倾心难忘的三个地方。《两交婚》第三回就直接描述扬州繁华："却说扬州，古称广陵，从来繁华，又兼世际太平，一发繁华。服饰无非罗绮，饮食无非珍馐，触耳尽管弦之声，到眼皆佳丽之色"。① 并在第七回借甘颐之口说出"天下繁华，目今已算扬州"的盛赞。② 杭州山水，尤其是西湖美景亦是主人公留恋不舍的地方。《女才子书》第六卷中崔季文称赞杭州道："山有鹫岭之奇，水有西湖之胜，寺刹则有三竺之烟霞，苏堤则有六桥之花柳。至其歌楼舞榭，胜概无穷，亦非游履所能尽也。"云卿赋诗赞西湖之美："春日偏宜西子湖，晓风处处唤提壶。"月嵋和韵道："六桥烟柳映西湖，画舫争看载玉壶。"③

游虎丘是才子佳人小说中常见的场景，作者不惜笔墨地描绘了承平盛世游人游玩的场景，引人入胜。《巧联珠》第一回写道："方古庵因进京，便道要游虎丘，叫管家租一只游船，同贾有道往小唐桥进发。但见：绿荫朱栏，茶灶炉烟飘渺；雪宝雕墙，酒家海陆杂陈；曲曲迴（回）廊，摆列出百般盆景；飘飘仙子，翠绕着双鬟云飞。来往游人，笙歌盈耳。船中也有焚香啜茗的，也有敲棋斗朔的，也有红裙进酒的，真是应接不暇。"④《女开科传》在第一回中就以大篇幅的文字描绘虎丘之美，这在注重情节而少有精细环境描写的中国古代小说中并不多见。

> 却说这苏州，古名阳羡。东际大海，西控震泽，山川沃衍，江南之都会也。佳胜第一是虎丘山，在府城西北，一名海涌峰，上有剑池、千人石、生公说法台、吴王阖闾墓。为何唤作虎丘？世传家内金银之气化作白虎，踞其上，因以为名。至迤逦而南，西施洞、馆娃宫、浣花池、采香径及琴台诸胜，无不了然在目。而下瞰太湖，洞庭两山滴翠浮烟，何异那白银铺世界，景致奇绝。每逢月上风来，游人箫管，和歌石上，各奏所长，虽万籁无声之后，犹有清音缭绕，尤非他处名胜可以仿佛一二。丽卿同着司茗儿一径来到寺里，遍处观看，果然曲槛洞房，回栏精舍，呼茶唤酒，百般俱有。一片千人石上，蹴球演法，诗画骨董，说书谈命，盆鱼卷石，花磔磔簇锦相似。就有官

---

① 天花藏主人：《两交婚》，春风文艺出版社，1985，第28页。
② 天花藏主人：《两交婚》，第70页。
③ 烟水散人：《女才子书》，第95页。
④ 烟霞逸士编次《巧联珠》，春风文艺出版社，1985，第5页。

宦人家，夫人、小姐前呼后拥，遮遮掩掩的。也有村庄市镇男男妇妇携儿抱女，挨挨擦擦的。①

除了对扬州、杭州西湖、苏州虎丘做重点描绘外，小说还提到了江南不少的风景名胜，这些既是主人公的必游之地，也是作者萦绕于心的佳境。《巧联珠》第一回谈到苏州古迹有馆娃宫、响屧廊、琴台、西施洞、玩月池、玩花池、吴王井、砚池和香水溪。《定情人》第一回提到会稽诸暨、兰亭禹穴、子陵钓台、苎萝若耶和曹娥胜迹；第二回借双星和寺僧的问答，饶有兴致地讲述鹿胎山的来历，紧接着又写江淹古迹，"此处地名'笔花墅'，内有'梦笔桥'，相传是江淹的古迹，故此为名。内有王羲之的'墨池'，范仲淹的'清白堂'，又有'越王台'、'蓬莱阁'、'曹娥碑'、'严光墓'，还有许多的胜迹，一时也说不尽"。② 从这些文字中能读出作者对江南山水和风光美好的无限眷恋的情感。

除山水和风景外，作者还展开了一幅幅江南民风民俗的多姿多彩的画卷。《飞花咏》第一回中写道："只见家家悬彩，户户垂帘。无数的老少妇女，俱穿红着绿，站在门前看会。不是接了亲戚来家看的，就是沾亲带故自己来看的，故此家家门首，都是些女人，甚是热闹。也就有许多浮浪子弟，往来不绝，或帘隙偷窥，或楼头远望。""隔不多时，街上人纷纷地拥来，说道：'来了，来了。'又停了半晌，一阵阵一队队的鲜明旗帜，里长社火，俱各扮了故事，跳舞而来。后面就有许多的台阁，内中或有扮苏轼游赤壁的，也有扮陶渊明赏菊的，也有扮张生游佛殿的。众人俱围住观看。"③ 整个江南社会的场景跃入眼帘，这当是作者青年时的亲身经历，描绘起来才如此动人，身临其境。《两交婚》第三回中也有对湘妃大社的描绘，"忽庙门外锣鼓喧天，无数乡人，男男女女，一阵一阵的都拥入庙来。也有人抬着猪羊酒果，用巫师祝赞的。也有挑着猪头三牲，就叫庙祝祈祷的，纷纷不一，竟将一座庙都塞满了。"④ 从上可见书，作者都是笔

---

① 岐山左臣编次《女开科传》，春风文艺出版社，1983，第6页。
② 天花藏主人：《定情人》，春风文艺出版社，1983，第12页。
③ 天花藏主人：《飞花咏》，春风文艺出版社，1983，第2~3页。
④ 天花藏主人：《两交婚》，第27页。

墨有情，饶有兴致。

综上可见，才子佳人小说有着明显一致的江南模式，即作者或编订者多是江南人，故事背景大都设在江南，主人公主要活动地点也在江南，字里行间充满了对江南的依恋和热爱：令人陶醉的美景，热闹的集会，充满乡土和人情味的民风民俗。这也是引发学界对才子佳人小说批判的重要原因。不少学者认为在国鼎两易、山河改色的清初，才子佳人小说以流派的形式出现，其作者不顾现实，将背景设在千里温柔乡、一片繁华地的江南，着力描绘江南的美景美色与美好生活，是落寞文人逃避现实的表现，是失意之人借乌有之邦做黄粱美梦。

事实上，清初由于多尔衮对江南强制推行剃发、易服、圈地、投充、逃人、重赋等多项民族高压政策，激化了民族矛盾，激起江南人的反抗。为一统全国，清政府还对江南实施了强硬的征剿方针，继定国大将军豫亲王多铎之后，又先后派出亲王、贝勒及亲信重臣等，担任各种名号的大将军，轮番率兵对江南各省以及四川各地进行征剿，烧杀抢掠，无所不为。除著名的"扬州十日""嘉定三屠"外，江南各地大多遭到屠城。苏州城破后，"步出阊门，只见纷华喧闹之地，但败瓦颓垣，市廛烧尽，无檐仅存"；① 常熟"但凡街上巷里，河内井中，与人家屋里，处处都是尸首。"②；太仓"杀人万计……积尸如陵"；③ 嘉兴"城中逃出者十二、三，未及出者十之七、八，间有削发为僧避于佛寺者，有自系狱中诡称罪囚者，仅三百余人。其余尽行杀戮，血满沟渠，尸集巷里"；④ 松江失败后遭屠城，"城中士民十不脱一，死者二万余人"。⑤ 清军南下对江南带来了巨大的伤害，所到之处皆是庐舍丘墟、人烟尽绝。

细思历史，就会发现，才子佳人小说里的美好江南，是作者心中的

① 佚名：《吴城日记》，苏州博物馆等编《丹午笔记·吴城日记·五石脂》，江苏古籍出版社，1999，第212页。
② 详见《古本小说集成》第二辑《海角遗编》，第89页。
③ 王家桢：《研堂见闻杂记》，《明清史料丛书八种》第6辑，国家图书馆出版社，2005，第359页。
④ 南园啸客：《平吴事略》，上海书店，1982，第117页。
⑤ 宋如林修：《沈犹龙》，《嘉庆松江府志》第一三五卷，《中国地方志集成》，上海书店出版社，1991，第534页。

江南、梦中的江南，是作者对自己年少时在承平故明的美好时光的回忆。

扬州、苏州、杭州是小说中提到和描述最多的地方，是作者和主人公魂牵梦绕的佳境，是天下美景之最，而当时的现实情况如何呢？

《两交婚》中甘颐所盛赞的天下繁华之最的扬州，在清军南下江南时其百姓遭到残酷的杀戮，尸横遍野，血流成河。著名遗民吴嘉纪在《挽饶母》中记载："忆昔芜城破，白刃散如雨；杀人十昼夜，积尸不可数。"① 芜城即今日之扬州。《扬州十日记》对此更有详尽的描绘："从破城之日起，豫王就下令屠城"，"诸妇女长索系项，累累如贯珠，一步一跌，遍身泥土；满地皆婴儿，或衬马蹄，或藉人足，肝脑涂地，泣声盈野"，"初四日，天始霁。道路积尸既经积雨暴涨，而青皮如蒙鼓，血肉内溃。秽臭逼人，复经日炙，其气愈甚。前后左右，处处焚灼。室中氤氲，结成如雾，腥闻百里"，后来由城内僧人收殓的尸体就超过了 80 万具。②

余怀在《板桥杂记·序》中亦写道："……鼎革以来，时移物换，十年旧梦，依约扬州，一片欢场，鞠为茂草，红牙碧串，妙舞清歌，不可得而闻也；洞房绮疏，湘帘绣幕，不可得而见也；名花瑶草，锦瑟犀毗，不可得而赏也。间亦过之，蒿藜满眼，楼馆劫灰，美人尘土，盛衰感慨，岂复有过此者乎！"③ 十年扬州，只成了一场旧梦。

小说中才子佳人心心念之的西湖，无数次出现的西湖游玩场景，亦只是故明的西湖，心中的回忆。如张岱在《西湖梦寻·自序》中写道："余生不辰，阔别西湖二十八载，然西湖无日不入吾梦中，而梦中之西湖，未尝一日别余也。前甲午、丁酉，两至西湖，如涌金门商氏之楼外楼，祁氏之偶居，钱氏、余氏之别墅，及余家之寄园，一带湖庄，仅存瓦砾。则是余梦中所有者，反为西湖所无。及至断桥一望，凡昔日之弱柳夭桃、歌楼舞榭，如洪水淹没，百不存一矣。余乃急急走避，谓余为西湖而来，今所

---

① 吴嘉纪：《挽饶母》，《吴嘉纪诗笺校》，上海古籍出版社，1980，第 35 页。
② 上文均引自王秀楚《扬州十日记》，《中国历史研究资料丛书》，神州国光社，1952，第 241～243 页。
③ 余怀：《板桥杂记》，上海古籍出版社，2000，序，第 3 页。

见若此，反不若保我梦中之西湖，尚得完全无恙也。"① 才子佳人小说之西湖，恰似《西湖梦寻》之西湖，是梦中的西湖，记忆中故国的西湖，而非现在的西湖了。现如今西湖是"仅存瓦砾"，"余梦中所有者，反为西湖所无"。作者只有通过对梦中西湖景色的回忆来一慰心结，来怀念自己的青春时光。

同样，余怀在《板桥杂记·序》中也通过今昔对比缅怀金陵："……金陵古称佳丽之地，衣冠文物，盛于江南，文采风流，甲于海内。白下青溪，桃叶团扇，其为艳冶也多矣……犹幸少长承平之世，偶为北里之游。长板桥边，一吟一咏，顾盼自雄……"② 鼎革以后，本来有着"名花瑶草""湘帘绣幕""锦瑟犀毗"的江南现已经变成"蒿藜满眼，楼馆劫灰，美人尘土"，妙舞清歌，不可得而闻，湘帘绣幕，不可得而见，名花瑶草，不可得而赏。而心中的美景、年少生活的美好只能从梦中找寻，只能在笔下构建。就像才子佳人小说中的江南，风景秀丽、莺歌燕舞，吟诗作赋、诗酒流连，才子赋诗、佳人弹琴，一派祥和安宁幸福的景象，这其实就是晚明生活的再现和写照，是张岱和余怀梦中的江南和心中的江南，是才子佳人小说作者、读者心中、梦中的故国的江南。

如西方文学家所讲，"唯一真实的乐园是人们失去的乐园，幸福的岁月是失去的岁月"，③ 怀旧能表现作家心中最普遍最深刻的东西，在古与今的对照里，表现作者现实态度和人生影响。因对逝去的故国和美好生活的怀念，清初怀古怀旧之作充斥文坛，其中怀恋的重点就是晚明繁华富贵的江南生活，这种怀恋不仅表现在才子佳人小说里外，而且不少诗词、散文也着意于此。

清初著名遗民顾梦游的《秦淮感旧》就将明万历年间的秦淮风光与清初做对比，表达了对故国和过去生活的向往。诗中先是回忆了万历中后期秦淮一带歌舞升平、诗酒流连的太平盛世情景。诗云："余生曾作太平

① 详见张岱著，夏咸淳、程维荣校注《陶庵梦忆·西湖梦寻》，上海古籍出版社，2009，自序，第 147 页。
② 余怀：《板桥杂记》，序，第 3 页。
③ 〔法〕安德烈·莫罗亚：《追忆似水流年·序》，〔法〕马塞尔·普鲁斯特著《追忆似水流年》，李恒基等译，译林出版社，2001，第 4 页。

民，及见神宗全盛治。城内连云百万家，临流争傲笙歌次。一夜扁舟价十千，但恨招呼不能致。佳人向晚倾城来，只贵天然薄珠翠。不知芳泽自谁边，楼上舟中互流视。采龙斗罢喧未已，蜿蜒灯光夜波沸。偶将一叶到中流，半夜移舟无桨地。"名士佳人聚集在风光潋滟的秦淮河，游景听歌，欣赏斗龙，静静赏月，好一幅盛世繁华图。与此形成鲜明的对比，清初的秦淮则是另外一番的冷落和萧条。"当时只道长如斯，四十年中几迁易。渡头犹是六朝烟，画帘珠阁久憔悴。鹢首全随戈甲人，马嘶乱入王侯第。只今月好几船开，惟有空明照酣醉。"过去繁华的秦淮河畔如今只剩下驻守南京的八旗劲旅，游客如织，仕女如云的场景已不可再见，"繁华既往莫重陈，暮燕摇摇定犹未。但愿有人去复来，再见太平全盛事"。① 最后，诗人以"暮燕摇摇定犹未"比喻当时摇摆不定的政局，对南明政权复国抱有期盼，希望能够重见太平全盛世。这首诗生动描绘了明末清初40年间秦淮的沧桑巨变，通过晚明秦淮美好生活与清初秦淮的萧条冷落的对比，表达了作者对故国的留恋和对清朝的不满。吴伟业的《秣陵口号》亦追忆了秦淮昔日的繁华，"车马垂杨十字街，河桥灯火旧秦淮"，通过今昔对比，表现麦秀黍离之悲，世事沧桑之感。"放衙非复通侯第，废圃谁知博士斋。易饼市傍王殿瓦，换鱼江上孝陵柴。"② 如此诗歌甚多，如钱谦益《金陵杂题绝句》、顾炎武《秋山》、蒋超《金陵旧院》、苍雪《金陵怀古》、吴嘉纪《李家娘》、陆世仪《江南谣》等。

清初的怀古词也颇为兴盛，而且怀古地点多为江南。朱彝尊《江湖载酒集》中的《卖花声·雨花台》就是怀六朝旧事、哀明社墟之作。"衰柳白门湾，潮打城还。小长干接大长干。歌板酒旗零落尽，剩有渔竿。"词的上阕以衰柳寒潮起兴，营造了苍凉冷落的氛围。接着描绘了南京街上萧条的场景。放眼望去，大街小巷依旧，而歌板声却零零落落，以至于听不到了，酒帘子稀稀疏疏，以至于看不见了，只有孤寂的渔人在垂钓寒江。下阕："秋草六朝寒，花雨空坛。更无人处一凭栏。燕子斜阳来又

① 以上均引自顾梦游《顾与治诗集》卷二《秦淮感旧》，《丛书集成续编》第171册，上海书店出版社，2014，第261页。
② 吴伟业：《秣陵口号》，《吴梅村全集》（下）第五十九卷，上海古籍出版社，1990，第1149页。

去，如此江山。"① "秋草"起笔，点出了时序，这也与上片的"衰柳"遥相呼应，构成了一幅凋零衰败的画面。作者由眼前所见，回溯金陵的往昔，六朝的繁华不复存在了，就像那秋草一样枯萎了。在斜阳里飞翔的燕子，也是来来去去。大概连燕子都感到雨花台衰败荒凉，到了不堪栖息的地步。最后以"如此江山"直抒胸臆，寄托悲愤的亡国之痛。类似这样用怀古以怀故国的词，清初还有很多。据统计，《全清词（顺康卷）》中有很多词以"怀古"为题，怀古则多怀江南。题词数量最多的是扬州，为 60 首；其后金陵，57 首；杭州，32 首；苏州，24 首。② 这一统计并不全面，因为清初不少怀古词并不以"怀古"命名，但是这也反映了清初怀古地点分布的大致趋势，对江南的怀念是清初词人怀恋的主流。

清初散文也有着怀恋江南的特色，如著名的张岱《西湖梦寻》和余怀《板桥杂记》都是回忆晚明的江南生活，并通过这种回忆来慰藉对故国的思念之心和对时代的感慨之意。余怀在《板桥杂记·序》中交代了写《板桥杂记》的原因："或问余曰：'《板桥杂记》何为而作也？'余应之曰：'有为而作也。'或者又曰：'一代之兴衰，千秋之感慨，其可歌可录者何限，而子唯狭邪之是述，艳冶之是传，不已荒乎？'余乃听然而笑曰：'此即一代之兴衰，千秋之感慨所系，而非徒狭邪之是述，艳冶之是传。'"③ 此处点明《板桥杂记》的主旨是以艳冶寓兴衰。张岱也在《西湖梦寻·自序》中将对西湖美景的描绘和回忆视为舐眼解馋。"余犹山中人，归自海上，盛称海错之美，乡人竞来共舐其眼。嗟嗟！金齑瑶柱，过舌即空，则舐眼亦何救其馋哉！"④ 暗寓对西湖美景的描绘是对过去美好生活怀念的慰藉。

可见，清初才子佳人小说中的江南，其实是清初怀有故国之思的人在心里建立的乌托邦、灵魂家园，是张岱的"琅嬛福地"，也是黄周星的"将就园"。每每在改朝换代、天崩地裂之际都会有一批怀有故国之思的

---

① 朱彝尊：《卖花声·雨花台》，《江湖载酒集》，朱彝尊著、王镇远选注《朱彝尊诗词选注》，上海古籍出版社，1988，第 104 页。
② 参见张玉龙《怀古与经典——清初怀古词与清词复兴》，《社会科学》2010 年第 5 期。
③ 余怀：《板桥杂记》，序，第 3 页。
④ 张岱著，夏咸淳、程维荣校注《陶庵梦忆·西湖梦寻》，自序，第 147 页。

人在精神上为自己建立一个这样的梦想家园，如宋金之际孟元老的《东京梦华录》，宋元之际周密的《武林旧事》，明清之际张岱的《西湖梦寻》、余怀的《板桥杂记》和才子佳人小说流派，以及清末民初鸳鸯蝴蝶派。正是因为清初怀有故国之思、江南之念的人数众多，才子佳人小说作为一个流派才会有众多的作者群和读者群，才能有如此的兴盛。如张岱在《西湖梦寻·自序》中言"余犹山中人，归自海上，盛称海错之美，乡人竞来共舐其眼。嗟嗟！金齑瑶柱，过舌即空，则舐眼亦何救其馋哉！"以舐眼来解其馋同才子佳人小说的作者、读者以创作、阅读来慰藉对逝去的美好的青春时光以及对故国的怀恋与思念的情感十分相似。才子佳人小说中的逃避现实其实是曲折地反映现实；将背景设在江南，恰恰是共通情感表达的需要。

事实上，才子佳人小说不仅仅是情感的寄托，它还是对过去生活的再现与描绘。才子佳人小说中的场景大多描写的是晚明真实的生活，如大量的关于结社的描写。其中有诗酒结社、揣摩时文结社、女子选婿结社等，这些都是晚明生活的反映。而小说里才子和佳人诗歌往来、情意通款的描写同晚明中才子多与有文采的青楼女子相知相爱的事实相符。

据余怀《板桥杂记》等记载，晚明金陵等江南之地，名流宴集、文酒之会频繁，"多妆与乌巾紫裘相间"，"旧院与贡院遥对，仅隔一河，原为才子佳人而设。逢秋风桂子之年，四方应试者毕集，结驷连骑，选色征歌，转车子之喉，按阳阿之舞。院本之笙歌合奏，回舟之一水皆香，或邀旬日之欢，或订百年之约。蒲桃（葡萄）架下，戏掷金钱；芍药栏边，闲抛玉马，此平康之盛事，乃文战之外篇"。这些都与才子佳人小说中的社会生活描绘极为相近。在当时，文人和名妓的交游被传为风流佳话，"嘉兴姚壮若，用十二楼船于秦淮，招集四方应试知名之士，百有余人，每船邀名妓四人侑酒，梨园一部，灯火笙歌，为一时之盛事"。[1] 如"复社四君子"之冒辟疆与董小宛、陈贞慧与李贞丽、侯方域与李香君的事迹就一直为人们津津乐道，这些都是才子佳人的人物原型与生活基础。更有才子佳人小说就是根据当时的真实事件敷衍而来，如《女开科传》主

---

[1]　以上均引自余怀《板桥杂记》，第5页。

要描写了清初南直隶苏州府秀才余丽卿，与青楼女子倚妆相交，并召集众妓女模仿科举进行考试，以定高下，结果被告发，逃逸，后发愤读书，终于中举做官，与所选青楼女子团圆的故事。这就是以当时真人真事为蓝本来创作的。孟森《王紫稼考》对"女开科"事件做了详细的考证，事件发生在苏州，时间为顺治十三年（1656）。褚人获《坚瓠集》对此事有所记载："顺治丙申（十三年）秋，云间沈某来吴，欲定花案，与下堡金又文重华，致两郡名姝五十余人，选虎丘梅花楼为花场，品定高下。以朱云为状元，钱端为榜眼，余华为探花，某某等为二十八宿。彩旗锦幡，自胥门迎至虎丘，画舫兰桡，倾城游宴。"① 据孟森考证，娄东无名氏《研堂见闻杂记》亦记载此事，云："又有一金姓者，为宰相金之俊宗人，恃势横甚，而家亦豪贵，为暴甚多。前有杀人事，未白。李公既来，复聚全吴名妓，考定上下，为胪传体，约于某日，亲赐出身，自一甲至三甲，诸名妓将次第受赏。虎丘，其唱名处也，将倾城聚观。公廉得之，急收捕，并讯杀人事，决数十，不即死，再鞫，毙之。欢声如雷。"② 《女开科传》即以此事为蓝本写成。小说第五、六两回还提到和尚三苗和王子弥被杀始末，事发于顺治十二年（1655），在当时是轰动一时的新闻，亦是实事，书中涉及迎神赛会，也是当地风俗，且迎神庙会自清入江南之后便不再举办，应当是对过去美好生活的回忆。

综上可见，与弥漫清初文坛的江南怀旧情结相一致，清初才子佳人小说中的江南，其实是清初怀有故国之思的人在心灵上建立的乌托邦，是灵魂的家园，是张岱的"琅嬛福地"，也是黄周星的"将就园"。正是因为清初怀有故国之思、江南之念的人众多，才子佳人小说作为一个流派才会有数量众多的作者和读者，才能有如此兴盛。若作如是观，我们对清初才子佳人小说的江南背景就会有新的认知，就会认为它们不仅不是学界所普遍批评的脱离现实、逃避现实的空洞之作，而是曲折地反映了文人的故国之思之作；逃避现实其实就是反映现实，笔下的江南就是心中的江南、梦中江南、故国的江南。

---

① 以上均引自孟森《王紫稼考》，《心史丛刊（外一种）》，岳麓书社，1986，第96~97页。

② 孟森：《王紫稼考》，《心史丛刊（外一种）》，第100页。

二　亡国的批判与现实的思考

除通过描绘故明江南繁华场景以怀念故国外，才子佳人小说还在文中隐曲地反映了对亡国的批判和对现实的思考，这和清初明遗民的思潮一致。经历过国破家亡的伤痛，明遗民痛定思痛地反思亡国之因，认为"君非亡国之君，臣皆亡国之臣"。崇祯帝在农民军兵临城下，走投无路的情况下，自缢于煤山，并在其龙袍上书"皆诸臣误我"。此后，清初明遗民多认为明之亡国乃庸臣之过。沧江漫叟在《东江遗事·序》中指出："读史者谓明之亡也，有君无臣，以思陵非亡国之君也。"① 夏允彝在《幸存录·门户杂志》中也称："烈皇帝之英敏勤政，自当中兴，而卒致沦丧者，以辅佐非人也。"② 他们认为崇祯是励精图治的好皇帝，自下而上的众官僚的全面无能、堕落、腐败是明朝灭亡的主要原因。

与此相应，才子佳人小说流派在作品中主要揭示了明朝官僚体系的以下弊端。第一，无能无术，无济世之才。唐甄在《格君》中指出，明季大臣实无定乱之才，无致治之学，以致奏疏建言，如蝉鸣般夸夸其谈，言虽忠直，实蜩螗沸羹，于事无补，没有实际才干。③ 黄宗羲在《明夷待访录·取士篇》中指出明季大臣多庸妄的原因：明代取士只有科举一途，其弊端在于"严于取，则豪杰之老死丘壑者多矣；宽于用，此在位者多不得其人也"，致使"功名气节人物，不及汉唐远甚，徒使庸妄之辈充塞天下"。④ 此论从用人制度上确认和佐证了明季大臣确实多庸劣。《平山冷燕》第四回"玉尺楼才压群英"，就借小女子山黛作诗作文技压群臣一事讽刺了满朝大臣的平庸无能。

第二，贪污贿赂，玩忽职守。潘耒说："明之末造，政以贿成，亲民之官，莫肯留心抚字，但知剥下媚上以取升迁，民不胜诛求，则群起而为贼，贼日多而民日少，以有驱之者也。"⑤《麟儿报》中有一段"众小儿

---

① 吴骞著，罗振玉编《东江遗事》，商务印书馆，1935，序，第 1 页。
② 夏允彝：《幸存录·门户杂志》，《续修四库全书》第 440 册，上海古籍出版社，2002，第 546 页。
③ 唐甄：《格君》，《潜书》（下），《续修四库全书》第 945 册，第 403 页。
④ 黄宗羲：《取士篇》，《明夷待访录》，《黄宗羲全集》第一册，第 16 页。
⑤ 潘耒：《寇事编年序》，《怀陵流寇始终录》，《续修四库全书》第 441 册，第 63 页。

玩做官耍子，讲做官的道理"的文字正可与之相印证：

> 便有一个小儿抢先说道："我想做官是个上人了。哪个不来奉承我？我要银子便有银子，我要货物便有货物，惟有放下老面孔来，贪些赃家去与妻子受用，这便是做官天下通行的大道理了。"又有一个小儿挤出来说道："你讲得做官不尽情。这官你如何做得。待我讲来与你听。既做官，谁不思量贪赃？但须思想善财难舍。天下的银子货物尽有，却谁肯轻轻送你？若让我做官，我不是板子就是夹棍，直打得他皮开肉绽，真夹得他腿断脚折，那时人人怕我，我虽不贪赃，而赃自至矣。我讲的道理，岂不比他的更好？"众小儿听了俱欢喜道："这讲得妙，又贪财，又酷刑，大合时宜。这官该让你做。"①

童言无忌，孩童说出这样一番话来，说明当时官府贪酷已成常识。而孩童自幼就树立这样的观念，更说明贪酷代代相传，无法遏制。《麟儿报》中这几个小儿说的话当是对社会现实的反映，而后面廉清义正词严的审明辩驳更多的则是一个读书人对自己理想、心声的表达。

除《麟儿报》外，才子佳人小说流派中的众多作品表现了官府的贪酷。《金云翘传》中，衙门为了盘剥几百两银子百般折磨王翠翘的父亲，王翠翘不得不卖身救父，从此踏入火坑。《玉支玑》中李知县惧怕卜成仁父亲之威，竟目无王法，助卜成仁强索玉支玑。《女才子书》中的显僚为得到郝湘娥，许事成以官苏州通判为报。窦鸿因不肯以妾相赠被诬陷同谋叛逆下狱，并称若以郝湘娥相赠，此祸可免。郝湘娥听闻，投缳自尽。官本公器，在这里已经蜕变成了谋取私利的工具。《玉娇梨》中的杨御史谄媚陷害、纵子作恶。《好逑传》的王公贵族大央侯强抢民妇、目无王法。《定情人》甚至揭露了皇帝选妃而造成的婚姻解体、骨肉分离，将矛头直指最高统治者。

第三，党同伐异，各为私利。明遗民在反思明亡之因时认识到，党同伐异、各为私利的门户斗争是明代灭亡的重要原因。冯梦龙猛烈抨击明末

---

① 天花藏主人：《麟儿报》，春风文艺出版社，1983，第18页。

大臣，他说："当事诸臣，其罪在结党招权，一事纳贿，任国事之日非。"① 王世德也指出，明季大臣"惟知营私相倾轧，致疆场日蹙，中原盗贼蜂起，环顾中外，一无足恃……虽有一二可用之才，而门户牢不可破，如其党即力护持之，误国殃民皆不问；非其党，纵其才有可用，必多方陷之，置之死，而安危所不恤"。② 对于党争之害，戴名世抨击得最为激烈，他说："中朝以门户相争，而操持阃外之事，使任事者辗转彷徨而无所用其力，直至于国亡君死而后已焉。此其罪甚至盗贼万万。"③ 明遗民对此深恶痛绝，以致不仅严厉谴责阉党，而且对东林党也痛加挞伐。有人称张岱《石匮书》"此书虽确，恨不拥戴东林"，张岱却称东林党并不值得拥戴："夫东林自顾泾阳（宪成）讲学以来，以此名目祸我国家者八九十年……朋党之祸与国家相始终。盖东林首事者实多君子，窜入者不无小人，拥戴者皆为小人。"④

《两交婚》中，辛发中二甲第一，但因一相臣与其父辛光禄不和睦，怕他选入翰林，于是改做三甲第一，这完全是不顾事实、排斥异己的行为。在该小说中也有本人并没有中科举，但因朋党举荐而中举的不公平现象。王荫的卷子，"大座师已不取，亏辛祭酒再三力荐，方才中了，故师生极称为得意"。⑤ 官僚系统中的倾轧更是常事，苏友白、凤仪就是其中的牺牲品。苏友白是"因阁下怪他座主，故叫吏部改选了推官"。⑥ 而他的复官则要依靠圣旨的下达。凤仪生性刚直，参纠排陷忠良的中官行为，被诬下狱。⑦ 科举考试过程中成绩是不公的，即便考中进入官僚系统，升迁也不是根据真实业绩。这种结党营私、朋比为奸、排斥异己的行为，使人各自为各自朋党利益考虑，置国家与民族大局于不顾，最终导致国家的衰败以致灭亡。

---

① 冯梦龙：《甲申纪事》，《冯梦龙全集》第 15 册，内蒙古文化出版社，2000，第 929 页。
② 转引自王源《先府君行实》，《居业堂文集》第十八卷，《丛书集成初编》第 2482 册，中华书局，1985，第 290 页。
③ 戴名世：《孑遗录》，《戴名世集》，第 309 页
④ 张岱：《与李砚翁》，《娜嬛文集》第三卷，岳麓书社，1985，第 146 页。
⑤ 步月主人：《两交婚》，《古本小说丛刊》第二十三辑，第 1259 页。
⑥ 天花藏主人著，荑荻散人编次《玉娇梨》，春风文艺出版社，1985，第 206 页。
⑦ 天花藏主人：《飞花咏》，第 61 页。

　　除了批判官僚体系的腐败无能外，明遗民在反思明亡之因时还更深一层剖析了人才选拔制度，科举制度尤其是被否定和讽刺的目标。在晚明，科举制度还是受到相当肯定和重视的，即便是思想相当激进的李贽，对八股取士也多有肯定之词。他在《时文后序》中为八股文大唱赞歌云："彼谓时文可以取士，不可以行远，非但不知文亦且不知时矣。夫文不可以行远而可以取士，未之有也。国家名臣辈出，道德功业，文章气节，于今烂然，非时文之选钦？故棘闱三日之言，即为其人终身定论。"将"棘闱"之文视为"精光流于后世"的杰作，甚至断言"今之近体既以唐为古，则知万世而下当复以我为唐无疑也"。① 明亡之后，遗民痛定思痛，对科举制度的态度大变，认为科举取士不能取得真正的人才是国家日益衰落的重要原因，甚至有人将科举制度看作亡国之祸根。李腾蛟云："国家八股之科，科名之重垂百年，士即以科名误朝廷。"② 魏禧云："余甲申遭烈皇帝之变，窃叹制科负朝廷如此。"③ 魏礼亦云："制艺源流，父兄之所以教，子弟之所以学者，致于人心波靡，酿成祸害，败延家国。"④ 显然，在他们眼中，八股文甚至是科举制度本身就是国家灭亡的罪魁祸首。

　　在此背景之下，清初才子佳人小说充斥着对科举制度弊端的揭露，首当其冲的是否定科举文体能代表真正的才华。才子佳人小说重才学，但是论定才子佳人才学的不是八股文，而是诗文。才子佳人小说中连皇帝都欣赏诗文。《平山冷燕》中，皇帝希望以诗记景，满朝官员竟比不过一个小女子山黛。这既突出了山黛的才能，又揭露了众臣的平庸与无能。在才子燕白颔看来，"制科小艺，不足见才。若太宗师真心怜才，赐以笔札，任是诗、词、歌赋，鸿篇大章，俱可倚马立试，断不辱命"。⑤ 可见他很重视八股文之外的文学才能。作者还让那些八股文出身的大臣，亲自说出自己的缺陷与无能。进士窦国一认为："我虽说是个进士，只晓得做两篇时文。至于诗才一道，实未留意。"⑥《孤山再梦》第一回中，田先生认为，

① 李贽：《时文后序》，《续修四库全书》第 1352 册，第 149 页。
② 李腾蛟：《半庐文稿》，上海书店，1980，第 362 页。
③ 详见魏禧《魏叔子文集》，第 377 页。
④ 魏礼：《魏季子文集》，《四库禁毁书丛刊》第六册，北京出版社，1997，第 51 页。
⑤ 天花藏主人著，李致忠校点《平山冷燕》，春风文艺出版社，1982，第 94 页。
⑥ 天花藏主人著，李致忠校点《平山冷燕》，第 28 页。

古人言"诗有别才，不在八股中论好歹"。① 第五回，钱雨林赴部入考，大宗伯曰："举子会试，都考八股，似属套格。你近日自负有才，吾知非八股中论长短也。今不考八股，上拟诗题三个，限你立刻作诗三首，方见有才。"② 才子佳人小说中还有不少文字直指八股之害，反对八股。如《人间乐》中的许绣虎就旗帜鲜明地反对八股文："然束缚胸襟于八股中，不去求生活，何其愚也！"③ 这些都说明，在才子佳人作者心中，诗才是衡量才子是否有才的标准。

才子佳人小说中的爱情，重视的是才华而不是金钱或者权势，而判定是否有才华的标准是诗歌而不是八股文。爱情的表达与获得，是通过诗歌而不是八股时文来实现的。小说中男女通过诗歌产生爱情的情况一般分为两种。一种情况是：才子外游，题诗于墙上，才女见了，互相唱和。在诗歌中男女双方的才华和情思都得到尽情抒发，爱情由此产生。另一种情况是选女婿，通过诗歌考较众才子，然后确定对象，男子因为突出的诗歌才能而获得爱情。在这里，诗歌不仅具有文学上的审美意义，而且具备实际的功用，它是男女之间传情达意的媒介，才能的高低成为获得爱情的砝码。在爱情世界里，诗歌的分量是高于八股文的。

除检讨科举文体外，才子佳人小说还揭露了科举制度在执行时的弊端。首先是官僚的腐败延伸到科举制度的执行中，使科举的公正性受到金钱的玷污。《两交婚》中一窍不通的刁直中举，而文章才华满腹的甘颐只因不曾行贿而落第。满腹不平的甘颐只有题词发泄不满："白日求财，青天取士，无非要显文明治。如何灿灿斗魁光，化为赫赫金银气。"④《平山冷燕》的平如衡"十三岁上，就以案首进学，屡考不是第一，定是第二，决不出三名。这年到了一个宗师，专好贿赂。案首就是一个大乡宦的子弟，第二至第十皆是大富之家一窍不通之人，将平如衡直列到第十一名上。"⑤ 作者借平如衡之口揭露富贵与功名的关系，"若说案首倒只寻常

① 渭滨笠夫：《孤山再梦》，春风文艺出版社，1987，第5页。
② 渭滨笠夫：《孤山再梦》，第52页。
③ 天花藏主人编次《人间乐》，《古本小说丛刊》第十一辑，第1596页。
④ 步月主人：《两交婚》，《古本小说丛刊》第二十三辑，第1019页。
⑤ 天花藏主人著，李致忠校点《平山冷燕》，第76页。

了。你看哪一处富贵人家，哪一个不考第一第二？""大约富贵中人，没个真才。不是倚父兄权势，便借孔方之力向前"。①

除贿赂公行外，权力也干预科举，影响科举取士的公正性。达官权贵可以凭借手中的权力迫使考官对考生任意升降。《平山冷燕》中，吏部张尚书"要将他公子张寅考作华亭县案首"，王衮认为"别个书不听犹可，一个吏部尚书，我的升迁荣辱都在他手里，这些些小事，焉敢不听"。又想道："若取了这些人情货，明日如何缴旨？"②他再次找张寅的卷子来看，却又甚是不通，心下没法，只得勉强填作第二名。《人间乐》里才子许绣虎被来吏部看上，希望招他做女婿，于是暗中帮助他。会试中"不道笔墨有灵，竟是朱衣暗点。于是点了第一名会元"。殿试时"来吏部从内里暗通关节，要将许绣虎点作状元。谁知事不凑巧，天子在金瓶之内信手拈出，直拈到第三才是许绣虎名字"。③《孤山再梦》里，方古庵因误会闻友对其诗文不敬，便革去他的功名。这些例子突出表现了权力和金钱对科举结果的干预。

因以上各种因素的存在，不少才子佳人小说的作者对科举之路产生了怀疑，甚至否定。《画图缘》中的才子是以建立武功而排斥科举来实现胸中抱负的。《画图缘》第一回中，作者就借才子之口表达了他对文职科举的否定和对建立武功的推崇："人生世上，既读书负才，岂不愿就？但书生徼笔墨之灵，博取一第，毫无所济。而纡金拖紫，坐享天禄，犹以丈夫自欺，岂不有愧。"④

才子佳人小说对科举的不满与揭露集中体现在《女开科传》中，《女开科传》第三回论述了科举的不公。

> 戏场考试举子，只是一联要对。此法原从唐制，考选词赋小变出来。实是径截可仿，既省了开科诸费，又好断绝了随缘的路头。要知那科场中，如买号、雇倩、传递、割卷、怀挟种种弊窦，难以悉举。

---

① 天花藏主人著，李致忠校点《平山冷燕》，第 97 页。
② 天花藏主人著，李致忠校点《平山冷燕》，第 93 页
③ 天花藏主人编次《人间乐》，《古本小说丛刊》第十一辑，第 1754 页。
④ 天花藏主人：《画图缘》，春风文艺出版社，1985，第 6 页。

真正阔绰春元，那及得应口作对的才子。即如唐时崔群知贡举，取门生三十人，回来在妻子面前夸口：'我有美庄三十所，留与儿孙作祖遗'好笑得紧，他把那个宾兴中式所取，竟认做自己作家的良田，由此推之，则分明以棘院为场圃，以士子为谷种，以分房为此疆彼界，以阅卷为耘锄植。翰林金马诸公，都是些荷锄负畚，与耕牛为伍的农夫田。到后来的拜认师生，银壶金爵，无非是芳塘绿亩之遗弃滞穗。古称人材为玉笋，这等譬喻起来，不是玉笋，就是几把发科的青苗。古称遴选为长城，怎般比方将去，不是长城，还是几顷收成的晚稻。故此春官所属，非云桃李，柳汁所染，无非蓑衣。如此成风，安得不夤缘典试，为穰穰满篝，千斯万箱之祝乎。

要晓得典试者，先自费了些随缘本钱，毕竟取偿于何处，势不得不寻几个应试的交易一番。富儿得售，白丁登科。得中的人人张爽，不得中的个个刘蕡。然后恍然大悟道，桂香槐落之秋，即古神农氏所称日中之市也。所以白发青衫，累科不第；黑貂裘敝，骨肉参差。安得特隆恩典，一榜尽赐及第乎！然而那在下等的朋友，也不要去埋怨自家的文章不是锦绣，也不要去埋怨试官的眼珠不是铜铃，只恨自己的祖父原不曾为子孙预先打算，积得几万贯稀臭铜钱，致使文字无灵，光拳无措。这不是人去磨墨，却被这一块墨把人磨去了半橛。①

这里论述了科举取士制度在执行过程中存在的几个问题。一是科举题目本身可仿，可预先准备，取不到真才。二是考场作弊严重，"买号、雇倩、传递、割卷、怀挟"数不胜数。三是科举功利性严重，参加者多为名为利，而非为国为民。四是科举成为金钱和权力的交易。科举已经由为国家选举人才的公器变成了个人谋取私利的工具，从主考官到士子，为获得荣华富贵，各人所用手法层数不穷，无所不用其极。以这种方式考中的人以后怎能尽心为国家出力？最后还指出科举不是选拔人才而是摧残人才，"这不是人去磨墨，却被这一块墨把人磨去了半橛"。

岐山左臣在《女开科传》中对科举的批判和论述与清初文坛学者的

---

① 岐山左臣编次《女开科传》，第23页。

反思完全一致。顾炎武在《日知录》之《三场》中指出科举弊病："夫昔之所谓三场，非下帷十年，读书千卷，不能有此三场也。今则务于捷得，不过于《四书》、一经之中拟题一二百道，窃取他人之文记之，入场之日，抄誊一过，便可侥幸中式，而本经之全文有不读者矣。率天下而为欲速成之童子。学问由此而衰，心术由此而坏。"① 又指出拟题数量很少，猜题很容易。"以经文言之，初场试所习本经义四道，而本经之中，场屋可出之题不过数十。富家巨族延请名士馆于家塾，将此数十题各撰一篇，计篇酬价，令其子弟及僮奴之俊慧者记诵熟习。入场命题，十符八九，即以所记之文抄誊（誊）上卷，较之风檐结构，难易迥殊"。② 历年所出的时文选集，是举子的样板，只要套用做法就可以。这就指出科举题目本身可仿，再加上题目本身很少，可预先准备，这样一来，所选出来的人才并非真才，不具有为国家做出实际贡献的能力，失去了科举制度本来的用意。

对于科举对人才的败坏，顾炎武的观点在清初极具代表性，其云："愚以为八股之害，等于焚书，而败坏人材，有甚于咸阳之郊所坑者但四百六十余人也。"③ 八股文"败坏天下之人才，而至于士不成士，官不成官，兵不成兵，将不成将，夫然后寇贼奸宄得而乘之，敌国外侮得而胜之。"④ 除顾炎武外，魏禧亦对八股之害进行了总结，并作《制科策》："既思朝廷以八股取士，曲摩口语，正如婢代夫人，即令甚肖，要未有所损益，绳趋矩步，使人耳目无所见闻，是制科之不善也。余因拟《制科策》，条为通论凡千余言。"⑤ 魏氏《制科策》共为三篇，对八股之弊进行了详尽论析，提出"废八股而勒之以策论"的主张："三百余年来以八股取士，所求非所教，所用非所习，士子耳目无闻见，迂疏庸陋，不识当世之务，不知民之疾苦。其有志者，则每于释褐后始尽弃所为举业，讲经世之学。学之不精，习之不久，以遽当民社之寄，驭积滑之吏，其不克胜也固宜。然方其为诸生，无绝人之资，而求通古今之务，则举业不专不

① 顾炎武：《三场》，顾炎武著、黄汝成集释《日知录集释》，第 944 页。
② 顾炎武：《拟题》，顾炎武著、黄汝成集释《日知录集释》，第 945 页。
③ 顾炎武：《拟题》，顾炎武著、黄汝成集释《日知录集释》，第 946 页。
④ 顾炎武著《生员论中》，《顾亭林诗文集·亭林文集》卷一，中华书局，1959，第 23 页。
⑤ 详见魏禧《魏叔子文集》，第 377 页。

精，督学之绳法其后，而身之荣辱分。故经世之学，为诸生，则不敢为，既举进士，则苦于无及。"① 在他看来，八股文本身不仅严重束缚了士子的才能，而且由于其为国家取士的唯一途径，使得天下士子不得不趋之若骛，于是天下人才俱为此所害。就因为八股取士制度与"圣贤之理，适用为本"背道而驰，不但不能造就良才，而且导致人才尽失。由于科举制度是功利导向，儒生多为官为名为利而努力甚至不择手段。这种功利性很强的人才选拔制度在执行的过程中又有很多的漏洞。综上导致选拔出来的人既缺乏安邦治国的才能，又缺乏独立、忠贞和高洁的人格，这才使得国家在需要之时，他们仍在为利而内讧，为名而奔走，不能放下小我，顾全大局；而国家将覆亡之时，他们又纷纷献城、弃城，无气节无尊严。这些观点和才子佳人小说中所反映的情况完全一致。

三　忠贞观念

中国自古将贞女与忠臣并称，即所谓"贞女不事二夫，忠臣不事二君"，忠臣与贞女在道德世界里的地位是相同的。"饿死事小，失节事大"一直以来都是封建士大夫阶层嘉许和鼓吹的贞节观，而"失节"问题在明清之际，乃至整个清朝都是一个极其敏感的话题。众多士大夫在明亡之际，丑态百出，与女子的"节义"形成鲜明的对比。崇祯十七年（1644）三月，李自成进京，只有一小部分士大夫选择了杀身成仁，而有1200多名明朝官吏选择投降。四月，李自成败退，清睿亲王多尔衮进京，这些人又大多再次投降于清。与此相对应，在江南则有大批女子死节。《明史·列女传》卷三记述了明末清初因战乱而殉死的女性为34人，其中32人为江南女性，约占94%。史官将这么多江南烈女收入《明史》，除了战乱江南地区殉节女性多于和平时期的缘故外，还凸显了编史者的一种态度，遗民利用江南地区殉节女性的事迹，影射亡国之际对节与忠的思考。

入清以后，江南士人对于女性殉死事迹的叙述越来越激烈化。清初修《明史》，有部分明朝遗民参与其中，他们将死节女性的事迹大量写入，除了战乱导致女性贞操受到威胁，表彰殉节可以鼓励女子保持贞操外，还

---

① 详见魏禧《魏叔子文集》，第500页。

蕴含着明清鼎革的深刻含义。当时借女德以讽士已经成为一股潮流，士大夫普遍用妇女贞节行为来激励士人尽忠义。对守贞节妇人的赞美常常与对世风的批判相对应。如"近世士风下，相尚唯同尘。赖以振颓纲，往往在妇人"；① "呜呼！三十年来，率先迎降，反颜北面，非高官峨峨，自号大夫者欤？""然须眉且弗具论，其闺中弱质自论封以至于单寒，趋义恐后，而视死如归，或投缳赴水，或冒刃当锋"。② 有不少士大夫对妇女的贞节要求甚至过情，过常，达到苛刻的程度，"吾见江南女子之奉巾栉于营垒之中，及为所掠卖而流离道路者，恨其不能死"。③ 对昔日黄巢所掳女子，也认为"不知当日举朝妇人，亦一赧颜否也？"④ 《扬州十日记》中亦有此倾向，"已有一卒拘数美妇在内简检筐筐，彩缎如山，见三卒至，大笑，即驱予辈数十人至后厅，留诸妇女置旁室；中列二方几，三衣匠一中年妇人制衣；妇扬人，浓抹丽妆，鲜衣华饰，指挥言笑。欣然有得色，每遇好物，即向卒乞取，曲尽媚态，不以为耻；予恨不能夺卒之刀，断此淫孽。卒尝谓人曰：'我辈征高丽，掳妇女数万人，无一失节者，何堂堂中国，无耻至此？'呜呼，此中国之所以乱也"。⑤ 这时的世风如赵园所说："明清之际的文献，记烈妇贞女，其死亦有至惨者，时论之嗜'奇'嗜'酷'，更甚于对男子，尚顾及所谓的'经'，对妇人女子，则称许其'过'（过情之举），那些出诸男性手笔的节烈事状，正透露着男性的自私与偏见。"⑥ 清初士人对于是否应该尽节殉国展开过激烈的讨论，不少人列举出很多不必殉国的理由：不出仕者可以不死，父母在可以不死，退休官员可以不死，而明朝不出仕且父母在者尤可不死。甚至有存活下来的人对死节者大加鞭挞，认为死者是"塞责"，是"好名"，在这样的语境下，清初士人对于女子的评价"恨其不能死"可谓过情、过苛。这种过情、过苛就与以女德比喻臣德的传统密切相关。

这种对女子贞节过情、过苛的要求，在才子佳人小说中有着较为充分

① 归庄：《归庄集》（上），上海古籍出版社，1984，第147页。
② 归庄：《归庄集》（上），第174页。
③ 归庄：《归庄集》（下），第407页。
④ 归庄：《归庄集》（上），第174页。
⑤ 王秀楚：《扬州十日记》，第232～233页。
⑥ 赵园：《明清之际士大夫研究》，北京大学出版社，1999，第75页。

的展示。贞节问题，是大多数才子佳人小说比较重视的一个问题，在许多作品尤其是前期作品中，这个问题都得到了一定程度的渲染。由于受性灵思潮的影响，明末作品多重人欲，清初才子佳人小说反其道而行之，十分强调贞节观念，如《好逑传》中，水冰心因感铁中玉救己之恩，设计将铁中玉接至家中，为其延医治病，二人隔帘对饮无一字及于私情，虽同处一室，连居五夜，毫无苟且之事。又如《麟儿报》中廉清以"既以身许，何争早迟"为由，向小姐求欢片刻，但遭到了小姐的婉言拒绝；《锦笺记》中的柳淑娘在梅玉欲与之私通时持身不允；《望湖亭》中钱生代颜生婚娶，竟端坐彻夜，始终坚持操守；等等，这些情节对贞节的渲染与描绘几乎不近人情。不仅如此，很多才子佳人小说的作者亦是以宣扬名教为己任的，有的干脆就以"名教中人""维风老人"等为自己命名，这种对贞节的几近于不通情理的过分强调，形成了一种与以往才子佳人题材作品迥然不同的风格，富有清初明遗民的论调和意味。

与此同时，与清初复杂的鼎革现实相对应，在对妇人贞节要求过高、过苛的同时，也有小说反映了求权、求变的复杂心态。"千古艰难惟一死"，以死殉国毕竟是艰难的，是少数人的选择，对于大多数活下去的人来说，仍要面对生存下去的现实。这些人往往背负着巨大的身心压力，未曾殉国、苟且偷生的事实和他们骨子里传统的忠贞观有着激烈的矛盾，在这种情况下，他们不得不反复讲述不曾殉国的原因，为自身开解，使自身行为正当化。不少人以"父母在"等作为理由，龚鼎孳更以"本欲死，奈何小妾不肯"，将责任推给顾眉，为自己开脱。张缙彦就因曾降李自成、降清，备受时人指责，为求解脱，不惜招祸，背负压力请好友李渔将自己曾"吊死在朝房，为隔壁人救活"一事写入《无声戏》（二集），意思是自己曾经死过一次，算是为国尽过忠，被救活实乃天意，以此使自身行为正当化来减轻身心压力。这也和李渔《奉先楼》中描述舒娘子一事相似。舒娘子为存孤，甘愿受辱，后来将孩子交与父亲后，"就关上舱门，一索吊死"。"将军怜惜不已，叫人解去索子，放下她来，取续命丹一粒，塞入口中，用滚汤灌下，也是他大限未终，不该就死，一连灌上几口，就苏醒转来"。醒后舒娘子道："有话在先，决不做腆颜之事，只求一死，以盖前羞"。将军道："你如今死过一次，也可为不食前言了。"① 然后将舒娘子还于前夫。这样死过一次，算是尽了节，最后又能与儿子、丈夫团圆，是一个双赢的策略。这是当时士人为自己未能殉国而又要苟活于世的自我行为正当化的辩解。

《金云翘传》更是充分反映了这一社会现实。《金云翘传》讲述了真人真事。主人公王翠翘是明朝嘉靖年间名噪一时的妓女，明朝不少文献都讲述关于她和徐海的故事，亦曾编成小说。早在嘉靖年间，茅坤《剿除徐海本末》的"附记"和王世贞《续艳异编·妓女部·王翘儿传》就有对此事的记载。其后，周楫所辑《西湖二集·胡少保平侨战功》、张潮所辑《虞初新志·王翠金云翘传》、梦觉道人所辑《幻影·生报华粤恩，死谢徐海义》，都是铺写王翠翘故事。

明清鼎革之后，青心才人编的《金云翘传》虽然仍演王翠翘故事，但与晚明的笔记小说或拟话本小说相比，已经有鲜明的清初特色，字里行间饱含清初士林思虑的印记。《金云翘传》不再提徐海与倭寇的关系，而把徐写成个草莽英雄。同时，它也不提两浙总督胡宗宪在抗倭战争中有何功过，只揭露他毁约杀降和见色思淫的卑劣品行。除了描述王、徐故事外，《金云翘传》还用好几倍的篇幅重点描述王翠翘如何从一名单纯善良的女子被官府、黑暗社会一步步逼为娼妓。在其中揭露了官府的压榨、地痞的豪夺、官军的懦弱、社会渣滓的狠毒，勾画出晚明社会的黑暗图景，总结故国衰亡的历史教训。

《金云翘传》引人关注的是作者在文中反复渲染的"身辱心贞"的见解。王翠翘开始也是极重贞节之女子，翠翘与金重私订终身时说："女人之守身如守瓶，瓶一破而不能复全。女一玷安能复洁？君念及此，即使妾起不肖之念，君方将手刃之，以绝淫端。"② 在约会时坚拒金重情浓之时的越轨行为，正色相教："愿郎以终身为图，妾以正戒自守，两两吹箫度曲，玩月联诗，极才子佳人情致，而不堕淫妇奸夫恶派。"③ 此后则是对王翠翘不幸遭遇的反复渲染。先是官府极度黑暗，衙门为了盘剥几百两银子百般折磨王翠翘父亲，王翠翘不得不卖身救父，紧接着被马龟所骗，先

① 李渔：《奉先楼》，《李渔全集》第九卷《十二楼》，第 247~248 页。
② 青心才人编次《金云翘传》，春风文艺出版社，1983，第 25 页。
③ 青心才人编次《金云翘传》，第 19 页。

是失身于马龟，接着被卖入娼家。开始宁死不肯接客，后被鸨母秀妈和楚卿设局，失身楚卿，又被出卖，不得不做妓。做妓被束生赎出后，因束生之妻甚妒，翠翘受尽百般折磨，又被骗卖至妓院。后为大盗徐海所救，受恩于徐海，却因中了胡总都的计谋，害徐海兵败而亡，之后又受胡总都的调戏，被赐给军酋。翠翘投江自杀，终被尼姑救活，遁入空门。黑暗的官府、恶毒的骗子、鸨母一步步把原本单纯善良的王翠翘逼入火坑。作者安排的结局耐人寻味。在作品的最后，金重找到王翠翘，愿意接纳王翠翘，重结连理，但王翠翘认为自身已经被辱，不肯接受。这时金重说道："大凡女子之贞节，有以不失身为贞节者，亦有以辱身为贞节者，盖有常有变也。夫人之辱身，是遭变而行孝也。虽屈于污泥而不染。"认为王翠翘是身辱心贞，"较之古今贞女，不敢多让"。① 最终以王翠翘接受夫妻名分，只是不肯同房作为解决的方案。

　　这种"身辱心贞"的观点，与李渔的"原心不原迹"如出一辙，是弥漫于清初社会的深具影响力的观点。李渔在《十二楼·生我楼》第一回中就提出乱世论人之法当是"原心不原迹"。"所以论人于丧乱之世，要与寻常的论法不同，略其迹而原其心，苟有寸长可取，留心世教者，就不忍一概置之。古语云：'立法不可不严，行法不可不恕。'古人既有诛心之法，今人就该有原心之条。迹似忠良而心同奸佞，既蒙贬斥于《春秋》；身居异地而心系所天，宜见褒扬于末世。诚以古人所重，在此不在彼也"。② "原心不原迹"和"死易生难"是特定历史条件下两个相对应的命题，李渔的在《十二楼·奉先楼》中以具体的事说明自己的理论。《奉先楼》第一回就是"因逃难姹妇生儿，为全孤劝妻失节"此回讲乱离之中，舒秀才只有一个独子，眼看难保。

　　　　舒娘子与舒秀才商量："还是要我捐生守节，做个冰清玉洁之人，还是要我留命抚孤，做那程婴、杵臼之事？"舒秀才道："两种心肠都有，只是不能勾（够）相兼。万一你母子二人落于贼兵之手，

---

① 青心才人编次《金云翘传》，第 208 页。
② 李渔：《生我楼》，《李渔全集》第九卷《十二楼》，第 251 页。

倒不愿你轻生赴难，致使两命俱伤，只求你取重略轻，保我一支不绝"。舒娘子道："这等说起来。只要保全黄口，竟置节义纲常于不论了！做妇人的操修全在'贞节'二字，其余都是小节。一向听你读书，不曾见说'小德不逾闲，大德出入可也！'"舒秀才道："那是处常的道理，如今遇了变局，又当别论。处尧舜之地位，自然该从揖让；际汤武之局面，一定要用征诛。尧舜汤武，易地皆然，只要抚得孤儿长大，保全我百世宗祧，这种功劳也非同小可，与那匹夫匹妇自经（到）于沟渎者，奚啻霄壤之分哉！"

舒秀才认为"处常"之时贞节固然重要，但遭遇变局之后，理应另当别论，此时生存下来忍辱抚孤的意义远远大于殉节，这就是"死易生难"。不仅舒秀才如此认为，而且两人以此事询问族人，族人也大多这样认为。"舒秀才把以前的话遍告族人，询其可否。族人都说：'守节事小，存孤事大。'"这与舒秀才的主意相同。这说明这种观点也是清初普遍认可的观点。之后，李渔又借舒娘子之口分析了世间后死之人的不同心态，并提出了自己的担忧，由此引出"原心不原迹"的观念。

舒娘子道："从来不忠之臣、不节之妇，都假借一个美号，遂其奸淫。或说勉嗣宗祧，或说苟延国脉，都未必出于本心，直等国脉果延，宗祧既嗣之后，方才辨得真假。如今蒙列位苦劝，我欲待依之，只有一句说话，也要预先讲过。初生乍养的孩子，比垂髫总角者不同，疹麻痘疹全然未出，若还托赖祖宗养的成功便好，万一寿算不长，半途而废，孤又不曾抚得成，徒然做了个失节之妇，却怎么好？"众人道："那是命该如此，与你何干？只问你尽心不尽心，不问他有寿没有寿。"①

李渔在这里强调了"死易生难"，一死可全节，可塞责，而生则需要隐忍苟活，以做更重要的事，或为嗣宗祧，或为延国脉，不得不勉力生

① 以上引文出自李渔《奉先楼》，《李渔全集》第九卷《十二楼》，第238~240页。

存。与死相比，生承担了更大的压力，故"死易生难"。那么世人对生者应该如何评价呢？评价的原则则是"原心不原迹"。也许尽了努力，仍然无法完成肩负的责任，但是只要是尽心去做了，就应受到肯定和认可，结果如何不去管他，只要无愧于心。这也是清初普遍认可的观点。

《金云翘传》第五回，王翠翘就多次剖析自己不死的原因。"且死有轻有重，但要死得其所，有死重于泰山者，唯恐不得其死；有死轻于鸿毛者，惟恐轻身受死。所以曹娥、缇萦以身殉亲，以死之所系者重也；窦娥、西施身辱焉而不死，以死之无关于身世也"。① 此处指出自己不死是因为"死易生难"，不愿轻易无价值的去死，愿意承受生的苦难和责任。在小说的最后，王翠翘与金重再次相聚，二人欢会之余，王翠翘又"再展别技"，"信笔题诗十首"，主要是表明自己本为贞节的心迹，以及为何失节和失节之后为何不死的原因。"见郎百事肯，只不共郎衾，恐将容悦意，流荡入于淫"，这是表明自己本是贞节之人，所以最初誓守贞节，不与金重未婚同房。"一身既许君，如何又改调，奈何生不辰，仓皇夺于孝"，这是说明自己失贞是不得已，为救父的形势所迫。以下则是不断地解释失节未死之因，"卖身为救亲，亲救身自弃，若更死此身，知节不知义"。为救亲而卖身，为节义而不死，不死是为报仇。"时时颠沛亡，处处流离碎，死得没声名，死又何足贵！""风尘阅人多，胡以悦强暴？若不暂相从，深仇何以报！"强调自己不肯没声名没价值的死掉，不死是为了报深仇。"杀之非妾心，其死实由妾。所以钱塘江，一死尽于节"。② 钱塘江自尽是为了死节。天花藏主人在给《金云翘传》作序的时候，也就贞和淫的问题发表了自己的见解："大都身免矣，而心辱焉，贞而淫矣；身辱矣，而心免焉，淫而贞矣。"③ 指王翠翘虽身受辱，但是由于她受辱皆因为环境所迫，心怀忠贞，所以"淫而贞"，身辱心贞。由此他认为对人评价的原则应该"原心不原迹"，虽身辱，但因心怀忠贞，仍是忠贞之人。这笼罩全篇的"贞淫"论、"死节"论，反映了当时士人对此的纠结以及他们灵魂深处对故国的怀恋，对未能死节的负疚，对自己要活下去的

① 青心才人编次《金云翘传》，第45页。
② 青心才人编次《金云翘传》，第211～213页。
③ 青心才人编次《金云翘传》，序，第1页。

必须开解的复杂情结。这些都是蕴藉于心的故国情结的反映。《金云翘传》中的王翠翘的形象寄托了清初士人独特的情感和对故国的怀恋，在某种程度上有自寓的成分，影射了明清之际的士人遭受的种种磨难，以及在各种逼迫下，不得不忍辱偷生，自我开解的心路历程。如该书开篇王翠翘做的"薄命怨"所叙："怀故国兮，叹那参商；悲沦亡兮，玉容何祥。"① 《金云翘传》名为才子佳人小说，实则饱含士人自寓及其故国之思。越南阮攸也看出了这点，他将《金云翘传》改编为《断肠新声》，用以寄托对故国的哀思，流传广泛，声誉甚隆。

借女德讽士人是清初士林评议的特点，才子佳人小说中对女性过情甚至苛刻的贞节观，以及对"身辱心贞"的反复开解，都是清初以女德比拟臣德的具体表现。除此以外，也有作者经历鼎革痛定思痛，对臣子不能尽忠提出新的解释和观点。如烟水散人在《女才子书·郝湘娥》"自记"中云："或谓余曰：'鸿有姬妾数十，而死节仅一湘娥。若郅雪诸姬，真可痛恨！'余笑曰：'独不思珍珠十斛，亦曾赐及郅雪、李翠否？众人国士之报，何独闺阃不然，甚而更有生蒙恩宠，死等路人，负心忘义之辈，虽在衣冠中，比比皆是，岂能责备于妇人耶！'"② 此处将矛头直指明朝统治者皇帝，暗讽因为明主薄待士人，才引发士人尽忠守节者少，这就将思想的深度又推进一层。

四　隐逸结局

在才子佳人小说中，隐逸结局也是一个值得留意的问题。才子佳人小说中的才子也曾努力奋斗争取科举及第，但是他们的科举及第最重要的目标并不是为了入仕谋取一官半职，而是为了证明自己具有经世纬略的才干，或是为了博得婚姻。爱情而不是为国建功立业才是才子参加科举考试的动力。无论有没有得到佳人和家长的肯定，对佳人的追求都会让才子产生参加科举考试一举成名的愿望。获得肯定了的，希望以科举功名为前提以求结婚；还没有获得佳人和家长肯定的，寄希望于科举功名的实现改变

① 青心才人编次《金云翘传》，第 2 页。
② 烟水散人：《郝湘娥》，《女才子书》，《古本小说集成》第一辑，第 310～311 页。

对方的看法来获得对方的青睐。爱情让才子激起奋斗的信心和激情，是才子获取功名的动力。他们认为，只有功名有望，才能获得婚姻的美满，所以大部分才子追求科举及第，是以婚姻为目的的。苏友白的心迹便是很好的说明："小弟迟归者，为功名也；为功名者，实指望功名成而侥幸小姐一日之婚姻也。"① 燕白颔在遇美人之后就想"他若嫌我寒士，我明年就中个会元状元与他看"。② 其他才子如双星、宋采、甘颐等莫不以爱情婚姻为科举功名实现的动力。而一旦科举成名，他们多在证明自己的才能之后，不为朝廷效力，选择隐逸林下。

如《宛如约》第十六回叙述司空约："数年，直做到文华殿学士。因想恩荣已极，遂急流勇退，告致来家……只与如子、宛子终日陶情，怡然山水。"③《春柳莺》的结尾是："后石生进京，官未数年，亦托病归家，同岳翁梅公暨李穆如，怀伊人各携妻子，遁迹山林，著书去了。"④《醒风流》的尾声是："马有德备述途遇孟宗政，送还两口宝剑，问其所以，无一言回答，拂袖而去……因此赵公也告老归园……后来梅丞相也便高隐学道，子孙富贵繁衍。"⑤ 在著名才子佳人小说作者烟水散人的作品如《春灯闹》中，真连城"有出世之想"；《合浦珠》里中，钱九畹则自"大行皇帝缢死煤山"后就"隐在乡中"；《赛花铃》中，沈西苓"白云念切"，而红文畹则"徒居村僻，匿隐姓名，只称宝玄居士"。另有《赛红丝》《情梦柝》等篇也有类似的结尾。这种在奉旨成婚、位极高官之后急转而下的退隐结局是颇为耐人寻味的。

笔者所见的才子佳人小说作品，以男主人公最终归隐收场的比比皆是，如《醒风流》《归莲梦》《五凤吟》《情梦柝》《春柳莺》等，另外还有一些作品中的主人公虽在官场，但是不恋官场，与隐居无异，如《玉娇梨》中的白玄、吴翰林虽然也做了大官，但并不热衷功名利禄。以下是吴翰林、白玄和苏御史在花间饮酒时的对话：

---

① 天花藏主人著，黄获散人编次《玉娇梨》，第 194 页。
② 天花藏主人，李致忠校点《平山冷燕》，第 158 页。
③ 惜花主人批评，萧相恺校点《宛如约》，春风文艺出版社，1987，第 153 页。
④ 南北鹖冠史者编，石庐拼饮潜夫评《春柳莺》，春风文艺出版社，1983，第 151 页。
⑤ 崔市道人编次《醒风流》，春风文艺出版社，1984，第 202 页。

（吴翰林）说道："此花秀而不艳，美而不妖，虽红黄紫白，颜色种种鲜妍，却终带几分疏野潇洒气味，使人爱而敬之。就如二兄与小弟一般，虽然在此做官，而日日陶情诗酒，与林下无异，终不似老杨这班俗吏，每日趋迎权贵，只指望进身做官，未免为花所笑。"白公笑道："虽然如此说，只怕他们又笑你我不会做官，终日只好在此冷曹与草木为伍。"苏御史道："他们笑我们，殊觉有理；我们笑他，便笑差了。"吴翰林道："怎么我们笑差了？"苏御史道："这京师原是个利名场，他们争名夺利，正其宜也。你我既不贪富，又不图贵，况自年兄与小弟又无子嗣，何必溷迹于此，以博旁人之笑。"白公叹一口气道："年兄之言最是，小弟岂不晓得？只是各有所图，故苟恋于此，断非舍不得这一顶乌纱帽耳。"苏御史又道："吴兄玉堂，白兄清卿，官闲政简，尚可以官为家，寄情诗酒。只是小弟做了这一个言路，当此时务要开口又开不得，要闭口又闭不得，实是难为。只等圣上册封过，小弟必要讨个外差离此，方遂弟怀。"吴翰林道："唐人有两句诗道得好：'若为篱边菊，山中有此花。'恰似为苏兄今日之论而作。你我既乐看花饮酒，自当归隐山中，最为有理。"①

"虽然在此做官，而日日陶情诗酒，与林下无异"，"你我既乐看花饮酒，自当归隐山中，最为有理"，这些都体现了心中的隐逸倾向。《飞花艳想》也有这样的倾向。

才子佳人小说的隐逸结局和作者自身的思想是吻合的。在名号可考的15名清初才子佳人小说作者当中，有9名仅从名号就能看出隐逸倾向，如鹤市道人、渭滨笠夫、古棠天放道人、烟水散人、烟霞逸士、白云道人、南北鹖冠史者、烟霞散人、南岳道人，占60%，充分体现了清初弥漫全国的隐逸之风。

清初，大批由明入清之人不仕清朝，不为清朝效力，同时又没有胆量和能力起来反抗，就选择了隐逸这种不合作的生存方式。之后，随着清朝日益稳固，对全国局面的控制日益增强，许多抗清志士也不得不转入隐逸

① 天花藏主人著，荑荻散人编次《玉娇梨》，第4页。

的行列，他们与那些一开始就感于乱世而归隐的明末士人一起构成清初明遗民隐逸群体。这些遗民自愿选择云游与漂泊的生活方式，不履城市，有家不归，以祭奠失去的心灵家园。傅山甲申后十年无家；顾炎武于顺治十四年（1657）以二马二骡载书北游，风餐露宿，虽七甥屡促南归安度，不改初衷；阎尔梅于明亡后汗漫江淮间，"一驴亡命三千里，四海无家二十年"；岑征"泛三湘，走金陵，复北游燕赵间"；① 曹履泰"筑东山草堂，自号耘庵，布衣蔬食，杜门读书。暇则遨游山水间，足迹不入城市者四十年"。② 类似这样的例子，在《明遗民录汇辑》中比比皆是。这种隐逸山林，不履城市，不仕清朝的选择，正是清初弥漫全国的故国情结的体现。

五 清初才子佳人小说可考者编年

1. 顺治元年（1644）

青心才人撰《金云翘传》二十回。该书题"青心才人编次"，首有序，署"天花藏主人偶题"。据日本《舶载书目》（日本宝历甲戌年、乾隆十九年，1754）的著录，该书最早的版本当是顺治前的贯华堂刊本，但原本未见，仅存手抄本，藏于中国社会科学院文学研究所。现存顺治间的本衙藏版本，通常称为"繁本"，此为翻刻本，其内封题"圣叹外书""贯华堂批评"。藏于大连图书馆、日本神宫文库和日本无穷会织田文库。有上海古籍出版社的《古本小说集成》影印本。

2. 顺治十年癸巳年（1653）

烟水散人撰《合浦珠》四卷十六回。据文中内容分析，《合浦珠》应是烟水散人存世作品中最早的一部。一是《合浦珠》早于《赛花铃》。《赛花铃》第一回就引述《合浦珠》的内容作为正文的开头，且字句颇有相似之处。如《合浦珠》中钱九畹问申屠丈的姓名、住址时，申屠道："我浪迹萍踪，何有定处。虽复姓申屠，其实并无名号，江湖上相知者，但呼为申屠丈耳。"《赛花铃》第一回引述此事："那人道：'俺隐姓埋名

---

① 谢正光、范金民编《明遗民录汇辑》（上），南京大学出版社，1995，第 242 页。
② 谢正光、范金民编《明遗民录汇辑》（下），第 682 页。

已久，江湖上相识，但呼俺为申屠丈。'"可见作者写《赛花铃》时，《合浦珠》已问世。二是《赛花铃·题辞》中提到"予自传《美人书》以后，誓不再拈一字"，即《赛花铃》是自《女才子书》后第一部作品，因《合浦珠》早于《赛花铃》，则《合浦珠》当早于《女才子书》。三是现存顺治年间的写刻本《合浦珠》卷首有桃花坞钓叟的"题辞"："烟水散人半生不遇，落魄穷途，今是编一出，吾知斯世必有刮目相看，当无按剑而睨者。"① 由此句语气可知，桃花坞钓叟当是烟水散人好友；而"是编一出"一句则暗示此乃烟水散人第一部力作。四是《女才子书》中有明确的创作时间。顺治十三年烟水散人旅居金阊，大约于此时写成《珍珠舶》。顺治十六年得到《女才子书》中最后一篇故事《郝湘娥》才写成《女才子书》。《合浦珠》作为第一部力作，早于《珍珠舶》，早于《女才子书》。又因该书第十六回云："兹有天造逢剥，潢池之乱难弭，而煤山之祸已兆"，"今有真主已出，太平在迩"，"至明年甲申三月，果有彰义门之变，大行皇帝缢死煤山"。可知此书写在甲申（明崇祯十七年，清顺治元年，1644）之后；又，全书不讳"玄"字，可证此书当刊于康熙元年之前。综上，此书约成于顺治十年，今存顺治年间写刻本，藏日本东北大学图书馆狩野文库，卷首有桃花坞钓叟"题辞"，烟水散人作《合浦珠序》，此本有中华书局《古本小说丛刊》影印本。大连图书馆也有此顺治年间写刻本，但有缺页，无内封，也无桃花坞钓叟的"题辞"，《合浦珠序》的落款"醉里烟水散人自题"一行也亦刊落。上海古籍出版社据此有《古本小说集成》影印本。

3. 顺治十五年戊戌（1658）

天花藏主人撰《玉娇梨》四卷二十回。又名《双美奇缘》。题"荑秋散人编次"，书首有"素政堂主人"序。而《玉娇梨》《平山冷燕》合刻本又有"天花藏主人题于素政堂"的序。天花藏主人就是素政堂主人，就是作者荑秋散人（后来刊本或作"荑荻散人""荻岸散人"）。关于天花藏主人的真实身份，学术界一直存在歧见。该书传世的版本较多，中国国家图书馆、美国哈佛燕京学社汉和图书馆藏写刻本，"玄"字皆不缺

---

① 石昌渝先生主编《中国古代小说总目（白话卷）》，山西教育出版社，2004，第104页。

笔，疑为顺治刊本，可能是今存最早的刊本。《玉娇梨》还有康熙年间写刻本，藏日本内阁文库，此本有上海古籍出版社《古本小说集成》影印本。《平山冷燕》有顺治戊戌（1658）序，而《玉娇梨》之作当在此前，故系于此。

天花藏主人撰《平山冷燕》二十回。该书首有《平山冷燕序》，末署"顺治戊戌（1658）立秋月天花藏主人题于素政堂"。此本有上海古籍出版社《古本小说集成》影印本，还有本衙藏版、静寄山房刊本，以及众多与《玉娇梨》一起的合刻本。

天花藏主人撰《画图缘》十六回。今存清初写刻本，书首有天花藏主人所作《画图缘序》。藏于大连图书馆、台北"中央图书馆"、美国国会图书馆和日本东京大学东洋文化研究所双红堂文库。又有益智堂藏版本四卷，题"步月主人订"，藏大连图书馆。此本有上海古籍出版社《古本小说集成》影印本。

天花藏主人撰《人间乐》十八回。今存清初本衙藏版写刻本，书首有《人间乐序》，末署"锡山老叟题于天花藏"，藏于美国哈佛燕京学社汉和图书馆，齐如山旧藏。又有乾隆间宝纶堂刊本，藏于大连图书馆、日本国会图书馆等处。哈佛燕京学社汉和图书馆本有上海古籍出版社《古本小说集成》影印本，东京大学文学部藏本有中华书局《古本小说丛刊》影印本。

佚名撰《赛红丝》十六回。该书今存本衙藏版写刻本，首有《赛红丝序》，末署"天花藏主人题于素政堂"。故暂系于此。目录页及正文卷首均题"新镌批评绣像赛红丝小说"。此本无图，当非原刊本，藏于大连图书馆、法国巴黎国家图书馆。大连图书馆藏本有上海古籍出版社《古本小说集成》影印本。

佚名撰《飞花咏》十六回。又名《玉双鱼》。现存清初本衙藏版写刻本，藏于日本内阁文库浅草文库。书首有《飞花咏序》，末署"天花藏主人题于素政堂"。故暂系于此。此本有中华书局《古本小说丛刊》影印本和台湾天一出版社《明清善本小说丛刊》影印本。

佚名撰《定情人》十六回。该书今存本衙藏版写刻本，藏于大连图书馆。书首有《定情人序》，末署"素政堂主人题于天花藏"，故暂系于是年。此本有上海古籍出版社《古本小说集成》影印本。另有残本（存第一、二、九、十回），藏于北京大学图书馆。还有乾隆间覆刻本，藏于中国国家图书馆、日本东北大学图书馆狩野文库。

烟水散人撰《女才子书》十二卷。又名《闺秀佳话》《美人书》《女才子传》《情史续传》。题"鸳湖烟水散人"著，自叙"烟水散人自题于泖上之蜃阁"。卷十二"自记"载："岁在戊戌，二月既望，余以一席访月邻于苕上。……月邻乃箕踞而问余曰：'闻子欲作美人书……'余怃然起谢曰：'命之矣！'及是书草创既就……"据此可知，顺治十五年，此书已经基本写成，又玄字多不缺笔，当刊于避讳不严的康熙初年。目前存齐如山百舍斋《美人书》本。大连图书馆存有乾隆十五年重刻的大德堂刊本；据此有上海古籍出版社的《古本小说集成》影印本和春风文艺出版社的排印本。

烟水散人撰《鸳鸯配》四卷十二回。又名《鸳鸯媒》《玉鸳鸯》。日本内阁文库浅草文库、日本天理图书馆和日本国会图书馆所藏刊本，内封题"鸳鸯配"，目录页署"鸳鸯配目录""檇李烟水散人"，清顺治刊本。日本内阁文库版本有中华书局《古本小说丛刊》影印本。此本亦有上海古籍出版社《古本小说集成》影印本。

烟水散人撰《珍珠舶》六卷十八回。该书仅存抄本，藏于大连图书馆。卷首有烟水散人作的《珍珠舶序》。正文卷首署"鸳湖烟水散人著，东里幻庵居士批"。《珍珠舶》卷五第二回"贾琼芳燕钗联凤偶"中开篇有首《天仙子》（右调），词曰："百岁光阴过得易，何必劳劳为久计，关了门焚了香，做首诗，吃个醉，莫问阶前花落未。屈指五旬年又二，渐觉世情无趣味。白发休将青镜看，忍些亏，耐着气，既不沾名还撇利。"这首词与正文内容毫不相干，应是作者有感而发的慨叹。它明确提到作者创作《珍珠舶》时52岁，而《赛花铃·题辞》中已经说"予自传《美人书》以后，誓不再拈一字"，那么《珍珠舶》应作于创作《女才子书》的顺治十六年以前。又因此时烟水散人已有52岁，创作时间约为顺治十五年。大连图书馆抄本有上海古籍出版社《古本小说集成》影印本。

烟水散人撰《玉支矶》四卷二十四回。该书存华文堂刊本，藏于大连图书馆；有上海古籍出版社《古本小说集成》影印本和春风文艺出版社排印本。醉花楼刊本，藏于法国巴黎国家图书馆，有中华书局《古本小说丛刊》影印本。

4. 顺治十六年己亥（1659）

烟水散人撰《女才子书》十二卷。又名《女才子》《美人书》。署名"鸳湖烟水散人"。烟水散人在《女才子书·郝湘娥》中提到"至丙申（顺治十三年）岁，余于金阊旅次"，加上郝湘娥的故事，凑足十二人之数。"至今三载，徒盘结于胸，未能点次其事"。提到三年后即顺治十六年己亥（1659）才创作《女才子书》。另，钟斐所做《题女才子序》中也明确提到作序时间是"己亥春"。所以《女才子书》写作时间当为顺治十六年。有大连图书馆藏的乾隆十五年大德堂重刻本，据此有上海古籍出版社的《古本小说集成》影印本和春风文艺出版社的排印本。

5. 顺治十八年辛丑（1661）

佚名撰《才美巧相逢宛如约》四卷十六回。该书有清初刻本，藏于中国社会科学院文学研究所、天津图书馆；醉月山居刻本，中华书局据此出版了《古本小说丛刊》影印本，此外还有上海古籍出版社《古本小说集成》影印本和春风文艺出版社排印本。光绪二十五年己亥（1899）上海卫记书局石印本，书名改题"绘图说本银如意"，书首有"吴县卧读生"所作序。光绪二十九年（1903）福记书庄石印本，改题书名"才子如意缘"。

南岳道人撰《蝴蝶媒》四卷十六回。又名《春风面》《鸳鸯梦》。题"南岳道人编辑，青溪醉客评点"。该书有顺治间刊本，为齐如山原藏，现归美国哈佛燕京学社汉和图书馆。齐氏书跋曰："此书刊本颇多……此亦十行二十八字，题本堂藏版，玄字皆不缺笔，则出版当在顺治间。"日本大学藏本堂刊本，中华书局据此出版了《古本小说丛刊》影印本。亦有上海古籍出版社《古本小说集成》影印本，春风文艺出版社排印本。

烟霞散人撰《幻中真》十二回。该书存本衙藏版本，首有天花藏主人所作序，正文卷首署"烟霞散人编次，泉石主人评定"。此本藏法国巴黎国家图书馆。书中第五回提及崇祯年号以及张献忠、李自成；该书第一回称"江南苏州府吴县"，"江南"作为省名，出现在顺治二年（1645），康熙六年（1667）析为江苏、安徽二省；又书中正文不讳玄字。可知此本刊刻于顺治年间，或康熙初年，故暂系于此。此本藏于法国巴黎国家图书馆，有中华书局《古本小说丛刊》影印本、上海古籍出版社《古本小说集成》影印本和春风文艺出版社排印本。另有一版本为四卷十回本，藏于日本东京大学文学部，有中华书局《古本小说丛刊》影印本。

6. 康熙元年壬寅（1662）

南北鹖冠史者撰《春柳莺》十回。该书题"南北鹖冠史者编，石庐拼饮潜夫评"。作者、评者事迹不详。有序有凡例有图五页，书首《春柳莺序》，末署"康熙壬寅秋八月拼饮潜夫题"。康熙一朝两值壬寅，一为元年（1662），一为六十一年（1722）。刘廷玑《在园杂志》卷二云："近日之小说，若《平山冷燕》、《情梦柝》、《风流配》、《春柳莺》、《玉娇梨》等类，佳人才子慕色慕才，已出之非正，犹不至于大伤风俗。"①《在园杂志》刊于康熙五十四年（1715）。故此序所署壬寅，当为康熙元年。该刊本文中玄字不缺笔，不避康熙名讳；藏于大连图书馆，有上海古籍出版社《古本小说集成》影印本和春风文艺出版社排印本。又有四卷十回本，无序无凡例无图，讳玄字，刊刻时间当晚于康熙元年序本，藏于日本东京大学文学部，有中华书局《古本小说丛刊》影印本。

白云道人撰《赛花铃》十六回。该书今存本衙藏版康熙元年（1662）序刊本。作者真实姓名不详。内封框内左栏有书坊主人"识语"，其中有"兹编出自白云道人手笔，本坊复请烟水散人删补较阅"等语。书首有烟水散人所作《赛花铃·题辞》，末署时"康熙壬寅岁中秋前一日"。该"题辞"所云"壬寅"，当为康熙元年（1662），而非康熙六十一年（1722）。因为该"题辞"作者烟水散人即徐震，徐震著《女才子书》大约在顺治十六年（1659），其《女才子叙》云当时已是"二毛种种"之年，故不可能在60余年后又为《赛花铃·题辞》。而且该刊本有图四页，图中署刻工"黄顺吉刻"，黄氏也是丁耀亢《续金瓶梅》的刻工，《续金瓶梅》刊于顺治十七年（1660），两书的刊刻应在同一时期，不会相差六十年；再者，该书不讳玄字，当刊刻于避讳未严的康熙初年。藏于上海图书馆、大连图书馆。大连图书馆藏本有上海古籍出版社《古本小说集成》

---

① 详见刘廷玑撰、张守谦点校《在园杂志》第二卷，第84页。

影印本和春风文艺出版社排印本。

7. 康熙二年癸卯（1663）

烟水散人撰《桃花影》十二回。又称《桃花影快史》，坊刻本有易名为《浓情快史》《牡丹奇缘》者。烟水散人即徐震。作者在顺治十六年（1659）《女才子书·自叙》中道"壮心灰冷，谋食方艰"；康熙元年（1662）受书坊所请，删补校阅白云道人编的《赛花铃》，其"题辞"云："予自传《美人书》以后，誓不再拈一字。忽今岁仲秋，书林氏以《赛花铃》属予点阅。"大概自《女才子书》出版后，烟水散人声名大噪，且谋食愈艰，自此正式出山为书林编书。其所作《桃花影跋》云："今岁仲夏，友人有以魏、卞事倩（倩）予作传，予亦在贫苦无聊之极，遂坐洙水钓矶，雨窗十日而草创编就。"其跋末又云："此非予之忆（臆）说，予盖闻之白云坞老人云。"白云坞老人可能即是白云道人。所谓"今岁仲夏"，时应在校阅《赛花铃》之后不久，故系于是年。今存清刊本、畹香斋刊本等。

烟霞逸士撰《巧联珠》十五回。该书有可语堂写刻本，玄字皆不缺笔。书首有序，末署"癸卯（1663）槐夏西湖云水道人题"。正文卷首署"烟霞逸士编次"。此本仅存孤本，藏于美国哈佛燕京学社汉和图书馆，西湖云水道人为其作序称作者为"烟霞散人"，此本有中华书局《古本小说丛刊》影印本。此外还有日本内阁文库藏本，据此有上海古籍出版社《古本小说集成》影印本和春风文艺出版社排印本。署"烟霞散人编次"的小说还有《凤凰池》。《凤凰池》成书在雍正六年（1728）之前。又有载道堂刊本，藏于中国国家图书馆。《舶载书目》（日本宝历甲戌年、乾隆十九年，1754）著录此书。

烟水散人撰《春灯闹》十二回。又称《桃花影》二编、《灯月缘》。题"檇李烟水散人戏述，东海幻庵居士批评"。烟水散人即徐震，幻庵居士真实姓名不详。据此书刊者紫宙轩主人在扉页所做广告云："故《桃花影》一编，久已脍炙人口，兹后以《春灯闹》续梓，识者鉴诸。"故系于《桃花影》之后。该书今存紫宙轩刊本，扉页有紫宙轩主人"识语"，各回有东海幻庵居士所作回末总批。藏日本佐伯文库，为海内外孤本。成书于康熙五十四年（1715）的刘廷玑《在园杂志》提及《灯月缘》一书，实即《春灯闹》之改名。此书有《思无邪汇宝》校刊本。

8. 康熙四年乙巳（1665）

佩蘅子撰《吴江雪》四卷二十四回。该书首有《吴江雪序》，云"余之于佩蘅子，殆若一身，不能顷刻相离者也"，末署"乙巳八月顾子石城氏题于蘅香草堂"，故可知序者"顾石城"与作者"佩蘅子"当为一人。文中有"话说前朝苏州府城内柏梁桥"之句，称明朝为"前朝"，自是清代人的口气。此书为写刻，"依纸墨断之，当系清初刊本"（刘修业语）。"乙巳"当为康熙四年。有东吴赤绿山房刊本，藏于法国巴黎国家图书馆，据此有中华书局《古本小说丛刊》影印本。又有东吴赤绿山房刊本的后印本，藏于中国国家图书馆，据此有上海古籍出版社《古本小说集成》影印本和春风文艺出版社排印本。

9. 康熙六年丁未（1667）

天花藏主人撰《两交婚小传》十八回。该书不题撰人，但书首有《续四才子两交婚序》，乃是作者自序口气，末署"天花藏主人题于素政堂"。该序云："故于《平山冷燕》四才子之外，复拈甘、辛《两交婚》为四才子之续。"正文第一回亦云："故《平山冷燕》前已播四才子之芳香矣，然芳香不尽，跃跃笔端，因又采择其才子占佳人之美，佳人擅才子之名，甘如蜜，辛若桂姜者，续为二集，请试览之。"故该书书成时间当晚于顺治十五年（1658）的《平山冷燕》，大约在康熙初年。暂系于是年。有本衙藏版本，写刻，藏于大连图书馆、日本东北大学图书馆狩野文库及吴晓铃处；吴晓铃藏本有上海古籍出版社《古本小说集成》影印本，大连图书馆藏本有春风文艺出版社排印本。素政堂藏版本，藏于北京大学图书馆。又有光绪十四年（1888）姑苏红叶山房刊本四卷十八回，改名为《双飞凤全传》，藏于中国国家图书馆、首都图书馆、天津图书馆等处。还有枕松堂刊本，署"步月主人著"，书首有"叙"，末署"墨庄老人书于绿野山房"，乃妄改撰人，置换原序，藏于法国巴黎国家图书馆。据此有中华书局《古本小说丛刊》影印本。

烟水散人撰《梦月楼情史》十六回。阿英藏康熙年间原刊本。书首有幻庵居士序。此本残存前三回，现藏于芜湖市图书馆。日本《商舶载来书目》著录：宝历四年甲戌（清乾隆十九年，1754）《绣像梦月楼》一部六本，宝历六年丙子（清乾隆二十一年，1756）《梦月楼》一部六本。
该书乾隆年间已传入日本，目前已佚。暂系于是年。

安阳酒民撰《情梦柝》二十回。刘廷玑《在园杂志》卷二提及此书，
知此书刊行不会晚于康熙五十四年（1715）。另日本《商舶载来书目》著
录元禄十年丁丑（康熙三十六年，1697）《情梦柝》一部四本，则进一步
证明它的刊行早于康熙三十六年。现存最早刊本为法国巴黎国家图书馆所
藏七卷二十回本。据此有中华书局《古本小说丛刊》影印本。目录及各
卷首均署"惠水安阳酒民著，西山灌菊散人评"。另有啸花轩藏版本四卷
二十回，藏于大连图书馆。据此有上海古籍出版社《古本小说集成》影
印本和春风文艺出版社排印本。啸花轩乃顺治康熙年间书坊，刻有小说多
种，其中《前后七国志》为康熙五年（1666）序刊本。据此可断定此本
为康熙前期刊本。暂系于此。

烟水散人撰《灯月缘》十二回。此书即《春灯闹》。成书于康熙五十
四年（1715）的刘廷玑《在园杂志》曾提到此书，则《灯月缘》的刊行
当早于康熙五十四年，而晚于康熙二年刊行的《春灯闹》。有啸花轩藏版
本，藏于上海图书馆，据此有上海古籍出版社《古本小说集成》影印本。

古棠天放道人撰《杏花天》十四回。又名《红杏传》《闺房野谈
录》。题"古棠天放道人编，曲水白云山人批评"。该书末提及"盛京"，
盛京乃满族人入关前旧都，后金皇太极天聪八年（1634）尊为"盛京"，
则此小说之成当在此年之后。日本《舶载书目》宝历甲戌年（清乾隆十
九年，1754）著录有此小说本衙藏本，此本玄字缺末笔，当刻于康熙年
间。该小说又有啸花轩刊本，故暂系于康熙初年。《杏花天》传世版本很
多，主要有：啸花轩刊本，日本千叶掬香旧藏；本衙藏本，荷兰莱顿大学
汉学院图书馆等处藏；拂云阁本，此乃简本，不避玄字及宁字，可能刊于
嘉庆间，现藏于美国哈佛燕京学社汉和图书馆。又有石印小本《绣像闺
房野谈录》，实即《杏花天》，藏于日本天理大学图书馆，此书有《思无
邪汇宝》汇校本。另有掌心本改题《红杏传》，亦为石印本。该小说在清
代屡遭查禁，道光十八年（1838）苏郡设局的《计毁淫书目单》、道光二
十四年（1844）浙江巡抚设局《查禁淫词小说书目》、同治七年（1868）
江苏巡抚丁日昌《查禁淫书书目》皆录有此书。

名教中人撰《好逑传》四卷十八回。该书题"名教中人编次，游方外客批评"。作者、评者真实姓名不详。书成于康熙初年。《好逑传》是中国古代小说中最早被译介到欧洲的作品，康熙年间即有英译和葡译文本，18 世纪又被译成法文、德文、荷兰文等。爱克曼《歌德谈话录》记录了歌德在 1827 年 1 月 31 日关于《好逑传》的谈话。该书较早的刊本为写刻本，阿英旧藏。又有乾隆年间凌云阁刊本，藏于大连图书馆，据此有春风文艺出版社的排印本。乾隆五十二年（1787）振贤堂藏版本，藏于荷兰莱顿大学汉学院图书馆、日本东京大学东洋文化研究所仓石文库；乾隆五十二年青云楼藏版本，藏于日本东京大学东洋文化研究所仓石文库。还有咸丰九年（1859）丹桂堂刊本、咸丰十年（1860）光华堂刊本、同治二年（1863）独处轩藏版本，据此有上海古籍出版社《古本小说集成》影印本。

10. 康熙九年庚戌（1670）

苏庵主人撰《绣屏缘》二十回。该书存日本抄本。首有《绣屏缘序》末署："康熙庚戌（九年，1670）端月望弄香主人题于丛芳小圃之集艳堂"。端月，即正月。此本为高罗佩旧藏，今藏于荷兰莱顿大学汉学院图书馆。据此有上海古籍出版社《古本小说集成》影印本。另有养浩堂刊本四卷十九回，藏于北京大学图书馆。据此有中华书局《古本小说丛刊》影印本。

苏庵主人撰《归莲梦》十二回。该书存清初刊本，署"苏庵主人新编，白香居士校正"。藏于上海图书馆、法国巴黎国家图书馆。据此有中华书局《古本小说丛刊》影印本、上海古籍出版社《古本小说集成》影印本和台湾天一出版社《明清善本小说丛刊》影印本。另有得月楼藏版本的日本抄本、泉州尚志堂藏版本等。此本藏于大连图书馆，有春风文艺出版社排印本。此书因叙白莲教起义一事，有违碍之语，在乾隆四十六年（1781）①、乾隆四十七年（1782）② 两次被奏缴，乾隆都准奏查禁。而同为苏庵主人所作的语多涉及淫秽的《绣屏缘》却安然无恙，由此可见清

---

① 乾隆年间刊《纂辑禁书目录》，中国国家图书馆文献缩微中心，载体为缩微胶卷。
② 《湖北省查禁违碍书籍单》，故宫博物院《文献丛编》第七辑，1937，第 78 页。

初与乾隆时期文网风格的不同。

11. 康熙十一年壬子（1672）

鹤市道人撰《醒风流奇传》二十回，通常称《醒风流》。作者题"雈市道人"（亦题"雈市主人""雈市散人"），"雈"即"鹤"字。《隋唐演义》自厚堂刊本封面题"吴鹤樵先生评"，卷端署"长洲后进没世农夫汇编，吴鹤市散人鹤樵子参订"，有人据此认为"长洲后进没世农夫""吴鹤市散人鹤樵子"均为褚人获的别号，若果如此，则本书作者"雈市道人"即为褚人获，但此说有待考证。此书作者当是《隋唐演义》的参订者，与《隋唐演义》的作者褚人获是同时人。褚氏生于崇祯八年（1635），则雈市道人也当是顺治、康熙时期人。此书自序云："壬子夏，与二三同志啸傲北窗，追古论今，淑慝贞奸，宛在目前。于是摘所详忆一事，迅笔直书，以为前鉴。录凡二十回，旨有所归，不暇计其词句之工拙也。既成，质之同志。同志曰：是编也，当作正心论读。世之逞风流者，观此必惕然警醒，归于老成，其功不小。因遂以名，而授之梓。"自序所言壬子，当是何年？明末和清代前期壬子年计有万历四十年（1612）、康熙十一年（1672）、雍正十年（1732）、乾隆五十七年（1792）。日本天明甲辰（乾隆四十九年，1784）秋水园主人《小说字汇》引有《醒风流》，则此壬子绝不是乾隆五十七年。此书自序有云："余少时，得忠孝节义文数篇，喜而读之。凡三易书，秘之笥箧，爱如珠玉，因其文而重其人。越二十载，而时移事变，其人行与文违，殆不可说。余乃出其文，尽行涂抹，唾而骂之，灭之丙火。"文中指斥某人"行与文违"，按"时移事变"一语，当指某人在明清鼎革中丧失名节，与他过去所撰忠孝节义之文完全违背。如此，则壬子不可能是万历四十年。既然"越二十载"才有甲申之变，则作者要长于褚人获二十岁左右，壬子当然也不会是雍正十年（1732）。故《醒风流》撰于"壬子夏"，当是康熙十一年夏。故暂系于此。此书今存两个版本。一本藏于法国巴黎国家图书馆，据此有中华书局《古本小说丛刊》影印本。一本藏于大连图书馆，有上海古籍出版社《古本小说集成》影印本以及春风文艺出版社排印本。

天花藏主人撰《锦疑团》十六回。阿英旧藏本。内封题"锦疑团"。首有序，末署"康熙壬子（十一年，1672）夏日天花藏主人漫书"，目录页题"新镌错错认锦疑团小传"。此本今残存前八回,藏于芜湖市图书馆。2015 年 9 月在孔夫子网上有全本拍卖,目前下落不明。

天花藏主人撰《麟儿报》十六回。现存最早的版本为圣德堂本,孤本,藏于英国伦敦大学亚非研究学院。首有康熙壬子(十一年,1672)序。圣德堂为清初广东佛山书坊。另有宝文堂本,藏于哈佛燕京学社汉和图书馆,大连图书馆,日本东京大学东洋文化研究所双红堂文库,据此有上海古籍出版社《古本小说集成》影印本、春风文艺出版社排印本。

鹤市散人撰《凤箫媒》四卷十六回。题"鹤市散人编次,潭水渔仙点阅",别题"步月主人订"。作者真实姓名不详,另撰有小说《醒风流》,是《隋唐演义》的参订者。"步月主人"所订小说还有《终须梦》《蝴蝶媒》《五凤吟》等,均为顺治末、康熙前期作品。故暂系于此。

12. 康熙十二年癸丑(1673)

娥川主人撰《生花梦》四卷十二回。该书今存孤本,为本衙藏版本。此本为齐如山旧藏,现藏于美国哈佛燕京学社汉和图书馆。书首有序,末署"癸丑初冬古吴青门逸史石仓氏偶题"。正文卷首署"古吴娥川主人编次,古吴青门逸史点评"。本书第一回说发生在康熙九年庚戌(1670)的事为"最切近的新闻",则序所云"癸丑初冬"当为十分靠近康熙九年的康熙十二年癸丑(1673)初冬。此本为齐如山旧藏,现藏于美国燕京学社汉和图书馆。据此有中华书局《古本小说丛刊》影印本,上海古籍出版社《古本小说集成》影印本,以及春风文艺出版社排印本。

娥川主人撰《世无匹》四卷十六回。《生花梦》本衙藏版本书末有旧藏者齐如山的"识语",云:"……按:主人为康熙间人,所编小说颇有几种,如《世无匹》、《炎凉岸》皆是。凡主人所编皆'古吴青门逸史'评点,本书前有青门逸史序,并题'本衙藏板',且有'二集嗣出'字样……惟不知所谓二集者是否即《世无匹》、《炎凉岸》,抑或有他种耳。"《世无匹》现存金阊黄金屋刊本,藏于大连图书馆,即题"生花梦二集"。成书当与《生花梦》同一时期而稍后,故暂系于此。据此有上海古籍出版社《古本小说集成》影印本,以及春风文艺出版社排印本。日本秋水园主人《小说字汇》(乾隆四十九年,1784)引及此书。另有本衙藏版本，藏于日本东京大学东洋文化研究所仓石文库。

娥川主人撰《炎凉岸》八回。金闾黄金屋刊本《炎凉岸》书名下题"生花梦三集"。成书当与《生花梦》《世无匹》同一时期而稍后。书藏于大连图书馆，日本东京大学、庆应义塾大学均藏有镌刻本。据此有中华书局《古本小说丛刊》影印本，上海古籍出版社《古本小说集成》影印本，以及春风文艺出版社排印本。

天花主人撰《惊梦啼》六回。今存孤本，藏于大连图书馆。书首有《惊梦啼序》，末署"竹溪啸隐题于白隄之草堂"。该序云："《惊梦啼》一说，其名久已脍炙吴门，乙卯秋其集始成，因属余为序。"可知小说描写乃吴中时事。天花主人还著有小说《云仙啸》，时在康熙十二年（1673）前，故知这个"乙卯"，当为康熙十四年乙卯（1675）。据此有上海古籍出版社《古本小说集成》影印本和春风文艺出版社排印本。

13. 康熙十五年丙辰（1676）

渭滨笠夫撰《孤山再梦》四卷六回。该书仅存清抄本，藏于中共中央党校图书馆。渭滨笠夫即王羌特，伏羌（甘肃）人，字冠卿，号梦醒主人、惊梦主人。此本有四序。第一序未署名；第二序署"丙辰岁麦秋月下，天放子题于龙山草庐"；第三序署"康熙丙辰岁（1676）黄梅月晦日关中千亩主人题于荆南客爱竹斋"，"黄梅月"即四月；第四序署"康熙丙辰岁桃月上巳，惊梦主人题于龙山邸中"，"桃月"即三月，此为作者自序；有春风文艺出版社排印本。

云间嗤嗤道人撰《五凤吟》四卷二十回。该书有凤吟楼刊本、草闲堂稼史斋刻本等。其中草闲堂稼史斋刻本署"步月楼主人订"，步月楼主人所订小说《蝴蝶媒》《终须梦》《画图缘》等，均成书于顺治末、康熙初年间。题"嗤嗤道人编著"的小说还有《警寤钟》，《警寤钟》万卷楼刊本题"戊午重订新编"。故此书暂系于是年。现存日本内阁文库和哈佛燕京学社汉和图书馆藏本，据此有上海古籍出版社《古本小说集成》影印本和春风文艺出版社排印本。

云间嗤嗤道人撰《催晓梦》四卷二十回。今存本衙藏版本，非原刻本，藏于北京大学图书馆。暂系于是年。

第二节　乱世中的故国情：清初时事小说创作

明末巨大的危机感和明亡之后的切肤之痛，使清初士人从崇尚空谈的狂热中清醒过来，他们开始转向正视现实，提倡反映现实、求实致用的文学，表现鲜明的忧患意识、批判精神以及忠诚的伦理救世思想。这种文学思潮反映在诗歌领域是"诗史"论，反映在词领域是"词史"论，反映在小说领域是时事小说的兴起。清初时事小说的作家在小说中或保存史实，存史以存故国；或反思明亡教训；或辨别是非，建白朝政；或批判权奸，褒奖忠烈；等等，具有鲜明的时代特点，蕴含着深沉的故国情结。

一　概念厘定与研究概况

学界通常把记述直接表现刚刚过去的但仍对目前的政治、人民的情绪、现实生活产生重大影响的事件的小说称为时事小说。一部小说是否被认定为时事小说主要考察以下四种要素：（1）时效性；（2）有影响的时政大事；（3）真实性；（4）直接表现。

（1）时效性。在时事小说的时效性上，学界主要有以下几种观点。一是"十年"说。陈大康认为"这一时间差的最大范围一般似以十年左右为宜"。① 二是"二十年"说。刘书成认为，"作者是所叙事件的同代人，换言之，作者与作品所写事件的年代距离一般不超过二十年左右"；② 张平仁也认为："时事小说从事件结束到创作的最大时间差似以二十年为宜。"③ 三是"三十年"说。齐裕焜指出："作者与作品所写事件的年代距离一般不超过一代人，即30年左右。"④ 成敏"把时事小说所写事件与小说问世的时间间隔，定为三十年左右"。⑤ 姬忠勋与成敏观点相同。⑥

---

① 陈大康：《明代小说史》，上海文艺出版社，2000，第631页。
② 刘书成：《明清之际时事小说的基本特征及繁荣原因》，《甘肃社会科学》1994年第3期。
③ 张平仁：《明末清初时事小说研究》，博士学位论文，南京师范大学，2002。
④ 齐裕焜：《明代小说史》，浙江古籍出版社，1997，第315～316页。
⑤ 成敏：《〈铁冠图全传〉为明末清初时事小说考》，《明清小说研究》2002年第4期。
⑥ 姬忠勋：《明清之际时事小说研究》，博士学位论文，首都师范大学，2004。

综合先贤的观点来考察时事小说，考虑到当时信息传播、写作、刊刻、印刷、图书传播过程中诸多条件的限制，又考虑到那些重大的社会历史事件对人们心理的强烈震撼，笔者认为明清之际一代人时距为20年左右。时事小说的事件终结与作品问世的时间差以20年左右为宜。若以10年为期，一些有演义特征的作品便不能包括在内，甚至某些公认的典型作品，如《樵史通俗演义》也不能包括在内。若以30年或50年为期，则新闻性就较弱，20年是比较合适的时间段。

（2）有影响的时政大事。时事，即新近发生的国家大事，主要是和政治密切相关，对时局有重大影响的事件。倘若与时政无关，即便小说记述的是当时轰动一时的社会新闻，也不能成为时事小说。如崇祯六年（1633），常州烈女海无暇因反抗恶霸侮辱，自缢而死，一时成为轰动社会的事件，墨浪仙主人撰《百炼真海烈妇传》、嗤嗤道人撰《海烈女米樟流芳》表彰其事迹，这两本小说都如实记载了当时社会所发生的事情，在这里我们不将其归为时事小说，因为书中所记不是有关政治的重大事件。

（3）真实性。真实性是时事小说与历史演义小说的根本区别。历史演义虽然也强调真实性，但粗疏得多，做到大要不违即可，基本情节虽然大体上是"七实三虚"，但就篇幅而言，往往是"七虚三实"。时事小说对历史的真实性要求要高得多，这与作者传播新闻、保存史料的意图密切相关。但在真实性问题上，有两种情况需要区分。一是真实不是指事实，而是作者自认为的真实。由于不少时事小说成书仓促，成书时间距事件发生时间点较近，没有时间反思，很多事实没能水落石出，以至于时事小说中对人物和事件的评价与最终事实不一致。但这并不代表时事小说缺乏真实性。比如，对毛文龙和袁崇焕的评价问题，在毛文龙卖国通敌，朝廷确认中了反间计误杀袁崇焕的事实出来之前，不少时事小说都被毛文龙虚报战功的表象所蒙蔽，赞颂毛文龙为民族英雄，对诛杀毛文龙的袁崇焕表示了刻骨痛恨。这并不是歪曲事实，恰恰是真实表现了民众当时的情绪。二是明朝时，有人将小说作为攻击对手的政治工具。如崇祯时郑鄤与文震孟、黄道周友善，阁臣温体仁等欲借郑鄤陷害文、黄二人，便唆使同党陆完学、许曦等诬陷郑鄤有杖母、惑父披剃、奸媳、奸妹等不讲人伦之事，并以这些诬蔑为主要内容，做小说《放郑小史》《大英雄传》以进一步打击陷害。这些小说虽然内容是虚构的，但是由于它们时效性、时政性都很强，虚构内容也出于政治目的，所以一般仍被看作时事小说。

（4）直接表现。直接表现的意思是将时政大事作为小说的主体而非背景进行陈述。综上所述，符合上述条件的现存世的清初时事小说约有以下几部（见下表）。

清初时事小说一览

篇名	作者	内容	事件结束时间	作品写成时间	时间差
《剿闯小说》（又名《剿闯通俗小说》《剿闯小史》《剿闯孤忠小说》《鋮闯小史》《忠孝传》）	西吴懒道人	李自成起义	顺治元年（1644）十二月	顺治二年（1645）五月	约5个月
《新世鸿勋》（又名《盛世弘勋》《新史奇观》《顺治过江全传》《定鼎奇闻》）	蓬蒿子	李自成起义	顺治二年（1645）	顺治八年（1651）	6年
《海角遗编》（《七峰遗编》）*	佚名	常熟福山战事	顺治二年（1645）	顺治十年（1653）	8年
《海角遗篇》	佚名	常熟福山战事	顺治二年（1645）	顺治十年（1653）	8年
《铁冠图》（又名《忠烈奇书》《崇祯惨史》）	松排（滋）山人	李自成起义	顺治三年（1646）	顺治十六至康熙十二年（1659～1673）	13～27年
《樵史通俗演义》	江左樵子	天启至弘光政事	顺治二年（1645）	顺治八年至康熙八年（1651～1669）	6～24年

　　* 关于《海角遗编》《七峰遗编》《海角遗篇》之间的版本关系辨析详见张俊、郭浩帆《〈七峰遗编〉〈海角遗篇〉钞本漫谈》，《明清小说研究》1990年第3～4期。

由于时事小说艺术成就不高，在当时及后来很长的一段时间内，研究者们大多把这类描写历史事件的小说统称为历史演义小说或讲史小说，专门针对时事小说的研究极其有限，其特点和价值都没有得到充分的重视。直至20世纪80年代，才有学者开始重视这部分小说的研究。谢国桢是较早用时事小说来指称这部分作品的学者，他在《增订晚明史籍考》之

"新编剿闯小说"条下称："记事芜杂，章奏檄文，率行登入，非小说体，然当时案牍文移亦赖之以传；明季所演时事小说，率多类是。"① 此后，时事小说作为小说的一个类别在学术界的研究中逐渐独立，但学界对时事小说研究多是将明末和清初连在一起，统称为明清之际或者明末清初时事小说进行研究，研究成果主要是期刊论文和学位论文。

　　研究时事小说的论文主要有以下四种情况：（1）综论；（2）论述对某作者的考证，或对作品渊源进行考辨；（3）创作心态研究；（4）时事小说的思想研究。在综论方面，不少研究者把明末清初的时事小说作为一个相对独立的作品群来探讨其起因、特征、范围、艺术特点等。齐裕焜在《明末清初时事小说述评》② 一文中，把有关作品分为"魏忠贤专权祸国""辽东战争""李自成起义"三个板块，并分别做了介绍和简述。陈大康在《论明清之际的时事小说》③ 一文中，对时事小说的成因、特征等做了较全面的论述，认为时事小说应具有新闻性、真实性、政治性与轰动性，其之崛起是作者的主观意图、读者的阅读需求、社会的剧烈动荡等几方面因素共同促成的。周维培在《明末清初时事小说综论》④ 一文中，分析了时事小说兴起的社会文化基础。欧阳健在《超前于史籍编纂的小说创作——明清时事小说新论》⑤ 一文中，对明末清初和清末的时事小说做了整体分析。刘书成在《明清之际时事小说的基本特征及繁盛原因》⑥ 一文中，提出了与上述观点大致相同的看法。莎日娜的《论时事小说与历史演义小说的分流》一文，从"对生活的近距离视点，对历史流向的主观把握，对世俗人情的近距离描写，相对狭窄的历史横断面"四个方面，辨析了时事小说与历史演义的区别。⑦

　　在对清初时事小说的专题论述上，李泉的《玉璞含英——〈七峰遗

---

① 谢国桢：《增订晚明史籍考》，上海古籍出版社，1981，第 1070 页。

② 齐裕焜：《明末清初时事小说述评》，《福建师范大学学报》1989 年第 2 期。

③ 陈大康：《论明清之际的时事小说》，《华东师范大学学报》1991 年第 4 期。

④ 周维培：《明末清初时事小说综论》，《南京大学学报》1992 年第 3 期。

⑤ 欧阳健：《超前于史籍编纂的小说创作——明清时事小说新论》，《文学遗产》1992 年第 5 期。

⑥ 刘书成：《明清之际时事小说的基本特征及繁盛原因》，《甘肃社会科学》1994 年第 3 期。

⑦ 莎日娜：《论时事小说与历史演义小说的分流》，《内蒙古社会科学》1998 年第 3 期。

编〉初探》①、朱冠军的《明末纪实体小说〈七峰遗编〉简论》② 充分肯定了该小说对常熟军民抗清义举的描绘，并对以事件为中心的行文结构和民间讲唱文学的艺术形式做了分析。陈砚平在《〈剿闯小说〉文化意蕴探微》③ 一文中，对该小说中关于李自成起义及失败的描绘和思考做了阐述。

在作者考证上，王春瑜据光绪《青浦县志》卷二十七"艺文"类中"《樵史》四卷，陆应旸著"的记载，认为《樵史通俗演义》的作者是陆应旸④，一些研究者进一步挖掘材料，肯定此说。郭浩帆经过考索，认为陆应旸的《樵史》是一部杂记性质的著作，非通俗小说，陆应旸不是《樵史通俗演义》的作者⑤。郭文论据充分，应为确论。

在各小说之间的渊源辨析上，如是相同题材的时事小说，则后出版者往往借鉴乃至抄袭已有的作品。栾星在《明清之际的三部讲史小说〈剿闯通俗小说〉、〈定鼎奇闻〉与〈樵史通俗演义〉》⑥ 中，对这三部作品间的承袭关系，尤其是李岩形象及《劝赈歌》的演变做了细致考索。《七峰遗编》《海角遗编》《海角遗篇》之间的关系比较复杂，张俊、郭浩帆根据北京师范大学图书馆所藏抄本对三者做了仔细辨别，认为收入《乡国改变九种》的《海角遗编》是小说《七峰遗编》的一个整理本。而《海角遗篇》成书在两书之后，且遗民情绪较两书淡，不遵照史实的成分较多，史料价值上不如前二书。⑦ 朱冠军在《明末纪实体小说〈七峰遗编〉简论》中认为，《七峰遗编》是据《海角遗编》进行再创造的产物，三十回本的《海角遗篇》亦可能是对《七峰遗编》"删繁就简"的一个整理本。

---

① 李泉：《玉璞含英——〈七峰遗编〉初探》，《明清小说研究》1990 年第 2 期。
② 朱冠军：《明末纪实体小说〈七峰遗编〉简论》，《吴中学刊》1993 年第 3 期。
③ 陈砚平：《〈剿闯小说〉文化意蕴探微》，《学术交流》1998 年第 2 期。
④ 王春瑜：《李岩·〈西江月〉〈商雒杂忆〉——与姚雪垠同志商榷》，《光明日报·史学》第 241 期，1981。
⑤ 郭浩帆：《〈樵史通俗演义〉作者非陆应旸说》，《明清小说研究》1991 年第 1 期。
⑥ 栾星：《明清之际的三部讲史小说〈剿闯通俗小说〉、〈定鼎奇闻〉与〈樵史通俗演义〉》，《明清小说论丛》第三辑，春风文艺出版社，1985。
⑦ 张俊、郭浩帆：《〈七峰遗编〉、〈海角遗篇〉抄本漫谈》，《明清小说研究》1990 年第 3~4 期。

关于创作心态，莎日娜在《乱世悲歌与政治童话——试论明末清初时事小说的创作心态》① 一文中做了纵向梳理，认为作者对崇祯新政充满兴奋和希望，到南明时，作者还是坚信能看到光明，至清兵入主中原，则彻底粉碎了小说家的中兴之梦，他转而歌颂新朝。对于夷夏之分，作者的心理也经历了一个变化的过程。郭浩帆的《明末清初时事小说思想特征论略》指出，明末清初小说在思想上表现表彰东林、指斥阉党，歌颂抗清英雄、反对外族侵略，切责明末政治、诅咒农民起义，同情和怀恋崇祯皇帝几个突出特征。②

除期刊论文外，相关研究的专著和学位论文还主要有：许军《明末清初时事小说研究》（复旦大学出版社，2015），成敏《明末清初时事小说研究》（北京语言大学出版社，2013），张平仁《明末清初时事小说研究》（博士学位论文，南京师范大学，2002），姬忠勋《明清之际时事小说研究》（博士学位论文，首都师范大学，2004）。

综上可见，时事小说的研究多将明末清初时事小说和明清之际的时事小说连在一起研究，将清初时事小说专门单列作为一个整体进行研究的情况很少。事实上，晚明与清初的时事小说，虽然两者产生的时间相隔不过几十年，但有着明显不同。明末时事小说的故事内容大概有以下四个方面：第一，歌颂与呼唤勇于抗击奸佞的贤臣和保家卫国的英雄。第二，褒扬忠孝节义，表达伦理救世的思想。第三，斥责扰乱朝纲与天下的乱臣贼子。第四，利用时事小说进行政治攻击。无论是对贤臣英雄的歌颂，对伦理道德的呼唤，还是对乱臣贼子的斥责，甚至利用小说进行政治攻击，表现的都是作者积极的入世精神。在这里，作者心中有自己的国家，有补天救世的激情，有对当时外敌后金入侵的深恶痛绝。《丹忠录》《镇海春秋》《近报丛谈平虏传》三书都称后金和清朝为"奴虏""勒子"，《近报丛谈平虏传》对崇祯皇帝充满感恩和信心。"今圣天子不但优恤及阵亡大将，即兵丁亦令查明掩骸设祭，夷尸尽情拣出，不得混埋。天恩真上畅九垓，

---

① 莎日娜：《乱世悲歌与政治童话——试论明末清初时事小说的创作心态》，《明清小说研究》1997 年第 3 期。
② 郭浩帆：《明末清初时事小说思想特征论略》，《厦门教育学院学报》2007 年第 3 期。

下坼八埏矣。"① 对明朝的精兵强将充满钦佩，"我兵从来号天威，谈笑灭奴解四围；炮声如雷虏鬼夺，恰似杜鹃带血飞"。② 从骄矜自傲的语气中可以感受到此小说的作者对驱逐外虏、保卫国家安全的战争充满必胜的信心。甲申之变之后，清初的时事小说则是另外的格调。在内容上，清初的时事小说主要有以下内容：第一，写甲申之变并攻击农民起义军，如《剿闯小说》等系列小说。第二，直接或间接反映江南人民的抗清斗争，如《七峰遗编》《海角遗篇》。第三，比较全面地反映明末清初政治局势和社会变革，如《樵史通俗演义》。第四，明遗民不忘亡国之耻，继续编写小说寄托情感，如《铁冠图》《新世鸿勋》。

这些书成于入清之后，由于当时中国已处于清政府统治之下，所以和直斥清朝为"奴虏"的明末时事小说不同，书中对于"关涉本朝字句"非常小心，如履薄冰，谨慎处置。书中鲜见"奴""虏"等字样。不得已，便用其他字词代替，如"彼众""东兵""东骑""北兵"之类。《新世鸿勋》《铁冠图》更是对清廷阿谀奉承："大清皇帝入主中原，只教这番有分教，一统华夷，改换一番新世界，万年天子纲维万年旧乾坤。正是太平天子朝元日，五色云车驾六龙"；③ "劫运已满，泰运已开"，"风调雨顺，国泰民安"。④ 明朝灭亡大局已定，书中对明亡原因既多了客观冷静反思，又不得不承认明亡清兴的现实，多认为以清代明是天命，同时又对平息战乱重回太平生活多了一分庆幸。"自此华夷一统，国正官清，向来为贼党肆虐，百姓如在汤火……干戈顿息，真是个否极泰来，重开混沌，太平景运，亿万斯年，天下臣民无不庆幸"。⑤ 与明末时事小说相比，清初小说少了积极入世的激情，多了无可奈何的认命。

清廷的统治稳定后，立刻在国内大力查禁"违碍""淫秽"书籍，《新世鸿勋》《剿闯小说》《樵史通俗演义》《新史奇观》《铁冠图》等诸书都曾被查禁。清初之后，在清廷的高压政策之下，没有也不可能产生直

① 吟啸主人：《近报丛谈平虏传》，《古本小说丛刊》第五辑，第1523页。
② 吟啸主人：《近报丛谈平虏传》，《古本小说丛刊》第五辑，第1514页。
③ 蓬蒿子：《新世鸿勋》第二十一回，《古本小说集成》第一辑，第437页。
④ 松排（滋）山人：《铁冠图》第五十回，《古本小说集成》第一辑，第388页。
⑤ 蓬蒿子：《新世鸿勋》第二十二回，《古本小说集成》第一辑，第440页。

接反映时事的通俗小说，时事小说几成绝响。

下面我们将从存史以存故国，反思明亡之因，鞭挞卖国变节、歌颂忠贞节义，故国情思，以及天命观五个角度来关照清初时事小说，便可以看出故国情结对其产生的影响。

二　存史以存故国

甲申之后，面对山河变色、舆图换稿的急剧变化，有人选择了以生命殉节，但更多人还是隐忍活了下来。忍辱偷生的选择与士人生平所受忠君尽节的教育完全相悖，这使生存下来的人饱受内心的煎熬。为使自身行为正当化，减轻心理压力，明遗民为自己未能殉国寻找诸多理由，屡屡提出"死易生难"之说。"存宗""抚孤""存心以存天下""存史以存天下"是明遗民中普遍存在的观点和理由，且在士人心中，"存史以存天下"比"存宗""抚孤"之类具有更高价值。顾炎武《日知录》卷十三"正始"条云："有亡国，有亡天下。亡国与亡天下奚辨？曰：易姓改号，谓之亡国。仁义充塞而至于率兽食人，人将相食，谓之亡天下。……保国者，其君其臣，肉食者谋之；保天下者，匹夫之贱与有责焉耳矣！"① 为存天下，使故国文化之余绪不坠，著书保存故国的历史和保存故国的文化便成为明遗民应承担的社会责任和他们生存价值的体现。王夫之更是认为，保存故国文献是遗民生存的大意义所在。他在其"史论"中一再说及此义："士生礼崩乐坏之世，而处僻远之乡，珍重遗文以须求旧之代，不于其身，必于其徒，非有爽也"。② 屈大均甚至将著书存史以存故国追溯到孔子时代。他说："然夫子尝自谓殷人，而尝冠殷章甫之冠。夫子生周中叶，而不忘殷所谓逸民者，抑夫子之自谓钦？嗟夫！夫子诚殷人也……则商颂者，孔子之家乘者也。孔子于《诗》存商颂，不敢忘其祖也。"③ 称孔子自称殷人，在《诗》中存《商颂》是存史以存故国，以示不忘其祖。清人叶燮在《孝廉徐俟斋先生墓志铭》中也说道："然使先生从文靖公死于五十年之前，则父子同尽固烈，而继志述事之义缺焉，于经

---

① 顾炎武撰、黄汝成集释《日知录集释》，"正始"条，第756～757页。
② 王夫之：《宋论》（刻本）第二卷"史论"，金陵曾氏，清同治四年（1865），第61页。
③ 屈大均：《翁山文钞》第一卷，商务印书馆，民国三十五年（1946），第15页。

事知宜，权事知变犹未尽善。"① 他认为徐俟斋忍辱不死"继志述事"比尽节而死更有意义。

与此同时，在这些观念的影响下，清初明遗民私家修史十分繁荣，参与人数众多，成果卓著。有专门史家修史，如谈迁的《国榷》、张岱的《石匮书》；名士学者修史，如顾炎武《圣安本纪》《天下郡国利病书》《肇域志》，王夫之《永历实录》；抗清殉明志士及其后裔修史，如张煌言《北征纪略》、夏允彝的《幸存录》、夏允彝之子夏完淳《续幸存录》、钱肃乐的族人钱肃润《南忠记》、吴应箕之子吴孟坚《南都纪略》、苏观生之子苏国祐《易篑遗言》、瞿式耜的族人瞿共美《天南逸史》、杨嗣昌之子杨山松《孤儿吁天录》等。文学界也同样掀起重史的潮流。"诗史"论、"词史"论成为清初文学理论的主要潮流。在钱谦益看来，推寻源流，诗的最早功能就是史，而史的最初形式则是诗："孟子曰：'《诗》亡然后《春秋》作。'《春秋》未作以前之诗，皆国史也。人知夫子之删诗，不知其为定史。人知夫子之作《春秋》，不知其为续《诗》。《诗》也，《书》也，《春秋》也，首尾为一书，离而三之者也。三代以降，史自史，诗自诗，而诗之义不能不本于史。"② 钱谦益编纂《列朝诗集》，以保存明代诗篇；邹只谟、王士禛编纂《倚声初集》，以保存晚明迄清初词作，都是极明显的存史之举。陈维崧编纂《今词选》就明确提出选词即"存经存史"。

存史以存故国体现在小说领域则是时事小说的兴起。不少时事小说的作者在创作之初就有明确的存史意识，甚至以史官自居。如江左樵子在《樵史通俗演义》自序中说："然樵子颇识字，闲则取《颂天胪笔》、《酌中志略》、《寇营纪略》、《甲申纪事》等书，销其岁月。或悄焉以悲，或戚焉以哀，或勃焉以忠，或忼焉以惜，竟失其喜乐之两情。久而樵之以成野史。"③ 该书第一回诗中曰："樵夫野史无曲笔，侃然何逊刘知几。"④

① 叶燮：《孝廉徐俟斋先生墓志铭》，《罗振玉学术论著集》第八集（下），上海古籍出版社，2010，第824页。
② 钱谦益：《胡致果诗序》，《牧斋有学集》，第800页。
③ 江左樵子编辑，钱江拙生批点《樵史通俗演义》，序，人民文学出版社，2006，第1页。
④ 江左樵子编辑，钱江拙生批点《樵史通俗演义》第一回，第1页。

他自比刘知几，并提纲挈领地指出本书就是按照史书的标准而作。此后，秉笔直书，尊重事实的写史精神贯穿全书。其评点者钱江拗生在多回回末评语中强调《樵史》①字字实录，堪比正史的志向与品格。如第二回回末评："所摘疏章，皆字字有关系者，可以补正史而垂千秋。"第八回卷首诗云："昔在京师曾目睹，非关传说赘闲词。"第二十四回回末评："倪鸿宝太史三疏，真千古大经济、大文章。虽不敢埋没，一一备载，犹恨限于尺幅，稍为删十之三，然已亘千古不朽矣。"第二十五回回末评："节节实录……非劈空描画，以资谈资也。"第二十六回回末评："李自成出身及陷身作贼，皆得之《异同补》一书，与《剿闯》诸小说迥乎不同，可为后来修史者一佐证，识者勿以演义而漫然视之也。"第二十七回回末评："此回事事摭实，高闯一段传闻甚确，特为拈出，以备正考。"第三十回回末评说："古来天子蒙尘者有之，未有遭变之惨若崇祯帝者。即古来忠臣炳炳千古者，固亦甚著，亦未有若明季之盛者也。握笔拈出，已眉竖骨立。况读之者能无魂惊心动乎？以备后来修史者之一助，良非诬也。"第三十四回述史可法、阮大铖事，回末评："字字实录，可为正史作津筏。"第三十五回回末评："不敢失实。"第三十七回写马士英召试武弁，见不少是行贿夤缘进来的疲癃残疾之人，无奈出告示云："以后部选及咨来各武弁，必须略似人形，方可留用。"作者在回末评中说："余是年在金陵，无论各镇纷争，得之听闻，马阁部'略似人形，方可留用'一示，实亲见张挂部前，不敢妄一语也。"第三十八回回末评："童氏一案在京睹闻甚真，左将军一疏亦一字不漏，庶乎可以传远而示公也。"②

《海角遗编》的作者也有明确的保存史料的意识，其在序言中说："此编止记常熟、福山自四月至九月半载实事，皆据见闻最著者敷衍成回，其余邻县并各乡镇异变颇多，然止得之传闻者，仅仅记述，不敢多赘。后之考国史者不过曰某月破常熟，某月定福山，其间人事反复、祸乱相寻，岂能悉数而论列之哉。故虽事或无关国计或不系重轻者，皆具载

---

① 以下《樵史通俗演义》或简称《樵史》。
② 以上见江左樵子编辑，钱江拗生批点《樵史通俗演义》，第16、55、184、191、199、206、232、263、270、285、291页。

之，以仿佛于野史稗官之遗意云尔。"① 可以说该作品的创作主旨就在于保存史料。他声称写小说不是根据传说或历史的演绎，而是根据自己亲身经历的"实事""见闻"来"敷衍成回"的。其目的是要弥补国史过于概略的欠缺，使人们能从小说所描绘的血肉丰满的生活图景中，看到现实世界"人事反复、祸乱相寻"的因果关系。也就是说，作者是要通过常熟等地的江南人民抗清斗争为题材的小说创作，形象地反映明末清初的时代动乱以及南明覆亡的历史原因。

在这种观念的指导下，不少时事小说中，作者用大量篇幅直接载入诏书、章奏、檄文、函牍。以《剿闯小说》为例，《剿闯小说》第三回用了大量篇幅罗列甲申殉难的大臣以及节义之士，第四回用了近两千字的篇幅列举投降官员接受李自成所授官职的情况。它还保存了翰林院编修倪元璐要求为东林党人平反，废除《三朝要典》的史料，明朝在京死难文臣名单也被抄入《剿闯小说》。如齐如山先生所言："此书虽名《剿闯小说》，然写闯事并不多，且不联贯；而于尽节、降贼诸臣，皆著意书之，是盖借李自成为引线，欲后人知当时几个忠臣及背逆之名姓耳。"② 《剿闯小说》第二回、《樵史》第二十四回中，奏章、诏书就占了一半以上的篇幅。为保存史实而创作的《海角遗编》，全书没有固定的主人公或贯穿性人物，仅按时间顺序串联各事，或一回一事，或一事数回，各回篇幅也不相同，长者数千言，短则二三百字，似小说而非小说，似实录而又非实录。③ 这些原汁原味的史料烦琐而冗长，将其录入虽削弱了时事小说的艺术性和可读性，但恰恰体现了其作者最初就秉承的"存史以存故国"的意图。

---

① 佚名：《海角遗编》，《古本小说集成》第二辑，序，第1页。

② 哈佛燕京学社汉和图书馆民国三十三年（1944）原藏者齐如山先生朱笔题记。

③ 《新世鸿勋》第八回进士任流两次上书，第十回诏书，第二十一回诏书，第十七回吴三桂檄文，第二十二回诏书。《铁冠图》第四十四回京中殉难之臣的名单。《樵史通俗演义》第一回方震孺诸官员上本和天启的批文；第二回三分之一的篇幅写熊廷弼两次上本、江秉谦上本和侯震旸上本；第三回新科状元文震孟上本；第五回巡边阁老孙承宗上本；第六回列《缙绅便览》《同志录》《选佛录》名单；第七回杨涟上本和魏大中上的公疏，共占一半的篇幅；第二十四回翰林院编修倪元璐上了一本和已升翰林院侍讲倪元璐为《三朝要典》上一本，共占三分之二的篇幅；第三十二回史可法两次上书，占一半篇幅；第三十三回北京死难臣名单，占一半篇幅；第三十四回史可法上本，占三分之一篇幅；第三十九史可法上本和左良玉檄文，共占一半篇幅。

由于保存了原貌，很多时事小说所载史料比官方正史更为可靠。如史可法复清摄政王多尔衮书，《樵史》三十二回载入，清人修《明通鉴》时亦将此书附入编卷。虽然两书中史氏复书内容大致相近，但仍有某些字句差异。史复书末句在《樵史》中为"惟大国实昭鉴之"，在《明通鉴》中则是"惟殿下昭鉴之"，对多尔衮称呼有异。史可法时居南明王朝内阁大臣兼兵部尚书之位，尚图北复，不会卑躬屈节称多尔衮为"殿下"，此称当为清人自谈之词，"大国"之称，不卑不亢，更接近史实。仅此一点，《樵史》是而《明通鉴》非。当然，明史和时事小说所载文献如有差异时，也不能笼统断定时事小说所录都符合史实，而明史都为讹误。但时事小说具有"多一异同之本，即多一推考之资"的重要作用是毋庸置疑的。

在时事小说中，记时最详的是《剿闯小说》，书中记载事件多处具体到日，更有的具体到时辰，如第二回"北京城文武偷安，承天门闯贼射箭"中有"十八日……延至午时一刻……""十八日未时……""十九日……辰时……"等记载，《明史》《明通鉴》《明史纪事本末》等中相应部分都没能或不便如此详赡。时事小说中的记时详尽给后人以考证的方便，如魏忠贤生辰，《明史》《明通鉴》等史书皆无此记载，《剿闯小说》中的记载则可作很有价值的资料来参考。

时事小说的作者大多亲身经历鼎革之变，写作时又有意存史，因此时事小说具有很高的史料价值，这在清初修史之时就得到了认可与关注。不少史书直接从中选取材料，将其作为史实而不是小说来看待。栾星曾在《〈樵史通俗演义〉赘笔》中考证《樵史》对清初史籍的影响，得出如下结论："经通检，计六奇《明季北略》，凡撮录本书数十事；《明季南略》于弘光时事亦颇撮录。其他如《平寇志》、《怀陵流寇始终录》、《南明野史》、《小腆纪年》等书直接或间接采录本书史料亦夥。"①

以著名史书《明季北略》为例，其内容多直接采自时事小说，代表了当时史家对时事小说的态度。据考证，《明季北略》（以下或简称《北略》）有三处注明采自《樵史通俗演义》，如其卷三"诛崔呈秀"条载

① 栾星：《〈樵史通俗演义〉赘笔》，《明清小说论丛》第四辑，春风文艺出版社，1986。

"《樵史》载呈秀自缢在十月初四日……"见《樵史》第十六回；卷二十"四月三十日自成西奔"条载"《樵史》云：贼焚五凤楼，九门放火……"见《樵史》第三十一回；卷二十二"陈演"条"余昔见《樵史》云：演语所知……"云云，但此事不见于《樵史》，计六奇大概是误记。《北略》其他地方虽未注明史料出处，但于《樵史》中也多有采录。如卷二"周顺昌被逮"条述巡抚毛一鹭在家中被颜佩韦等五人魂魄索命，显然是小说家言，事见《樵史》第十二回。《北略》卷二"附魏大中条"说："田尔耕逻执游方僧本福，有诗扇，为扬州知府刘铎所书，讥刺时事，即逮刘铎杀之。"《樵史》第十回道："锦衣卫掌堂田尔耕逻执游方僧本福，有诗扇，为扬州知府刘铎所书，讥刺时事，魏忠贤传拿刘铎到京勘问，后杀之。"关于刘铎一案，各小说及史籍记载出入较大，此条与《樵史》文字基本相同，疑从中录出。卷三"魏忠贤自缢"条述魏忠贤往凤阳途中宿阜城郊外，当夜有京师白书生唱《桂枝儿》曲讥讽忠贤失势，见《樵史》第十六回；白某唱曲本系小说家为烘托气氛而虚构的情节，计氏却当史实录入。卷五"李自成起"条，述李自成出身、杀妻、结拜高如岳、反叛落草诸事采自《樵史》第二十一、二十二、二十六回。关于李自成早年事，各小说、野史所载差别较大，《北略》此条独与《樵史》同。《樵史》第二十一回回末评道："李闯出身，细查野史，详哉其载之矣。《剿闯小说》及《新世鸿勋》皆浪传耳，质之识者，自能辨其真赝也。至于因妻起祸，则或好事者之言，余何能知之。"① 因妻起祸事被视为好事者之言，实即虚构的情节，这是古代小说常见的套路。《樵史》第二回回末就指出这是"摹仿《水浒传》潘金莲、潘巧云两段"，《北略》也照旧录入。《樵史》多次在回末评中标榜本书所载为史实，这大概是计六奇多采录它的一个原因，但事实上颇多小说家之言，如《北略》所录之李自成出身事中与刘国龙结拜、拜师学艺等，都有明显的虚构色彩。

《明季北略》书中还有一个关键的人物——李岩。据很多史学家考订，李岩其实是个莫须有的人物，但《明季北略》将李岩作为一个真实存在

---

① 江左樵子编辑，钱江拗生批点《樵史通俗演义》第二十一回，第 161 页。

的历史人物来写，这就是受到时事小说的影响。《明季北略》卷十三"李岩归自成"采自《樵史》第二十九回，卷二十三还记载了"李岩作劝赈歌"，甚至注明此"乃崇祯八年七月初四日事"。① 这些内容与《剿闯小说》第一回"河南开封府杞县有个公子，举人，姓李名岩，为人良善好义"，因县官不知抚恤穷民，李岩要"做篇劝赈的文字传布各国"内容基本一样。②《新世鸿勋》第五回也写"河南开封府有个李尚书的儿子，名岩，也曾中过乡榜，平昔做人，极是疏财仗义"。因县官不知抚恤穷民，一味计较钱粮，"李公子也回家去劝勉，赈济"。③《明季北略》将时事小说中杜撰的人物李岩作为真实存在的人物写入，证明了史学家肯定了时事小说的史料价值，在写作时多借鉴于此。

　　《明季北略》不仅借鉴时事小说中的内容，有些章节甚至将小说原文移录到史书内。如《明季北略》卷二十"赞费氏诗""诸女出宫诗三十首""后人美女叹二首"三条采自《剿闯小说》第六回。《明季北略》卷二十前四十七条除"长沙女子"外，均出自《新世鸿勋》。《明季北略》卷二十之"奸淫"记："《新世鸿勋》云：贼兵每得一妇女，即昇拥城上……"④《新世鸿勋》第十四回对此事记载甚详。《明季北略》卷二十之"附记野史"条述吴三桂求清助战为明朝雪耻，大败唐通，李自成被迫离京西遁，《新世鸿勋》第十七、十八回中亦有记载。《明季北略》卷二十三之"公主梦帝后"载："野史云：崇祯帝、后原是牵牛、织女星……"这在《新世鸿勋》第十五回中有记载。

　　这种对时事小说所述内容不假思索的信任还有很多，比如，李岩投李自成后，成为李自成起义成功的关键人物。在对李岩怎样辅佐李自成的故事情节的构思和描述上，《明季北略》完全采自于时事小说。《剿闯小说》第一回写李自成"每用兵，辄令李岩为前队，李岩遣心腹之人装作商贾，四散传布，说李公子仁义之师，不杀不掠，又编成口号教导小儿们唱

---

①　详见计六奇撰、魏得良等点校《明季北略》卷二十三，第 653 页。
②　西吴懒道人口授《剿闯小说》，《古本小说集成》第三辑，第 15 页。
③　蓬蒿子：《新世鸿勋》第五回，《古本小说集成》第一辑，第 87 页。
④　详见计六奇撰、魏得良等点校《明季北略》卷二十，第 481 页

歌"。① 其后有李自成受伤的记载:"总兵左良玉忠孝无双,屡败献贼,献贼遁走……游击将军左明国,在阵前一箭,射中李自成左目。自成带箭而逃,大折一阵。"②《新世鸿勋》第六回载:"李岩为前队,扮作商客,四下传布说李公子仁义之师,不杀不掠,又编成口号,教导小儿们歌。"③此后亦有李自成受伤的记载。《樵史通俗演义》第二十九回写道:"李岩先遣心腹扮作商贾,四散传布说:'李闯王仁义之师,不杀不掠。'又编成口号,教导小儿们歌唱,一时都学会了,各处唱道:吃他娘,穿他娘,开了大门迎闯王,闯王来时不纳粮。"④此后同样有关于李自成受伤情况的记载:"李自成日日索战",陈永福一箭,"正中李自成右目……李自成竟瞎了一眼"。⑤《明季北略》卷二十三之"李岩说自成假行仁义"一节的内容就是从时事小说继承而来。"岩密遣当作商贾,四出传言,闯王仁义之师,不杀不掠,又编口号,使小儿们歌曰:'吃他娘,穿他娘,开了大门迎闯王,闯王来时不纳粮。'"⑥卷二十三亦写到李自成受伤情况,应是摘录自时事小说。《明季北略》记载李自成失败的事与诸多时事小说所记载相合。关于李自成之死,其他小说和野史均言在罗公山(或说九宫山)被村民击杀,《明史》则将"击杀"与"自缢"两说并存,独《樵史通俗演义》言病死,《明季北略》亦言病死,细节基本相同,且《明季北略》还特注明说"自成死罗公山,清朝有贺表,谓病故也。此实录"。⑦文中说《樵史通俗演义》于此事为实录,足可见史书编撰者对这部书的评价有多么高了。

不仅《明季北略》对时事小说的引用较多,《明季南略》也对时事小说多有借鉴,尤其是对成就比较高的《樵史通俗演义》征引较多。《明季南略》卷三"声色":"野史载士英语,内及遣选妃内臣往浙江,俱云田

① 西吴懒道人口授《剿闯小说》,《古本小说集成》第三辑,第22页。
② 西吴懒道人口授《剿闯小说》,《古本小说集成》第三辑,第22~23页。
③ 蓬蒿子:《新世鸿勋》第六回,《古本小说集成》第一辑,第112~113页。
④ 江左樵子编辑,钱江拙生批点《樵史通俗演义》第二十九回,第218页。
⑤ 江左樵子编辑,钱江拙生批点《樵史通俗演义》第二十九回,第218页。
⑥ 详见计六奇撰、魏得良等点校《明季北略》卷二十三,第655~656页。
⑦ 详见计六奇撰、魏得良等点校《明季北略》卷二十三,第678页。

壮国⋯⋯"① 所谓"野史"即《樵史通俗演义》;《明季南略》卷三之"童妃一案"在《樵史通俗演义》第三十八回有详细记载;《明季南略》卷四之"吴江吴易"记甲申(1644)北都被陷前知一禅师与吴易的对话,也是从《樵史通俗演义》第三十回衍生而来的。先不说各书所记事情是否完全属实,只从上面举例证即可见《明季北略》对几部时事小说的借鉴情况。② 另外徐鼒《小腆纪年附考》中也有很多地方间接引录了时事小说。郑仲夔《耳新》也采录了时事小说中的一些内容。

这些都说明时事小说作者在创作之初就秉承"存史以存故国"的理念,其作品也确实实现了这一目标,在当时得到史学家的广泛认可。

三 反思明亡之因

面对国破家亡的残局,痛定思痛之后,总结明朝以及南明政权相继灭亡的历史经验教训就成了明遗民的重要工作,这也是清初明遗民修史的重要原因和重要内容。查继佐在《罪惟录》中总结明朝灭亡的原因时指出,明朝的兴盛与灭亡是相辅相成的,其兴是因其超越前代五事:"一、崇学;二、优外戚,不事事;三、母后无垂帘之听;四、挂印权归枢部;五、禁官妓。"其亡则是由于五事长期因袭,不加变通,遂形成"外戚优逸,坐致困穷,共权过操,专阃不力,则开国时计所以善后,而积之为贫与弱"的局面。③ 吴甡在《怀陵流寇始终录·自序》中认为:"夫唐之亡也,指大于臂,威令不行;宋之亡也,奸蠹盈廷,横挑强敌,一二正人不得立朝行政;明则不然,贼无尺土之基,不同于藩镇女真,苟非朝廷事事左计以胫之翼之,岂能肆哉!"④

在这种思潮下,对秉笔直书、一心补史之缺的清初时事小说作者来说,探求明与此后南明政权相继灭亡之因也是他们写作的重要内容。清初

---

① 详见计六奇撰、魏得良等点校《明季南略》卷三,第156页。
② 关于《明季南略》《明季北略》对《樵史通俗演义》的采录问题,详见栾星的《樵史通俗演义》(中州古籍出版社,1987)校本序及《〈樵史通俗演义〉赘笔》(《明清小说论丛》第四辑,春风文艺出版社,1986)和张平仁的《〈明季北略〉、〈明季南略〉对时事小说的采录》(《文献》2004年第3期)。
③ 查继佐:《帝纪总论》,《罪惟录》第一卷,浙江古籍出版社,1986。
④ 吴甡:《自序》,《怀陵流寇始终录》,《续修四库全书》第441册,第71页。

时事小说的作者将明和南明的亡国大致归为以下五个原因：（1）皇帝昏聩失察；（2）排斥异己、因私害公的内部斗争；（3）士风沦丧，官僚无德无能；（4）军备废弛，军纪涣散；（5）天灾人祸频仍。

1. 皇帝昏聩失察

反思明朝朝政之所以至此的原因时，很多人多采用一种说法，那就是"君非亡国之君，臣皆亡国之臣"。据传此乃崇祯自缢殉国时的夫子自道。《新世鸿勋》在第十回中对此曾有记载："皇爷召集百官议道：'连日寇报紧急，不意真定、保定俱失守，众卿有何良策？'百官相顾默然，帝叹曰：'朕本非亡国之君，诸卿皆甘为亡国之臣矣'。"① 此意为崇祯帝是励精图治的好皇帝，只因群臣庸碌无能，为私害公，才导致国家灭亡。天启之后，皇帝昏聩，魏忠贤与客氏勾结，权倾朝野，排除异己，很多正直之臣备受打击，朝政一片黑暗。这种情况下，崇祯即位以后，剪除魏忠贤，扶持正义，深受正直朝臣和民众的爱戴。《铁冠图》第一回就谈道："御弟信王登基，年号崇祯，即万历之孙，明朝亡国之贤君也。自古亡国之君，未有如帝之勤政爱民，英明果决的。坐朝不满一月，即把魏党收除。自后不敢轻信大臣，多用一班新进。天下悦服，人人指望太平。无奈祖宗把朝纲坏了，把元气伤了。朝内无亲臣，库内无余积。况且杀星降世多年，合当扫除劫运，以侍（待）清时。故虽有这位美（贤）明之君，难挽衰绝的国运。"②《新世鸿勋》第二回："幸遇崇祯皇帝继位。崇祯爷英明刚断，便把逆贼魏忠贤诛戮了，那时把贼肝肠煮得糜烂，喂饲犬马，收贼骸骨磨为齑粉，扬作尘沙……又把他的一门诛戮，阖族全除，及许多干儿子，并奸佞党恶，分别凌迟，斩绞。分明是再整乾坤、重开日月，管叫他人心大快，朝野欢腾。正是：一时殄灭权珰焰，万国欢呼圣主明。自魏贼肆虐之后，朝纲废弛，国政凌夷，赖得崇祯爷，惕励忧欢，宵衣旰食。大臣时时召对，民事刻刻关心，裁决万机，力为图治。因是天下人民，交相称庆。"③

不少时事小说还写到崇祯即便在国破家亡、自刎谢祖之际仍不忘黎民

① 蓬蒿子：《新世鸿勋》第十回，《古本小说集成》第一辑，第 190 页。
② 松排（滋）山人：《铁冠图》第一回，《古本小说集成》第一辑，第 2～3 页。
③ 蓬蒿子：《新世鸿勋》第二回，《古本小说集成》第一辑，第 33～34 页。

百姓、爱民如子的一面，塑造了一个好皇帝的形象。《铁冠图》第四十一回，崇祯临终拜太庙之时"提笔走向墙上，写下四句大字：朕与你留宫殿，你与朕留太庙；朕与你留仓库，你与朕留百姓。"① 《铁冠图》第四十二回写道："崇祯皇帝在里面听得明白，潜步走到墙边，拉了王承恩道：'你不用在此探听了，你可听外面说，流贼把寡人拿得甚紧，不如挺身出去，任贼或剐或杀，免得带累我满城百姓。'"② 《铁冠图》第四十三回："崇祯咬破指血，在袍帔上写着几句红字诗词，写的：朕自登九五，焦劳日万机。几年遭水旱，数载见疮痍。岂料潢池弄，竟将社稷危。诸臣实误我，百姓受流离。文武当杀尽，吾民不可诛。反面又写了几句：崇祯遗笔，晓谕自成：莫坏我尸，莫毁我陵，莫留我官，莫害我民。"③ 这些都着力刻画了崇祯勤于政事、爱民如子的一面。

事实上，崇祯的刚愎自用、多疑多忌、苛刻寡恩，对明亡负有不可推卸的责任。崇祯执政初期，诛除阉党，为东林平反，大快人心。但不久，又重新宠信宦官，猜忌朝臣，任用太监监军，给国家带来难以预计的灾难和损失。崇祯在位 17 年，先后更易 50 个大学士、17 个刑部尚书、14 个兵部尚书，杀死总督 7 人、巡抚 10 人。《明史·流贼传》已明确批评崇祯："性多疑而任察，好刚而尚气。任察则苛刻寡恩，尚气则急剧失措。"④ 在民无活路、国亡在即之时，他只是减膳撤乐，却不肯将国库中堆积如山的金银拿出一点来赈济饥民。据《明季北略》卷二十载，崇祯时"旧有镇库金积年不用者三千七百万锭，锭皆五百两，镌有永乐字"。⑤ 可见崇祯是位爱钱如命，视民众为草芥的皇帝。

时事小说的作者也认识到了这一点。《剿闯小说》第八回指出"从来

---

① 松排（滋）山人：《铁冠图》第四十一回，《古本小说集成》第一辑，第 304 页。
② 松排（滋）山人：《铁冠图》第四十二回，《古本小说集成》第一辑，第 312 页。
③ 松排（滋）山人：《铁冠图》第四十三回，《古本小说集成》第一辑，第 314～315 页。
④ 《流贼传》，张廷玉等撰《明史》卷三〇九，许嘉璐主编《二十四史全译》，汉语大辞典出版社，第 6386 页。以下只标篇名、《明史》卷次和页码。
⑤ 详见计六奇撰、魏得良等点校《明季北略》卷二十，第 488 页。文中亦载："谈迁曰：'三千七百万锭，损其奇零，即可两年加派，乃今日考成，明日搜刮，海内骚然，而扃钥如故，岂先帝未睹遗籍耶？不胜追慨矣。'予谓果有如此多金，须骡马一千八百五十万方可载之，即循环交负，亦非计月可毕，则知斯言未必可信也。"可见关于此事的真实性，一直都有不同意见，此处可备一说。

国家多故，必主上非酷虐即愚淫"。① 《樵史》第三十回写道："崇祯年间，阁老倏用倏废……用人全然不妥。流寇猖獗，督抚是何等重任？……阁部孙承宗，妒忌他不用；……放着一个首先勤王、北兵远去的兵部范景文，只用他做南京闲散地方的尚书，反用那闻清兵逼近京城，畏怯不前，怵哭不敢行的杨嗣昌，虚糜岁月，养成贼势。十年，体仁特旨回籍，薛国观当国，又不济事。十四年五月，才复召周延儒入朝……把范景文起出来，做了工部尚书，但不是掌兵权要地。知兵的史可法，升了南京兵部尚书，也只可防御一面。贵州杀苗贼素有名的马士英，起他出来，做了凤阳巡抚，也只可保护陵寝……崇祯特命周延儒以宰相督师……五月加太师赐归，十二月拿到京师勒令自尽。是陈演当国了，晓得什么用人剿寇？一个全不知边情兵事的张缙彦，用他做了兵部尚书。黜陟任心，功臣夙将，人人解体。添注尚书孙傅庭……单骑逃走，不知何去。"② 《铁冠图》第八回亦写崇祯宠信太监、重用外戚，甚至滥杀大臣："圣皇上大怒，命立刻处斩（洪承畴）。"③ 第三十回："圣上大怒，着该省巡抚并江南总兵黄得功，并力擒拿陈永福，立刻处斩。"④ 这两个旨令逼得两员大将投向敌方。崇祯的刚愎自用也难免被明识天下事的时事小说作家指责，《剿闯小说》第五回："先帝无甚失德，只以刚愎自用，故君臣血脉不通，以致万民涂炭，灾害并至。"⑤

　　崇祯自缢之后，时事小说的作者普遍对山河失色表达痛心和哀悼，在他们的心中，与其说崇祯是一个乱世贤君，不如说崇祯是一个符号，是大汉正统的象征，是纲常伦理的象征。崇祯之死，象征王纲解纽，象征天崩地坼。作者们哀悼崇祯，却不等于就是哀悼崇祯本人。《剿闯小说》第二回中，龚云起在崇祯帝自缢后作《痛哭诗》二首，其一曰："中原礼乐今何似，文武衣冠更不伦。"⑥ 崇祯是礼乐衣冠的象征，"先帝生，人心业

① 西吴懒道人口授《剿闯小说》第八回，《古本小说集成》第三辑，第 284 页。作者总体倾向是："今圣德彰彰如此，唏嘘细谈，未有不泣。"
② 江左樵子编辑，钱江拙生批点《樵史通俗演义》第三十回，第 223 页。
③ 松排（滋）山人：《铁冠图》第八回，《古本小说集成》第一辑，第 54 页。
④ 松排（滋）山人：《铁冠图》第三十回，《古本小说集成》第一辑，第 207 页。
⑤ 西吴懒道人口授《剿闯小说》第五回，《古本小说集成》第三辑，第 142 页。
⑥ 西吴懒道人口授《剿闯小说》第二回，《古本小说集成》第三辑，第 56 页。

死；先帝死，人心可生"。① 崇祯是王纲秩序的象征。对崇祯帝的哀悼实质上是对王朝秩序、礼乐文化被颠覆的哀悼。

崇祯失位后，在各派利益的争斗与平衡下，福王在南京被拥立为帝，建立南明王朝，但南明王朝并没有肩负中兴大任，旋即覆灭。反思南明亡国之因，不少时事小说作家都提到弘光在国家危亡之际耽于享乐、不理朝政，他将国家大政交与马士英，人事任免听之任之。"这里面也有君子，也有奸逆；君子是士英结识他，奸逆是士英得贿赂。弘光件件允行，个个推用。分明一个皇帝，竟像和马阁老合做的一般，弘光不过拱手听命的主人翁。正是：空名也好为天下，提线由人不费心。"② 在国事上，弘光听凭马、阮权奸误国，自己则忙着选秀女，全不顾给百姓带来的痛苦。

> 莫说马、阮在朝专权误国，再选淑女的旨意已到杭州，太监田壮国着同了抚按行牌到嘉兴。兵备道先期出示，哄动嘉兴城外，喧喧嚷嚷，都说已经选了淑女程氏，如今真也选绣（秀）女了。有女儿的人家那（哪）一个不害怕，那（哪）一家不惊慌，连夜着媒人寻女婿，富家女儿嫁与贫家儿子，标致女子嫁与丑陋儿郎。还有那十五六岁的闺女，媒人撺掇嫁了三四十岁的丈夫，那管白头之叹。③

在国难当头、清军渡江之际：

> 弘光竟不视朝，百官毕集，内相传道："皇爷串戏忙，不须朝见"……清兵过江邸报已到京城，午后传旨，唤集梨园子弟进大内演戏，弘光与韩赞周、屈尚忠、田成等一班内官，杂坐酣饮。弘光道："马士英强朕做皇帝，如今事出来了，君臣聚会，快乐得一日便是一日，且莫管他。"④

---

① 西吴懒道人口授《剿闯小说》第二回，《古本小说集成》第三辑，第 54 页。
② 江左樵子编辑，钱江拗生批点《樵史通俗演义》第三十四回，第 257 页。
③ 江左樵子编辑，钱江拗生批点《樵史通俗演义》第三十七回，第 275 页。
④ 江左樵子编辑，钱江拗生批点《樵史通俗演义》第四十回，第 304 页。

更有小说家大胆披露弘光的荒淫："弘光醉后淫死童女二人，乃是旧院雏妓。"①

明遗民对弘光王朝所抱有的复兴希望逐渐破灭，他们开始认识到弘光只会祸国殃民，绝非中兴之主。时事小说作者对南明这段历史有所总结，如《新世鸿勋》在第二十二回指出：

> 再说福王，自河南避贼，渡过黄河，到淮安住扎。闻先帝大变，未知天命所归。却在南京，尊称帝号，信任马士英，专权乱政，大失民心。②

《樵史通俗演义》则在第三十八回如此评论：

> 话说弘光指望偏安江左。学宋高南渡的故事，只认马士英是智勇兼全、文武并济的北门锁钥，那知他是诗酒中的才子，岂能经纶天下。扶助危邦……可不是君王蛊惑，宰相贪庸，空作千秋笑柄。③

时事小说作者敢于将批判的矛头直指最高统治者皇帝，可见其亡国痛之深切，与批判之尖锐。

2. 排斥异己、因私害公的内部斗争

除皇帝的昏聩失察、无能误国外，贯穿整个明朝的排斥异己、因私害公的群臣内部斗争，也是明和此后建立的南明政权灭亡的重要原因。群臣内部斗争包括党争、文武之争和功利之争。

（1）党争。明代党争的兴起与其政体有密切关系。明初政体，大体沿汉、唐旧制，但内阁权位并不重，甚至可以说有位无权，只显尊荣。朱元璋开国之后，于洪武十三年（1380）罢宰相之职，分权于六部尚书，以尚书任天下事，而侍郎辅之，又以言官如御史等职制衡之，殿阁大学士不过顾问而已。当时，皇帝独操天下之威柄，大学士鲜有参决政事，其纠

---

① 江左樵子编辑，钱江拗生批点《樵史通俗演义》第三十四回，第260页。
② 蓬蒿子：《新世鸿勋》第二十二回，《古本小说集成》第一辑，第445页。
③ 江左樵子编辑，钱江拗生批点《樵史通俗演义》第三十八回，第286页。

劾由都察院，章奏则赋予通政司，平反则有大理寺，此即汉九卿之遗意。军队则分五大都督府，而征调之事归兵部，外设都、布、按三司，分管兵、钱谷、刑，其官员考核则属吏部，故明朝前期以吏、户、兵三部的职权最重。

自杨士奇开始，到嘉靖朝的严嵩当政后，内阁大学士的权位日重，最终又统六部尚书于其下，首辅大学士几可视为真宰相，唯首辅之下数位大学士，略与之分权而已。此后的内阁制度以及票拟制度，虽然可以让内阁大学士代皇帝票拟意旨，但需内监递批红来确认。由此内阁之权越重则内监之权亦日重，往往内阁大学士须与内监相勾连才能顺利办事。到刘瑾得宠时，则彻底演变为内阁亦不得不听其命于内监，满朝事体全取决于内监之手，其时民间谓正德为"坐皇帝"，刘瑾是"站皇帝""立皇帝"。之所以会这样，因内阁之票拟，不得不取决于内监之批红，相权转归内监。于是朝廷之纪纲，贤士大夫之进退，悉颠倒于其手。《明史·阉党传》就讲道："刘瑾窃权，焦芳以阁臣首与之比，于是列卿争先献媚，而司礼之权居内阁上"。[1] 此后魏忠贤亦是如同刘瑾，一手遮天。"忠贤不过一人耳，外廷诸臣附之，遂至于此，其罪何可胜诛。"[2]

内阁权重导致了内监权重，原本可以相互制衡的六部又听命于两者，政治一旦缺失了制度的制衡，就只能寄希望于主事者的个人品格和能力，以此来决定其处事公正和决策得当与否。这种完全依赖个人能力和品格、缺失制度制衡的政体，自然无法保持公正和利益均衡的一贯性，首当其冲的问题便是朝中大小官吏的任命及政绩考核。张居正做首辅期间，由于张居正本人能力极强，明朝出现一段时间的中兴。张居正去世之后，缺乏强有力的继任者，之前因政体转变而产生的官吏任命和考察等弊端，马上显现出来，很快就引发了万历朝的"癸巳京察""辛亥京察""丁巳京察"等数起大的纷争。这些纷争直接导致的结果，就是使得朝中门户党派之争大兴，纲纪朝风日益败坏。其党派当时有以人名冠之的顾（天岐）党、李（腾芳）党，有以地域划分的秦党、南党、昆党、宣党，有万历四十

---

[1] 《阉党》，张廷玉等撰《明史》卷第三〇六，第 6273 页。
[2] 《阉党》，张廷玉等撰《明史》卷第三〇六，第 6273 页。

年（1612）之后大盛的齐党、楚党、浙党，等等，而在明季政局中鼎鼎大名的东林党，就是因"癸巳京察"之纷争而兴起的。

万历二十一年（1593）的"癸巳京察"，是由吏部尚书孙鑨、左都御史李世达、考功司郎中赵南星负责的。按照明旧制，吏部之权特重，居于六部之首，它负责官员的选授、封勋、考课，而内阁大臣则至多领尚书衔兼殿阁大学士，但不领铨选。然而自张居正开始，吏部开始听命于内阁首辅，张居正死后，经过宋墢、陆光祖两代吏部尚书的努力，终于夺回了权力，得以继续与内阁首辅相抗衡，唯一没有夺回来的权力是京察权，即京察时在官员的去留问题上，吏部要先告知阁臣，才能上奏皇帝。

孙鑨上任后，一方面试图夺回原属吏部的现在落入内阁的权力，另一方面为了澄清吏治，在顾宪成等人的协助下，和李世达、赵南星一起，不徇私情地罢免了一大批冗官、贪吏，其中就有他们的亲戚，也有各级官僚的门生和亲属，并且将处理结果不经内阁，直接上奏皇帝。

如果只是处罚官员也还罢了，多少还有点转圜的余地，但他们想夺回原本属于吏部的权力，越过内阁直接上疏皇帝，这就触及了现在内阁势力的立足根本，因此他们直接得罪了以首辅王锡爵为代表的内阁势力。

经过数个来回的较量，这次斗争的最后结果是以首辅王锡爵为代表内阁势力大胜。孙鑨被停俸，赵南星被革职为民，不少为赵南星叫屈的官吏也受到谪谴，如高攀龙、顾宪成等，另外受牵连的还有李世达、赵用贤、陈泰来、顾允成、于孔兼等不少朝臣。次年，顾宪成也被逐出朝廷，遂于家乡立东林书院，东林党因此而起。

"癸巳京察"不但引发了朝中的门户之争，而且助推了东林党之兴起，这一事件对万历朝及以后的明朝政治格局，有着极其深远的影响。而"癸巳京察"中的主力干将赵南星等人，日后也都成了东林党的骨干。

万历三十九年（1611）的"辛亥京察"，北京的主持者大都是东林党人，所以齐、浙、楚诸党遭到了他们的打击。但南直隶的京察为后来的齐、浙、楚三党中人所把持，故在南京的东林党人受到了排斥。正是因这次"辛亥京察"南北两直隶的形势不同，科道言官中又形成了依籍贯划分的齐、楚、浙三党。

万历四十五年（1617）的"丁巳京察"，齐、浙、楚三党势力大盛，由楚党的吏部尚书郑继之、浙党的刑部尚书李志和考功郎中赵士谔主持，因此东林党人在此次京察中几乎被驱逐殆尽。

其实党争并不只是在京察中存在，考核地方官吏的外察中也同样严重，只不过因地方官员不如在京的官员那么集中，朋党关系也没有那么复杂，所以其影响没有京察大而明显。通过这几次京察，朝臣们的党派归属一步步地明确和巩固起来，党争之风日盛，几乎使得朝中大臣大都卷入了党争，大有不依附于一党一人，在朝中就无法立足之势。《明史·赵用贤传》如此评价万历党争：

> 自是朋党论益炽。（吴）中行、（赵）用贤、（李）植、（江）东之创于前，（邹）元标、（赵）南星、（顾）宪成、（高）攀龙继之。言事者益裁量执政，执政日与枝拄，水火薄射，讫于明亡云。①

"丁巳京察"以后，东林党人一直到天启朝才再次获得朝政大权，但他们和对方一样，不但不以国事为重，而且将排除异己、党同伐异的行动进一步加大，以致朝野党争进入了白热化阶段。天启三年（1623）的"癸亥京察"，又轮到东林党骁将赵南星来主持。他乘机对齐、浙、楚诸党进行了大规模的清洗，导致此三党人物为了自保，不得不联合起来并依附于魏忠贤门下，终于形成了以魏忠贤为首、齐浙楚三党为辅的明季阉党，自此开始了魏忠贤阉党与东林党人之间的血腥政治斗争。

针对天启三年这次京察中东林党人的报复行为，前辈学人谢国桢先生曾道，"天启三年（1623）的京察，赵南星未免作得太辣，但魏阉的残戮，又未免太毒了"，② 各打五十大板。如果说党争开始只是纯粹的政见和价值观分歧的话，那么到后来则彻底沦为了全然不顾天下国家的意气之争、利益之争、个人恩怨之报复，无论是东林党还是齐浙楚三党，莫不如此。此种情形一直保持到明亡，甚至明亡之后还在继续，直到清康熙年间才被消灭。朝廷内部排斥异己、因私害公的党派斗争最终导致了明朝以及

---

① 《赵用贤》，张廷玉等撰《明史》卷二二九，第 4647 页。
② 谢国桢：《明清之际党社运动考》，第 30 页。

南明政权的灭亡，这些在清初时事小说中也得到了充分反映。

《樵史通俗演义》第一回描述了天启时，魏忠贤勾结客氏把持朝政的情景。

> 魏忠贤二三心腹撺掇他交结了客氏，里通外连，方才朝廷大权尽在掌握中了……满朝的文武官员，要升就升，要降就降，只消通了魏忠贤，就有客氏帮衬；或者通了客氏，就有魏忠贤主张，一个天启皇帝，竟是他一男一女做了。①

其时，凡是投奔他们的都得到庇护，而与他们做对的都被打击、迫害，朝廷无不奔竞，争相附于其羽翼之下。《樵史通俗演义》第二回就写了毛文龙与魏忠贤的勾结。

> 明将毛文龙原是王化贞用的，逃往朝鲜，又回据海岛，遣人入京师，先把贿赂送了张鹤鸣，就鹤鸣通了魏忠贤，貂鼠皮、人参不知多少，又金珠绸缎累筐盈箱，里通外连，竟封了他副总兵。朝里官员见忠贤威福异常，那班小人没一个不想投了他，希图高官厚禄，妻荣子耀了。有个极清极正一尘不染的礼部尚书孙慎行，倡先告病回去。正人君子也都想动本的动本，抽身的抽身。贵州安酋又叛，山东白莲教又乱，真正不成个朝廷，不成个世界了。②

以魏忠贤为首的阉党积极培植党羽，想方设法把依附自己的人塞进内阁，先后经他塞进内阁的阁臣便有顾秉谦、魏广微、黄立极、冯铨、施凤来、张瑞图六人。《樵史通俗演义》第五回详细地讲述了魏忠贤积极培植党羽的情况。

> 到了次日，阮大铖去见（魏忠贤）……即便开口把魏广微愿为

---

① 江左樵子编辑，钱江拗生批点《樵史通俗演义》第一回，第8页。
② 江左樵子编辑，钱江拗生批点《樵史通俗演义》第二回，第15页。

子侄，要入阁的话，一一说了。魏忠贤道："……既承他好情，只认做咱的弟弟罢了。枚卜一事，咱一手握定，不敢欺。除了前面阁里的老头儿，其他谁个也飞不出去。有乌程的朱国祯，聊城的朱延禧，论资格也该了，皇帝道他是个老实人，咱见他谦恭得紧，定不是个和咱拗的。昆山顾秉谦，他久参机务，该晋武英殿大学士了。明日进里面去，把这事了局也罢。首相叶台山虽不与咱不和，只是顾恋东林，料也立脚不住。韩爌这厮是个蠢材，咱也不管他。你去回覆（复）那魏官儿，如今且不消来见，待枚卜定了，再来亲近咱也不迟。"阮大铖作别竟去，回魏广微递话去了。过了三日，忽传内旨："顾秉谦武英殿大学士，魏广微、朱国祯、朱延禧俱东阁大学士，着令入阁。"旨下，京师里那个不知道顾、魏二人全是魏忠贤脚力，才得到这地位。①

阉党在巩固势力的同时残酷地排斥异己，打击和自己意见不同的同僚。

　　魏忠贤恨煞那左光斗、魏大中两个，一日请那崔呈秀、傅櫆、阮大铖、杨维垣、倪文焕一班心腹官儿到私宅议事，忠贤道："别个如李应升、黄尊素虽不归顺咱们，本里还只隐隐的带说，官里那里在意；左、魏二人明明白白要大胆阻我的封荫，动不动说甚么祖制祖制，不知他做谁的官儿，全不怕我。烦列位想个计较，先摆布他两个，咱心上才喜欢。就是叶阁老也可恶，不敢与咱做对头，却又与这班人交好。咱听见说什么东林党，也要慢慢弄了他去。"阮大铖道："东林党这一班人个个与上公相拗，不消说的了。如今江南又起了个复社，与东林党做接手。上公若不大振朝纲，严刑峻法，削灭几个首恶，人也不怕。"崔呈秀道："就是劾咱的高攀龙，也是东林一派，如今他坏在家里，慢慢也饶不过他。只是左、魏二人，须是阮哥想一个主意，替上公出气。"傅櫆对阮大铖道："汪文言如何？"阮大铖笑

---

①　江左樵子编辑，钱江拗生批点《樵史通俗演义》第五回，第38页。

道："我倒忘了。上公在上，有个徽州门子汪文言，原是犯罪逃走到的，不知怎么营谋，叶相公特疏荐他做了中书，如今在外揽权做事，明明是东林的走卒了。左光斗是我同乡，常闻得他与文言交好。魏大中极不肯拜客的，也与文言书帖往来。只消两衙门里那个动一本，说汪文言门役滥窃中书，交通内外，左、魏二人与他心腹，不当比匪。如此一本，只说得一个汪中书，两衙门不好申救，连荐主叶向高不必指名，也在比匪之内了，岂不一网三鱼，随手可得。我与左光斗一县的人，不便出名。只消那一位替上公干了这事，便是大功劳了。"

且说傅櫆第二日与阮大铖商议了本，也不送与魏忠贤看了，第三日竟在通政司挂了号，送上去了。本上说左光斗、魏大中不宜与汪文言相狎，请褫其职，以为比匪之戒；又说汪文言门役滥窃中书，交通内外，欺君误国，当诛。第四日内传特旨："着锦衣卫着官旗速拿汪文言下狱候旨。"①

就这样，汪文言被陷入狱。

以魏忠贤为首的阉党用酷刑制造了汪文言案，由此将杨涟、左光斗、魏大中、袁化中、周朝瑞、顾大章六君子拷死于大狱之中，《樵史通俗演义》第八回详细讲述了这一过程。

只是魏忠贤从此以后越越不肯放松，分付那十虎十彪，义子、义孙，该下手的，须尽情剿除了，方才满意。那些应募献勤的，谁不磨拳擦掌，争先上本。御史杨维垣诬奏侍郎王之寀，大理寺徐大化诬奏杨涟、左光斗，御史倪文焕诬奏李邦华、周顺昌、林枝桥。已削籍的，严旨诘责；未去位的，削夺不恕。一个朝廷弄得空空荡荡，没什么正人君子了。

许显纯提出汪文言，当堂审问。汪文言道："你要我如何说？到此地位，总是有天没日头。若要我诬陷正人，我必不肯。"许显纯取出一单，逐一唱名问他。单上开的名道：赵南星、杨涟、左光斗、魏

---

① 江左樵子编辑，钱江拗生批点《樵史通俗演义》第四回，第 31～32 页。

大中、缪昌期、邓渼、袁化中、惠世扬、毛士龙、邹维琏、庐化鳌、夏之令、王之寀、钱士晋、徐良彦、熊明遇、施天德。

　　唱完了名，问道："你过赃多少？可明白招成，免受刑罚。"汪文言道："这一班人我不认得的多，但都是正人，如何有赃？"许显纯大怒，唱令动刑，把个汪文言拶敲夹打，五刑备极，只是叫道："苍天嘎！我汪文言宁死，怎肯妄扳一人！"许显纯见他如此，没奈何了，喝令还监。竟同自己代笔的商议了，自为狱词，采用杨维垣、徐大化所奏的诬本，道："熊廷弼之缓狱，皆周朝瑞、黄龙光、顾大章受贿使然，并赵南星等十七人，皆汪文言居间通贿，紊乱朝政。"一面上本，一面把汪文言讨了气绝，使他死无对证。①

　　为了师出有名，阉党也借党争门户之题而大肆发挥，用以倾陷东林党。魏广微、顾秉谦编了一部《缙绅便览》，把东林党视为邪党。齐党人物王绍徽编定了《点将录》，列举东林党108人作为攻击对象。御史卢承钦撰有东林党人榜，于天启五年（1625）揭示天下。同时著有《天鉴》《雷平》《同志》《薙秽》《点将》《蝇蚋》《蝗蝻》七录，以罗织东林党的罪名。魏忠贤还下令拆毁东林、关中、江右、徽州、首善各书院，实行思想文化控制。天启六年（1626），命纂《三朝要典》，以朝廷的名义断定东林党的罪恶。一时间，东林党成了恶魔罪犯，凡与阉党做对的均被指控为东林党人，予以残酷压制、迫害，乃至"民间偶语，或触忠贤，辄被禽僇，甚至剥皮刲舌，所杀不可胜数"。② 党争最终引发了一场惨绝人寰的党祸，并演变为最黑暗、最腐朽的特务政治与封建专制。这种情况在时事小说里得到了较为充分的体现。

　　且说阁老顾秉谦、魏广微，因外面纷纷议论，说他两个是魏太监的心腹，就有门生阁老的谤言，十分发恼。商量定了，平昔把《缙绅便览》一部暗把己意批点：极重者三点，次者二点，又次者一点。

---

① 江左樵子编辑，钱江拗生批点《樵史通俗演义》第八回，第60~62页。
② 《魏忠贤》，张廷玉等撰《明史》卷一九三，第6261页。

阁部翰林外抚如叶向高、韩爌等，何如宠、钱谦益、成基命、缪昌期、侯恪、姚希孟、陈子壮等……约六七十员，反说他门（们）是邪党，打点要送与魏忠贤。恰好进香这遭，阮大铖在半路跪送了《点将录》，见魏珰十分欢喜，他回到京里，就东扯西掠，约会了肯附魏珰的一班人，先有二十人，在家结了盟誓，同心助魏，偏要与东林为仇，都一个个或杀或逐，方才满意。魏广微知了风声，就差长班请了几个头儿去商量，附魏的都加圈：三圈，二圈，一圈不等。又托阮大铖找寻了李鲁生的《同志录》。崔呈秀的《天鉴录》，一齐密付魏忠贤。魏忠贤大喜，具将原本付李朝钦支掌。又命李永贞、石元雅、涂文辅各私抄小楷折子，藏在袖里，每日早起齐赴魏忠贤直房，按名回话。镇日的查升官本内有无折子姓名，参官本内有无折子姓名，面同简举，不许异同，升的升，坏的坏；若折子有姓名的，更升得快，坏得毒。那《缙绅便览》上圈的人也不少，其三圈的如黄克缵、王绍徽、王永光、徐大化、霍维华、阮大铖、周应秋、杨维垣、倪文焕，两圈、一圈的不能尽载。《天鉴录》也有两样，首载东林渠魁……那《同志录》只开载东林的正人君子，也有不是东林，为人正直，不附魏珰的，都一网打尽……这几本书，一册一册都纂成了，送与魏忠贤做底本。真正同己者进，异己者摈，竟不成个朝廷了。其时又有《选佛录》，不知是那个做的，也有东林在内，却是明哲保身，不肯言生事的多……从此魏忠贤内有客氏、王体乾一班人做心腹，外有崔呈秀、魏广微、顾秉谦、阮大铖、杨维垣、倪文焕一班人做爪牙，心粗胆壮，意得志满。今日升一个两个是折子内的人，明日逐一个两个是折子内的人。①

阉党继续残杀异己，凡是和魏忠贤一言不合者，都惨遭毒手。《樵史通俗演义》第十回载："其时工部郎中吴昌期忤了魏忠贤，敕令回籍，吴怀贤素与往来，以书遣人送他。他书里有'事极必反，反正不远'八个字。凡遇当道谈及朝政，便十分气愤，出语激烈。魏忠贤知道了，骂道：

---

① 江左樵子编辑，钱江拗生批点《樵史通俗演义》第六回，第 44~47 页。

'这狗攮的！你是何等样官儿，也来放肆！'竟传厂令，教杨寰、孙云鹤拿付镇抚司拷问，许显纯连他妻女都拿了严刑酷掠，全家尽死杖下。一时承风顺旨的越多了。""忽然一日，锦衣卫掌堂田尔耕逻执游方僧本福，有诗扇，为扬州府知府刘铎所书，讥刺时事。魏忠贤大怒，竟传内旨，差校尉速拿刘铎到京勘问。一时京师都道：'罢了，罢了！如今诗也作不得、写不得了。'正是闭户深藏门，安身处处牢。"①

此后，魏党又制造了周顺昌、周宗建、李应升等七君子事件，遂使善类为之一空。

且说魏忠贤义子曹钦程受忠贤密计，勾同苏、杭织造太监李实，要谋陷周起元等五人。不意曹钦程赃秽狼籍（藉），为同类摈斥，有个给事中潘士闻上一本劾他。魏忠贤被众孩儿再三撺掇，只得削了他职，教他回去了。太监李实是不识字的人，怕代笔的做的本不中魏珰意，竟把一个空头本用好了印，送到京里来。魏忠贤分付心腹李永贞，把李实出名，参论周起元、周顺昌、高攀龙、李应升、黄尊素，即传内旨："周起元、高攀龙、李应升、周顺昌、黄尊素俱系邪党，并缪昌期，周宗建，俱遣官旗逮问。"这本一上，校尉四出拿人，震惊朝野先是拿高攀龙的到常州府开读，府县登时报告高攀龙……攀龙系无锡县人，自思身为风纪大臣，义难受辱，有伤国体，焚香告天、告君、告祖宗，一面安顿了校尉，竟自投河身死。②

四月尽，把后到的周顺昌、李应升、黄尊素又行严审，全副刑具，比前更惨，身无完胪（肤）。周顺昌骂了又骂道："你们这班奸贼！不受人罚，必有天诛！料你们决不放我活了，我死诉之上帝，必不饶你！"许显纯见他比别人更狠，骂得更毒，分付把铜锤击齿。齿都打落，骂还不住。许显纯立起身来，听见他骂的含糊了，笑问道："你还骂得明白么？"周顺昌嗳出口血，直喷他的面上，半明不白骂

---

①　江左樵子编辑，钱江拗生批点《樵史通俗演义》第十回，第73页。
②　江左樵子编辑，钱江拗生批点《樵史通俗演义》第十回，第73～74页。

越狠了。又把头触在石上，头额都碎。

　　莫说江南校尉打死，忠良上路。且说朝里事情日变一日，小人越进，君子越退，通不成个世界了。①

　　在打击异己、争权夺利的党争之下，朝政日非，不可收拾。崇祯即位后，惩处了以魏忠贤为首的阉党，但党争没有就此结束，整个崇祯朝依然笼罩在党争的阴影之中，如温体仁攻击钱谦益，实质上就是阉党余孽向东林党的反扑；又如袁崇焕之狱引发的党争也是如此。这些党争造成的一个重要的后果就是崇祯不再信任群臣，重新起用内监监军，而内监全无品格，内监监军使军纪更加废弛混乱，不少内监甚至直接献城迎敌，加速了明朝的灭亡。后面"太监监军"条中有详细具体的讲述。

　　崇祯十七年（1644），李自成兵进北京，随后清兵入关，建都北京，这些天崩地裂般的巨大灾难依然没有警醒大臣们近乎疯狂的党争，没有消除众人的门户之见，清朝军队对江南的迅速逼近也依然没能停止群臣党派之争，甚至福王的继位本身就是党争的结果。

　　据史书记载，江南官绅在迎立问题上分歧很大，南京兵部尚书史可法本意是迎立桂王朱由榔，据姜曰广《过江七事》载，马士英曾讲道："立桂，史意也。予曰：'亦佳，但须速耳。'"② 詹事府詹事姜曰广等人意欲迎立潞王朱常淓，守备凤阳太监卢九德及总兵高杰、黄得功、刘良佐等拥立福王朱由崧，凤阳总督马士英本来接受了史可法的意见，后来他见自己的部下已倒向福王，遂背弃了史可法转而拥立福王去了。

　　福王朱由崧在伦序和地理上均占有明显的优势，他是明神宗的孙子，且近在淮安，在这种草野皆知的伦序当先的情况下，史可法、钱谦益等人却不想立福王，转而拥立旁支，这是有着深远的党派渊源的。福王朱由崧的祖母是备受神宗宠爱的郑贵妃，从万历到天启，朝廷上围绕着储君问题而展开的"妖书""梃击""移宫"等轰动一时的案件均与郑贵妃有关，正是由于东林党人的力争，神宗和郑贵妃希望立福王朱常洵（朱由崧的

---

① 江左樵子编辑，钱江拗生批点《樵史通俗演义》第十一回，第80页。
② 姜曰广：《过江七事》，中国历史研究社编《三朝野记》，上海书店，1982，第196页；《三朝野记》原题陈贞慧《过江七事》，后经考证，作者是姜曰广。

父亲）为天子的图谋才化为泡影。因此，东林党人以及作为东林党之延续的复社成员，都担心一旦朱由裕登上帝位，会重翻旧案，对东林党进行报复。这种担心并不是多余的，后来的事实确实证明了这一点。当时在籍的礼部侍郎钱谦益被视为东林党党魁，史可法也是倾向东林党的人物，他们内心里对拥立福王不可能没有顾忌。出现这种问题的另一个颇为重要的原因就是长期以来激烈的党争所留下的祸患，致使人们国难当头也无法挣脱党争阴影的笼罩，有时为了狭隘的私利，不得不做出有违于大势或公道的抉择。由此可以得知，所谓"立桂""立潞""立福"的争议，实质上是不同利益集团为争夺新政权垄断地位的一场斗争。时事小说对这场斗争也进行了形象的描绘。

《樵史通俗演义》第三十二回讲道：

> 三月二十三日，忽闻了京师失陷，天子殉国的（邸）报，人人切齿，个个伤心。……南京部院科道的官员，齐齐会集在文德桥国公徐鸿基家，议道："天下不可一日无君，须推戴一人监国，方可调兵讨贼。况太子、二王不知存亡下落，若不早早迎立，恐生他变。"兵部侍郎吕大器道："照依伦序，自是太祖定例。"议论未决而散。其时潞王、福王、周世孙，各避贼至淮安。马督抚移书与史尚书，要立福王。四月十三日是第三遭会议了，户部尚书张慎言、吏部尚书高弘图、掌翰林院事侍读学士姜曰广、吏科给事中李沾、河南道御史郭维经、太常寺卿何应瑞、操江诚意伯刘孔昭、抚宁侯朱国弼、南和伯方一元、安远侯柳祚昌、司礼监韩赞周，俱集朝内，久议不决。李沾奋袂厉声道："既福王伦序当立，再有异议的，吾当以死殉！"遂以福王告庙，议共迎立。①

为了拥立谁监国而召开数次会议，可见各党各派意见分歧之大。弘光立国后，朝廷上的党争又达到了一个新的高潮。阉党阮大铖做了兵部尚书，逆案中的张捷、杨维垣、虞廷陛等人都入了政府，他们沆瀣一气，不

---

① 江左樵子编辑，钱江拗生批点《樵史通俗演义》第三十二回，第 242 页。

仅重刻天启六年（1626）魏忠贤专政时期编纂的以诽谤东林党为宗旨的《三朝要典》，而且借复社领袖周钟为李自成草拟登极诏书之类的由头，更立顺案，定了六等刑罚，施行报复，将东林党人周镳、雷演柞逮捕入狱。就这样阮大铖还不解恨，又报复《防乱公揭》之怨，逮捕复社诸生吴应箕、黄宗羲、陈贞慧、侯方域等人，只是大狱未成而清兵已渡江。这就是夏完淳在《续幸存录》中说的"朝堂与外镇不和，朝堂与朝堂不和，外镇与外镇不和，朋党势成，门户大起，掳寇之事，置之蔑闻"。① 激烈而残酷的党争把南明政权折磨得筋疲力尽、气息奄奄，在未受敌人攻击之前已是分崩离析，一旦受到敌人攻击便顷刻瓦解。

《樵史通俗演义》等时事小说也讲述了南明弘光朝的党争。阮、马合流，排除异己，"日日讲翻案，夜夜算报仇"，闹得"水火满朝如鼎沸"，如《樵史通俗演义》第三十四回讲道：

> （阮大铖得势以后），与逆案心腹通政使杨维垣商量翻案，令维垣出一本道："张差疯颠强坐为刺客者，王之宷也；李可灼红丸谓之行鸩者，孙慎行也；李选侍移宫造以垂帘之谤者，杨涟也。刘鸿训、文震孟只图快驱除异己，其揩君父何如也！此《要典》一书重颁天下必不容缓也。"弘光未曾批发又笔（怂）恿逆案编修吴孔嘉上本道："《三朝要典》须备列当日奏议，以存其实。删去崔呈秀附和，命下所司。"弘光两本都批准行。②

有了弘光的允可，阮、马二人更是肆无忌惮，动辄捏造罪名以倾害东林党、复社诸人，意欲将平生不快意之人一网打尽。

马士英奏准各州县童生纳银赴试，遭到童生们的反对，阮大铖便借机进言："这都是复社少年蛊惑人心，为东林羽翼。除尽了这班为头的，如徐沅、文震亨（孟）、杨廷枢、吴应箕、刘城、沈寿民，不过一二百人，

---

① 夏完淳：《续幸存录》，《扬州十日记》，《中国内乱外祸历史丛书》，神州国光社，1946，第61页。
② 江左樵子编辑，钱江拗生批点《樵史通俗演义》第三十五回，第261~262页。

没那假道学就好做事了。"① 结果就参劾了溧阳知县李思谟，迫使李思谟挂冠而去。随后，阮、马勾结，又迫使吏部尚书顾锡畴、吴应箕、文震孟等人辞官而去。蔡益所的书坊出售复社的文章，他本人就因此被关进了监狱。雷演祚、周镳与阮大铖有仇，马士英和阮大铖便把二人纳入光时亨、周钟、武慷等人"从逆"案中，勒令自尽。②

为了逐尽敌党，阮大铖时时不忘在马士英的耳边煽风点火："东林、复社，年阁台须立定主意，斩草除根。当年魏上公不听我言，后来翻局甚苦。前车既覆，后车之鉴。不可不慎。"③ 也许是阮大铖意欲驱逐东林、复社诸人的念头太强烈了，竟然在祭拜崇祯时出了差错，成为千秋话柄。

> 只见阮大铖内穿红蟒，外穿素服，放声大哭而来，拜倒在地，也不分班次，也不五拜三叩头，口里高声叫道："我的先帝嘎！我的先帝嘎！致先帝殉社稷而死，都是东林诸臣，不杀尽东林诸臣，不足以谢先帝！我的先帝嘎！"哭了一番，立起身来，还哽哽的哭，且高声道："目今徐汧、魏学镰自夸是东林正人君子，都投清国去了。难道还不该杀尽东林！"马士英急了，快步出来，扯他的衣袖，道："年兄如何全不照管，徐九一（徐汧字九一）现在京补官，岂不被人谈论。"阮大铖才住了口。④

所谓的东林党人也并不全是节义之士，因为当时东林党名声大噪，"好名者、躁进者咸附之"，以致出现了"东林中亦多败类"的现象。东林党人中的许多人不仅矜名意识非常强烈，而且私心严重。在党同伐异、好同恶异方面，东林党比起其他党派，常常也是有过之无不及的。天启初年，东林党在朝中的势力占有绝对优势，这是历史提供给他们的一个革新政治的大好时机，遗憾的是他们没有把精力放在这一方面，而是放在了无

---

① 江左樵子编辑，钱江拗生批点《樵史通俗演义》第三十五回，第 262 页。
② 江左樵子编辑，钱江拗生批点《樵史通俗演义》第三十九回，第 290 页。
③ 江左樵子编辑，钱江拗生批点《樵史通俗演义》第三十七回，第 274 页。
④ 江左樵子编辑，钱江拗生批点《樵史通俗演义》第三十七回，第 273 页；《明季南略》卷六、《小腆纪年》卷九都对此事亦有记载。

休止的与对立党派的争斗上，拘泥于君子、小人之辨；他们不知道与原来对立的党派捐弃前嫌，共赴已经昭昭在目的国难，而是急于报复前怨，翻旧案，算新账，似乎非要把这些异己的党派全部驱逐干净方才放手；特别是在魏忠贤的势力已经抬头之际，他们仍没有意识到已是大敌当前，如何联合和争取一切可以联合的力量去对付阉党——这一士人阶层共同的敌人，而是依然耽溺于激烈的党争，以致与对立党之间的积怨越来越深，直至把他们推向自己的敌人那一边，从而使自己在政治上陷入了孤立的窘迫境地，蒙受了巨大的灾难。

从东林党的发展历程来看，他们当中的许多人自出仕以来确实没有什么实际的业绩，只是以讲学结社、放言高论、犯颜直谏而名震天下，然后就自封为治世良臣，但实际则如夏允彝所言："东林之持论高，而于筹虏制寇，卒为（无）实著。"① 鉴于上述诸端问题，近人梁启超曾一针见血地道出了明末党争的严重后果："晚明政治和社会所以溃烂到那种程度，最大罪恶，自然是在那一群下流无耻的八股先生，巴结太监，鱼肉人民。我们一点也不能为他们饶恕。即使和他们反对的，也不过一群上流无用的八股先生，添上几句'格物致知'的口头禅做幌子，和别人闹意见闹个不休。最高等的如颜习斋所谓'无事袖手谈心性，临危一死报君主'，至矣极矣。当他们笔头上口角上吵得乌烟瘴气的时候，张献忠、李自成已经把杀人刀磨得飞快，准备着把千千万万人砍头破肚；满洲人民已经把许多降将收了过去，准备着看风头拾便宜货入主中原。结果几十年门户党派之争，闹到明亡了一起拉倒，这便是前一期学术界最后的一幕悲剧。"② 谢国桢对明清之际的党社运动颇有研究，他的几句话基本上可以作为晚明党争的公允评定："平心而论，魏党的跋扈，祸人误国，固不足道；但东林太存意气，在形如累卵的时局，他们还要闹家务，还存门户之见，置国是于不问，这也太不像话了。"③ 清初时事小说《樵史通俗演义》的作者江左樵子也意识到了这个问题，在书的最后第四十回写道："好好的江山，

① 夏允彝：《幸存录》，《扬州十日记》，《中国内乱外祸历史丛书》，第 20 页。
② 梁启超：《中国近三百年学术史》，"反动与先驱"，中国书店，1985，第 4 页。
③ 谢国桢：《明清之际党社运动考》"引论"，第 5 页。

坏于魏、崔、马、阮之手。"①

（2）文武之争。文武之争也是明代较为突出的政治现象。鉴于唐朝藩镇叛乱，在明朝历史上除初创时洪武、永乐两朝外，文官凌驾于武官之上，已成定式。多数武官不通文墨，缺乏政治意识，即使是高级武官，也大多不具备决策能力，偶有所陈献也不会受到文官的重视。明末为多事之秋，战火频繁，武将驰骋疆场出生入死，政治上却不受重视，自然强烈反对这种以文官为核心的政治制度。双方的矛盾在以战事为题材的时事小说中有着鲜明的展现。《新世鸿勋》第十九回，蓬蒿子借千户贝玉之口对文官制度颇有微词："今之经略，皆书生耳！所重只是文字。非不寻一二军师，然都是寻章摘句，调口弄笔之士，只好伴食帮闲，酒肉饮食，代笔撮空，何能谋及军国大事？"② 同时又深忧文武相争的危害："文之视武，如犬马；武之恨文，如寇仇。""同室之斗，于今为烈。"③《剿闯小说》也为武职抱不平，对文官颇为不满，"文人视武如犬马，武之恨文犹寇仇"，"明朝文臣素无信义"。④

袁崇焕是明朝不可多得的杰出边防人才，却成为文武相争的政治牺牲品。他的处死是明朝边防的一大损失，此后对付后金的防线更是松溃，不堪一击。明朝镇压农民起义军不力，也与文武不和密切相关。《明史》中记载：平贼将军左良玉就"与督抚（文官杨嗣昌）议不合，因是生心，缓追养寇，多收降者以自重，督府檄调，不时应命"，"九檄皆不至"，不愿"受人管束"。⑤ 统治集团内部文官武将之间矛盾的激化，使明朝镇压农民起义军错失良机。

（3）功利之争。即便不是为党派、为文武，上至皇帝，下至义军、平民，明末和南明也普遍存在为争军功、争私利、报私仇、相互残杀、置国家和人民利益于不顾的行为。《樵史通俗演义》第三十二回提到，在明朝灭亡，南明王朝偏安一隅岌岌可危之际，还有人欲与弘光争夺皇帝之

① 江左樵子编辑，钱江拗生批点《樵史通俗演义》第四十回，第 308 页。
② 蓬蒿子：《新世鸿勋》第十九回，《古本小说集成》第一辑，第 387～388 页。
③ 蓬蒿子：《新世鸿勋》第十九回，《古本小说集成》第一辑，第 394 页。
④ 西吴懒道人口授《剿闯小说》第九、六回，《古本小说集成》第三辑，第 327、185 页。
⑤ 《左良玉》，张廷玉等撰《明史》卷二七三，第 5539 页。

位。"这是十二月十七日的事。三个大大（疑为衍文）武官问了一番，供说'我是定王。为国变出了家，法名大悲和尚。如今潞王贤明，该做皇帝。'要弘光让位与他。"①

同是勇猛抗敌的大将之间，也存在相互争功的现象，因争功而相互辖制，以致错失良机，自损力量，自毁长城。大将黄得功与陈永福争功，致使陈永福投奔李闯，《铁冠图》第二十九回就详细记述了这一事件。

黄得功与左良玉同做河南总兵。左良玉援剿西路，兼管湖北等处；黄得功援剿东路，兼管南京凤阳等处。闻得八大王张献忠差了一员勇将史金刚，带贼兵三万，前去攻抢江南一带地方，好与闯贼会合。已经把安徽之地俱已抢遍，将离凤阳不远。黄得功自思，凤阳乃皇陵重地，当年曾被流贼骚扰，皇上把文武官员一齐问罪。如今此地系本镇带管，倘若失陷，其罪难逃。切吩咐传令挑选五万精兵，连夜起程，去护守皇陵。

这黄得功系辽东人……是当时有数的勇将。史金刚虽勇，究竟不是黄得功的对手。所以两军在陶金店的地方对垒，被黄得功打败，逃奔河南。黄得功直追到汴梁交界地方。汴梁总兵陈永福闻贼败阵逃来，暗传军令，假扮渔船，渡贼到黄河中间，一声梆了（子）响，众水手往腰间取出刀斧，把渔船砍穿，放水入船，把贼沉在水中。史金刚在水争命，纵有把天本事也用不着了。这里的军丰（士）都是会水的，各伸挠钩拽上岸来，一拥上前，把史金刚等捆绑，除在水中丧命的，共生擒了一百四十名，即修本章，差遣副将朱英，参将那希，带领五百人马，押着囚车，上京报捷……（史金刚路上被黄得功所劫）陈永福闻报大怒，吩咐："备马，待本镇与他见个高低。"游击鲍永忠谏道："不可！黄得功将勇兵强，难以取胜。依末将愚见，他既然抢去囚车，一定备本命将解京。趁他还未去远，老爷把本章交与末将，带领一枝（支）人马，抄出小路，赶至前途，把囚车依旧夺下，不分日夜，先入京报捷。这件功劳，还是老爷承受，岂不

① 江左樵子编辑，钱江拗生批点《樵史通俗演义》第三十一回，第225页。

好过亲自与他动粗?"陈永福道:"鲍将军言之有理,孙将军快把背上的本章脱下来,交付与他。"只见一人抢步上前,连声:"不可。若差人前途夺回囚车,他日圣上闻知,手(夺)功相杀,岂不罪同一休(体)?现有一条上策,为何不行呢?"

……献策之人正是阎公子。陈爷问道:"依外孙有何妙策?"阎如玉道:"外祖可将黄得功抢囚冒功等情,具本入奏,朝廷自有公论。"陈爷道:"我何尝不思上本辨明?只是东厂太监当权,倘黄得功将银买转了太监,则我反得冒功之罪。不如且夺囚车,亲解进京,纵然黄得功弄手脚,现囚车是我献上,彼此料难互赖。"说罢,即命鲍游击带领人马,速去前途截抢。倘得成功,速来报知。鲍永忠得令而去。过了数日,有小军来报,黄得功差遣大将王杰带兵解贼,被鲍将军杀死,夺回囚车,解京去了。陈爷大喜,专望京报的好音。

谁知京上的消息,李闯早已先知。因他常有奸细在京打听,闻得陈、黄二将夺功的木(本)章,同进京中。皇上发下刑部,把贼囚史金刚等严审口供,以定何人擒获。

有个刑部主事王文,此系王杰儿子,闻父亲被陈家兵抢囚时杀死,现有此案,可以报仇。暗叫狱官买嘱史金刚,教他临审时,只说被黄总兵拿住,陈总兵劫夺进京,约定劫牢反狱,大闹京城。果然三司会审时,史金刚就依狱官之言供出。承审官依此口词,写本奏上。圣上大怒,着该省巡抚并江南总兵黄得功,并力擒拿陈永福,立刻处斩……陈永福即传令拔寨,改转大顺旗号,渡过黄河,与李闯合在一处去了。①

《铁冠图》三十五回记载左良玉为独占功劳,不予黄得功军粮,迫使黄得功撤兵,使得剿灭起义军的计划流产。

话说黄得功差官去河南彰德府,催取三日行粮。府官不敢抗违,行牌各县催取。先打发差官回报,随后解来。早有人将此事报知河南

---

① 松排(滋)山人:《铁冠图》第二十九回,《古本小说集成》第一辑,第201~207页。

总镇左良玉。良玉自思:"我在河南镇守,年岁饥荒,军粮常催不足,被黄得功的官兵取去,我的人马食甚东西?倘他得粮北上,勤王有功,显出我左良玉无用。况他当日逼反陈永福,弄得阎公子不知去向,此恨难消。不如先把这粮草催夺进来,令他兵马无粮自退,不能成功。北直以南,单显我左良玉,岂不是好?"立刻写了催粮的火牌差官去各府州县硬把那备下送黄营的粮草尽转解到左营……

谁知左良玉自打发姜宪去后,自思如今不若差人,星夜往李建太军前请令,顺便带一封私书,求他发一道不许擅离封疆的牌票,交与黄得功。使黄得功撤兵而去,然后打听北京信息。流贼若败,我这里即去追赶,岂不独立大功?流贼若胜,此时我又随风驶船,别有一个主意。算计已定,即写了一道请令的文书,又修了一封私书,差两名家将去保定投递。李建太见了私书,正合自己的主意,只怕外省人马上京勤王,僭越了自己的功劳,即发一道军令,叫黄得功、左良玉不许擅离封疆,违令者斩……黄得功叫声:"先生虽言之有理,可惜我一片丹心,尽付之东流,也说不得了,听天由命罢了!"①

李建太嫌黄得功勤王灭贼,僭越自己功劳,令他撤兵而回,以便自己在保定坐享荣华。谁知自黄得功退后,南路李岩等,放胆北行,无人拦阻,攻破许多城池,残害无数百姓。

南明王朝亦是如此,在清兵渡河兵临城下之际,马士英竟提出宁可死于清兵之手,不可被左良玉杀害。

马士英大声指众官道:"这些朝臣皆左良玉死党,代他游说,其言决不可听,臣已调刘良佐的兵马今日渡江,宁可君臣皆死于清兵之手,不可受左良玉杀害!"……清兵已到淮北,声息甚紧……阁部史可法咬指出血,写血书一纸,令参谋刘湘客星夜进京,要兵部大堂密奏,须早早发兵救援,若迟,不但淮安不保,只怕扬州有失。兵部马士英怕的是左兵,全不以清兵为意,道:"左良玉恐有心腹为内应,

① 松排(滋)山人:《铁冠图》第三十五回,《古本小说集成》第一辑,第 249～252 页。

实实可危。清兵有长江天堑，料然不能飞渡。"那月二十三日，清帅率众渡淮，如入无人之境，淮安人尽行归顺。①

在扬州城破之后，"马士英怕左良玉病死的话是诈非真，再不肯把黄得功、黄斌卿两员虎将调去救扬，只发檄调刘良佐、方国安、黄蜚去江边防守。刘良佐、黄蜚还扬兵在江头排列；方国安恋着江北上游的快活，竟不赴调。"②

除扼杀竞争对手，争夺功劳外，还有将领和义军借机报私仇，不顾国家大业。

> 且说高杰未投降明朝时节，曾劫许定国一村，杀其全家老幼，只定国一身逃脱。后来许定国与高杰同为列将，秘不提起，外面假意两相莫逆。到了元年正月，高杰奉旨冒雪防河，有本请联络河南总兵许定国。定国正在睢州，听得高杰前来，乃教人下书道，睢州城池坚固，器械精良，愿以睢州让他屯兵。高杰只道和他相好，坦然不疑。初十日抵睢州，许定国来拜见过了，高杰也就回拜，各道渴想的意思。许定国请高杰十一日赴席接风，高杰欣然来赴。彼此安了席，传杯弄盏。吃酒到半夜，厅后伏兵四起，把高杰出其不意乱砍死了。跟随的亲兵被杀了二三十人，走得快的逃出州城，报高杰夫人邢氏，报那公子高元爵去了。许定国既杀了高杰，怕朝廷加罪，领部下兵将竟投清朝去讫。③

南明之义军亦是以报私仇和抢夺利益为重，不顾光复大业。《海角遗编》第二十、二十一回记载了为夺钱粮，义阳王责打严子张、义军之间相互残杀的情景。

> 这义阳王虽则宗藩，却是个纨绔子弟，并非卧薪尝胆、枕戈待旦

---

① 江左樵子编辑，钱江拗生批点《樵史通俗演义》第三十九回，第296～297页。
② 江左樵子编辑，钱江拗生批点《樵史通俗演义》第四十回，第302页。
③ 江左樵子编辑，钱江拗生批点《樵史通俗演义》第三十四回，第258页。

之流，不过凭着众人如顾容、胡来贡等语哄骗，在沿江上下仗义兵名色，虚张声势，收些钱粮用度。这样孩子心性，说着鞑子两字，脑子也是疼的，那（哪）里敢真个与他打仗？至于袭苏州，救江阴，恢复江南，建中兴事业，都是外面浮词，其实梦也不曾做哩。所以时敏之言一入，就主意提兵到常熟，只要算计拿住严栻，要绑要杀，拷打起来，到底只是拘留不放，做当头的一般，不怕他不把通县钱粮尽数解到船上来。若只要严宦身家性命，又是小事矣。①

　　严子张但知义阳王已至港上，茫茫单舸出谒。且来贡发兵军机甚密，只道合兵共图进剿，那晓得其中狡谋。将近黄昏，恰遇来贡军马于桥下，出其不意，顷刻被擒，即绑缚严子张庄上庭前草中，非刑拷打。兼之蚊蚋攒唼，受苦一夜。可怜一个黄甲进士，一腔忠义，倒把来驷马攒蹄捆了。次日直解到福山舟次，义阳王责严子张私征国课，积草屯粮，意欲造反一班鬼话，其实并无一句入得耳的。子张再三分辨（辩），只是几番喝令要砍，李太傅、顾三麻子等一班人在旁，做好做慊，假意禀复讨饶，才说道："只要把县里钱粮尽数解来，方饶汝性命。"软留在广善庵中，待钱粮解到日发落。②

义军之间私心重，公心少，多为挟私报复，很少为国出力，如《海角遗编》第二十六回道：

　　然子求心上不论清朝与明朝，惟要乘此机会报昔年之怨，名为拒敌，实欲延敌。是月十三日早上，他先晓得清朝大兵将至，自己预率麾下八百余人齐上快船，以出巡为名，实则袖手旁观。为规避狡计，本营只留百余人看守。及清兵到，乱箭射来，一哄溃散，凡营中所备大铳、火药、军资、器械，尽为敌有。长驱至南门，城中人方知觉，而城南民死锋镝如乱麻矣，悲哉！③

---

① 佚名：《海角遗编》第二十回，《古本小说集成》第二辑，第57页。
② 佚名：《海角遗编》第二十一回，《古本小说集成》第二辑，第60页。
③ 佚名：《海角遗编》第二十六回，《古本小说集成》第二辑，第71页。

也有人趁着起义动乱之际报私仇，如《海角遗编》第三十四、三十八回都有记述：

> 时乡兵既起，上无王法，遂挟仇报怨，以强欺弱，互相屠戮……黄思竹，大义桥富翁，……张三，小市桥人也。两家都团结乡兵，互相忌刻。张三想黄思竹家富，谋以借粮为名，出其不意捉住思竹父子，绑起要杀，自然有银子到手。孰知机关漏泄，黄思竹已知其来之日期甚确，预将乡兵埋伏停当，……两人各怀要捉之心，……张三临死喊曰："求全尸罢。"思竹那里管，再复一刀，张三已跌倒在地。①

> （李教头）为人素刚直，下人若有不法事，在主人前每不肯为之隐讳，或啖之以利则愈怒，以故与归氏奴辈不睦。二月间，因搬住谢家桥，七月十三日归氏起兵，霁乔为首，将名帖请小泉饮结福酒。来僮道主人之意，苦苦邀去，孰料奴辈遂乘机灌醉，即以乱枪杀之，焚其尸于北门外。霁乔为人素懦弱，平日所为半是家奴挽越，况值此大乱纷纷之际，竟缩首掩耳不敢问。当用武之际，而先自戕捍敌者，良可叹也。②

正如《樵史》第三十七回所讲："朝中事体日坏一日，不但文武不同心，大小官不同志，连那各镇将、各文臣，也你争我闹，你忌我猜。及至敌来，没人阻当（挡），百万养兵，竟成纸虎。"③ 正是在朝臣的党争、文武争、私利争之下，明王朝一步步走向衰落和灭亡。

3. 士风沦丧，官僚无德无能

晚明以降，不少士子专以投机取巧、夤缘钻刺以获得荣华富贵为荣，不顾廉耻道德，不顾国家社稷。持这种思想的读书人一旦得以跻身官僚阶层，便成既无实际才能又无品德的误国官员。明末官僚体系亦倾轧严重、党派纷争、贿赂公行，选拔官员并不以实际才能为标准，而是依照门户、党派、贿赂而行。投机钻营者能平步青云，踏实实干者则压在底层。在这

---

① 佚名：《海角遗编》第三十四回，《古本小说集成》第二辑，第 115~117 页。
② 佚名：《海角遗编》第三十八回，《古本小说集成》第二辑，第 103~104 页。
③ 江左樵子编辑，钱江拗生批点《樵史通俗演义》第三十七回，第 278 页。

样的情况下，明末无能无德者占据高位的情况十分常见，偶尔有有志有力报国之士，也因种种掣肘无法实现抱负。所以当李自成、清军打来的时候，明朝抵抗力很弱，处处可见献城卖城之官员。即使有些乡绅组织义军，也多半为了报私仇、趁火打劫，而非忠义护国。在国破家亡之际，百官各为自身着想，崇祯帝竟几乎无人可用，南明政权建立后亦是如此。这种局面在清初时事小说中得到了充分的反映。

在军情紧急，李闯即将攻破京城之际，崇祯欲托孤于国丈周奎，周奎却只顾享乐，不理军政。

> 君臣改装，行到周奎门外。只听得里面一派笙歌管弦之音、猜枚闹酒之声，透出户外。皇上只道自己神思恍惚，错认悲苦之声，当作音乐之声，急叫王承恩敲门，说有紧急军情来报。只听见里面有人传话出来，说道："朋友，你错敲门了，这是国大（丈）周府，不理军情。况今日是老爷的寿诞，各官庆祝千秋，纵有紧急事情，都不敢妄报。快请转回，免致不便。"帝闻此言，气得切齿皱眉，叫王承恩说，奉旨宣他入宫。王承恩不敢怠慢，便吆喝道："不独有紧急军情，还有圣旨，召你家国丈入朝议事，快些接旨。"只听见那个家人从里面复转出来说，我家老爷吩咐，现染重病，不能接旨。待病愈入朝见驾，势难开门。王承恩大怒道："大胆的奴才！方才里面歌酌之声喧，怎说有病？还不开门接旨！"里边的人道："老爷吩咐，漫讲是口传的旨意，即使万岁亲自到此，断不开门。"帝闻此言，几乎气倒，大骂周奎忘恩负义，贼破城后，看你往那（哪）里躲得？里边的人任你毒骂，全不做声。①

不仅国丈不堪托孤，即便召集文武百官，也无一人到朝。

> 君臣无奈，转回登上五凤楼一观。只见四面火焰冲天，炮声震地。王承恩道："万岁，试听外边吵闹不止，这声（色委实败）了，

---

① 松排（滋）山人：《铁冠图》第四十回，《古本小说集成》第一辑，第 289～291 页。

如何是好？"万岁闻言，急得搓手低头。想了多时，并无一策。叫王承恩："你且把朝钟撞将起来，传集群臣，看他们有何说话，再作道理。"王承恩领旨，去把朝钟撞得大响，文武百官，并无一个到来。①

《新世鸿勋》第十一回也同样描述了这样的场景：

> 皇爷再登皇极殿，把景阳钟亲手自撞，钟声远振，响遍京城。要集文武百僚，并不见一人前来问候。②

在这样的政治社会环境下，朝中官员一心只想巴结权贵，图谋荣华，以权谋私，无品格可言。

> 同姓的有傅櫆拜忠贤为父。异姓的有阮大铖、倪文焕、杨维垣、梁梦环一班人，都拜忠贤为父。真正争先投拜，惟恐不肯收留，中间还有反央忠贤引进拜客氏为母的哩。有那在京师会弄嘴的人，问那拜客氏的官道："魏太监力能取皇帝旨意升降官员，公拜他为父，也是没奈何，为功名了；阿乳何必拜他为母？"那官儿道："魏上公没毡袋的拜他为父，原不曾吃亏；奉圣夫人曾亲近圣上，我今拜他为母，总承先父九泉之下，又添了个娘，岂不为美。"那人笑道："阿乳阅人甚多，只怕令先尊要吃醋！③"

> 崔呈秀、阮大铖、杨维垣、倪文焕这一班儿结拜的结拜，歃血的歃血，只图富贵终身，且做权珰鹰犬，一时正人君子束手无策。④

> 小人只图权珰欢喜，加官进禄，那（哪）顾天子封疆，谁怕朝野公

---

① 松排（滋）山人：《铁冠图》第四十回，《古本小说集成》第一辑，第 291 页。
② 蓬蒿子：《新世鸿勋》第十一回，《古本小说集成》第一辑，第 199 页。
③ 江左樵子编辑，钱江拗生批点《樵史通俗演义》第三回，第 19 页。
④ 江左樵子编辑，钱江拗生批点《樵史通俗演义》第七回，第 48 页。

论。时一班义子义孙人人思想做尚书阁老，只管搜索人的过失，奉承权珰。①

这些人为阿谀魏忠贤，甚至想出建生祠勾当。

> 魏忠贤势位已极，进一步又想一步，教那内官监具一本，说厂臣殿工有劳，侯爵不足以酬其勋。遂奉特旨，晋其侄魏良卿爵宁国公世袭，官太子太保。天下官员虽有正人君子，亦且嘿嘿不言，浮沉自保，略有贪位慕禄的心肠，那个不来奉承他。先经应天巡抚一鹭建一生祠于虎丘，南京指挥李之才建一生祠于孝陵之前，总漕苏茂相建一生祠于凤阳皇陵之次，俱具本求皇帝祠额，虎丘赐额"普惠"，孝陵赐额"仁溥"，凤阳赐额"怀德"。从此纷纷请建生祠，真正如醉如痴，全没一些廉耻了。②

这样的官员一旦委以重任，就会以权谋私，受贿枉法，以至于在大敌当前之时，贪财放敌者、贪生怕死临阵逃走者、贪图荣华富贵献城者，比比皆是。对此现象，清初时事小说都有具体详尽的描述。

《铁冠图》第七回提到，在农民起义兴起之时，耿如杞为贿赂，私放李自成众人，致使明朝失去剿灭农民起义军的绝佳时机。

> （在李自成的势力不断壮大之时）各路告急的表文，却被奸臣藏匿，不肯奏闻天听，一味自保富贵，只顾糊涂了事而已，那（哪）有为国为民的念头……朝廷但闻闯贼劫掠地方，还道是个萑苻草寇，竟不晓得河南全省尽情失陷了。这都是当道的官员，弥缝掩饰，玩寇养奸，弄成大事。到了这个地位，最难收拾……那贼直到势焰熏天的日子，上边略晓得风声，方才敕下兵部，会集商议，征调七省抚臣起兵会剿，却又是纸上谈兵，说而不作。各省抚臣不过羁縻了事，只以无饷为

---

① 江左樵子编辑，钱江拗生批点《樵史通俗演义》第八回，第 59 页。
② 江左樵子编辑，钱江拗生批点《樵史通俗演义》第十二回，第 94 页。

辞，或有贿赂当权，求止其议。因此兵到底不集，贼势更加猖炽。①

　　此后，官员抵抗者少，献城者多，李闯遂成破竹之势，以至于最终推翻明朝。当李自成转战中原，势力大盛时，崇祯命汤同昌督率大军出征，并赐给他上方剑一把，希望他"此去务期速靖妖气，救民水火"。汤同昌也信誓旦旦："臣当誓死杀贼，三年之内，必获全胜。"可是这位备受倚重的督帅还未到达河南战场，"即上疏奏请增兵二十万，增饷一百八十万"，而且"因为这一本，害得那百姓置身无地，怨气冲天，分明是驱赶百姓归向闯贼的"。更令人不能接受的是，"杨嗣昌每到一处，只把精兵来护卫自己，坐在湖广，尽调四川的兵马来护卫。使那张献忠乘虚入蜀，杀得绵竹、剑州处血染山川，到了四川，又调河南、湖广的兵马来卫护，使那李自成因间杀入河南"。②

　　除只顾自保外，还有文武官员，争着投降。

　　　　话说贼兵杀入居庸关，来攻大同。宣府将金升陛召请同僚管无昏商议道："目今闯王势胜，将勇兵强，我朝国运将终，人衰马弱，我与你若不能见机识务，不惟不能保其富贵，抑且不能全其首领。须作速迎降，永享李家的爵禄，胜似为本朝东征西调，碌碌如犬马，无一日之宁息也。"管无昏道："将军之见极是，正合下官的愚意，须是速达投降的款曲才是。还有总兵王力，原是我辈中人，更须约彼同心做事。"③

　　　　宋炯自从打发杜勋去后，与李闯等商议，择日起兵攻打宣府。宣府的文武官员，闻得这个消息，吓得面色如土，会齐商议，俱以投闯为是。随吩咐百姓备办花红酒礼，等候闯王兵到，出城迎接。是时李闯接得献城的表文，心中大喜。④

---

① 蓬蒿子：《新世鸿勋》第七回，《古本小说集成》第一辑，第 127 ~ 130 页。
② 蓬蒿子：《新世鸿勋》第六至七回，《古本小说集成》第一辑，第 114 ~ 117 页。
③ 蓬蒿子：《新世鸿勋》第九回，《古本小说集成》第一辑，第 156 页。
④ 松排（滋）山人：《铁冠图》第二十八回，《古本小说集成》第一辑，第 192 页。

面对风起云涌的农民起义，满朝文武官员则无所作为。

> 满朝的官员，看得国家大事竟同儿戏，随你甚么条呈计策，并不允行。只是满堂聚首，谈笑如常。兵也并没有什么胜算，京城里面不过沿街摆列些铳炮，防设些兵丁，扎营各胡同，只虚张声势，每日在城上，置备些箭石，等待贼来。①

清军渡江之时，亦是如此。

> 那月二十三日，清帅率众渡淮，如入无人之境，淮安人尽行归顺，有一秀才嚷道："我淮安人没用，也不消说了！若是镇兵有一个把炭篓丢在地下，绊一绊他的马脚也还算好汉了！"大哭一场，投南门外城河而死，不知姓名，也不知他家在那里。其时刘泽清已逃，文武在任的躲得影儿也没了，还有马前投顺的哩。②

除正规军队外，南明招募的抗清义军也多挟私报怨，有的名为义军，实则私通清军，密作向导。

> 伯韬向居苏州，附居常熟，为人习险，工于刀笔者也。避兵搬住大义桥，蚕食一方。因合计杀了张三，日夜防小市桥乡兵来报仇，伯韬遂心生一计，竟同里中为首者潜往苏州投顺，具言县中乡兵虚实，若大兵到临，愿为内应……而常熟再遭屠戮，实朱伯韬召之也。③

义军听到城破的消息后，也多弃城而去。

> 时子求所部八百人，不过是平日因亲托友，狐假虎威，虚张声势，诈人报怨之辈。一闻城破消息，各为身家星散去讫。充其初意，

---

① 蓬蒿子：《新世鸿勋》第九回，《古本小说集成》第一辑，第155页。
② 江左樵子编辑，钱江拗生批点《樵史通俗演义》第三十九回，第297页。
③ 佚名：《海角遗编》第四十五回，《古本小说集成》第二辑，第122页。

本欲弄坏常熟县事，使杀人填满城濠，报了夙怨，然后再作良图耳。不料至此，营头既散，爪牙羽翼一空，投清下海，两着竟一时来不及，仅与家僮四五舟在塘墅地方东藏西躲，彷徨莫之，悔亦晚矣。①

官员们更是纷纷忙着逃命，就连弘光也是不管群臣，不顾黎民百姓，慌忙出逃，真可谓武将怕死无能，文官见危改节，皇帝昏庸保命。

守城的官员"一旦闻得清兵渡江云，就都立即逃遁星散而去"。五月初旬，史可法阵亡，清兵退临瓜埠。镇江守备郑采大言不惭地说："陆地冲杀，非我辈所长，截之江中，此我事也。"镇江老百姓"家家户户拈香顶祝渴望其死守"，遗憾的是，守备郑采原来是个只会说大话的既无勇又无谋的家伙，一旦清军出兵，他马上开船逃走。"初八夜月黑，忽然北岸火光无数。只道敌人出军，严兵对垒。孰知却从上流乘黑而渡，反从背后陆地上发喊杀起。郑采即开船遁走，军资器械丧失殆尽"。于是镇江失守，南京不保，福王被俘。②

不仅守备如此，连深受皇恩、掌有重权的马士英也临危脱逃，皇帝也是扔下百官和黎民百姓，自顾逃命。

且说十一日黎明时候，礼部尚书钱谦益不见动静，特往马士英家问个消息。门庭纷纷嚷嚷了一会，忽见马士英将帽快鞋上马衣，从里面出来，也不作揖，向钱尚书拱拱手道："诧异！诧异！我有老母，不得随君殉国，且走回乡去再处。"上马竟去。随后妇女三四十人，皆马上妆束。家丁一百余人，都是戎装。其子总兵马锡，押在后边。一队队的马打从孝陵卫，唤了守陵的黔兵，把他母亲装了太后，不知往那（哪）里去。钱尚书叹息了一回，只得回衙。又有人报知天子已出京去了。③

（弘光匆忙奔逃）投奔太平府，诚意伯刘孔昭闭城不纳，祇（只）得奔往芜胡（湖）。黄营中军翁之琪具船迎入，黄得功朝见大哭，奏道：

---

①　佚名：《海角遗编》第三十一回，《古本小说集成》第二辑，第 84 页。
②　佚名：《海角遗编》第二回，《古本小说集成》第二辑，第 4 ~ 5 页。
③　江左樵子编辑，钱江拗生批点《樵史通俗演义》第四十回，第 305 页。

"皇上死守南京，臣等尚可借势保守。如今轻身一出，将何所归？"①

清军平定江南之时，曾出诏书，总结了明朝官员对国破家亡所应当承担的罪责，如：君臣贪生怕死，各为其利；擅立福王，不思征讨；各自拥众，扰乱良民。可谓一针见血。"大清国摄政王叔父豫王令旨，晓谕河南、南京、浙江、江西、湖广等处文武官员、军民人等知悉：尔南方诸臣，当明朝崇祯皇帝遭难，陵阙焚毁，国破家亡，不遣一兵，不发一矢，不见流贼一面，如鼠藏穴，其罪一也。及我兵进剿，流贼西奔而（自慌），尚未知京师确信，并无遗诏，擅立福王，其罪二也。流贼为尔大仇，不思征讨，而诸将各自拥众，扰害良民，自坐反侧，以启兵端，其罪三也。惟此三罪，天下所共愤，王法所不赦。"②

在明亡的诸多因素中，士风沦丧是重要原因，即士风的败坏关系到世风醇薄、国运盛衰，士习坏则国运亦随之。明代士风沦丧越演越烈，最终导致国破家亡的惨局。对于明朝士风衰于何时，衰于何因，时事小说的作者们在小说中都进行了较为深入的探讨。他们认为士风沦丧主要有以下几个原因：（1）皇权专制制度对士大夫的侮辱奴化，导致士人整体品格丧失。（2）明朝皇帝的昏聩失察，使得明政局权奸日进，贤良日退，腐败堕落。（3）"靖难之变"对士大夫人格的摧残，200多年后仍有影响。（4）虚伪的名教与理学教育，培养出一批投机钻营之士。（5）明代选官制度和科举制度存在缺陷。

诸小说都指出文人气节丧失与帝王摧残有关，皇权专制制度与士人人格独立二者之间格格不入。明朝皇权专制，奴化士大夫，使得士大夫丧失品格，专以附庸权势、攀缘富贵、争权夺势、投机获荣、保全自身为念，而无为国为民的心。

明代帝王几乎是在有意识地侮辱、奴化士大夫。《明史》记载甚详：朱元璋把廷杖定为制度，他的后世子孙更是变本加厉。如正德十四年（1519）群臣劝谏武宗南巡，武宗廷杖大臣146人，打死11人；嘉靖三年

---

① 江左樵子编辑，钱江拗生批点《樵史通俗演义》第三十九回，第296页。
② 蓬蒿子：《新世鸿勋》第二十二回，《古本小说集成》第一辑，第445～446页。

（1524）"大礼仪之争"，世宗廷杖大臣 134 人，打死 17 人；崇祯十七年（1644）灭亡前夕，仍然残酷廷杖熊开元。这种酷刑和奴化，使士人逐渐失去品格和尊严。

在皇权专制时期，皇帝的态度对整个社会有很大的影响。人是趋利避害的，如果皇帝重用和提拔的是忠贞贤良的大臣，重惩的是奸诈之徒，那么大臣就会追求和保持贤良中正的品格；如果忠良被斥、夤缘谄媚者掌权得道，那么为了得到功名利禄，士人便会学着夤缘谄媚，不愿做中正贤良之举，这样日复一日，士风就会日益沦丧。明朝皇帝的昏庸失察，导致阉党一手遮天，忠良不但被斥，而且有时还遭受廷杖，失去尊严。《樵史通俗演义》第七回就记载郎中万璟上本弹劾魏忠贤反遭廷杖致死一事。

　　（郎中万璟）上一本劾魏忠贤盗权擅利，奸甚于曹操、董卓，乞按律将忠贤种种不法事，悬示国门，立斩之以谢天下。内批道："万璟违旨渎奏，好生无状。着廷杖一百。"叶阁老特疏申救，只是不允。次日提来杖讫，万郎中已是半死不生，那些太监们在午门外把他乱踢乱打，登时身死。正是：君王未悟身先死，长使英雄泪满襟。①

在这样的风气下，忠良摈退，正气不扶，终于使满朝多为谋求荣华富贵的小人，"若今日之事，则是朝廷所弃者贤良，所用者邪佞"。②"且说朝里事情日变一日，小人越进，君子越退，通不成个世界了……今天下仕路混浊极矣！图职业之念不胜其图荣进之念，爱名节之心不胜其爱富贵之心。举国若狂，嗜进如鹜。每怪古今同此人也，何遂辙迹澜翻，一旦至此，毋亦衡鉴之地，先自不清，巧营者一岁数迁，拙守者几年不调"。③明亡之后，建立的弘光王朝也是如此。

　　马士英原是贵州粗直的人，平昔好奉承，恃聪明，却被阮大铖迷

---

① 江左樵子编辑，钱江拗生批点《樵史通俗演义》第七回，第 53 页。
② 江左樵子编辑，钱江拗生批点《樵史通俗演义》第十回，第 76 页。第九回也有相似的表达："只是朝纲坏了，正人君子一网打尽。"见《樵史通俗演义》第九回，第 66 页。
③ 江左樵子编辑，钱江拗生批点《樵史通俗演义》第十一回，第 80 页。

惑了，反把讲学的正人君子为仇，魏党的奸邪小人为恩，坏了朝纲大事。虽然也起用了好些贤良，如刘宗周、黄道周，邹之麟、张玮、王心一、申绍芳、葛寅亮一班儿，何止三十余人，那里当得起阮大铖纠合了张捷、杨维垣几个有辣手的人做了一伙，日日讲翻案，夜夜算报仇，弄得个马士英一些主意也没了。见了史可法的本，只是个不票不批，反听了阮大铖教导，日夜把童男女引诱弘光，且图目前快活。①

贤良者没有机会为国出力，庸才占据高位却又献城卖国。进士任流抱着为国尽忠心之心上本，却不得重用。

先是蒋专间未败之日，有进士任流见贼势危急，恐专间轻战取败，即痛切上疏……却说这本，若是朝廷准奏依行，岂不是个胜算。不意竟置之高阁，所以专间的溃败，一至于此……且说任流这本，分明是对症的方药，那（哪）里当得迟，病人自己讳疾而忌医，傍（旁）边伏侍的人，又不肯尽忠进谏，使这几款最且要的条陈，竟成无用。正是病日益增，死日益迫，看看败坏，渐渐倾危。李自成统贼兵五十万，预先在沙涡口打造大船三千号，又夺取民船一万余只，装载许多人马，竟打沙涡，渡过黄河，上岸杀来我这里。总督大元帅徐应奎，无计抵敌，望风奔走。②

与此相似，《剿闯小说》亦认为明代士风毁于天启"误任"了魏忠贤，滥杀大臣。"其时有个忠臣湖广应山人姓杨名涟号大洪，上了极厉害的本，列忠贤二十四大罪。逆珰大怒，矫旨拿送诏狱，穷治其党。一时正人君子，不论在朝在籍，尽行拿问。重者处死，轻者谪戌，唬得满朝官员重足而立，兢兢惧罪"。崇祯虽然诛除了逆阉，但"朝堂之上，经了两番剥削，如服硝黄去病，元气未免大伤"。"其如自逆珰以来，习成了一个庸庸碌碌、保全富贵的套子，大家以不罹珰祸为幸，相安无事，不展一

---

① 江左樵子编辑，钱江拗生批点《樵史通俗演义》第三十四回，第260页。
② 蓬蒿子：《新世鸿勋》第八回，《古本小说集成》第一辑，第147页。

筹，偶有几个打病虎、断死蛇以击垱为己功者，又立起个门面来，自谓气节清流，高自标榜，要人依附，但论同异，不论贤愚"。① 《铁冠图》则把祸乱上推到万历年。"元（无）奈祖宗把朝纲坏了，把元气伤了，朝内无亲臣，库内无余积"。② 这都指出了皇帝昏聩，政局混乱对明亡造成的影响。

也有人指出，"靖难之变"对士人品格的下降有不可推卸的责任。"靖难之变"，朱棣篡夺侄子建文之皇位，为掩饰罪行，屠戮秉笔直书的有骨气的大臣，颠倒黑白，其影响200多年后犹在。《续英烈传》就将明亡之因追溯到"靖难"燕王篡位屠戮忠臣之时，燕王对忠臣的屠戮，毁了士人的人格和骨气，以至于士风日趋颓废。《新世鸿勋》也提到了"靖难"对明朝士风的影响。

> 赵天水道："今之从贼西行者，何止数百人。若辈岂乐于从贼，而甘蒙叛逆之名，奈贼巧于为饵，而我误入其罗。即方孝孺垂衣涕泣，徒灭十族而已！何补于事。今之从旁哓舌者，特未身亲其事耳！"③

赵天水在这里提及"方孝孺垂衣涕泣，徒灭十族"一事为自己变节归顺李闯之事做辩解，认为即便做个像方孝孺一样的忠贞之臣，最终不也落得个灭十族的下场？与其这样为国忠贞，不如从贼。

明代崇尚"存天理，灭人欲"的理学，希望通过自身修为，克制欲望来达到理想人格，注重塑造以社会责任与历史使命为中心的文化品格。但名教与理学并没有培养多少忠臣孝子，反而培养出一批虚伪投机之士。明代文人厚颜无耻者多，贪生怕死者多。崇祯死时殉葬的只有一个太监，死难诸臣数目少得可怜。明代帝王一直致力于压抑人性、奴化士大夫；士人群体又忙于内讧，崇尚清议而忘干实功，士的人格失落不可避免。顾炎武遭逢易代，曾深有感触地说："自八股行而古学弃，《大全》出而经说

---

① 西吴懒道人口授《剿闯小说》第一回，《古本小说集成》第三辑，第 5~7 页。
② 松排（滋）山人：《铁冠图》第一回，《古本小说集成》第一辑，第 3 页。
③ 蓬蒿子：《新世鸿勋》第十九回，《古本小说集成》第一辑，第 401 页。

亡，十族诛（指方孝孺）而臣节变，洪武、永乐之间，亦世道升降之一会矣。"① 这些在时事小说中都有反映。

有些时事小说的作者已经能够透过表象更深层地从科举制度和选官制度上反思明朝灭亡的原因。

> 宋军师不胜欢喜忻忻出朝来。正遇着制将军李岩，两人相见，施礼毕，散步而行，只见两个和尚，摆列着两只卓（桌）子，供养崇祯爷的灵位，从旁诵经礼忏。受伪职的旧臣，绣衣骑马阿道而过，全没有麂麂不安的意思。李岩对军师道："何以纱帽，反不如和尚？"军师道："此等纱帽，原是陋品，非和尚之品能超于若辈也。"李岩道："明朝选士，由乡试而会试，由会试而廷试，然后观政候选，可谓严核之至矣。何国家有事，报效之人不能多见也。"军师道："明朝国政误在重制科，循资格，是以国破君亡，鲜见忠义，满朝公卿谁不享朝廷高爵厚禄。一旦君父有难，皆各思自保。其新进者，盖曰：'我功名实非容易，二十年灯窗辛苦，才博得一纱帽，上头一事未成，焉有即死之理。'此制科之不得人也；其旧任老臣又道：'我官居极品，亦非容易，二十年仕途小心，方得到这地位，大臣非止一人，我独死无名，此资格之不得人也。'二者皆谓功名是自家挣来的，所以全无感戴朝廷之意，无怪其弃旧事新，而漫不相关也。可见如此用人，原不显朝廷任士之恩，乃欲责其报效，不亦愚哉！其间更有权势之家，徇情面而进者，养成骄慢，一味贪痴，不知孝弟，焉能忠义。又有富豪之族，从夤缘而进者，既费资财，思收子母，未习文章，焉知忠义，此迩来取士之大弊也。当事者若能矫其弊，而反其政，则朝无倖位，而野无遗贤矣。②

《剿闯小说》第四回"众逆臣甘受伪官 宋矮子私谈朝政"也借制将军李岩与军师宋献策的对话，讲述了明代选官制度的缺陷及其遗患，与

---

① 顾炎武：《书传会选》，顾炎武撰、黄汝城集释《日知录集释》，第1045页。
② 蓬蒿子：《新世鸿勋》第十四回，《古本小说集成》第一辑，第297～298页。

《新世鸿勋》第十四回文字相似。① 《明季北略》卷二十三也记述了此事，文字略有差异。②

《新世鸿勋》第十九回再次批评了明代选官制度和科举制度。

> 方御史道："昔先帝采言不废刍荛，任人辄委心腹，求贤可谓急矣，如君等丰城之剑，合浦之珠，竟埋没不售。满朝文武，俱不能划一策，建一功，果何说欤？"贝玉道："今日用人之病，全在重科目循资格耳，门户情面之垒，交结不破则依附有神梯；苞苴资格之局，到底不除，则贫贱无出路。今日在朝、在籍称高爵厚禄者，车载斗量，不可胜数，而无一人济于用者，可谓资格有人乎？今日东南半壁，著书属文，占巍科称天下名士者，车载斗量，不可胜数，而无一人济于用者，可谓科目有人乎？必如国初，三途并进，不拘资格，山林隐逸之士，始得崛起，以助朝廷。"方御史道："……已往之事不可复究，只论今日，急则治其标，愿闻目前祸乱之尤甚者。"贝玉道："迩来朝廷之上，公道胥亡，良心尽泯，门户盛而动成犄角，黄金贵而士鲜贤良。昔我太祖立法以八股课文，以策论较武，左武右文法甚善矣。而无奈日久弊生，文试止重奥援，武试但攻刀石，铜臭得志而灭裂英雄，徒勇横金而志惟猫鼠。文之视武，如犬马；武之恨文，如寇仇。同室之斗，于今为烈，朝廷之所赏者，在得民心；边腹之所恃者，在得兵力。民之避官甚如虎，兵之掠民倍于贼。民心日离，兵志日骄，兵玩既久，猝严之则激而为乱；执迫已极，骤贵之则莫识为恩。况加以新募之兵，真心未附；调集之卒，客气未除。赏罚之明未闻，人地之形未扼，庚癸有呼，决策无主，此皆祸乱之大略也。且有首惑民心，争先兆乱者，东南之乡绅豪右也。平日享朝廷高爵厚禄，今闻主上惨变，不用破产损躯以图振复。而且徙妻孥于深谷，窖金宝于幽岩，使游食者福乱，眼热者喜乱，无赖者鼓乱，乐案（安）者畏乱，惊惶者避乱，莫此为甚也。"③

---

① 西吴懒道人口授《剿闯小说》第四回，《古本小说集成》第三辑，第 119 ~ 121 页。
② 详见计六奇撰、魏得良等点校《明季北略》卷二十三，第 674 页。
③ 蓬蒿子：《新世鸿勋》第十九回，《古本小说集成》第一辑，第 391 ~ 395 页。

《剿闯小说》第七回和第九回亦剖析了明朝选官制度的弊端及其遗患，与《新世鸿勋》文字相似。时事小说的这些反思的确道出了明朝后期科举取士的弊端所在。

据顾宪成、高攀龙、钱一本等东林党人的奏章，晚明科举中的舞弊之风的确十分严重："科场弊窦，污人齿颊，而（内阁）敢拟原无私弊之旨，以欺吾君。"① 他们针对科场舞弊事件，尤其是勋贵子弟的舞弊行为多次上疏，大声呼吁改革科举制度，并提出在科举中打破贵贱等级的限制，人人平等："士亦何择于贵贱也？贵而取贵焉，贱而取贱焉，惟其当而已。"② 此外，东林党人还严厉地批评了当时选拔人才过程中循资历、走后门的不正之风，提出了破格用人的主张。高攀龙于天启二年上《破格用人疏》，强调"非常时岂得守寻常之格……国家之事，公意在为国得人，何尝从门户起见束缚于格套，分歧于意见，摇夺于议论"。③ 也就是说在安边、御外正当用人之际，不能再"循沿旧习""束缚于格套"，只有破格选用人才，朝政才能革新，国家才有希望。

时事小说作者对士风沦丧的反思与时贤一样，达到反思科举取士和选官制度的层面，已经是相当深刻了。

4. 军备废弛，军纪涣散

明末军备废弛，军纪涣散，主要表现为以下的四个方面：一是军饷短缺；二是军队战斗力差；三是官兵扰民；四是太监监军误国误民。这也是导致明朝灭亡的重要原因。以下具体阐述。

（1）军饷短缺。军备问题的首要表现是军饷严重不足，这是明末长期以来的一个棘手的问题。造成军饷严重不足的原因有两个：一是诸边财尽，无力支付军饷；二是军官克扣军饷的现象严重。

关于军饷短缺，史书上有明确的记载，早在万历三十八年（1610），大臣叶向高就指出："目前户部事务，停阁已久，其最急者，如各边

---

① 《钱一本》，张廷玉等撰《明史》卷二三一，第 4684 页。
② 顾宪成：《泾皋藏稿》第二卷《与王辰玉书》，《四库全书》集部。原书无页码。
③ 高攀龙：《破格用人疏》，陈子龙等编《皇明经世文编》第四百九十四卷，崇祯平露堂刊本影印本，第 221 册，第 4~6 页。

请饷无人给发。"① 《明史·兵志三》也指出"诸边财力俱尽，敝劫极矣"。② 天启以后由于国库空虚、官吏腐败等原因，军饷供给更是每况愈下，很多士兵成年累月领不到饷。崇祯二年（1629）三月，陕西户部侍郎南居益在奏章中称："尔因宇内多事，司农告匮，延绥、宁、固三镇，额粮缺至三十六月矣。"③ 到崇祯十七年（1644）时，明军欠饷达数百万两。④

明末兵饷不足的情况在清初时事小说中也有反映。《铁冠图》第三十回就描绘了在国难当头之际，皇帝亲自劝征，文武百官却无人助饷的情状。

> 万岁听罢大喜，即写了一道借饷的圣旨，就命李建太奉去劝签。李建太退回相府，请齐王亲国戚、王公侯伯到来，惟有周皇亲诈病不到。李建太开言对众臣道："列位世辅，只因流贼猖獗，迫近京城，万岁想调天下兵马勤王，奈仓库空虚，传旨暂借俸银，以助兵饷，事平加倍归还。"各官闻言，踌躇半晌，俱托言近来贫困，祭田失收，实在不能助饷。⑤

兵饷不足带来的一个严重后果就是明朝军队战斗力下降，甚至出现士兵拒不听令的现象。《剿闯小说》第二回讲道，李自成兵逼北京，崇祯命蓟镇总兵唐通带京营兵出城御敌，士兵却因兵饷不足，拒不出行。唐通上疏称："臣受命征剿郡城，安危所系，奈户部所给粮饷，前少八个月，今又不敷。"⑥ 《新世鸿勋》第九回也说："时兵饷告竭，将士枵腹。"⑦

除朝廷供给不足外，引发军饷问题的还有另一个原因，即军官有意克扣、拖欠军饷现象在明末非常普遍。不少军官的职务都是通过花钱买来

---

① 夏燮：《明通鉴》第74卷，中华书局，1980，第2072~2073页。
② 《兵志三》，张廷玉等撰《明史》卷九十一志第六十七，第1794页。
③ 详见计六奇撰、魏得良等点校《明季北略》卷五，第104页。
④ 详见黄仁宇《中国大历史》第十六章"满洲人的作为"，三联书店，1997，第218页。
⑤ 松排（滋）山人：《铁冠图》第三十回，《古本小说集成》第一辑，第211页。
⑥ 西吴懒道人口授《剿闯小说》第二回，《古本小说集成》第三辑，第40页。
⑦ 蓬蒿子：《新世鸿勋》第九回，《古本小说集成》第一辑，第164页。

的，他们上任后做的第一件事就是利用一切机会中饱私囊，上下买通关节，不思量如何去征剿起义军，而是思量扣克军士常例，只给衙门使用，以一破十，给散钱粮，又三抽一，结果弄得离心离德，大大损害了军队的战斗力。如《新世鸿勋》第十九回方御史与贝玉的谈话所讲："先帝因兵乱而增饷，饷非己私也，何以饷日加而用不足，则加派何日而已？"贝玉道："饷不核旧，专务撮新。奸胥之腹，茹而不吐；贪吏之囊，结而不开。民已透输，官仍全欠。"① 克扣军饷带来严重后果：一是影响军队的战斗力；二是如果军令不严，很可能会出现扰民掠夺的问题；三是很容易发生兵变。这三种问题都在明末军队出现过，而且相当常见。计六奇《明季北略》卷四之"宁远军哗"条载："（崇祯）元年七月甲申，辽东宁远军以军粮四月不得，大哗。"同年十月，锦州又发生军哗事件。② 对此《新世鸿勋》第四回有如下记载：

> 柳公下令，总兵官领前队先行。走了三四日，那行粮就不接济起来，这些兵士每每口出怨言。领兵官一味硬开弓，不用温言慰谕，只顾催赴进程，动不动轻则捆打严刑，重则斩头沥血。因此军中一哄声鼓噪起来，四散而走。③

明末军备极度废弛，无力攘外安内，这就决定了明朝必然灭亡。

（2）军队战斗力差。明末军队战斗力极差，甚至会出现不听号令，遇敌不发一枪一炮的行为。《新世鸿勋》第九回讲道：

> 榆林既陷，贼兵趁势杀入宣府，宣府的兵卒，比不得榆林好汉，一味怕死要降。总兵朱之冯却是一员大将，对这些众百姓军士们道："朝廷三百年恩德在人，死生尽是天数，皇王水土，杀身难报。岂可一旦从贼，便失了千秋大义。"众人答道："都爷听我等降了，方能够救得一城性命。"（朱之冯）见众百姓这般说话，也无可奈何，只

---

① 蓬蒿子：《新世鸿勋》第十九回，《古本小说集成》第一辑，第393页。
② 详见计六奇撰、魏得良等点校《明季北略》卷四，第94～97页。
③ 蓬蒿子：《新世鸿勋》第四回，《古本小说集成》第一辑，第72～73页。

得独自一个去巡视城垣，指着城上的红夷大炮道："尔们若肯放一炮，我就碎尸万段，死也甘心的。"众人恐怕惹祸，抵死不肯，之冯没奈何，只得自己燃香，刚要点那药线之时，却被众兵与百姓们，一齐拥上捉住，不容点火。之冯知事已大坏，不能挽回，便夺刀自刎而死。①

南明同样出现兵力羸弱的情况，多是夤缘所致。《樵史》第三十七回记载，马士英督查新招募的兵丁时，却发现兵丁多是夤缘托请而来，大多上不得阵，破不得贼，甚至四肢健全的都很少。

朝中事体日坏一日，不但文武不同心，大小官不同志，连那各镇将、各文臣，也你争我闹，你忌我猜。及至敌来，没人阻当（挡），百万养兵，竟成纸虎。朝廷弄成银子世界，闱外酿成厮闹乾坤，那得江山如故，人民乐业。

马阁老对着一元道："你在我衙门十分小心，我也不赏你银子，有弟兄子侄做得武弁的，我老爷赏他个官儿做罢。银子我也勾了，再有买官的，文官细查出身，武官亲试武艺，须不要把人谈论。"吴一元跪下禀道："小官正有句话要禀老爷。文官小官不晓得；外边传说陆吏部卖官，也未知真假。只这些武官，老爷收用的还看看身材，就上不得阵，破不得贼，中看不中用，还好。阮老爷咨到兵部来的。只论银子多少，或是小奶奶们荐的，或是戏子们认做亲戚的，一概与了他札付，咨到部里要奉叙钦依，十个倒有九个疲癃残疾，南京人几乎笑破了口。昨听见本府蕙江班戏子说，有阮府班装旦的，小奶奶喜欢他，把他个哥子讨了张参将札付，一般咨到部来，却是跛子，走一步，拐一拐，被人做笑话，道是'流贼来，用铁拐；流贼退，铁拐睡。'小官不敢不禀知老爷，老爷还该亲试一试。"马阁老道："就是。你传令箭去，明日唤齐这班武弁，不论咨来的，新选的，都在兵部衙门伺候点名。我定的面貌籍贯册；若有一名不是正身，军法从

---

① 蓬蒿子：《新世鸿勋》第九回，《古本小说集成》第一辑，第 171~172 页。

事。就传兵部职方司郎中吴一元知，不得有误。"吴一元忙忙拿了令前去，先传了吴职方，又禀他添了司差，各处传那些武弁。

到了次日，马士英坐了兵部大堂，职方司郎中吴一元带了点名册子，送上看过。原来新选的只得十三员，阮江防咨来的倒有十三员，杨都院咨来的二员，田抚院咨来的三员。马士英先把新选的点名起，也没甚英雄勇猛的，都还像个模样。只一个都司身躯短小，又只得一只眼。马士英查查册子，却注着修城有功，是把总升的，就批了"再查"二字。见阮江防咨得太多，先把杨都院两员唱名，雄雄纠纠，老大好身材。再把田抚院两员唱名，威风凛凛，杀气腾腾，竟是两个虎将，马士英道："田百原咨的将官可谓得人。分付他两员好生在淮扬立功，本阁部牢牢记着，当有重用。"然后把阮江防十三员从头点起。第一员是副总兵，姓陈，应了名上前跪下，却是有一眼的。马士英看看册子，问道："你江防什么功劳，得此美职？"陈姓的禀道："筑堡督工效劳。"马士英道："督工是小劳，不是汗马血战，如何就白丁而升副总兵。况副总兵是二品武官，须奉圣旨才可升授。虽是阮老爷咨来，还要驳回，宁可你老爷叙功本上，请旨定夺。你去罢。"姓陈的恰像要禀话的，上面已唱了第二员的名了。第二员参将陈登，身躯倒也长大，应了一声，只见一拐一拐，拐上堂来，比那扮戏里面的铁拐，只少得个挂杖儿。众人都掩口而笑。马士英脸都变了，问道："你什么功劳，骤升做参将？"陈登抖做一团，半个字也回不来。马士英道："你阮大爷好没分晓！你这奴才是陈三的哥子，今怎么与参将札付？娼优隶卒，也须分别。武官只不论军伍用，如何戏子辈玷辱朝廷。本该打你三十大板子，看你阮老爷面上，饶你这奴才，还不快走！"陈登慌慌张张，又一拐一拐下去了。正是：跛足参戎如扮戏，寇来先去试钢刀。

马士英又唱了两员都司的名，略像模样。唱到守备王心尧，又是一只眼的。马士英喝了一声，凭他自下去。又一员守备是齐人龙，却是个驼子。又且有五十岁光景，须已半白。马士英不觉笑起来，道："好个老驼子！还不快快下去！"又点了几员，不过平常人物。点到第十二员，是把总吴子英，头歪在左边，口又歪在右边，左手又短二三寸，右脚又是短的，上堂跪下。马士英笑道："好一员大将！疲癃残疾你一个人全备了。你是什么出身？"吴子英禀道："是武生。"马士英道："既是武生，你可记得《五经七书》么？"吴子英片字也回不上来，只是哀求道："求老爷饶恕！"马士英大笑道："我这里看阮老爷面上，也饶你去罢。倘若流寇对阵，你须高声讨饶，只怕他不肯饶你，不如回去吃碗饭倒是安稳的。还不快去！"马士英又唱了一员的名，分付吴郎中，三员驳回，十员只得类奉钦依，因同年情上，不好十分作难，便提起朱笔，批了一纸告示道：本阁部因干戈未戢，留心军旅，将咨来武职亲验一番，半是跛癃残疾，不胜愤叹！业经咨回三员。以后部选及咨来各武弁，必须略似人形，方可留用。仰职方司知行验过，再赴大房，凭本阁部覆验。毋违。①

《新世鸿勋》第九回所言与之略似。除能力不够外，不少士兵还品德不修，贪财好色，被农民起义军所利用，以致战斗力大大削弱，轻易就被破城门而入。《铁冠图》第十七回写到守西安城的武士贪色误事。

> 这个武弁，贪财好色，即拣选几个自己受用，其余分赏军士。大家不分日夜，闹酒轮奸。有甚闲眼巡更守望。及至李闯大兵一到，尽做风流之鬼。即守城的兵将，又得恃城外的营兵做耳日（目），可（以放心）夜眠。李贼拥众到城，竖起云梯，鱼贯而上。砍开城门，一拥而入，放火杀人，尸横遍野。②

时事小说的记载与史书所载完全一致。《明季北略》第二十卷记李自成兵围北京后，"十万羽林齐解甲"，"守城军皆疲傲不用命矣，鞭一人起，一人复卧如故"，③所以没遇到任何强有力的抵抗便入了城。据张廷玉《明史》第八十九卷载，非但地方守军而且连往日号称劲旅的京军三大营，此时也是一塌糊涂。由于明末将领是内臣私人，并不懂领兵之道，

① 江左樵子编辑，钱江拗生批点《樵史通俗演义》第三十七回，第283～284页。
② 松排（滋）山人：《铁冠图》第十七回，《古本小说集成》第一辑，第122页。
③ 详见计六奇撰、魏得良等点校《明季北略》卷二十，第451页。

而兵多为支取粮款，并不真心为国出力，导致兵营管理混乱，战斗力很差。"时营将率内臣私人，不知兵。兵惟注名支粮，买替纷纭，朝甲暮乙，虽有尺籍，莫得而识也……明年（崇祯十七年），流贼入居庸关，至沙河。京军出御，闻炮声溃而归"，最终使得"贼长驱犯阙，守陴者仅内操之三千人，京师遂陷。大率京军积弱，由于占役买闲。其弊实起于纨袴（绔）之营帅，监视之中官，竟以亡国云"。①

（3）官兵扰民。因为兵饷匮乏，将领管束松弛，放纵兵丁，明末军队扰民掠民的情况严重，官兵对平民百姓的伤害有时甚至超过农民起义军和清军。《海角遗编》第二十三回记载了军兵托名"助饷"大肆搜刮富户的场景："起义先谋黩货财，军前助饷诈端开。乡城但有银钱者，锁缚鞭笞悉受灾。""来贡既钳腐儒之口，遂大肆其恶，刮取在城、在乡富户、富商银钱、布帛、米麦、花豆，军前用度，名曰'助饷'。凡来贡名帖到门，识时务者连夜央亲友说合馈送，方保太平；间有悭吝者，登时锁缚，百般吊打，炙诈不娄，其欲不止。又有地方小人乘机投了胡家营，仗势报怨生事，被炙诈者不可胜计。总之来贡住县不上十数日，合县如同鼎沸矣"。②

除借"助饷"为名大肆搜刮富户外，还有官兵直接骚扰、劫掠地方百姓，甚至杀百姓以冒功领赏。

左良玉虽善战却管束部下不力，《新世鸿勋》第七回在大力宣扬左良玉如何善战，以致张献忠溃不成军的同时，也讲到了左军之扰民："只是部下士卒强悍，骚扰地方，科道官劾他纵兵掳掠。"该书第八回讲到曹春杀百姓一事。崇祯十七年（1644）正月，辅臣曹春奉命出征，"来到东光县，因为兵卒强悍，或奸淫妇女，或抢掠金财，东光城里的百姓紧闭城门，不肯放他进去。曹春下令教兵士攻杀入城，里边的人民未遭贼兵屠戮，先被王师征剿。可怜！可怜！"③《樵史通俗演义》第三十九回提到刘泽清纵兵大掠："清兵已到淮北，声息甚紧。惊得个刘泽清就像小孩子怕猫咬，魂飞胆落了，纵兵大掠，淮安城里城外无不受害，席卷辎重，连

---

① 《兵志一》，张廷玉等撰《明史》卷八十九志第六十五，第1745页。
② 佚名：《海角遗编》第二十三回，《古本小说集成》第二辑，第64～65页。
③ 蓬蒿子：《新世鸿勋》第七回、八回，《古本小说集成》第一辑，第122、150页。

夜西奔。"① 该书第四十回又写南京失陷，官兵南退时方国安和阮大铖之兵丁抢劫骚扰的情景。"（方国安兵到独松关）他平昔纵兵抢劫惯了，又添了阮大铖的人马，都是骄兵……一路抢东西，奸妇女，赛过流寇，余杭县城外家家闭户"。② 《海角遗编》第五回"正军法高复振得志，打兵丁顾二蛮丧身"写的也是兵丁扰民，抢掠鸡鸭财物和地方百姓发生冲突的事。因为胡总兵偏袒兵丁，将押解兵丁的百姓打死，导致兵丁越来越猖獗。《海角遗编》第六回谈到刘孔昭兵丁在百姓面前耀武扬威，甚至残杀百姓的事：

> 乡里人不晓军中法度，廿五日早起，天未明，竟去涉水，被船上巡兵大喝一声，一箭正中小腹，抬回身死。地方见一日连丧二人，甚是惊惶，巴不得这些兵船一时飞去，方得宁静。③

就是这支在百姓面前猖狂逞凶的队伍，于苏州城外遭遇一队清军时，却"拼命夺路而走，兵众水淹、箭下死者何止三四百人"。"（胡来贡）闻兵败消息，也不等白粮足数，领兵退屯徐六泾，又退屯崇明县，而苏州已为清朝有矣。"④ 可见军兵在剿灭农民起义军和与清军作战方面十分不力，但是对百姓的骚扰和危害非常的大。

清初江南的百姓就是这样承受着南明的官兵、复明的义军、南下强征的清军和农民起义军的多重蹂躏与糟蹋，不仅在战争中面临生命的危险，而且不少还被无辜杀害用来充功领赏。

《海角遗编》第四十一回记载了有人砍和尚头充当鞑子头想要领赏一事。

> 众人就把和尚砍下头来，用草绳做一绳络，好似西瓜一般，提到谢家桥经过。在酒家吃酒，放在道傍（旁），沈叔鸣见之，大叫曰：

---

① 江左樵子编辑，钱江拗生批点《樵史通俗演义》第三十九回，第296页。
② 江左樵子编辑，钱江拗生批点《樵史通俗演义》第四十回，第307页。
③ 佚名：《海角遗编》第五、六回，《古本小说集成》第二辑，第11、15页。
④ 佚名：《海角遗编》第八回，《古本小说集成》第二辑，第19页。

"这是庙南庵中和尚，为何杀之?"其人落荒，取之就走，口里说："是鞑子头。"原来其人直到何羽君处请功，羽君见而怜之，因命将头与尸做一处，修书与里中陶慕溪，具言军中误杀之故，求其助棺木一具葬焉。①

《海角遗编》第五十七回也有军队杀百姓以充功之事，可见江南百姓处于朝不保夕的惨境中。

> 近福山为二十二都，海上兵现住扎营，百姓俱系未剃发的。二十四都居中途，剃发者与未剃发者杂处，大约各居其半。清兵见未剃发者便杀，取头去作海贼首级请功，名曰："捉剃头"。海上兵见已剃发者便杀，拿头去做鞑子首级请功，号曰"看光头颈"。途中相遇，必大家回头，看颈之光与不光也。②

此时地方百姓真是朝梁暮晋，性命如同草芥。

（4）太监监军误国误民。崇祯即位后，曾一度疏远太监，信任大臣，但因大臣们或溺于党争，或奸邪无能，使崇祯失望，再加上崇祯自己刚愎自用，对大臣用人不专，任而不信等原因，崇祯又转而委任于太监，重新陷入了依靠太监治国的怪圈中。

据《崇祯长编》载，崇祯元年（1628），崇祯帝任命司礼监管文书内官监右少监宋尚志提督正阳等九门、永定等七门以及皇城等四门，巡城点军，由内官监太监赵本清为副手，从旁协助。待到崇祯二年（1629）己巳之变，满洲铁骑逼近北京外围时，他又任命乾清宫太监王应朝监视行营，任命太监冯元升等查核军队编制及饷额。崇祯的这种做法，引起了许多正直大臣的不满。不少正直的大臣如刘宗周等纷纷上书直言太监监军的危害，遗憾的是崇祯非但没有听取刘宗周等人的忠谏，而且变本加厉，遂使监军越来越多。计六奇在《明季北略》中感慨："用内官为监纪，即唐

---

① 佚名：《海角遗编》第四十一回，《古本小说集成》第二辑，第113～114页。
② 佚名：《海角遗编》第五十七回，《古本小说集成》第二辑，第173页

之鱼朝恩观军容使也，其失甚多。呜乎！朝廷虽乏人，奈何使刑余之人与知军国重事哉？"① 在李自成的大军向北京步步逼近的关键时刻，崇祯再度大量起用太监监军。

> 谕司礼监随堂办事内官太监高起潜，总监关宁蓟镇中西二协；卢维宁，总监津通临德，方正化总监真保等处；乾清宫管御清监太监杜勋，监视宣府；王梦弼，监视顺德彰德；阎思印，监视大名、广平；牛文炳，监视卫辉、怀庆；乾清宫打卯牌子御马监杨茂林，监视大同；李宗化，监视蓟镇中协；张泽民，监视西协。②

> 乾清宫近侍御马监太监孙良弼城守河间，于朝城守沧州，尚膳监太监杨开泰城守坝（霸）州，俱着天津总监卢维宁下中军听其调度……起用原任乾清宫管事御马监奉御赵本致管朝阳门城守提督。谕司礼监奉御秦维翰督察标下掌司。谕乾清宫牌子御马监太监崔明亮监视通州兵马钱粮城守。③

时事小说中也讲述了这些问题。《剿闯小说》第一回讲道，李自成兵迫北京，"先帝召阁部大臣共议战守之策，皆言军饷不足，宜增兵添饷。即日遣太监八人督兵防守。"第二回"遣太监杜秩亨总兵唐通协守居庸关"。"是时枢司令箭不行，无计出城，兵权已落于奸监之手"④ 然而崇祯委以重任的太监们却并没有让崇祯得到些许的宽慰，太监本是身残寡恩无品之人，由他们监军，非但没有达到督促和增强军队战斗力的目的，而且使得监军与总兵之间矛盾横生、互相掣肘，削弱了战斗力，甚至不少监军太监贪财收贿，做出卖城献城之举。

史书上详细记载了监军高起潜毫无战绩，却妒贤嫉能，致使松山失守一事。

---

① 详见计六奇撰、魏得良等点校《明季北略》卷五，第 164 页。
② 汪楫编辑《崇祯长编》第二卷，《明代野史丛书》，北京古籍出版社，1999，第 93 页。
③ 汪楫编辑《崇祯长编》第二卷，《明代野史丛书》，第 104 页。
④ 西吴懒道人口授《剿闯小说》第一、二回，《古本小说集成》第三辑，第 38、43 页。

（崇祯九年）时兵部尚书张凤翼出督援军，宣大总督梁廷栋亦引兵南，特命起潜为总监，给金三万，赏功牌千……然起潜实未尝决一战，惟割死人首冒首功而已。明年，起潜行部视师，令监司以下悉用军礼……既而与兵部尚书杨嗣昌比，致宣大总督卢象升孤军战殁，又匿不言状，人多疾之。

十七年，李自成将犯阙，帝复命起潜监宁、前诸军，而以杜勋镇宣府。勋至镇即降贼……初，内臣奉命守城，已有异志，令士卒皆持白杨杖，朱其外，贯铁环于端使有声，格击则折……广宁门之启，或曰太监曹化淳献之……起潜赴宁、前，中道弃关走。①

计六奇《明季北略》中也记载了高起潜误军的劣迹："（洪承畴被围松山）上书求援，凡十有八疏。高起潜恐承畴有功，力抑之，使不得奏。"② 致使松山失守，洪承畴降清。《崇祯长编》亦有类似的记载："（崇祯十七年三月）乙未，李自成犯宣府……监视太监杜勋迎贼……癸卯，李自成犯居庸。总兵唐通、太监杜之秩迎降……丙午，贼急攻彰义门，太监内应，门启，贼遂入。"③ "时危见臣节，世乱识忠良"，危难之际望尘先拜、闻风而降的总也少不了这些手握军国大权的太监们。

时事小说同样揭露了监军们的恶劣行径及其祸害。《铁冠图》第二十四回讲道：

（李自成挥师宁武关，朝廷）钦差一个东厂太监杜勋，去宁武关监军。宁武关闻得钦差监军到来，大小官员出城迎接。杜勋见（总兵）周遇吉不到，只命一个旗牌官来迎，心中大怒，把旗牌官打了二十大板杀风棒，然后上任。上任之日，周遇吉领着大小官员进监军府，跪听宣读敕书。听毕，周遇吉坐在一张虎皮交椅，不言不语。杜勋开言大骂："周遇吉，你倚着定西伯的身份，藐视监军，既不出城亲接，还敢大模大样在我这公堂稳坐，你好大胆。"周遇吉大怒，离

---

① 《高起潜》，张廷玉等撰《明史》卷三〇五列传第一九三，第6270页。
② 详见计六奇撰、魏得良等点校《明季北略》卷十八，第331页。
③ 汪楫编辑《崇祯长编》第二卷，《明代野史丛书》，第111~112页。

坐（座）走上前来喝道……杜勋被他羞辱一场，欲叫李忠设计将周遇吉谋害……①

此后，杜勋便暗自投靠了李自成，坐视周遇吉阵亡而不发救兵，并偷开城门献了关。围城以后，又是杜勋进城劝降，扰乱人心。《铁冠图》第四十回载：

> 那个奸贼杜勋，勾连杜秩亨，要把都城献与流贼。先献彰义，待等外罗城军民大乱乘势打劫，然后再献平则门。两下都看白灯笼为号，便是看门时候，好叫流贼进城。即发令箭一枝，叫外甥刘孝去守彰义明（门）……杜秩亨在平则门士（上），看见正南火光冲天，喊声不止，就知流贼进了外罗城了。又听得内罗城百姓乱喊，心中大喜，吩咐把三盏白灯笼扯起。李闯在城外看见，传令大队人马，预备入城。前队的喽罗一齐呐喊插旗，来到城边。城上军兵都是杜秩亨买通的，故意空放大炮，却坠下绳索筐箩。把几十个流贼扯上城来，个个手持板斧，下城砍开内层门锁，开了里门。②

明末军队面临种种困境，军饷不足，战斗力差，军变频发，扰民严重，再加上成事不足、败事有余的监军们惑乱军心，误军误国，最终导致明朝官军在攘外和安内的战场上总是频频失利，以致亡国。

5. 天灾人祸频仍

因皇帝昏聩，官贪兵庸，多灾多难的晚明一直处于风雨飘摇之中。这时，浇薄的世风和频发的天灾人祸成为风起云涌的明末农民起义的导火索，遂成压垮明朝的最后一根稻草。

明末世风之浇薄，在史书上颇有记载。《顺天府志》记载了京城的民风从朴茂到轻薄的变化历程："风会之趋也，人情之返也，始未尝不朴茂，而后渐以漓，其变犹江河，其流殆益甚焉。大都薄骨肉而重交

---

① 松排（滋）山人：《铁冠图》第二十四回，《古本小说集成》第一辑，第 165～166 页。
② 松排（滋）山人：《铁冠图》第四十回，《古本小说集成》第一辑，第 294 页。

游，厌老成而尚轻锐，以宴游为佳致，以饮博为本业……德化凌迟，民风不竞。"① 《倭奴遗事》这样记载吴中地区的情况："吾松向来人心朴茂，不尚虚浮，白首耆民，不窥城府。倚窗士女，罕睹绣襦……五十年来，沧桑一变，酿成薄恶之俗。日尚浮靡，耻闻俭素……贵贱无等，长幼无伦，风日下趋，莫之能挽。"② 可以说从日常生活习惯到行为规范、思想观念、价值取向均发生了重大变化，非但北京如此，而且从经济发达的江南地区到经济迟滞的湖广、四川地区，无不如此。

《新世鸿勋》第二回就借万历三十四年（1606）丙午元旦大雪中的怪异迹象，对世态万象进行了淋漓尽致地批判：

> 不想世上的人，嚣薄日生，比前更甚，即如市井做买做卖的人，便怀许多奸诈，少公道心。乡里耕田种地的，便要拖欠钱粮，瞒昧官府。衙门里做公人的，便要弄法侮文，侵渔官帑。就是那无名县里一个吏，唤作赵甲，大尹委他监收库藏，那赵甲便干没了一二万金钱，纵使上官极善厘别，那（哪）理（里）当得起那厮百般巧计，弥缝得水屑（泄）不通，竟不知这都是百姓的脂膏、朝廷的正供，上下皆不得享其实用，只落得这厮镇（整）日里迷花醉月，夏赏春游，吃珍馐，穿锦绣，娇妻妾美田园。虽有廉明的官府来稽查盘筹，都被他笼落（络）得干干净净。稍有风头不顺，便腔他一顿棍，坐几日监，那时钻个分上说了，依然风过无波，安如磐石，仍在外面摇摆作乐。又如水旱的年时，坏了田稻，只是其中高低不等，荒熟不同，那官府着该畾里总察勘，造册报名奏免。原是一段爱民的好心，却被这些黠民猾吏，图霸乡奸，彼此夤缘，通同作弊，便将荒熟颠倒转来，使那被灾的张三卖男鬻女，有屈无伸；那成熟的李四反蠲免征输，盈余受用。使那上官一片爱民的实心，丢却东洋大海。因是这等这些包揽积棍，那（哪）一个不是家资巨万，富比陶朱？这样弊端，果难清察，就是包龙图再生也无可奈何。人为万物之灵，若使人人肯替天

---

① 《顺天府志》卷一，"地理志·风俗"，《四库存目丛书》史部地理类，第 208 册，第 20 页。
② 钟薇：《倭奴遗事》，《玄览堂丛书续集》，中央图书馆，1947，第 219 页。

行道，天岂肯降祸于人。只为人心不好，所以尝见灾殃。若说起如今的人，虽蝼蚁不如。你看蝼蚁何等有义，知有可蚀的东西，便更相传报，协力攻钻，并无欺背的意思。若是恶人，聚在一处，偏生许多嫉妒。或因财利的所在，其始原是合伙同做的，到那时私地里要去独占。或是有势要的侯门，当初原亏这人引进的，到后来偏要独自去趋承，反用几句谗言离间。还有放债的财主，九当十放出去，五分钱进来，那管你卖妻卖子。那借债的负心汉，借时满口生春，骗得上手，一年半载之后，讨债的上门，变了个夜叉恶脸，反要拼命图赖。正是：只为世人都用诈，致令天下尽生奸。为人宁被人欺负，人会瞒人天不瞒。作事勿施心上墨，救人须点腹中丹，吉人自有天来相，天佑仁人福自宽。说不尽世人奸恶，所以年来水旱频仍，瘟疫传杂，兵戈日炽于荆襄，饥馑俱臻于齐鲁。就是当道的官长，教他日夜焦劳，一时也筹画不到。①

这段文字近千字，讲遍做买卖的、种地的、衙门做公的等各种人的奸恶。眼中只有金钱势利，无道德人品，世风日下，并且灾异频发，这种逼迫人生存底线的灾难和炎凉的世态合起来催逼人民起来造反。

计六奇在《明季北略》卷五中记载了明末自然灾害的情况，指出明末的自然灾害和国家的苛捐杂税是李自成起义成功的重要原因。

自去岁一年无雨，草木枯焦，八九月间，民争采山间蓬草而食。至十月后而蓬尽矣，则剥树皮而食……迨年终而树皮又尽矣，则又掘其山中石块而食，石性冷而味腥，少食辄饱，不数日则腹胀下坠而死。民有不甘于食石而死者，始相聚为盗……有司束于功令之严，不得不严为催科，仅存之遗黎，止有一逃耳，此处逃之于彼，彼处复逃之于此，转相逃，则转相为盗，此盗之所以遍秦中也……天降奇荒，所以资自成也。②

---

① 蓬蒿子：《新世鸿勋》第二回，《古本小说集成》第一辑，第 24～26 页。
② 详见计六奇撰、魏得良等点校《明季北略》卷五，第 106 页。

时事小说也体现了这一点，如《新世鸿勋》第四回就如此记载：

且说大江以北，自连年荒旱，寸草不生，米粒如珠，柴薪似桂，那富的还拼着五六两银子籴石把米与大男小女吃一个饱满，那贫的做些小经纪，一日趁的钱，不过三四十文，却也要一般样养父母、养妻儿。若是夫妻子母四五口，一日食用，也要三、四升米，才得充腹。今赚得这几文钱钞，就是升合也换不来。因是这等，那疲软怕事畏法的，只好直僵僵死填沟壑。那有把气力的，便自恃其强，不安天命，不畏王法，却去做些歹勾当。小则鼠窃狗偷，大则明火执仗。还有狼中之狼，恶中之恶，莫如北方陆路的响马，海洋出没的强徒，这班人杀人如切菜，劫掠行肆，公行剿捕不能，招抚不得，无可奈何。再说李自成讨了妻房，正好安享过日，不意天道如斯，世情荒促，吃惯了这张嘴，费哪里省缩得许多。生意又不比当初，周请家事，出气多进气少，向来挣下这点防身之物质，渐渐萧索起来，心上便要更改行业……今自成是个无行小人，怎肯安贫固守。所以略见风头不顺，便要移易更张。却遇天启二年，壬戌之岁，南番交趾国里，点齐了数百万精兵肥马，攻杀前来，直入内地。①

起义之发生源于明统治者的苛捐杂税剥夺了小民的生路。如《剿闯小说》第一回所言："贪官污吏，布满天下；加之征调太繁，加派太重，征收无法，民不聊生，所以奴房未息，流贼后起。"②

小说作者们虽然站在明朝的角度上，痛恨覆灭明政权导致国破家亡的李自成农民起义，但是他们仍然非常清楚农民起义乃逼上梁山、官逼民反之举。正如《新世鸿勋》第四回所写："兵戈只为灾荒起，离叛皆因征税烦。"③

四 鞭挞卖国变节，歌颂忠贞节义

时事小说在思想上主要表现为以下三种倾向：一是痛恨农民起义；二

---

① 蓬蒿子：《新世鸿勋》第四回，《古本小说集成》第一辑，第69~70页。
② 西吴懒道人口授《剿闯小说》第一回，《古本小说集成》第三辑，第7页。
③ 蓬蒿子：《新世鸿勋》第四回，《古本小说集成》第一辑，第68页。

是歌颂英勇抗清；三是鞭挞权奸卖国，褒奖忠烈。

1. 痛恨农民起义

李自成、张献忠领导的农民大起义是导致明朝灭亡的直接原因。站在封建统治者的立场上，依照传统的社会等级观念，"君为臣纲"是天经地义的，"犯上作乱"是不可饶恕的，而农民起义始终是与"犯上作乱"联系在一起的。现实中，以李自成为首的农民起义军，杀戮无数，驰骋多年，最后逼得崇祯皇帝自缢，历时近三百年之明朝一朝灭亡，使人们感到天崩地裂，日月无光，国已不国。这使早已习惯效忠皇帝的士大夫们一下子没有了效忠的对象，在心理上产生了一段无法填补的空白，同时也把士人们立身显名、致君尧舜的梦想打得粉碎，他们在情感上无法接受农民起义。在这种严重失衡的心理状态下，清初士人对农民起义军十分仇视，认为农民起义军一手制造了这场灾难，是农民起义军让自己变成了没有皇帝可以效忠、没有国家可以归属的故国遗民，所谓君父之仇，天不共戴，这种仇视又进而转化为笔端的谩骂。《剿闯小说·序》就表达了作者对农民起义军的切齿之恨：

> 君父之仇，天不共戴；国家之事，下不与谋。仇不共戴，则除凶雪耻之心同；事不与谋，则愤时忧世之情郁。于是乎闻贼之盛则怒，闻有绌首拜贼之人则愈怒；闻贼之衰则喜，闻有奋气剿贼之人则愈喜。怒则眦裂发竖，恨不得挺剑而戳其胸；喜则振足扬眉，恨不得执鞭而佐其役。①

《铁冠图·序》亦称：

> 岂若此闯、献二贼，为盗之初即以劫掠。初劫边民，后残暴躁州蹿府杀无遗类。剖腹剜心、挖目刖足、割耳切鼻。堆薪以焚尸，剖人腹以暖马足，钩人耳以马饮血。攻城五六日不下，城陷之日，必尽屠

---

① 西吴老人：《剿闯小说·序》，西吴懒道人口授《剿闯小说》，《古本小说集成》第三辑，第1页。

戮。城将陷，以兵围外濠，缒城者杀之。故一城之陷，残杀过多，岂
体上苍好生之德者，是闯与献终于贼焉。①

《新世鸿勋》书中更是直接称义军为"流贼"，称李自成为"野心狼
子"，充满了对他们的仇恨和诋毁之词。

《铁冠图》第一回就极力诋毁李自成，将其写成活埋生父、惨灭人伦
的"杀星魔王"。李自成遇到宋炯，听他讲如果将父母合葬在龙穴里，他
今后就有可能成为皇帝之后，《铁冠图》第一回这么写道：

> 李闯转回驿馆，暗想："宋炯之言果验，我便是一朝天子了，何
> 不趁父母目下有病，设法催他归阴，以便早登大位，岂不是好？"这
> 贼子痴心大（太）重，不顾天伦，即买毒药回家，与父母食了。可
> 怜李十戈夫妇食了毒药，登时七窍流血而死。李闯假哭一场，即时买
> 棺收殓，抬至破云山中，再迁祖枢，一齐照式葬下，完了贼子一场心
> 愿。父母死后，无人管束，越横行起来，交结凶徒，犯法害民之事，
> 无所不为。②

该书第四回写张献忠的出场也是污秽不堪。

> 这贼正系陕西张献忠，诨名八大王，乃天上第二位杀星转世的。
> 因妻与父通奸，杀父逃走，走到湖广，勾引饥民，各处打劫，人人称
> 他做流贼。③

各种时事小说还在作品中浓墨重彩地书写农民起义军烧杀抢掠的行
为，言辞中充满刻骨的仇恨。《铁冠图》第十三回写李闯独探汴梁城：
"众头目得令，拔寨出山。一路杀人夺货，所过之处，尽洗一空。"④ 其中

---

① 松排（滋）山人：《铁冠图·序》，《古本小说集成》第一辑，第6页。
② 松排（滋）山人：《铁冠图》第一回，《古本小说集成》第一辑，第7页。
③ 松排（滋）山人：《铁冠图》第四回，《古本小说集成》第一辑，第27页。
④ 松排（滋）山人：《铁冠图》第十三回，《古本小说集成》第一辑，第92页。

不少残忍与灭绝人性的细节被重点描述。

> 孙爷一看，果见旌旗遍野，戈戟森严。又见几处高堆，烟火冲霄。户长说："是贼营打亮，乃是杀的百姓尸首把来堆起烧着，照得营中如同白昼，尽他们饮酒取乐。还把生人割开胸膛，挖去五脏，当做马槽喂马。又凿穿人耳，取血和水饮马。贼寇的恶处，也难尽说。大老爷，你看高竿上摇动的东西，是绑住小儿当做箭靶把来较射的。真真令人切齿。"①

张献忠也是杀人不眨眼的恶魔，如《新世鸿勋》第五回写道：

> 那献忠另为一队，点动人马，杀入湖广地方。若说献忠的手段，也极利害，先把官民人等，计有五六十万，驱至一个大山野去处，四面扎下人马围定，着众人举首，朱氏子孙，尽行杀戮（戮）。次查武职官员，并应兵丁俱行砍死。只留下会做裁缝与唱戏的数千人，其余都赶至江中溺死。正是杀得：赤壁山前，滔滔血浪翻扬子；岳阳楼下，叠叠尸骸满洞庭。②

在起义军的扫荡下，百姓备受打扰和煎熬，民不聊生，这种惨状在《新世鸿勋》《铁冠图》诸书中都有描述。如《新世鸿勋》第十二回写道：

> 贼众把忠臣杀死，又杀入乡绅并百姓人家，逼献金银财宝，驴马牛羊，也有劫财饶命的，也有财命两失的，也有先行自缢、自刎、自溺的，也有登时被贼乱砍杀死的。义夫、烈妇投井悬梁，死者总来不计其数。③

---

① 松排（滋）山人：《铁冠图》第十六回，《古本小说集成》第一辑，第115页。
② 蓬蒿子：《新世鸿勋》第五回，《古本小说集成》第一辑，第86～87页。
③ 蓬蒿子：《新世鸿勋》第十二回，《古本小说集成》第一辑，第229页。

话说李岩与高迎祥等带着五万流贼，从宣府起身，转往西南，达到平阳，一直径奔怀庆府而来。逢店便抢，逢村便劫。所到之处，连地皮都掳尽。可怜这些百姓不能安生，张献忠的人马刚才过去，李闯的人马又来。劫得十家九空，鸡犬都无一只。①

《铁冠图》第五十七回写张献忠，称：

献忠之狼毒，仇视蜀中之人，先屠戮人民，复大杀儒士，后并欲尽诛戮蜀之为军兵者。②

即便是在败逃的路上，李自成仍是不忘烧杀抢掠，给百姓带来极大的灾难。《新世鸿勋》第十八回说："自成在路上，大肆抢掠，杀人无算，妇女悬梁投井的，不计其数。百姓同官员人等，各门乱窜，践踏挨挤死的，积尸成堆。"③

从时事小说对李自成、张献忠农民起义军的描绘中，我们能读出清初士人对农民起义军的仇恨，这仇恨甚至使他们失去理智，以致认为清军入关是为明复君仇，对"引狼入室"的吴三桂充满了感激。西吴老人在《剿闯小说·序》中称："吴三桂舍孝取忠义，弃家急国，效申胥依墙之泣，以遂哀秦逐吴之功，真正奇男子大丈夫作用。"④《新世鸿勋》第十七回更是将吴三桂写成忠贞勇烈之人，并将请清军发兵看成忠臣报国之举。

各镇官民见吴将军孤忠独奋，那（哪）一个不感动悲泣，说着倡义复仇的大举，人人鼓勇先登。吴将军道："目今贼势猖狂，我朝因奸邪偾事，所以谋臣勇士，都遁迹山林。虽有峨冠几人，皆肉食鄙

---

① 松排（滋）山人：《铁冠图》第三十二回，《古本小说集成》第一辑，第 221 页。
② 松排（滋）山人：《铁冠图》第五十七回，《古本小说集成》第一辑，第 382 页。
③ 蓬蒿子：《新世鸿勋》第十八回，《古本小说集成》第一辑，第 377 页。
④ 西吴老人：《剿闯小说·序》，西吴懒道人口授《剿闯小说》，《古本小说集成》第三辑，第 8～9 页。

夫。那持戈执戟之辈，又是疲敝不堪，塞责而已。是致众寡不敌，强弱难当，若不临事而惧，安能复此大仇。"因是这等亲往大清国，谒见国主，请求大兵十万，助战杀贼，为朝廷雪耻。

大清国主不允其请，吴将军再三力恳，国主道："明朝文臣，素无信义，将军欲建大功，我国何难发兵助阵。但恐功成之后，不知将身置何地耳？"吴将军道："桂父子受朝廷厚恩，今为巨寇弑逆，士庶伤心，神人共恨，桂闻勇士不怯死而灭名，忠臣不先家而后国。今君后俱遭惨弑，桂食君之禄，焉有坐视不理。如吾主所言，必计及成败而后行，是有觊觎于中也。桂今日誓死报国，虽肝脑涂地，亦所不辞，安问其他。"国主道："将军决志如此，且待明日再议。"吴将军辞谢而出，捱（挨）过了一夜到明早来，吴将军自想道，事不可缓，即披发挂孝，再来谒见清主，痛哭哀恳。清主见他忠义凛凛，亦为感动，即命点集人马，起兵前进，昼夜趱行，不觉几日，已到了山海关。①

在这里，吴三桂被描绘成为明朝报君仇的忠烈之士，而清兵则是应吴三桂之请而出兵的义军。还有不少时事小说在描述吴三桂请清军入关一事时也是持这样的态度，如《铁冠图》第四十七回道：

话说三桂听了史可鉴之言，主意已定，不如亲往满洲国，叩见大清主，恳求发出大兵、猛将相助，方能灭除自成及献忠也。查血十牌，于先帝庚午三年，自成为盗之初，已蒙大清主太宗文皇帝，遣使臣持敕书与我邦和好，息兵日久。今往乞师相助，料必允请，则大事济矣，不难收除闯、献两巨狼也。

定了主意，即赶急往谒朝大清主，求请大兵助战灭贼，为朝廷复仇。然大清主初时未允其请，吴将军复为求恳。清主言："汝明朝文臣，素无信义。今孤忠为主者，独将军一人耳。然功成之后，不知将军置身何地也？"三桂曰："臣父子世受朝廷厚恩，今为贼闯逆弑君

---

① 蓬蒿子：《新世鸿勋》第十七回，《古本小说集成》第一辑，第341～342页。

后，为之臣者，岂可与此贼戴天？如吾主所论，必计及成败而后行，非臣心所愿为者。臣只今日誓死于疆场，与此逆闯断不两立也。恳乞圣主悯我君后惨崩，求允请兵相助。倘藉圣主大兵之力，得灭贼人，先君在天之灵也深沾隆恩。"语毕，痛哭恳切。大清主见其忠义，累城亦为之感动。是日允准，发兵相助。①

《铁冠图》第五十回道：

> 三桂闻得中华有主，又闻得江南平伏，明朝已绝，即传令拔寨班师返京，解甲上殿，朝见圣主。将剿灭李闯，一一奏闻。圣主知吴将军请求救兵，为主复仇，劳于疆场，战功浩大，锡（赐）封王位于云南，乃宠贵极品，开国元勋，恩波倍厚矣。三桂将夺回之金银，犒赏三军。回家设祭父母，并三十余口灵魂。及后闻李闯留下圆圆在天仙庵，即差人接进府中，一见悲喜交集。及奉圣旨往云南开府，遂携圆圆赴任。②

在这里，对吴三桂孤忠奋勇的评价和对清朝复君仇的感激，固然有碍于新朝成立不敢得罪的畏祸心理，但在很大程度上也是当时明遗民内心真实的反映。《铁冠图·序》中称："故为渊驱鱼者獭，为丛驱雀者鹯，为汤武驱民者桀纣，圣贤之训，千古不忽之则。故秦楚为汉高祖之獭鹯，汉吴又为明太祖之獭鹯。然则今之闯献又为大清圣主之獭鹯。"③ 在这里，作者称李自成、张献忠为"獭鹯"，对清主反而称作"圣主"。他们能接受清朝的一统天下，却不能接受以下犯上的李自成、张献忠的农民军起义，这种鲜明的态度足以证明君为臣纲的伦理观念深入人心。在这种观念的统领下，清初士人对李自成的刻骨仇恨，对吴三桂请兵灭李自成复君仇的感激和对清朝的无可奈何的认可都能得到合理解释。

2. 歌颂英勇抗清

以清代明不仅是王朝的更迭，而且是满族对汉族的征服。明朝的建立

---

① 松排（滋）山人：《铁冠图》第四十七回，《古本小说集成》第一辑，第 357～358 页。
② 松排（滋）山人：《铁冠图》第五十回，《古本小说集成》第一辑，第 380～381 页。
③ 松排（滋）山人：《铁冠图·序》，《古本小说集成》第一辑，第 7～8 页。

结束了蒙古贵族在中原的统治，使汉民族在精神上获得了极大的胜利。明朝立国之初，洪武元年（1368）朱元璋下令：

> 诏复衣冠如唐制。初，元世祖起自朔漠以有天下，悉以胡俗变易中国之制……俗化既久，恬不知怪。上久厌之。至是，悉命复衣冠如唐制……胡服胡语胡姓一切禁止。斟酌损益，皆断自圣心。于是百有余年胡俗，悉复中国之旧矣。①

明太祖的诏令一扫汉民族被蒙古族压迫的颓状，重振汉唐雄风，重塑汉族自信。《剿闯小说》中亦残留着这种自信。该小说开篇即写道："百年虏运腥中土，百姓嗷嗷喂豺虎。""太祖高皇帝迅扫胡元，重开日月，鼍鼍功德，千古无两，自然历数绵长，千秋万岁，跨越商周，大非汉、唐、宋之比也。"② 在这种思想的影响下，汉族对周边民族自然有了心理上的优势，在明朝大汉民族的心中，视女真人即满洲人为"野人"。但是随着明王朝的日益腐败和满族的日益强大，最终是清政权取代了明王朝，对于一向重视华夷之防的汉族知识分子来说，心中的苦痛远比王朝的灭亡更深。明遗民与清朝的抗争在江南表现得尤为激烈。备受李自成农民起义军摧残的北方，一心盼望稳定的生活，所以清军驱逐李自成，承接政权，在北方知识分子看来是为明复君仇，没有太大的反抗。但是江南人们一直生活在安宁富足的环境中，并没有遭受李自成的农民起义军的伤害，而清军南下江南则打破了江南旖旎美好的生活：一方面是剥夺生命的屠杀、镇压的暴力行径，另一方面是剃发改服的文化摧残。这些都激起了江南民众的反抗。《海角遗编》对此有比较细致的描绘，如《海角遗编》第三十二、三十三回写道：

> 清师一拥而入城中，杀死乡兵尚多，皆由跨塘桥且战且走，至县前转西，扎于慧日寺前打仗。清兵一支由大街，一支从香花桥南来，

---

① 《明太祖实录》第三十卷，中研院历史语言研究所校印本，中华书局，2016，第525页。
② 西吴懒道人口授《剿闯小说》第一回，《古本小说集成》第三辑，第1~2页。

两头截住厮杀，乡兵无一人免者。惟有躲过大难者云："此时但闻喊杀之声震地。"次日尸横满街，河水尽赤。

走到北水门者，撞着清兵在城门口，又狠打一仗，杀死之人，月城湾里到吊桥边，尸堆高五六尺，而乡兵头目姚胖等俱死焉。①

其在城中走不出者，无问老少贵贱男女，一个个都做刀头之鬼，但凡街上、巷里、河内、井中与人家屋里，处处都是尸首，算来有五六千人。其间被掳而得生还者，百不得一耳。至于躲过大难身不受伤而安全无恙者，千不得一耳。大兵去后，严子张差人在西门外山脚下掘几处千人坑，将死尸葬埋之，盖自唐宋至今，有常熟县治以来，未尝经此大杀戮也。噫，惨矣哉！②

这种残酷的杀戮触目惊心，经过战乱之苦之后，常熟百姓几无遗类。激起江南民众激烈反抗的还有剃发政策。剃发政策是顺治二年（1645）开始在全国推行的，它引起了汉人不分阶级和阶层的全民族反抗；然而，最终以汉民族形式上的臣服结束。发型和服饰是一个民族文化的象征。剃发和易服的命令意味着清军所要占领的不仅仅是江山，还要从文化和心理上对汉人进行彻底征服。在这里，剃的不仅是头发，而且是汉民族的文化传承。汉族一向重视文化传承和夷狄之辨，顾炎武曾在《日知录》中详细论述"亡国与亡天下"的区别。《日知录》卷十三"正始"一条说："有亡国，有亡天下。亡国与亡天下奚辨？曰：易姓改号，谓之亡国；仁义充塞而至于率兽食人，人将相食，谓之亡天下。……知保天下，然后知保其国。保国者，其君其臣，肉食者谋之；保天下，匹夫之贱与有责焉耳矣！"③ 在这里顾炎武指出，明朝亡于李自成，"易姓改号"，是亡国，只关乎肉食者的利益；而清兵入关，剃头改制，改变了汉族几千年来积累的文化和文明，是"率兽食人"，是亡天下，即使卑贱的匹夫也要奋起反抗。

---

① 佚名：《海角遗编》第三十二回，《古本小说集成》第二辑，第 86 页。
② 佚名：《海角遗编》第三十三回，《古本小说集成》第二辑，第 89 页。
③ 顾炎武撰、黄汝成集释《日知录集释》，"正始"条，第 756～757 页。

《海角遗编》第十三回中，从百姓的态度上就能够看出时人对清剃发令的激烈反抗。

过三五天，已是闰六月初七八，苏州发下告示道：不论军民人等，俱要剃发留金钱顶，穿满洲衣帽，才准归降，限三日内都要改装。常熟县自元朝到此三百年来，俱是青丝髻包网巾，长巾大袖。一见如此服式，俱道是陋品，是怪状，不肯起来。有一种少不更事的便道："身体发肤受之父母，难道剃了光头在家做和尚不成！我们如今偏一个也不剃，待他来时，关了城门，与他明白说知，待收了告示才罢。"有一种老成的道："使不得。这是一朝新令，若拗别他，定然惹出祸来。"有一种乍晓世事，自道见得透的道："如今清兵到郡已四十余日，并没一人一骑至此，料他没有千军万马，不过是虚张声势，哄人降附的意思，那（哪）见就惹出祸来。"就有一种雄心猛气的便道："我们常熟县城内城外九乡四镇的人，何止百万，那（哪）个是肯剃头的。就算真个反将起来，实实里不怕甚么大兵。"这里街谈巷议，户说人传，到初十日，缠出一个老乡绅来。那乡绅姓宋，名奎光，字培岩，万历壬子科孝廉，做过县令的。

他闻得这许多议论，即往各乡绅家走一遍道："今清朝下剃发新令，吾辈士大夫也俱要裂冠毁冕了。街坊上有许多议论，老朽一死谢先朝也不为过，不知列位高明尊意若何？"乡绅都道："吾辈效忠固是分内事，然既居乡，又当以安靖乡党为先。吾辈明日可约新任三尹，并着老士民，同赴城隍庙，酌议此事，即求三尹出文书，备详不便因由，或止令衙门各役，守城兵丁剃发改装，其余各从其便。倘得府上详允，也是相安地方之道。"当下以宋培岩年高，就推他为首，约在次日齐集城隍庙商议。

那城内、城外百姓听说今日为剃发事，诸绅齐集，谁个不来观看。自慧日寺到城隍庙，真是人山人海，上千上万，那里挨挤得尽。将近日中，诸绅齐集，拜过城隍，就对三尹说此事，求他出文书。那陈主簿是北地人，硬头硬脑的，抑且新到，不晓得甚么高低，口里辞道："这是清朝新令，卑职怎敢擅违？"众人见他不肯，就嚷将起来道:"你若不肯,众乡绅今日一个也不许散,我们请龙牌到察院里罚个大誓,决不剃头,偏要你出文书。"这里一头说,一边就有人请龙牌,众人一齐拥诸绅到察院中,那里还有到诸绅做主。但见龙牌已设,谁敢不拜。众人又喊道:"不愿剃发者,今日在此都要拈香下拜。"下边百姓自堂上至头门外,何止万人,听得传说,如雷一声,都拈香拜下去了。只有陈主簿一人,直挺挺站在一边,不肯下拜。众人嚷道:"你为何不拜?"主簿回言道:"这是明朝皇帝,我是清朝官,怎么拜他?"

众人就嚷骂起来道:"你不拜,怕你不出文书?你若倔强时,先打你一个不亦乐乎。"那主簿不晓得本县土音是在那里骂他,声言要打他,只见这些百姓有轻他的意思,他肚里还道自己是个官长,口里也在那边胡柴。正要发作,只见堂上堂下一齐鼓躁(噪),扯的扯,骂的骂,踢的踢,打的打,拳头脚尖一似骤雨,早把陈主簿打得七窍流血,有气无烟,躺在大槛边外面。众人一齐都要动手,挨挤进来,俱在死尸上踏过,可怜一个陈主簿,初然也是轿伞人役抬来,须臾就做了马嵬坡的杨贵妃。①

众人下拜龙牌,不愿剃发,陈主簿只因不肯下拜,就被众人活活打死。众人这种激烈的态度反映了对剃发的坚决抵制。另外,还有官员因不愿剃头而投河死节,甚至有剃发令直接促成了百姓起义之事,如《海角遗编》第十五回写道:

原来此时苏州亦为剃发令下,翰林徐九一不肯剃头,投河死节。太湖里明朝将官黄蜚、吴之葵、鲁游击,吴江县乡绅吴日生、好汉周阿添、谭韦等,纠合洞庭两山及城内城外百姓,一时同起乡兵,俱以白布缠腰为号,顷刻间把都堂察院、太守府堂,烧得精光。土都堂其先扎营北寺,自己直登塔顶细看白腰兵阵势,后迳退屯府学。八大王,清朝第一员骁将也,生得身高八尺,头如斗大,雄勇异常。他不

---

① 佚名:《海角遗编》第十三回,《古本小说集成》第二辑,第31~33页。

知苏州民变，竟打从枫桥大路传驿，坐船而来。因天气炎热，身上只穿单纱，满洲衣一无准备。白腰兵暗算他，预用百余人在前，青衣拈香跪接，令他不疑；引入下新桥人家瓦房，两岸多处一齐动手，火把烧其坐船，枪刀瓦石乱下；又推桥上石栏干（杆），压破其船，遂战死于下新桥水中，所部真满洲兵俱死焉。后闻其在此地为神，凡阊门一带烧献者，用八大王神马，盖其精魂为厉云。①

从上述文中的描述可以看出百姓对清军杀戮的痛恨和对剃发令的反抗。《海角遗编》第五十五回还讲述了一个耐人寻味的故事：

满洲衣式样是圆领露颈、马蹄袖子，其有身虽穿满洲衣，而头犹戴一把揸者，号曰"吊杀圆鱼"。有头已戴满洲营帽，而身犹穿长领宽袖明朝衣服者，名曰"乡下"。满洲人虽时王之制，不敢不从，而风俗亦一大变更矣。

……闻宗师按临岁考，有一生员进场与考，见满场无分上下，都是满装。有感于怀，文章倒不做，但写四句于卷曰："满洲服式满洲头，满面威风满面羞。满眼胡人满眼泪，满腔心事满腔愁。"宗师见之，亦不罪之，竟听其纳还衣巾而退。②

生员本已下定决心参加新朝的应试岁考，但看到满场满装，竟无法答题，写下"满洲服式满洲头，满面威风满面羞。满眼胡人满眼泪，满腔心事满腔愁"的诗句，可见对故国之情感已经溢满心胸，直呼而出，难以遏制了。本是清朝派来的主考闻宗师，对此并不责怪，听之任之，这也表现闻宗师压抑在心中的故国情感。

3. 鞭挞权奸变节、卖国，褒奖忠烈

鞭挞权奸卖国，褒奖忠烈也是清初时事小说的重要内容。

明末权奸尤其是魏阉党派相互勾结，把持朝政，争权夺利，谎报军

---

① 佚名：《海角遗编》第十五回，《古本小说集成》第二辑，第44～45页。
② 佚名：《海角遗编》第五十五回，《古本小说集成》第二辑，第167～168页。

情，导致朝廷之事一日不如一日，国运日下，最终灭亡。对于祸国殃民的魏忠贤，时事小说的作者是深为痛恨的。《樵史通俗演义》第十七回在魏忠贤吊死之后，评论道：

> 可笑魏忠贤平日损国剥民，招权纳贿，挣下家私，有敌国之富，到此地位，何曾留得一件，落得万代骂名，死于非命。①

投降并受封于李自成的伪官和降清之贰臣也是时事小说竞相讽刺与鞭挞的对象。很多史书都形象记载了明末官僚庸劣无义的言行，可以与小说所反映的情况相互印证。比如，《明季北略》就记载以旧辅陈演、成国公朱纯臣为首的降官曾一再向李自成"劝进"，希望他早日称帝。复社名士庶吉士周钟按牛金星的意思写了一篇《士见危致命论》，为他们改换门庭张目，令牛金星赞赏不已，周钟也为此沾沾自喜，"逢人自夸牛老师知遇"。在"劝进"的浪潮中，周钟也写了一篇自诩得意的《劝进表》，"一时相传，为士林之羞"，更可悲的是，魏学濂与龚鼎孳还竞相以此为功，对别人说上述话语非出自周钟，而是出自自己。② 对此，冯梦龙不胜气愤地感叹道："噫，词林省阁，天子侍从，信亲之臣。作此逆天丧心语，而犹扬扬得意自诩佐命元勋。读圣贤书所学何事？尚何面目偷息天地间耶？"③

时事小说还有始有终地记载了投降伪官的下场，他们基本上没有好下场，不少伪官虽然辱命丧节投降李自成，但是因失节在先，并不能得到李自成的信任。"一国公登时斩首，一国公卖国献门，李贼怪后来不测，一同处斩"。④ 同时李自成起义军的军师还上疏，认为凡是削发投降的明臣，大顺不可委以政事，以免以后会有不测，这也得到了李自成的认可。如《新世鸿勋》第十四回写道：

---

① 江左樵子编辑，钱江拗生批点《樵史通俗演义》第十七回，第127页。
② 详见计六奇撰、魏得良等点校《明季北略》卷二十二，第605~606页。
③ 冯梦龙编辑《甲申纪事》卷一"甲申纪闻"，上海古籍出版社影印本，1993，第11~12页。
④ 蓬蒿子：《新世鸿勋》第十三回，《古本小说集成》第一辑，第256页。

　　且说伪军师宋献策入朝奏事，其疏略曰："所有明朝削发奸臣，吏政府不宜授职，此辈既不能捐躯殉难以全忠义。又不肯委身归顺，以事真王。乃巧立权宜，徘徊岐（歧）路，名节既亏，心术难料。若委以政事，任以腹心，恐他日有反噬之祸。"自成看罢批道：削发奸臣，命法司严刑拷问，吏政府不得混叙授职。①

　　贪生怕死不肯奋勇杀敌之官员，也无一人得生。"李闯传令，不论文武官员军民人等，一并屠杀。可笑那贪生的官员，竟无一个得生"。②

　　具体到个人，变节投降者往往面临着众叛亲离的下场。文白投降李自成后，被自己的老师逐出师门，并推出斩首。

　　天道昭昭报应的速，被徐州道标营中军车圣、刘秉忠等，活拿得文白，申解淮府军门。那文白就是洛都御史的门生，洛公见了，怒气冲天，拍案大叫道："我当初目内无珠，只看得你笔底的浮词，谁识尔心中的实行，背主逆天，为何等事，敢把何面目来见我，快快推出辕门凌迟处死。"顷刻间，身首异处，曝尸市曹。后人有十字诗说得好。只谓是白面书生经济大，谁知道黑心逆叛罪愆深。昨日里五拜三呼从闯贼，今朝看千刀万剐赴幽冥。③

　　甚至《新世鸿勋》第十七回安排奸党、伪官、邪臣连同李自成都被天曹派兵剿灭。

　　黑云四合，油油蔽日漫天；赤电条条，烁烁惊心眩目。狂风澎湃，骤雨奔腾。轰雷似战鼓之不停，碎霆同飞砂之乱堕。连连霹雳喧空响，震死邪臣数百人。从贼伪官只顾献媚求荣，全不思忠义两字，做出许多丑态，以致触怒上天，行个霹雳打死这些奸党。④

---

① 蓬蒿子：《新世鸿勋》第十四回，《古本小说集成》第一辑，第296页。
② 松排（滋）山人：《铁冠图》第二十八回，《古本小说集成》第一辑，第194页。
③ 蓬蒿子：《新世鸿勋》第二十回，《古本小说集成》第一辑，第419页。
④ 蓬蒿子：《新世鸿勋》第十七回，《古本小说集成》第一辑，第353页。

这固然是虚构成分，但是这种虚构内容恰恰表明了作者对奸党、伪官的真实态度。

除降闯之伪官外，时事小说中，变节降清之官员也受到了鞭挞。《海角遗编》第三回题《西江月》骂钱谦益降清，词曰："科目探花及第，才名江左人龙。诗书万卷贯心胸，表表东林推重。南北两朝元老，清明二代词宗。贪图富贵兴偏浓，遗臭万年何用！"此回讲述了钱谦益变节的故事："贤太史，翰林钱谦益也，少掇巍科，东林人望，弘光朝官礼部侍郎。清兵至，不听夫人柳氏言，希冀作清朝宰相，翻然改节，投降豫王军前。里人改其门联曰：'南北两朝元老，清明二代词臣。'"① 事实上，降清之贰臣在清朝也没有得到信任和重用，在清朝开国之初，皇帝会利用他们标榜恩情，治理国家，减少汉族的反抗，顺利地统一大江南北。一旦清朝政权稳定，他们所需的就是忠君爱国之士，这批曾首鼠两端、大节有亏、仕过两朝的人，再次被翻后账，乾隆时代被打入"贰臣"籍，永远钉在耻辱柱上，这也是应得的报应。

清初时事小说在鞭挞权奸变节、卖国的同时，还充满着对忠烈之士的褒奖。忠烈之士有两类：一类是能够不畏强暴抗击奸佞、除弊兴良的文臣，他们在捍卫国纪纲常的时候表现了视死如归的勇气，这主要体现在一批东林党人身上，如杨涟、左光斗、魏大中、赵南星、万燝等朝内官员和缪昌期、高攀龙、周顺昌、李应异、黄尊素等地方正直官员，以及一些殉国的忠臣。另一类则是英勇抗敌、无屈无畏的忠勇贤良武将，如《剿闯小说》里的吴三桂、史可法、刘熙祚、周遇吉等。

时事小说在讲到这些英雄人物事迹的时候，总是不惜笔墨，热烈地赞扬这些忠烈之士的铮铮铁骨，以及他们誓死不变之忧国胸怀。时事小说对他们最普遍的褒奖方式便是直接记述忠烈的英雄事迹。

《樵史》第三十回用近 4000 字详述了忠义之臣听闻甲申之变之后以身殉国的种种情状。此处撷取部分内容如下：

> 三月初一日，城陷，周遇吉统民兵巷战，手砍数百余贼，力竭被

---

① 佚名：《海角遗编》第三回，《古本小说集成》第二辑，第 6~7 页。

擒。李自成劝他降。遇吉大骂逆贼，遂被砍死……

初九日，李自成兵至宣府。巡抚朱之冯誓众不从，拔刃自刎。总兵唐通守关。太监杜勋联骑出降，为贼向导。十五日，破居庸关，巡抚何谦被杀。十六日，破昌平州，总兵李守鑅骂贼不屈，贼令剐泄恨，守鑅手格数人，人拿不住，遂拔刀自刎。①

翰林院左谕德刘理顺，十九日闻变，即自题壁上道："成仁取义，孔、孟所传。文信践之，吾何不然。科名既占，岂肯苟全。三忠祠内，无愧前贤。"与一妻二妾俱缢死。其家属或投缳，或赴井，计一门死难共十八人，真是天地间希（稀）有的事。翰林院检讨汪伟，闻贼至，即啮指向夫人耿氏道："吾不能生系贼颈致阙下，当为厉鬼击贼！"夫人道："妾此凤愿，幸有同心，可毋使徐淑笑我。"十九日闻城破，夫人取一榼暖酒共酌，酒酣，汪伟索笔，大书壁上道："身不可辱，贼不可降。夫妇同死，忠节成双。"正就缢，汪伟在右，耿氏在左，氏对伟道："虽遭颠沛，亦不可失序。"遂换转缢死。②

《铁冠图》第十二回写了孔治中全家尽忠的场景，连起义军也为之叹息。

李岩又把孔爷的家眷一齐绑住，李闯叫将他斩首，牛金星拦住，苦口劝孔爷投降。谁知孔治中乃不怕死的忠臣，母亲妻子都同一心，将贼毒骂，一齐尽节而亡。众贼叹息一番。③

《铁冠图》第二十回：

蔡爷道："事势至此，有死而已。"应时中见他说出此话，正与

---

① 江左樵子编辑，钱江拋生批点《樵史通俗演义》第三十回，第226页。
② 江左樵子编辑，钱江拋生批点《樵史通俗演义》第三十回，第229页。《新世鸿勋》第十二回（第241页）对此事亦有记载，文字相似。
③ 松排（滋）山人：《铁冠图》第十二回，《古本小说集成》第一辑，第85页。

自己同心，一齐与蔡懋德向北跪辞万岁，又拜了帝君，忙解下丝带，在梁上自缢。①

《新世鸿勋》第十二回：

> 兵部右侍郎守德胜门，见贼大骂道："逆恶无天，恨不得斩你千刀万剐。"贼将李岩大怒，教手下砍为数段……王御史亲手把石块来击下，杀了七八个贼兵，怎奈贼众愈多，王御史被擒。贼将牛金星教降官来说道："王御史若肯早降，自当重用。"王御史骂道："尔这无父无君的贼子，不知报效朝廷，反来说我降贼。"骂不绝口，贼兵持刀乱砍，跌倒在地，口里只是大骂。牛贼大怒，教手下登时打死。正是：丹心似石今何在，惟有忠魂遍九州……②

除了通过故事本身进行赞扬之外，时事小说作家们还采取了多种方式直接对忠烈进行赞美。一是通过韵文进行讴歌，如卷首诗词和行文之中插入的诗词。这是所有时事小说的作者们普遍采用的一种方式，在小说里出现的频率也是最高的。《剿闯小说》为了旌扬为国尽忠的英雄们的事迹，在第二、三回中用近两回的篇幅一一列举死难者名册，列举尚不足以尽其情，就用韵文的方式对其歌颂。比如，第二回中有《弟王芳洲侍御》《弟金伯玉驾部》《草莽孤臣吊越郡三忠赋》等。《草莽孤臣吊越郡三忠赋》称："江河塞兮路无罅，乔岳倾兮势土崩。军民丧兮弃原野，重华逝兮泣苍梧。正节求兮有谁者，比干剖兮箕子囚。为捐躯兮报君也，忠之烈兮义之尽。名之高兮并之寡，志馥馥兮久弥章。"③ 时事小说中的诗歌韵文起到的是直抒胸臆的作用，是作者对所述人物言行的价值判断，有时也是作者自己政治志向、情感立场的表露。《樵史》第二十四回中，在崇祯为东林党人平冤、拨乱反正之后，作者写道："忠魂一一得雪，海内人人瞻

---

① 松排（滋）山人：《铁冠图》第二十回，《古本小说集成》第一辑，第143页。
② 蓬蒿子：《新世鸿勋》第十二回，《古本小说集成》第一辑，第236~237页。《新世鸿勋》此回下面还有描述各忠臣的贞烈事迹的文字，近3000字，此处不再赘述。
③ 西吴懒道人口授《剿闯小说》第二回，《古本小说集成》第三辑，第62页。

仰。有诗为证：死忠自了为臣事，岂恋褒封纸一张。遭遇圣明颁异数，辗然含笑在泉壤。"①

二是通过抄录英雄人物的奏疏、书信，借以表现他们的雄才大略。如《新世鸿勋》第八回中的进士任流两次上书；第十七回中的吴三桂之檄文。《樵史通俗演义》第一回中的方震孺、杨涟诸官员的上本和天启的批文；第二回中的熊廷弼的两次上本，御史江秉谦的上本，吏科给事中侯震旸的上本；第三回中，壬戌科新状元文震孟才授得翰林院修撰，就上勤政讲学一本；第五回中，巡边阁老孙承宗是将相之才，与叶阁老原彼此推重，不相龃龉，曾上一本为边屯大计，叶阁老极口称赞，道是"昭代第一边本"；第七回中，杨涟上本，魏大中上一公疏；第二十四回中，翰林院编修倪元璐上了一本，后倪元璐已蒙圣旨升翰林院侍讲，为《三朝要典》又上一本；第三十二回中，史可法两次上书；第三十四回中，史可法上本；第三十九回中，史可法上本，左良玉草檄文。

三是采用尊敬的称呼。时事小说中，对忠烈之士的称呼十分尊敬，可随处得见，在此不必赘述。

四是朝廷的嘉奖。为了激励人们也能像时事小说里的英雄一样尽忠报国，作者们在讲述、赞扬英雄们的事迹之余，没有忘记叙述朝廷的嘉奖与抚恤。如《樵史》第三十三回：

> 礼部是钱谦益大堂，会同翰林官，把北京死难文臣二十二人，勋臣二人，戚臣一人，俱给祭葬、赠荫、祠谥，拟定了一本，弘光就批准了。②

不少时事小说用详尽的语言表彰死难文臣和勋臣，在文中用不惜笔墨来记述了这些臣子得到的忠谥。

与卖国求荣、丧名辱节的明末官员相比，时事小说还着重凸显了普通小人物的节烈，如小官吏、义士、义仆、孝子、节妇、烈妇等。时事小说

---

① 江左樵子编辑，钱江拗生批点《樵史通俗演义》第二十四回，第183页。
② 江左樵子编辑，钱江拗生批点《樵史通俗演义》第三十三回，第251~252页。

《剿闯小说》第三回"伪相藉地点朝官，忠臣捐躯殉圣主"中记录了吴县文学许玉重死节的始末：

> 先生讳瑛，住长洲县望亭杨树园村。于四月二十七日入城，闻京师破陷，呼天痛哭曰："我命当尽，岂忍恋乡苟活。"即挈妻孥寓西城季弟玉瑛家，誓以身报君。至五月初，知先帝遭变既确，大恸求死，题诗云："正想捐躯报圣君，岂期灵日坠妖氛。中魂誓向天门哭，立乞神兵扫贼群。"
>
> 初十夜解带自缢，家人力救得醒。十一日辰时，密往福济观暗室投环，遇陆道士知觉，复救活。随往胥江深水处，惊动潞藩，命李内相叫水哨兵捞起，至丁钺武家。钺武留至堂内，时欲奔外赴河。将"崇祯圣上"四字，遍身写满，宛转哀号。四邻进观，无不流涕。钺武伴宿二日，于十三日晚往报乃弟，哭劝方归。投水复体受重伤，不能复出。及哀诏到。家人恐其有变，不从与闻。适一友于二十六日早过候，言哀诏到久。先生闻之，一恸几危，遂绝粒。家人慰解，先生云："圣天子如肯修亡，我何忍下咽？"二十八日，饿极作呕，无力举笔，口授一诗："平生磨砺竟成空，国破君亡值眼中。一个书生难杀贼，愿为厉鬼效微忠。"①

《海角遗编》第三回"贤太史见危改节，劣知县闻变挂冠"讲述了一个乞丐殉国的故事："南京百川桥下一乞儿吟诗曰：'三百年来养士朝，如何文武尽皆逃。纲常留在卑田院，乞丐羞存命一条。'竟赴水而死。"②

《剿闯小说》第四回还讲述了一个义仆的故事：

> 癸未进士武愫未选伪职时，先托伪官夤缘求选，遣家人往亲友处索吉服。家人大恸曰："奴闻：'主忧臣辱，主辱臣死。'今皇上已崩，主翁不奔丧哭临，已出奴之不意矣。乃今欲取吉服，想为见新君

---

① 西吴懒道人口授《剿闯小说》第三回，《古本小说集成》第三辑，第99～100页。
② 佚名：《海角遗编》第三回，《古本小说集成》第二辑，第8页。

而用乎？主翁生平忠孝，今奈何为他人所误也？"遂叩头出血。武愫终不听。家人对人曰："我主翁为利所惑，不听吾言，后必有悔。况李贼贪淫无道，上干天怒，下拂人心，不久且自败矣。吾不忍见主翁之失所也。"后遂不食而死。①

《海角遗编》在第十三回以后主要讲述常熟人民在严子张率领下反剃发而英勇抗清的故事，同时也讲述了江阴、苏州人民反剃发的故事。这种民间自发的抗清斗争，却表现了明朝官吏都少有的勇气和斗志。

中国古代常以女德比拟臣德，以贞女不事二夫来比拟大臣对皇帝的绝对忠贞。时事小说中就描述了诸多平凡烈女的故事，以女子之贞烈讽刺变节偷生的官员。《新世鸿勋》第十三回就讲述了一个智勇双全的宫女费氏如何杀贼的故事。

　　（李闯军队破城之后）搜集诸宫人，只拣姿色美丽的，每贼首各占三十人。有宫女费氏，年方二八，见贼搜捉，连忙投井，不料井水枯竭，卒急里不能够淹溺。贼众听得井中声响，忙唤贼兵捞起。贼众见他生得十分标致，互相争夺。那宫人心生一计，对众贼哭告道："我乃是长公主，尔们不得乱动，必报知闯王，但凭闯王发落，然后相从。"宫人的意思，却是乘此机会，要暗图闯贼，以雪大恨。谁知报了闯贼，闯贼即教来面审讯，那李自成把费宫人仔细一看，便道："我看你姿容艳丽，动止幽闲，态度虽出常流，但非真正公主。"那宫人终是深宫女子，那（哪）里辨白得这狡贼。过来口里支吾，却被自成赏与罗姓贼将。罗贼不胜大喜，便呼手下取轿一乘，把宫人抬到伪府里去成亲，宫人对罗贼哄道："妾年尚幼，实为玉叶金枝，岂可苟简成礼。望将军择吉而行，那时任将军所命。"罗贼听说，十分大喜，果然选下吉期，宰猪杀羊，乐人鼓人，叮叮咚咚，备起筵宴。众贼齐来贺喜赴席，宾主吃得醺醺大醉，众贼辞别而去。罗贼刚进房帏，正要与宫人成其夫妇，被宫人暗藏利刃，向罗贼咽喉狠刺一刀。

---

① 西吴懒道人口授《剿闯小说》第四回，《古本小说集成》第三辑，第 126 页。

翻手来自勒其颈，两个一齐死在房里，闯贼也怜其贞烈，教手下抬尸埋葬。后人有诗赞曰：给贼拼生贞烈姬，心如铁石岂能移。恨无灭贼回天手，剥尽奸臣万劫皮。

此回中，还有一些普通人家的妇人坚守贞烈的记载。

再说一妇人张氏，却是长班吴奎的妻子，生得美貌，且是贞烈。被贼党杀到家里，丈夫又值往外，妇人心下慌张，便向屋后池中浅处藏身。贼见绝无人迹，只劫了些财物出门去了。张氏即向池中出头，往寻丈夫，恰好中途相遇。还未曾诉说因由，又被一队贼人冲散，张氏只得仍走归家，被一贼拿住，至晚被他奸污，贼人熟睡去了。张氏心中恼恨，只听得丈夫在门外叫一声，叩门两三下，张氏悄地起来，开了门，便低声对丈夫说知，有贼在内。两人狠把朴刀向床上乱砍，那贼登时剁了肉酱。看贼被囊里，倒有许多金银宝贝，便拿来放在包裹里头，且弃了房屋逃避另处。走到半路，见有一口井在路旁，张氏对丈夫道："妾闻烈女不更二夫，昨夜偷生苟活，惟恐丈夫不知下落，今既得一面，又得财宝，死亦甘心矣。"说罢即欲投井，吴奎连忙劝阻，张氏道："君虽不罪妾，妾亦何面苟且生于世乎？"竟投井而死。

生药店主潘鹏，家资数万，妻子徐氏，就是宛平县举人的女儿。又讨一个偏房杨氏，却是个临清妓女，一妻一妾，如花似玉，快活过日。那杨氏时常里或于花朝月夜，或在酒席之间，弹动冰絃（弦）令人神思飞越。不期灾祸来临，京城攻陷，潘鹏无可奈何，只管对妻子大哭，徐氏道："贼兵奸滢日甚，妾等只是有死而已。"便买砒霜和入酒中，两妇相约道："若是有变，我们一齐饮下。"忽地里两贼杀进门来，潘鹏吓得无处躲避，便向天花板上去，扒进闪过。两妇正要把酒来饮，被贼乱砍，不及举杯，贼见两人美好。便千方百计，要求劝合。徐氏一个转身，抢得一杯饮下一杯，贼见壶中有酒，案间有肴，不胜欢喜，便另酾一杯劝徐氏，徐氏正要求死。又呷了一口，不觉面上发红，腹中疼痛，倒身而睡。那贼便道："想是娘子量不胜酒，一杯便醉。"口中是这等胡言，心下想道："不消说起，瓮中之鳖矣。"又劝杨氏饮酒，杨氏道："贱妾索性不饮，若承二位将军，多情眷念，不弃村鄙，请满酌此杯。"便酾两大碗劝贼，二贼见壁间琵琶弦子，又见杨氏丰姿潇洒，料必风月中人。便道："承娘子厚情，必求妙音，方能侑我一觞。"杨氏道："拙技恐污清听，但将军尊命，贱妾怎敢固辞。"便把琵琶来，按金徽，调玉轸，不伦伦弹一曲凤求凰，果然曲韵悠扬，歌声宛转。喜得那二贼眼花没缝，乐不胜言，便把那碗酒来都吃得个尽。正觉酒酣兴到，要做没廉耻的勾当，忽然腹中大痛，顷刻间面青唇紫，七窍流血，直僵僵呜呼哀哉矣。那潘鹏在天花板内看见了，即跳下地来，到后边羊牢里，牵一只羊来，杀取鲜血，灌入妻子徐氏口中。徐氏腹痛即止，渐渐苏醒，向丈夫说道："一般毒酒，我得不死，想是天意有救。"潘鹏道："一来是天祐善人，二来砒石性重沉底，娘子先饮，饮亦不多，更得羊血之力，是以无恙。那二贼天使其亡，不由人巧。"因此急急收拾财帛，二氏并打扮男装，同避他处。后来吴将军兵到，方得逃出京城。

又一烈妇王氏，丈夫吴信，住京城齐化门外，开各（个）面店。王氏生得十分标致，性子刚烈，被贼兵数十杀进门来，将吴信绑缚拷打，要银一千两，遍身受伤，喊声不绝。王氏已知不免淫污，紧闭房门悬梁高吊，一贼斩门而进，急忙解下，贼见王氏姿色，便将言语温柔千方劝慰道："娘子何若如此，若肯从我，任你要怎样富贵，不愁不遂心念。"王氏心中恼恨，默默无言，痴痴如醉。贼即强奸，恣其滢污，把舌尖伸入王氏口中，王氏只得任凭丑态。贼把舌头伸缩无数，王氏恨极，狠下一口，把贼人的舌头，齐根嚼断。贼负痛已极，恶向心声（生），把刀对阴户戳入，直破胸膛而死。贼口含鲜血奔出，打讦吴信的贼伙还迫索未休，见贼口喷血，问道："为甚缘故？"那贼回言，一个字儿也说得不明白。众贼疑是神鬼作祸，尽散而去。吴信方得解脱，见妻杀死，晓得是神鬼之故，哀号营殓。其断舌贼喷血如注，头胀如斗，逾时气绝。

一独脚贼身骑匹马，哨至一村，村中的人家，尽数逃去。止（只）有李家婆媳两人，却是个寡妇，不曾走动，贼杀进门来，讨酒饭吃，便戏弄少妇，少妇道："将军远来，料已饥渴，妾当整治酒食。"即拿烫酒一大壶，担些现成鱼菜，摆在桌上，叫声"将军请坐"。贼想道这寡妇人家，没有一个男子，今夜必得恣我之乐。因是把酒来尽量而饮，不觉酣睡如泥。婆媳两人商议停当，烧下一锅百滚汤来，先咳嗽几声，试那醉贼的动静，那贼全然不觉。婆媳两人又放心不下，把一个铜盆，向地上一丢，响声大振，醉贼鼾卧如故。那时婆媳两人，把条麻索来，悄地里将贼人的两手两足扎定了。然后把百滚汤，搯入桶里，老妇捧着，向贼人头顶上乱泼，直泼到胸腹小肚，少妇挺起着钢枪乱戳，登时里烫得那贼遍身稀烂，跳跃而死。①

还有女兵作战，拔刀自刎，为国殉节的故事，如《铁冠图》第二十七回写道：

> 第三队贼兵冲杀上来，约有雄兵三万，勇将百员，把白氏夫人等一齐围住，鸟枪弓箭，四面打来。可怜白夫人身中带病，又战了半夜，力尽筋酥，两口刀似有千斤多重，近身兵将只有几人，身士（上）又中了数箭，自知不免，仰天大叫一声："婆婆，老爷！妾身不能相见了。"说罢，把刀向颈一割，正是：可怜一阵东风过，吹落桃花满地红。
>
> 剩下的家将女兵，见夫人自刎落马，同大喊一声，一个个拔（拔）刀自杀……②

在君为臣纲、夫为妻纲的封建社会里，士大夫常以女子之守节比拟大臣之尽忠，清初时事小说通过对女子贞节与小人物殉国的描述，表达了对卖国失节大臣的鞭挞与不满。

五 故国情思

清初时事小说以各种隐曲的形式寄托士人对故国的哀思，这种哀思主

---

① 蓬蒿子：《新世鸿勋》第十三回，《古本小说集成》第一辑，第 259 ~ 261 页。
② 松排（滋）山人：《铁冠图》第二十七回，《古本小说集成》第一辑，第 185 页。

要表现为：一是虚构情节以表达情绪；二是对崇祯殉国的哀伤。从《海角遗编》的激昂抗清，到《樵史通俗演义》的平静反思，到《铁冠图》明亡清兴的命定论，再到《新世鸿勋》对清朝的阿谀奉承、歌功颂德，清初时事小说的发展脉络体现了清初士人虽心怀故国，但迫于现状，逐渐认同新朝的复杂的心路历程。

1. 虚构情节表达情绪

时事小说的作者宣称以写实存史为己任，但书中仍存在着不少的虚构，这些虚构大多是有目的、有意图的，反映了作者的情绪和内心微妙的感受。虚构大致分为两种：一种是虚构情节，丑化人物形象；时事小说的作者用这种方式表达了自己的态度：对以下犯上的农民起义军首领和丧节卖国权奸的痛恨。另一种则虚构玉帝神鬼、天道轮回的世界；作者用这种方式表达对误国变节权奸的惩罚和对以清代明事实的无可奈何。

关于李自成的出身，史书记载甚少，作为影响历史进程的一代风云人物，《明史》在列传中如此记载李自成："不好酒色，脱粟粗粝，与其下共甘苦。汝才妻妾数十，被服纨绮，帐下女乐数部，厚自奉养，自成尝嗤鄙之。"① 但清初时事小说有很多对其丑化的内容。

《铁冠图》第一回写李自成出身，将其写成丧心病狂、活埋父母的"杀星魔王"。《樵史》通过对李自成三任妻子的描述，对其丑化也有过之而无不及。他的结发妻子韩金儿为娼妓出身，具有强烈的性欲，李自成无法承受其纠缠，被迫外出以避之，但她在李自成外出"隔不上五六日，把小厮李招收用了"。② 在李招仍然不能满足她强烈性欲的情况下，韩金儿又与光棍盖虎儿勾搭成奸，李自成从外归来时发现奸情，怒而杀之，后为艾同知所捕，又怒而杀之，于是李自成走上了背井离乡之路。这就是李自成最终走上起义之路的重要一步：杀妻逃难。李自成第二任妻子邢氏也是一个淫荡货色，先是与高如岳相好，后又跟了李自成。李自成仍然不能满足邢氏强烈的性欲，于是邢氏与高杰偷情并私奔，后来高杰携之投靠了明廷。③ 李自成第三任妻子窦氏，是皇宫宫人，但在李自成生病期间，与

---

① 《李自成》，张廷玉等撰《明史》卷三〇九列传第一九七，第 6397 页。
② 江左樵子编辑，钱江拙生批点《樵史通俗演义》第二十二回，第 163 页。
③ 江左樵子编辑，钱江拙生批点《樵史通俗演义》第二十八回，第 213 页。

其侄儿李过发生乱伦。李自成在临终前发出歇斯底里的叫喊："为何咱的老婆，个个要偷人的。结发老婆偷了汉子，被咱杀了，邢氏跟了高杰走了。你如今堂堂皇后，又想偷侄子么！气杀我了！气杀我了！"① 在李自成起义中，小说对其三任妻子的淫荡和不贞的描述，是作者的良苦用心所在。作者让小说中的李自成备受妻子不贞的煎熬，而且是一而再再而三地让李自成的妻子重复同样的事情，最终以李自成被窦氏偷情气死为结局，从而达到对李自成内心的深刻鞭挞。李自成登基在时事小说作者的笔下也充满了魔幻色彩。李自成登基时，忽觉"九龙墩的那九条龙一起张牙舞爪扑将上来，又见殿角下有无数鬼怪吓得失魂，太（大）喊一声跌落在九龙墩下"。② 李自成跌下御座、伪官被雷公劈死，这是以鬼神迷信示其大逆不道，表达对他们的恶毒诅咒。这些情节显然是虚构，但是表达的是作者真实的态度和情绪。

除李自成外，时事小说对其他的以下犯上的农民起义军首领同样愤恨，并执污蔑之词，如对白莲教起义中丁寡妇的描述。丁寡妇的原型应为明永乐年间的农民起义领袖唐赛儿。理由有三：（1）二者均为女性，均为山东人：一为蒲台人，一为郓城人；（2）二人均为白莲教领袖；（3）二人都会一些神仙道术。在《樵史通俗演义》之后出现的《女仙外史》，将唐赛儿作为正面人物形象来塑造，而《樵史通俗演义》中的丁寡妇则是作者贬斥的对象。白莲教中的丁寡妇，从其教规和行为来看，用"淫荡"一词来概括，一点不为过。她的教规是"凡入了这教……就是汉子、老婆，也大家可以轮流换转，不像常人这样认真。故此叫做白莲教，又叫无碍教"。③ 好一个"就是汉子、老婆，也大家可以轮流换转"，钱江拗生对此批点道："此处宜着眼，便白莲教的根脚。"④ 该书中还有雷老儿偷窥丁寡妇玩妖术的情节，只见她将两个纸人变成两个大活人，然后和其母各自搂着一个上床云雨。徐鸿儒在丁寡妇处小住两夜，"和丁寡妇颠鸾倒凤，

---

① 江左樵子编辑，钱江拗生批点《樵史通俗演义》第四十回，第301页。
② 松排（滋）山人：《铁冠图》第四十二回，《古本小说集成》第一辑，第309页。
③ 江左樵子编辑，钱江拗生批点《樵史通俗演义》第四回，第26页。
④ 江左樵子编辑，钱江拗生批点《樵史通俗演义》第四回，第26页。

自不必说"。① 在这里，时事小说的作者用了在封建时代妇女最在意最忌讳的品德——淫荡来污蔑和攻击他心中痛恨的女性农民起义领袖。

时事小说还用虚构情节的方式表达了对明亡清兴事实的认命和无可奈何。《新世鸿勋》在开端小引中就表达了全书的总体观点："国家治乱，气数兴衰，运总由天，复因人召。"② 这就是说国家治乱兴亡总的运气是由上天决定的，作为个人只能认命。接着还具体阐释了此种观念，崇祯帝后乃触犯天条被贬下凡的牛郎织女，遭难万姓，乃上帝打入"刀兵劫"内的亿万冤魂，一切劫难都是宿命。《樵史》则表达了天命循环观，它在第一回写道："自古国家治乱兴亡，虽是天命循环，若一味靠天过日子，尧、舜枉了做圣主，桀、纣落得做暴君。"③《新世鸿勋》则是将崇祯帝后看作牛女二星，把李闯的农民军起义视为作祟凶神，明亡清兴是气数使然，这就解释了为什么崇祯励精图治仍无法摆脱亡国命运的原因。作者在开篇第一回总论全书的构成时说道：

> 前半篇称大清开国之盛，圣主当阳，官清吏治，万民乐业，熙熙皋皋，如际唐虞。后半篇说那流寇逆天不道，反乱了一二十年，杀害多少百姓，倾覆了明朝社稷，究竟不成大事。身遭刑戮，反使乱贼之名，流传不朽。岂不是个小人枉了做小人，那（哪）得不教人耻笑。大抵帝王授禅，原是天命所归，焉可用强争夺，即一饮一啄，莫非前定，况且是掌握山河的大权，顶立乾坤的神器。只因迷昧此心，所以肆无忌惮，今略陈始末，乃见因繇……
>
> 话说混沌既开，三才定位，阴阳既判，人鬼攸分。三才各有主者，上界为玉清上帝，中界即皇帝，至尊下界乃阎罗天子。皇帝至尊纪纲天下人民，下界阎罗总摄幽冥鬼魅，惟上界金阙昊天兼三界而统御之，所以其尊无对。那阎浮世界人道的众生，生前作善的，死后上升天府。作恶的，死后下堕阿鼻，或还生人世，或富贵、贫贱，或寿

---

① 江左樵子编辑，钱江拗生批点《樵史通俗演义》第四回，第 27 页。
② 蓬蒿子：《新世鸿勋·小引》，《古本小说集成》第一辑，第 1 页。
③ 江左樵子编辑，钱江拗生批点《樵史通俗演义》第一回，第 1 页。

天贤愚，种种不同，只看他生前作过福业，是怎么样的……①

自那日蒙上帝玉旨发到阎罗殿下，阎君即便奉旨——判生人道，各去投下母胎，陆续忝差托生阳世。那月孛等九个凶神，带领了随从妖星马匹，一齐就在那大雪中下界，也去托生人类。所以各处有许多异迹，原来是这等缘故。正是：奇形见出非无故，只为妖魔下九天。四散托胎投母腹，将来煽祸了前愆。凶神四下投胎，且按下不题。②

第十五回解释崇祯非亡国之君，最终却亡国的原因。

痛念先帝后十七年内，惕虑忧勤，到后来是这场结果，天下民心无不嗟怨，天道渺茫，全无报应。玉帝道："牛女二星，向因微谴，谪下尘寰，托入王宫，尊为人主。不意中界人民，向来作孽深重，大数劫临。三十年曾遣月孛罗计等凶星下临凡世，勾销罪犯。以致波累牛女二星，兼有无辜人众。大遭玉石俱焚之惨，今月孛等辈，却在凡世恣肆枭凌，荡不知返，杀害愈甚，虐及无罪。人民已过其数，朕心恻悯焦劳，特召众卿商议，如何征剿，收回凶煞，以奠下方，卿等须仔细商计停妥，然后来奏。"③

最后，《新世鸿勋》在第二十二回以崇祯帝亲自托梦的方式表达明亡清兴乃气运使然的观念，表达了明遗民无可奈何的幻灭感和认命观。

张真人法事虔诚，上通天帝，到第四十几日完满之期，子初三刻，伏坛面圣，上诣天庭，神游金阙。玉清上帝御临宝座，真人俯伏金阶奏道："大清国皇帝，开疆伊始，仰叨默佑之恩，命臣代申奏谢。但愿皇图巩固，比日月而同光；国祚绵长，与乾坤而共义。凡居覆帱，并荷帡幪，臣等无任瞻仰之至。"玉帝听奏，开颜微笑，降玉

---

① 蓬蒿子：《新世鸿勋》第一回，《古本小说集成》第一辑，第3~4页。
② 蓬蒿子：《新世鸿勋》第二回，《古本小说集成》第一辑，第26~27页。
③ 蓬蒿子：《新世鸿勋》第十五回，《古本小说集成》第一辑，第313~314页。

旨道，中界明朝国运将终，向有妖星降世，二十年来，生灵涂炭已极，今气数已满，赖有长庚济世，业将妖恶渠首戮诛，其诸同类，陆续收入天曹矣。卿须回奏中界国主，太平之盛，景运于此方新也。真人领旨，拜辞出天门，坛前俯伏已觉，述与众人知道，众人里面有一人道："前日长公主梦中，见先帝仗剑逐贼叮嘱道：八千零六十三万数将完满，只在目下取足这句话，今合天帝付嘱，显是气运使然。"①

这种以清代明乃天道循环的无可奈何的天命观，与丁耀亢的《续金瓶梅》和李渔的《奈何天》表达的情绪一致。这是清朝日益稳固，复明希望逐渐破灭后清初士人的普遍心态。

而《铁冠图》不仅显示作者对以清代明事实的认可，而且开始讨好新朝，对其歌功颂德。《铁冠图》以明初铁冠道人的歌和图作为线索贯穿全文，充满着宿命论色彩。《铁冠图》第一回就讲到铁冠道人歌：

张也败，李也败，败出一个好世界。此歌系明初铁冠道人所作。道人即张子华，名冲。好戴铁冠，极有道术。太祖尝名（命）他入宫，问其国祚长短。道人答道："陛下国祚长久，传至万子万孙才尽。尽头事迹，与我这图画一般。"随把手中图画三张，进呈御览。太祖看罢，命藏之金匮，亲笔封写："子孙无故不得擅开！"②

该小说最后第五十回，以三幅图总结明亡清兴的历史教训，认为以清代明乃是天意。

（清朝建立以后）（偃）武修文，天下悦服。从此劫运已满，泰运已开。历数绵长，正应着铁冠图第三幅，"天下万万年"五个字，乃是明白易晓的。若第二幅，一人披发悬梁，乃应崇相皇（崇祯皇

---

① 蓬蒿子：《新世鸿勋》第二十二回，《古本小说集成》第一辑，第 443～444 页。
② 松排（滋）山人：《铁冠图》第一回，《古本小说集成》第一辑，第 2 页。

帝）自缢之象。若第三（一）幅，彩云托着天将，乃应杀星降世之象。十八个孩儿，即宋炯所言"十八孩儿当三（主）神器"之意。又铁冠道人所作的歌，所谓"东也流，西也流"，乃应流贼劫掠之事，所谓"流到天南有尽头"，乃应宏（弘）光帝江南殄灭，李贼湖广丧命之谓。"张也败，李也败"，乃应张献忠、李自成不成大业之事。所谓"败出一个好世界"，乃应败了流贼，才有今日风调雨顺，国泰民安的好世界也。这部书名为《铁冠图全传》，固（故）而即名为"铁冠图注解"亦妙焉。①

在这三幅图中第三幅将清朝代替明朝描述为"天下万万年"，铁冠道人所作预言歌"张也败，李也败，败出一个好世界"，将清朝称为"万万年""好世界"，已经显示作者不仅认同了以清代明的事实，而且有讨好新朝之意。

2. 对崇祯殉国的哀伤

在封建王朝，忠君与爱国通常是一致的，在这样的语境之下，崇祯帝更多的是作为一个代表明朝汉族伦理的文化符号而存在的。对崇祯帝深怀的情感，在很大意义上就是对故明的情感。崇祯即位之后，励精图治，除奸扶正，曾一度唤起振兴明朝的激情和希望。《新世鸿勋》第二回载：

> 崇祯爷英明刚断，便把逆贼魏忠贤诛戮了，那时把贼肝肠煮得糜烂，喂饲犬马，收贼骸骨磨为斋粉，扬作尘沙……又把他的一门诛戮，阉族全除，及许多干儿子，并奸佞党恶，分别凌迟，斩绞。分明是再整乾坤、重开日月，管叫他人心大快，朝野欢腾。正是：一时殄灭权珰焰，万国欢呼圣主明。自魏贼肆虐之后，朝纲废弛，国政凌夷，赖得崇祯爷，惕励忧欢，宵衣旰食。大臣时时召对，民事刻刻关心，裁决万机，力为图治。因是天下人民，交相称庆。②

---

① 松排（滋）山人：《铁冠图》第四十六回，《古本小说集成》第一辑，第 387~388 页。

② 蓬蒿子：《新世鸿勋》第二回，《古本小说集成》第一辑，第 33~34 页。

但是就连这样的皇帝都没能挽回明朝覆灭的命运，以至于《新世鸿勋》的作者不得不从命定论上为之开脱，甚至将崇祯帝后视为因犯了小错被谴下天庭的牛郎织女，如该书第十五回道：

> 痛念先帝后十七年内，惕虑忧勤，到后来是这场结果，天下民心无不嗟怨，天道渺茫，全无报应。玉帝道："牛女二星，向因微谴，谪下尘寰，托入王宫，尊为人主。不意中界人民，向来作孽深重，大数劫临。三十年曾遣月孛罗计等凶星下临凡世，勾销罪犯。以致波累牛女二星，兼有无辜人众。"①

不少清初时事小说对崇祯帝殉国一事进行极力渲染与反复描绘，甚至读起来让人泫然落泪，其中就蕴含着作者浓厚的故国情思。如《铁冠图》第四十一回道：

> 万岁闻言，面目变色道："流贼进城，空有许多文武官员，全不替国家出力，这便如何是好？"王承恩劝帝快寻生路逃走。帝意欲回宫，嘱咐娘娘几句，再走不迟。行了几步，复歇脚一想道："凭地去吧。"翻转身来出了宫院，王承恩紧紧跟随。出了东华门，穿街过巷，一路上问王承恩道："我君臣二人，往哪里去好？"王承恩道："圣上不必先定地方，但求闯得出城，便可投奔别处。"一面说着，已奔至东城齐化门了。王承恩对守门官史呈庆说道："有紧急军情，快开城调兵取救。"守门官取索令箭为凭，若无令箭，虽皇帝亲到也不敢开。万岁无奈，叫王承恩上前直说。王承恩即对史呈庆说道："这是当今圣驾，还不快开城门！"史呈庆说："王老爷，你越发糊涂了，卑职从未见过万岁的金面。况这位官长，不是皇帝妆扮，如今流贼破城，龙蛇混杂，真假难分，此门决不开的。"王承恩大怒，拔出宝剑，史呈庆一见逃去。君臣二人，急得没法，不得已往北循墙而行。到了东直门，谁知守门的都受了奸贼买嘱，依旧不肯开放。君臣

---

① 蓬蒿子：《新世鸿勋》第十五回，《古本小说集成》第一辑，第313～314页。

无奈，又奔安定门来，仍复一样，不能出城。崇祯皇帝道："如今暂且回宫，再作商议罢！"

王承恩领旨，随驾回宫。娘娘、太子、公主俱面带泪痕。周娘娘问道："万岁，外边流贼消息如何？我主还要早寻出路，以免临时落难。太子、公主俱各年幼，还要替他寻个着落。"万岁闻言下泪道："御妻，贼破京城，大事去了。不料祖宗传下的锦绣山河，一旦失在朕手。国君死社稷，理之当然。御妻你平日深明大义，必有一个主意。"娘娘道："妾为万民之母，理当殉国，怎敢贪生？"说毕，流泪叩头道："妾不能奉侍左右了，愿我主早奔外省，以图恢复江山。妾死在九泉，也得瞑目。"万岁连忙扶起，大哭失声。太子、公主见娘娘举步起行，一齐扯住，哭做一堆。娘娘恐怕恩爱牵连，有误终身大事，用力挣脱，进了宫门，闭户自缢。

宫娥回报，万岁大哭一番。回头见太子、公主滚地乱哭。皇上一见，痛上加痛，心下暗想："皇儿年幼，到底是个男子，或者投奔外省，可以安身。"随指着公主道："唯是这个孽障，逃又不能逃，留之反为不美。"思想一番，不如早下毒手，以绝后患。拔剑在手，咬齿皱眉，一剑斩中公主左臂，跌倒在地。太子一见，向后宫跑去。宫娥们一齐四散，万岁必（心）伤手软，剑脱在地。忽见四五十个宫官，跑入跪报："万岁还不快走！襄城伯李国桢在西江米巷与贼交战，杀了贼将高迎祥、陈永福，谁知贼多兵少，失机逃走。如今流贼围困大明门，将进里城来了，乞我主早寻脱身之计。"万岁闻言，吩咐宫娥太监，各自逃生，免落贼手，说罢，出了皇宫而去。

王承恩看见宫内无人，只剩一个带伤公主，在地大哭。自己不觉泪如泉涌，急得无计可施。恰见一个内监高时明自外跑来，找寻万岁。王承恩就叫他把公主背将出去，寻个安身之所，休要落贼人之手。完了一宗心事，然后自己跑出，寻着主上。主上就问："宫里的人可散尽了么？"答道："宫人俱各散尽，连公主交付高时明背去了。"皇上点头道："凭他们去罢。只有一件，朕今日要遁他方，必须抛离祖业，你跟朕到太庙辞别宗祖，然后再寻脱身之计。"随过了五凤楼，君臣们出了午门，入了太庙，走上奉先殿，洗手拈香，跪在太祖神位前，眼含痛泪，暗暗祝告了一回。又从太祖自成祖以下，挨着神位，俱各拈香。叩拜已毕，对王承恩道："朕祖宗何等英雄，何等兴旺！今日传至朕躬，把万里山河一旦送与贼人之手，叫朕死后有何面目见祖宗于地下？"忽然想到流贼，不觉龙眉倒竖，心中暗想："流贼这回攻破城池，必然焚毁朕的太庙。如今何不将宫殿、仓库先自烧了，大家不得，岂不是好。"又转思："如今朕若一烧官库，流贼得个空城，必然大怒，动手杀害百姓，众百姓岂不含怨于朕？不如留下宫殿、仓库，叫他留下朕的太庙，休杀朕的子民。"即命王承恩取笔砚过来，叫磨浓墨，提笔走向墙上，写下四句大字：朕与你留宫殿，你与朕留太庙；朕与你留仓库，你与朕留百姓。

写罢，眼望外边，叫声："李自成，你若依朕言语，朕死亦瞑目！"忽闻喊声渐近，知道紫禁城难保，连忙出了太庙。王承恩领着龙驾，望东掖门而走。是时，忽有一群逃难的人，嚎哭乱跑。万岁一见，只道是一伙流贼，转身就走，说："不好了，流贼来了！"那些人把君臣二人一冲，彼此不能相顾。万岁跌倒在地，忙挣（扎）起来。雁翎帽早已跌失，意乱心忙，披发向前急走。走到一道城门口，定神一看，才认得是小南门。僻静无人，城门紧闭，用石打锁不开，只得循墙而走。走到正南门上，也是如此。绕到东门，仍复一样。走了多时，两股觉得酸麻，没奈何坐在街地上。心里想道："王承恩不知去向，叫朕一个往那（哪）里去走？"意欲回去与贼拼个死活，又恐落贼手，求死不得，反为不美。左思右想，终无善计。仰天长叹声道："朕不必多虑了，就在此处归天罢！"

《铁冠图》第四十二回：

宋炯便教李闯传下一道旨意："各门严密盘诘巡缉，不论军民人等，有能将崇祯皇帝或生身，或死尸献出者，赏千金、封万户侯；隐藏不报者，一经发觉，全家诛灭；过期三日不得者，尽将满城之人屠杀。"此旨一下，即时传满城中，无人不讲此话，无地不去搜寻。那煤山短墙外，亦有一队人，一边搜寻，一边讲话。崇祯皇在里面听得明白，潜步走到墙边，拉了王承恩道："你不用在此探听了，你可听外面说，流贼把寡人拿得甚紧，不如挺身出去，任贼或剐或杀，免得带累我满城百姓。"

《铁冠图》第四十三回：

崇祯皇帝闻言道："朕有主意了，你且再出去看看，可有巡逻的贼兵来否？"王承恩此回出去探望，明知帝要自尽，不忍目睹，故意延迟许久，然后转回。果见主上自缢，心如刀割，两泪交流，跪下祝道："圣上慢走，王承恩保驾来了。"即时解带，在松树缢死……

去到煤山下，果见一个吊死在松树。所吊的系黄龙丝带，披发盖面，身穿蓝袍，右脚红鞋一只，袍帔写着几句红字诗词，系咬破指血写的：

朕自登九五，焦劳日万机。几年遭水旱，数载见疮痍。岂料潢池弄，竟将社稷危。诸臣实误我，百姓受流离。文武当杀尽，吾民不可诛。

反面又写了几句：

崇祯遗笔，晓谕自成：莫坏我尸，莫毁我陵，莫留我官，莫害我民。

高时明复进皇城，打听万岁消息。如今见圣上死得这个模样，哭得肝肠寸断。忽见右边又吊着一人，细看认得是司礼监王承恩。只见他面目如生，前襟写血字两句：国君死社稷，内臣随主亡。高时明一见，满眼流泪，上前一拜道："贤弟，你死得也好，流芳百世，难道我高时明就不如你么？阴灵可略等一等，大家跟随万岁去罢。"说罢，向帝尸叩了几个头，起身就对准一块大石，把头尽力闯（撞）死在地。好一个内监，正是：

可笑明朝受恩者，不及区区老年臣。①

---

① 以上引文详见松排（滋）山人《铁冠图》第四十一、四十二、四十三回，《古本小说集成》第一辑，第298~316页。

《樵史通俗演义》《剿闯小说》《新世鸿勋》也有类似的描述，不再一一赘述。封建王朝是家天下的体制，帝王即为国之符号与象征，对崇祯帝的深情与不舍，即对故明的深情与不舍。

六 天命观

崇祯殉国之后，痛定思痛的明遗民在总结亡国之因的同时，对偏安一隅的南明小朝廷寄予殷切的希望。但弘光贪图安逸、一心享乐的行为使明遗民彻底失望，此时，明遗民方认识到"弘光非中兴之主"，复明幻想逐渐破灭。《新世鸿勋》第二十二回写道：

> 再说福王，自河游避贼，渡过黄河，到淮安住扎。闻先皇帝的大变，未知天命所归。却在南京，尊称帝号，信任马士英专权乱政，大失民心。①

随着清政权的日益稳定，虽有不甘和不舍之情，清初士人逐渐承认了清朝的统治，用无可奈何的不可违的天命观来化解自己对故国的情感。《海角遗编》充满着激昂的抗清情绪和爱国情感。作者通过在其中保存慷慨悲歌、屈辱投降诸多史实，隐寓褒贬，以昭示来兹。在该书中，除用十几回的篇幅具体描写清军烧杀劫掠的暴行外，作者还通过每回的题诗和题词，以及大量的议论、说明，对清朝统治表达了强烈的不满，对变节降清者进行辛辣讽刺，而对举兵抗清的严栻等人则称颂备至。如其第三回《西江月》词骂钱谦益降清："科目探花及第，才名江左人龙。诗书万卷贯心胸，表表东林推重。南北两朝元老，清明二代词宗。贪图富贵兴偏浓，遗臭万年何用！"② 其第五十回引某生员试场题诗："满洲服式满洲头，满面威风满面羞。满眼胡人满眼泪，满腔心事满腔愁。"③ 这些都充满着激情昂扬的反清情绪。《樵史通俗演义》则更多将情绪压抑在了表面的隐逸和平静之下。如作者在《樵史通俗演义·序》中写道："樵子日存

---

① 蓬蒿子：《新世鸿勋》第二十二回，《古本小说集成》第一辑，第 444～445 页。
② 佚名：《海角遗编》第三回，《古本小说集成》第二辑，第 6～7 页。
③ 佚名：《海角遗编》第五十五回，《古本小说集成》第二辑，第 168 页。

山中，量晴较雨，或亦负薪行歌。每每晴则故人相过，携酒相慰劳；雨则闭门却扫，昂首看天。一切世情之厚薄，人事之得丧，仕路之升沉，非樵子之所敢知，况敢问时代之兴废哉？然樵子颇识字，闲则取《颂天胪笔》、《酌中志略》、《寇营纪略》、《甲申纪事》等书，销其岁月。或悄焉以悲，或戚焉以哀，或勃焉以忠，或忾焉以惜，竟失其喜乐之两情，久而樵之以成野史。"① 作者虽在其中刻意流露不问世事，自得其乐的情趣，甚至不乏自嘲，但最终还是为时事所触，"失其喜乐之两情，久而樵之以成野史"。这段序文隐含着作者深深的哀痛。樵子虽表面上说"敢问时代之兴废哉？"事实上，全书恰恰是在探讨时代兴废之因，终以"好好的江山坏于魏崔马阮之手"结尾，字里行间隐伏着作者深深的故国情思。

《海角遗编》的结尾只是呼唤和平的到来，期待结束人民所受的苦难。饱经战乱之苦后，"常熟之民已几无遗类矣"，"王父母黄旗招安"使"海上兵莫敢犯境，百姓重享受太平之福"。② 在他们的心中，虽有一些隐隐的不甘，但对新朝并没有歌颂，至多是开始从内心中认可清朝的建立，将故明亡国归为气数已尽，大运已逝。"世乱英雄终死国，运穷忠义总无功"，③ "由此人心稍定，沿海一带渐渐归服"。④《铁冠图》则以天意的命题化解了作者心中对以清代明的不甘与不满，对清朝虽心有不愿，但已然归顺，该书第四十六回甚至安排了崇祯帝亲自托梦给吴三桂，讲述以清代明实乃天定的天命观的情节。

> 再说三桂是晚梦见王承恩引去朝见崇祯皇帝。帝亲口对吴三桂说道："朕在世做了十七年皇帝，本来无甚失德，为何竟把江山失去呢，内中有个缘故。只因北方长白山，系宇宙间旺气所钟。前者上帝命天女佛库伦下降，在山下布尔湖沐浴，吞了鹊衔的朱果，孕生圣人。长白山东各姓，察戴他为君。违仙母命，把爱新觉罗四字为姓，日渐兴旺。数传至泽王，开疆拓土，国号满洲。薄于庆王原皇昌王，

---

① 江左樵子编辑，钱江拗生批点《樵史通俗演义》，序，第1页。
② 佚名：《海角遗编》第六十回，《古本小说集成》第二辑，第189页。
③ 佚名：《海角遗编》第五十九回，《古本小说集成》第二辑，第181页。
④ 佚名：《海角遗编》第六十回，《古本小说集成》第二辑，第187页。

曾孙福王，即天命皇帝的高曾祖考四代也。天命元年，即明万历四十四年，天命皇在位十一年，传子天聪。王在位十八年后改天聪十年为崇德元年，是年始改满州（洲）国为大清国。当今大清国主，乃崇德皇第九皇子。因前高曾祖修德行仁，天运江山归于大清。我明朝气数已绝，故有李、张二贼之乱。如今劫运将满，你若有忠义之心，为国报仇，须向那积功累仁的大清国借兵回来，乃能廓清寰宇，以开泰运。那宏（弘）光圣旨也不来了，你不用等候了。吴三桂，你须牢牢紧记，朕去也。"吴三桂将帝衣扯住大哭，醒来原是一梦。①

《铁冠图》在铁冠道人的预言歌"败出一个好世界"，以及"万万年"的预言图里已经有了讨好新朝之意。而随着复明希望的破灭和清政权的日益稳固，《新世鸿勋》中，作者对清王朝已是阿谀奉承，歌功颂德了。

> 大清开国皇仁布，喜和风甘露。彩凤呈祥，灵鳌献瑞，咸歌遭遇。叹潢池鼎沸倾明祚，笑枉作鸱张，空使得个下民怨恨，上天震怒。
>
> 这一首词，名为《贺圣朝》。前半篇称大清开国之盛，圣主当阳，官清吏治，万民乐业，熙熙皋皋，如际唐虞。后半篇说那流寇逆天不道，反乱了一二十年，杀害多少百姓，倾覆灭了明朝社稷，究竟不成大事。身遭刑戮，反使乱贼之名，流传不朽。岂不是个小人枉做了小人，那（哪）得不教人嗤（耻）笑。大抵帝王授禅，原是天命所归，焉可用强争夺，即一饮一啄，莫非前定，况且是掌握山河的大权，顶立乾坤的神器。只因迷昧此心，所以肆无忌惮，今略陈始末，乃见因繇。诗曰：一统山河镇万年，君明臣直乐尧天。无端衅起红巾乱，好向青编作话传。②

> 大清皇帝入主中原，只因这番有分教：一统华夷，改换一番世界；万年天子，纲维万古旧乾坤。正是："太平天子朝元日，五色云

① 松排（滋）山人：《铁冠图》第四十六回，《古本小说集成》第一辑，第354～355页。
② 蓬蒿子：《新世鸿勋》第一回，《古本小说集成》第一辑，第3～4页。

车驾六龙。"①

　　崇祯皇帝变后，天下无主，人心皇皇（惶惶），恭荷今上皇帝法驾入京，位登大宝，建号大清，改元顺治。②

　　自是福王臣服，士英就诛，四海归心，无不祝颂大清万年隆盛，永享太平。③

　　随着清政权的日益巩固和复明希望的逐渐破灭，清初明遗民群体对新朝的情感由激烈的反抗，到无可奈何地认命，再到歌功颂德。这不得不为之的转变，是一段艰辛的心路历程。

七　清初时事小说可考者编年

1. 顺治二年　乙酉（1645）

西吴懒道人口授《剿闯小说》，十回。该书提及吴三桂"新封蓟国公"，此为弘光朝廷所封，时在崇祯十七年（1644），即清顺治元年十一月，则该书之完成不会早于顺治元年十一月，故暂系于此年。此书有兴文馆刊本，藏于日本内阁文库，据此有中华书局《古本小说丛刊》影印本及上海古籍出版社《古本小说集成》影印本。

2. 顺治五年　戊子（1648）

《海角遗编》二卷六十回，又名《七峰遗编》。该书据同名文言稗史改编，书首有《海角遗编序》，末署"时大清顺治戊子（1648）夏月七峰樵道人书于朱泾佛堂之书屋"。该序文说书中所记是顺治二年清军攻占常熟、福山的实事，文内又常常言及顺治五年以后的事，故系年于此。该小说作者是否与文言稗史《海角遗编》作者七峰樵道人为同一人，尚待确证。民国年间丁祖荫《虞阳说苑》甲编本，同时收有文言稗史和小说两种《海角遗编》，于是将小说改题为《七峰遗编》以示区别。今存抄本，藏于上海图书馆，据此有上海古籍出版社《古本小说集成》影印本。

---

① 蓬蒿子：《新世鸿勋》第二十一回，《古本小说集成》第一辑，第437页。
② 蓬蒿子：《新世鸿勋》第二十一回，《古本小说集成》第一辑，第439页。
③ 蓬蒿子：《新世鸿勋》第二十二回，《古本小说集成》第一辑，第449页。

3. 顺治八年　辛卯（1651）

蓬蒿子编《新世鸿勋》，二十二回。今存庆云楼藏版本，书首"小引"，末署"顺治辛卯天中令节蓬蒿子书于耨云斋中"；《樵史通俗演义》提及此书，而计六奇《明季北略》称顺治十一年（1654）已见过《樵史通俗演义》，证明庆云楼刊本蓬蒿子"小引"中署时"顺治辛卯"（顺治八年，1651）属实。"天中令节"即端午节。故系于此。该书原刊本未见，今存庆云楼刊本，书扉题"定鼎奇闻"，横署"盛世鸿勋"，从版式字体和版心书题来看，今存庆云楼刊本避乾隆之讳"弘"，当是顺治原版挖改后的乾隆重印本。藏于大连图书馆、国家图书馆。又有乾隆年间载道堂刊本《新世鸿勋》，横署"铁冠图全传"，藏于大连图书馆；两本前均有蓬蒿子做的小引，正文中不避康熙讳，版式及字体完全一样，应该是用的同一版本，只是更易书名。上海古籍出版社有《古本小说集成》影印本，此影印本主要据大连图书馆的庆云楼刊本影印，其中缺页部分，据载道堂刊本补足。《新世鸿勋》在乾隆年间多次被禁毁。乾隆四十三年（1778）列入《违碍书籍目录》，乾隆五十三年（1788）再次列入《军机处第九次奏准全毁目录》，但事实上屡禁不止，不断改头换面出版。姑苏稼史轩刊本改名《新世鸿勋大明崇祯传定鼎奇闻》，藏于美国哈佛燕京学社汉和图书馆。还有嘉庆八年（1803）集古居刊本、嘉庆十一年（1806）一笑轩刊本等。光绪十八年（1892）邗上文运堂刊本，改名《新史奇观》，内有申江居士作的序。

4. 顺治十年　癸巳（1653）

江左樵子撰《樵史通俗演义》八卷四十回。该书有顺康年间写刻本，首有《樵史序》，末署"花朝樵子自序"，目录页题"樵史通俗演义"，正文卷首署"江左樵子编辑，钱江拗生批点"。该书回末评语提到《剿闯小说》《新世鸿勋》，《新世鸿勋》刊于顺治八年，则本书写作不会早于顺治八年；而计六奇《明季北略》称顺治十一年（1654）已见过《樵史通俗演义》，晚则不会晚于顺治十一年。暂系于是年。此书在乾隆四十六年（1781）两次奏准禁毁，见《清代禁毁书目·补遗三》和《清代各省禁书汇考》。此本藏于日本无穷会织田文库，该本非原刊本，当为成为禁书之前的覆刻本。国家图书馆藏本（马廉旧藏），无图，版式与无穷会织田文库藏本同，亦非原刊本，据此有上海古籍出版社《古本小说集成》影印本和人民文学出版社排印本。

5. 顺治十四年　丁酉（1657）

清抄本《海角遗篇》。此书不见著录，抄本一函二册，三十回，不分卷，正文半页八行，一行二十五字，共一万二千一百多字。黑体楷书，朱笔句读。书高二十三点五厘米，宽十四点五厘米。无序跋，无图。扉页题"海角遗篇丁酉后八月怡斋书扉"，下有阳文方印一个，云"质清四十以后作"。回目前书名为《新编海角遗篇全传》，正文前书名题《海角遗篇》。此本抄写颇精，从字迹看，似为两人所抄。其扉页题"丁酉后八月怡斋书扉"。清代共有五个"丁酉"，最早丁酉是顺治十四年（1657）。《七峰遗编序》署"大清顺治戊子夏月"，即顺治五年（1648），据此，则此书抄写的年代，当不会早于顺治十四年。此书内容独立于《海角遗编》，但就文献和史料方面言，《海角遗篇》的价值不如《海角遗编》，现藏于北京师范大学图书馆。作为《海角遗编》系列，暂系于是年。

6. 康熙三年　甲辰（1664）

佚名编《铁冠图分龙会》，二十一回。题材与《铁冠图》前五十回相同。阿英旧藏道光十六年（1836）四宜斋抄本。书前"叙文"二，其一为康熙三年（1664）余生子作，其二为六年（1667）遗民外史作。

7. 康熙七年　　戊申（1668）

心远主人撰《十二峰》，十二回。日本《舶载书目》元禄年间（1688～1703）著录该书，书首有戊申巧夕西湖寒士之序。此书在元禄年间已流通，则"戊申"当指康熙七年戊申（1668）。此书在中国已失传，孙楷第《中国通俗小说书目》将它归在话本小说集一类。此书在18世纪中叶以前传入韩国，有韩文译抄本，是长篇小说，非话本小说集。

结　语

　　以清代明不仅是王朝的更迭，而且是异族对汉族的征服。这必定给忠君爱国和夷夏之辨始终萦绕于心的士人带来深刻的心灵伤害。面对短短时间内国鼎两易，舆图换稿的事实，在每个生死关头都选择活下来的士人无可选择地面对生存方式和自我行为正当化的问题。为生存计，清初士人急剧分化，一部分做了不参加科举，不屈服于异族，坚定抗清的遗民；一部分则做了厌倦了政治风波与宦海沉浮，不闻世事，只求现世糊口的逸民；还有一部分则或因放不下荣华富贵，或因想要实现自我价值，执着建功立业，选择了出仕新朝，成为新贵或贰臣。而无论做出了什么样的生存选择，清初士人心中都萦绕着难以割舍的故国情结。这故国情结或者是对几千年来伦理纲常的认可和尊敬，或者是对明朝统治下士人安全感的留恋，或者是在兵荒马乱中对故国曾有的承平繁荣岁月的美好回忆，即怀念自己的年少时光。这批心怀故国的士人既构成了清初作品的作者又构成了读者，使整个清初作品都弥漫在故国情结之中，打下深深的时代烙印。

　　清初的故国情结体现在各个方面。思想界，以反思明亡之因为开端，经世致用的反思学风兴起；史学界，秉着存史以存故国的精神，遗民、贰臣都积极参与修史，私家修史盛行。因不少小说的题材来源于废弃不用的史料，修史的盛行也带动了小说的发展。文学界，提倡文学与现实相连，反映时代风气：诗歌方面，清初注重以诗记事的诗史作用，注重诗歌对诗人身世和时代风气的反应；散文领域，清初传记文和小品文都饱含故国之思，具有易代特征；戏剧领域，尤其是杂剧，故国之思和感伤情调成为其主要基调。

　　故国情结影响下的清初小说更是呈现与明末小说不同的新局面。就小说流派而言，曾在明末喧闹一时的公案小说，在清初销声匿迹，代之而起的是才子佳人小说。才子佳人小说将故事背景设定在风光绮丽的江南，但事实上，清初的江南经过兵马的残暴践踏后，已是一片狼藉，小说中的江南是士人心中的江南，是故明的江南，而对江南生活的描绘和怀恋即对故国的怀恋。在话本小说上，与明末话本注重道德劝惩，期望补天来挽救颓败世风相比，清初的话本小说更注重全面的批判和对明亡教训的总结。清初的时事小说也与明末不同，明末的时事小说多关注魏阉专权、辽东战事、农民起义等具体的事件，并且很多时事小说带有政治攻击工具的色彩。而清初的时事小说在论述当时的事件时，掌握的材料更全面，态度更客观，其目的多在反思历史，寻找明亡原因。且时事小说仅存于清初特定的时间段，之后随着文字狱的繁兴，清政府对思想控制的加强，为规避文祸，不少人畏谈时事，钻进故纸堆，将自己一生及聪明才智耗费在烦琐的考据上，时事小说也随之消亡。就小说创作方式来看，与明末小说多编作相比，清初小说的原创性更强。清初有更多的文人致力于小说的创作、评点、出版、传播，这使清初小说有着更鲜明的文人特色，但因这些文人多将小说创作作为谋生的手段，所以清初小说又有着很强的商业性。清初故国情结蔓延，政治环境相对宽松，江南文化发达，出版业繁荣，文人结社活跃，以及易代所造成的创作群和读者群的扩大，都为清初小说的繁荣提供了有利的条件。

　　清初小说与士人文化心态既指在清初特定的时代背景和文化氛围中，士人复杂的文化心态在小说中的反映，又指这种反映使清初小说乃至清初文学具有了独立存在的价值和特征。本书将清军入京定鼎即顺治元年（1644）至收复台湾全国归于一统的康熙二十二年（1683）这一段时间视作清初，这是既不同于故明，也不同于清全国统一以后的一段历史时期。这个时期，清朝统治者将主要精力放在统一全国上，即在军事上以武力统一全国，在政治上对汉族知识分子软硬兼施，以笼络为主来构建自己的统治基础，因此这段时期在思想文化方面的管制就相对宽松。在这短短几十年的时间中，清初小说十分繁荣，是现存整个明代小说数量的总和。清初小说具有以下特征：（1）创作者地域特征十分明显；（2）作者不仅多为文人，而且其政治身份比较多样；（3）谋利倾向明显；（4）小说内容多蕴含浓厚的故国情结；（5）才子佳人小说流派崛起；（6）时事小说繁荣。

　　本书将清初小说作家的个案分析和清初小说流派的分析相结合，探讨不同地域不同情境下的士人心态。本书以丁耀亢、陈忱、李渔为清初小说家的代表，以才子佳人小说和时事小说为清初小说流派的代表。丁耀亢、陈忱、李渔三人身处不同的环境，面对王朝易鼎做出了不同的人生选择，他们的心态代表了清初三种不同的士人心态。丁耀亢代表的是清初北方地主文人，其心态是痛恨李自成农民起义，感激清兵剿灭农民起义军，复君仇，恢复太平生活，主张顺命治生。陈忱代表南方遗民文人，其心态是忠贞尚节，反清复明。李渔代表清初南方逸民文人，他们的心态则是不食清禄，砚田糊口。清初才子佳人小说流派的崛起是深具时代特点的易代现象，其逃离现实就是反映现实，其笔下的江南其实是梦中怀恋的故国江南。历经清军南下，江南已是一片狼藉，才子佳人小说将背景设在江南，曲折地表现了作家和读者共通的对故国江南生活的怀恋。才子佳人小说中体现的亡国批判、现实思考、忠贞观念和隐逸结局，都深深打上了清初易代的烙印。而时事小说的繁荣是清初求实致用文学思潮在小说领域的反映。清初时事小说与明末时事小说有很大的不同。明末时事小说的故事内容大概有以下四个方面：第一，歌颂与呼唤勇于抗击奸佞的贤臣和保家卫国的英雄；第二，褒扬忠孝节义，表达伦理救世的思想；第三，斥责扰乱朝纲与天下的乱臣贼子；第四，利用时事小说进行政治攻击。这些内容表现的都是作者积极的入世态度。清初的时事小说则是另外的格调，主要有以下内容：第一，写甲申之变并攻击农民起义；第二，直接或间接地反映江南人民的抗清斗争；第三，比较全面地反映明末政治局势和社会变革；第四，明遗民不忘亡国之耻，继续编写小说寄托情感。在具体写法上，书中对于关涉清朝的字句如履薄冰，谨慎处置。书中鲜见"奴""虏"等字样，不得已时，便用其他词代替，如"彼众""东兵""东骑""北兵"之类。大多数时事小说对以清代明表达了顺从的态度，《新世鸿勋》《铁冠图》更是对清廷进行阿谀奉承。与明末时事小说相比，清初小说少了积极入世的激情，多了无可奈何的认命。

　　在写作期间，笔者固然钦佩明遗民拒绝功名利禄的诱惑，不食周粟，坚守气节的行为和精神，同时也对逸民和贰臣或为生存或为自我价值而做的人生选择，以及由此带来的内心的煎熬深感理解和同情。人生就是由一个个选择构成的，在关键时的选择，会决定人一生的走势，而不同的选择体现了不同的人生观、世界观和价值观。明遗民身上所体现的是对中国传统文化中忠义节孝的坚守，其舍生取义的精神和气节在物欲横流、道德滑坡的今天仍有重要意义。学习古代士人优秀的精神品质，继承传统文化中的精华，有助于当代知识分子人格的砥砺和节操的培养。但作为一个现代人，对古代传统文化的优劣也要有分辨能力，对其的继承也应有所扬弃。明遗民对忠孝节义的坚守和舍生取义的精神确实具有美学上的崇高的意义，但以更广的面向未来的向度来考察，民族融合、国家统一的大趋势是不可阻挡的，生命的价值是值得尊重的，而为实现自我价值而做出的人生选择也是值得尊重的。对于清初小说来讲，笔者认识到小说的产生与传播都不是独立存在的，而是深深根植于时代文化之中的，是时代文化的反映，并打上了时代的烙印。对于小说史的划分要考虑时代更迭和文化氛围的影响，清初小说面貌与明末小说很不相同，独具特征，应专题研究。本书对清初小说和疑似清初小说做了资料的整理和编年，但是由于精力有限，难免挂一漏万。且本书只着重论述了清初三大著名小说家及其作品以及才子佳人小说、时事小说两大重要小说流派，对话本小说、文言小说鲜有涉及。事实上，清初小说作家群体已渐露端倪，遗民小说、贰臣小说各有独立特征，以后若有机会将会一一梳理。

主要参考文献

一 古籍

《丛书集成初编》，中华书局，1985。

《丛书集成续编》，上海书店出版社，2014。

《东池诗集》，清手抄本，中国国家图书馆善本室藏。

《古本小说丛刊》，中华书局，1991。

《古本小说集成》，上海古籍出版社，1991～1994。

《海角遗篇》，清初钞本，北京师范大学图书馆藏。

《历代史料笔记丛刊》，中华书局，1959～2014。

《明代野史丛书》，北京古籍出版社，1999。

《明末清初小说选刊》，春风文艺出版社，1981～1990。

《明清史料丛书八种》，国家图书馆出版社，2005。

《清代传记丛刊》，明文书局，1985。

《清代诗文集汇编》，上海古籍出版社，2010。

《清实录》，中华书局影印本，1985。

《三朝野记》，上海书店，1982。

《少室山房笔丛》卷四"经籍会通四"，扫叶山房，1923年石印本。

《史记》，中华书局，1959。

《四库禁毁书丛刊》，北京出版社，1997。

《四库全书存目丛书》，齐鲁书社，1997。

《晚清文学丛钞》，中华书局，1960。

《文献丛编》第七辑，故宫博物院，1937。

《吴梅村戏曲论文集》，中国戏剧出版社，1983。

《续修四库全书》，上海古籍出版社，2002。

《玄览堂丛书续集》，中央图书馆，1947。

《中国地方志集成》，上海书店，1991。

《中国历史研究资料丛书》，神州国光社，1952

《中国内乱外祸历史丛书》，神州国光社，1946。

汪曰桢编《乌程县志》，光绪七十年版。

魏晋锡纂修《学政全书》卷七，《书坊禁例》，清乾隆年间礼部刻本。

赵尔巽等撰《清史稿》，中华书局，1977。

中研院历史语言研究所校印《明太祖实录》，中华书局，2016。

查继佐：《罪惟录》，浙江古籍出版社，1986。

陈确：《陈确集》，中华书局，1979。

戴名世：《戴名世集》，中华书局，1986。

邓之诚：《清诗纪事初编》，上海古籍出版社，1984。

丁耀亢：《丁耀亢全集》，中州古籍出版社，1991。

丁耀亢：《金瓶梅续书三种》，齐鲁书社，1988。

冯梦龙：《冯梦龙全集》，内蒙古文化出版社，2000。

顾炎武：《顾亭林诗文集》，中华书局，1959。

顾炎武撰、黄汝成集释《日知录集释》，上海古籍出版社，2006。

归庄：《归庄集》，中华书局，1961。

韩锡铎、王清原：《小说书坊录》，春风文艺出版社，1987。

胡应麟：《少室山房笔丛》，上海书店，2015。

黄宗羲：《黄宗羲全集》，浙江古籍出版社，2012。

计六奇撰，任道斌、魏得良点校《明季南略》，中华书局，1984。

计六奇撰，魏得良、任道斌点校《明季北略》，中华书局，1984。

江潘：《汉学国朝师承记》，中华书局，1983。

江苏社会科学院明清小说研究中心文学所合编《中国通俗小说书目提要》，中国文联出版公司，1990。

江左樵子编辑，钱江拗生批点《樵史通俗演义》，人民文学出版社，

2006。

李渔：《李渔全集》，浙江古籍出版社，1990。

刘廷玑撰，张守谦点校《在园杂志》，中华书局，2005。

陆人龙编辑，陆云龙点评《型世言》，江苏古籍出版社，1993。

吕留良著，俞国林笺释《吕留良诗笺释》，中华书局，2015。

南园啸客：《平吴事略》，上海书店，1982。

祁彪佳：《祁彪佳集》，中华书局，1960。

钱大昕：《潜研堂文集》，上海古籍出版社，1989。

钱谦益：《列朝诗集小传》，上海古籍出版社，1983。

钱谦益：《牧斋有学集》，上海古籍出版社，1996。

青莲室主人：《后水浒传》，春风文艺出版社，1981。

屈大均：《翁山文钞》，商务印书馆，1946。

全祖望：《鲒埼亭集外编》，文海出版社，1988。

阮葵生：《茶余客话》，中华书局，1959。

松排（滋）山人：《铁冠图忠烈全传》，宝文堂书店，1990。

苏州博物馆等编《丹午笔记·吴城日记·五石脂》，江苏古籍出版社，1999。

孙静庵：《明遗民录》，浙江古籍出版社，1985。

唐甄：《潜书》，中华书局，1963。

王钟翰点校《清史列传》，中华书局，1987。

魏耕：《魏耕诗集》，浙江古籍出版社，1986。

魏禧：《魏叔子文集》，中华书局，2003。

吴嘉纪：《吴嘉纪诗笺校》，上海古籍出版社，1980。

吴骞：《东江遗事》，商务印书馆，1935。

吴伟业：《绥寇纪略》，上海古籍出版社，1992。

吴伟业：《吴梅村全集》，上海古籍出版社，1990。

谢肇淛：《五杂俎》，上海书店出版社，2001。

谢正光、范金民编《明遗民录汇辑》，南京大学出版社，1995。

徐珂编《清稗类钞》，中华书局，1984。

叶德辉：《书林清话》，复旦大学出版社，2008。

西吴懒道人:《李闯王》,说文社,中华民国三十三年初版。

余怀:《板桥杂记》,上海古籍出版社,2000。

张岱:《石匮书后集》,明文书局,1991。

张岱著,夏咸淳、程维荣校注《陶庵梦忆·西湖梦寻》,上海古籍出版社,2009。

周亮工:《书影》,上海古籍出版社,1981。

朱舜水:《朱舜水集》,汉京文化公司,1984。

朱彝尊著,王镇远选注《朱彝尊诗词选注》,上海古籍出版社,1988。

卓尔堪:《明遗民诗》,中华书局,1961。

二 著作

阿英:《小说三谈》,上海古籍出版社,1979。

陈忱:《水浒后传》,上海古籍出版社,1981。

陈大康:《明代小说史》,上海人民出版社,2000。

陈大康:《通俗小说的历史轨迹》,湖南出版社,1993。

陈芳:《清初杂剧研究》,学海出版社,1991。

陈学文:《明清时期杭嘉湖市镇史研究》,群言出版社,1993。

陈益源:《古代小说述论》,线装书局,1999。

陈祖武:《清初学术思辨录》,中国社会科学出版社,1992。

成敏:《明末清初时事小说研究》,北京语言大学出版社,2013。

大冢秀高:《增补中国通俗小说书目》,东京,汲古书院,1987。

戴不凡:《小说见闻录》,浙江人民出版社,1980。

丁锡根:《中国历代小说序跋集》,人民文学出版社,1996。

丁原基:《清代康雍乾三朝禁书原因之研究》,台北,华正书局,1973。

杜桂萍:《清初杂剧研究》,人民文学出版社,2005。

葛永海:《古代小说与城市文化研究》,复旦大学出版社,2004。

郭英德:《明清传奇史》,江苏古籍出版社,2001。

韩南:《中国小说史》,浙江古籍出版社,1989。

何冠彪:《明末清初学术思想研究》,台湾学生书局,1991年版。

何冠彪：《生与死——明清士大夫的抉择》，台北，联经出版社，1997。

何宗美：《明末清初文人结社研究》，南开大学出版社，2000。

贺长龄：《清经世文编》，中华书局，1992。

侯忠义：《中国文言小说参考资料》，北京大学出版社，1985。

胡士莹：《话本小说概论》，中华书局，1980。

胡适：《中国章回小说考证》，上海书店，1980。

黄果泉：《雅俗之间——李渔的文化人格与文学思想研究》，中国社会科学出版社，2004。

黄建军：《康熙与清初文坛》，中华书局，2011。

黄仁宇：《中国大历史》，三联书店，1997。

黄岩柏：《中国公案小说史》，辽宁人民出版社，1991。

吉林大学中国文化研究所：《金瓶梅艺术世界》，吉林大学出版社，1991。

吉少甫：《中国出版简史》，学林出版社，1991。

姜光斗：《李渔》，苏州大学出版社，2012。

蒋瑞藻：《小说考证》，上海古籍出版社，1984。

阚红柳：《清初私家修史研究》，人民出版社，2008。

孔定芳：《清初遗民社会》，湖北人民出版社，2009。

赖玉芹：《博学鸿儒与清初学术转变》，中国社会科学出版社，2010。

李玫：《明清之际苏州作家群研究》，中国社会科学出版社，2000。

李梦生：《中国禁毁小说百话》，上海古籍出版社，1994。

李瑄：《明遗民群体心态与文学思想研究》，巴蜀书社，2009。

李增波：《丁耀亢研究——海峡两岸丁耀亢学术研讨会论文集》，中州古籍出版社，1998。

李忠明：《十七世纪中国通俗小说编年史》，安徽大学出版社，2003。

梁启超：《中国近三百年学术史》，中国书店，1985。

林辰：《明末清初小说述录》，春风文艺出版社，1988。

林辰：《天花藏主人及其小说》，辽宁教育出版社，1992。

刘敬：《清初士林逃禅现象及其文学影响研究》，人民出版社，2017。

刘丽：《清初两大诗人群体研究》，海南出版社，2011。

刘石吉《明清江南市镇探微》，复旦大学出版社，1990。

刘世德：《中国古代小说百科全书》，中国大百科全书出版社，1993。

柳存仁：《伦敦所见中国小说书目》，书目文献出版社，1982。

鲁迅：《小说旧闻钞》，人民文学出版社，1953。

鲁迅：《中国小说史略》，上海古籍出版社，1998。

栾星：《明清之际的三部讲史小说〈剿闯通俗小说〉、〈定鼎奇闻〉与〈樵史通俗演义〉》，《明清小说论丛》第三辑，春风文艺出版社，1985。

栾星：《〈樵史通俗演义〉赘笔》，《明清小说论丛》第四辑，春风文艺出版社，1986。

骆兵：《李渔的通俗文学理论与创作研究》，经济管理出版社，2004。

梅尔清：《清初扬州文化》，复旦大学出版社，2004。

孟梨野：《中国公案小说艺术发展史》，警官教育出版社，1996。

孟森：《〈心史丛刊〉外一种》，岳麓书社，1986。

宁宗一：《中国小说学通论》，安徽教育出版社，1995。

欧阳健：《清初三大小说家论》，《传递与交融——第三届中国小说戏曲国际研讨会论文集》，嘉义大学中文系，2006。

潘承玉：《清初诗坛——卓尔堪与〈明遗民诗〉研究》，中华书局，2004。

潘建国：《古代小说书目简论》，山西人民出版社，2005。

潘建国：《古代小说文献丛考》，中华书局，2006。

潘建国：《中国古代小说书目研究》，上海古籍出版社，2005。

齐裕焜：《明代小说史》，浙江古籍出版社，1997。

钱静方：《小说丛考》，齐鲁书社，1980。

钱仲联：《清诗纪事》，江苏古籍出版社，1987。

瞿冕良：《中国古籍版刻辞典》，齐鲁书社，1999。

任明华：《才子佳人小说研究》，中国文联出版社，2002。

沈新林：《李渔新论》，苏州大学出版社，1997。

石昌渝：《中国古代小说总目》，山西教育出版社，2004。

石昌渝：《中国小说源流论》，三联书店，1994。

史景迁：《前朝梦忆：张岱的浮华与苍凉》，广西师范大学出版社，2010。

宋莉华：《明清时期的小说传播》，中国社会科学出版社，2004。

孙楷第：《沧州集》，中华书局，1965。

孙楷第：《日本东京所见小说书目》，人民文学出版社，1981。

孙楷第：《小说旁证》，人民文学出版社，2000。

孙楷第：《中国通俗小说书目》，人民文学出版社，1982。

谭正璧：《古本稀见小说汇考》，浙江文艺出版社，1984。

谭正璧：《日本所藏中国佚本小说述考》，知行编译社，1945

万晴川：《风流道学——李渔传》，浙江人民出版社，2005。

王彬：《禁书·文字狱》，中国工人出版社，1992。

王恩俊：《复社与明末清初政治学术流变》，辽宁人民出版社，2013。

王恒展：《中国小说发展史概论》，山东教育出版社，1999。

王利器：《元明清三代禁毁小说史料》，上海古籍出版社，1981。

王卫平：《明清时期江南城市史研究：以苏州为中心》，人民出版社，1999。

向仍旦：《中国古代文化史证》，北京大学出版社，1986。

肖东发：《历代刻书概况》，印刷工业出版社，1991。

萧相恺：《稗海访书录》，中州古籍出版社，1992。

萧一山：《清代通史》，商务印书馆，1927。

谢国桢：《明末清初的学风》，上海书店出版社，2006。

谢国桢：《明清之际党社运动考》，上海书店出版社，2004。

谢国桢：《增订晚明史籍考》，上海古籍出版社，1981。

谢国桢《江浙访书记》，三联书店，1985。

谢美娥：《明臣仕清及其对清初建国的影响》，台北，花木兰文化出版社，2009。

谢水顺、李珽：《福建古代刻书》，福建人民出版社，1997。

谢正光：《清初人选清初诗汇考》，南京大学出版社，1998。

谢正光：《清初诗文与士人交游考》，南京大学出版社，2001。

徐保卫：《李渔传》，百花文艺出版社，2002。

徐志平：《清初前期话本小说之研究》，台湾学生书局，1998。

许振东：《十七世纪小说编年叙录》，中国文联出版社，2003。

许振东：《十七世纪小说的创作与传播——以苏州地区为中心的研究》，中国社会科学出版社，2005。

杨绳综：《中国版刻综录》，陕西人民出版社，1987。

杨廷福、杨同甫：《清人室名别称字号索引》，上海古籍出版社，1988。

杨义：《中国古典小说史论》，中国社会科学出版社，1996。

姚觐元：《清代禁毁书目》，商务印书馆，1957。

余英时：《士与中国文化》，上海人民出版社，2003。

余英时：《中国历史转型时期的知识分子》，台北，联经出版社，1992。

袁行霈：《中国文学史》，高等教育出版社，1999年版。

臧励龢：《古今地名大辞典》，商务印书馆，1931。

臧励龢：《中国人名大辞典》，上海书店，1980。

张慧剑：《明清江苏文人年表》，上海古籍出版社，1986。

张俊：《清代小说史》，浙江古籍出版社，1997。

张穆：《清顾亭林先生炎武年谱》，台湾商务印书馆，1980。

张清吉：《丁耀亢年谱》，南京大学出版社，1996。

张修龄：《清初散文论稿》，复旦大学出版社，2010。

张秀民《张秀民印刷史论文集》，印刷工业出版社，1988。

张永刚：《明末清初党争视阈下的钱谦益文学》，凤凰出版社，2012。

赵园：《制度·言论·心态——〈明清之际士大夫研究〉续编》，北京大学出版社，2006。

赵园：《明清之际的思想与言说》，复旦大学出版社，2010。

郑公盾：《〈水浒传〉研究论文集》，宁夏人民出版社，1983。

郑振铎：《郑振铎全集》，花山文艺出版社，1998。

郑振铎：《中国文学研究》，作家出版社，1957。

郑振铎编《清人杂剧》，香港，龙门书店，1969。

周焕卿：《清初遗民词人群体研究》，上海古籍出版社，2008。

周钧韬、王长友：《中国通俗小说家评传》，中州古籍出版社，1993。

朱海燕：《明清易代与话本小说的变迁》，华中科技大学出版社，2007。

朱一玄：《明清小说资料选编》，齐鲁书社，1990。

朱一玄：《水浒传资料汇编》，南开大学出版社，2002。

三 译著

〔法〕丹纳：《艺术哲学》，傅雷译，人民文学出版社，1988。

〔法〕罗贝尔·埃斯卡皮：《文学社会学》，浙江人民出版社，1987。

〔法〕马塞尔·普鲁斯特：《追忆似水流年》，李恒基等译，译林出版社，2001。

〔美〕高彦颐：《闺塾师》，李志生译，江苏人民出版社，2005。

〔美〕牟复礼、〔英〕崔德瑞编《剑桥中国明代史》，张书生等译，中国社会科学出版社，1992。

〔美〕韦勒克·沃伦：《文学理论》，刘象愚等译，三联书店，1984。

〔美〕魏斐德：《洪业——清朝开国史》，陈苏镇等译，江苏人民出版社，1992。

四 论文

陈小林：《〈续金瓶梅〉研究》，硕士学位论文，湖南师范大学，2005。

姬忠勋：《明清之际时事小说研究》，博士学位论文，首都师范大学，2004。

文革红：《从传播学的角度考察清初通俗小说的发展——以小说出版为中心》，博士学位论文，复旦大学，2006。

吴琼：《明末清初的文学嬗变》，博士学位论文，上海师范大学，2012。

吴增礼：《清初江南遗民生存状况研究》，博士学位论文，湖南大学，2010。

杨志平：《陈忱研究》，硕士学位论文，华东师范大学，2005。

张平仁：《明末清初时事小说研究》，博士学位论文，南京师范大学，2002。

安双成编译《顺康年间〈续金瓶梅〉作者受审案》，《历史档案》2000年第2期。

曹虹：《清初遗民散文的文体创造》，《厦门教育学院学报》2010年第1期。

曹秀兰：《论清初"贰臣"词人心态及对深化词境的意义》，《南阳师范学院学报》2008 年第 2 期。

曹秀兰：《清初"贰臣"词人心态探微》，《山西师大学报》2008 年第 2 期。

陈大康：《论明清之际的时事小说》，《华东师范大学学报》1991 年第 4 期。

陈洪：《从"林下"进入文本深处——〈红楼梦〉的"互文"解读》，《文学与文化》2013 年第 3 期。

陈洪：《论清初文学思想的异趋与同归（上）》，《南开学报》2004 年第 5 期。

陈洪：《折射士林心态的一面偏光镜——清初小说的文化心理分析》，《明清小说研究》1998 年第 4 期。

陈会明：《陈忱生平事迹及有关问题的辨正》，《明清小说研究》2005 年第 2 期。

陈砚平：《〈剿闯小说〉文化意蕴探微》，《学术交流》1998 年第 2 期。

成敏：《〈铁冠图全传〉为明末清初时事小说考》，《明清小说研究》2002 年第 4 期。

党月异：《清初戏剧与道教思想》，《学术论坛》2010 年第 10 期。

杜桂萍：《清初遗民杂剧的主题建构与叙事策略》，《社会科学战线》2005 年第 2 期。

杜桂萍：《遗民心态与遗民杂剧创作》，《文学遗产》2006 年第 3 期。

范建华：《清初山东的遗民诗人》，《南通大学学报》2007 年第 7 期。

范秀君：《离合之情相近，兴亡之感不同——清初文人传奇主题的嬗变》，《戏剧文学》2010 年第 3 期。

葛恒刚：《纳兰词论与清初词坛》，《南京师大学报》2010 年第 3 期。

葛恒刚：《清初词学演变综论》，《名作欣赏》2009 年第 29 期。

郭浩帆：《〈樵史通俗演义〉作者非陆应旸说》，《明清小说研究》1991 年第 1 期。

郭浩帆《烟水散人析议》，《明清小说研究》1997 年第 2 期。

韩春平《论清初通俗小说"四大奇书"评点本刊刻的意义》，《海南大学学报》2010年第1期。

郝诗仙、郭英德：《丁耀亢生平及其剧作》，《齐鲁学刊》1989年第6期。

黄霖：《丁耀亢及其〈续金瓶梅〉》，《复旦学报》1988年第4期。

黄文：《明末清初小说家署名特色研究——以才子佳人小说为中心》，《文艺评论》2016年第3期

蒋寅：《遗民与贰臣：易代之际士人的生存或文化抉择——以明清之际为中心》，《社会科学论坛》2011年第9期。

居鲲：《清初遗民情结小说初探》，《明清小说研究》2008年第3期。

李彩霞：《诗歌视野下的清初文人心态转变》，《时代文学》2010年第5期。

李克：《"故国"意象·寓言·女性关照——论清初遗民戏曲的书写策略》，《贵州师范大学学报》2009年第5期。

李克：《论"清初江南遗民曲家群"》，《宜宾学院学报》2008年第2期。

李泉：《玉璞含英——〈七峰遗编〉初探》，《明清小说研究》1990年第2期。

刘丽：《重新评价清初京师贰臣诗人的文学史地位》，《河北学刊》2010年第2期。

刘三金：《〈中国古代小说史〉上的连体儿——浅谈〈金瓶梅续书三种〉的成因及其它》，《聊城师范学院报》1995年第2期。

刘书成：《明清之际时事小说的基本特征及繁荣原因》，《甘肃社会科学》1994年第3期。

罗德荣：《〈续金瓶梅〉主旨索解》，《明清小说研究》2002年第1期。

欧阳健：《〈续金瓶梅〉的成书年代》，《齐鲁学刊》2004年第5期。

欧阳健：《超前于史籍编纂的小说创作——明清时事小说新论》《文学遗产》1992年第5期。

欧阳健：《陈忱丁耀亢合论》，《贵州大学学报》2004年3期。

潘建国：《新见章回小说〈莽男儿〉考论》，《文学遗产》2017 年第 1 期。

齐裕焜：《明末清初时事小说述评》，《福建师范大学学报》1989 年第 2 期。

乔敏：《试论清初诗人颜光敏的遗民思想》，《山西师大学报》2011 年第 4 期。

莎日娜：《乱世悲歌与政治童话——试论明末清初时事小说的创作心态》，《明清小说研究》1997 年第 3 期。

莎日娜：《论时事小说与历史演义小说的分流》，《内蒙古社会科学》1998 年第 3 期。

石昌渝：《〈水浒传〉成书于嘉靖初年续考》，《文学遗产》2005 年第 1 期。

石昌渝：《从朴刀杆棒到子母炮》，《文学遗产》1999 年第 2 期。

石昌渝：《林冲与高俅》，《文学评论》2003 年第 4 期。

石昌渝：《明代公案小说：类型与源流》，《文学遗产》2006 年第 3 期。

时宝吉：《〈金瓶梅〉所表现的爱国主义精华》，《殷都学刊》1991 年第 2 期。

孙言诚：《论〈续金瓶梅〉的思想内容及其认识价值》，《吉林大学社会科学学报》1991 年第 6 期。

王春瑜：《李岩·〈西江月〉〈商雒杂忆〉——与姚雪垠同志商榷》《光明日报·史学》1981 年 11 月 9 日。

王金花、黄强：《董含〈三冈识略〉"李笠翁"条考辨》，《文学遗产》2006 年第 2 期。

王青平：《关于徐震及其〈女才子书〉的史料》，《文学遗产》1985 年第 2 期。

王言锋：《清初避祸心理与白话短篇小说创作主旨的曲折表达》，《江汉论坛》2008 年第 4 期。

王言锋：《谈清初拟话本对明亡的反思》，《黑龙江史志》2009 年第 22 期。

王言锋：《遗民心理对清初白话短篇小说题材的影响》，《广西社会科学》2008 年第 9 期。

文革红：《天花藏主人非嘉兴徐震考》，《明清小说研究》2005 年第 1 期。

向芃、蒋玉斌：《清初小说评点中评改合一现象》，《贵州师范大学学报》2012 年第 2 期。

杨昕：《烟水散人考辨》，《沧州师范专科学校学报》2005 年第 3 期。

杨志平：《陈忱生平交游考》，《明清小说研究》2005 年第 1 期。

张兵：《丁耀亢研究的回顾与思考》，《中国文学研究》1997 年第 4 期。

张俊、郭浩帆：《〈七峰遗编〉、〈海角遗篇〉抄本漫谈》，《明清小说研究》1990 年第 2 期。

张维华：《跋丁耀亢的〈出劫纪略〉和〈问天亭放言〉》，《山东大学学报》1962 年第 3 期。

张宇：《清初遗民戏曲文学研究》，《文化艺术研究》2010 年第 3 期。

张玉龙：《怀古与经典——清初怀古词与清词复兴》，《社会科学》2010 年第 5 期。

张振国《〈金瓶梅〉续书研究世纪回眸》，《徐州师范大学学报》2004 年第 9 期。

赵新《野火烧不尽，春风吹又生——简论〈丁耀亢全集〉出版发行》，《文教资料》1999 年第 3 期。

郑骞：《善本传奇十种提要》，《燕京学报》1938 年第 24 期。

周钧韬、丁润琦：《丁耀亢与〈续金瓶梅〉》，《明清小说研究》1992 年第 1 期。

周维培：《明末清初时事小说综论》，《南京大学学报》1992 年第 3 期。

朱冠军：《明末纪实体小说〈七峰遗编〉简论》，《吴中学刊》1993 年第 3 期。

朱萍：《丁耀亢研究小史述略》，《江淮论坛》2001 年第 1 期。

索　引

（共 114 个）

B

北方士人　8，57，92

保命治生　7

博学鸿儒　3，17，20，21，26，34

报国无门　19

C

词史　8，171，216，224

崇祯　13，20，29，34，35，37，41，42，
46～49，61～63，69，75，82，86，93，
94，121～125，130，136，140，142，
146，164，169，185，193，204，206，
207，213，217，218，221，225，229，
232～235，246，249，258，261，264～
268，270～272，276，278～280，285，
300，302，307，309～318，320，321

陈忱　7，8，11，36，47，53，57，58，
64，92～113，115，116，161，325

藏书家　26，27

才子佳人小说　4，5，8，10，24，30，
43，55，56，59，153，168，170～
176，178，180，182～186，188～190，
193～195，200～203，324～326

存史以存故国　8，12，140，145，216，
223，224，226，231，323

D

党争　2，13，89，142，160，169，
187，236，239，243，246～248，250，
257，278

丁耀亢　7，26，36，45，51，57，59～
92，96，98，103，107，111，113，
114，116，155，208，311，325

地域特征　10，324

地域分布　50

东池诗社　96～98，100，101

党派纷争　257

E

恩威并施 17

F

复社 19，29，37，49，183，241，247～
249，296
方孝孺 267，268
反思学风 18，323
反清复明 7，8，15，37，46，48，50，
58，61，62，65，99，101，161，325

G

故国情结 7～9，12，17～19，24，25，
30，43，89，113，116，127，140，
148，151，155，157，158，162，167，
200，203，216，223，323～325
故国之思 8，23，46，87，102，113，
145，174，182～184，200，323
故国情思 45，223，306，313，318
故国情怀 19，101
公案小说 10，24，168～170，324
个案分析 7，325
《古本小说集成》 1，28，33，84，93，
95，96，106，107，150，158～166，
178，200，203～215，222，225，229，
230，232～234，236，251，253，254，
256～264，266～269，271～273，275～
279，281，283～292，294～300，302，
303，306，308～313，316～321
《古今史略》 120，121，140～142，
146

H

虎丘大会 29
毁节趋时 14

J

靖难 119，120，136，138，264，267
江南文化 26，324
江南模式 174，178
经世致用 8，18，19，21，323
惊隐诗社 58，96～101
《金云翘传》 39，52，56，175，186，
196，197，199，200，203

L

李渔 7，8，11，26，31，36，44，49，
50，55，57～59，96，98，103，116～
149，195，197，198，311，325
李师师 76，113～115
伦理纲常 323
伦理救世 8，9，171，216，221，325

M

明末清初 1～5，8，12，28，29，43，

46，47，54，59，61，72，97，107，113，150，159，161，167，173，181，193，216，219，221，222，226

明清之际 1~4，8，15，80，90，94，95，97，169，170，183，193，194，200，216，217，219~221，239，250

明清易代 2，11，14，71，78~80，109，111，113，161，164

《明季北略》 14，18，35，146，227~231，233，269，271，272，275，278~280，283，296，321

明末清初小说选刊 150

N

南方士人 8，57，58，92

南方逸民 58，116，325

南方遗民 58，92，325

Q

清初 1~5，7~12，15，17~20，22~32，34~50，54~61，70，72，78，87，90，96~98，101，104，107，111，113，116，118，121，129，130，134，148~150，154，156，157，159，161，167~171，173，174，178，180~185，188，191~200，202，203，205，207，210，212，214~216，218，219，221~224，226，227，231，240，250，258，260，271，277，285，288，290，295，298，306，307，311，313，317，320，

323~326

清初小说 1，4，5，7，9~12，20，24，25，28~30，38，39，42~44，50，57，150，167，170，173，221，222，324~326

清初散文 4，182

清初文学 2，3，5，224，324

清初政治 222

清初遗民 3~5，37

《清史稿》 121，129，146

劝世述事 8，70

《樵史通俗演义》 35，36，217，218，220，222，224~228，230，231，234~236，240~252，255，257，259，260，262，263，265，266，275~277，296，299，301，307~309，317，318，321

S

诗史 8，22，171，216，224，323

孙楷第 30，40，41，47，49，117，118，140，151，153~155，322

士人 1，3，5~8，16，24，27，29，40，57，58，64，90，92，124，129，134，158，160，168，193，194，196，199，200，203，215，223，250，264，265，267，285，288，290，306，307，311，317，323~326

士人从商 27

士人心态 5~7，57，168，325

山林隐逸 17，34，43，269

商品经济 27，28

黍离之悲　12，23，45，102，165，174，181

死生之辨　12

死易生难　15，138，197～199，223

身辱心贞　196，197，199，200

私家修史　3，19，20，224，323

思想控制　24，324

时事小说　8～10，20，24，33，168，170，171，215～224，226，227，229～236，240，243，247，248，250，251，258，260，264，268，270，271，275，279，280，284，286，288，289，295，296，298，300，301，303，306～309，313，320，324～326

《水浒后传》　8，36，47，53，58，92～96，105～116

T

天命观　223，311，317，318

天花藏主人　11，30，38，39，45，50，52，53，56，150，151，161，175～177，186～190，199，201～205，207，210，213，214

《太上感应篇》　73～75，77，113

W

文化心态　7，57，324

文化生态　10，12

文人特色　24，324

文网密集　25

文人结社　1，28，97，107，324

王朝易鼎　11，57，325

亡国批判　325

《无声戏》　26，31，44，48，50，117，121，137，138，146，148，149，195

魏忠贤　142，219，227，228，232，237，239～246，248，250，260，265，266，296，312

X

徐震　150，153～161，164～167，208，209

殉国　14～16，62，120，134，140，147，194～196，223，232，247，263，298，302，306，307，312～314，317

啸花轩　11，50，52，55，56，153，154，211

小说流派　7，8，24，30，168，170，171，173～175，183，185，186，324～326

小说评点　29

小说家类型　57

《续金瓶梅》　7，26，36，44，45，48，51，59，60，64，70～86，88～91，111～114，155，208，311

《闲情偶寄》　116，117，121，122，126，130，133，134，146

Y

阉党　13，187，221，233，237，239～

244，246，247，250，265，295

袁崇焕　31，217，246，251

烟水散人　8，11，30，38，39，43，
44，50 ~ 52，58，59，116，149 ~
167，176，200 ~ 204，206 ~ 211

遗民小说　11，30，37，47，50，111，
112，115，116，170，326

遗民情怀　23

遗民意识　7，8，23，49，161

隐逸结局　200，202，325

隐逸林下　201

砚田糊口　59，325

寓史于诗　22

以诗纪事　22，323

原心不原迹　8，134，139，197 ~ 199

Z

贞节　137，139，193 ~ 200，223，284，
306

作家群　1，12，326

张缙彦　26，44，146 ~ 149，195，234

贞节观念　195

忠君爱国　8，106，110，111，113 ~
116，298，323

自我生存正当化　16

《资治新书》　117，126，127

《中国小说史略》　70，75，171

《中国通俗小说书目》　30，40，41，
47，49，151 ~ 153，322

后　记

　　时光飞逝，转瞬之间，自 1997 年进入大学中文系读书以来已经二十年了。这二十年是我人生中最美好、最宝贵的时光。回首往昔，一路走来所遇到的良师益友总让我心怀感激。他们给我的关怀和帮助，使我人生充满阳光，是我不断前行的动力源泉。时至今日，我为自己辜负了师友的教诲，未能勤奋苦学，以致虚度光阴，至今碌碌无为而心怀愧疚。这本小书从酝酿、构思到写成定稿历经十几个寒暑，无数次增删改定，现在终于能够付梓了，这既是对我过去在学术道路上学习、研究的系统总结，也是完成我多年的一个心愿。

　　与明末清初小说的结缘是在读硕士期间，在硕士学位论文选题时，我受韩南先生《中国白话小说史》的影响，对李渔与凌濛初的小说产生了浓厚的兴趣，硕士学位论文的题目即《李渔对凌濛初的继承与发展》。这篇论文重点论述了李渔在拟话本和戏曲两个领域对凌濛初创作艺术的继承和发展。这一阶段的研究总体上侧重对作品艺术范畴的批判和评论，对作家的思想和心态关注较少，对时代风潮对作家及其作品的影响也只是一带而过，没有注意将作家与其经济状况和所处环境相结合来做综合分析。

　　自 2004 年进入中国社会科学院文学研究所攻读博士学位以来，我开始深刻地认识到作品是作家思想和心灵的产物，对作品的分析离不开对作家的认知。作家作为一个个体，其思想自然要受自身生活状况、人生经历和时代地域文化氛围的影响。任何一部作品都是作者在某个时空内创作的，且受物质条件的影响。因此，脱离了时空和物质条件，单纯分析作品文本，所得出的结论就自然是单薄的、片面的。在攻读博士学位期间，在导师的指导下，我系统阅读了明末清初的大量史传、小说以及野史、杂记，深深地感受到清初士人及其作品与明末的相比有着明显的不同。改朝换代给清初士人的思想和情感带来了巨大的冲击，使他们的生活环境发生了天翻地覆的改变，这些都在他们的作品中打下了深深的烙印。为此，我以故国情结为切入点，选择了《故国情结与清初小说创作》作为博士学位论文的题目。在导师的帮助下，我通读了清初小说，厘清了清初小说的概念和范畴，选择了丁耀亢、陈忱、李渔、烟水散人作为清初小说家的代表，着重分析了不同地域和遭遇对作家创作和生活心态的影响，以及这些心态在其作品中的反映。

博士研究生毕业后，我申请到南开大学文学院博士后站做研究。在做博士后研究期间，我拓展了上述研究领域，并充实了博士学位论文的内容，将清初的小说流派纳入研究范围，然后以《清初小说与士人文化心态》为题将博士学位论文和博士后出站报告融为一体形成本书稿。这样一来，清初小说的研究就由个案拓展到流派，既点面结合又内容丰富。感谢专家们的认可，此书稿获得了国家社科基金后期资助项目的资助。此后由于工作的繁忙，又有抚育后代的责任，我自己一直不在状态，以致书稿一拖多年未能付样。

今年刚好是我在汉语言文学领域系统学习、研究的第二十周年，也是我能够重回母校中国社会科学院研究生院工作，继续从事古代文学研究的幸运之年。值此之际，我决心将此书稿出版，以此尚未成熟之作，作为二十年学习研究的总结，向悉心教导我的恩师张忍让先生、石昌渝先生、陈洪先生致敬，同时也给自己多年努力科研做一个交代。我在古代文学研究领域所做出一点点成绩，都是恩师们悉心教导的结果。这本书是我在前辈学者研究成果的基础上所做努力的结晶，它能帮助广大读者对清初小说有更清晰的概念和认知，对生活在清初的士人们的心态和境遇有更深的理解和感受。希望这本书能为后续的古代文学研究者提供启发和相关材料的检索之便，如果它能为中国古代文学研究的前进贡献些许力量，就是其价值所在。

在此书出版过程中，我深深地感受到出版一部专著的艰难与辛苦，同时也深深地体会到在学术、人生道路上都没有捷径可走，靠一时的小聪明省下的工夫，以后要加倍的补偿。非常感谢社会科学文献出版社愿意提携后进，出版这本并不成熟的作品；非常感谢吴超老师的负责和严格要求，他的编辑工作使这本书能够以更为严谨的面貌呈现给大家；非常感谢曾经给我温暖和提供帮助的师长与朋友们；非常感谢我家人对我工作的支持，你们都是我进行学术研究的力量之源。

杨琳

2017 年 10 月于北京

图书在版编目（CIP）数据

清初小说与士人文化心态／杨琳著．－－北京：社
会科学文献出版社，2017.10
国家社科基金后期资助项目
ISBN 978 - 7 - 5201 - 1509 - 4

Ⅰ. ①清…　Ⅱ. ①杨…　Ⅲ. ①小说研究 - 中国 - 清代
Ⅳ. ①I207.41

中国版本图书馆 CIP 数据核字（2017）第 244544 号

·国家社科基金后期资助项目·

清初小说与士人文化心态

著　　者／杨　琳

出 版 人／谢寿光
项目统筹／宋月华　吴　超
责任编辑／吴　超

出　　版／社会科学文献出版社·人文分社（010）59367215
　　　　　地址：北京市北三环中路甲 29 号院华龙大厦　邮编：100029
　　　　　网址：www.ssap.com.cn
发　　行／市场营销中心（010）59367081　　59367018
印　　装／北京季蜂印刷有限公司

规　　格／开　本：787mm × 1092mm　1/16
　　　　　印　张：22.5　字　数：353 千字
版　　次／2017 年 10 月第 1 版　2017 年 10 月第 1 次印刷
书　　号／ISBN 978 - 7 - 5201 - 1509 - 4
定　　价／129.00 元

本书如有印装质量问题，请与读者服务中心（010 - 59367028）联系